中·国·知·青·情·恋·报·告

青春祭坛

血液般流动的文字，
浮起知青爱情绝痛、绝唱、绝耻、绝境的一片殷红。

章德宁　岳建一　编

中国知青文库
生命之歌

武汉大学出版社

图书在版编目(CIP)数据

青春祭坛/章德宁,岳建一编.—武汉:武汉大学出版社,2013.7
中国知青文库生命之歌
ISBN 978-7-307-10684-0

Ⅰ.青… Ⅱ.①章… ②岳… Ⅲ.短篇小说—小说集—中国—
当代 Ⅳ.I247.7

中国版本图书馆 CIP 数据核字(2013)第 070076 号

责任编辑:张 璇 责任校对:王 建 版式设计:马 佳

出版发行:**武汉大学出版社** (430072 武昌 珞珈山)
 (电子邮件:cbs22@whu.edu.cn 网址:www.wdp.com.cn)
印刷:武汉中科兴业印务有限公司
开本:880×1230 1/32 印张:15.875 字数:387 千字
版次:2013 年 7 月第 1 版 2013 年 7 月第 1 次印刷
ISBN 978-7-307-10684-0 定价:32.00 元

编 委 会

总　序

叶　辛

　　40 多年前，中国的大地上发生了一场波澜壮阔的知识青年上山下乡运动。"波澜壮阔"四个字，不是我特意选用的形容词，而是当年的习惯说法，广播里这么说，报纸的通栏大标题里这么写。知识青年上山下乡，当年还是毛泽东主席的伟大战略部署，是培养和造就千百万无产阶级革命事业接班人的百年大计，千年大计，万年大计。

　　这一说法，也不是我今天的特意强调，而是天天在我们耳边一再重复宣传的话，以至于老知青们今天聚在一起，讲起当年的话语，忆起当年的情形，唱起当年的歌，仍然会气氛热烈，情绪激烈，有说不完的话。

　　说"波澜壮阔"，还因为就是在"知识青年到农村去，接受贫下中农的再教育，很有必要"的指示和召唤之下，1600 多万大中城市毕业的知识青年，上山下乡，奔赴农村，奔赴边疆，奔赴草原、渔村、山乡、海岛，在大山深处，在戈壁荒原，在兵团、北大荒和西双版纳，开始了这一代人艰辛、平凡而又非凡的人生。

　　讲完这一段话，我还要作一番解释。首先，我们习惯上讲，中国上山下乡的知识青年，有 1700 万，我为什么用了 1600 万这个数字。其实，1700 万这个数字，是国务院知青办的权威统计，应该没有错。但是这个统计，是从 1955 年有知青下乡这件事开始算起的。研究中国知青史的中外专家都知道，从 1955 年到 1966 年"文革"初始，十多年的时间里，全国有100多万知青下乡，全国人民所熟知的一些知青先行者，都在这个阶段涌现出来，宣传开去。而发展到"文革"期间，特别是1968年12月21日夜间，毛主席的最新最高指示发表，知识青年上山下乡，掀起了一个前所未有的高潮。那个年头，毛主席的话，一句顶一万句；毛主席的指示，理解的要执行，不理解的也要执行，且落实毛主席的最新指示，要"不过夜"。于是乎全国城乡迅疾地行动起来，在随后的10年时间里，有1600万知青上山下乡。而在此之前，知识青年下乡去，习惯的说法是下乡上山。我最初到贵州山乡插队落户时，发给我们每个知青点集体户的那本小小的刊物，刊名也是《下乡上山》。在大规模的知青下乡形成波澜壮阔之势时，才逐渐规范成"上山下乡"的统一说法。

我还要说明的是，1700万知青上山下乡的数字，是国务院知青办根据大中城市上山下乡的实际数字统计的，比较准确。但是这个数字仍然是有争议的。

为什么呢？

因为国务院知青办统计的是大中城市上山下乡知青的数字，没有统计千百万回乡知青的数字。回乡知青，也被叫作本乡本土的知青，他们在县城中学读书，或者在县城下面的区、城镇、公社的中学读书，如果没有文化大革命，他们读到初中毕业，照样可以考高中；他们读到高中毕业，照样可以报考全国各地所有的大学，就像今天的情形一样，不会因为他们毕业于区级中学、县级中学不允许他们报考北大、清华、复旦、交大、武大、南大。只要成绩好，名牌大学照样录取他们。但是在上山下乡"一片红"的大形势之下，大中城市的毕业生都要汇入上山下乡的洪流，本乡本土的毕业生理所当然地也要回到自己的乡村里去。他们的回归对政府和国家来说，比较简单，就是回到自己出生的村寨上去，回到父母身边去，那里本来就是他们的家。学校和政府不需要为他们支付安置费，也不需要为他们安排交通，只要对他们说，大学停办了，你们毕业以后回到乡村，也像你们的父母一样参加农业劳动，自食其力。千千万万本乡本土的知青就这样回到了他们生于斯、长于斯的乡村里。他们的名字叫"回乡知青"，也是名副其实的知青。

而大中城市的上山下乡知青，和他们就不一样了。他们要离开从小生活的城市，迁出城市户口，注销粮油关系，而学校、政府、国家还要负责把他们送到农村这一"广阔天地"中去。离开城市去往乡村，要坐火车，要坐长途公共汽车，要坐轮船，像北京、上海、天津、广州、武汉、长沙的知青，有的往北去到"反修前哨"的黑龙江、内蒙古、新疆，有的往南到海南、西双版纳，路途相当遥远，所有知青的交通费用，都由国家和政府负担。而每一个插队到村庄、寨子里去的知青，还要为他们拨付安置费，下乡第一年的粮食和生活补贴。所有这一切必须要核划准确，做出计划和安排，国务院知青办统计离开大中城市上山下乡知青的人数，还是有其依据的。

其实我郑重其事写下的这一切，每一个回乡知青当年都是十分明白的。在我插队落户的公社里，我就经常遇到县中、区中毕业的回乡知青，他们和远方来的贵阳知青、上海知青的关系也都很好。

但是现在他们有想法了，他们说：我们也是知青呀！回乡知青怎么就不能算知青呢？不少人觉得他们的想法有道理。于是乎，关于中国知青总人数的说法，又有了新的版本，有的说是 2000 万，有的说是 2400 万，也有说 3000 万的。

看看，对于我们这些过来人来说，一个十分简单的统计数字，就要结合当年的时代背景、具体政策，费好多笔墨才能讲明白。而知识青年上山下乡运动中，还有多多少少类似的情形啊，诸如兵团知青、国营农场知青、插队知青、病退、顶替、老三届、工农兵大学生，等等等等，对于这些显而易见的字眼，今天的年轻一代，已经看不甚明白了。我就经常会碰到今天的中学生向我提出的种种问题：凭啥你们上山下乡一代人要称"老三届"？比你们早读书的人还多着呢，他们不是比你们更老吗？嗳，你们怎么那样笨，让你们下乡，你们完全可以不去啊，还非要争着去，那是你们活该……

有的问题我还能解答，有的问题我除了苦笑，一时间都无从答起。

从这个意义上来说，武汉大学出版社推出反映知青生活的"黄土地之歌"、"红土地之歌"和"黑土地之歌"系列作品这一大型项目，实在是一件大好事。既利于经历过那一时代的知青们回顾以往，理清脉络；又利于今天的年轻一代，懂得和理解他们的上一代人经历了一段什么样的岁月；还给历史留下了一份真切的记忆。

对于知青来说，无论你当年下放在哪个地方，无论你在乡间待过多长时间，无论你如今是取得了很大业绩还是默默无闻，从那一时期起，我们就有了一个共同的称呼：知青。这是时代给我们留下的抹不去的印记。

历史的巨轮带着我们来到了 2012 年，转眼间，距离那段已逝的岁月已 40 多年了。40 多年啊，遗憾也好，感慨也罢，青春无悔也好，不堪回首也罢，我们已经无能为力了。

我们所拥有的只是我们人生的过程，40 多年里的某年、某月、某一天，或将永久地铭记在我们的心中。

风雨如磐见真情，

岁月蹉跎志犹存。

正如出版者所言：1700 万知青平凡而又非凡的人生，虽谈不上"感天动地"，但也是共和国同时代人的成长史。事是史之体，人是史之魂。1700 万知青的成长史也是新中国历史的一部分，不可遗忘，不可断裂，亟求正确定位，给生者或者死者以安慰，给昨天、今天和明天一个交待。

是为序。

目　录

离，心摧两无声●母亲导演悲剧●她怀上他的孩子，却草
草嫁给别人●真情难收●一封浸透泪水的长信●忏悔有什
么用呢●善解人意的妻子开导丈夫●我得了食道癌，不行
了●心曲千万端，来日恨无多●最后吻他心中铭心刻骨的
爱●爱的延续

妇人●屈辱的苦役●一朵鲜花凋谢了●日记本失踪●灵魂
的重量●争放"隐私原子弹"●亮私：梦见同肯尼迪结婚
●集体灵魂大曝光●天呐！我出卖了自己●投井自杀

●老子今天崩了你●假手榴弹吓退真强盗●爱上他的
阳刚气●神婆施术，打胎致死●墓碑杳无踪影●世事如此
苍凉

●憧憬西双版纳●全家五知青●好哭姑娘●视爱情为
罪恶●少女的莫名恐惧●恸哭失知音●荒唐岁月中的历史
现象

●一名上海女知青失踪●活要见人，死要见尸●庞大
专案组●破案风暴●以情杀案为主线●出动一万多人次寻
尸●人人自危●40多人单相思●"少女的白马王
子"——嫌疑对象●酷刑●提审数百次●依然是谜

●父子泣相逢，如辨陌路人●苦孩子被骗的苦滋味●
大荒深处少年心●时任校长20岁●柔女恋硬汉，相怜更
相知●悲壮的结婚登记●温柔梦境，一劈两半●我爱你爱
你爱你……●因为信念，他把美好的爱情献给了祭坛●又
一次全身心的爱毁了●一枚苦涩果，两颗创痛心●大返
城——农场空了，他的心也空了●一声叱咤："我不走！"
●爱情毁了，光荣毁了，家毁了，身体也毁了●探视人流
淹没了整座医院●别无选择，归宿何在●两个老知青重铸

幸福

嫁穷汉●从此打入另册●丈夫刑满觅新欢●家里仍是两孔破窑

●这是中国的《天方夜谭》●交友始于戏谑,婚姻源于天真●这鬼地方,不是人待的●她扇了丈夫一耳光●农民丈夫怕她变心●苦中作乐●想当老板娘●钱把人心都变黑了●一觉醒来原是梦

●全部家当:土炕、土桌、土凳、土灶、破缸●父亲流放兴凯湖,一去从此不复返●瘦小弱女,历尽苦难●丈夫目不识丁●大西北:当了农家媳妇18年●相恋历尽艰难●农民丈夫有了第三者●丈夫续弦,又是北京知青●痴情女子多薄命●北京人,不是应该我娶的●一群傻姑娘呵●我们老汉可是受苦人●为人妻为人母,可怜可敬●从此要付出更大代价

●斩不断的情思●相识相恋,至真至柔●党委副书记被分进托儿所●一夜绝情,心如死灰●多想有一个自己的孩子●车祸毁容●可怜天下痴情女●咽不下的苦果●她是团省委委员●一份滚烫的情书●爱情是禁区●无产阶级的爱情专家●政审断送学业●悲壮的婚礼进行曲●致命的伤害●躲不开的阴影忍受巨大屈辱●昔日座上宾,今日阶下囚●株连未婚夫●破碎的心灵拥有了破碎的家●忍、忍、忍了10年●何日走出误区●看不见的忠诚●中共十大代表●甘愿修理地球●爱情潜伏危机●锦州事件●漫长的牢狱生活●心力交瘁●要留清白在人间

序言　以青春为碑林

章德宁　岳建一

　　流年似水，往事一去悠悠。

　　我们常常自问和诘问，那独特、复杂、迷乱、荒唐于我们这颗行星上一切历史与文明而又最具共性的精神现象，那辽阔、混沌、苍凉、斑斓而又被三千万少男少女共同拥有的最真实、最生命、最个人也是最集体的精神世界，也悠悠一去吗？那整整一代青年流放者与时代同步的癫狂、盲从、愚昧、迷信，应该永远流浪在世人的记忆与遗忘里吗？那将生命的精华——青春和纯洁的爱情，都献给了一场是非颠倒的革命，也应该匿迹于世态炎凉、沧桑更迭吗？

　　属于历史的，不应永远空白于历史。

　　理应忏悔的，不能再永远拒绝忏悔。

　　从红卫兵到知青，从大抄家、大批判、大串联、大武斗、大分化到上山下乡，从轰轰烈烈到凄凄惨惨，从盲目到盲从，从无知到无畏，直至最深刻、最无奈、最残酷的幻灭，我们一步一个脚印，始终颠沛在具有东方特色而又过于古老和似曾相识的黑暗里。我们苦难深重，可是，我们也制造过多少苦难。我们被剥夺过青春、思想、希望和爱情，然而，我们也亲手葬送过无数幸福与梦想。我们失学、失业、背井离乡，我们也曾使多少人无家可归，妻离子散，甚至家破人亡。在爱情历尽围剿、批斗、监视、查禁、告密、声讨的日子里，一切爱情书籍打为黄色书籍，一切爱情歌曲沦为下流歌曲，一切相爱男女成为流氓分子。那么，我们呢，也制造过多少惨绝人寰的爱情悲剧。那难以计数的破镜难圆、颠倒命运、以泪洗面里，真真切切地有我们罄竹难书的罪错。扪心自问，在我们集体地叱咤风云、不可一世时，我们是否不仅丧失过理性，而且丧失过人性，甚至有不少人丧失了动物也应该有的属性。可是，我们反思过吗？我们可曾对自己的灵魂有过一鞭一笞？是勇于正视自己灵魂的质量和灵魂的处境，还是漠视和无视；是拒绝遗忘、躬身自省，还是善于遗忘、讳莫如深；是义无反顾地寻性以寻思自己与他人巨大不幸中积蕴的个人、社会、文化和历史内涵，还是无怨无悔、自慰自恋乃至自欺；几乎是以最后的机会，历史性地决定了知青这一代人的前途。也几乎历史性地决定了我们民族能否迎接21世纪的挑战。因为，如今已经砥砺在社会的方方面面、层层次次、角角落落的知青一代，由于放逐而亲近过神话般贫瘠的土地和神话般贫穷的父老乡亲，以史诗般的苦难与幻灭为代价，真正深入最底层，逼近过对中国的真知，较之上一代与下一代，有着不可比拟、无以替代的社会洞察和生命体验；深切的忧患意识和责任意识，已经融入血液中。如果知青一代能够自反思始，自我升华，那么，整个民族对十年浩劫及其产生的根源——我们民族历史与现实的精神结构、文化结构、经济结构、政治结构的反思，也许有希望由知青一代——"文革"最主动、最主要的参与者——完成最重要、最基础的内容。然而，抢救和还原历史、抢救和还原五千年文明中独一无二的精神文物，则是基础内容中的基础。作为过来人，更作为普普通通的两名北大荒知青，自 1989 年冬天始，我们决定开启一项系列图书工程，即编辑出版《中国知青情恋报告》。我们认为，从知青情恋这样一个切口突入，更容易进入最深邃、最丰富、最复杂也最是布满风、雨、雷、电的知青精神世界，以一斑而窥全豹。没有想到，工作起来并不顺利，不仅仅因为收集不易，编选浩繁，更因为力难从心，竟然几度中断，一干就是八年，直至第一批图书——《青春极地》、《青春炼狱》、《青春祭坛》付梓时，我们已由满头黑发变得两鬓灰白。尽管苔藓、歌声、灌木、蒿草、建筑早已淹没了当年知青的足迹，人间已是沧桑几度，万壑风回；尽管我们与来自沙漠、草原、胶林、水乡、荒野、深山的男女主人公们共过苦难，更共过灵魂和命运，但是，当我们直面这一篇篇知青情恋实录时，依然肝肠寸断，不忍卒读。我们可以坚定地断言：这片比历史还悠久的古大陆，载沉载浮，积荣积辱，然而，上下求证，不会有过如此畸形、浑浊、错乱、苦涩、苍凉万端而又极其独特和浩瀚的爱情景观。书之确确。言之凿凿。这里，使永恒的宇宙改变了一切的爱情，本应是一种美好、一种崇高、一种透明的精神向往，是生命中的生命，是不可企及而又无法索解的阔大境界，但是却无罪而戴罪，被钉在耻辱柱上，折磨得百死一生。这里，爱情世界遍布孤独、失落、迷茫、焦虑、恐惧、无奈、憾恨、惨烈和悲凉，更遍布绝境、绝恋、绝唱和绝耻。那蛙鸣那蚊阵那狼嗥与星辰之间，也有爱情照亮的生命和痴情的极致。这里，至清至浊，离凡离圣，大奇大怪，极惑极悟。读者们不难发现，字里行间，几乎全是历尽沧桑的灵魂轻易不启的珍藏，可以说，纵有铁石心肠，也难禁潸然泪下。或许，今天和今后的青年人会认为不可思议，一代人的爱情，何以是如此千人一色一类？没有花前月下，没有缠绵细语，没有神秘而浪漫的生命体验，连纯洁的初恋，也置于一种极地、一种炼狱、一种祭坛。在这种光怪陆离而又气象万千的青春极地、青春炼狱、青春祭坛里，无数少男少女渴望爱情而又谈情色变，远离爱情，鄙视爱情。一位公开别人情书的女知青，由于放声朗读义正严辞的回信，批判资产阶级、小资产阶级爱情观，一夜之间，被封为"无产阶级爱情专家"，人人瞩目，红得发紫。还有一位女知青，为了显示自己与"反动"家庭划清界限，不仅决裂了一切亲情，言必称父母"老混蛋"，而且蔑视爱情。她追求"极端革命"近乎荒唐——故意数月不洗脚，臭气熏天，并以虱虫爬满一身为光荣。滑稽的是她终于难耐寂寞，不仅向爱情缴械投降，并且屡屡偷尝禁果。因为犯了"恋爱罪"，有的妹妹批判姐姐；有的心上人斗争心上人；有的自杀身亡；有的断绝关系后饮恨终身；有的被扒光衣服后批斗；更有的合法知青夫妻遭到五花大绑，严令交代最隐私的细节，冠以"大流氓大破鞋"无情斗争；还有的留下遗书："永别了——我们要光明正大地死在一起。"多少花蕾一样的生命，一去不返，带走了破碎的心灵，带走了怯生生的初恋，带走了美丽的仁望，带走了生命的默契、灵魂的依托、无限孤独中最亲密最深挚的理解，也带走了留给苍凉人间最后的圣洁。人，本是天地之至尊，万物之至贵，可以苦难，可以惨痛，可以百死一生，但是必须是尊严的。然而，就是这样——人们不能守护住天赋权利的最后领域——爱情最卑微的尊严。这是一种什么样的劫数和荒诞！一位男知青渴盼返城不果，口含雷管自杀，从此，他的心上人精神失常了。一位才艺非凡的英俊小伙子，当返城成了对方的爱情条件时，他为返城更为爱情拒绝治病，直至丧失生命。更有一批批女知青，为返城而选择了形形色色的错误婚姻，有的甚至出卖肉体。在与其说是大返城莫如说是惊天动地的大溃逃中，多少知青的情感世界有着光明不能穿透的苦涩和沉重。这些沉甸甸的记述文字，一如主人公们沉甸甸的人生与命运。那噩梦般的斗私批修，更是荒唐得可怕，从人人亮私到人人争放"隐私原子弹"，越放越离奇，越奇越攀比。最后，竟然连性错乱、性饥渴的细节也公开自我曝光，直至人人自己对自己进行最彻底、最残酷的出卖。一位青海兵团的女知青，因为坦白了"梦见与美帝国主义头子肯尼迪结婚"，以及种种隐私，投井自杀。畸形的时代，连"忠诚坦白"也是畸形的，况命运乎？黄土地、红土地、黑土地的知青们，命运是严酷的，也是光怪陆离的。有的嫁给当地农民，至今家徒四壁。有的流落在撒哈拉大沙漠，当了原始部落酋长的女婿。有的走上贩毒生涯，竟是为了筹资出版情侣的诗集。有的已是贵妇人，却寂寞地自杀在异国。有的离散 30 年，苦恋 30 年，女主人公从红颜到白发，写下了四千多封情书，足以感天泣地；终于熬到相见时，心上人却意外身亡……一章章，一页页，无一不是来自历史的瓦砾与灰烬中的精神史记，有百味莫辨；有泣尽以血；有无情痛苦，痴情更苦，挣脱爱情竟比挣脱死亡还要难；也有文字表层下运行的律动与沉响。尽管读来或工朴、精致、粗犷、枯冷，或缠绵反覆、温文淳厚、行气如虹，但是，几乎无不具有原色、原质、原性、原义的隽永与珍贵。尤为珍贵的是——由于种种原因而鲜为人知的青海生产建设兵团的知青情况，在该三册书中首次被予以披露。另外，当年煊赫一时的张铁生、柴春泽、朱克家等知青风云人物，情感经历与众不同而又引人长思，作为重要和翔实的史料，也一并编选在册。

往事已经沉入历史。知青经历过的苦难，首先是一种精神苦难，虽然新奇却又是和历史一样古老，一样周而复始，就像古老的黄河，苍苍茫茫，浊浪排空，就这样，历史地在这一代人的生命里浑洪山立……应该说，这日夜流浪着的辽阔世界，只要尚未彻底治理，我们就无权背对，更无权漠视和遗忘。缺少苦难的经历，当然是一代人乃至一个民族的一种苍白。然而，拥有苦难经历，未必就是一种富有，也许拥有的仅仅是一种更深刻的苍白。这里，富有和苍白的界限分明——是否具有坦荡以对的反思和诚实地自省、自救态度，是否以博大的人类意识和高蹈的宇宙情怀努力于自我剖析、自我批判、自我超越和自我重建。是否真正敢于直面自己精神深处的丑陋、麻木、盲从、迷信、卑怯、愚昧以及农民式的非理性理想主义。我们曾经有过的苦难，是人类苦难的一部分。我们曾经集体地经历的爱情危机，实质上是生命质量与文明质量的深刻危机。可以更改的，是昨天的历史。不能更改的，是未来的选择。为了太多的毁灭成为无限新生的开始，为了如此惨重的代价可以换取不再重蹈覆辙的真正保证，为了凄凄荒草下长眠的知青亡灵能够安魂，为了爱情能够永远还原为爱情，面对选择，我们别无选择。我们盼望这种选择不是一时的孤旅求索，而是一代人的共识和恒久的集体意志。我们应该做的事情，才刚刚起步。我们愿将《中国知青情恋报告》坚持编选下去，使之具有更高的质量和再现真实世界的广度与深度。我们欢迎来自大荒、大漠、大泽、大山的知青朋友们的真诚参与，以青春为碑林，与青铜、化石、千峰万峦一同——为历史作证。

　　是为共勉。
　　是为序言。

　　借此机会，谨向热忱支持此书的冯骥才、蒋巍、白描、肖复兴、刘汉太、舒平、郝一星先生和德方女士表示深切的谢意；向深刻理解此书并调动各个环节的协同力量——高效、高速出版此书的总编辑李春林先生以及社长陶铠先生，表示诚挚的谢意。责任编辑徐晓女士，曾经辛劳、忘我地为知青文化付出了大量心血，颇有建树；在出版此书的过程中，更是用尽心力和智慧；对此，我们一直心存深深的感激之情。同时，我们谨向一切关心、帮助、支持《中国知青情恋报告》出版的知青和朋友们衷心致谢。

关于继续编选《中国知青情恋报告》的征稿要求和相关事宜，以及首批推出的《青春极地》、《青春炼狱》、《青春祭坛》的相应说明，详见附于该三册书上的征稿启事和编后说明。特告。

1998 年 6 月 18 日　北京　建国门

初　恋

岳建一

　　窗外，风声很大，有玻璃碎裂的声音。

　　一阵沉寂后，他目光笔直地盯着我，然后若有所思地望向窗外。他很显年轻，根本不像五十开外的人，身材高大，俊朗儒雅，眉宇间透着英气，唯有从沉郁的话音中可以感受到曾经的历尽沧桑。您年少时一定很文静很帅，是吧？听说您的初恋特别传奇，是吗？我一再追问着。

　　哪儿呀，我那时又矮又瘦，淘气得快成精了，在家里上演的最保留节目便是频繁挨打！连自己都不明白怎么那么喜欢恶作剧，伙伴们下湖游泳时，我竟然把大家的衣服全都藏起来，害得伙伴们一个个挨到黑夜时才敢捂着私处回家。革命大串联时，我是玩命大窜出，带着一本《毛主席语录》、一套裹了《毛泽东选集》红塑料皮的《东周列国志》、一把水果刀、十几斤全国粮票，黑猴似地蹿遍天南地北。开始真的拜访过革命圣地，以后则是观看武斗，游山玩水。我和她是中学同学，她小我两岁。我们的友谊，是从一场打架后开始的。

当时奉行"老子英雄儿好汉，老子反动儿混蛋"。她是资本家的女儿，家被红卫兵砸抄过好几次，父亲自杀了。她的母亲是位教师，端庄典雅，很有学养，像电影明星那样漂亮。可是，红卫兵把她打得很惨，剃了阴阳头，还在她脸上、手上涂满油漆。她本人虽然长得纤纤弱弱，却像她母亲一样漂亮。那时，她见人不敢抬头，怯怯的，总是一副受惊吓的样子。她常常被人截住，小孩儿往她头发里撒沙子，骂她"资产阶级狗崽子"，大一点的孩子向她脸上吐唾沫。我家和她家挨得很近，但路上碰见时从来没有说过话。

一次，我在胡同口见她被两个男的堵着，死皮赖脸地要"拍婆子"。那俩人也就十六七岁，一个家伙的脸特别扁，个子高出我一头。另一个满脸疙瘩，头发硬得像猪鬃，肌肉鼓鼓的。她被他俩纠缠不休，既不敢喊又不敢哭，那种惊慌的眼神，我永远都不会忘记。她一下子看见了我，就像见到了亲人。我本不想管，但她那种信赖和哀求的眼神，使我无法走开。我冲上前去，把她护在身后。

"她是你婆子呀？管什么闲事！"

"是我婆子！"

我被打了。那时，我太不经打了，很快被揍倒在地，浑身是土。矮个子扒下我的上衣，用脚乱踢乱踩，问我还管不管闲事。

我就是不改嘴。

矮个子用刀尖戳我的牙缝，"还挺横！让你说！再说呀，再说呀……"

我满嘴是血，依然不改嘴："她就是我婆子！"

要不是过路的人们解围，真不知道会是什么结果。

后来，我找到他们报仇，每次都被打得鼻青脸肿。我一次又一次不依不饶地找上门去，每次都带着自制的武器，每次都被打得惨极了。可是，每次伤好一点，我就又去了。最后一次，我提了两个空酒瓶子，闯进矮个子家里。我在石阶上将瓶底使劲磕掉，举着满是玻璃碴子的瓶子，一副拼命三郎的架势。那小子吓呆了，连声说服了，受不了了！我让他当场写下悔过书。他照办了。这件事很快就传开了，说"份儿大的怕玩儿命的"。其实，我只是不甘心被人打得那么惨。

后来再在路上碰见她，我点点头。

她也向我点头，眼神里有感激，还有女孩子的害羞。

上山下乡开始了，谁也没想到，她那么革命，是他们年级第一个报名的。说来也巧，不知是天意还是什么人的安排，我和她乘坐一列火车到了北大荒，又被分到同一个连队。我暗自庆幸，庆幸什么，当时也说不清。她由于出身不好，开始连兵团战士都当不上。我悄悄为她难受过。她不争不闹，只是默默地狠命干活儿。养猪、种地、伐木、打井、修水利……真能吃苦啊，哪里像资本家的"千金小姐"！一次，连队干部在大会上讲"龙口夺粮"的事迹，说有一个女知青来月经了，照样往冰冷的水里跳，水面上都见红了。后来我才知道，那就是她！她爱读书。那时候能读的书只有马恩列斯毛。她竟然能大段地背诵《资本论》，人们开始对她刮目相看了。渐渐地，她当上了兵团战士，班长，还被评为"可教子女"典型，人也活跃多了。

　　他已经是一位颇有建树的人文工作者。我读过他的文章，说文化大革命实际上是对中华民族进行精神和文化上的种族灭绝。知识青年上山下乡运动，实际上是"文革"的一种技术性、实用性、功利性转移，是一大批既缺乏知识、思想、尊严、道义、宽容、理性以及一切现代文明精神而又被彻底剥夺学业的青少年们，背离文化、科学和现代文明进程，集体地汇入更加缺乏文明教化条件的小农经济者的汪洋大海去"脱胎换骨"的运动，是反人道、反人性和反文化的。知青一代曾经以童贞般的信念，赴艰蹈苦，追求的不过是英雄主义的无英雄、生命价值的无价值、为真理而斗争的无真理……

有人说，自从下乡一开始，您就像变了一个人似的，是这样吗？我问道。

是的，几乎是在到北大荒的第一天，我便忽然觉得自己长大了。没有多久，我的个头蹿得又高又大，活儿累时，一顿能吃 9 个馒头。不知是从什么时候开始的，我的目光越来越多地追随着她，无论开会、干活、吃饭，看不见她心里就特不踏实。有时收工了，我还故意在屯子里转，为的是能碰见她，哪怕是只听一下她的声音。她的声音，不再像过去那样弱弱的，变得清亮而又圆润。

我是知青中第一批入党的。她知道后，送了我一把镰刀，刀把上刻着斯大林的话："共产党人是用特殊材料制成的，是具有特种性格的人。"就是这一句话，成了我那个时候的座右铭。北大荒土地面积太大，一望无际，因此，北大荒知青与中国其他地方知青不同，劳动强度太大。农忙时，早晨两点多钟下地，夜里八点多钟收工，一旦变天，连个躲雨的地方都没有。我常常看着镰刀上的字，激励自己，再累，也不能倒下，并且要挤出时间读书。为了磨炼意志，我有时故意冲进大雨里，即便是在三九隆冬，也要坚持洗冷水浴。

1971 年冬天，她和两个班知青去大甸里割苇子。那地方，距我们连队七十多里。夏天，无边无际的湿地上，悬浮着一片片"漂垡甸子"，人蹚在上面，数十米内都忽忽悠悠的，随时有没顶的危险。芦苇一人多高，茂密极了。每到冰封季节，我们连队便派人去割苇子，搞副业。帐篷就搭在冰雪覆盖的沼泽上，一住便是几个月。那次，她们走了已有两个多月，为了能够见她一面，我自告奋勇去给她们送粮食。在见不到她的日子里，我生平第一次知道了思念原来是一件多么苦的事情。

我拉着爬犁，独自走在白茫茫的冰天雪地里。七十多里路呵。途中，刮起了"大烟泡"，气温骤然下降到将近零下40℃。大雪横飞乱舞，天地迷迷蒙蒙的，几乎辨不清方向。刚刚走过，身后的脚印就不见了。环顾四周，不见村庄和人迹。我浑身都冻僵了，拉着爬犁拼命地往前蹭。风大得喘不过气来，有时，我不得不将嘴唇贴在树干上换气。很多冻干的大树都被刮断了。我实在走不动了，但是不敢坐下来歇一歇，因为我知道，一坐下去就再也站不起来了！那次，我能活着找到她们，真是万幸。当我走进帐篷时，可以说，没有一个人能够认出我来，满脸冻伤，直淌黄水，眉毛、睫毛、下巴上结满冰霜，白蓬蓬一团。我急着想说话，可就是张不开嘴，因为下巴已经冻僵了。她是最先认出我来的，眼圈红了，怔怔地看着我，久久地说不出话来。

事后，她曾经和我聊起，天气那么恶劣，迷路了怎么办啊？

我笑道："阿拉心中有一轮红日呢！阿拉怎么可能迷路呢！阿拉心中不落的红日就是你呀！"

她低下了头，脸色绯红，不再说话。

不是我自作多情，我总觉得，她看我和看别人，目光是不一样的。

1972年夏天，连队有了一个上大学名额，我被贫下中农和知青们选举并推荐回北京上学。这时，上级一位领导找我谈话，说是中苏边境紧张，正在组建武装团（因为非军非民性质，后被知青们称为"土八路"），急需党员和骨干，动员我作出抉择，并郑重其事地说，你是一名党员，党考验你的最关键时刻到了！我义无反顾，放弃了上大学机会，决定奔赴乌苏里江畔。行前，我真想约她单独谈谈，但还是压抑住了。终于到了上路的时刻。人们为我送行，场面十分热烈和感人。可是，人群里没有她！我心神不宁，强装笑脸，又不好意思询问。快开车时，我看见她最要好的女友挤进人群，递给我一个小布包，说是她送的。我心跳得厉害，像藏宝一样立刻揣进怀里。一路上我都在猜测，她送给我的是什么呢？但是，众目睽睽之下，我想看又不敢打开，紧张，期待，像烈火一样烧灼着我。到了宿营地，我立刻找到一个没人的地方，迫不及待地打开布包。没有信，只有一方如雪的白绸，上面精致地绣着红字，就是她送我的镰刀上刻着的那段斯大林的话。

　　热血涌上了我的全身。就在那一刻，我真正明确了自己的选择——别说她是"黑五类"子女，就是黑妖精子女，我也非她不要！

　　当晚，我给她写了一封长信，第一次明确表白了心迹。

　　信寄出去了，就像把我的心交出去了。

　　以后的日子，我是在期待中活着的。

　　从此，我才懂得了什么是真正的痛苦和折磨。

　　人，可以忍受饥饿、贫困、劳役，甚至监禁，但是，最难以忍受的却是情感的煎熬。情感越深挚，越难忍受，那是一种远比死亡更深刻的痛苦！从那以后，我懂得了尊重一切深挚的情感，尊重由此而产生的一切痛苦。这是人类永恒的精神财富啊。

　　我们武装团的营地在乌苏里江畔的完达山里。

　　这是一片浩瀚的原始森林（由于乱砍滥伐，如今这片原始森林已经不复存在），蚊虫满天飞，蝮蛇遍地爬，常常在床下便可以逮住几条。我曾经在一则日记中写道：这里"古木萧萧，荒泽森然，时有野鸟声幽，狼影明灭……"岂止狼呀，熊、虎、野猪更是出没无常。有时进了马圈，会发现几只不知何时钻进来的梅花鹿，正在和马群争食，一抓一个正着。生活非常艰苦。夏天还容易对付，一入秋就更难过了。没有蔬菜，弄不到盐。冬天用水只能到山下砸冰块，再弄上山来，按班、排分配，然后用大锅煮化了。这些水洗了脸、脚后，再一次次过滤，一次次用来洗脸洗脚，如此循环往复，乃至无穷。那年冬天，大雪封山后，整整四个月，我们没有吃过一片蔬菜叶子或一粒盐。

后来，上级规定武装团的人不许返城，不许上大学、参军，不许回原生产连队，30 岁以后才可以予以考虑。那一年，我 21 岁，等到 30 岁，还要熬多少年呢？当时，我们连队一百多人，都是男青年，而且多半是来自北京、上海、天津、哈尔滨、温州的知青，大家看不到前途，开始绝望了，又由绝望而颓废。有人搞起了同性恋，甚至有人自杀。一位天津知青给妹妹留下遗书，希望她永远不要步自己的后尘——上山下乡。那时候的主流观点，自杀就是背叛革命，就是自绝于人民。于是，他的尸体被用树皮板子草草收殓，脸面朝下，葬在了终年不见阳光的阴山下。还有一位知青家长，来连队探亲时，与儿子一同潜逃，跑到中苏边境那边去了。后来我们才知道，这位北京知青家长是被打成“黑帮”的老干部，不堪忍受没完没了的折磨，悄悄跑出来的。至今他们父子俩下落不明。

有一天，一位北京知青约我到山谷里。这个知青下得一手好棋，可那天却是郑重地将半自动步枪压上子弹后递给我，泪流满面地双膝跪下，恳求我干掉他，说是再也受不了了……我动情地搂着他说，好兄弟，好哥们，坚强些，挺住！一切都会好起来的！我知道，发生的这一切，是因为大家觉得完了，失去了前途，没有了希望，受骗了。是的，是受骗了——我曾收到友人来信，告诉我，那位动员我来武装团的领导的孩子，顶替我的名额，去北京上大学了。我觉得自己一夜之间醒悟了！我在当年的日记中诘问："敢问流年，何误我？谁为赤子挽韶光！"

那时，我虽然自称一无所有，只剩下蓬头苦胆，却没有垮，不仅仅因为性格。

无论干什么，我都觉得她一双清澈秀丽的大眼睛在看着我，永远是那样亮晶晶的，满含着希望。我知道，她和我一样，也喜欢读《钢铁是怎样炼成的》、《牛虻》、《怎么办》，保尔、牛虻、拉赫美托夫，给予过我们无穷的精神力量。像他们一样活着，活下去，像一个真正的人，是我们共同的向往。虽然路途相隔数百里，但我每时每刻都觉得她就在身旁。可以说，我的初恋是我的精神没有死去的一种生命寓托。

奇怪的是，从夏到冬，又从冬到春，我始终没有收到她的回信。山里，交通不便，邮路不畅，看到的报纸都是几个月后的。是不是她的信在路上耽搁了，遗失了？要么她调离了没收到我的信？或是出了什么事？种种可能，我都设想过。那时，连队里仅有一部手摇电话，战备用的，根本打不到她们那里。我能够做的，便是每天都给她写信，向她倾诉，与她交流。给她写信，成了我的精神寄托。后来，我又给她寄出过两封信，没有寄出的，大约有百十封吧。我希望有一天再见面时，能把这些信亲手交给她。

今天的年轻人，或许难以理解我们当年的情感世界。一方面，人们以美为丑，爱情成了滔天罪恶；另一方面，又以欲为爱，活得像野兽。也正是在那样畸形的年代，我从生活的反面懂得了珍惜，渐渐知道圣洁的爱情远比宗教更神圣，真正置身其中的人，永远不可能知道自己。

"给我一支烟吧。"他沉吟良久后说。

听说他是不吸烟的，此时却一口接一口地抽吸着，"还要讲下去吗？唉，我实在不想再讲了！"他把烟蒂摔在脚下，轻轻踩灭。我不言语，只是为他倒水，然后默默地、固执地注视着他。不知过了多久，他终于又开口了。

为了等她的信，我曾经冒着大雨去路边迎候通讯员。

为了取她的信，我自告奋勇地代替通讯员翻山越岭。

我在山谷里一次次喊过她的名字。我苦不堪言，用匕首砍过自己的手指、手臂，用肉体痛苦来减轻思念她的痛苦。你看看，这里……还有这里……就是当年留下的伤疤。我亲吻过她的刺绣，后来又缝在背心上。为了散心，我独自到野兽出没的林子里游逛。我坐在草丛里痴痴地想她，一坐便是几个小时，连蛇爬到身上竟然都毫无知觉。那些日子里，等她的信，成了我精神生活中的全部内容。爱到这种程度，还是爱吗？已经是一种变态，一种疾痛，疾痛！我有时疯狂地想：不管是福是祸，都快点来吧！

终于，她的信来了，很薄，薄得让人有一种不祥的感觉。

时隔多年，信的内容依然不堪回首，那是一种万箭穿心般的感受——信的开头，她先抄录了一段毛主席语录，就是关于青年人像八九点钟太阳那段，然后她写道：毛主席他老人家对我们这一代青年寄予无限希望，我们都还年轻，今后的几十年，任重而道远……真想不到你会提出这种事情！你的革命觉悟，你的远大理想统统都到哪里去了？你带的什么头？你辜负了党和毛主席的教导，也辜负了我和大家对你的信任。希望你丢掉这些资产阶级肮脏的鬼念头，为屯垦戍边、反修防修多做贡献……

真正是字字惊心动魄，如雷轰顶！我读得大汗淋漓，五内俱焚。我怔怔地握着她的信，不敢再看第二遍。几个月来的苦苦期待，等到的却是这样的结果。我不相信这是她写给我的信，可上面的白纸黑字却是真真切切啊！

我病了，整整一周，不吃不喝。有生以来，我头一次体验到了什么叫精神崩溃。我像死过了一次。那些日子里，我胸闷，气短，脱发，腹泻，吐酸水，视力下降……有时，身子像发疟疾一样，忽冷忽热。我用牙齿咬枕头和手指，用以克制自己。我恨了，能这样折磨我的，只有魔鬼。爱上一个魔鬼，又有什么办法！只有诅咒自己吧！我想不明白，她怎么会写给我那样一封信？凭直觉，她是喜欢我的呀。是因为年龄小，太单纯幼稚？还是为了表示自己的进步和革命觉悟？百思不得其解！我不再硬要寻求答案。我骨子里是个非常自尊的人，事已至此，我强迫自己给她写了封绝诀的信，很短：

谢谢你，毕竟给了我一个明确的回答。开弓没有回头箭，我们各自上路吧。

我真正新的生命，可以说是从这封信开始的。不久，我在乌苏里江畔烧毁了写给她的全部信件。这些信件，我没有一封有勇气再读一遍。

以后，武装团莫名其妙地解散了，我们集体地莫名其妙地去修水利。说是修水利，在今天看来，不过是毁坏北大荒最美丽的湿地。那片湿地离原来的生产连队仅有几十里。同来的知青回去过几次，都说大家念叨我呢。因为她的缘故，我始终没有回去。

那一年夏天，我要回北京上大学了。行前，我回去向当年的战友们告别。于是，我又见到了她。她不仅依然漂亮，更增添了几分成熟的美。她看到我，目光躲闪，有些慌乱和失态；而我却出奇的平静，平静得连自己都觉得奇怪。

晚上，大家在一起聚了餐。酒酣耳热之际，说起了这两年连队里知青们的变化，恋爱成风，人人"一帮一，一对红"，唯独她没有，听说正准备在边疆扎根呢，那思想，那境界……说这话的人，神色间颇有讽意。我没有搭腔。人各有志，只要真诚就好，何必互相勉强呢？

那晚她没有参加聚餐，她最要好的那位女友向我敬了不少酒，后来把我拉到一边，悄悄告诉我，当时，她收到我的信后，思想斗争特别激烈。她其实早就喜欢我了，但是，当时知青是不许谈恋爱的，连队里就有一对上海知青，因为谈恋爱，被定罪成流氓，在大会小会上受到多次最严厉的批判。她出身不好，受尽歧视，每天都在苦闷和绝望中挣扎，因此格外希望表现得好。收到信时，她刚刚被评为师一级的先进分子。她犹豫了很久，最终还是给我回了那样一封信。信刚一发出去，她就后悔了。她的女友转告说，她想约我晚上谈谈，因为那以后她一直感到痛苦和内疚……

我淡然一笑，说："过去的就让它过去吧，何必再提呢。"

如果换到今天，我还会这样说吗？也许不会。可是，当时我确是丢下这样两句话，头也不回地走了。为什么会这样呢？是因为我当时太年轻气盛？还是因为受伤害太重太深，已经心如死灰？或是因为自己的个性还有自尊什么的……不过，有一点我自己十分清楚，就是以后很难再以正常人的心态去恋爱了。在回京的列车上，我把一直保存的她那封令我心碎的回信，撕得碎碎的，撒向窗外。

那时不允许有恋爱心理研究，不然便是大逆不道了。一代人甚至整整一个民族堪称集体的情盲。其实，您当时可能并不知道潜意识中的自己，这不过是一种情感的逆式反应，可以说您那一刻依然在爱着她，请您坦率地告诉我，是这样的吗？

是这样的，我不否认，当时依然爱着她。

不过，我的爱属于冰下激流，只有自己知道，冰层下的这种爱已经是一种怎样寒颤和彻骨的疼痛！后来，听说我走后，她病了一个多月。再后来，听说她得了神经官能症，有时和别人说完话，竟然不知道自己说了些什么。不少知青喜欢她，追求她，都被她拒绝了。她几乎是最后一批返城的。当年挤得满满的、热热闹闹的知青宿舍，几乎走空了。有的宿舍里炕塌了，长满野草，到处是脏烂物，老鼠乱窜。有人笑称这是胜利大逃亡。应该说，这是代价深重的失败大溃退。百万北大荒知青，牺牲青春、学业、爱情乃至生命从事的事业，结束得如此荒唐。从一呼而去的下乡，到一哄而返的回城；从轰轰烈烈，到凄凄惨惨；知识青年上山下乡连个悲剧都算不上，不过是具有悲剧色彩的闹剧。悲剧是庄严、肃穆的，有一种内在的崇高，而闹剧从来看似热烈、浮华，甚至被假以各种神圣的名义，内质除了浅薄、盲目、躁动、混乱、粗俗和荒唐，什么价值和意义都没有。一个奴化数千年的民族，在"文革"中堪称臻于极境，怎么可能诞生真正意义上的悲剧呢？要紧的是应该思考一下，我们知青一代人在这巨大闹剧里供奉过什么，曾经是什么？自以为是什么？究竟是什么……这些年，当年的知青战友常常聚会，她从来不参加。有一次……好像有些年头了，我曾经意外地碰见她了。的确是她，不会错的！我在地铁车上，她在车下。一个男孩子扶着她。她不再漂亮，老相多了，有了白发，人也显得憔悴，但比过去显得更加干练和有风度。这么多年没见了，我还是一眼就认出了她。初恋是铭心刻骨的啊！她没有看见我。我一阵冲动，想喊她，但还是克制住了。

　　说到这里，他表情凝重起来，打开早已准备好的一块羊皮让我看。一块白绸子和一把锈迹斑驳的镰刀豁然映入眼帘，他指着上面的字告诉我，这就是她当年送给我的那方白绸和那把镰刀。我轻触着上面的斯大林语录，感慨不已，尤其感受到的是一种疼痛——无论是绣的还是刻的，都太精心和用心了！即便是在几十年后的今天看来，称其是两件真正的工艺品也不为过啊！尤其是镰刀把上的刻字，甚至每一字的凹处都融入了蜡油，因此显得晶莹剔透。我长叹道，您呀，不懂女孩子的心呵，还用她表白吗，她太爱您了呀！

他不作声，黯然良久，又告诉说那时农活忙，连队没有电灯，听说她是在很多个夜里打着手电完成的。

其实，她已经不仅仅是爱了，是在视您为一种知己，我坦率道。

您当年那样决绝，后悔过吗？那是一个人人唯现代个人迷信是尊的年代，一个自阉灵魂的年代，一个生命种种生动属性尽皆失去的年代，一个禁锢是过程、恐惧是工具、谎言是手段、绝对权力和极端私利是目的、专制与蒙昧是必然的年代，一个亿万人民对闹剧趋之若鹜甚至不惜赴汤蹈火的年代，一个受难者们无不高呼灾难制造者万岁的年代，一个拒绝人类一切最深刻的经验、拒绝认可文化的伟大旨意、拒绝一切高贵的理性、情感和世俗逻辑的年代，一个最集体地失去人格、人性担当的年代，一个阶级血统空前歧视的年代，一个有爱情便有悲剧的年代，那么，您是否为她设身处地想过，作为深受其害而又万般无奈的弱女子，能够有多少更好的选择？

问得真好啊！我当初是想过，一个有了不幸便牺牲爱情的人，一旦有了更大不幸，可以在乎什么呢？于是，我说服自己不要后悔。后来，我意识到我对血统论制造的所谓新的贱民阶级的恶果，远远低估了。我终于知道，我对她也是不公平的，对她的要求是超越时代的。坦率地说，为此，我痛断肝肠地难受过，也刻骨地牵挂过她。只是，人生不可以重复，过去的就只有让它过去了……

哀　歌

方正　金汕　陈义风　孟固

●英俊小伙，才艺非凡●坠入爱河●普遍而
皆准的爱情条件——返城●姑娘远走高飞●赌博
生命，拒绝治病●为爱失爱，为生丧生

裴多菲的爱情诗，在 20 世纪 70 年
代居然"翻版"出了一首世界上空前绝
后的"返城"哀歌。

——作者

1973 年底，北大荒一些师、团流行急性黄疸性肝
炎，知青被染上者不在少数。患者大便灰而稀，一时
弄得人心惶惶。能提前探亲的，都纷纷夺路而走；不
能走的，整天捧着营、连卫生员用一种中药熬制的褐
色"黄汤"，"狂饮"不止。

二师某连一个北京知青，此时患的却是急性肾炎。
小伙子是北京某中学"老初三"的学生，叫瞿小虎，
个头不高，却英俊无比。他身体素质极好，是六营运
动会 200 米和 400 米赛的绝对冠军。小伙子篮球也打得
极富魅力，上篮的突破能力全营第一：速度快捷，姿
势潇洒，更有着无比的自信与从容。他是双胞胎，其
双胞胎的姐姐的身体却奇差。大家都开玩笑，说是在

娘胎里时，营养全让他小子占尽了。

瞿小虎还有非凡的手风琴技艺。他是在北大荒练出这手绝活的。1971 年，他是连队场院的保管员，为了练琴不影响其他知青休息，他专门把场院旁一间久无人居住的泥草辫子筑成的房子打扫清理了出来，搬了进去。整整一个冬天，他每天都练到半夜方才罢休。其刻苦精神，一时在全营传为美谈。

瞿小虎是个干活能玩命、交朋友讲义气的人，但平时却落拓不羁，大大咧咧。一顶褪了色的旧军帽永远不偏不正地扣在脑袋上，皱皱巴巴的帽檐下，也永远有一副笑嘻嘻的满不在乎的面容。哪个连队的知青摆"宴"了，他一定要不请自去，吃起来还要"反客为主"。六营哪个连队的知青都欢迎他去"白蹭"，因为他拉得一手好琴。每当酒饱饭足之后，知青们都会央求他："小虎，来一段《三套车》吧……""不，还是来段《山楂树》和《喀秋莎》吧！""嘿，干脆连同《红莓花儿开》、《莫斯科郊外的晚上》和《小路》都给我们拉上一遍吧！"

于是，知青们都横七竖八地倒卧于宿舍一南一北的大通炕上，细细地品味，沉醉于俄罗斯旋律优美的歌曲声中。当小虎拉到尽兴处时，知青们都会情不自禁地和着手风琴的节奏，放声高歌。最后是一发而不可收，《让我们荡起双桨》、《我们的田野》、《深深的海洋》、《红河谷》、《含苞欲放的花》……甚至连幼时唱的动画片《小猫钓鱼》的插曲"红太阳晶亮亮，雄鸡唱三唱，花儿醒来了，鸟儿忙梳妆……"和"红旗在前面招手，鸟儿在向我们歌唱，我们像春天一样，来到花园里，来到草坪上……"都一股脑儿地被知青们从脑海深处"开掘"出来。瞿小虎也一定会奉陪到底的。

这样的小伙子，能没有姑娘爱吗？1973 年初，这个豪爽的连个团员都不是的瞿小虎，被爱神之箭射中了。射箭者为小虎所在连队的团支部书记。这个女知青和瞿小虎同岁，是北京市一个相当有名的女校的学生。姑娘出身高知，身材婀娜，仙姿玉质。和小虎俊男靓女，倒是天设地造的一对。

那时，北大荒女知青主动找男知青交朋友，实为一大"景观"。你想，1973 年，"老高三"和"老初三"的女知青这时芳龄几何了？23 到 26 岁了！再不抓紧，一眨眼，可就过了韶华岁月了。那时，"老高三"的女知青有个口头禅"毁了我的青春了"。这句话特别准确地反映了那个年月，女知青欲寻爱不能（不想死心塌地在北大荒过像老职工那样的"小日子"），不寻爱也不能的"两难"境地。

但先找个"好的"预备上，再骑着毛驴走着瞧，倒不失为"上策"。于是，女知青们由于环境的逼迫，倒奋勇当先，主动发起"进攻"了。而且，这种"进攻"开始打破连队的界限，这便于女知青们从更大的范围中进行"优选"。这股风一起，谁动手晚了，可就只有捡"剩"的份儿了。

女团支书，大约就是在这种情况下，发起了她的个人攻势。但这种爱是在一个特定情境中的"选择"，这就必然栽下了它的"游移"性。

能被这样的姑娘追上，瞿小虎当然会充满了一种幸福感。瞿小虎深深地涉入了爱河之中。

然而，好景不长。他们才相恋几个月，女团支书就"飞"走了。是她的父母将她调到了他们所在的湖北干校。姑娘蛾眉紧蹙，杏眼含悲，与小虎挥手告别。姑娘爱的"游移"性此时暴露无遗。这种情况按说在北大荒绝不属个别现象，而是普遍存在的。本来"爱"就是有条件的，如果双方"条件"相距过大，那"爱"就将不复存在。在北大荒，能不能返城，就是爱的最奢侈的条件，也是最能让人理解的条件……所以，在北大荒，在知青中，爱是个非常孱弱的东西。爱的一方，一旦远走高飞，另一方就只能强忍悲伤。剩下的事，就只能是酸楚楚地翻开一方留下的一个厚厚的精美的日记本；扉页上写着苍白的、自欺欺人的临别赠言："亲爱的朋友，我们虽然分手了，但我永远是你的朋友……"

这一切，都应怨谁呢？好像谁都应怨，怨那个动荡的年代，怨那些以爱情伤害他人心灵的知青男女……又好像谁都不应怨，谁不想找个更温暖、舒适的地方……何况，这其中的情况千差万别，颇为复杂，很难逐一评判……

总之，瞿小虎此刻是彻底绝望了。他的绝望是可以理解的：第一，他失去了他真心挚爱的姑娘。这是他的初恋，他之于爱异常真诚。第二，他也想走，离开北大荒，他压根就没有过扎根的念头，但他走不了。办困退？他常年疾病缠身的姐姐就从没离开过北京。办病退？他壮得像头牛犊，这病从何说起？上大学？就他平常这个吊儿郎当的潇洒劲儿，"鸡屎白丁"一个，连领导能推荐他？

爱不成，也走不成；走不成又是爱不成的根本原因。这是一种沉重的双重的打击！向来自信、乐观的瞿小虎，此时却难以从绝望的泥淖之中拔出双足。

但就是在这个时刻，他认为他获得了一个转机，这个转机或许能让他返城，或许还能让他重新获得已经失去的爱。1973 年底，在他的初恋对象离他而去几个月后，他于愁肠万结中患上了急性肾炎。

人患上疾病，倒是一种生的转机；疾病为人生开辟了一条通往美好、幸福的坦途，这真太难让人理解了……其实，没有什么不可以让人理解的，有了病，就可以返城治病……这期间就不会有奇迹发生吗？患急性肾炎，按说依瞿小虎的身体底子，只要积极治疗，是会很快康复的。但聪明过人的瞿小虎此时为了达到返城的目的，却给自己设计了一条让人不堪回首的鸡飞蛋打的死亡之路！

瞿小虎返城后，进入其家附近的复兴医院接受诊治。化验结果是两个"+"号。按当时规定，四个"+"号，便可办病退返城的手续，于是瞿小虎决定争取拿到四个"+"号，以达到生的目的。当探视他的知青哥儿们去看望他时，他还兴冲冲地向他们摊出了自己的一揽子计划：将护士给的药，藏于枕头底下，然后寻机丢到马桶里去。瞿小虎是想将病情拖到四个"+"号——办了病退后，再积极配合医治。他想，"凭咱们哥儿们这么壮的底子，还能挺不过来！"瞿小虎太自信了，他害了他自己！日本电影《追捕》中的杜丘，将吃进的药，想办法呕吐出来，才真正是为了生。《林强海峡》中的林强，在教会医院不吃可疑人给他的药，也真正是为了生。而瞿小虎呢？他是拿自己的生命在赌博。他太有想象力了，也太勇敢了。因此，也太让人感到痛惜了。

两个月后，瞿小虎的肾炎果然加重，达到了他预期的四个"+"号的目标，但没容他"喘口气"办病退返城手续，紧接着就爆发了急性肝炎。从医学角度说，肝、肾是相通的。肾阴不足，将不足以养肝，导致肝阳亢。这还指的是一般"虚症"。瞿小虎久延拒治、大受损失的肾，终于破坏了他的第二个人体内的重要器官。很快，他被诊断为患上了"肝肾综合征"。肝已到了硬化腹水的地步，腹部胀大如鼓。

病情之严重，已使复兴医院束手无策。瞿小虎被紧急转往人民医院抢救。刚进院时，他神志还清醒，人还充满了信心。他这时还对纷纷前来看望他的知青战友们说："咱们哥儿们的底子这么棒，能挺过来。"

进人民医院后，瞿小虎双目失明。他的病情继续恶化，又患上了可怕的尿毒症，可谓"雪上加霜"。尿毒症，属严重肾脏疾病，肾循环障碍或尿路阻塞引起肾功能衰竭时，代谢产物如非蛋白氮、磷酸盐、胍、酚类等不能由肾排泄而积聚在体内，引起厌食、倦怠、恶心、呕吐、头晕、少尿、酸中毒、惊厥、昏迷等症状。瞿小虎在肉体上所经受的磨难与痛苦，可想而知。

在生命的最后时刻，瞿小虎天生的自信依然没有泯灭。当知青好友们再一次去看望这个曾是那么生龙活虎的可爱的小伙子时，他失明的双眼已看不见站拢在他四周的昔日好友们了。面色晦暗无华、青灰色的他，时时处于昏迷状态。但就是这样，他还喃喃地对知青战友们说："咱们这么壮的爷儿们，能挺过来……"他对生还充满了希望。本来，似乎轮到谁死，也不该轮到他。这时的瞿小虎连皮下都水肿了，全身的肌肉都长不到一块儿。

医院对他尽了最大的努力，最后是剖腹取水，腹膜透析……但终究是于事无补。上帝伸出了他的巨手，将这个出色的小伙子捧进了另一个世界——天堂。

24 岁的瞿小虎，为了爱情，为了返城，付出了人生最昂贵的代价——生命。

瞿小虎，你太操之过急了。1974 年距 1978 年大返城，仅还有四年。到那时，你返城也不过就是 28 周岁。这个世界上还有许多事情等着你去干，这个世界上还有许多可爱的姑娘等着你去选择，这个世界上还有许多朋友等着与你真诚地交往……

"生命诚可贵，爱情价更高。若为返城故，两者皆可抛。"裴多菲的爱情诗，在 20 世纪 70 年代居然"翻版"出了一首世界上空前绝后的"返城"哀歌。

畸　婚

舒　平

●热辣辣的目光●我爱上了他●情是何物，愿以终生相许●男友回京上大学●情思无日夜，苦熬总断魂●梦幻破灭●为了返城，仓促成婚●英俊丈夫是跛子●我绝不会碰你●像朋友，像兄妹，唯独不像夫妻●我们真的相爱了●德国帅小伙闯入我的生活●告别婚姻，奔赴柏林●梦幻又灭——他没有错●前夫已是骨癌晚期●情祭：世浊更爱此冰清。

　　　　　　　在那个时代萌生的恋情，是不会随着时间的推移而变得轻飘、世俗和晃动的，因为它有着真诚和凝重的根基。

　　　　　　　　　　　　　　　　　——作者

　　她很准时地开车来到了我们约好的地方。我坐上她的车。"今天晚上你还有其他安排吗？"她问。我说没有。她又说："那你陪我去接趟女儿吧，她就要放学了，咱们正好顺路。"我表示同意。

　　她开着一辆红色的桑塔纳轿车，车里很干净。穿着一身深色毛料春装的她目不斜视，将车开得很平稳。我们来到她女儿所在学校的那条胡同口，她停下来，走下车去，小心地将横在路上的几辆自行车搬到路旁，然后又回到车里，将车子熟练地掉过头来。"你每天都送女儿上下学吗?"我问。她默默地摇了摇头。

她叫姚远方，今年 42 岁。她的皮肤白皙，身材窈窕，美丽的双眸深深地凹陷着，棕红色的头发笔直地披在脑后。看着她那默不作声、凝神沉静的样子，不由地令人想起日本作家村上春树的一句话，欣赏风韵犹存的中年女子，真是人生一大快事。

我们默默地坐在车里等着。不一会儿，她的女儿拉开车门坐到了后排座位上。我看到，她们母女俩的手几乎是同时抬起来，轻轻碰了一下，算是互致问候。当然，她女儿也没忘了对我粲然一笑。

她居住的院落在安定门内一条僻静的胡同里，是一座标准的四合院，北屋后面还有一个小花园。房间里的陈设相当俭朴，除了放在角落处的那台电脑和传真机之外，几乎都是过时的家具。

我们很简单地吃过晚饭后，她女儿便去自己的房间里去做作业了。我注意到，在她们母女对视的刹那间，各自目光中都流溢着浓浓的爱意。

她女儿今年 17 岁。

一阵阵悠扬的钢琴声从外面传进来，姚远方望着窗外，像是在寻找着什么。

我一直想搞清楚这琴声是从对面楼房哪个房间里传出来的，但总也没找着。我喜欢这琴声（沉默）。《中国知青情恋录》……这题目是谁想出来的？这是个多么残酷的话题！起码对于我来说，是残酷的，无异于重揭伤疤一样。不过，我得承认这选题想得相当好。当我们回忆往事的时候，难道还有什么比我们这一代人有过的那种、带着鲜明时代印记的情恋经历，更让人梦魂牵绕的吗？

我是在 1969 年秋天去北大荒插队的，那时我还不到 16 岁。在我

9 岁时，我妈妈病逝了，这个偌大的院落里，只剩下了我和父亲两个人。当然，文化大革命时除外。那时这院子里住满了红卫兵，我们父女被赶到一间原来又潮又暗的仓房里去住。红卫兵走后，这里又成了街道幼儿园，直至 1979 年这院子才算彻底退还给了我们。在我的记忆中，我父亲从来就没有过正式工作，总是做临时工。赶上哪儿都不需要他的时候，他就在家里闲待着，整日蒙头大睡，再不就是唉声叹气，弄得我心情也特压抑。我当时只有一个心思，快点儿离开北京，离开这个院子，离开这个倒霉的家。

　　现在，在我的梦境中，偶尔还会出现北大荒那独有的景色。那蓝天，那白云，那青青的草地，汩汩的流水，平缓的山坡，皎洁的月色，一望无际的田野，郁郁葱葱的森林，那晒场、马厩、谷仓、羊舍。在那里，我爱上了我平生的第一个男人。他比我大 3 岁，是个干部子弟，我们同住在一个集体户里。说不清到底是他那英俊的相貌，还是他那引人入胜的谈吐，要不就是他那件晃眼的黄呢子大衣。不知道，我确实说不清他到底什么东西总在吸引着我，尤其是对他望着我时的那种热辣辣的目光，我真是又惧怕又渴望。

　　他常常帮助我，经常宽慰我，对我体贴极了。1973 年春节，知青们都回城探亲去了，我们俩没有走，住到了一起。他说，他会永远爱我，保护我的。我像信任自己一样信任他。那时候，我觉得自己是最幸福的女人。就在那一年，他回北京上大学去了，再也没有来信。当我预感到不妙的时候，整天不吃不喝，只是躺在炕上哭，哭完就睡，醒了还是哭。窗外大雪纷飞，北风呼号，我一人躺在冰冷的炕上，你能想象出当时是什么情景。后来，我实在无法忍受了，便跑回了北京，并且打听到他与系里一个女同学好上了。当时，我万念俱灰，甚至还想到了死。就在那一刻，我对生活所有的梦幻和憧憬全都破灭了。

　　我没有再回北大荒，并在当年年底和李全明结了婚，那年我20岁（沉默）。当时，我爸爸在得知我的事后，头一句话就是，你该结婚了，找个北京人。我同意了。干吗不呢？我想，既然他能为了不再回北大荒那个鬼屯子而背叛爱情，我为什么不能为了重新做一名北京人而在这里结婚呢？在这以后，大约有半年时间，我就像挂在副食店里的一块鲜肉一样，被城里人挑来选去。在我姑妈和她同事的张罗下，我接二连三地被拉出去和人家见面，先是抱有希望地激动几天，一谈到实质问题便告结束，没有一个人肯将我这个一无工作、二没户口的知青，领回家去做老婆。如此这般，循环往复，大概与我见面的总有八九个男人。奇怪的是，面对着一次次的失落，一次次的破灭，遭受打击的似乎只是我作为女人的那份自信，却丝毫没有动摇我一定要在北京留下来的决心。李全明就是在这时出现在我生活里的。与他初次见面是在北海公园。尽管在此之前，我已经看过他的照片，了解到一些他的情况，应该算是有些心理准备，但真看到他时，我还是犹豫、畏缩了。那是深秋时节的一天黄昏，公园里人很少，远远的我就看到他正如约坐在水边的长椅上，风吹动着他蓬松的头发，同时映入我眼帘的，还有他身边那副刺眼的双拐。我从他的身后走过去又走回来，侧眼观察着李全明，心中已经决定，不理他，就此走开，也行使一次选择别人的权力。就在这时，他猛然间转过头来，灼人的目光一下子捕捉到了我，我不知怎的竟在那一刹停住了脚步。我们对视。如果说他不是少了一条腿的话，那他绝对是一位英俊的男子汉。他那浓浓的剑眉，挺直的鼻梁，宽宽的肩膀，尤其他那深邃的目光，有着一种夺人魂魄的力量。他微笑着对我说，你是姚远方吧？请过来坐吧。应当承认，他的声音浑厚、低浑而又温和。我鬼使神差地走过去，面无表情地坐在他身旁，清楚地看到了他那只空荡荡的裤管，被风吹得晃动着。我望着水面，一言不发。他也沉默着，不动声色。那一刻，我的心里真说不出是一种什么滋味，又气愤又悔恨，又想哭又想笑，总之是想痛痛快快地发作一场。我绝望地感到，生活中的一切美好，都已不再属于我，我只配和一个跛子约会。

就这样过了大约有五分钟，就在我起身要走的时候，他突然一把拽住了我的衣角。跟我结婚吧，他说。什么！你在说什么？我带着鄙夷的冷笑，轻蔑地对他说，跟你结婚，你不是在说梦话吧？快松手，你让我恶心！说实在的，当时我的确没有料到，他会这样没有任何过程、恬不知耻地、赤裸裸地一见面就向我求婚。我气愤极了，像受了某种人格上的侮辱。跟我结婚吧，他又说。我的衣角仍被他紧拽着。真不知道世上还有你这样恬不知耻的人，我说，你睁大眼睛仔细看看，我年轻，我漂亮，我为什么要嫁给你？他说，为了户口。滚蛋吧，户口！我说，你以为我为了那一张户口，就会卖身，就会同你这样一个跛子生活一辈子吗？真是可笑！不是一辈子，他说，我请你别那么冲动，听我把话讲完。我们结婚只是为了你的户口，一旦你的户口办回北京，你随时可以提出离婚，我绝不纠缠。他松开我的衣角，接着说，结婚对于我们只是个名义，我绝不会碰你一下的，结婚后你仍旧可以住在你自己家里。考虑好了给我打个电话。他说完，架起双拐先走了。我站在那里，望着他的背影，呆愣了许久。

我们是在那年年底结婚的，准确地说，是一道去办事处领了结婚证。那时，他26岁。我想，在那个年代里，如此畸形的婚姻和与我同此命运的女知青绝不仅我一个人。庆幸的是，李全明对他在婚前所说的一切，自始至终也没有违约（沉默）。岂止是没有违约啊，他是我所碰到的最好最好的男人！

婚后，我们之间的接触自然而然地多了起来，一来我们毕竟是夫妻，尽管是名义上的；二是因为还要求他帮我办户口。那段时间把他累得够呛，人整瘦了一圈。我实在看不过去他整日架着双拐为我跑户口，几次提出用车推着他，但他就是不肯，他总是说，你就在家等着吧，我肯定能给你办成。慢慢地，我对他的了解也多了起来。他的那条腿是在 1967 年的一次车祸中失去的，当时北京的各个医院都已大乱，人们忙着夺权、武斗、闹革命，根本没有人为他用心治疗，他能够在那样的条件下活下来，不能不说是生命的奇迹。他在一家校办工厂工作，主要是搞电器维修和一些简单的晶体管收音机设计。他是 66 届高中毕业生，很喜欢读书，什么文史哲、数理化之类的书他都喜欢读，最喜欢读的要算是有关无线电知识方面的书籍。他的父母都是教师，天晓得关于我们的事，他是怎样向他母亲解释的。

户口办回来之后，我急着要找工作，但他却不同意。他说，你年纪还轻，不忙工作，应该抓紧时间学习，他可以辅导我学完初高中的全部课程。我问他为什么要对我这样？他说他没有想到，他一个残疾人的婚姻，竟能对别人有这样大的帮助，他在我的身上，找到了他存在的价值。

我听了他的话开始学习。整整 3 年时间，我白天在自己家里做他留给我的作业，晚上到他那里补习。就这样在他的帮助下，我用三年时间学完了在学校里要六年才能学完的课程，并打下了良好的英语基础。每天晚上，我们相伴灯下读书学习，有时也谈一谈各自的过去。我们像朋友，像兄妹，唯独不像夫妻，尽管我早已看出他很爱我，我对他也颇有好感，但我还是无法下决心走出那一步。

1976 年秋天，一个星期日的下午，我去王府井买东西，在商店里与当年抛弃了我的那个家伙不期而遇。他们一家三口正悠闲地在柜台前浏览，当我们互相发现对方时，距离已经很近了。他先是一惊，紧跟着满脸堆笑地向我问好，我也向他问好，并说了几句转身就忘了的话，尔后擦身而过。没想到，不一会儿他一个人又追了上来。他说，远方，我对不起你。我想知道，怎样才能补偿你？你说吧，我会认真去做的。我一定要补偿你。我没理他，转身要走，却又被他一把拽住。他说，远方，这些年来我一直也没忘掉你。我冷冷地说，可我早把你忘了。不，你说谎。他说，我们彼此都没有忘记，一切都还记着。你错了，我说，我确实早将你忘了，忘得一干二净。我结婚了，三年前，我丈夫是个非常出色的男人，比你强多了，他人格高尚，仪表堂堂，才华横溢，我现在心中想的只有他。他听傻了。

那天晚上，我像往常那样来到李全明家，神情愣愣的，他讲的课我一句也没听进去。他问我怎么了？我说，今天晚上我不走了。他先是怀疑自己听错了，但在我又一次重复完这句话之后，他激动地一下子将我搂在了他怀里（沉默）。从此，我和他像真正的夫妻那样，在一起生活了。两年后，我们还有了一个女儿，就是你刚才看到的那个姑娘。回想起来，那段时间是我生活中最最幸福的时光。我想，如果没有以后的事情发生，我会一直这样安稳地生活下去，肯定是这样。

1979年的一天，我回家去看望父亲，见居委会的两位大妈和一位警察正在和我爸聊天，我当时没有理会他们在聊什么，只是跟他们打了个招呼，便到厨房里去洗我爸换下来的脏衣服了。不一会儿他们走了。我爸来到厨房对我说，快去买菜，多买一些，快去快回，马上会有客人来。等我买完菜回来时，看到家门口停着辆小汽车，进屋一看，有两个陌生人正和我爸聊天，其中还有一个外国人，中国话说得很地道。我木然地同他们打过招呼，就去做饭了。我后来得知，他们是来访的一个西德贸易代表团的，为了找到我们，那个长得挺帅的外国小伙子，确实很费了一番周折。记得那天我们是用饺子招待他们的，醋里放了不少辣椒油，他们吃得满头大汗，连声说好吃。

那个德国青年叫韦顿，他父亲和我爸爸在年轻时，是非常好的朋友，非常好。到底他们共同经历过什么事情，我爸爸没有对我说。他曾在德国留学，还在那里工作过一段时间，在德国待了有七八年。我爸爸是1947年回国的，韦顿的父亲也曾在新中国成立前来过一次。他是1971年去世的，临死前他对韦顿说，在中国他有一个非常好的朋友，一个有恩于他的老朋友，如果有机会，一定要去看望他。他还留给韦顿一张已经发黄的旧北京城区图，上面非常清楚地用红笔标明着我们家这个院落的位置。1979年咱们国家刚一开放，韦顿便借工作之机来到中国，并找到了我们。

那次，韦顿在北京待了半个月。我带他去看故宫、爬长城，品尝中国菜，几乎每天都要见面。很快，我们家里有了那时北京还很稀少的大屏幕彩电、冰箱等家用电器，就是在韦顿走后，他还是不断地将各式各样的德国日用品寄来。为了维修这个院子，他一下子寄来了5万马克。在此后大约一年的时间里，韦顿到北京来过三次。

想一想在当时，我的同龄人们都还在为找到一份每月只有几十元收入的工作而着急操心的时候，我的生活却意外地在骤然间发生了这样的变化，它刺激着我的虚荣心迅速膨胀了起来。我开始讲究起了吃穿、排场，在相识的人中，还有意无意地炫耀、摆阔。每次韦顿来北京，都是我陪他，时间太晚了，我就不回家而住在韦顿为我租下的饭店房间里。这段时间里，李全明始终保持着沉默，他一个人既要上班又要带孩子，还要抽时间修理别人送来的坏电器，夜里还要给无线电杂志写稿子。一个人忙里忙外，没日没夜，不消说他，就是一个正常人也难以承受如此劳累，但他却硬挺着。同时，他还要忍受内心的煎熬，因为随着韦顿的到来，我和李全明之间开始淡漠起来。这里面，当然是因为我的关系。那时我突然感到，在此之前我的那种生活简直算不上是生活，枯燥无味，平淡没劲，只能算是活着，而韦顿的到来，却为我打开了一扇新的生活窗口，那扇窗口里的生活，是那样绚丽多彩，令人心驰神往。我和韦顿的话越来越多，和李全明的话越来越少。我甚至还背着李全明和父亲给韦顿写信，让他将回信寄到与我最要好的一个中学同学家里（沉默）。我与韦顿谈过很多，但却没有将我一个最基本、最重要的事实告诉给他，那就是我结婚了，并有了一个孩子。尽管韦顿并没有问起过我的婚事，但必须承认，我对这件事也在有意无意地回避和隐瞒着。

终于有一天，也就是在我即将赴德国留学前夕，李全明向我摊牌了。他说，咱们离婚吧，我已经考虑很久，现在该是我兑现婚前承诺的时候了（沉默）。两个月后，也是在这样一个春暖花开的日子里，我坐上了飞往柏林的班机。就在飞机腾空而起的那一刻，我哭了。我觉得，我一下子失去了好多好多。那时我已经和李全明离婚了。我努力安慰着自己，想象着韦顿那迷人的笑容，还有鲜花，还有我渴望已久的生活。就让一切都重新开始吧，我对自己说。

果然，韦顿真的手捧鲜花到机场来接我了。我激动地扑进了他的怀抱，那一刻，我觉得自己幸福极了，为了这一刻，我觉得再多的失去也是值得的。从我下飞机那天起，韦顿便终日陪着我，我们一站一站地旅游，整日沉湎在梦境一般的生活里。一天早晨，我醒来时发现睡在身旁的韦顿已经穿戴整齐。我要去上班了，他说，假期已经完了。我说，你去吧，我等你晚上回来。他说，我晚上不能来了，要回家去。回家！我疑惑地问，你和你母亲住在一起？他说，不，是回自己的家。我问，你结婚了？他说，是的，已经有了两个小孩。我什么也没有再说，痴愣愣地望着韦顿远去了。

　　能怪谁呢？我想，一切不都是我自己找的，是我自愿的吗?! 韦顿从没有对我许过任何承诺，他所答应的，他都办到了，他没有错。是的，关于他的婚姻他的确从未对我提起过，但我不也是一样吗？

　　我给爸爸打电话，正巧李全明守候在那里。我和他离婚的事，并没有对当时已身患重病的爸爸说。李全明对我说，家里这边我尽可放心，爸爸的病由他来照顾，女儿也很好，他只希望我在外面安心上学，抓紧学习。我当然没有对他们讲这里发生的事情，放下电话，我大哭了一场。我感到，当一个人从他原有的生活轨迹上，带着渴望虚荣的浮躁，依仗着不劳而获的力量，跳跃到另外一条原本不属于他的生活轨迹上时，他失去的将不仅仅是过去的一切，所谓的新生活将逼迫他改头换面，直至失去他原有的自己。我整理着行囊，也整理着自己的思想，我感到自己清醒了许多。我最后决定，坚持下去，闯过这一关，完成学业后，马上回国去（停顿）。

　　两年后，当我即将返回北京给李全明打电话时才知道，我爸爸在我去德国后不久就去世了，是李全明和他们同事一起操办的后事。为了不影响我的学习，他一直没有告诉我，只说我爸爸住在医院里。我听到的第二个消息是，李全明已经患了骨癌，而且是晚期。两天后的晚上，当我急匆匆地从机场直接回到我和李全明共同拥有过的那个小家的门口时，见房门虚掩着，我轻轻地走进去，见女儿正在床上熟睡，李全明搂着电话机也伏在床边睡着了，我的大幅照片，贴在床前的墙壁上。看着眼前的一切，我的泪水再也止不住地流了下来（沉默）。为了能够照顾好女儿，他忍受着剧痛，坚持不去医院治疗，他把他生命中最后的时间和最后的爱，全都给予了女儿。李全明离开我已经 12 年了，但我今生今世也无法忘记他。或许在别人看来，我和李全明的结合，是一桩时代造就的畸婚，但我现在不这样认为。我觉得，是他在我都快没人要了的时候，挺身而出收留了我，用他特有的方式，帮我重新树立起了生活的信心。是他在我浮躁闹腾的时候，默默地、毫无怨言地克服了种种常人难以想象的困难，忍受着剧烈的病痛，抚养着我们的女儿。是他那种高尚的人格，使我懂得了许多我先前不懂的人生道理（哭泣）。在他走前，他还惦记着没给别人修完的那几台电视机。

　　每一个知青的情恋经历，或许都是一个故事，每一个这样的故事，又都无法抹去地带着鲜明的时代印记。它令人回忆，引人思索，给人启迪。虽然那个时代已经久远了，但我相信，在那个时代萌生的恋情，是不会随着时间的推移而变得轻飘、世俗和晃动的，因为它有着真诚和凝重的根基。

四千封情书　寄给另一世界的恋人

个路人

　　●无罪而戴罪的爱情●此心不渝，地老天荒
●弱女子流落塞外皆为情●情书难寄，痛！痛！
痛●他确信她不在人间●她无奈做了新娘●情未
了，30年后重相逢●她在他坟前焚烧4000封情
书●您就是我们的亲妈妈

> 我一天都没停止过思念！
>
> ——女主人公

　　1997年6月中旬，一封寄自四川云阳的普通
信件，震撼了新疆生产建设兵团千万人的心灵。
人们传阅着这封沉甸甸的"家书"，无不为黄月贤
和阳民这对在爱海情河中沉浮，分离30年重逢，
又未能走到一起的老人凄婉长叹。同时双方子女
的大义之举又使在场的每一个人都感动不已……

现实的冷酷　使她不得不含泪和恋人分
手远走塞外　这铸成了三峡妹子一生的痛楚

　　颀长窈窕的身材，姣美洁净的脸庞，19岁那年，
黄月贤占尽了青春带给她的美丽和灵秀，相貌不用打

扮也出众，格外引人注目。就在她对爱情还懵懵懂懂时，一个冥冥中注定改变她命运的人出现了，这就是英俊洒脱又颇有才华的阳民。

他和她同住在长江之滨的小城云阳，自从在一个偶然的机会相识后，彼此对对方都产生了极深刻的印象，继而在心里产生一种默契。随着时间的流逝，双方感情不断加深，最后到了谁也离不开谁的地步。他们相约，来年结为伉俪。在那个"红彤彤"的年代里，平淡无奇的生活掩盖着多少无从知道的惊涛骇浪。谁也没有料到，一场厄运正悄然向一对恋人袭来。

别看云阳县城不大，在"文革"期间"阶级斗争"的弦却绷得相当紧。当时，阳民已是一名年轻的领导干部，当他和地主家庭出身的黄月贤热恋的消息传出后，在当地犹如投下了一颗重磅炸弹。单位领导勒令他马上和她"划清界限"，同事们为"挽救"他，也开始了无休止的批评帮助，还有家人和亲友的痛斥与指责……一种无形的压力从四面八方向他涌来，他感到欲生不能，求死不得，不几天便眼窝深陷，满脸蜡黄。

此时的黄月贤，更是受到了非人的折磨。她以"拉拢革命干部下水"的罪名，遭到红卫兵无休止的批斗，经常是挂黑牌、戴高帽游街示众，稍有不从就会遭到拳打脚踢。这期间，她存在的价值就是在不停地呵斥下扫大街、挑大粪。

为不连累他，经过激烈的思想斗争，黄月贤决定和阳民分手。那些日子，她陷入了空前的忧郁，整天为阳民提心吊胆，可几次话到嘴边又难以启齿。在一个雨夜，她悄悄地约见了他。他发誓：此心不渝，地老天荒。她一把捂住他的嘴，泪水涟涟……分手时，俩人紧紧抱在一起，哭成了一团。她抽泣着："今生别忘了我呀！"他也动情了："嗯，嗯……"已无语凝噎。

春雨绵绵，扯不断，落不完，到处是一片灰蒙蒙的。为了让对她"还不死心"的阳民彻底摆脱困境，黄月贤毅然决定，悄悄离开小城，到遥远的新疆投亲求生存。1967 年 4 月的一天，天不亮她就上路了。一路上泪水不断地涌出，顺着脸颊，一直流进美丽的脖颈。这位弱女子不知道，迎接她的还有更多的雪雨风霜。

三年"失踪"他确信她已不在人世
黄月贤成了年轻的寡妇
拖着一儿一女在塞外拼命挣扎

列车在"平沙万里绝人烟"的戈壁荒漠上穿行着。滚滚车轮，把她编织了 19 年的梦碾得粉碎，呆呆地坐在那里一动不动，任凭酸楚的泪水恣意流淌。浑浑噩噩不知过了多久，终于到了边城乌鲁木齐，接着，她又改乘汽车，一路颠簸震荡，历尽千辛万苦，来到了新疆建设兵团某部十一连的亲戚家。

这偏僻荒凉的塞外之地，冬季风像狼一般吼叫，雪厚得惊人，是个呵气成冰的"雪海寒极"；夏季酷热难当，空气干燥得像着了火，她的嘴唇和鼻子经常无缘无故地流血。生活的窘迫和情感的无措，使这位 19 岁的弱女子备尝了人世间的艰难与困苦。她到过建筑工地，没日没夜地捶石渣，搬砖块，运石子；她种过那一望无际的盐碱地；她做过淘粪工……她像架放飞的风筝，但无论飘到何处，潜意识里的那根线总牵挂着阳民这头。

她牺牲自己，把爱深深埋在心底。她把全部的感情生活，都倾诉于笔端。一周一封日记体的情书，有时甚至一天就写好几封，但这些都是无法发出的书信，她只能藏于箱底——她不能让阳民和家乡人知道自己的下落。但，这却成了支撑她活下去的唯一感情寄托！

黄月贤悄悄逃出云阳后，阳民四处打听她的下落，他问遍了她家所有的亲朋好友，然而，最终一无所获。他悲痛欲绝，无数个不眠之夜，这位男子汉忍不住放声痛哭。寂寞凄楚的三年过去了，心上人依然杳无音讯，只到这时，他才逐渐相信了外界的传说：她确实不在人世了！

阳民终于在亲友撮合下组建了自己的家庭。此时，他哪里知道，黄月贤正在煎熬中度日。当她在一个偶然的机会，听到阳民结婚的消息后，只觉得天旋地转，骨髓里一阵寒冷。不久，在众人友善的奉劝下，她也无可奈何地做了新娘。

婚后第三年，不幸又突然降临。丈夫撇下她和两个嗷嗷待哺的孩子撒手而去。

家里没有男劳动力，她就一个人顶着。春种、夏锄、秋收、冬藏，很多要男人干的活，她都自己干。一天下来，常常累得四肢瘫软。除此之外，还要照顾幼小的儿女。她不知道什么时候才能结束这无边的苦日子，同时，也更增加了她对阳民的思念！

其间，善良的人们多次劝她再婚，她都一一谢绝了，因为她知道，自己心里总有一个抹不去的人影。这位年轻的妈妈在她那日记体的情书中写道："岁月的刀将我的脸刻出一道道印迹，社会的刀把我雕成一个妇人，而我心灵的这把刀，却始终在解剖着那段感情……我一天都没停止过思念！"

情未了 30 年后千里相逢
一对饱经沧桑的老人又回到了初恋的岁月

生活像无风的湖水平静地流淌着，在不知不觉中，孩子们已一天天长大。他们先是上学，毕业参加了工作，然后又各自建立了自己的小家庭。当年满头"黑色瀑布"的黄月贤，也成了头发花白的老人。

1995 年，阳民的妻子去世。1997 年初，已随子女迁居山东青岛的黄月贤无意中听到了这一消息。此时，她陷入了欢愉与痛苦的两极矛盾之中，说不清这到底是一种什么样的复杂情感。独身的日子她过够了，没有男人的家就像搁浅的船，她再也不愿过那种无依无靠浮萍似的日子了。

当她把寻找阳民的想法告诉子女时，起初遭到了反对。可当孩子们了解了母亲这段哀婉凄绝的感情经历后，一个个都哭成了泪人。最后他们一致决定，支持母亲圆这个30年未圆的团聚梦。除夕之夜，正当千家万户坐在电视机前，欣赏中央台春节联欢晚会的精彩节目时，黄月贤老人家正举办一个特殊的家庭晚会，儿女们决定送母亲回云阳，一家人畅谈到深夜仍毫无睡意，个个显得兴奋异常。

1997年2月上旬，黄月贤按亲戚提供的地址，首先将分离30年来她写给阳民的未发出的信，全部寄给了他。当时把邮局的营业员都吓了一跳：这信足有一座小"山"高！漫长的一万多个日日夜夜啊，这期间有多少压在心底的话要对他讲。

"她还活着！难道她真的还活着？"阳民老人接到这些信时又惊又喜，他简直不敢相信自己的眼睛。50岁的人了，当年的雪肤花容已了无痕迹，陈列在脸上的是星罗棋布的皱纹，只有照片上那双大眼睛，还像年轻时那样深情地注视着他。想到就要见到自己魂牵梦绕的恋人了，连续几个晚上，阳民兴奋得彻夜难眠，真是世事如梦啊！

盼望着，盼望着，幸福的时刻终于到来了。当一对昔日的情侣在云阳相聚时，她的脸上似乎没有了表情，也没有跟泪。也许她等待得太苦、太累，泪水早已流干，在这令人激动的时刻，她完全没有了年轻人那种冲动，只是心在激烈地跳动，血在周身奔流。

昔日的英俊洒脱早被风吹雨打去，她端详着苍老的他断断续续地说："难道……这真的是你，阳民……""嗯……"他已是泣不成声。"我有病,不忍心连累你呀!"阳民说。黄月贤也泪眼蒙眬:"只要你记得 30 年前的我,我什么也不在乎,我要服侍你下半辈子!"两双手终于紧紧握在了一起。

当他们正筹备婚事时 新郎却悄无声息地撒手人寰
她在他的坟前焚烧 4000 封情书
遥寄给另一个世界的恋人

世界也许就是这样,有时苍白得令人生厌,有时又浓墨重彩充满温馨和柔情,让人回味无穷。当看到两位老人幸福的欢愉之情时,两家的子女也都为之感到由衷的高兴。经研究,他们决定 1997 年 4 月为两位老人举办婚礼。

这些日子,孩子们都兴奋得像过节一般,他们陪两位老人散步,逛商场,购置新婚用品,布置新房,个个忙得不亦乐乎。垂暮白头终团圆,这真是他们做梦都没有想到的。也许正是因为一系列挫折和不幸,才使他们体会到了人性的复杂和人生的绚丽。

在婚礼举行前夕,一场灾难突然降临了。谁也没有料到,即将做新郎官的阳民在事先没有一丝征兆的情况下,竟悄无声息地撒手人寰。抱着他那冰冷的躯体,黄月贤如万箭穿心,止不住失声痛哭。这打击,对一个历尽坎坷的苦命女性来说,实在是太大太大了……

枯草在风中不停地摇曳着,天色灰蒙蒙的越发显得凄惨荒凉。此时,黄月贤静静地坐在阳民的坟前,把凝聚了她 30 年血与泪、情与爱的 4000 多封日记体情书,一一焚烧,遥寄给另一世界的恋人。那一句句嘱托,一声声呼唤,似杜鹃啼血,声声催人泪下……

4 月 2 日,黄月贤准备离开云阳返回青岛,没想到感人的一幕发生了,只见阳民的子女们竟齐刷刷地跪在了她的面前,他们真诚地乞求:妈妈,感谢你让父亲幸福地离开这个世界。请您留在云阳吧,我们会像对亲生母亲一样服侍您！您就是我们的亲妈妈！等将他们扶起时，她自己也早成了泪人。

她最终留了下来。1997 年 6 月，黄月贤又写信把这一系列悲痛与喜悦的消息，告诉了她远在新疆的亲人。人们从中得知，她不仅了却了 30 年的心愿，同时也欣慰地看到，在这个世界上，还有许多人存在着那份人间真情。

寄往天国之门——写给宇廉

晓 沫

●为你，超度亡灵●莫非这就是宿命●心照不宣●支撑我们的是精神的幻想和相互的牵挂●沉浸在爱的世界●复杂的骚动●我将尊重并服从你的任何选择●命运的逼近●分手●哭自己的幻灭●惨重的伤害●黑色幽默●多少事留下了永久的遗憾●一束白色的康乃馨●遥送故人远行

时间抹平了一切，往事随风而去，
当爱情成为一场永远的梦，我们才知道，
真正完美的爱情只有在想象中永世不灭。

——作者

宇廉，你一定也记得这幅照片，我为你和沈嘉蔚拍的，就在兵团俱乐部侧面的院子里。你们两个站在你的油画《乌苏里渔歌》后面，就像拼接在一起的两个画面。

我会永远珍藏。

你已仙逝，嘉蔚远在澳洲悉尼，使它愈发显得弥足珍贵。

宇廉，你真的走了吗？与我们竟已生死相隔？刚接到吕敬人电话的时候，我惊得眼前一片空白，怎么

敢相信这是事实。记忆的闸门一旦打开，你竟那样生动、切近地出现在我的面前。在这之前两天，我刚接到过9团5连的兵团战友打来的电话，邀我同上五台山，我正在犹豫不决（还有朋友约我去北戴河），只是为此事感动不已。我只在5连待过一两个月，她们竟还会如此挂念我。同时，使我不期然地想到卓立、想到你（5连是卓立的连队）。事后我总排遣不掉一个思虑：这两个电话之间，难道有某种玄机？

我去了五台山。为你，超度亡灵。

《宇廉，你在哪里？》这来自海对面遥远悉尼的痛彻心脾的呼唤。深深震撼了我。

这根植于北大荒黑土地的生死友谊；我所见到过的一个男人对另一个男人最真挚、最悲戚的哀思。

怎不令人唏嘘感叹。

那么，除此之外呢！

难道真的就再没有一个女人，能够进入你的内心，抚慰你，温暖你。远在异国他乡，你更需要相濡以沫的红颜知己。你太内向、太压抑，太不善于排遣、宣泄深藏的积郁。郁积成病，这该不是你得病的原因？为什么你总在精神的自我放逐中备受折磨、煎熬。22年前，你在信中对灵魂无情地自我剖析，就曾使我极为惶恐不安。难道是两个灵魂的搏斗毁灭了你。

你漂泊的灵魂将在哪里安息？

最后一次见到你，是在十四五年前，美术馆的走廊上，那时你刚从美院毕业不久。听说你们结婚了，而且卓立已从香港去了意大利，我还以为你们很快就能团聚。

在美院时，你也曾与卓立一起来看过我，在我的教室。

我发自内心地祝愿你们能够幸福，但心底还是不免泛起一阵酸楚。

卓立曾单独来过，在 1979 年冬天，第一次见面。我热情友好地接待了她，留她吃饭，还请她参加班里的春节联欢活动，使得我的同宿舍同学聂鸥大为惊讶不解，岂止不解，甚而愤愤然。

"我不能够。"我向她解释，"这是他的选择，卓立有什么责任。"况且在我眼里，卓立是一个看着很舒服的女孩，略为浑圆的脸上，架着银色淡金属框眼镜，虽算不上很漂亮，但青春洋溢，也很文气。一脸的无忧无愁，傻笑的样子很招人喜欢。第一眼我便在她的脸上找寻有没有与我相像之处。要知道我刚到 5 连，就有人告诉我连里有个哈尔滨青年叫卓立，也喜欢画画，只是她回城了，不会再回这个连，"你俩长得也挺像"。也许是这句话，使我牢牢记住了卓立的名字，而我一向对人名是疏于记忆的。那时我们谁也无法预见将来所发生的变故：卓立会取代我在你的感情生活中的位置。我一直在惊异，我与卓立之间，怎么会有那么多偶然的巧合和纠葛，难道在冥冥中，命运做出了神秘的安排。

那次在北京，卓立还去了我家，过去的老四合院平房，你也去过的（那年正好我回家探亲，而你和敬人、国良得到一个美差，为画一本连环画从北大荒到西沙群岛收集素材。返回时途经北京，你来我家，特意送我两束珊瑚，真令我喜出望外）。而后我回访，却只需走几步路，她住的亲戚家竟也在西石槽胡同，相隔不过几个门牌。

莫非这就是宿命。

你知道，那年我去卓立的 5 连，是抗争宣传股股长失败后的发配。我在 36 连和团照相馆时，参加兵团美术学习班都极为顺利，没想到调宣传股后，却遭到那个坏蛋股长的无理阻挠。天下竟有这样的变态心理，只为妒贤嫉能，便无端地整人。那时你们已集中在学习班开始了创作（学习班前后顶多两三个月）。我心急如焚，被逼无奈之下，不得不拼命抗争。告状、绝食，从团部到师部，一直到兵团司令部。不想只得到无关痛痒的安抚。回到团里，立刻付出代价，受到惩罚。你们也为我的事气愤、着急，但却爱莫能助。5 连正在修水利。那是很重的活，一天干下来，腰酸背疼。但我咬牙坚持着，站在一人多深的土渠里，一边奋力向上扬土，一边在心中积聚着另一种反抗的激情，这就是我的版画《春汛》的构思由来。一个月后，突然发生了戏剧性的变化，股长多次奸污女知青恶行败露，被开除军籍、严惩法办。我被解放，迅速赶往佳木斯，在学习班即将结束时，以最快的速度完成了《春汛》——我的《命运》交响曲。在东北三省版画联展中，这幅画受到交口称誉，但又有谁知道画背后所发生的一切。

在这幅画前你也曾感到过抑制不住的激动。你说过。

但这些都已成为悠远往事中的一个片断。

你和卓立在我的视线中远去、消失。却很快又听说你们已经分手，时间相隔之短简直令人难以置信。我无心去打听其中原委。这是宿命再一次出现。后来知道你去了日本。

时光在不经意之间轻轻滑过，流水般冲刷过记忆，渐渐淡然。

我的生活便只有现实的内容，记忆似乎已经被严密地封存起来。

直到有一天，《曼哈顿的中国女人》跑来骚扰了我的平静。我不得不面对惊异的目光，好奇的询问，甚至不得不接受记者的采访，我也成了被涉及的当事人之一。

好令人尴尬的局面。我不得不说几句话。

我并不想谴责周励女士，我不认识她，原来也一无所知。相信她只是无意中侵犯了别人的隐私（而且完全走了样）。我甚至很钦佩她的才华，丰富的想象力把有关你的一章写得十分精彩。在她笔下，你被勾画得美轮美奂，十足一个人见人爱的白马王子。由此生发出她对你的思恋，也被映衬得格外温婉动情。好令人感慨的"北大荒的小屋"，一个冬天里的童话。

不知道你当时作何感想。但我知道，你追求完美，却并不完美。完美的人几乎是不存在的。你不是于廉，你只是宇廉。

若不是周励把我们的尘封往事掀开一角（麻烦出自于她用了我的真名，否则我会一直缄口不言）；若不是嘉蔚的文章旧事重提；若不是突然降至的生死离别。那么，我绝不可能去追忆这段往日的情怀，也不会打捞起这艘爱情的沉船……

记忆中的你停留在我们初次相识的时候。嘉蔚的文章使我记清，那是在 1971 年底。

兵团俱乐部门口，你们几个一同出现在我眼前。你、陈宜明、李斌、沈嘉蔚（这些日后在画坛上风云一时的人物们），一律的上海口音，一律的苍白瘦弱，个子不高，甚至悲惨地（依次）呈下降趋势，只有李斌是个例外，兀地异峰突起。在这组略显滑稽的人物组合当中，毫无疑问，你是最英俊的一个。宽阔的额头，深邃的眼睛，敏感的嘴角，各部位和谐的线条构成了一个十分优雅的造型。你具有那种叫人过目不忘的形象。周励写得不错，但怎么也不至于像阿波罗。她把你过于理想化了。

形容你说话"像多明戈的声音"，则更不搭调，那时我对你的最大希冀是：声音再粗重低沉些就好了，否则会像个女孩子。在我眼里，你的外形及内心都偏于阴柔而阳刚不足，这与我意识深处的理想爱人并不相符，但爱情并不依据任何准则，它突然闯入，并占据了整个的心。

那次我与你们一同画油画，就是嘉蔚文章中所说舞台上的厢房。那不过是原来堆放道具、杂物的空屋，地方不算大，光线也不理想，但能有这样的条件让我们静心画画，已经足够好了。

　　我们两个背对背。两个相对而立的画框之间缺少退后看的距离，站在那里的空间是不算窄了，但两个人画起画来却要小心地躲闪避让，免得撞上对方。有时都画得忘情，同时退后看，就免不了尴尬的相撞。莞尔一笑，轻声说："对不起。"就迅速交错开。然后尽量调整开、把握好画的部位，这样退后看时不至相撞而是"失之交臂"。

　　也许，心灵的悸动就始于此时？

　　我们默默无言，都不是一见如故、善于交谈的人。又初次相识，互相矜持着。即便非得开口，也是简短得不能再简短。就像在美院附中，男生女生保持界限。我与同桌在教室里还说话（公事公办），在走廊里面对面碰到像陌路相逢，谁也不认识谁。这大概是源于我出身师大女附中，不过班里其他女校毕业的同学，也大致如此。这种分明的男女生界限一直到"文化大革命"轰轰烈烈闹派性后才打破。在你面前，我好像又回到了中学时代，而我的书生气，则一直保持到今天。你也是一介书生，温文尔雅，举止得体，气质不凡。毕业于上海中学，相当于北京的男四中、师大女附中等。这些学校的学生当比一般中学的有更多的书卷气。我所在连队也有清华附中的高中生，感觉就是如此。但你使我注目的不仅是这些。

　　你创作的油画名为《毕业歌》，宽银幕似的构图，从左至右由一条微微上扬的船舷贯穿，几组人物穿插于前面。这是一艘海轮的甲板，一群年轻学子在奔赴农村或边疆的途中，唱着歌，憧憬未来。从你画的第一笔开始，我们就有充分的时间互相观摩，我们离得这样近，一举一动都尽在眼底，你手持画笔的动作姿态，凝视画面时沉思的模样，仿佛还近在面前。你的聪明、智慧、敏悟，不仅写在脸上，更显露在画面里，你的画充溢着一种撩人心魄的浪漫。无论是构图的安排，形象的塑造，还是色彩的运用，笔触的挥洒，无一不在向我昭示，你是多么富有才气和灵性。

你令我折服。

虽然我是美院附中的毕业生，但却没有任何骄傲的资本（我们才上过几天课，"文化大革命"就开始了）。在你的画面前，我自叹弗如，缺少了自信。而我的第一幅（也是唯一的）油画创作确实不令我满意，两相比较，自视黯淡。恐怕这就是第二期学习班我就改弦易辙去搞版画创作的原因，尽管也有老郝（郝伯义，系当年我们的组织者，著名版画家）的分派。

说来也有意思，我的那幅油画创作《沃土》，表现内容其实就是你笔下人物到达目的地之后的行为延续。

千年沉睡的荒原，被拖拉机的轰鸣惊醒，铧犁翻开的第一道黑土，闪动着幽幽的蓝光，几个刚到北大荒的兵团战士，拨开草丛，手捧黑土无限惊喜。实际上这就是我在新建点亲身经历的一幕。我想画出当时的感受，但又觉力不从心。

其实，我们都需要补充基本功的训练。由于特殊的历史背景和政治需要，使我们跨越了学习阶段而直接进入创作时期。

刚到学习班时，只有为数不多的几人，管理还比较松动，使我们还有机会外出写生。

只记得那是个奇冷无比的冬日，我跟着你和嘉蔚一起外出画风景色彩写生。滴水成冰，手难伸出，我宁可抢镐掀锹也不愿静止不动地画画。调色盒里的颜料冻成了一块块冰渣，我冻得想哭，只巴望能有个屋子进去躲躲。但看看你们，画得那样专注，似乎一点儿没感觉到严寒。我感到羞愧，咬咬牙，振作精神坚持下去。可以说，在你们的勤奋、刻苦精神的感召下，我才一扫上附中时的懒散怠惰，最大限度地调动起自身潜能。

为了在有限的时间内赶出创作，后来的纪律规定变得不尽人意：

在有效的工作时间内禁止一切与创造无关的学习活动。兵团美术创作学习班，顾名思义，创作与学习密不可分。但当时的历史条件下，办班已实属不易。只是在多少年后，我们才明白老郝为维持学习班的继续存在而尽心竭力、不得已为之的良苦用心。对他，我们都永远心存感激。那时的我们总是在集体犯规，各种"地下活动"盛行，猫捉老鼠式的惊险游戏使那段生活充满刺激和乐趣。比如说晚上偷画头像，还需有"消息树"那样的设防，以备不测；比如说偷看电影。我们随时可以溜进俱乐部大厅，隐匿在黑暗的一角，但真正让我们动心的电影，只有为数极少的几部。最难忘《多瑙河之波》和《卖花姑娘》，曾让我们视为最高艺术享受，一遍又一遍地观看，如醉如痴。

我找出兵团学习班时的艺术笔记本，这是对那段生活的一个凝固的纪念，也证明传抄笔记是当时的违禁活动中最重要的一项内容。

日久年深，原来白色的封皮已经发黄、变黑，中间还蹭掉了一块，露出了里面的三合板。当它簇新的时候，是一本16开硬封皮精装速写本，也可用作笔记。这是我在你的指导、帮助下完成的作品。从里到外，全部自己动手制作，封面、封底，则是你的设计。前后两个图案分别由调色板、油画笔、麦穗、冲锋枪、镰刀组成。封面右上角是一小块绛红色镂空标记，封底中央则是一块大小适中的橘红色图案。就是用今天的眼光，这个设计也很有品位。那时，我是多么佩服你的认真严谨，做事精细，你甚至没忘记刻上1972年，使我一向模糊不清的时间记忆，一下回溯到当年。你要求自己尽善尽美，哪怕是一件小事。

翻开这本笔记，当年学习班的气息、氛围便扑面而来。多少不眠的夜晚，我们如饥似渴地找寻、传抄一切可以丰富修养，提高自身的书籍和业务笔记。各类杂陈，已经无法辨清哪篇是抄自于你的笔记，但却分明记载着当年的追寻和求索，那是我们共同所拥有和珍视的一段人生轨迹。

你看到了吗？这是马克西莫夫的讲课记录，这是约干松的《论油画技巧及教育原则》，这是罗工柳的油研班讲课笔记，还有这些：谢加尔的《色彩问题》、拉普切夫的《构图的几个问题》、乔·萨维茨基的《对青年艺术家谈谈技巧》……那时我们只能找到苏联美术教学体系的有关论述，而我们当年的主题性绘画创作，受到的最大影响，就是俄罗斯巡回画派。

这里还有《谈谈我国古代学者的学习精神与学习方法》。

"聪与敏，可恃而不可恃也，自恃其聪与敏而不学，自败者也。"这一定抄自于你的笔记，多像你的座右铭。

不仅有笔记，还有插图，这是我临摹的《战争与和平》的插图。那时我还临过不少苏联的黑白画，现在只剩下了本子中的这几幅。

你看，还有《世界美术通史第二卷》第 14 章关于印象主义的论述。文字展示出印象主义的新奇，那时我们却无法看到其作品。

这是《鲁迅论美术》。看这一段，多么经典，多么深刻。"美术家固然须有精熟的技工，但尤须有进步的思想与高尚的人格。他的创作，表面上是一张画或一个雕像，其实是他的思想与人格的表现，令我们看了不但欢喜赏玩，尤能发生感动，造成精神上的影响。"

再看这句："只有通过画家的心灵而人格化的东西才是创作画。"列维坦持相同观点。他认为创作"是经过画家的气质过滤之后的自然的一角，如果没有这种过滤，那就是毫无意义的东西"。与我们的想法是多么契合，多么相通。

看，还有诗！拜伦的《普罗米修斯》，普希金的《致大海》。高贵的诗句与灵魂，令我们感动、敬仰和崇尚。

夜深人静时，北大荒的寒夜里，我们曾抄录过这样的诗句，也体味过别样的心境。

> 你等待着，你召唤着……
> 而我却被束缚住，
> 我的心灵在徒然地挣扎；
> 我被一种强烈的热情所魅惑，
> 独自留在你的岸边。*

我们开始走近，也走进对方的心里。

但仍然拘谨，保持着严格的距离。自第二期学习班起，我们反而失去了接触的空间和时间。你画油画，我搞版画，我们都全力以赴，因为参加创作的时间是那么宝贵和短暂。有时也见面，却发觉沈嘉蔚与你形影不离，他几乎完全把你"占有"了，使我暗生妒意。

虽同在兵团俱乐部里，但版画创作的大房间与油画画室隔着大厅。你们偶尔也过来转转，却发觉此地不可久留。这里无异于一个杂乱的大作坊，四处是板子、刻刀、木屑、油墨、滚子，进门后必须要小心提防，免得沾上一身油墨。特别是大家一起操作的时候，就更顾不了许多。我开始了版画创作，在老郝、老廖的指导下，从第一刀刻起，并一直坚持了下去。但总忘不掉和你们一起画油画的日子，更抹不去你和你的画的影子。

我的几幅版画创作都是宽银幕构图，不可否认，那是受了你的影响；画面中洋溢的浪漫情调，也与你的作品相一致；甚至还有一个不曾示人的秘密：我的版画作品中的男孩形象，也有你的印记。

大概我们都是属于性格内向、不善表露情感的一类人，也许恰

---

* 普希金《致大海》片断。

是这种性格特征的人更善于在画面中直抒情怀和追求浪漫，向往心灵的高度自由和升华。

我们心照不宣，在有限的接触时，在彼此的顾盼中，微妙而又暧昧，不曾引起过人们的关注。

因为我所在的版画大屋，实在是热闹非凡。天南地北，各路豪杰，老老少少，聚集一堂。笑话不绝，趣事不断。当然也演绎过轰轰烈烈的爱情故事，只不过是由别人充当主角。记得有一次我从北京带回一兜水果兼奶油糖在学习班分发，有人暗中把肥皂切块包好混迹于其中，某男不知有诈抢过囫囵大嚼，顿时口吐白沫。众人大哗，状如狂欢。只可惜我未亲眼目睹。

你从不参与此类恶作剧，比起来，油画那边更沉稳斯文，版画这边更洒脱狂放。或者更加高度概括：这边"平民"，那边"贵族"。无论是"贵族"还是"平民"，我都友好相处，并结识了不少终生可以信赖的朋友。那时陈宜明也搞版画，我们很谈得来，是公开的谈话伙伴。晚上，在俱乐部大厅空旷的座椅中，我曾与他比肩而坐长谈，绝不担心有人怀疑我们在谈恋爱。实在说，我是把他看作不曾有过的弟弟，反而轻松、自然。如果和你在一起，却恰恰相反，显得局促不安。你也一样，有时腼腆得像个姑娘。

毕竟我们也曾有过一次花前月下式的恋爱经历。还记得吗？就是在你们路过北京那次，1975年的春天。

我们漫步在日坛公园。稀疏树影中的长椅上，曾留下过往昔的纪念。交谈的话语已经淡忘，而动作的语言仍记忆犹新。我们并肩坐着，却不敢靠近，间隔着几乎一人的距离。时间在细语中轻柔漫步，不知不觉，相隔的距离悄然失去，你已紧紧靠在我的身旁。可那时的我，竟不晓得这相拥的示意需要回应。惊喜却又慌乱，紧张得不知所措，无法合作出现在影视媒体随处可见的火爆爱情镜头。

那时我们缺少爱情教化，处于可悲的蒙昧阶段，爱情故事便无奈地打上了时代的烙印。

在今天年轻人的眼里，那时的我们会显得多么可笑而令人不可思议。但那确实是历史的真实。回眸往事，那时的爱并不完整，带着缺陷，留下遗憾，同时也永存着距离所带来的美感、想象力的空间。它是那样含蓄而隽永，在记忆的深处，飘散着空谷幽兰般的余韵。留下了朦胧之美。

那是一个物质极为匮乏的年代，精神的需求却分外强烈。在分离后的漫长日子里，在北大荒平凡生活的劳顿中，支撑着我们的是精神的幻想和相互的牵挂。我们苦苦等待远方的每一封来信，并深深懂得了什么是翘首盼望。

于是在那几年，三江平原与嫩江平原之间，维系着我们之间关系的是：

几十封两地书。

一段美好的情愫。

……

但那命定中只是一场无望的柏拉图式的爱情。

你同意么？让我们重温心之絮语，看爱情如何在甜蜜与苦涩中浮沉，直至走向幻灭。这需要怎样的勇气，去揭开那久已治愈的伤疤，再次深陷于感情的伤痛，而这样做的目的，或许不仅仅是为了忘却的纪念，而是给后人——恋爱中的青年男女们——一点小小的警示。

几番决心，我终于找出、翻看了封存20多年的书信。

我们的通信起始于1973年，你给我的第一封信的时间标志是730708，这是你的特殊标记，而我也沿用过来，无论是速写，还是书信。

1973—1974 年，保存了你的 12 封信，1975 年是 24 封，数字本身已意味了丰富的感情内涵。1976 年，不知为何只有两封，是失落了，还是忘记放在哪里，未可确定。你从来都要比我细致，你的信全都有时间的记录，750516，你在信中提到"那种度日如年的等信的焦虑和烦恼"，叫我检查 8 封信的时间，"分别是 216、301、312、317、329、414、425、506（不包括这封）"，以防邮路上可能出现的意外，你写给我的信总共记录有多少？现在我只能大概估计总数是40 余封。

在信中我们谈论最多的是创作构思、审稿会、学习班，以及一切与美术有关的问题和机会，我们不能脱离兵团的大背景，但又在多方寻找脱离的机会，我们互相讨论上学的可能性，倾诉受阻的苦恼，同时也讨论生活目标与理想。"我们的上一代，或上上一代，就像《茹尔宾一家》中的主角一样，他们的生活目标要比我们明确得多，大概也高尚得多。我们回避这个问题，可能并非无所追求，我们也还不无理想，只是每个人面前都是这样的现实罢了。不过我想，我们总还有一点较优越的地方，那就是至少有一个天地，让我们有可能把自己最喜欢的事情做得尽善尽美。能不能到尽善尽美是一回事，我们尽不尽努力则是另一回事了。如你所述，既然现在的环境还没到绝人的地步，那我们就没有理由不付出最大的努力了。"（730816）

"我们稍能画画，但完全不会做人。我只有在画画的时候，心情是轻松的，自由的。一进入不能回避的人事关系中，马上就感觉到一种压抑。"这点我们真是完全一样。

在困顿中，你曾给过我这样的鼓励："我想你也应该尽量争取参加，达到这样的目的才是真正的胜利，虽然在那令人难以容忍的斗争中，我们往往因为没有辱没自己的尊严而藉以自慰。前途不容乐

观，但绝不像我们调子低沉时想象的那么坏，因为我们至少还有向前看的力量，你说是吗?"（731129）

那时我们只是纯粹意义的朋友，但另一种感情却在悄悄萌发，深藏在字里行间，含蓄而又隐喻，直到1974年夏的一天。

740822，你的一封长信。

"不知你是怎样想的，兵团画画的人不少，可以真正相处的人却不多，我们之间原来应该可以谈得很彻底的，可是总觉得隔着一层面具，现在可以把它去掉了。"

"从我们认识，你就给我很好的印象。……我很不会接触人，尤其是女孩子，不少时候只能凭着直觉揣测，现在对你也不能说已经很了解，但我一直真正觉得，我们是可以成为好朋友的。这几年的接触，已经使我感到我们对理想、对事业、对生活的态度，以及在趣味的追求方面是很有共同之处的，而且我始终是受益者，不断接受着新东西，所以对有这样一个朋友，我是十分高兴的。可是异性间的接触，总常常会触动那根慌乱的神经的。我尽管迟钝，却也是终究要正视的。在那以后，我的思想一直很混乱，我几乎没有过这样的经历（我曾经和初中同班的一个女同学很好，但仅仅是好朋友，还没开始深入就结束了），根本不知道应该怎样去分析和判断。我只觉得应该严肃一点，谨慎一点，我最担心的是我们都被伤害了。"

"一个人可以和一个不仅在精神气质上合拍，而且是事业上的同志作为终身伴侣，其实应该是非常理想的，当我还在很遥远的地方憧憬未来的时候，未尝没有退想过。……只是在我们眼前它只能成为土墙上的一幅小风俗画。否则，肯定的后果便是一个为另一个牺牲，或者是两败俱伤。并且直接毁灭了建筑这一切的基础。这几天我在看《约翰·克利斯朵夫》的第四卷，觉得葛拉齐亚那段恬静的话确实是很对的。"

"……不少东西只是在眯起眼睛远远看去才是十分美好的，一旦以手触及便发现全然不是这样的。我们不要去破灭它，而让它永远完好地保存在我们的心中吧！

"我们渴念的，确是无限美好的东西，可是如果我们追求的结果是非但得不到，还要把现在的友谊也摧毁的话，那就只有却步。但我想它会永远照耀着我们，让我们的平静而真实的友谊更加滋长起来。"

我怅然若失，却表示完全的同意。倘若没有后来的反复，我们平静的友谊会一直保持到今天，你的话真具有惊人的预见性。然而，"灵台无计逃神矢"，命运之神却不放过任何拨弄人的机会。年末，我探亲在京，你们南下西沙，路经北京，我们匆匆见了一面，几天后，接到了你从广州来的信。

"在北京的两天太匆忙了一些。我原来也没想到你在北京，思想上是没有准备的，当然时间也不允许。但我总觉得我们应该深入地谈一些问题。不管以后是否继续保持这种关系，我们都应该更具体地讨论一下我们应该处于怎样的一种关系。否则，对于我们俩在精神上都是一种不必要的压力。而且既然我们至少是可以成为好朋友的，那任何涉及得再深入一点的问题，对我们都不应该是有妨碍的，你说是吗？面对面有它的好处，但也有局促之处，通信大概能更有条理一些，但是现在几乎没有时间了，而且这一个多月几乎没有通信的可能。我们把这一切都留在两月份之后吧，这对你大概又是一种骚扰，但我确实是这样想的，所以还是告诉你。"

741225—榆林，这封信怎么中间有一块长形硬物，信纸上还渗出点点霉斑。打开，竟露出一块中国民航标记的口香糖，这一切原已在记忆中消失殆尽，重新见到仍令我心头怦然一惊。

"我在真正的海角天涯——跨了 30 个纬度给你写信了。跨的温

度大概更大。你这里应该有零下30℃了吧，我穿着单裤和衬衫在月
亮底下吹着海风……"

无垠的大海舒展着你的胸襟，想起来了，当我在23年前读这封
信时，内心充满了欢欣，似乎和你在一起，倾听那南中国海激动人
心的涛声，感受着第一次坐飞机飞越琼州海峡的经历。你描写西沙
之行的两封信是多么的好啊，我真希望有一天能把它们连同你的其
他信件完整地编辑成册。

750206—沪，750208—沪，两封来自上海你家中的来信急告我你
们将于12日到京，两封信同时提到一个难得的机会，使我糊涂不堪
的记忆一下廓清，原来调往大港油田的策化是与我们关系的重新讨
论同步进行。

"我记得去年夏天给你的信上说过在兵团的退想只能成为北大荒
土墙上的一张风俗画，因为我们是两个没有生活能力的弱者，只有
在摆脱了柴火和秋菜之虑，才可能使两个问题变成一个统一的复杂
问题了。大港的事本身当然更加紧迫一些，但同时讨论一下我们的
关系，这是我在离开北京的时候想到的，就像我在广州给你的信所
说的那样。……我们应该能理解到在这件事上彼此的复杂心理。这
两年来，即使是在去年夏秋之际，我们第一次把问题摊牌之后，我
还是始终处于一种矛盾的心理状态中。我常常想，如果因为我们俩
在一起而能产生一些美好的东西，那我们为什么不这样做呢？在事
业上，我们有极多的相通之处，而且在你的画面前，我常常受着激
励和促动，我何以不使自己永远受着这种积极的激励呢？但是同时，
如阴云一般，就在眼前的现实却时时在在提醒着我们，我觉得没有
无视它的力量。我知道你身体比较弱，我也不是强健的，同时又都
很少懂得主妇式的料理。在北大荒，我们都需要一个至少能担起我
们看到过的生活担子的家庭，才可能保证不把我们追求的全部扔掉。

我设想过以后脱离兵团，可是却不能设想那是在什么时候，离开今天和现实还有多远。当着这件事出现在眼前的时候，我知道它离开现实也还有很大的距离，同时又知道它可能完全改变我的后半生。

我在北京大概不会逗留很长时间，估计在 14 日早上离京。"

于是才有了难忘的日坛的回忆。

750215—哈尔滨，"时间太紧张了一些，和这半个月我们纵贯整个中国的感觉一样，我好像已不清楚这两天是怎样度过的，我只记得那懒懒的太阳底下，枯黄的草坪和你绯红的脸。

难道恋爱就是这样开始的？我真不知道接着它的程式是什么，如果说那是什么程式的话。这几年来，我们像两个躲躲闪闪的蹩脚演员一样，结果终于被推到了舞台上，不知道我们会把这场戏唱成什么样子。心灵、感觉、种种潜意识的力量，帮助了我们彼此的了解，我是深信这种力量的可靠性的，可是当我们终于走到了这一步的时候，我们一定都会感到，我们了解得多么的不够呵！

把自己整个地剖白给人大概是件痛快的事情，如果我们终于将成为彼此生活和事业的终身伴侣，这种剖白一定是必不可少的。我需要了解你，就像我需要你了解一样。让我们一起分享那些曾经带给我们痛苦、烦恼和欢乐的感觉。一起窥破那对彼此都是如此神秘和全新的感情和精神的世界！"

"给我几张你的照片，你一定有不少好相片。我很喜欢一张似乎是学生时代的正面'报名'照，固执的，又是自信的。希望你永远是这样，哪怕有点盲目，你现在太多沮丧的成分，是吗？"

"前途坎坷，很多困难在迎接着我们，我们应藉慰于我们在这样的时刻携手。我也深信你顽强的终不慴服于重压的力量。同时我们都要认真地学习对我们都是如此缺乏的斗争手段、斗争艺术。

你会胜利的，我们都会胜利的。"

这封信的签名很特别，宇廉与 Your Lian 相重叠。

当我抄录着这些词句，泪水忍不住夺眶而出，我怎能忘记那真实存在过的一切，那个充满明媚阳光的春天，你牵引着我走进无比美妙的幻境。我沉浸在爱的世界，觉得自己是世界上最幸福的人。

我们互寄照片，倾诉心语，初尝着表白爱情后的新鲜和甜蜜。"确实我们要写的东西是很多的，除了可爱的也是可笑的废话，确也有不少正题需要谈的。……当然这一段时期的信件常常会像诗一样美丽，成为一些最美好的东西的极可珍贵的记录。"（750329）

爱情奏鸣曲刚刚奏起欢乐的快板，你却让我听到一连串的不和谐音，我是那样的错愕不解，不知该如何调整自己的心弦。

750425，"……我其实对人是很缺乏热情的，不知你有没有这种感觉。……如果我们不是在做感情游戏，确是应该用一些时间静静地想想并且弄清楚把我们结合在一起的到底是什么东西，这些东西到底是不是真实的，说实话到目前为止，我们基本是凭着直觉走到这一步的（当然不是完全），直觉有它的很大的可靠性，我是相信的，可是也有受骗的时候。我们有时会不自觉地、下意识地耍弄骗人的小手段，尤其在异性面前，尽管是比较正直的人。"

"至少到目前为止，一种潜在的遗憾还是存在着，我常常觉得我感觉不到那种热烈的、近乎疯狂的感情，我常常不得不承认，我们的关系中间，理智的成分太多了，而那种同样成为真正爱情的基础的热烈，在我是太少了，那么既然这样，我们又是怎样走到这一步的呢？在我，是不是不负责任的轻率呢？我想过这些，不是的。我记得歌德在《浮士德》里关于人有两个灵魂的说法曾给了我很深的印象。我很同意在每个人身上都有着两个针锋相对的灵魂在互相斗争着，我也完全是这样的。我不相信天生的、只有洁白无瑕的一面的人的存在，一个真正高尚的人生无非就是那种斗争的胜利的表现，反之亦然。我觉得把我们俩结合在一起的，正是我身上代表着最美好的那一部分，即对事业的献身精神，对完善的追求和比较清醒的理智。和你在一起，能使我强烈地感受到这一点，而使那鄙俗的一面受到压制，这大概就是我的动机。……这种动机是自私的，我一点也体会不到小说里为了爱情的那种自我牺牲，我觉得挺惭愧，但却是真实的。

　　我在看屠格涅夫的《前夜》。……主人公们的热烈的、纯真的爱情使我嫉妒，而展示给我的叶琳娜和英沙罗夫的如此高尚、美丽的心灵，则使我觉得我是应该全心全意地爱你的——这是现在我还没有做到的。"

　　你的灵魂剖白令我极为不安，那感觉像是从巅峰跌入谷底。我深深地感到悲哀，意识到并未得到你的真爱。我开始自卑，为自己相貌平平，也为自己的笨拙、木讷。我从未去过五师，但曾从朋友那里得知在你的周围，不乏上海女孩的青睐，可以想见的娇柔妩媚。我虽属南方人，我们的老家同省，你是宁波，我是绍兴，但我在北京长大，我几乎是完全的北方人，北方人的性格，北方人的仪态。你所说鄙俗的一面也许是对自己的误解，你的爱情指向也许更倾心于聪慧娟秀的南国女子。但你为何不事先说明这致命的遗憾，却要急匆匆跨越进爱情的门坎，难道你不明白最珍贵的东西也最易碎，但我又怎能为此而指责你，你是如此诚实而又坦率，又出于这么良好的动机——"如果事实证明我们将能建立一种共同的生活，那么我们必须把各种潜在的危机都挖掉。""我们再倾心地交流下去吧，我一直相信因为我们在一起而会产生一些美好的东西，那不但是美好的艺术，而且还会有美好的心灵和美好的感情的。"

　　大概真的存在某种心灵感应，莫不是你已经感觉到了我的心在恸哭？还是怕我毅然从这不完整、不真实的爱情中抽身而出？（倘若真做出这样的决断，反而能避免我们彼此受到更深的伤害，但我们却身不由己地走了下去，一直到宿命为我们安排的尽头。）你变得那样焦虑不安，心神不宁地等待我的回信，似乎意识到这封信将在我们的生活道路上投下一道永远无法抹去的愁惨阴影。

幸福的开始难道也是悲剧的开始？我在暗自伤悲。而你提到的《前夜》，叶琳娜和英沙罗夫的悲剧性结局，在我心中唤起的不只是悲戚和怜悯，而仿佛是在对我们隐喻着什么，成为预感的先兆。我大概对你说过，我更喜欢莱蒙托夫而不是屠格涅夫，后者的文笔过于沉闷晦涩。我责备作者对叶琳娜太不公平，命运对她的惩罚过于残酷、过于苛刻，反衬出英沙罗夫的自私和不负责任，我不会忘记叶琳娜曾在那里生长，并且消失，还会再生的"原始的黑色的土地"，而我们在北大荒黑土地上滋长的爱情，又会是什么样的结局？

750513，"……根据一般的速度，我应该能在这两天里收到你接了我25日信的回信了，可是一直没有。我想不会出事的，那为什么呢？是因为我的信的缘故……说实话，此刻我很不安，写那封信的前后我都曾经十分怀疑，我是否有权力和必要这样去写。如果我们最终将建立一种共同的生活，那会不会成为阴影呢？而要是最后不得不分手的话，这样写似乎也是不必要的，但我最后还是写了，我想应该这样的，这正是为了我们将可能真正建立起我们的共同生活来。我们不能永远靠直觉判断自己的爱人的，你应该了解我的全部，我的思想和品格的全部，不是凭直觉和自己的理想，我则应该让你同时看到我的表里和好恶。我不是一个很坦白的人，因为性格上的原因，我接触人的能力极差，结果造成在同一般人的交往上近乎躲闪，既然我不了解他们，我当然不会向他们剖白我的心灵的。但在你面前却不应有任何隐瞒的，尤其在我们之间关系的问题上。我想我们之间的那么深的信任，会给我们极大的有意义的帮助。

我们是怎样走到现在这一步的。去年 12 月我在广州给你写信的时候，我确实是慎重的而不是轻率的，但也是矛盾的。去年回沪，一个中学的同学告诉我，他有个写小说的企图，打算写一本反映现在青年恋爱的小说，题为《追求》。……其实这是一个很好的题材，一个多么严肃而又美丽的课题呵！如果写成功，它可以像《你到底要什么》一样的深刻，因为追求的不仅仅是恋爱，而是整个人生。这件事给我很深的印象，使我常常在涉及这个主题的时候，想想我到底在追求什么。"

"……我开始说过，我是很不善于接触人的，尤其和女孩子，再加上我生活的小圈子，所以实际上我接触过的女孩子很少，深入一点了解的就更微乎其微了。但至少是在这样的一个范围里，我是感觉失望的。在那些日子里，也曾经有过使我感激的关注和能够产生快意的妩媚，可是结果却往往是一种单纯的、平庸的可爱——仅此而已。以后，我认识了你，情况就完全不同了。……我不会恭维你的，可是在那些日子里，你使我感到的，绝不仅仅是器重。

今天在我的周围，向着一个明确的既定目标，而有强烈的进取精神的女孩子，本来是不算多的，而这中间能表现出真正的能力的则更少，你就是我遇到的这样的极强的一个。当我渐渐地认识了你，并私下和自己联系在一起的时候，我知道我遇到了一个多么理想的目标。可是同时，我却感觉缺乏随之而来的疯狂的激动，我有欲望，却缺乏一种甜蜜的强烈，我有企求，同时又充满了矛盾。这就是过去一年多时间里的那种复杂的骚动。你以后可以从我断断续续的日记里看到这些的。

又是两天过去了，你的信一直没来，现在又轮到我着急了。天气骤变，风夹着雨，把昨天还如此浓郁的春意变成凄凉的秋色了。我不知道这些是为了什么，可是心情也一下子跟着压抑起来了。晚上停电，漆黑一片，更著风和雨。

一直没有你的信，使我越来越不安，我想大概要为自己的不慎承担后果了。当我想到你毕竟是个热情的、细腻的而又极敏感的女孩子的时候，我真要为这种自私的草率深深后悔了。我怎么能有这样的权利呢？因为我给你造成的心灵的负担和不快，请你能够原谅我。我怎样向你解释呢，正因为我把你看作唯一最可信赖的人，不仅是事业上的同志，也是精神的唯一的寄托。当我有着这一切压迫着我的思想的时候，我唯有告诉你……我一直同时把你看作是理智的化身，其实我能感觉到你的深藏的热情和细腻的。原谅我吧。我应该把一切告诉你的，可是却绝没有不应有的权力的。

昨天晚上梦见你和赵静萍，都穿着很重的校呢军服，黑色裙子，戴着船型帽（！）缀着金色的军徽和绶章。我吃了一惊……"

"先邮走吧，等你回信。不管你怎样写，我收到你五·一的信已经一个星期了。"

今天重看这封信，仍让我感到心痛，重新体味当时的感动。我在担心当年的我是怎样给你写的回信，会不会刺伤你的心。

怎么还有一页，这是同时寄来的另一封，时间是750516。

"十天过去了，从我收到你'五·一'发出的信，整整10天过去了。可是一直没有再收到你的信，而这中间你应该已经收到我的三封信了：414、425、506，我担心过航线上的事故，但不会的。我也在一天又一天地等待每天上午分信的时刻。我尽量使自己有一种平静的自信，可是越来越不能够了。我知道事实上是我要为自己的不负责任承担后果；我在最不应该的时候制造了混乱。不管我的最初动机是什么，事实大概就是这样的！"

"我不想把这几天的胡思乱想写在这里，邮路不能让人完全放心，还有人为的障碍。我会再接着把一切都告诉你的。我只希望——唯一的希望——能马上收到你的来信，告诉我你的理智和感情都相信我一定能把一切都谈清楚的，我相信一定能的，我相信你会坚定地排除各种障碍，包括克服我给你造成的混乱，我们在已经开始的这条路上一定会找到我们的幸福的归宿。"

这时的你是多么无助，自责得像一个做错事的孩子，你让我感受到的不仅是恋爱，而且是怜爱。你的担心完全是多余，一旦我郑重地交付出爱情，就绝不会随意更改。爱是奉献是付出，也是谅解与包容。我多么希望能排除掉这突如其来的障碍，但这是在你心头竖起的一道无形的屏障，教我又如何克服？

我已经完全忘却当年的书信都写了什么，也许医治感情创伤的最好良方就是遗忘，但我相信，与你的信一样，那都是最真挚的，属于青春的心底的语言，如果能把它们放在一起相对应，一定是非常好看的两地书。我的那一部分还在吗？也许它们已灰飞烟灭，随你西行。现在，我只能循着你的遗迹去追寻。悲喜交欣，亦真亦幻。

750525，"来信和照片是在星期一收到的，使我终于松了一口气，同时非常高兴。"你让我也大大舒了一口气，庆幸我那时没有写什么令你不快的东西，你变得生气勃勃，目标明确，既忙着画油画草图，又要完成连环画的精稿，还要赶到哈尔滨送审并在那里完成。以至忙得没有及时回信。"但是昨天晚上我突然想起给你写信，窗外的月亮又大又圆……"

"5月24日，对我是一个划时代的日子，学生时代结束了。我是在6年前的这一天离开上海的。我清楚地记得我这一天和这一路的心情和情景。像《毕业歌》一样，我是坐船驶出黄浦江，离开上海市的。《毕业歌》并没有画成功，但是整个创作动机确有一种自我表现的成分，里面包含着我当时的模糊而又有所企求的思想。我大概会永远记得我妈妈在汽车边上流着眼泪的形象，可是在当时周围的哭泣声中，我倒反而格外的平静了。对一种旧的学生生活的告别，其实是怀着极大的依恋的。到黑龙江来，是在既定的可能的范围里的最好的选择，可是根本没有任何清晰的目标。早去的同学从兵团的来信，增加着我的理想成分，坐着海轮，驶过大海而开始的这种新的生活，在一开始就增加了它的理想色彩和浪漫色彩，所以尽管也有现实的思想准备，但当 5 月 30 日到达了最后目的地的时候，终于不禁暗暗地失望。我是一个人后到兵团的，5 月 30 日晚上，已经分到各连队的同学都到营部来看我。那天晚上的月亮特别大、特别圆，我非常吃惊而又新奇地看它在地平线上升起来——竟然是红色的！它似乎是在一开始展现在我面前的新的生活的象征，新奇而又有吸引力，同时使人感到惆怅。"

我们的经历是如此相似而又不同，你的记述让我回想起当年，我们同是 1969 年来到北大荒，只不过我是在 10 月，和美院附中同届的几十个同学赶上了奔赴北疆的末班车。

车轮滚滚载着小布尔乔亚们的理想之梦。与周围 69 届初中的孩子们不同的是，我们完全是自觉自愿将自己裹挟进上山下乡的热潮（原本我们应随学校大队人马，去河北某部队农场劳动锻炼待分配，那样的话人生历史将会重新改写）或软磨硬泡，或手捧血书，才换取到一张北上的通行证。两天两夜火车、汽车一路颠簸，也把梦颠得支离破碎。不知什么原因，这小小的集体被拆散在兵团各地。我孤零零蜷缩在卡车的一角，心头涌起无限的悲凉，这却是我自己选择的呵！任凭命运发落吧，看它将把我抛向何方。

一望无际的原野上满目萧瑟，眼前掠过裸露的麦田，葱茏的草甸子，低矮的树林，组成一幅幅秋景，竟和画册中见到过的俄罗斯风景画那么接近。铅灰色的天空挤压着黄褐色的大地，在它们之间延伸着一条土路，我就是沿着这条土路，来到了荒原的尽头——9 团新建点 36 连。

远离亲人，远离同学，远离曾经熟悉的一切，不堪回首那难眠的荒原第一夜，我是怎样辗转反侧，吞咽着自取的苦果，咀嚼着孤独的滋味，任悔恨的泪水长流。

苦难重塑着人生，我从一个充满幻想的艺术院校学生，变成了一个普普通通的兵团农工。我常常经过那条土路，那是 36 连与外界——去往团路的大路相接的一段。从第一眼看到它，我竟觉得那么熟悉，那么像列维坦笔下的符拉基米尔路——令人忧伤的流放之路。后来我终于走过那条路，有了更开阔的生活，并且认识了你。但 36 连那条土路，叠印着符拉基米尔路，常常浮现在我的脑海里，带着淡淡的哀伤与惆怅。

当你正式与我讨论我们之间的关系，出于实际的考虑，否决了"土墙上的风俗画"时，我想到的却是这幅《符拉基米尔之路》。在这条路上，走过了多少十二月革命党人，以及追随他们而去的忠贞不渝的妻子，他们的爱情坚如磐石，无论是西伯利亚的寒风，还是艰难、困苦、饥饿，也不能拆散他们。而这些坚韧不拔的女人中，有的原来是养尊处优的贵族。我崇敬她们，崇敬她们的高尚与忠诚。我相信，如果我们之间存在着真实的爱情，我会具有像她们一样的牺牲精神，不要说生活的困苦与琐碎，就是时间与空间的阻隔，也不会成为真正的障碍。更不要说那些通常左右人们的世俗观念，诸如出身、政治条件、社会地位的般配，在我眼里才是真正的鄙俗。与你对具体问题考虑的缜密、周到相比，我对问题的思考更倾向于空想而缺乏实际。

我只是捧着一腔挚爱。

这爱的生成令我无法解释，正如任何人无法解释爱情为何往往令人盲目。它并未要求自我获取疯狂与强烈的快感（当然也不反对，否则成了清教徒），而是为了所爱之人的全部幸福。它是那样深沉而又绵长，强大到可以为爱人献出一切，以至生命。我绝非出于什么高尚的动机，它完全无动机可言，它只是产生了，出现了，令我都觉得不可思议，但却也是真实的。

我们对于爱情的体会与需求有如此大的差异，这差异使我意识到我渴求、祈盼的心心相印几乎已不可能，这才是我的最大悲哀。我想到了那一天，你的激情终于会有所附依……我感到痛楚，但深爱一个人就能从"爱情皆排他（她）"的定律中超拔，而进入一个博大、忘我的层面。一如既往，我遵循了内心的誓言：你的幸福高于一切。我将尊重并服从你的任何选择，哪怕付出最大的感情牺牲。如同安徒生的美丽童话中海的女儿，为了她心爱王子的幸福，宁可化作破晓前海面冉冉升起的泡沫。

不知我是否在信中表明过这些心迹，抑或是用另外一种表达方式。我再也无法重复20几年前的书信，只有当年的感觉，依然停留在心的深处。我一定提醒过你，或者委婉，或者尖锐，希望你重新辨识一下自己的感情，到底是爱情还是友情，适时地止步还来得及。你若找到自己的真爱，我会立刻退出，并远远地祝望你的幸福。我看不到答复，这就是答复么？还是永久的没有答复。我一直在期盼着，等待着你的一个明确的答复和决定。莫非是我太心急了吗？可旷日持久的矛盾、困惑、若即若离，又怎能让人忍受。

"接着读你的信，确实使我很不痛快，可是我马上意识到那些根源了。就像我读你五月底给我影响最大的那封信一样，我通过你，通过那面以前从未照过的镜子，看到许多新的地方。我看到了自己的自私，那种很少懂得设身处地体谅别人的自私，所以我常常会想到，我大概永远只适合那样一种方式，我不配接受别人的信任和爱抚，因为我不懂得怎样去回报的。不过即便这样，我却依然请求你——我的好朋友，继续用毫无保留的文字继续我们的对话，你应该直接地替我指出心灵的缺陷和弱点，那些都是我自己看不见而又是其他所有的人都不可能向我说的。"（750705）

我们还讨论过《怎么办》，但是车尔尼雪夫斯基也并不能解决我们的问题。你抱怨"一定是我们之间的接触太少了，互相之间的了解，细微的感情上的融合和默契，好像都不是单靠信件能够建立、培养起来的。"你是对的，我们相隔的距离太遥远，接触的时间实在太有限了。你又在自责，"同时，我也看到了自己身上的主要的原因，我发现我好像同时具有罗普霍夫所说的造成孤独的性格的四个原因。在处人的关系中，我既是害羞的，又缺乏同情心，我细细地想起来，不管对什么人，包括亲近的朋友和亲属，我都缺乏在不少人表现得那么真挚，那么动人的同情心。我解释不了这里的原因，因为在这种时候，往往并不是由于出自自私的动机。我接受别人的关切和爱抚，好像是很自然的，可是当我说到那种宽慰或关切的话时，马上就显得不自然起来。……我不知道这是怎样造成的，这是一种该诅咒的品质，在今天周围的环境中，它和慈悲与博爱相比，未必见得更坏，可是它本身却绝不是美好的。

我有时想我这一辈子大概注定要落个可悲的下场。在已经过去的差不多半辈子（！）已经几乎能感觉到在渐渐成形的命运。我好像已经能明显地看到自己的能力和目标之间的极大的距离，而其他形式的幸福和满足也就都和我无缘了。只要那个目标达不到，我就无法接受其他任何形式的安全，这未必是完全出自一种对崇高目标的追求，我有一种天然的好胜心理。我——不甘心，不甘示弱，十几年的学校教育使这种观念牢牢地建立起来了。可惜的是先天不足，家庭和社会都没有赋予我足够的能力，大概只能空如晴雯的'心比天高'了。可是我知道达不到目标，我永远不会甘心，即便是罗亭

式的（不！要比他还稍强一点）过一辈子。"（750813）

我知道，我知道你的心性极高，抱负极高，正是你强烈的进取心，你对于艺术至善至美境界的执著追求才会如此吸引着我。在所有的追求当中，唯有对完美艺术的追求永远是你的生命交响曲中最强劲的主旋律。但是你的性格弱点，你一再向我剖析的性格弱点，却真的似乎在预示着某种悲剧命运。

命运，这最难以捉摸的字眼，在这同一封信中，也和我开了个近乎残酷的玩笑，它暗示了某种转折，并且将把我们卷入一个爱情的怪圈。

"在哈尔滨认识一位从你们团办回来的女青年（69届）叫卓立（其实是北京人），形象、性格、各种感觉和你极像。沈嘉蔚、杨涤江和我不约而同，都有这种感觉。今天在展览馆，甚至有人问她：'你是不是姓赵……'"倏的心头一颤，是直觉预感到了一切？我不能不相信直觉，不能不为这样的巧合而惊悸。"我们是通过张钦若介绍认识她的，因为她在跟张学油画，颜色感觉不错。爸爸妈妈是歌剧院的指挥和导演，原在北京实验歌剧院（据说从美国回来的），是两位很有意思的老人，已经毫无拘束地接待了兵团的好几位画匠，而且已经在准备接待你了。"看来你也未察觉到命运的逼近，这只是一个引子，你我对将来的变故还都一无所知，而爱情叙事曲已悄悄开始隐伏了新的篇章。不过，嘉蔚的悼文记录得再清楚不过，"忘记是因为什么原因，宇廉已在哈尔滨逗留一段时期了。这是他与哈尔滨结缘的开始。"时间也恰恰相吻合。

原来我只能凭借想象，猜测卓立和她的家庭，嘉蔚笔下的详尽描述才使我了解，卓立出身于艺术世家，她的父母在文化界有广泛的交往，在当时的历史背景下，那是一个极其少有的充满音乐之声和艺术氛围的欢乐家庭，使你们"这些远离家庭，在北大荒闯荡了多年的光棍们""不可能不动容"。把你们"迷住的","不是卓立,这个几乎还没有长大成人的小丫头,而是她全家"。

你应该告诉我你内心所起的变化,一如以往的坦诚直率,我是会充分理解的呵!因为我知道:一切艺术都企盼达到音乐的境界。而且,如果你想留在哈尔滨发展自己的事业,能够进入这样一个艺术家庭确实是最实际的选择。但是你没有。在以后的所有信件中,再没有提到卓立和她的家庭一个字。

让我们再回到750813信的末尾,以证实前面的判断。"夏天又快过去了,冬天对你大概要严峻一些。我想给你寄一些奶粉和糖,你不会反对吧。我们守着一个糖厂,总是好办一些。药厂的事有什么变化请来信告诉我。"你并非不懂得关切和爱抚别人,你一直在挂念我的身体健康,使我感到融融暖意,而我在当年空荡荡的商店柜台旁,搜寻购买难得碰到的好吃或好玩的东西寄给你。我还记得临别兵团前,最后寄去的是一个相当精致的小煤油炉,还有一个与之配套的小锅(颇费我一番心思才配上)。可以想见,你收到后一定会笑起来,这哪里是做饭用的?分明是小孩儿过家家的玩具。不管当年我们互寄过什么可爱或可笑的慰问品,都意味与包含着相互的情意和彼此的关爱。

至于"药厂的事",这是只有我们才懂的暗号,那时的大港油田的对外名称是641厂,根据谐音,我们便戏称为药厂。"药厂的事"是贯穿于我们书信当中的很重要的一项内容,我们曾设想过各种可行性计划,最后决定我先办调动。为了编造出足够的理由,以便兵团放行,还假设过我在那里有一个男朋友,并且有名有姓。这些可笑伎俩早已在我的记忆中荡然无存。只是看到你的信中提起你有一个小学同学也叫李振南,后来去了新疆,我先是愕然,恍惚间才记起那虚构的谎言,却像是在看别人的离奇故事。

　　大港的调动已接近分晓，可是我们之间的关系，也早被人们有兴味地刺探，并且纷纷扬扬地传播开来。你在信中也说起过在省里也有人要求证实（你总去哈尔滨，我却没有机会，离得也远）。这些都有可能给我们的计划带来麻烦。果然，二师也听到风声，你的这封信就是专门为我出谋划策。

　　750901，"……关键是下一步怎样消除它的影响。你需要很冷静地分析一下，你在团、师里是否能够把这一点否定掉。只要还有可能，我们就应该马上制造一个合情合理的解释过程，向外界说明（包括最好的朋友们）我们是在怎样的情况下分手的。我的设想是，你经过一番矛盾的心理权衡后，选择了以为好一些的前途……（我想笑！）同时我们却依然维持一种平静的友谊……如果这种局面已经完全无法挽回，你也必须在今后较长的一段时间里，保持一种心理和感情状态：即你确实一直陷入一场矛盾的选择之中。在我不知道你的基本估计之前，我将继续和你维持那种'一般的朋友关系'。九月十五日如果我们在佳木斯见面的话，应该至少是一种不战不和的状态。我最近在一些我不想向他们撒谎的朋友们面前，是至少以一种不想回答的矛盾姿态出现的。"好一番严密的逻辑推理，你简直快把我绕糊涂了。你这个上海中学的高材生，具有那么严谨的逻辑思维头脑，真应该去学理工科。相比之下，我只能搞形象思维，我在师大女附中上到初二，就明显地感觉到招架不住理科了。可到美院附中就不同，数学压倒一片男生还不在话下。说实在的，学美术的男生极罕见像你这样——理科能达到顶尖水平。听你哥哥讲，你的学习成绩在上中一直名列前三名，真让我佩服之极。不过我是否扯得太远了。我还是应该回到我们的"不战不和状态"。

　　当事情的发展远远地出乎于我的意料之外，当最后的结局真的把我定位在你的设想之内，而我却不可能对人们的误传作出解释。

以我对你性格的了解，深信你也不会说明真相，难怪周励都会误认为我把你"抛在"了"荒原上的小屋"。但这并非你的初衷，因为从根本上讲，你是正直，善良，崇尚高尚人格，重视自我道德完善的人。越是这样，这笔心债的分量才会越重。

最后我们却是谁也笑不出来了。

没有感受到夏天的炽热，已是一派秋天的肃杀。平缓的柔板过后，反复鸣响的主旋是越来越浓重的阴郁。你的情绪时起时伏，时好时坏，就像晴雨表一样主宰着我的天空，时而晴空万里，时而阴霾密布。我忍隐着、包容着，因为难以割舍对你的爱，它已成为我生命的一部分。

750915，"我太不能掌握自己的情绪了，这几天和陈宜明一起企图搞几幅版画小稿，可是要搞得稍微像样一些，竟是这样的困难，常常一个上午画不出一点东西来。我就马上垂头丧气了，各种事情都会影响情绪，可是这中间唯有创作的作用最大，只要我感到在创作上我无能为力，一无是处，最后的一道防线便崩溃了。当然也有相反的情况，有得意的时候。可那是不多的。……画不出东西是最令人沮丧的，尤其想到可能永远画不出东西来的时候，那就是最受不了的了。"

"……我的克制能力这样差，在情绪恶劣的情况下，一切美好的东西都会不美好的，譬如在今天这样情绪低落的时候，我常常会想，我是只能永远自己生活的。我可以爱人家，人家也可以爱我。可是却无法一起生活，因为我左右不了自己，而且也不想勉强自己。在思想和行为上都是这样的。我好像永远希求是一无牵挂的自由，在想及别人和为别人服务的时候也都是这样。我并不是十分自私的，可是我只愿意我自己主动地去为别人服务，为别人着想，而不是我必须去为别人服务，只要那种思想和行为带着强制的性质，就会受到我内心的抵触。"

750922，一个星期之后的来信，你又恢复了常态，平静地谈起回团里和同学久别重逢后的感受，知识青年的变化。

这封信写于仲秋之后，"月亮很好，比昨天好多了。祝你很快活。"

我希望你也能永远地快活。只有你快活，我才能感受到真正的快活。

751205，是什么使你的情绪又急剧恶化。"客观上的不顺心的事搅在一起，极影响情绪，可是更可以成为负担的，却是由此而使我自己看到的我的性格上、思想上、及至品德上的那么多致命的弱点，我真害怕自己的精神会有一天支持不住的。……我终于看到了自己的先天不足，而后天的努力又一再失败，这就是使我颓丧的原因了。

这些天，我常常在想着自己的这些各种各样的弱点，本来对自己严格一点肯定是有好处的。可是又想到，真要像亚瑟在祈祷时那样虔诚的话，我恐怕会连对自己的信心也没有的。"

"在这种时候，我真羡慕那种天生的乐天派，可以事事无所用心。当然更应向往的是那种性格健全、心胸豁达，在各种最紧张、困难的时刻也始终具有幽默感的人。但是我知道我做不到了。在一个一切如愿的天地里，我当然是能够把这一切都避免的，可是现在一切都是不可避免的了。于是我想——在那些心情最不好的时刻里想，我还是，或是我只应该一个人自己生活吧，否则那只会是害人，谁和我在一起也不会感到幸福的。真的。"

我的心在不断下沉、下沉，像浸透在冰水里面，当你的心灵完完全全袒露在我的面前，我感觉到了陌生和恐惧。你的灵魂在痛苦中挣扎，你的内心隐含着那么多复杂的冲突和深刻的矛盾。你还是我最初认识感知的宇廉吗？我的心充满了困惑、迷茫和痛苦。我该怎么办？我能够帮助你吗？我有足够的勇气和力量吗？我也常常感到内心的脆弱和沮丧，多么希望有人能给我支撑的力量。但你却比我还需要扶助。如果两个人都是弱者，将来又会是什么样的前景？不敢想象。可是我别无选择，既然决定了与你携手，我又怎能不承担起相互支撑的责任。从哪方面讲，我都不可能比你强，也许上天只多赋予我一点品质——那就是坚韧。只是，你让我感到了过多的沉重。步履维艰。

秋天的日子里，你的一封短信还是给我带来过最后的快慰，这是751005一封长信后的紧急补充，"是致歉，也是解释。"只因为那长达5页的信都是构思报告和小草图。你因故投宿在火车站前的小旅店，在"含着烟土气怪味"的环境里，"一时是睡不着的。昨天的来信还在口袋里，于是乎随手拿了出来。可能是这十分静谧的环境，身边只有间或的几声轻微的鼾声，于是我像是在听配乐的散文诗一般地读——不！是在听着你的信了。只是声音却不是你的，因为没有听你读过这样的句子，其实谁也没有在平时读这样的句子的。我听到的，是一个恬静、柔和的演员的独白。书信能剖白人的情致、创造出意境来的，就跟好的散文诗一样，我喜欢这样的诗，尽管常常是忧郁的，却不觉得做作。"

真高兴能得到你这样的美誉。也许是带有感情色彩去读，意境便被夸大。我们常常表现得相互自谦，其实平时给人的印象都是自傲和清高，这或许也是情感的作用，造成了既有趣又可爱的现象。你的"听"字用得格外好，我都想亲自读给你听，只是不知写的是什么。你可不要小看我的朗诵才能，一直到美院附中，我的这项才能还在发挥。这要归功于我的小学班主任张老师，是她帮助我克服了读课文的胆怯，后来又鼓励我继续提高，她推行的是真正的素质教育，使她的学生受用终生。我的小学在史家胡同，与北京人艺宿舍是近邻，于是我有幸得到过著名话剧演员董行佶的辅导，他具有超凡的嗓音和表现功力，是我最崇拜的表演艺术家之一。

你终于没有等到"听"我的内心独白，便已经做出了分手的决定。

一片空白，最后的尾声是悲怆。

1976 年没有春天。

我所保存的你的信截止到 760115，最后一句是："总理的去世带走了如此之多，确实很难想象接着会是怎样的一个局面，但是这种灾难性的影响是很快就会出现的。"你对政局同样有敏感的预见。

我为总理哭红了双眼。几个月后，又要哭自己的幻灭。

创伤已是必然。但这情感的巨大创痛还是如此惨烈而久久不能平复。那是我刚刚调到大港油田的时候，人地生疏，多么需要你的支持，而你猝不及防的一击，却使我如同遭受到一次灭顶之灾。你本应该在哈尔滨向我坦言。那是与北大荒最后一次离别，你专程赶来送我，却心事重重，欲言又止，从你忧郁的目光中，我还是没有读懂。

矛盾呵，矛盾。永远的矛盾！既折磨自己，又折磨别人。

你可曾知道对我的伤害是如何惨重？你怎么忍心让我背负情感和道义的双重打击，你顺水推舟，真的把弃你而去的道义责任卸给了我？

你的名字使我黯然神伤，你的光环在我心中渐渐晦暗。宇廉，我曾经多少次在心中呼唤的这个名字，怎么竟变成了薄情寡义的于连（《红与黑》中那充满魅力、矛盾、野心的青年）。极度的失望混杂着深刻的爱恋，撕裂着我、吞噬着我，令人心痛欲碎。

我不知道该去怨恨还是原谅你的优柔寡断、不明不白。

更不知道你的心是否也感到创痛。我们的通信戛然而止，在你提出分手的那封信之后，再也无从了解你的想法。多年后，当看到周励书中你日记中的一句话，"晓沫走了，我失去了这么多……"还是给了我极大的慰藉。我的离去使你失去了一部分，而你的一击却使我失去了全部所有——已并不算年轻的初恋情怀。

但我无论如何还是低估了你自伤的程度。得知你死于脑瘤，总使我内心感到不安，我在打听脑瘤起因是否与感情创伤和心情抑郁有必然联系。我在想，是否应该反省自己。

总以为在这场感情悲剧中无愧于心，但用今天历尽沧桑后的目光重新审视过去，我才发现了当年的极端与偏激。我明知你希望继续"维持一种平静的友谊"，却以近乎戏谑的决绝回敬了你。

找不到最后几封书信，使我失去了文字的依据，无法确切地知道时间。我只记得1976年夏天我已在大港油田。会不会是在地震前后，收到你提出分手的那封信。大概是你信中淡然的口气激怒了我（如果你明确告诉我爱上了别人反而不至于此，我早有这方面的心理准备）。信的末尾你要求我为你查找什么资料或是买什么书，就像平时你要求我帮你参谋构思或寄速写本那样自然。你也许并未多想，也许是想于平淡中转换关系。但我却再不可能退回到1974年夏天，我——不能容忍，我的个人尊严已受到了莫大侵害。平静的友谊已失去了存在的基础，它变了味道，无异于虚伪。这是我当年的偏激而又真实的想法。

不记得是我收集的剪报还是从哪里冒出来的陈年老报纸，上面的一句话恰好映入眼帘。这是巴尔扎克、雨果、鲁迅们大文豪的人生警句短语，此句（忘了是谁的）与我的心情刚好贴切。大意为：对那种只知索取而不懂回报的人，我的回答将永远是：不！我不暇思索，剪下这短句——不足一指宽的小纸条，未著一字，寄给了你。它涵盖了我的悲愤之情和谴责之意。至于其他的潜台词，留给你去体味吧！

我第一次也是最后一次，用这种不同以往的、恶作剧的方式表达了自己。

一次极端化的行为艺术，全然未考虑你的接受能力。

很显然，你无法接受这种"黑色幽默"，小纸条被原封不动（也是不著一字）寄了回来，只是它被踩蹦过，还踩上了脚印。同样是一次行为艺术。

可惜，那皱巴巴的小纸条，没有被保留。

自此，我们几年的交往，我们的爱情关系，彻底画上了句号。

不，是一个触目惊心的休止符。

那年我 27 岁，你 28 岁，但我们的思想乃至行为，却仍然不够成熟。

这是我最大的抱憾与追悔，我当年极端与偏执的行为。

或许我另外还给你写过措辞激烈而又尖刻的回信，但在我的记忆中却没有留下一丝痕迹。然而我总觉得一张纸条还不至于惹恼你。你的性情是那么温和，从未有过任何过激的行为。我给人的印象也很温文，轻易不会发脾气，可一旦真被激怒，简直会很吓人。我们最后的收场具有强烈的戏剧性冲突，恐怕对双方来说都始料未及。但在我的记忆中仍有许多盲点和空白，也许是感情重创的强刺激所导致——部分记忆力丧失。

我只记得小纸条，记得它归来后我的悲痛欲绝。那曾经美好，曾经珍贵的一切，居然在转瞬间已被我们撕扯得粉碎。我被击倒了，请病假躺在石油会战的简易板房宿舍中，以泪洗面。之后，我给嘉蔚写了一封长信，我既把他看作与你关系最密切的朋友，又把他看作兵团美术界的良心。如果我不宣泄心中的悲苦，便只有死路一条。那段时间幸亏有我的附中同学勇玲陪伴，她比我晚一步从兵团调到油田，与我同住一室，也分担了那份浓重的哀伤。她实在看不过我饱受精神磨难，竟自作主张给你写了封严厉指责的信，这是我今天才知道的。她还清楚地记得我写完那封信几乎要虚脱晕倒的样子，并且能记起那封信的片断，评价是感人至深。而我这个当事人，除了能记起我曾经写过，至于写了什么，他收到没有，是否回信，却已一概不知。只记得我写得很长，好像是 19 页，要么是 29 页，但勇玲坚持说是 36 页，看来最后只能由嘉蔚证实。

忘却确实是一种解脱。我解脱了，你却没有。如果你的记忆一直清晰，如果你把我的书信一直带在身边（你确实这样做了，刚刚接到你妹妹从东京打来电话，告诉我在你的遗物中找到了一包我的信。我深为感动，也深为不安），那会是一种什么样的情景：在深埋于心的感情炼狱中永无解脱之日，直到泯灭了自己，烧成灰烬……噢，我的上帝！想到这里，我真的不能原谅自己。

最近我才从敬人那里得知，我走后，你在师俱乐部走廊一角的草垫子上趴了 3 天，那是思念还是抉择的痛苦折磨，再也无人知晓。但我深知，你会被负疚感紧紧纠缠，而我最后的回信，我的意气用事和无声的抗议，肯定给了你深重的打击。我们怎么没想到，那斩断情丝的竟是无比锋利的双刃剑，在刺伤我的同时，也刺穿了你。

假如时光能够倒流，假如以今天的现代观念与平和心态去重新经历，我会不计恩怨，捡拾起并加倍珍重呵护我们平静的友谊，抚慰你的伤痛，减轻你心灵的重负。但再也不会有任何假如……我们只拥有今天，而永远丧失了昨天。

所有的一切都已成为消逝了的经历，所有的一切都已无法更改。

当我 1978 年从油田考取中央美院版画系研究生，你，1980 年从哈尔滨画院考取中央美院连环画系研究生，我们再次在北京相见时，都各自实现了夙愿和理想。但却是"人依旧，今非昨，几怀愁绪，几年离索"。当然，你有了卓立，而我有了云天——一个忠厚朴实、粗放豪爽的北方青年，是他义无反顾，如火如荼的爱终于融化了我已被冰冻死寂的心。用他的话讲，那是一场真正的苦恋。

我们都有了感情的归宿。只是我没有想到，你的第二次选择、你的婚姻却又是一个悲剧式的结局。

时间抹平了一切，往事随风而去，当爱情成为一场永远的梦，我们才知道，真正完美的爱情只有在想象中永世不灭。

怨怼已经化解，过去已成虚幻，情殇没有对与错，唯一的解释是缘分。

我没有变成破晓前的泡沫升入空中，而你却化为缥缈的清烟飞向了天国。

原以为，再不会为你留下一滴眼泪。泪早已流干，挚爱过的心早已破碎、干枯，磨砺出厚厚的老茧。在22年前。

但是，我错了，连我自己都万分惊异。在得知你的死讯后，尘封的往事破堤而出，泪水如潮水般奔涌而来，巨大的悲哀是如此猛烈地撞击着我的心，令我难以自持。多少话还没有来得及说完；多少事留下了永久的遗憾；多想让你亲耳听到：我愿自责，我愿致歉，我愿祈祷，我愿忏悔，只要，只求能挽留住你的生命。然而，生之希望竟无可挽回。我甚至庆幸那些天我先生不在家，怕他看到我那魂不守舍、泪眼红肿的样子。云天从昆明打来电话时，我还是把这个消息告诉了他。"怎么可能，就这样英年早逝了？多么好的一个人……"从第一次在美院见到你，他就说你好，说他特别喜欢你。我揶揄："你当然会喜欢，不然哪有你的位置。"现在他也为你的离去而深表惋惜。"你一定很难过吧，这我理解。""是的，难过……"泪水又一次迷蒙住双眼。我不得不捧起一本像开心果一样的书。来缓解黯然的心情。当女友打来关切的电话，我告诉她，几天来一会儿哭，一会儿笑，快成了神经病。哭是因为你。

笑是她女儿毛毛可笑之极的小说《闹心》带来的，那是今天的中学生才会有的——自画青春。

我们的青春已经逝去，你的生命已经逝去。我不知还能为你做些什么，我打电话给兵团画友，联合他们一起发去唁电；我关切卓立是否已得到消息，不知她是在香港，还是在意大利。

泪水荡涤过哀痛，怅惘中升起一片澄明，伤逝过后浮现出的奇异美感，是从未获得过的内心体验。为此，我感激你，直到永远……

1997 年 8 月 1 日，上海，你的追悼会正在举行。

我为你点起一炷香，合掌面向南方。窗外雨声淅沥，也像在为你的逝去哭泣。

我在默祷。宇廉，如果你的灵魂有知，我多么希望与你再见上一面，与你倾心长谈；如果真有西方净土，你一定要在那里寻找到真正理想的感情归宿。我托敬人为你送的一束白色康乃馨，会在你的身旁。我叫他放在离你最近的地方。你感觉到了吗？这是我所能给予你的——包含过去和现在——所有的爱和思念。花中间有一张小小的白色卡片，那上面是我为你写的挽言：

> 往事如烟散尽
> 心香一缕伴君
> 痛惜英才早逝
> 遥送故人远行

别的话已经多余。

再见，宇廉。

1998 年 · 春夏之交 · 北京

孤　坟

王小丁

●恐怖之夜●我不是凶手●目不斜视重庆女
知青●为"金屋藏娇"干杯●永远的温柔目光
●凶手逼她喝下"敌敌畏"●坟墓坐北朝南
●冷对"恋爱运动"

一定要让她的坟墓朝着东北方，朝
着她曾朝思暮想的重庆……

——作者

一

"咚咚！"几声踢门声把我从睡梦中惊醒。

我刚打开门，一股难闻的臭味迎面扑来。一个软
软的身子倒在我怀里。"啊！"我叫了一声，恐怖之夜
恐怖之事发生在我毫无思想准备的情况下，发生在勐
后那个闷热雨季的深更半夜。

我的脑子在飞快地运转，离开这里，赶快去叫人
来，而我的双臂却牢牢地将这人抱住，拖到了屋子中
央。我双手颤抖得厉害，挂在草排上的马灯乱摇乱摆
好不容易才点燃了，我这才看清这人的面目，她竟是
我所熟悉的重庆女知青——俞小莲，这个要认我为小

弟的小莲姐。

莲姐面部表情痛苦不堪。

我喊了她两声，没有反应。才发现她的胸前有好大一块鲜血，我身上也有。她鼻翼一抽一抽的，困难地呼吸着，脸色发紫，嘴唇干裂成道道血痕，我仿佛从噩梦中醒来，飞奔出门一路跑一路呼号。

前后几分钟，校长带着人马上就赶到了，我没料到，小莲在屋里刚刚停止了呼吸。我望着她歪着头，脸痛苦得完全变了形的遗体，耳朵里全是嗡嗡的声音。一阵悲痛欲绝的哭声响起，在这南国热带夜空上久久飘荡，令人肝胆俱碎。

当人们将那利剑似的目光扫向我时，我当时还懵懵懂懂，几双有力的大手扭住了我。几个人上来扯头发，打耳光，我立刻脚不沾地被押解出了门。

尽管一路上我大声申辩，大声哭诉我不是凶手，我没有做什么，不是我害的她，但人们狠狠地踢我，揍我，咒骂我，用手电射我的眼睛。

被关进一间小屋后，我发现外面有背枪的人站岗。我悲戚地坐在潮湿的地上，任凭蚊虫猖狂地轮番进攻，这多雨的季节今晚偏偏没有雨。从高高的小窗望去，月亮高高的。贝叶随风乱摇乱摆，一阵浓烈的热带植物气息仿佛渗合着死亡的气味涌进屋来……

二

人一生下来和谁交朋友似乎是注定的，即使你想摆脱也办不到。我和俞小莲的相识就是这样。

记得那天我代五年级的语文课，给大家朗读了课文《为人民服务》一文的节选后。将"鸿毛"、"泰山"两个生词写在黑板上讲解，刚讲完，后排坐着的一个不知什么时候悄悄进来的女知青举手要求发言：

"泰山不是在新疆，而是在山东，还有那个泰字写错了，是秦字。嘿嘿。"她轻笑了几声。我当时的模样可想而知，我想发作却碍着场合，干脆鸭死图个嘴硬："静一静，同学们不要听她的，我晓得泰山和天山是邻居，都在新疆。"

后来我才打听到她的姓名，俞小莲20出头了，是我们学校的教师，大美人儿。我们在学校碰面，每次都是她主动打招呼，每次我都昂着头目不斜视，摆出一副好斗公鸡的模样，眼睛瞪得溜圆。哼！大家都是决心来锻炼红心的，你何必装虫子做正神。

一次学校组织全校师生劳动，学生们拾稻穗，我被安排去挑谷草。这真是个要命的活，那湿淋淋的谷草挑起来重得像石头，压在肩上把我全身屈成了一个大虾状，像苏秦背剑一般跌跌撞撞地走在田埂上。

这时俞小莲放下镰刀走过来叫住我："干活不要那么不要命，挑不动就别挑。"说罢不由分说，拖过扁担就帮我挑走了。她的裤子卷得老高，露出小腿那丰润结实的肌肉，她浑身有节奏地闪着扁担，轻松自如地在田埂上如履平地。在炫目的阳光下她显得那么美，那么令人陶醉。从这天起，这个重庆姑娘便在我脑子里占了一席之地。

一天我下课回屋，看见俞小莲坐在我的睡房里。这让人吃惊不小。她在小桌上放着用花手巾兜着的荔枝，我原来放在枕头下，床脚下乱七八糟的教科书全被她翻出来，被她视作宠物，正翻看得高兴。原来想用荔枝来做交换？她摇摇头：为了回重庆，上大学是条路子，这个地方真是学习的洞天福地。

她的口气似乎在给我下命令，看中这个地方不管你的意见怎样她都要来。她似乎习惯对我下这种命令了。也许是服从者太多了，好才这般骄横。我苦笑一声，希望她能给外面住的几位同仁解释，免得以后说不清，没料到她脸色骤然变了，沉默了半天才说，要解释你自己去吧，想不到你这么世俗。

其实她到这里来，我倒乐得其所：自从她来了后，我屋里变得井井有条了。原来乱鸡窝似的被子被叠得方方正正，墙角枕下的脏衣服、臭袜子见不到了。每当看到这一切，我都有一种愉快的感觉。有时我外出玩两天回来，她就会在小桌上留下纸条，竟为我不回来有些担心，并问少啥缺啥，条子上称呼我为小弟，落款是小莲姐。间或还留下一些我见不到的鲜果。

当我把这些告诉其他连队的伙伴时，大家竟以水代酒为我"金屋藏娇"干杯！并要我坚决不承认是姐弟称呼。说真的，尽管小莲长我一岁，不过小小男子汉的自尊心却使我从来没有喊过她一声"姐"，没有料到的是，我为自己没能喊她一声"小莲姐"而抱憾终身。她那句要命的话"想不到你这么世俗"，多少年来一直像鞭子一样抽打着我的心……

三

小莲好久没有来了。

只听说她近来情绪反常，课也不上了。校长对她有点不怀好意的传闻也越来越多了。我找过她几次，问她一些问题，她不回答，只是默默流泪。

有一天晚上，营部放《杜鹃山》。我们集合带小凳去小坝子看电影。开映后我发现校长提着小凳子走到小莲旁边坐下，他俩轻轻地说着话。那天我真是鬼使神差，便悄悄地来到他们背后，提着小竹凳往他俩中间使劲一挤，伸出腿便一屁股坐在他们中间，而且还用两个手肘子左右推撑。校长推了我一下，还轻轻骂了几声，我不甘示弱还他几句，怎么着，要打架我可以随便叫几十个人来。那场电影，我想我们三个人都看了，但全不知道看了啥子名堂。

第二天上午，小莲还是到我这里来了，许久不见，她憔悴了许多。两条小辫再也不像过去那么齐整，苍白的脸浮肿得厉害，眼底下的阴影明白地说明她度过了许多不眠之夜。

我没有说话，呆呆地望着窗外。

小莲轻轻叹了一口气，便弯腰为我叠被盖，边叠边说哪天有空把被子拆下洗了。我说用不着你来，你很忙，我自己有手可以洗。

她叠好被后将屋里乱七八糟的东西收了收，然后极其自然地坐在我身边，把手放在我肩上，我摆了摆肩头，想挣脱她的手，但未能办到。她又轻轻用手抚摸着我的头说：

"你太年轻了，连胡须都没长。"

我愤愤地甩开她说："校长的胡须很黑吧？"

她仿佛被蜂蜇了一下，肩头抽动起来……

后来她缓缓抬起头，用手巾揩去腮边的泪，央求似的说道："不要说这些好不好，小弟，我求你。我自己的事情我自己清楚。"

当时我心里发酸，怨恨的神情大概也缓和了许多，甚至有些后悔。

忽然，她很快捧起我的脸，狠狠地在我嘴唇上亲了一下，这个令人战栗的举动差点没将我吓昏过去。

然后她抓住我的手，两眼温柔地看着我说："你太单纯，同我过去一样，其实单纯未必是件好事。"

说罢，小莲起身缓缓地走了，在门口她回过头来望我一眼。时至今日，那母爱般宁静、祥和的目光仍然珍藏在我心扉中。特别是历经许多人生风风雨雨后，我才真正懂得那目光闪烁出来的博大的爱，以及难以用言语表达出来的珍贵无比的东西。

四

几天之后，团政治处主任亲自来到拘禁我的小屋，找我谈话，宣布我无罪释放。这时我才知道俞小莲已被安葬在寨子后面的山坡上了。

我十分感激学校的那位教务主任，他让我继续教书。那天傍晚，他把我带到小莲的坟地上。眼前除了一个新土包外，没有其他东西了。在小莲长眠之地的前面，有几个为抢救森林火灾而牺牲的知青坟，坟上有石碑记载生平，并刻上了某某烈士的大名，坟包用青石砌得坚固牢实，以防止野兽来拖走尸骨。而小莲的坟远离这些坟，与之保持了一段距离。这未免太不公平了！其他人的坟都是坐南朝北的，唯有小莲与大家背道而驰——坐北朝南！

后来查明，小莲是被校长逼上了绝路。小莲高挑身材，皮肤白里透红，平时她把一套肥大的绿衣裤剪裁得十分合体。南国的风天天拂动着她军帽前那排刘海，把校长撩得心神不安。他利用小莲想读大学回重庆的心理，几次抛出诱饵，见未得手，于是他又写了保证书给小莲，终于在一个下午强迫她……

当招生结束后，小莲发现上当了，她把苦水往肚里咽。然而校长仍缠住小莲不放，小莲终于忍无可忍。

据校长后来交代：二人在棕林发生了激烈的争吵，后来他掏出一瓶"敌敌畏"逼小莲喝，没想到小莲说用不着逼我，我自己喝，接过瓶子便喝了几大口。顿时小莲便浑身难受，口干舌燥想喝水，绝望地向前扑了几步。

每年清明节，小莲那座坟前都有一束素雅的山茶花。我知道她生前最爱此花，从那时起，这座孤坟永远埋葬了我心中一种说不清的东西。后来思茅掀起"恋爱运动"时，我对送来的每一张约会纸条和姑娘甩来的每个秋波都冷眼相待，倒不是别的，我总觉得确实难以激发我的热情。我愿意为知青姑娘们祈祷，为她们祝福，希望她们生活上少些折磨，多一些快乐，希望她们活得自在一些。

　　许多年过去了，对南国那座孤坟的怀念并没因时光流逝而淡漠。我因此强烈地产生了一个想法：一定要回思茅去，把小莲姐的坟重新迁葬一下，让她回到知青伙伴中间，一定要让她的坟墓朝着东北方，朝着她曾朝思暮想的重庆……

寒雁声声

尹志升

●爱情的甘醇●偷尝禁果，代价深重●她精
神崩溃，服毒自杀●你醒醒啊，我再也不给家寄
钱了●泣尽以血

> 请你们一定救活她！求求你们，让
> 她活过来吧！
>
> ——男主人公

偶然遇到了寒歌，他皮肤蜡黄，一头乱发，眼睛
早已没了往昔的风采。彼此虽然多年不见，可也没有
更多的话要说，这哪里是当年那个英俊敏捷的寒歌啊。

第一次见到寒歌，是在 1969 年他刚到北大荒的时
候，一米七八的个头，浓眉大眼，透出一股子机灵劲
儿。一块儿来的知青中，另一个招眼的叫雁梅，白白
净净的脸上，嵌着两颗黑葡萄般的眼睛，眼神总有些
羞涩，是个文静的姑娘。可巧这俩人既是同学，又是
邻居，到了北大荒，又安排他俩到了最艰苦的农工排。

生活枯燥，劳动艰苦，人们的相互依托就成了精
神上最珍贵的安慰。本来就有巧缘的寒歌和雁梅就这
样萌发了最初的恋情。

然而，恋情的过程也相伴着痛苦。远离亲人的雁

梅深爱着寒歌，寒歌要算她最亲近的人了。但是日复一日的沉重负荷，使她产生了脱离农业连队的希望。在当时，如果能在团部找个对象，那是一条公认的捷径。

寒歌了解心中的恋人，他心底的爱没有冷却，他在为争得爱情天平上的一个砝码而努力了。他勤奋，能吃苦，脏活儿、累活儿、苦活儿少不了他，1971年底他入选连队武装排，当了班长。到了1975年初，寒歌终于被调到了团部，担任了团部看守所所长。

月老儿终于把红线系在了两个年轻人的心上。从连队到团部，相隔着30多里地，雁梅经常去看望寒歌。她为寒歌洗衣服、拆被褥，从心甘情愿的忙碌之中享受到了爱情的甘醇。

一个漆墨的夜晚，雁梅没有返回连队。在一间低矮简陋的窝棚里，她把自己埋藏在心底多年的爱，那深沉的爱，那对美好未来的企求和她的全部身心都奉献给了寒歌。

在爱河中遨游的一对恋人啊，忘却了严寒，忘却了风雪，甚至连那艰辛苦涩的生活也忘了。

偷尝禁果，雁梅不久便恶心、反胃、呕吐，想吃酸东西，在禁锢着人性的年代，都是20几岁的姑娘了，可谁连这是什么原因都不懂。同屋的姐妹们以为她闹胃病，想吃酸东西，就半夜溜到地里给她偷摘西红柿。但"病情"更重了，雁梅终于被人扶进了卫生所。

她怀孕了！她也吓坏了。她觉得无脸见人了。

"生活作风问题"永远是市侩们的谈资，难得的"热门话题"。她多年辛苦挣来的表现，毁于一旦。她躲在宿舍里大哭，不敢出去见人。寒歌也傻了。为了逃避人们的非议，他们回了哈尔滨。

可哈尔滨迎接雁梅的，是父母的盛怒。邻里多年的两家也反目成仇。她的父母到寒家大闹，坚决反对女儿与寒歌的婚事。

这能怪谁呢？能怪父母吗？知青成婚，就意味着永远的"扎根"，更何况，"未婚先孕"，过了线了，还能不受到惩罚？受惩罚的人还能回城吗？

然而这一切却动摇不了雁梅的心，她深爱着寒歌，也有这爱的结晶。她死心塌地地跟定了寒歌。

父母管不了女儿，就把雁梅赶出了家门。含着泪，这对有情人带着刚刚满月的孩子，回了连队。

连长和指导员理解自己的战士，也理解在荒原里建立的爱情。为了减少他们两人的压力，便在离连队4里多地的鸡舍给雁梅腾了一间简陋的草房。

生活更苦了，但毕竟暂时避开了闲言碎语的非议和一些人的白眼。雁梅带着幼小的儿子默默地生存，就连上食堂买饭，她也都要等其他人买完了，才悄然而去。

寒歌不能天天回家，但也时不时步行30多里地回来看望雁梅和儿子。生活苦，好在两口子甜。

收入微薄，俩人共担生活的重担，而雁梅更要抚养不暗父母艰辛的儿子。他要吃。奶粉、白糖，贵而难求。面对嗷嗷待哺的孩子，他们知道了发愁的滋味儿。多方的压力早已冲淡了新生命诞生时那短暂的欢愉，禁果的苦涩卡在喉咙里咽不进，吐不出。两个人的心里隐隐地涌动起一种火爆而又无可奈何的情感。只需一丝裂痕，就可能把那"岩浆"引发出来。

这天，雁梅偶然从寒歌身上发现了一张10元钱的汇款收据。10元，对处在困境中的家庭，是个不容忽视的数目。雁梅顾不得是婆婆有病，寒歌尽的孝心，她急了。她委屈地喊：那么大一笔钱没了，儿子吃什么?! 她埋怨寒歌不和她商量。寒歌的心里也有千千结，他也忍耐不住了，两口子争吵起来。

含辛茹苦的生活，无脸见人的压抑，丈夫的顶撞，种种辛酸、苦楚，一齐涌上雁梅的心头，她精神崩溃了，泯灭了生活下去的勇气。她趁寒歌不注意，把一瓶"敌敌畏"喝了下去。

寒歌发现雁梅吞咽了毒药，急了。他奔到连里，不料拖拉机不在，他只好赶来了一辆牛车。

老牛依旧沉着，它何以晓得寒歌的凄苦。咯吱咯吱的车轮一遍遍辗着寒歌的心。他一路搂着雁梅，泪水也淌了一路。

在团部卫生院，寒歌"扑通"跪在大夫跟前，已说不出话来，他哭着，抓着医生的手："请你们一定救活她！求求你们，让她活过来吧！"在场的人无不落泪。

尚未断气的雁梅在挣扎，她活得好苦、活得好累，她已坚定了死的决心。灌进去的肥皂水吐了出来，她紧紧封住了"生"的大门。

她终于死了，带着一脸的愁苦、泪痕，抛下了幼小的儿子和悔恨交加的寒歌，在悲愤之中离开了喧嚣的人世。

病房里一片嘘唏，寒歌扑在雁梅冰凉的躯体上，嚎啕大哭。他摇着、晃着、喊着："雁梅你醒醒啊！雁梅！你睁开眼睛再看看我吧！我再也不给家寄钱了！再不寄了！行吗，雁梅！我不能没有你，孩子也等着你啊！"

雁梅身上那件本来已很破旧的衣服上沾满了药水、肥皂水和丈夫的泪水。她的好友小王知道雁梅从来没有穿过什么好衣服，也再找不出件像样的衣服。现在她要走了，不能这样走啊，她哭着脱着，把自己的外衣穿在了雁梅的身上。

寒歌沉浸在悲痛之中，就被从雁梅的尸前铐走了。说他与雁梅的死有牵连。到雁梅尸体火化那天，寒歌被押到医院，和他的尚未正式办理结婚手续的妻子告别。

武装战士给他打开了手铐，寒歌搂住了妻子的尸体。他哭啊，那情感足能感化石头落泪啊。他觉得对不住朝夕相处的雁梅，对不起与自己同在苦难中煎熬的妻子。他哭得浑身抽动，喉咙里发出一阵阵可怖的呻吟……

寒歌失去了雁梅，接着又失去了自由，莫名其妙地被判处一年徒刑。说他迫害患难的妻子，致使妻子死亡。可怜的寒歌，在劳改期间，又摔断了锁骨。

寒歌在哈尔滨的母亲，抱着不满周岁的孙子，赶来看望服刑的儿子。她老泪纵横，跑了连队跑团部，求了这个求那个，放了我的儿子吧，放了他吧。她替儿子抗争。

寒歌后来放回了连队，仍然接受劳动改造。他被抛到了社会的最底层。

后来我听说，寒歌和一位老职工从山东老家带来的农村姑娘结了婚。后来又带着那位既无工作，又无户口的妻子回到了哈尔滨。夫妻生活尤苦，在家拉磨摊煎饼，以维持生计。至今，寒歌也没有正式工作……

不思量　自难忘

杨　骥

●苍凉来自深山唱歌人●我……想家……想
我妈……●同命相怜，情发一心●呜嘛呜嘛得
儿，娶个新媳妇儿●知青相恋，大逆不道●仿佛
她是一个男子汉●但闻雨中泣，悔时已惘然●她
再也没给我机会●服毒者自尽，痛悔者永远

　　　　　　　　　极度的悔恨和心疼撕咬着我的

心……

　　　　　　　　　　　　　　　　——作者

　　　一次清点旧物，我翻出了那张珍藏多年的贺年卡。
画面上是一群天真、顽皮、可爱的孩子。那是社教工
作组三位大姐送给我们知青小组的纪念物。她们在那
一个个孩子的下方，分别写着一句与之神态举止十分
贴切的话语：坐在小板凳上拿着一把玩具提琴张着嘴
巴笑的小男孩下边写着："杨骥乐呵呵"；一个小女孩，
短发、流海、双手抱着一本书仿佛在想着什么——
"万莉今天老实了"；一个扎着两根小辫的小女孩，一
手叉腰，一手伸着食指指向前方——"玉香总是想骂
人"……
　　　我的思绪久久地停留在那个"扎着两根小辫，总

是想骂人"的小女孩身上，20多年前的那段往事又一幕幕浮现在眼前。

我们三队知青小组这几个人是1964年首批下乡的。我最年长，18岁，是小组长。玉香还不满17岁，仅仅读完了小学。她是我们小组长得最清秀的一个女孩，说话伶牙俐齿，做事能干麻利，自然看不惯笨手笨脚的秀萍、啰里啰唆的万莉和恍兮惚兮的唐进。相处日久，便使出在家呵斥弟妹的故伎，给人留下一个爱骂人的印象。

玉香和万莉爱串门，没过多久就把三队几十户人家弄了个一清二楚。离我们驻地最近的江大妈，年轻时死了丈夫，无儿无女，是生产队唯一的五保户。玉香认了干妈，时不时跑过去帮忙喂猪做家务。干妈有一肚子的山歌，稍一有空，玉香就缠着她教唱。"杨琼黛"是当地流传的一首古老的叙事山歌，很长很长，有好几十段，叙述一个苦命的年轻媳妇的悲惨身世。干妈会红着眼睛一字不差地把它唱下来。唱到伤心处，玉香也跟着掉眼泪。有时遇到干妈正在煮饭，玉香会揭开锅盖："干妈今天吃啥子好吃的?"干妈每每忙不迭地叫她"小声点"！生怕左邻右舍弄清她的生活水平，担心生产队会减少对她的照顾，嘴里又喃喃地念叨："年轻人爱穿爱戴，老太就爱点油煎菜。"这时玉香就会掩着嘴"吃吃"地笑弯了腰。待到干妈真心地留她一起吃饭，她会一溜烟跑了，再馋也不肯留下。

玉香学会了许多山歌。每当栽秧薅秧时节，当地社员有田间对歌的习惯，知青当中只有她敢上阵。记得有两段戏谑的山歌段子，是她曾经用来回敬那些故意招惹她的歌手的："小小娃娃你莫白，你家屋头我晓得，你家屋头我去过，虱子臭虫好几百。""唱不成来唱不成，去到云南请贾神，请来贾神来问我，我是你家老祖人。"她一口气可来上十几段，各种段子妙趣横生，就连生产队那个对歌能手钟大哥也说："这个女娃子，厉害!"

　　时间一久，我们的豪情壮志渐渐烟消云散，代之而来的是日甚一日的思家之情。我越来越驾驭不住这股颓势。早上出工，喊起来这个，那个又躺下了，不然便是这个"肚子痛"，那个"脑壳昏"。催急了，干脆一个个溜了出去，到县城闲逛或上别队串门去了。一天，万莉接到汇单，一早便邀约大家进城取钱，意在顺便做东，让大家饱啖一顿。玉香不愿去，可能是因家中困难，无力回报的缘故吧。而我，他们知道一般是不会参加这种聚会的。收工后天已经黑下来，还不见他们几个的人影，一阵强烈的孤寂向我袭来，我不由得又拉起了我的二胡，拉的多是些凄苦、伤感的曲子。忽然听见玉香在里屋叫我："大哥……不要拉了……"我惊异地放下琴走过去，只见她正趴在被盖卷上轻轻地抽泣。"玉香，你咋个了？"我一边摇着她的肩头，一边问。她没有回答，却哭出了声，半天才抽抽噎噎地说："我……想家……想我妈……"

　　我倏忽一下感到了极大的震颤，各种愁绪一齐涌上心头：幼年一场大病，使我的左腿至今留下残疾，下乡后沉重的劳动比别人更添一分痛苦；生产队为我们准备的半屋子烧柴已快要烧尽，往后得靠我们自己到几十里山路以外去打柴；自留地的菜也经常断桩，眼下连蘸水菜也快供应不上……下乡以来的各种酸辣苦麻，加上强烈的思亲之情一齐向我袭来，使我不能自已。我的喉咙哽塞了，停在她肩上的手再也无力抽回。我真想和她一道大哭一场，可我不能，我是男子汉，我是全组最年长的。我强忍着没有哭出声，可泪水还是悄悄地淌了出来。

　　自那以后，我忽然发现，玉香已不再是那个成天只会瞎混瞎闹的黄毛丫头了，她一下子变得懂事、成熟了。每当我出工，她一定去。我换下的衣服，她大抱大抱地拿去洗干净，叠好后又不声不响地放在我的竹箱里。又找来一块旧布洗干净搭在竹箱上，摆上一个玻璃瓶，经常给插上一束束不知哪里采来的野花……而这一切，又都会使我感到莫名的兴奋。

1965年春节前，生产队年终分配时，我第一次用自己的劳动分得了7元钱。我成了全大队几十名知青中的佼佼者，我的名字上了报，我的照片被框进了成都总府街口的"上山下乡宣传栏"。

怎样安排这一年劳动所得的7元钱呢？我本可以到县城去痛痛快快玩一下，吃一顿，再买些生活必需品，但是我梦寐以求的还是一把好二胡。加上妈妈和刚参加工作不久的姐姐共同凑足的钱，我终于买来了我朝思暮想的苏州龙头二胡。我决定做个琴盒。我想法匀出了一块床板，请生产队的木匠为我制作，哪知那做惯了犁耙拌桶的师傅不精此道，琴盒做得过大，为了避免磕碰损坏我那把宝贝二胡，左思右想不得其法。忽然听玉香说了声"有了"！只见她风一般跑回女寝室，翻出那件她家里刚寄来一直舍不得穿的崭新的花棉袄，拿起剪刀就开拆。等我反应过来，两个袖子已经拆了下来。然后仔细地将白生生的棉花铺在琴盒里，再将花布盖上用图钉一一钉好。一个美观、实用的琴盒便做成了。而玉香，就只好依旧穿她那件穿了好几个冬，袖子还接了一截的旧棉袄。

我和玉香之间的微妙变化渐渐被同组知青察觉，有关我俩的各种离奇古怪的故事也随之被杜撰出来，一时间，在知青队伍中成为爆炸新闻迅速扩散开来，尤其是唐进这个小捣蛋鬼经常开我们的玩笑甚至搞些恶作剧。他会冷不防将玉香往我身上用力一推，望着我们的尴尬狼狈相大笑，还会瞅准了轻手轻脚地把房门反扣上，跑到窗外去朝着我俩挤眉弄眼，嘴里还不停地唱着："呜嘛呜嘛得儿，娶个新媳妇儿。"气得玉香弄开门就去追打，他却先一步一溜烟没了人影。一些老实巴交的农民也开始对我俩警觉起来，时不时会破门而入，用他们那叫人无法接受的方式来关心我们一番。知青谈恋爱，这在当时无疑是"离经叛道"之事，面对各种流言蜚语，我陷入了极度的苦闷之中。可玉香倒好，除了气愤之外，并不准备退却，反倒转来安慰我，仿佛她是一个男子汉，我倒成了脆弱的女孩子。

那天她好不容易收到了她妈寄来的汇单，第二天正是逢场日，她要我和她一道上街去。我被她的想法吓了一大跳，一年365天，这个小小县城的街上哪天没有我们公社知青闲逛？我俩若是单独一起在街上这么一亮相，无疑证实了那些流言蜚语，往后的事就不堪设想。再说，一种无可名状的自尊（抑或是自卑？）使我不愿与她那矫捷健美的身姿相伴而行，我没有勇气面对别人的讥笑。我立即打了退堂鼓。玉香哭着死命地拖着我往外拉，我最终慑于舆论的压力没能遂她的愿，这铸成了我悔之终生的一大憾事。啊，我那时怎么那么自卑，那么固执，那么怯懦？如果我能勇敢地和她手携手在县城百货店里逛一逛，肩并肩在电影院里看场电影，现在心里会少一分遗憾，少一分自责，少一分内疚……

我终于承受不住这巨大的压力，咬牙作出了那个愚蠢的、致命的决定。1966年5月的一天傍晚，我把玉香叫到一边对她说："我们都太年轻，现在应该好好劳动，好好锻炼……今后你仍然把我当成你的大哥……等过几年……"听完我的话，她沉默了许久，然后一下子跑出门去……天黑以后下起了小雨，见玉香还未回来，我开始不安起来，正欲出门去找她，只见大队团支书陈大哥扶着她推门进来了。他俩浑身上下几乎湿透。陈大哥告诉我他去东坝开会回来，路过三队背后那道山梁子，见玉香一个人坐在雨里哭泣。极度的悔恨和心疼撕咬着我的心，我想再找她谈一次，我要告诉她我已不再顾及舆论，告诉她我将永远和她在一起，可她再也没给我机会。

半个多月以后，我接到县安置办公室通知，要我立即到县医院体检，体检表上写着医生签署的意见："小儿麻痹后遗症，左下肢肌肉萎缩，不宜农业生产。"县安置办公室决定将我作为病残知青安排回城。

临行前一天，十几名要好的知青伙伴到我集结的县招待所和我告别。有的说："你脱苦海了不要忘了我们。"有的要我再拉一支我最拿手的二胡曲给他们听。玉香也来了，静静地站在一旁一直没有开腔，她眼里已没有了怨气，但再也看不到以前那种迷人的光辉。临走时她只说了一句话："二天我回成都了去看你。"我很想单独留她再多待一会，把这些天一直哽在心里的话说出来，可在那种场合又实在难于启齿。

几年后碰见原二队知青赵晓，得知了一些三队知青的消息："文革"开始后，知青失去了精神追求也成了"自由人"，我们知青小组已不复存在。有的回城顶了父亲的班，有的随支援三线的汽车司机远嫁去了安徽，有的去了渡口……玉香回城无着，经人介绍和县城粮店一个小职员结了婚。一次因口角，公婆丈夫一齐人打出手，玉香一气之下，跑回三队原知青屋后那道山梁子上坐了许久，然后挖来当地野生剧毒植物"一支蒿"吞下，结束了她那曾经被我痴情地爱过，怨过，而最终一无所有的年轻的生命。

代 价

韦 洪

●我出身"黑五类" ●幸运上了大学 ●我
们要结婚 ●嫁给又老又丑的牧民 ●她到底得到什
么再教育 ●找了一个同病相怜的情人 ●他口含雷
管自杀 ●她疯了，没明没夜地乱跑

> 他独自走到荒无人烟的沙漠地带，
> 在沙地上写了个大大的"盼"，他围着
> 这字转了不知多少圈儿，零乱的脚印布
> 满那无人迹的地方。
>
> ——作者

　　我出身"黑五类"，干活儿得比别人更泼命，每天
晚上收工后，还在煤油灯下比别人更虔诚地自我反省：
"毛主席呀，毛主席，我嫌贫下中农身上脏、有虱子，
不愿跟她们睡一炕，这是对贫下中农的感情问题，我
不吃肥羊肉，偷偷扔了埋了，这是可耻的剥削阶级思
想……"这种话现在看起来多可笑，当年可是认认真
真写满一本又一本。后来都烧掉了。

　　老乡们可不管你什么出身，只要你干活儿卖力气，
对他们热情，他们就对你好。如果他们肯拿你耍笑，
那更证明你和他们打成一片了。我干活儿快，瞧人家

怎么干就学，一般总能抢在前头。一出汗，穿个贴身小褂，脸红扑扑的，婶子大娘们就说："小郭好漂亮呀，嫁给我们小三子吧！"我脸烧烧的，心里可美滋滋的。干活拼命，累得晚上哪儿都疼，自己给自己扎针。

队里穷，一个劳动日才值三毛二，妇女劳力再能干也就挣二毛多。队里养了头种猪，规定每配一次种得交一元钱。我当饲养员，铁面无私，谁不交款就不让他配种。老乡也穷，掏一块钱肉疼，趁我不注意就把母猪扔圈里，种猪见了就扑过去。我呼哧哧地挥根棍子，撵得它们干不成好事。老乡们又好气又好笑，赶紧拦住我掏钱。有人说我"专门卡贫下中农"，我挺气，我还不是照章办事吗？卡也卡不到我腰包里。我喂猪很用心，觉得这是队里唯一的副业，派我去干是对我充分信任，我原来连猪吃啥也不懂，喂到后来还学会给母猪接生。我被选为先进知青，《鄂尔多斯报》记者来采访我，我怕出名儿，躲着他们不露面。他们就画了个胖乎乎的姑娘，身后一大群小猪。其实我的肉都长到猪身上去了，原来120多的小胖子，瘦得不足90斤了。

推荐上大学开始了，我书没念过瘾，能被推荐上去自然高兴。高兴也白高兴，政审总被刷下来。心里有想法，晚上更得"斗私批修"。出身好的先被推荐走了，我的表现就更突出了。那年春天大旱，队里唯一的水泵坏了，我给队里当采购，单枪匹马去湖南邵阳采购配件。为了省钱，我在旅店包了张加铺，每夜三毛钱，白天就得外出。头一天去厂家联系就碰了壁，人家早不生产我所需要的水泵了。也不知怎么那么能讲，我直接找他们厂长，大讲队里如何穷，派我来这儿多不易，多少人就等我回去灌水了，眼泪也叭叭掉。那年头人好说话，厂长被感动了，专门找了几个老师傅加工我所需要的零件。厂里还把几台闲置的水泵，以极便宜的价格卖给我。我赤手空拳，既没钱也没力运走这些笨重的家伙，厂里师傅们又无偿帮我装车运到车站。路上还跟我开玩笑，"瞧我们小伙怎么样？"我装着听不懂。

车站又卡住不给托运，我又找站长交涉，七说八说又感动一位"上帝"，全部以半价起运。队里的货发出去了，款还没来，我兜里只有一块多钱了，连饭都不敢吃，泡把炒米就混一顿。好容易盼到队里的款，我大功告成，去了趟韶山，又急赶着回包头提货。包头离我们乌审旗还有好远的路，还想省点运费，就找便车，跟人家司机套近乎，又是免费替我运的。这趟差吃尽千辛万苦，给队里省了好多的钱，队里高兴坏了。老贫协说："小郭给咱办了件大事儿，不容易呀，众人挑担肩膀宽，要多给她些补贴。"大伙儿都同意补我一天五毛钱，那是我们穷队破天荒的事呀，我不想要还不成。

旗农机站听说我有这本事，想调我去当采购。我说："这辈子也不干啦，苦死啦！"他们说："你处处想省钱当然苦喽，我们干采购全是钱铺路，苦什么？"那会儿"钱铺路"跟今天的可是大不相同。

经过几年顽强的自我表现，我终于被作为"可以教育好的子女"典型推荐上了大学。以后的几年还算称心的。可是有多少人他们没我这么幸运，他们多方面的才能得不到社会承认，只能作为一个原始劳动力自生自灭。招工、推荐上学萌发了他们走向新生活的渴望，但是眼巴巴地被推荐上去，又一次次被刷下来，他们颓唐了，大碗地灌烧酒解愁。

有一次我路过一个知青点，"老乡见老乡，两眼泪汪汪"，几个年龄大的女知青一面喝烧酒一面淌眼泪，模样又老又憔悴。她们说："我们要结婚，找不到对象，男知青招工都走了，当地人结婚又早，你还有办法帮我们解决这个问题呀？"我有什么办法？要不是开口讲话，从哪点你都看不出她们是城里长大，受过十几年教育的人，她们活得连本地妇女都不如，一放牧出去几十里，成年累月不见个人，生活已经对她们没有一点吸引力，就那么人不人鬼不鬼地混。

王园园去内蒙时才 16 岁，她家里也有"问题"，她父亲是部队的"大官"，她"文革前"受宠得很，"文革"中家被抄，母亲被逼死，父亲被禁闭，走的时候，她家没人送她。火车上她一路唱歌，童声似的，又亮又脆，她很有文艺天赋，好多男生都看她，苹果脸，大眼睛挺招人。

我们年龄大些的同学，对男女之事多少懂些，存在着戒备之心。园园傻得很。有次收工后，她落在后面，看水渠边好像有人，那会儿阶级斗争弦绷得挺紧，她以为坏人搞破坏，悄悄潜过去，看是一男一女在干那事。她一本正经地向队领导汇报了这事儿，老乡们不把这当回事，哄笑了之。从此贫下中农的"高大形象"在她心目中一落千丈。

园园为了"脱胎换骨"，自愿到牧区，跟蒙族大娘住一个蒙古包。那位大娘有梅毒性心脏病，不能干重活，所有的重活都是园园干。风里来雨里去，她被磨粗糙了。她原来见不得大娘当着客人解怀捉虱子，她不愿把自己的铺盖靠在大娘油腻脏兮兮的被筒旁，一次她外出，大娘把她的行李留下，说是看见行李就像看见女儿一样。等她回来时那套行李被过往留宿的客人盖得没了样儿，她洗了又洗，一边洗一边哭。后来她被"同化"了，她的"小资产阶级"情感被改造了，她居然愿意嫁给一个又老又丑的牧民，啊，当时我们真难想象，他们会有什么共同基础？

1971 年开始，国家政策解冻，一批批知青被招工。最先招人的是煤矿、采石场。这些又繁重又危险的活儿招走了不少男知青，后来各级政府部门、教育战线、林场、供销社也陆续招了一些人。生产队一般都不卡知青，特别是年龄大的女知青，他们都极力推荐出去，成全他们。难就难在"政审"这一关上，家里有"问题"的总被卡下来。还有就是跟当地人结了婚的。如果知青之间结了婚的，走还是有希望的，跟当地人结了婚的想都甭想了。

越来越多的人离开了农业第一线，但大部分还在内蒙工作，彼此还可以通通消息、打听一下熟人的情况。好多人对园园还有印象，听说她早就结了婚都替她惋惜，她这棵南国的含羞草移植到塞北，已经变成芨芨草了。人各有志，当初多少人都劝过她，她家里拍了几封电报都没能叫她回去，如今她已成为孩儿妈，还用得着别人替她操心吗？

如果命运只是重复，或许园园就死心塌地像祖辈生活在那儿的妇女一样终老此生了。偏偏命运要捉弄她，先是爸爸"解放"了，后是分散在各地的哥哥姐姐都调回了南京。遥远的家乡，无忧无虑的孩提时代，勾起了她温馨的回忆，激起了她对丰富多彩的城市生活的向往。回想起来，在缺少文化、原始游牧方式的群落里，她到底得到什么"再教育"？她不怕苦，但苦总要有个盼头，她能盼什么呢？就盼太阳升起来又落下去，日子只是单调的重复？就盼丈夫出去又归来，对她野性勃发的需要？盼招工？盼上学？盼回家？一切都那么可望而不可即。她总是想问又怕问别人的变动。

无聊乏味的生活中，她找了个同病相怜的"情人"。那人也是因为家庭问题几次招工被卡下来的。那人也寂寞难忍，常常把半导体音量放到极大限，排遣苦闷；常常爬到高处眺望，只要有人路过，不管认识不认识都拼命招呼人家去他那儿做客。园园去了，他倾其所有，热诚招待，说了她和她丈夫几年都没有的那么多话。他告诉她："我的女朋友也被招到旗百货站了。我想不通，她女的都能走，我一个男的还不如个女的？不是吹，我没有不会干的活儿，这几年不知义务修了多少半导体、钟表，不指望当爱迪生了，一般人能干的我都能干，为什么就不要我？我老爹的问题迟早要平反的！"她告诉他，"我妈死了，要是她活着，说什么也会把我弄回去的。爸爸娶了后妈，在这儿我特别想家，可真的回去了又后悔死了。后妈是势利眼，哥哥姐姐调回去混得都不赖，她对他们还可以，我好容易拖儿带女回去一趟，她鼻子不是鼻子，眼不是眼的，抠得要命。"

他俩毫无顾忌地说着心里话，说到伤心处就一块儿掉泪，一块儿喝酒。有时也一块儿唱歌一块儿聊聊熟人朋友，一块儿找乐子开心。他们互相需要，互相怜悯。园园喜欢和他在一起，但相信他迟早要走的，他压根儿不想"扎根"，他最大的愿望就是早日结束这种被放逐的生活。他常常哼着一首忧郁的歌："告别了家乡，再见了妈妈，金色的学生时代已载入青春史册，一去不复返啊。未来的道路多么曲折漫长，生活的脚印深嵌在偏僻的异乡。"

她用动听的嗓音接下去唱："跟着太阳起，伴着月亮归，沉重的修补地球是我光荣神圣的天职，我的命运啊，就是用双手改变世界和宇宙……"

她看着他俊秀清瘦的面庞，不只一次地想"我怎么早没认识他，要是跟他结了婚，就是走不成，日子也好过得多呀。他该走，他不该窝在这儿"。

突然一天，一个惊雷掠过她的心头。他死了，他独自走到荒无人烟的沙漠地带，在沙地上写了个大大的"盼"，他围着这字转了不知多少圈儿，零乱的脚印布满那无人迹的地方。然后他口里噙了两节雷管，接通了手中攥着的两节电池，一声巨响，他倒下了。园园听到这消息赶到现场，生产队已经抬走了他，厚殓了他。那个触目惊心的"盼"字和些残片，锥子般地刺伤了她的神经。她疯了，见人总是半念半唱"一去不复返啊，一去不复返啊"。没日没夜地乱跑。

他的死惊动了各级知青办，旗委还派人下乡调查，定性为"自杀"。他的遗物被运到知青办，让人一看就汗毛凛凛的。后来一位知青把他的遗物送回南京。他的继母翻检了他的行李说："好像还有条床单没拿回来？"人都死了，还惦着用他的东西吗？那条床单有可能是园园拿回去替他洗的，她疯了，没人敢问她。

徐红巾的故事

安家璈

●15 岁小学生，来草原插队 ● 相知在暴风雪 ● 马倌放歌大草原，曲曲都是断肠声 ● 情人定罪"强奸"，锒铛入狱 ● 她死了——一个永远的谜

> 据说，安葬她的那天，许多牧民都闻讯赶来，当第一锹黄土撒向她的时候，人们哭了。
>
> ——作者

最初见到徐红巾，是在 1974 年夏天，阿巴嘎旗卫生局举办的赤脚医生训练班上。

学员们集中的那几日，赤训班的院内热闹非凡。只有徐红巾是单独一人悄悄出现的，她来自南部牧场，大约刚满 20 岁的样子，中等身材，容貌说不上漂亮，但也不能说难看。她似有意与在场的十几名北京知青保持距离，淡淡地搭了几句话后便站在一边，眼神木然地久久发呆。

培训班开课后我才知道，她原本不是赤脚医行，在班上 30 多人中这种"半路出家"者也仅有她一人。徐红巾天资聪明，读书很多也很健谈，但有时说着说

着她的情绪陡然变坏，眼神里流露出一种难言的恍惚和莫名的哀愁，咬紧下唇一言不发了。这种变化莫测、难以捉摸的性格，使她在班上落落寡合。

有一天，大家都在自习，我去找她借书，见她正聚精会神地读小说《简·爱》，那神情不亚于虔诚的教徒在读《圣经》。后来课上课下常见她捧着《简·爱》，兴致高时，她对周围女伴谈的也多是有关《简·爱》的话题。我对此甚觉愕然，莫非她与书中的女主人公有着感情共鸣？但她还太年轻，似乎该是个情窦未开的小姑娘。

后来，我从其他知青那里得知，她原来是我们那仁宝力格公社的，不久前才迁到南部的牧场。那些知青给我讲述了一个悲惨的爱情故事：

在那仁宝力格公社时，徐红巾和小 L 在一个蒙古包住，放一群羊。两人都是 15 岁时自己跑来插队的，"文革"那年还都是小学生。小 L 是个漂亮开朗的女孩，同队的许多男知青都愿意与她来往，以后就连邻队也不乏小 L 的追求者。住在同一顶蒙古包里的徐红巾，明显地被忽略，被冷落，甚至被遗忘了。

古老沉寂的草原上，寒来暑往，孤独的徐红巾渐渐在一户牧民家里体会到了她所需要的关注和温暖。

据说，在一年冬天，徐红巾出去牧羊遇上了大风雪，附近一个叫巴特尔的马倌得知后，冲进风雪把她和羊群一起救回，巴特尔家的炉火和他妻子递来的滚烫的奶茶，使她冻僵的身躯有了暖意，她觉得自己是那么弱小，马倌又是那么魁梧、高大……以后她成了巴特尔家里的常客，常去帮助女主人做家务，照看孩子，她和他也自然成了朋友。

巴特尔是个强干的人，队里最出色的马倌，令队里大姑娘小媳妇们倾倒。队里有时开马拉松会（整日整夜的学习讨论），会间乡亲们总要恳请巴特尔唱歌，他不一定唱，而且很难求动，即便在场的妻子求他也没用，可只要徐红巾让他唱，他每次必唱。徐红巾去放羊的时候，巴特尔常常坐在不远的山坡上，为她一人放喉歌唱，歌声绵延数里，飘荡不绝。有人还记住了一段歌词："当我听到马嘶声，我就知道谁来了，我静静地等待；当我听到马蹄声，我就知道谁来了，我静静地等待……"

最令男知青们羡慕和眼红的是，徐红巾驾下往往是队里最快的好马，每天骑过的马也不用自己照料，由巴特尔带到马群放开，第二天清晨又另换一匹拴在徐红巾的包前。他知道她喜欢白色，就特意抓白马给她骑。但巴特尔并未冷落她同包的小 L，也常在用马方面照顾小 L。

这样不知过了多久，徐红巾带着身孕悄悄回到北京。她偷偷找到表姐帮忙，做了人工流产，并嘱咐不要告诉家人。但此事最后还是暴露了，而且暴露得不是时候，正碰上传达贯彻保护知青的中央 26 号文件，巴特尔正撞"枪口"，被戴上破坏上山下乡的反革命帽子，以"强奸"定罪，锒铛入狱。

徐红巾去公检法替巴特尔苦求苦诉，得到的是白眼和轻蔑。作为"受害"的知青，徐红巾被迁离边境公社。大队的牧民和知青们委托小 L 把徐红巾一直送到南部牧场，并在那里陪着她住了一个月。

不久，训练班结束了，大家各奔东西，以后就再没见过徐红巾。偶然一次听人说，她回队后真的背起药箱巡医治病了，干得还蛮不错，当时挺为她高兴的。但不久听说："徐红巾溺水而死！"她是死在邻队白音淖尔一个叫"扎罕贡"（意为"又小又深"）的湖里了。她究竟是怎么死的，谁也搞不清。岸边放着枪和她的衣服，许多人在湖里捞了几天，一无所获。过了五天，一场雷鸣电闪的暴雨后，徐红巾从湖底漂了上来。有人说，她是去捡打死的野鸭子，水凉抽筋，被淹死的；有人说，她觉得对不起巴特尔，自己不想活了。总之，她的死永远是一个谜。

据说，安葬她的那天，许多牧民都闻讯赶来，当第一锹黄土撒向她的时候，人们哭了。

山里有个姑娘叫小芳

南阳　杜思高

●凭吊女友，祭奠爱情●她是一道亮丽的风
景●苦命苦心女，苦情苦相恋●相濡以沫●自卑
使我离开了她●找他等他坚信他会回来●一别经
年来，一逝芳魂去●小芳，安息吧

> 她说她坚信她爱的人一定会回来找
> 她。
>
> ——作者

在一个细雨蒙蒙的秋日清晨，我怀着沉重的心情，去凭吊一位正值青春韶华却猝然逝去的年轻女性。伫立墓前，手捧黄土，透过迷蒙的烟雨，远处层层叠叠的翠绿色山峦，林木动荡，松涛如泣，20 年前那一幕幕情景再一次浮现在眼前。

在轰轰烈烈的知青上山下乡大潮中，怀着极其狂热、诚挚和坚定的信念，我们几个十六七岁的小伙告别了熟悉的都市，来到了豫西南一个层峦叠嶂、林木葱郁的林场接受再教育。

一辆大嘎斯车载着我们几十人行了 6 个小时后到达一个县城，分成 5 个班。我们 6 个人坐上公社的拖拉机于傍晚时分到达公社所在地马兰坪，第二天又改乘老乡的毛驴车到了伏牛山狼洞沟林场。无边无际的绿色

滋润着我们的心野，我们欢乐得又唱又叫，如同一群疯子。

交通的闭塞，使得我们这几个城里人成了林场乃至周围几十里的稀罕客。我们随身带的手电筒、收音机、帆布包都成了老乡们反复念叨、啧啧称奇的洋玩意。而这里奇峰罗列、高耸云天的大山，葱郁碧绿、遮天蔽日的森林，则时时让我们处于激动、兴奋中——天是这样的蓝、草是这样的绿、水是这样的清。清新异常的空气中弥漫着沁人心脾的花香，淙淙的山泉如一架昼夜不停的钢琴弹奏出悦耳的音乐。

我们的工作就是把山上密不透风的大树砍倒，再顺着架在山上的滑木道滑落在山溪里，让大树顺水漂到山下能通车的地方，堆积起来，以备日后运走。一句话，干的是伐木工。每天清晨，我们唱着雄赳赳气昂昂的革命歌曲，手持利斧大锯奔赴山林，于是，咚咚的伐木声就此起彼伏地在大山中响起。待昏黄无力的太阳隐落在山的那边时，我们才满身汗渍，疲惫不堪地回到场部。

日子一天天流逝，我们的心境也开始由兴奋、激动转向平静、疲惫，继而觉得无聊、失望。沉重的劳作，使得我们每个人手上都结了厚厚一层的老茧。艰苦的劳动使得我们饭量大增，而有限的粮食定量标准却又使得我们常常饥肠辘辘，正在发育的身体开始变得营养不良。天生瘦弱的我觉得自己的力气在一天天耗尽，身体一天天垮下去，我真害怕突然有一天会累死在这里。就在这样的一种沮丧、无助、疲惫和恐惧的状态下，我结识了小芳。

由于林场工作量大，所以总有附近一些山民在农闲时来做临时工好换些油盐钱。小芳就是在那一年冬天随她的叔叔一起来林场的，她叔叔去干些砍木、运木的活，她则留在食堂协助大师傅做饭。小芳有着白皙细腻的皮肤，俊美耐看的脸庞和曲线优美的苗条身材，让人惊叹"深山出俊鸟"这话太恰当了。但她漂亮的脸上总露出一种恺郁，尤其是那一双聪慧如明湖般清澈润泽的眸子里似乎总蕴含着难以言说的哀愁，让人心痛。她在食堂择菜、盛饭。每次盛饭，也许是我的孱弱引发了她的怜悯之心，也许是我天生诗人般的气质吸引了她，我或多或少会得到一点偏向，这使我孤独悲伤的心充满了感激。

后来，小芳曾找我借过两本书，一本是《红楼梦》，另一本是俄国大文豪托尔斯泰的《复活》。在昏黄的煤油灯下，我满怀激动地打量着这个令我心动的女孩：漂亮生动的脸庞，小巧好看的嘴，浓黑的眉毛下一双明亮的大眼，让人一看就想到温柔善良和大度；恺郁的神色让人想起雨后的山湖，乍晴还阴；灵巧的身躯散发出少女蓬勃生命特有的馨香气息。小芳就如窒息的世界里一道亮丽的风景，让我即将枯灭的心火重又蓬蓬勃勃。

在一个明月朗照雪后初晴的夜晚，坐在屋后的大石上，她向我讲述了自己的身世：她原来并不是这个山村的姑娘，她父母都在省城，父亲是林业厅一位领导，在运动中被迫害致死，风雨飘摇中的母亲只好把她送到老家叔叔这儿……听着小芳的讲述，泪水顺着我的脸颊无声地流了下来："芳子，我会保护你的！"我紧紧地握着小芳的手说。她哆嗦了一下，一头扑进我怀中放声大哭。在相濡以沫的艰难日子里，我们相爱了。爱情给了我们战胜苦难的力量和勇气。但是我们的爱情才刚刚开始，就因我的身体缘故中断了。我全身浮肿，连路都不会走了，林场决定送我回城治疗。

在家经过半年多的调养，我的病渐渐好了。刚好传来共和国在经过十年动乱之后终于决定恢复高考的喜讯，于是我经过复习考上了南方一所大学。当我拿到通知书后满怀喜悦地再去找小芳时，林场说她父亲已经平反了，她也回了省城。我怀着懊丧的心情，加之自卑和种种考虑就没再想法和她联系，从此我们音讯皆无。

20 年后，当我以一名记者的身份而再次来到这个林场时，老场长给我透露了一个让我一生后悔不安的消息。他告诉我，就在我走后没多久，小芳也回到了省城并且与我同一年考上了北方一所林业大学。5 年后她学业期满又回到了这个林场，她说她已离不开这个在苦难时期给予她信心、勇气和爱情的地方。她说她坚信她爱的人一定会回来找她。后来她当了场长，制订了新的经营规划，她像培植纯真的爱情幼苗一样用心血来经营林场。有一天她在山上搞测绘时不小心跌下山谷，等同志们找到她时，鲜血已染红了十几米长的青草地……

伫立墓前，我的心一阵又一阵绞痛：芳子，我回来了，来看你了，看看你曾洒满心血和汗水经营的大山，看看我们如雪山一样纯洁晶莹的过去……如今，曾被砍光的大山已经又一次绿了，你可满意……

手捧一束蓝色的勿忘我，轻轻插于坟头。一片片蓝色的花瓣多像你难得开心的灿烂笑靥，泅湿了我的心海！

小芳，安息吧！

黑 水

周佩红

●来自上海的纤美少女●嫁给了青年农民
●父母宣布脱离关系●唯一"扎根"的知青
●弃绝尘世，投河自尽●别来沧桑事，来世与
谁知

> 她的死的愿望和行动是双倍的，犹
> 如当初双倍的茫然火热的爱，犹如她对
> 生命的双倍的遗憾和断然弃绝的决心。
>
> ——作者

总也忘不了她。

其实我并没有什么特别的理由要记住她。那时她
在另一个生产队，是她们那一批女孩中最不起眼的一
个。那时我总被一种莫名其妙的偏见所左右。她们来
自上海的"下只角"，与农村似乎天生有缘，带苏北味
的当地话一学就会，爱穿红红绿绿的大花褂，脸色黝
黑身体粗壮，100斤的担子挑起就走，好像已在泥巴里
滚过十年八年似的。且"誓师会"上豪言壮语不绝，
似在娘胎里就学会说这类话，个个端着铁姑娘穆桂英
的架势，更反衬出我们"一伙"的苍白，书呆子气。
所以开知青会时我从不主动搭理她们。我总觉得她们

　　恐怕连自己的名字都写不会。那时她便混同在她们中间，眉眼细细的，说话不那么高声大气，神情有点怯，像是很想与我们搭话但又不敢的样子。我不知道她叫什么，印象中总不外是什么英什么花什么兰之类。

　　我忽略了她，就像忽略田埂上的草那样。

　　虽然下了乡，我对那些看上去美丽灿烂的东西的偏爱却不曾改变。那时我们常有结识新伙伴的机会，因为总有上海知青在一批批地下放到邻近的生产队。一听说我们就走去看。六队来了一个女孩，是上海南市区的，眼睛又黑又亮，笑起来一闪一闪的，让人不能不盯着她看。我们都围着她说话。其实交谈并无内容，泛泛的，但交谈本身就有一种莫名的兴奋和愉悦在。我们都是女知青，"同性相斥"的说法却没有在这里应验。我被那样一种美吸引着，鼓舞着，忘记了生活平凡普通的本质。

　　那时我对自己是一无所知的。我指的是外貌内涵及气质。我没听说过这些词。我只为他人的美而惊叹，钦羡。没有人来告诉我，你是怎样的一个女孩。那时，我完全没有这方面的自我意识。

　　现在我想她也一样。我们远远地打个照面，就分开了。我和她几乎没有说过一句话。我当然更不可能对她说，你是她们中苍白纤弱的一个，你要爱惜自己。

　　是的，现在我非常后悔。我已永远失去了和她说话的可能。

　　而我曾用目光对别人说过类似的话。星期天，我们去另一个生产队，那里有三四个比我们更年轻的刚下乡的女孩。阳光很好。低矮的草屋前是一块空地，一个女孩坐在小凳上洗衣服。她穿露肩的小背心和超短西裤。阳光在她特别纤美颀长的四肢体上滑动，那肌肤上闪现的光泽像绸缎，又像黄金。我在农村数年，已不知上海女孩在夏天最时兴穿什么。我只呆呆望着这健康美丽的女孩。她好像应该出现在别墅、草坪和网球场上，而不是这堆满牛粪鸡粪的杂院里，这粗糙的带窟窿的土坯墙前。你怎么在这里？你太美，太可爱了。女孩若有所知，抬起头来。她好像看懂了我的目光，粲然一笑。那洁白整齐的牙齿忽然让我想流泪。

那么，有没有人在星期天的阳光底下去仔细端详她、特别关注过她呢？当她们嘻嘻哈哈地互相推搡着，用当地土话开一些粗鲁玩笑时（我想会有这样的情形），她高兴吗，还是寂寞？

据说有一个人经常去找她，锄地时紧挨着她的趟子，和她说笑。是和她同队的一个青年农民。不知道有什么具体特殊的情节。然后，他和她就结婚了。她搬出了知青点，住到那个有一大群拖鼻涕弟妹的青年农民家里去。她穿上当地媳妇都穿的大襟土林蓝棉袄，黄昏时挎一只竹篮去田边挑猪菜。我在去公社的路上碰见过她，她正与一伙媳妇大嫂打闹，头发蓬乱着，脸红红的，也许是说了什么有趣的话。她转身望见我，笑容突然硬在脸上，好一阵不能缓过来。

其实她也未必知道我的名字，但肯定能认出我是和她同大队的上海女知青。

她挎着篮子站在田埂上，望我，目光茫然。我已经听说为了结婚之事，她的父母宣布和她脱离关系。她有两年没回上海了。我在她身上找不到一点知青的痕迹。真正"打成一片"了。但为什么她那样望着我？

我们离得不远。一条水沟的距离。但也不可能再靠近。她的眼睛朝向我，又仿佛朝向我背后的某一棵树。至今我不能确定。她的嘴像当地农妇那样习惯地张开。我并不认为她想说话。她对我会说什么呢？我想，那一刻她是被什么久已遗忘的东西突然触动而凝固。

我逃也似的离开了她。没打一个招呼。以后，在听得到狗吠的乡村暗夜中，我会突然想起她。婚姻对那时的我来说遥远而神秘，几乎不可思议。我不知道是什么诱惑了她。不知道那种生活中究竟包含了什么不同的东西。突然想到那些可能有的缠绵和甜蜜，如外国小说中描画的情景，心就微微地加速跳动，缓过一口气后，暗忖：或许她倒是比我们活得更本质，更快活？

总是断断续续地听说她的事情。毕竟这是我们大队唯一的"扎根"知青。生了一个女儿。学会了骂骂咧咧。不很勤快。和丈夫经常拌嘴，打架。当地的农民，娶亲后没有不打老婆的。我将此视为正常。她正过她正常的日子，一如我们，孤孤单单地独自生活，爱情如天上的云彩缥缈无定。再说，谁也不愿在这里结婚，一辈子待在农村。我盼望着奇迹出现，并因深知奇迹之于她已不可能，而渐渐将她遗忘。

我和伙伴们陆续回了城，过另一种忙忙碌碌的生活。奇迹没有出现，只是平淡的转换而已。我和那些健康美丽的女孩从来就没有很深的交往，回城后更没了联系。四肢颀长苗条的那一位，天生是做时装模特的料，我总把经常出现于屏幕的一个有饱满下巴的模特小姐疑为她。双眸顾盼生辉的另一个，现在想来目光里满是乖巧和强悍，该不会开了公司当了女老板？当年的灿烂仅是包装，灿烂后面藏有什么我并不知道。我为过去的浅薄而羞愧。

只有一个消息对我犹如惊雷。她死了，在全大队所有的知青都返城之时，人们忘了她也是知青。人们在她面前大谈此类的事，没有人注意她脸上的表情和心里的变化。她回到草屋里，往堆满破烂衣服的床上一倒，没有起来做饭。她很是累乏，肚子里又有了三个月的胎儿。这事她跟丈夫说过，久盼生个儿子的丈夫脸上并无惊喜，在一阵照例的床上动作之后，丈夫很快就睡着了。他脸上的胡茬很硬很重，额头上的皱纹很深很长，鼻子和嘴里喷出山芋干酒气和蒜臭味。她惊奇她竟与这样一个男人同床共眠 8 年。那最初使她在寂寞无聊中受到吸引的异性英俊温柔荡然无存。他对她究竟说过怎样不凡的话，才使她不顾一切地投入了他的怀抱？累乏的她，意识长久地缠绕在这小小的细节上。她知道天色已暗，6 岁的女儿在拉她唤她，可她不想动弹。丈夫回来了，见锅灶不冒热气，女儿在哭，一把将她从床上拽起来，顺手扇了两个耳光。这时她才看清了他嘴角线条的丑陋。她感到眼前一片漆黑，空无一物。天确是黑了。她披散着头发，冲出屋子，冲到水塘边，一气喝干瓶中物，然后喊一声"爹"，一声"姆妈"，纵身扑到水里。等待她仓皇赶到的丈夫的，是一潭黑漆漆的没有光亮的水。这是在夜晚。这是我的想象和虚构。这是想象和虚构中最残酷的真实——她确实是服毒后再投水自尽的。她的死的愿望和行动是双倍的，犹如当初双倍的茫然火热的爱，犹如她对生命的双倍的遗憾和断然弃绝的决心。

只有这个不起眼的神情怯怯的她创造了奇迹。而我，即使在臆想中，也觉得她不可能将我或我们这些孤芳自赏的可怜虫印入脑际。在她的绝望中，是不会闪过我冷漠的影子的，甚至仇恨都不会有。

我们那个乡下有许多口清水塘。它们通常是绿莹莹的。但这些清水塘似与她无缘。在我的印象中，她始终升起在一片黑水中。那水寒冷，杂有水草，像她临终前纷披的乱发，没有一把温暖的梳子来将它们梳通。

我不知道她的父母亲人会不会在过节过年时想起她，为她在祭祀的桌上摆一副碗筷。而我，每每走在城市的人流中，都会觉得那黑压压彼此挨得很近的人头似水一样涌动，其中，就有她的肉体和灵魂在任由吞吐。记忆如筛。记忆一再地挽留她。从黑水中探出头来的她，要对我们说些什么？

豌豆花　蝴蝶翩翩

漆福昌

●他刚满18岁●美得令人目眩的农家少女
●致命的精神创伤●他窥视过她的玉体，她应该
是他的人了●月冷人千古，弹泪抱恨谁

> 为了追念她，他每年都要在自己阳
> 台上栽上一盆豌豆花，在那豌豆开花的
> 季节祭祀对她的哀思。
>
> ——作者

　　阳春三月，百花齐放，层层叠叠的阳台上，一盆盆各式各样的花，泼泼辣辣地笑咧了嘴儿。在群芳争艳、姹紫嫣红的百花中，他独独喜爱一盆极平常又普通，田坎上、遍坡里到处都见得着的豌豆花：白色的、紫色的、粉红的……

　　那年，他刚满18岁，随着知青大军登上了东去的轮船，码头上站满了送行的亲属，喊爹叫娘的，呼儿唤女的，喧闹声，哭叫声响成一片，唯独他没有一个亲人来送行。他父母被打成"反革命"关进"牛棚"、三亲六戚怕牵连，也躲得他远远的。他凭栏望着滚滚的长江，心里感到无比的悲观和凄凉。"……孤苦伶仃、露宿街巷。我看这世界像沙漠，那四处空旷，无

人烟。我和任何人都没来往，活在人间举目无亲，任何人都没有来往，好比星辰迷惘在那黑暗中……"此时的他心跟拉兹别无两样，随着轮船的汽笛，把这批浩浩荡荡的知青大军送进了渺无人烟的深山老林。

他落户的生产队很穷，小春收入才几分钱一天，大春收入三角多钱。除了逢年过节，红白喜事外，一年四季见不到米颗颗，闻不着油腥。然而这里的农民整天都是乐呵呵的，嬉戏打闹、吹牛谈天，也有无聊的打诨。农民们对他很热情也很尊敬。可是他却是冷冰冰的。脸上见不着笑容，三天不说两句话，在他的眼里，世上任何人都很冷酷无情，都充满虚伪、奸诈和残忍。他不愿意接触任何人，似愿把自己封闭在"真空"的世界里。

这天，太阳刚从东边露出脸，他一人到大山里砍柴。砍好一捆时，太阳已当头，他爬到半山坡的树林里歇脚，透过树林有一水塘，他发现有一人在塘里戏游，游泳的姿势很优美，一会儿蛙泳，一会儿仰泳，一会儿侧泳……好似动作娴熟的舞蹈家。他被优美的动作吸引住了，也激发了他游泳的兴趣，他走到塘边，凝神屏息，发现塘中戏游的竟是一位少女。在偏僻的大山之中，少女一人敢在深山老林的埝塘里游泳算是世上少有，好在人们都待在家里吃晌午饭，山上没有第二个人。他发觉自己偷看少女游泳是个错误，紧闭双眼，心跳咚咚！然而诱惑，一种神秘的诱惑，不得不再次使他睁开眼睛，少女已经走出塘外，在草坪上躺了下来。他发现她非常漂亮，躺在草坪上就像卧着的一只白天鹅，就像荷叶上镶着的一颗晶莹的露珠，就像开着的一朵洁白无瑕的玉兰花。她离他是那么的近，竟没有发现有人躲在树后窥视着自己的玉体。她的身体是那么美，敢说不亚于人体模特儿，美得令人眩目。她的颈项，她的肩头，她的背胛，她的乳胸，还有她的腰肢，她的臀部，她的腿足，洁白、圆浑、滋润、柔和、细腻的肌肤下，隐约呈现蓝色的脉管，好似青春的气息在全身流动，好似月宫里的嫦娥奔出一脉山泉，皎洁的玉兔刚刚跳出云朵，好似一支横笛在朝晖微露的清晨吹出悠婉的曲子；她似一只美丽的白天鹅伸颈望着清清的碧波……待她穿上衣服时，他才发现这少女是农家少女。他禁不住"啊!"的一声。她发现了他，惊愕、迷惘中又透露出难于启齿的羞涩。她双手掩脸，消失在丛林中。

　　不久，他患上肠腹泻病，卧床不起。病并非绝症，可是心灵的精神创伤却致命。他很脆弱，感到生活在世上没有意思，想了此一生。他准备吃下一瓶安眠药，就这样悄悄辞世。谁知，他的房里挤满了村里的老老少少，一位满脸皱纹的老大爷手里拿着刚从山上采来的草药，一位老大娘提着省吃俭用的一篮子鸡蛋，还有一位半大的孩子流着鼻涕，不知从哪位知青嘴里打听到他最喜爱吃盐大蒜，手里端着一大碗盐大蒜，待在一边傻笑。不轻易落泪的他，落泪了。令他更想不到的是那位埝塘游泳的农家少女，竟煮好一碗稀饭端在他床边。这位农家少女，脑后扎两束羊角辫，圆圆的脸蛋，嘴角两边一对小小酒窝，嘴唇抿着，笑意荡漾。眼睛含情脉脉，正滴溜溜地注视着他，那又黑又长的睫毛，又黑又大的眼睛，明亮光泽，迷人的笑，一切都是自然流露，他内心在颤诉：谁说农家少女比不上城市里的娇艳小姐？农家少女有自然的美，山村的美，朴实的美。

　　她知道他的名字，也知道他形单影只，像一只受伤的孤雁；她也知道他在学校时是一名歌手，有一副好歌喉。她是回乡知识青年，算起来还是同届的。

　　从那以后，他变得开朗、豁达起来，他和她也经常在田坎边、山坡旁坐在一起，谈胡松华、郭兰英、才旦卓玛等歌唱家。她喜欢乐器，在学校就是一位小提琴手，她也懂得很多，柴可夫斯基、肖邦、李斯特、门德尔松……她最喜欢的还是《梁祝》里面的"化蝶"。

阳春三月，遍坡里，豌豆开出了各种颜色的花：白色的、粉红的，好似一对对蝴蝶互相追逐，翩翩起舞。她要他摘一朵粉红的豌豆花戴在自己头上，他问她为什么？她目瞳秋水伊人，羞涩地一笑："我们当地人称豌豆花为爱情之花，它似一对对蝴蝶，象征梁山伯和祝英台。"他心里一震，感到突然，我一个"狗崽子"，能接受她的爱么？三亲六戚怕牵连躲得我远远的。我能连累她么？她望着他那握着豌豆花僵在半空中的手，已经读懂了他的意思，她哭了，他不懂农村的风俗，因他窥视过她的玉体，她应该是他的人了。可是，她能理解他的心思吗？她掩着泪脸跑了。

虽然他俩还经常在一起，谈胡松华、谈柴可夫斯基……可是先前那种随便、亲热的气氛没有了。

历经数岁，又逢阳春三月，他父母亲平反昭雪，落实了政策，父母不能没有他这唯一的亲人。组织上为了照顾他，给了他特招的名额。他第一件事就是向她提出爱，可是她拒绝了。她说，父亲已经将她许配人了……说着说着流下了眼泪。

临走的那晚上，她来为他送行。夜晚的月亮特别的圆，又特别的明，她要他为自己唱一首歌，他唱了，唱的是《敖包相会》，他饱含深情，把对她的爱融到歌声里："十五的月亮，升上了天空哟，为什么旁边没有云彩……"他唱着唱着，泪水流满了两腮。她为他拉了一首《梁祝》协奏曲，没有小提琴，用胡琴代替的，她拉得非常地认真，是用心底里的颤音蹦出的旋律，虽然功底还不怎么扎实，然而十分动人，她拉着拉着，泪痕满面。

在送他的路上，她答应了他的要求，他亲自摘了一朵粉红的豌豆花，戴在了她头上……

第二年的初夏，他又来到了她的地方。可是，老支书把他领到了一座新添的坟茔前，诉说着她的故事。

天有不测风云，人有旦夕祸福，在上月，她为救两名溺水儿童，自己竟溺死在那塘里。他从支书口里知道，父亲将她许配他人纯属子虚乌有，她从心底里爱着他，因为他窥视过她的玉体，她是他的人了。他真后悔，悔恨自己的愚蠢，然而她去了，去得远远的。可是她的身影却留在了他的心中。为了追念她，他每年都要在自己阳台上栽上一盆豌豆花，在那豌豆开花的季节祭祀对她的哀思。

豌豆花在微风的吹拂下，乍眼看去，就像一对对翩翩起舞、互相追逐、扑扑噜噜颤抖着翅膀的蝴蝶，把人们带进了神话般的化蝶梦里，祈祷那梁祝的精灵。

遗恨天鹅山

杨名夏

●往事悠悠●他非她不娶，她非他不嫁●从此长相离，心摧两无声●母亲导演悲剧●她怀上他的孩子，却草草嫁给别人●真情难收●一封浸透泪水的长信●忏悔有什么用呢●善解人意的妻子开导丈夫●我得了食道癌，不行了●心曲千万端，来日恨无多●最后吻他心中铭心刻骨的爱●爱的延续

久英，我真的不知道对你伤害得那么深，我只能求你原谅。

——伍秋生

李永星静静地坐在父亲豪华的办公室里。"永星，你明天真的要走吗？为什么不愿意留下来帮助我呢？我是你父亲呀。而且，你这一回去，还不知会分配到哪个学校呢。两三百元的工资还不够一个深圳人吃一餐早点。"

"爸！"这是李永星23年来第一次呼喊这异常熟悉而又异常陌生的字眼。到深圳半个月了，他一直没有开口喊一声"爸爸"。现在，他决心已定：离开深圳，回家乡去。

李永星说："爸爸，我虽然不能留下来陪您，但我可以留下一件东西，让它永远陪伴您！"

"什么东西？"

李永星从提包里捧出一块黑布包裹的东西，他将黑布打开，里面是一个小黑匣。他缓缓地说："这是我母亲的骨灰，我将骨灰一分为二，留一半给您。"

没等儿子说完，伍秋生就将小黑匣紧紧地抱在怀里，这位在商场上从不轻易流泪的汉子，此时此刻再也控制不住了，几乎要嚎啕大哭起来。往事如烟，不堪回首。

一

那是20多年前的事了。那一年秋天，伍秋生与同学李久英一同由湖南常德下放到湘西北的一个土家山寨。李久英的父亲因为是走资派，不堪忍受批斗，自杀了。下放的前几天，李久英的母亲找到伍秋生，希望他看在与久英同学的面上，在乡里多关照一下久英。

到了乡里，两人分到一个大队。伍秋生成了久英的"保镖"。一天中午，生产队长喊李久英出去干活，在路上，生产队长想占久英的便宜，被在后面盯梢的伍秋生揍了个半死。队长想报复他，却又奈何不了他，一来他长得人高马大，二来他家根红底正。

伍秋生在乡里只待了一年，父亲就不幸死于一场事故。他返城接了父亲的班，当了一名焊工。在返城的前几天，伍秋生和李久英跨越了人生的第一道门坎，他们对天发誓，他非她不娶，她非他不嫁。

伍秋生返城后，再没有回过土家山寨，但他没有忘记李久英，他给李久英写了几次信，但都没有收到回信。他不知道是什么原因，后来，他才明白，这一切全是他母亲一手导演的。母亲不同意伍秋生与李久英的恋爱，每次只要发现是李久英写来的信，她就悄悄毁掉。

伍秋生回城后不久，母亲就自作主张将她车间的一个姑娘带回家。秋生本不愿意，但看到还处在悲痛之中不能自拔的母亲，心又软了。父亲死了，两个姐姐都已结婚，一个弟弟尚幼，多病的母亲需要一个人照顾。于是，他和女工很快走完了恋爱、结婚、生子三部曲。他只能将对久英的爱埋于心底。同样的，对久英的忏悔也埋于心底。

李久英在乡下也没有收到过伍秋生的信。秋生写给她的信全被生产队长拦截了。等了几个月，还不见心上人的片言只字，便心灰意冷。秋生走后，生产队长便经常去缠她，对她恫吓，逼迫她就范。李久英为躲避生产队长的纠缠，又加上怀上了秋生的孩子，便匆匆嫁给了当地一个老单身汉。

李久英结婚后不久就生下了李永星，满月后，永星被一对老年夫妇抱养。

再后来，知青大返城，李久英与乡下丈夫离了婚，回到了她既熟悉而又陌生的城市——常德，到一家棉纺厂上了班。她对家和爱情已很淡漠，只有一种悲凉充溢于心中。她拒绝了亲朋好友的规劝，再也没有涉足家庭。为了一份未了的情缘，她到乡下将儿子接回城里（这时，孩子的养父母都已病逝），母子俩相依为命。李永星还算争气，考进了长沙的一所大学。

二

伍秋生过了一段平淡而又安静的日子后，不安分的心又骚动起来。他没有辞职，没有道别，也没有征得妻子的同意，就随全国的20多万临时工南下深圳。他要在深圳这块热土上闯出一个世界来。

这一年是 1987 年。

肯吃苦、敢干、脑瓜子灵活的伍秋生，很快在深圳站稳了脚跟，而且很快成为一家私营企业的老板。他把老婆、女儿的户口也一同转到了深圳，一家人都成了深圳人。伍秋生的奋斗史引起了家乡几个记者的极大兴趣，他们在家乡的报纸上大肆宣传了他。

几年后的一天，一封邮政快件引起了他的注意，信很短："伍秋生老板，您好！您或许已淡忘了过去的一切，您是否当过知青，下过乡，是否在天鹅山生活过一段时光。如果是，您是否在天鹅山遗留下了什么东西？"

信就这么简单，没有写明时间，也没有署名，邮戳上的地址是"常德"。这封信是谁写的？下放当知青时在天鹅山没有留下任何东西呀。伍秋生陷入深深的沉思之中。

不久，他又收到一封信，这封信大意是说，如果你真的在天鹅山当过知青，就请给常德×××路××号倪女士写一封回信。

伍秋生怀着忐忑不安的心情给倪女士写了一信。当伍秋生再一次收到一封浸透着泪水的长信时，整个上午没有说一个字。他从心底里轻轻呼喊道：久英，我真的不知道对你伤害得那么深，我只能求你原谅。

信中写道：秋生，几年前的一天，我从《湖南日报》上看到一篇关于你创业的报道。我不相信文中的主人公是你，因为世上同名同姓的人太多，再加上报道中写到你们夫妻恩爱的文字，就更不好去打搅你们了，于是，便一忍几年，不敢给你写信。现在，因为我的身体问题，有一件事不得不打搅你、托付你……

原来，李久英回常德后，因沉郁的回忆，苦闷的思恋，繁重的工作，她心力交瘁。1992 年春节后不久的一天，李久英突然感到吞食比较困难，全身乏力，疲惫不堪。她感到有点不对头，到市医院进行了检查。检验结果出来了！天啦！食道癌晚期！躺在床上，看到给她端茶递水的儿子，她暗暗流泪。自己去了无关紧要，儿子怎么办？

在冥冥之中，李久英想到了伍秋生。但伍秋生在哪里呢？报纸上宣传的那个伍秋生真的会是那个自己铭心刻骨的他吗？即使是他，如果他不承认李永星是他的儿子怎么办？不管事情的结局如何，她还是提笔写了一封短信，踌躇了一个月后，又写了第二封信。这一次，她没有失望。他回信了。接到伍秋生的回信，她的病几乎好了大半。她硬撑着身子，伏案半日，写了一封长达数千言的信，把过去发生的一切向伍秋生作了述说。

伍秋生看完浸透着李久英泪水的信件后，又是长时间的心灵震颤。李永星真会是我的儿子吗？

三

伍秋生写了第二封信，信中他要求李久英寄去一张她和儿子的合影。

李久英接信后，一阵心酸。她知道，伍秋生对信中写的事还心存顾忌。她本不想去求人了，十几年都熬过来了，难道临死前的一段时光熬不过去吗？但为了儿子，她不得不去为儿子寻回父亲。

她决定带上儿子的相片，南下深圳，这是 1992 年的深秋季节。

伍秋生掰着手指头等着李久英的回信。但过了很久，仍没有收到李久英的片言只字。他想，李久英是否还活着呢？

一天深夜，伍秋生叫醒熟睡的妻子，慢慢地讲述着发生在天鹅山的往事，讲完后，声音低缓地说："那个知青就是我伍秋生。"看着满眶泪水的妻子，他的心颤颤的。妻子说，"李久英来信说她身体有病，不知她得了什么病。她知道我们的地址后，忍耐了几年才写信告知往事，这究竟是为什么？显然她没有破坏我们家庭的意思，她大约有什么难言之隐吧。"

看着心地善良的妻子，伍秋生好感动，他突然想到，不管儿子是不是自己的，他都有责任要李久英来深圳。他将这一想法告诉妻子，妻子仍然善解人意地点点头。

第二天中午，伍秋生正准备去给李久英拍电报，刚将车开出大门，一辆红色的"的士"一个急刹车，停在他的车前面。"的士"上走下一个女人，一个好熟悉的女人。那女人转身跟司机付钱，虽然只是瞥了她一瞬间，但那铭心刻骨的容貌永远不会从他的头脑中消失。

是她？伍秋生不由自主地下车，靠在车门边，静静地等待着。

女人付了钱，跟司机招招手后，转身。她怔住了，是他！一瞬间，她泪流满面，在火车上想好的一些话全没影了。她一阵晕眩，手里提的东西掉到地上，人也随之向后倒去。他急忙将她抱进车里，迅速向医院开去。"久英，你来之前为何不拍封电报，或打个电话。"这是李久英醒来后听到的第一句话。她不知哪来那么大的劲，猛地坐起来，抓住伍秋生的手，声音哽咽，几近使出全身的气力呼喊道："秋生哥！"她想说什么，却一个字也说不出来。两人泪如雨下。

她让伍秋生将她的一个包拿来，她从包里拿出一张相片，说："秋生哥，这是我们的儿子。"

伍秋生接过照片，呆了！他是我儿子，是我的儿子！伍秋生几乎要叫喊起来。

"秋生哥，我得了食道癌，不行了。我这次来的目的，是想把儿子交给你。这或许太苛求你了。"

"久英，别说了，你不会死的，你的病会治好的。你别回去了，就在深圳安心养病。等儿子毕业后，我把他接来，就在我公司上班，我需要一个男子汉来扶助我，我已很累很累了。"他看见李久英闭上疲惫的双眼，泪水顺着紧闭的双眼渗出，沿着她憔悴的脸流淌。他仿佛又看到20多年前离开天鹅山的情景……

一个女人站在病房门口已很久很久了，她目睹着病房中的一幕。当她接到丈夫的电话，说李久英已来深圳，已躺在医院里，而且是带着不治之症来深圳的，她的心也是深深地一颤。但当她站在病房门口目睹一切后，没有妒嫉，没有酸涩。她甚至有一种强烈的愿望。希望丈夫深情地吻一下李久英，吻一下他心中铭心刻骨的爱。在泪眼蒙眬中，她看见丈夫正俯下身子，吻着李久英……

李久英在深圳度过了她一生中最灿烂的一段日子。病情稍有好转，伍秋生夫妇和女儿便陪着她到处散心。

儿子的事终于有了一个妥当的结果，李久英便拖着病体回到常德。

四

从深圳回来，李久英感到时日在一天一天地缩短。她想，离去的日子不会太久了。1994年春节期间，她将过去的一切和今后的打算、安排全部告诉给儿子，希望儿子毕业后到深圳去工作，回到他的生父身边去。儿子没有说话，他只是用一双忧怨的眼睛看着母亲。他从小就没有享受过母爱，年迈的养母和养父将他粥一口、水一口地养大。读初中时，养父母先后病逝。他回到陌生的城市，回到陌生的母亲身边，与母亲的亲情刚刚建立，母亲又要离他而去。现在母亲又叮嘱他去一个更加陌生的城市，去与一个从来没有见过面的人生活。他感到心酸、苦闷。

不久，李久英便撒手而去。

在临近毕业的日子里，伍秋生给儿子写来数封信，要他毕业后一定到深圳去工作。父亲似乎要弥补20多年来对母亲，对他的伤害，但他对父亲既没有多少亲情，也无多少怨恨。他更多的是恋着曾养育他的土家山寨。他决定用一颗质朴的心去教育农家的孩子。

毕业后，他在深圳父亲身边度过一段日子后，便回到常德，回到土家山寨。

回到山寨，看到的是依旧的风景，李永星一阵心酸。他计划实现一个小小的愿望：让父亲建一所希望小学……

嫂子的葬礼

毕永波

●父母无罪竟获罪●自杀身亡●孝心感动了
刻薄的婆婆●一身病体硬支撑，半世躬操苦含辛
●别担心，嫂子不会离开你们●一对不幸人幸运
结合●谁怜弱花凝泪迹，却见世间放悲声

> 爸妈，从此以后，你们再不是反革
> 命了，永远不是了……
>
> ——张敏

1995年6月下旬一个飘着小雨的上午，依着沂蒙山麓的于河村村东一户农家小院里，一个中年妇女的葬礼正在肃穆凄悲的气氛中举行。

死者张敏本是个城市姑娘，父母都在市委担任要职。而1973年4月，张敏的父母一夜之间成了"反革命"，不久"畏罪"自杀。这年秋天，张敏含泪告别了生活了18年的省城，只身回到了沂蒙老家。

历经一年多的心力交瘁之后，1974年5月，张敏与村民王玉成建立了家庭。过门第二天，张敏就任劳任怨地挑起了全部的家务。即使在怀孕期间，她还挺着个大肚子同男人们一起拉着架子车平地修田。婚后的第二年春，一个小生命呱呱坠地了。女儿的降生，

反而带来了痛苦。婆婆和丈夫视传宗接代为生命中最高愿望，把生女的"罪过"全加于张敏，整日脸难看，话难听。

这年冬，张敏因子宫肌瘤做了手术，再也不能生育了。祸不单行的是，唯一的女儿又被麻疹夺去了生命。这时的王玉成已进了公社工宣队，他自恃年轻有为，前程无量，渐渐对"没用了"的妻子看不上眼了。

善恶到头终有报。王玉成因与一个女同事乱搞男女关系，被单位开除。两人私奔东北的半年后，王玉成在沈阳死于一场车祸。

此时的王家已七零八落，米光面尽，上有长年生病的寡婆，下有五个未成年的弟妹，老老少少一家子，却没有一个劳力挣工分。张敏感到了肩上沉甸甸的分量。面对困境，几个小叔子纷纷要求辍学，挣工分养家。深知知识重要的张敏生气地说："我之所以含辛茹苦地支撑这个家，就是希望你们好好学习，将来有出息啊！"婆婆的病又揪扯着张敏的心，她不得不上山砍柴换钱抓药。

刻薄的婆婆临死被张敏诚挚的孝心感动了，她抓住张敏的手久久不放，"敏儿啊，娘对不起你！你答应娘，另找个人过吧，你太苦了……"张敏哭了，婆婆也哭了。

屋漏偏逢连阴雨。1976 年，沂蒙老区洪灾加虫害，庄稼几乎颗粒不收。张敏一家面临断炊的困境。五个弟妹正是长身体的时候，饭量惊人。田野里的野菜被饥民们拔光了。洪灾救济粮下来了，却因张敏的出身不好而只好望粮兴叹。为了不让弟妹们挨饿，张敏步行 200 里路，到临沂典卖了祖传的一只手镯，买了口粮。

每次吃饭，张敏总说不饿，直到小叔小姑上学去了，她才一粒一粒地把桌上的饭碴拣到口里。张敏常常饿得头昏眼花，直冒虚汗。这次饥荒，给张敏留下了永不痊愈的胃病。

五个弟妹是张敏的希望，她倾注了全部的心血和慈爱。每天督促检查他们的作业，是张敏多年沿袭下来的习惯。晚饭后，她做完当天的家务，就开始检查他们的功课，帮助他们分析做错的原因。

准备考大学的二弟玉东化学基础差，为了辅导他，毕业多年的张敏又捧起了课本当起了学生。一节一节地看，一章一章地啃，自己搞懂后又为他分析讲解。几个月后，玉东的化学成绩又赶了上去。

三九天，滴水成冰。张敏一家的草屋里却温暖如春。张敏经常上山砍柴，生火御寒。弟妹们灯下学习，张敏旁边陪读，做着针线。

1977 年农历腊月二十，是学校放寒假的日子，这天，学校专门为参加地区的数学竞赛荣获一等奖的王玉林举行颁奖仪式。张敏作为家长，应邀参加了颁奖大会。大会上，老校长高度评价了张敏教育弟妹们所作出的牺牲。听着校长由衷的赞美，望着胸佩大红花的四弟，张敏的脸上溢满了欣慰的微笑。

嫂子默默地忙碌着，忙得毫无怨言。她并不奢望太多，只求全家平安。

事与愿违，三弟王玉河在学校练习骑自行车，刹车失灵，摔断了一条腿。张敏听说后，撒腿就往医院跑。30 多里路，她只用了一个多小时，她是哭着跑进医院的。在医院里，张敏硬是头不碰枕，饮食不进地守了玉河两天两夜，直到医生告诉她"腿保住了"，她才长长地松了一口气。

张敏为小叔小姑付出的心血终于开始有了回报。1979 年 8 月，王玉东以全县最高分的优异成绩考进了哈尔滨工业大学，成为新中国成立以来于河村的第一个大学生。"玉东有出息了！"那一刻，张敏高兴得把个录取通知书，看了又看，亲了又亲，好像考上大学的不是玉东，而是自己。这是五年来最兴奋最痛快的一天。兴奋过后看着衣衫褴褛的二弟，她又犯难了：总不能让二弟这身打扮去上大学吧？张敏一狠心，卖掉了那头正长肉的猪崽。

玉东离家这天，张敏背着行李，带着其他四个弟妹，沿着弯弯的山道，把玉东送了好远好远。一封封带着故乡泥土芬芳的书信也不时地飞向学校，嫂子的千叮咛万嘱咐无不渗透着千里之外的嫂子的殷殷母情。

精神上超常的坚强最终还是掩饰不住肌体上的严重疼痛。随着艰辛岁月的流逝，当年饥荒留下的胃病，不时变本加厉地折磨着张敏。一个秋天的深夜，张敏突然发病，撕心扯肺般的痛，把她折磨得昏了过去。小叔小姑手忙脚乱地把嫂子抬上平板车，正要送她去医院时，张敏苏醒了，她微微一笑，轻描淡写地说："没关系，痛过一阵就好了。"嫂子是舍不得钱啊！

胃病稍好，她又下地了。那几年，种黄烟很挣钱。张敏身体虚弱，却年年种植好几亩。侍弄黄烟是件费心费力的活。育苗、拢畦、栽苗、浇水、施肥、喷药、除草、打杈、烘烤……一片片烟叶沉浸着张敏多少的汗水和心血！连续五个夏季，她几乎天天都忙碌在那几亩烟地里。一天中午，小姑玉凤放下书包竟然没有看到嫂子，这是以往所没有的。聪明的玉凤似乎意识到了什么，撒腿就往村外跑去。玉凤只见田畦上，嫂子一动不动地蜷卧着，不知已昏迷多久了。玉凤搂着嫂子，吓得号啕大哭。

1982年3月17日。这一天，张敏将铭记不忘。午饭时，两名从省城赶来的青年干部带来了张敏苦苦期盼了九年的喜讯：父母的冤案平反了！这时，屡经大喜大悲、心渐坚强的张敏，却再也控制不住自己的感情——跪在父母的灵位前放声痛哭："爸妈，从此以后，你们再不是反革命了，永远不是了……"

这一夜，张敏失眠了，她遇到了一道人生的难题。一张"户口迁移证明"和一张"待业青年就业通知"毫无疑问的将会把张敏带向一个舒适幸福的天地。然而相依为命多年，寄托了她全部希望和梦想的五个弟妹，又将是一番怎样的生活呢？张敏犯难了。这个对于别人来说再容易不过的问题，却困扰了她整整一夜。第二天天刚蒙蒙亮。张敏就步行去了公社。从省城来的人在公社等着她答复。小叔小姑起床后，不见嫂子踪影，兄妹四人绝望地抱头痛哭起来。然而，令他们感到意外的是，中午时分，嫂子带着五张分别写有他们兄妹名字的存折回来了。嫂子把父母补发的一万元工资全部存在了他们的名下，那是嫂子为他们上大学准备的费用。"弟弟、妹妹，别担心，嫂子不会离开你们，不会，永远不会……""嫂子……"兄妹再次哭成了泪人，从此，把嫂子喊成了"娘"。

10 年后，五兄妹用一个个喜讯报偿着嫂子的殷殷心血和拳拳母爱。

1983 年 7 月，二弟王玉东以科科全优的成绩圆满完成了学业。为了对恩重如山的嫂子表示点点心意，玉东把得到的最后一笔奖学金和参加工作后第一个月的工资合在一起，给嫂子买了一件暖和的呢子外套。玉东知道嫂子虚弱的身体再也经不起寒风肆虐的折腾了。1984 年 8 月，玉东再次创造奇迹，他以优秀的成绩考取了母校的硕士研究生，成为故乡王庄镇学历最高的人。第三天，喜讯再度传来，三弟王玉河被武汉大学录取。玉河双手捧着通知书跪在了嫂子跟前，泪流满面，"嫂子，感谢您！我王玉河永远感谢嫂子的养育之恩…"三喜临门，张敏眉梢上都挂满了笑。

1986 年，老四王玉林考中南开大学法学系，毕业后，将成为从穷乡僻壤的故乡出去的第一个律师。1989 年，五弟王玉亭又以优异的成绩成为东北工业学院的一名新生。1994 年，小姑玉凤经过两年复读后，也以高出录取分数线 24 分的绝对优势考进了山东工业大学。

热热闹闹的一大家子，如今只剩下了冷冷清清的张敏一个人，已经成家的三个小叔牢记嫂子的养育之恩。他们不约而同的分别写信，要嫂子去跟他们一起过幸福的生活，可张敏谢绝了他们的一番好意。

小叔们还有一个心愿——给嫂子找个伴，经多方了解打听，终于有了合适的人选：本村民办教师李文刚丧妻不久，为人憨厚、诚实，带着一个 8 岁的女儿艰难度日，更令人欣慰的是，他对嫂子极有好感。经过全家人反复劝说，张敏终于点了头。腊月二十七，两个具有相同命运的不幸人幸运地结合了。只是这幸福来得太迟了！1995 年的大年三十晚上，新组成的一家人，共享这难得的天伦之乐。然而，谁也没有想到这个温馨的春节，竟是嫂子的最后一个春节。开春不久，张敏的胃病再次发作，并且一天天恶化。5 月底，张敏转到临沂地区中心医院作理疗，这时，确诊结果竟是胃癌晚期。

直到 6 月 21 日，张敏病情再度恶化，丈夫才瞒着她发了五封"嫂病危速回"的特急电报。兄妹五人匆匆赶到医院时，张敏已昏迷三天了。李文刚告诉他们："你嫂子昏睡中还不时呼唤你们的名字。"兄妹五人泣不成声。玉东含着眼泪把一只金手镯戴在了嫂子枯瘦如柴的左手腕上。他永远忘不了嫂子卖掉祖传的银手镯给他们换口粮的一幕。

安息吧，嫂子，亲爱的嫂子！慈母般的嫂子。

十八岁的幻灭

许惠英

●不堪劳作之苦而出嫁 ●农民家务更繁重
●拒绝生子，服毒身亡

> 女孩子十六七岁时，生理和心理尚
> 不成熟，怎能承受"改天换地"的重
> 荷呢?!
>
> ——作者

一大清早还没有出门，前车屯的张同学就来找我。

"连长，咱们从北京来的时候，你是带队的，你得管我。"张同学一句话没说完，两行热泪流了下来。

管？管什么？来的时候，我是带队的，是临时指定的"连长"。可分散到各村后，我的使命即告完成。不过，来后半年旗里管知青的同志曾找过我一次，让我随着他去各知识青年点走马观花地看过一次，我就是那时与她相识的。

"这日子，我过不下去了。"

一听到她这么说，我习惯地想到，是他们知青点又闹不团结了。他们点的知青大多是十六七岁的初中六七级、六八级学生，岁数小，十足的孩子气。比起我们高中生来说，是是非非就多一些。去年这时，她曾因为和知青点的几位男同学不和找过我，让我帮助调解。想到这儿，我劝道："想开点，咱们远离父母，来这儿不容易，磕磕碰碰的免不了，大家相互包涵点，事也就过去了。"

"不是，我丈夫和我婆婆打我。"

"怎么？你结婚了"？

我惊异得不行。

两年前她还雄心勃勃，立志"改天换地"。她干起活来不怕苦不怕累，很快成了前车屯的妇女队长。去年见她时，她向我谈及他们点的三个女同学因为受不了劳作之苦而出嫁时，曾是那样地鄙夷，说她们背叛了革命的诺言。她表示，即使只剩她一个女生，她也矢志不渝。怎么？一年之隔，她也竟成了农家媳妇！

原来，和我分手后她与男同学的矛盾不但没有解决，反而激化了，结果是分灶各过各的。她不大会做饭，再加上劳动后的疲劳，经常做不成像样的饭。这时，后来成为她婆婆的那位妇女常拉她到家里吃饭，一来二去，村里传开了闲话，说她和这家人的儿子搞上对象了。她非常恼火，可吃了人家的嘴短，她难以争辩。这以后，这家人的儿子经常主动帮助她干农活。起初，她不让他帮，可到收工时，唯有她那垄地的苗没有锄完草。别人往回返时，他的帮助也就被默许了。日子一长，她觉得有个丈夫也没有什么不好，可以摆脱繁重的劳动，可以吃上现成的饭菜，可以得到别人的疼爱。于是，她和她那几个女伴一样，没和家里商量，婚姻自己做主，与比她小一岁，年龄只有17岁的丈夫结婚了。

婚后，她生了个女孩。有了孩子，她再不是受疼爱的知青了，比锄地还繁重的家务活落在了她的肩上。她累得受不了了，耍小性子不干。可她丈夫说："是我的媳妇就得给我干，要不，抱孩子回北京！"

听到这里，我才注意到，她没有穿她平素爱穿的黄军装。她穿军装那会儿，脸色红润，神采飞扬，透着一种少女的妩媚。眼下，她穿了一件袖口上有不少油渍的对襟小褂，面色憔悴，神情黯然。

我凝望片刻，同情和气愤油然而生，但一时又想不出好主意。想了一会儿，还是从背熟的毛主席语录中想出一条，背诵道："有利的情况和主动的恢复，产生于'再坚持一下'的努力之中。"以此来安慰她。尽管没领教什么具体的办法，但她似乎从中获得了一些勇气，平静地回去了。

半年后，我碰到他们屯的一位老乡，问起她。老乡说，一个月前她的小丈夫和婆婆不同意她做人工流产，她一气之下喝下一瓶敌敌畏，死了。

我不相信她死了，更不相信她是喝敌敌畏死的。那次分手时，她还是平静的，说她能"再坚持一下"，能挺过磨难。然而，当他们知青点的男同学愧疚地告诉我，她确实死了时，我不得不相信——她已经不复存在了。

十八岁的她在幻灭中死去了！

我难过了许久，有一个时期，只要一想到她当初神采飞扬的面容，我就哀伤，继而是不解的困惑。

如今，我已是不惑之年的人了，回首往事，只觉得她们太年轻了！女孩子十六七岁时，生理和心理尚不成熟，怎能承受"改天换地"的重荷呢?!

知青书记　真情伴你走天国

袁怀君

●城市孤儿爱上贫瘠乡村●破旧知青屋，一住25年●拒绝回城市，震撼众乡亲●一见钟情羞怯女●我不走了，陪你一辈子●苍天作证●最简单却又是最隆重的婚礼●我活着是为了支持你更好地活着●肺肝冰雪能感地，权重无私可泣天●厄运骤降，以身殉职●妻子嚎啕哭，悲唤亡夫魂●带走了无数爱戴，留下了无比清贫

她哭得悲天怆地，可是，谁又能理解一个付出了一生心血和爱心的女人对丈夫的深情呼唤！

——作者

一　苦难是部教科书

谢茂林是位极其不幸的孩子。6 岁时，他的母亲带着深深的遗憾离开了人间。面对突如其来的厄运，谢茂林的父亲一夜间崩溃，从此卧床不起。谢茂林 8 岁那年，父亲也离他而去。这对于年幼的谢茂林来说，无异于雪上加霜。他一下扑倒在父亲身上，使劲摇晃着父亲的身子，大喊：“爸爸，你不能丢下我不管啊！”可是，父亲已听不见儿子撕心裂肺的哭喊了。

　　谢茂林被舅舅曾凡富带回了家。

　　从此，舅舅便成了谢茂林唯一的依靠。尽管曾凡富给了谢茂林无微不至的呵护，然而，因为自己子女多、经济拮据，谢茂林仍时常感到孤独、寂寞。好在读书期间，学校免去了他的全部费用，老师、同学们都待他如亲人一般亲切。谢茂林感受到一种亲情之外的友爱，这多少给了他些许慰藉。

　　转眼便到了1971年，"上山下乡"热潮席卷万县市。作为一名生活在市区的高中生，谢茂林同许多热血青年一样，高举右手，向组织宣誓："党指向哪我们就奔向哪！"

　　5月，一个春暖花开的季节。谢茂林满腔热忱地去了原万县大林乡石板村9组插队落户。进村的那天，谢茂林及其同伴受到了乡亲们的热烈欢迎。谢茂林被那种久违的亲情感染着，心底竟涌起了一股从未有过的幸福。

　　20出头的谢茂林被安排在生产队的猪圈楼上居住。尽管整天臭气熏人，他却没吭过一声。他同乡亲们一起，早出晚归，他很快便成了生产能手。乡亲们见他生性忠厚、老实，大多很亲近他，弄了好吃的，不是这家喊，就是那家请。

　　谢茂林被这种纯真的情谊深深打动，并渐渐地爱上了这片贫穷、纯朴的土地。

　　天有不测风云。1973年秋天，谢茂林突然患了出血热，生命危在旦夕。石光友等乡亲听说了，连夜将他送到白土区卫生院抢救。青年农民朱康术，在昏迷不醒的谢茂林床前连续守候了三天三夜，以至把自己冻成了重感冒！事后医生告诉谢茂林："如果再晚半天，你的命就保不住了！"那一刻，谢茂林眼里蓄满了泪水，双手紧紧拉住朱康术的手，失声痛哭。

　　谢茂林写下了这样一则日记："我是一个孤儿，是党把我教育培养成人，是七曜山群众给了我第二次生命，我只有尽自己的一份力来报答他们……"

这段后来被他写进个人档案的话，成了谢茂林一生的誓言！

谢茂林看到乡村医疗条件差，便省下钱买回银针及有关书籍，开始自学针灸。开始他总在身上试针，每扎一次，他都痛得龇牙咧嘴，大汗淋漓。一次又一次，他身上被扎起了无数的针眼。当他感到技术完全过关后，便试着替乡亲治病。

一枚小小的银针，把一个城市青年的真情深深地扎进了乡亲们的心间。而纯朴的乡民们，总是尽着自己最大的努力，关照着这位城市小兄弟。

1974 年，两名重庆知青离开石板村返城。谢茂林在乡亲的簇拥下终于搬进了那两间用土砖垒起来的知青房。可谢茂林当时压根也想不到，这两间破旧的知青房，他会一住 25 年，而且直到他以身殉职！

二　知青岁月　一个最古朴最经典的爱情故事

1974 年对谢茂林来说是个不太顺心的年景。那年高等院校招生，与他同来的两名知青均被推荐读书去了，他却因年龄超了几个月，与大学失之交臂。乡亲们很为他不平，纷纷找到乡里反映。可谢茂林却毫无怨言，反倒劝说那些关心、爱护他的乡亲："只怪自己不合政策，再说，哪儿干还不一个样！"

转眼到了 1975 年，中师招生的年龄放宽，好心人又劝他去报考，可谢茂林说："我些年我已习惯了在农村生活，真还有些舍不得走了！"

那两年，与他一同来的知青陆续返城，就他一人留在了石板村！乡亲们最终被谢茂林的执著与痴迷所震撼，他们从心里接受了这个城市子弟。

1976年初夏，好心的邻居把靶东村19岁的农村姑娘石宗琼介绍给了他。第一次见到石宗琼时，谢茂林不觉眼睛一亮：高挑的身材，白皙的皮肤，尤其是她一说话便脸红的羞怯神情，使谢茂林不觉怦然心动。那晚，谢茂林与介绍人一起，将石宗琼送了一程又一程。

回到家，石宗琼红着脸告诉父母："茂林大哥是个老好人，信得过。"

石宗琼与谢茂林正式恋爱了，这消息一时间成为山村的一条特大新闻。石宗琼见谢茂林一人住在知青屋里，生活异常清苦，便找父母商量："可不可以让茂林大哥到咱家来住？"

父母理解女儿的心，破天荒同意了。于是，这个远离亲情多年的孤儿又有了一个家庭。白天，他去生产队干活，晚上回来，石家父母早早地把饭煮好了等他。衣服脏了，石宗琼给他洗干净、叠好，定时催他更换。裤子、袜子破了，石宗琼又一针一线替他缝补好。而她的父母，则把谢茂林当做自己的亲生儿子，每有好吃的，宁肯自己不吃，也要给谢茂林留着。

有一次，谢茂林病了，石宗琼年迈的父亲，背着他跑了10多里山路，四处求医。趴在老人的背上，谢茂林泪水涟涟，感动万分的他再也忍不住了，终于大喊了一声"爸"，那发自心底的深情呼唤，本是有悖于乡俗的啊！

入冬了，天寒地冻。石宗琼为了让谢茂林穿得暖和些，一气给他做了两双棉鞋。手冻裂了口，皮磨破了，可石宗琼没吱过一声。

石宗琼爱他越深，谢茂林越发内疚。1978年腊月，烟瘾特大的谢茂林整月仅抽了两包烟，用节约下来的9元钱给石宗琼买了条的确良长裤。

没有山盟海誓，没有诗情画意，两个年轻人在特殊年代便这么深爱着。

　　然而，就在他俩商议着婚期的日子里，他们的爱情却面临着一场极其严峻的考验。

　　1979年，知青大返城的关键一年，这将是谢茂林最后的机会。了解情况的居委会大婶主动拿着一张市三建司招工表找到谢茂林的舅妈张德珍："告诉茂林，这可是最后的希望了。"

　　舅妈把谢茂林找了回去，商量了整整一夜。面对舅舅、舅妈苦苦相劝的泪脸，谢茂林心里清楚，舅舅、舅妈完全是为了他好啊！

　　第二天，恍惚不定的谢茂林随舅妈一块儿去办了回城手续。

　　然而，走在大林乡那熟悉的山道上，谢茂林突然想起了深爱他的乡亲，想起了石宗琼及她憨厚的父母。尽管乡里的手续也已办妥，可他又一次犹豫了。他索性坐在田坎上抽着闷烟，脑海里，则老是晃动着石宗琼及其父母的影子。

　　谢茂林拿不定主意了，回到石宗琼家，他像变了个人似的，郁郁寡欢，一言不发。石家老人以为他病了，问寒问暖，谢茂林的眼泪却在那一刻喷涌而出。他怎忍心让亲生父母一样爱着他的老人失望啊！他怎么开口告诉老人，自己兜里已经揣上了返城的手续！

　　好不容易挨过了一个漫漫长夜。他想瞒着先回城了再告诉他们。可是，临走之前，他却久久不肯离去，来回不停地在石家门前的田埂上走来转去。徘徊了多久，他自己也不知道。石宗琼被他古怪的举动吓坏了，问他："茂林大哥，你今天是怎么了？"

　　听到那一声亲切的呼唤，谢茂林再也忍不住了，竟然孩子一样蹲在田埂上大哭："宗琼，我对不起你，我不走了，我要陪你一辈子！"说着，谢茂林掏出了回城手续。

　　石宗琼顿时傻眼了，眼泪忍不住夺眶而出。

　　"宗琼，莫哭，我不会甩了你的，我不是那种没良心的人！"谢茂林奔过来，一把将石宗琼揽在怀里。

"不，茂林哥，你还是走吧，不然我会害了你的！"

"不。我不能做忘恩负义的人，再说，乡亲们待我这样好，我就是死在这儿也甘心！"

苍天作证，那一刻所发生的故事，将是人世间最纯真、最悲壮的爱情故事。

三 爱妻承诺：我活着是为了支持你更好地活着

1980年农历8月29日，一个极其普通的日子。但这个日子对于谢茂林来说，则是个终生难忘的日子。这天，他将与相恋了整整4年的农村姑娘石宗琼喜结百年之好。

然而，对于这个一贫如洗刚去白土中学代课的普通知青来说，结婚又是何等尴尬的事啊，没有钱，没有粮，没有家具，仅有的一架木床，还是前不久花10多元钱买的。

可乡亲们不能冷落了他们的知青兄弟，一大清早，就有人送来肉、米、钱，有几户甚至连铁锅、碗筷、柴火都抱了来。

"茂林兄弟，我们要为你办个热热闹闹的婚事！"支书拍着谢茂林的肩头说。

那一刻，谢茂林的眼里蓄满了泪水。

一支浩浩荡荡的迎亲队伍，吹着唢呐，敲着锣鼓去了一村之隔的靶东村石宗琼家。这是大林乡有史以来最简单却又是最隆重的婚礼。

夜深了，闹洞房的人们陆续离去，谢茂林目送着他们渐渐远去的背影，泪水不知不觉淌满了面颊。

谢茂林总算有了个"家"。尽管只有一架刚买不久的木床及先前睡过的知青床，连同石宗琼带来的4床被盖，但他总算成了家了。坐在床前，手捧石宗琼的那张红扑扑的脸蛋，谢茂林的眼泪直往下淌："宗琼，你跟我会受穷的！"

"不，茂林哥，为了我，你连回城都放弃了，我还有什么苦不能吃呢！"石宗琼说着替谢茂林拭去了脸上的泪水。

"我可能干不出什么名堂，但我会努力地干，否则，我留下来就没了价值，就对不住善良、热情的乡亲，今后，可能你要吃许多苦。"谢茂林说着重重地叹了口气。

"我不怕吃苦，我今生活着，也就是为了支持你更好地工作，更好地活着。如果你干不出成绩，我会自责一辈子！"这个连小学也没毕业的年仅23岁的农村姑娘，那夜竟然说出了一番令谢茂林也惊叹不已的豪言！

结婚第二天，按当地风俗，女儿、女婿是应该"回门"拜见岳父岳母的。可谢茂林愧疚不安地对石宗琼说："我只请了一天婚假，学生的课耽误久了不好。"

中午，谢茂林来到岳父家吃饭，本以为会被岳父母抱怨，可善良的老人却笑着告诉女婿："你干的是正事，我们支持你！"一句话，说得谢茂林感激涕零，连敬了岳父三杯酒！

谢茂林把工作视为了生命。尽管那时他仍是一名代课教师，可他仍是那么的尽职尽责。不久，他被选为县人大代表。在一次参加县人代会期间，与会代表得知身为知青的他仍没有工作时，集体向主席团提了一条议案，要求给他落实政策。

谢茂林的命运终于出现了转机。

1980年9月中旬，谢茂林被安排到地宝乡任会计辅导员。可那时蜜月尚未度完啊！临走时，谢茂林眼含热泪地对石宗琼说："我会常回来看你的！"可他一去便是一月。后来，因腿上长了两个大毒疮，行走极度困难才回家休息。石宗琼见丈夫痛得满头大汗，不无心痛地说："工作要搞，但身体也要顾啊！"石宗琼天天帮丈夫擦伤口，弄好吃的给他补身子。晴天，为了让他呼吸新鲜空气，石宗琼总是将他背进背出。谢茂林哽咽说："宗琼，真是苦了你了！"整整20天，石宗琼既要下地干活，又要照料丈夫，人几乎累散了架，可她没一句怨言。

石宗琼不想让丈夫失望。她主动担起了理家的重任。她请人备好木料，然后凭着一个女人坚强的信念，硬是一个人把猪圈整修出来，并喂上了肥猪。平时干活，她挣的工分并不比男同志少。身为妻子，她深深地理解谢茂林，她要给他创造条件，料理好这个家，让他全身心地投入到工作中去创造、发展。

1981年3月，石宗琼分娩前5天，她带信让丈夫回来一下。

丈夫5天后匆匆赶回来了，当他看见躺在妻子身旁的乖巧的儿子谢宏时，他不觉泪如泉涌："宗琼，我真对不住你啊，让我来世再报答你吧！"谢茂林的泪水滴在了石宗琼的脸上，流淌着，分不清是苦是涩。那一刻，石宗琼却没一滴眼泪，相反，脸上则堆满了微笑。她不能哭啊，她哭了，丈夫会越发内疚！多么善良、多么崇高的女人，因了你的挚爱，谢茂林才有了报效乡亲的信念与雄心！

1985年，政绩突出的谢茂林被安排到万县县委党校干部中专班学习。那时儿子刚好5岁。为了不影响他学习，石宗琼对丈夫说："我不通知你，说明家里没事，你就别往回跑！"

石宗琼宁肯自己承担一切痛苦，也不愿苦了丈夫。记得丈夫刚走不久，儿子谢宏突发重感冒，高烧不退。石宗琼连夜把他送到白土区卫生院，打完针，取了药，又连夜将儿子背回。5公里多山路，她走走停停，停停走走，居然走了将近4个小时！可是，这一切她压根儿就没有告诉丈夫！

丈夫谢茂林也没有让她失望。两年党校学习，丈夫门门功课优秀，多次被评为优秀党员。毕业时，他的一位好友、某局领导决定帮忙把他调回城区，可他说："那里有我的老婆、孩子，有爱我的父老乡亲，我不想走了！"谢茂林放弃了他一生最后的回城机会！

党校归来，谢茂林被安排到大林乡任党委书记。谢茂林肩上的担子重了，回家的时间自然越来越少。对此，石宗琼没有半句怨言。丈夫深感内疚，每次回家，都抢着帮忙干活，可石宗琼坚决不让："你在乡里够苦够累的了，回到家里就该你好好休息！"

石宗琼苦点累点不怕，可是，随着孩子的长大、入学，拮据的经济却往往令她一筹莫展，一家人的日子过得异常清苦。

谢茂林任党委书记不久，便有人劝谢茂林，让他妻子到白土镇开个商店，可谢茂林说："妻子没文化，进货、算账、销售都困难，最后还不是自己去帮着干？那样的话，我哪有精力工作？"

他宁可家里受穷，也不愿放弃和影响自己的工作，这样的领导干部怎不令群众信服与感动?！

"宗琼，你可能认为我自私，可身为书记，我不这么干不行啊！"当他把这一切告诉妻子并请求她原谅时，原本话就不多的石宗琼更是一言不发。她爱丈夫，也相信丈夫，在她的心目中，丈夫的话就是她心中的"圣旨"。她想，自己唯一能做到的就是替丈夫解除一切后顾之忧，让他安心去干他自己的事。

不久，大林乡电站建成，负责人了解到他家的困难后，主动找到谢茂林，愿拿个轻松活儿给石宗琼干。可谢茂林还是那句老话："她没文化，让有文化的人去干吧。"

计生站负责人找了谢茂林后，又找到石宗琼："你跟谢书记说说，让他同意你到计生站工作吧，一月多少也有几百元收入。"

"如果我不是领导，人家会主动给你找轻活儿干吗？正是因为这样，我不能以权谋私！"丈夫的话，无数次地震撼着石宗琼的心，让她最终战胜了自己。她宁肯受穷，宁肯吃粗茶淡饭，也要支持丈夫！

谢茂林为了缓解家中的经济困难，每月领工资后，除给自己留下 20 元烟钱、30 元生活费外，剩余的钱全部交给了妻子。拮据的经济只允许谢茂林抽几角、一元钱一包的烟，这个水准，已经连普通农民都不如。

1992 年撤乡并镇，他担任了白土镇副镇长，可那时，他仍住在那两间破烂不堪的知青房里，家里没有一样家电。

1995 年 4 月，组织上找他谈话，让他到白土片区条件最差的普子乡任党委书记。起初，他也十分矛盾。妻子石宗琼体弱多病，仍住在 5 公里外的知青屋里，儿子刚 14 岁，学习成绩下降，没有人辅导。他本可以向组织反映他的实际困难，可是，当他回家征求妻子意见，再次得到支持时，这个一直自觉有愧于家庭的丈夫终于下了最后的决心！

谢茂林如期去了普子乡。在那里，他的足迹遍布全乡，他的挚爱洒向了最偏远的贫困人家。可是，我们的好书记、石宗琼深爱着的好丈夫，却在他生命最辉煌的时刻匆匆离去，而把无尽的伤痛留给了深爱他的妻儿与乡亲！

茂林书记，你为何总是来去匆匆？！

四　人去了　爱却永留人间

1996 年 8 月 25 日夜，忙完工作的谢茂林拖着疲惫不堪的身子回到了他的知青屋。

石宗琼做梦也想象不到，那将是她与丈夫相处的最后一个夜晚。为了不影响疲惫的丈夫休息，她有许多话还没来得及与丈夫说。

第二天一大早，妻子见丈夫长疮的脚走路一瘸一拐，便拿来一个独头大蒜，用麻线穿好系在丈夫右脚毒疮处消毒。目送丈夫渐渐远去的背影，石宗琼的双眼不觉一阵潮湿。与丈夫结婚这么多年，尽管丈夫回家的时间不多，可丈夫却给了她无微不至的关怀与呵护。15 年里，他们没吵过一次架。有时，石宗琼生闷气，不与他说话，谢茂林便放声唱："你挑水来我浇园"，抑或学着卓别林的样儿做些滑稽动作逗她发笑。而遇到谢茂林生气，石宗琼则每每低头不语，任丈夫发泄！后来，脾气摸透了，相互间有的只是无私奉献与大无畏的自我牺牲！

谢茂林又回到了乡里，忙完工作后，8 月 29 日凌晨 4 时，又饿着肚子登上了开往五桥区的一辆大客车。他要去参加区上召开的烟叶收购会议。

厄运就在那一刻不知不觉降临。7 时半左右，车行至龙驹镇向家坝一塌方处时，突然一颠簸，翻下 10 多米高的河沟。谢茂林被摔成了重伤，送往龙驹镇医院抢救无效，49 岁的谢茂林以身殉职！

闻此噩耗的石宗琼风尘仆仆赶往出事地点。可她见不着谢茂林的影子。又慌慌张张赶往医院，也没有。在一熟人的搀扶下她去了龙驹镇政府。与谢茂林一起共事的正吃着饭的领导、一般干部整两桌人，见她进来后竟齐刷刷全部站立起来。有人上前扶她，有人给她让座。她被这种气氛惊呆了，一种不祥的预感顿时从心头掠过！

她最终明白了所发生的一切。来到裹着白布的丈夫的尸体前，石宗琼一膝跪下了，左手抬起丈夫的头，右手则轻轻拭着丈夫脸上的伤痕。那一瞬间，她的脑海里一片空白，唯有那尖厉地哭声穿越窗棂，被传出很远很远……

她不知自己是怎么回到白土镇的。当她清醒过来，明白丈夫已离她而去时，这位献出了她赤诚爱情的女人终于山崩地裂般再次嚎啕起来！她扯着自己的长发，掐着自己的大腿，努力地想让自己镇静下来，可她做不到。

送葬那天，500多人的送葬队伍在她眼前晃动着，谢茂林的身影则一次次在她的脑海叠映。她哭得悲天怆地，可是，谁又能理解一个付出了一生心血和爱心的女人对丈夫的深情呼唤！

谢茂林去了，可他的爱却留在了石宗琼的心间。送"丈夫"归来，石宗琼与15岁的儿子谢宏进行了一次谈话："宏儿，我们不能倒下，你应该像你爸爸一样踏踏实实地学习、生活，老老实实地做人，否则，我就对不住你死去的爸爸！"那一刻，母子俩抱头痛哭！

石宗琼深爱她的丈夫。尽管这些年她家仍一贫如洗，住的知青屋又黑又破，远不如附近农民的住所；家里没有积蓄，没有穿过像样的衣服，就连儿子无数次找父亲要一双网球鞋父亲也未能来得及兑现。可是，他们的爱是圣洁的、崇高的！因了这爱，他们走过了风风雨雨15个年头！

身为乡党委书记的谢茂林清贫了一生。他家唯一的高档商品是1994年冬天在白土镇买的一台17英寸黑白电视机，穷得连搁电视机的桌子也没有一个，而不得不放在包装纸箱上；谢茂林穿过的最昂贵的衣服是1996年7月在别人百般劝说下才买的50元一套的衣服，一生唯一一件西服是用17元一米的布料请裁缝缝做的。每逢春节，谢茂林则总要"狠心"替妻儿买点"高档货"。说是"高档"，也不过60元一件的上衣、40元一条的裤子！大凡去过谢茂林家的干部、群众，没人不伤心、落泪！

谢茂林的足迹遍及了他所工作的每个地方，他所做的好事、实事，群众每每如数家珍，然而，而对他的清贫、苦难，乡亲们又痛心不已。不少干部、群众向记者这么哭诉："我们没有照顾好谢书记啊！"

茂林书记去了，可他的感人故事仍在山区流传。他对妻儿的爱、对乡亲的情，却永远留在了人间！

茂林书记，听见了吗？你的爱将永留人间！

背对昆仑山

刘汉太

●跪求父母回济南●成黑人比成死人强●以革命的名义，要挟少女●决心摆脱色魔●找对象只为留济南●是不是上帝配错了姻缘●埋葬浪漫幻想●苦涩的抉择●洞房一贫如洗●婚夜最是难堪●父母双双投井自杀●孤苦少女变妇人●屈辱的苦役●一朵鲜花凋谢了●日记本失踪●灵魂的重量●争放"隐私原子弹"●亮私：梦见同肯尼迪结婚●集体灵魂大曝光●天呐！我出卖了自己●投井自杀

这里是千年戈壁，一望无际的石灰样沙土，干燥得像烤箱烘过。令人惊异的是沙土下的砾石，奇形怪状却坚硬无比。

——作者

黑 户 恨

李玉琴跪在了父母面前：

"爸，妈，我求求你们，想想办法，把我迁回济南吧，我这回回来再也不想去那鬼地方待了！"

父母面面相觑，一筹莫展。

父亲李长庚问："玉琴，你在那儿不挺好的吗？当初你也是自动要求去的，怎么现在又想回来？"

李玉琴不说话，只是一个劲地哭："爸爸，你别问了，反正我是不回去了。"

"不回去？"母亲杨文英有些慌张，"不回去，没户口、没工作可咋办，不成黑人了？"

"成黑人比成死人强，反正我是不回去了。"李玉琴似乎铁了心跪在地上不起来。

父母无计可施，可又心疼女儿。是啊，出去这么些年，想家，想回来，人之常情呵！

可是，父母一点也不了解女儿突然要滞留泉城、不回青海的根本原因。

因为李玉琴不大听招呼，指导员便三天两头找茬儿整她。

为一位男知青鸣不平的时候，有人曾找一些人签名，李玉琴也签了。这下，指导员气急败坏，在会上公开点名批评，称她是"反革命的辩护师"。

指导员后来让团支书开除了李玉琴的团籍。

这还不够，指导员又写了一张"记大过"的处分决定，偷偷塞进了她的档案袋。

李玉琴得悉这一情况便去找指导员："指导员，你怎么又给我加了处分，这叫我怎么做人？"

"做人？"指导员冷笑着，"你要再不靠拢组织，成日跟他们那帮人跑，给你戴上个反革命帽子也快。"

李玉琴的脸黄了："指导员，你说我该咋办哪……"

"咋办？"指导员脸上掠过一丝狡黠的微笑，"只要你听话，嗯，好说。"

李玉琴当然明白他的意思，诚惶诚恐地愣在那里。指导员满脸淫笑地走近她，一把将她搂倒在床上。而她，像死过去一样任他摆布，脸上挂着两行委屈的泪水。

有了初一便有十五。他是一个披着指导员外衣的无耻之徒，李玉琴不敢有丝毫怠慢。

李玉琴心里有个小九九：人在屋檐下，不得不低头。只要他开恩把那些处分烧了，再开个证明，她就可以回到济南了。

指导员有老婆，秋天来青海生产建设兵团探亲。李玉琴以为在这期间会放过她。可是，他仍然同她约会，有一天晚上居然不让她回宿舍去。

事情终于暴露了。指导员的老婆跑到排里去骂大街，还撕碎了她的被子，剪烂了她的衣裳，吓得她躲了起来。

一周后，李玉琴回到连队。心有余悸的她一想到指导员夫人那疯狂的叫骂，止不住地就浑身打战。她找到指导员，哭着说：

"你老婆同我闹，我没脸见人了，我在这里待不下去了，你放我走吧……"

指导员不冷不热地说："好，你走吧，档案一起带走。"

一提"档案"，她害怕了，那里面她的"黑材料"，她到了哪儿也不行啊。她央求他："指导员，求求你，你把那些东西抽了吧。"

"抽？往哪里抽？这可是原则问题！"指导员翻脸不认人。

李玉琴的心一下掉进了深渊：完了，完了，他想以此要挟，控制自己，永远乖乖地听他摆布啊。

一想到自己才 23 岁，一想到自己未来的前途，婚姻、家庭、工作……她感到恐怖极了。

她决心摆脱这个色魔。利用到格尔木办事的机会，她跑回济南来了。她再也不想回到那可怕的地方去了。

　　李长庚吧嗒吧嗒地抽着烟，不时用一双浑浊的眼睛望望女儿，半晌又移开。他是个泥瓦工，在市建筑公司上班，属于社会这座楼房的"最底层"了。他的亲友也都是普通人，没一个掌权的有门子的。更重要的，女儿在青海，他对那里一无所知，当然，他也没有能力把她调回来。

　　杨文英本来就是个没主意的女人，在家里大事小事都靠李长庚拿主张。女儿长大成人了，是她的心头之肉，见她跪在那儿哭得那个惨样，她的心里难受极了。可是，女儿要回来，这可不是一件小事啊——要吃，要住，闺女这么大了，长期下去咋办？

　　父亲吧嗒了几口烟，咳了咳嗓子，厚厚的嘴唇嗫嚅着，终于犹犹豫豫地说：

　　"玉琴，要不给你找个对象？没户口，先忍着。"

　　李玉琴抬起泪眼望着父亲，没有说话。

　　母亲见状，也附和着男人说："玉琴，也只能这么办了，你这么大了，在家里，我们养得起你，但这不是长久的事，找个对象，好歹有个家，有个依靠，有没有户口，也一样过日子。"

　　李长庚还想说什么，不料女儿开腔了。

　　"爸，妈，我同意。"

　　李长庚高兴起来，又抽了口烟慢慢儿说："我琢磨着，你的情况特殊，怎么的得找个老实人，有一个人不知你愿意不愿意？"

　　"是个什么人？"李玉琴问。

　　李长庚说："他是我徒弟，叫宁琛，原是个大学生，分到我们公司当小工。他原来在省冶金研究所工作，后来研究所解散了，一帮老九没事干，就分到我们单位来了，宁琛跟我学徒，人老实，干活卖力气，也不多言多语。就年纪大点儿……"

李玉琴问："他多大?"

李长庚说："具体年纪我没问，怕有 40 了吧。"

李玉琴的眉头跳动了一下。

李文英怕女儿不愿意，连忙劝道："玉琴，年纪大点儿没关系，男大会疼妻，只要对你好，怎么都行。再说，你现在的情况……也别挑三拣四的了……"

"那好，谈谈看吧。"看到父母十分为难的样子，李玉琴点了点头，对于她来说，还挑什么呢? 谁能给她把户口弄回来，谁就是上帝。

她和宁琛见面了。

他太使她失望：矮矮的个子，谢顶的额头，脸上还架着一副瓶底似的近视眼镜，一看就是个书呆子。

他干坐着，目光移向一边，不敢正面看她：李玉琴不仅年轻，而且身材窈窕，楚楚动人，他与她太不般配了。

两个人干坐着，谁也不说话。

半天，还是李玉琴先开了口："宁琛，我爸跟你说了?"

"哎，说了。"他不好意思地揉搓着衣角。

"我现在的情况，我爸可能跟你说了，那头不放，我也不愿去，只能这么待着，当一段黑人……"她说。

"没事，你不嫌我就行，我是什么也没有。"他老老实实地表白。

"那好，我们先处处看，"她说。

"唉。"他笑了一下。

之后，李玉琴同宁琛开始了交往。

他到她家来了，交给她 60 块钱，说："你拿着花吧，要买什么自己买点儿，我连商店都没进过。"

她把钱接过手，感激地看了他一眼。是的，她太需要钱了，家里添了一个人，每月得买黑市粮；自己的衣服也旧了，该添件新的了，还有青海那头，指导员一个劲地追，得找个人帮帮忙……

他木讷讷地望着她，脸上流露出掩饰不住的喜悦，可是不知何故，他说话的声音总是低低的，有气无力似的。

她问他："忙吧？"

他回答："不忙。"

"有什么事要我做，说一声。"她又说。

"没有。"他回答。

"我们到街上走走吧？"她提议。

"唉。"他应着。

他们一起走上街去。行人不断投来好奇的目光：这一对儿，一个是那么矮，一个是那么高；一个是那么年轻，一个是那么老；一个是那么朝气蓬勃，一个是那么老气横秋……是不是上帝配错了姻缘？

面对人们的目光，李玉琴脸上火烧火燎，而宁琛则垂着脑袋。他们一起从经三路走到经二路，一路上他同她没说一句话，更不用说搂着她的肩膀了。

她在心里说：唉，真是个实心丸子。

老是走路也不是个事，后来她提议看电影，他便到职工剧院买了票。

两个人的座位挨在一起，又有电影的掩护，她想他该跟她说点儿什么了。既然他是个知识分子，是有文化的人，什么"情"啊"爱"啊，什么"花"啊"草"啊，他该向她表白自己的感情了，何况面对的是一个如花似玉的姑娘呢!

可是,他依旧那个样子,一直将目光盯着屏幕,不敢扭过头来,更不用说悄悄拉拉她的手,挨着她说句热乎乎的甜蜜蜜的知心话了。

她的心里好纳闷啊!都说初恋像火,像电,像暴风雨,可为什么自己的初恋却这么平淡,乏味,像白开水?

她真想离开影院,一个人走回家去。

然而就在这时候,她听到他开腔了:

"小李,要不要我把每月工资交给你?"

她绝没想到他会说这样的话。她还想着感情什么的。人家已经把她作为了"媳妇",往"日子"上想了。她想了想,说:

"现在没到那一步,你自己拿着吧。"

他没再说什么,也一直没回过头,直到电影散场了,才尾随她走出来。

唉,这个榆木疙瘩!

李玉琴现在成了地道的"家庭厨娘"。

父母都上班,只有她赋闲在家。自然,家里一应事便落到她身上,买菜,买粮,擦地,洗衣,做饭……在兵团里,饭是不用做的,在家里乍一做起来总是没辙,不是盐放多了就是菜炒生了,要不就是忘了放酱油、醋,要不就是数量掌握不好,稀饭熬少了,馒头蒸多了……好歹是自己的女儿,父母也不责备她,倒是她自己感到让父母养着,心里很不是滋味。

一天晚饭后,李玉琴刚想出门,父亲用眼神留住了她。

她知道父亲跟她有话说。

父亲说:"玉琴,你同宁琛的事差不多了吧?"

她不知如何回答父亲：总共才见过三四面，没说上十几句话，要说了解，还真说不上来。

未等她回答，父亲又说话了："我同你妈商量了，你也不小了，宁琛更不用说，再说你老在家待着，街道上查问起来，青海那边追究起来也不好说，我看就早日把这事儿办了算了。"

她眼里一下涌出了泪水。结婚，意味着一个姑娘把自己交给一个男人一辈子，她曾有过多少浪漫的幻想啊，谁料到自己的终身大事竟是如此仓促、草率、马虎啊！说真的，她还没认真想一想，还没理出个头绪呢，难道就要为人之妻了？

母亲絮絮地劝她："玉琴，你哭什么劲儿？怎么的，姑娘也得嫁人，何况宁琛条件不错，一月 50 多块钱工资哩，又有一间住房，这已很不错了。你连个工作也没有，黑人一个，人家敢要，这就不错，再说，青海那儿还成日来信追，你结了婚，我们也放心了……"

一提起"青海"，李玉琴心中就充满了那些苦涩的回忆，对面前的选择也就有了紧迫感。是的，结婚，不正是为了留下来，为了不再回到那鬼地方去么？父母已费心地给自己作了权衡，自己还有什么可说的？

面对父母期待的目光，她抬起头说："就这么着吧，等那边的朋友帮我从十一连那里开的证明到了就办……"

屋里的气氛一下变得轻松。

父亲悠然地吧嗒着烟锅，母亲飞快地缝补着衣裳，连那台平时老出故障的收音机也卖力地歌唱起来。

李玉琴悄悄地上了床，一个人躺在黑暗中默默想着心事，止不住地泪水涟涟……

就要结婚了，可李玉琴却心事重重。她觉得宁琛是个老实人，自己过去的事不能瞒着他。

她流着泪，一五一十地说。

他一声不吭，默默地听。

她说："我都告诉你了。你要嫌弃，大路朝天，各走半边，我还你给我的 200 块钱，账清了，谁也不欠谁的。"

他摇了摇头："别这么说。过去的事我理解，我不会嫌弃你。"

那一瞬间，她好激动啊！这是多么大度的男人啊！她感激地望着他，心头油然升腾起一股爱意。

一间小屋，一张床，两只木箱，一面圆镜，两个"囍"字，一床被子。这便是他们的新房。

招待亲友喝完酒，来客散尽后，她同他静静地坐在自己的洞房里。

这是新婚之夜啊，这是爱情的初航啊，这是血的山峰与血的海洋的碰击啊，这是两个人创造的一个世界啊！

她激动地脱光了衣服，热切地准备迎接新郎的爱抚与搂抱，然而她发现他却穿着内衣。她以为他羞涩，没有经验，便主动地亲他，吻他，把水灵灵的身体贴近他，他迟疑了一下，便脱下衣服，和她拥抱在一起。

她感到激动。现在，她的人生终于进入了一个新的里程。她结了婚，有了男人。这个男人尽管老相了点儿，但他忠厚，老实，大度，可以信赖，依靠，她要把女人的一切交给他，让这个新婚之夜成为他生活中的一座纪念碑，成为他们爱之旅的一条航行线。她搂紧他的脖子，亲吻他的嘴唇，她渴望他的全力配合，她渴望与他融为一体，他们彼此再不分开……

然而，他没有去做她想做的一切。

他依旧木僵僵地搂着她。

她渐渐地疑惑了。

马拉松式的等待。

世纪末式的失望。

她发现他毫无激情，毫无反应。她所有的情绪，所有的幻想，所有的期待都因他的无能为力而付之一炬，化为灰烬。

摆在她面前的只有失望，灰心，加上难堪。寒冷骤然包围了她，心底的凉风由脚跟刮到头顶，肉体已经冷却，血液已经凝固，灵魂也已死亡……在万恶的失望与沮丧中，她听到他结结巴巴地说：

"对不起……请原谅……在一次批斗中……我被人踢了一脚……从此……从此便不行了……"

猝不及防的灾难降临在新婚之夜，可怕的祸星又在头上闪耀，李玉琴连哭的力气也没有了。

好久好久，她才发出粗重的"唉"的一声。

那一声叹息，长于百年。

早凋的鲜花

天空锅底一般黑呀，月亮死了，星星灭了，女知青吴丽就要告别这个世界了。

吴丽小呵，才十七岁半呀，一朵花儿含苞初绽，刚刚吐露芬芳呀，可是她却要死了，要离去了，这个好沉默的姑娘呀。

都说个儿矮的人心志也高。吴丽出身书香门第，她的父亲是个大学教授，妈妈是个中学教员，哥哥姐姐们也都是知识分子，一家人全是眼镜儿。吴丽小时候的志向是长大了到国外去读书，或是当个驻外记者什么的。

然而，她是多么不幸呵，父母在几年前死了，就在那次抄家之后，双双跳了井。吴丽没了依靠，街道上索性动员她到青海来了。从此，吴丽总是沉默不语。

谁知她的此种性格，倒显出别具一格的美了，有人盯上她了。

被人盯上而不是爱上是一件多么痛苦的事情！

割青稞的时候，一人分五亩地。吴丽手上磨出了泡也不管事，割到天黑了，却才完成三分之一，她恨不得满身长出刀片，变成一架收割机。

指导员来了，上前夺下她手中的镰刀，强行按在垛子上："歇歇吧，别割了，完不成，我另派工是了。"

"不，割到半夜我也要割，我不能拉排里的后腿。"她拿过刀又割。

指导员再次阻拦，双手握住她的手不肯松开，一边数着老茧一边轻轻摩挲："这手多嫩啊，该绣花，弹琴，写字，涂上指甲红啊。"

她不好意思地用力往回抽，指导员趁机搂着她的肩膀坐在青稞垛子上："歇会儿歇会儿。"在表示关切的时候，他的脸故意在她脸上摩挲了一下。

吴丽整个身子战栗了。她感到心脏快跳出来了。第一次被一个男人拥着，她多么不安啊。

"指导员，谢谢你，我们回去吧！"她想走，可是他那只胳膊太有力了，她挣不脱。排里人都走光了，夜雾升起了，她十分恐慌，再次说："指导员，咱们回去吧！"

"不，谈会儿心，"指导员的手仍搂着她，"小吴，你想进步吗？"

"想啊。"她不好意思地望着脚，"我甘当螺丝钉，党叫干啥就干啥。"

"好，今天我让你陪我玩一回，听话不？"

"指导员，不，不……"她一下子发现自己遇到了危险，慌忙起身准备溜走。她很清楚，暮色四合，旷野无人，再待下去结局不可收拾。

"怎么，不听话？我代表党，你要向党表忠心啊，听党的话不会亏待你，提干，上学……"一边说，指导员一边把手伸进她的衣服里面乱摸。

仿佛触电一样，她整个儿慌了，身子着火了，心摇颤了，她害怕地哭起来，并用力抗拒。可是，他却笑着："别哭别哭，这有什么好哭的？你可能感到意外，觉得我是指导员，是干部，可我也是人，也有苦闷，也有烦恼，也有爱情啊。生活多没意思，这个鬼地方！小吴，我喜欢你，真的，喜欢！日子太没意义了，就你使我喜欢，你怕什么呢？除了咱俩的欢乐还有什么快活的呢？来，别怕，别乱想，我们　起来，来创造快乐……"他不仅使劲按摩她的乳房，而且把手伸进了下身，像一只偷鸡的黄鼠狼。

指导员的形象在心中一下崩溃。她发现自己面对的是一只色狼，惊吓得大哭大叫："流氓，流氓！"

他恼怒起来，骂道："我就不信你有多厉害，我不信吃不了你这水蜜桃！实话对你说，女人我见得多了，你们都一个德性，开始时拒绝，反抗，可是吃着枣了，叫甜，反而卖乖，叫屈，你们女人都不是东西，都不受人敬重！今天就这么着，成也成，不成也得成，有什么了不起的事情？再叫，让我扇你耳光吗？吴丽，听话，来！"他像只老鹰把小鸡抓在怀里，然后用力发动了攻击……

那天她割麦子多累呀，在他的纠缠之下，哪还有力气反抗？

那些天她的心情又是多么乱呀！父母死了，就剩下自己一个人，好生得安排这一生，日子还没理出个头绪呢？对于男人是什么，对于婚姻……这些女人必须经历的事还没心思去想一想呢，怎么就要被迫从一个少女变为一个女人呢？

那突兀而至的压迫，那逼迫的就范和本能的恐惧，疼痛，血，以及对怀孕的害怕，把她的一切都闹乱了，整个儿天塌地陷了……

那天晚上，天空多黑呀，她真恨那该死的夜晚，该死的月亮和星星！她精疲力竭地回到宿舍，却不敢对任何人诉说刚刚遭受的劫难。她才 17 岁，怕丢人呀。那晚她流了一夜泪，有人问她咋回事，她什么也不讲。

这事儿慢慢过去了，但人也痴痴呆呆的了。以后见到指导员，她总是扭头就走。她不知如何称呼他，更不知目光如何面对他。那个夜晚使她无法忘却。当她筋疲力尽、恐惧惶惑不安的时候，黑影离开了月光朝她压了过来，炽热、干燥和陌生的身体在黑暗中进入了她的身体。那一刻，她不能清楚地告诉自己，这是噩梦还是真实。她的身体被疯狂的梦呓般的恐惧所包围，所固定，周身飞溅着黑色的火焰……当指导员像泄了气的皮球离开她的躯体时，她才醒过来，使劲蜷曲着身子，周身被恐惧和屈辱的寒冷所压迫着。她感到自己是一棵被雷公烧焦了的树桩，它立着，早已没有了生命的意义。

可是此后，她千方百计躲避他，口口声声大道理的指导员却总有理由找到她，有时甚至打发通讯员来叫她。

他继续纠缠她。她越是表现害怕，他越是威吓她。她太小，她胆怯，她只有屈从，她不知这苦役什么时候结束。

吴丽从来没有感到自己如此廉价，如此自卑，如此孤单，如此看轻自己。自从那个夜晚后，她失去了记忆，不知道自己叫什么。当别人再叫她的名字时，她口里应着，心里却在咒骂自己。

她一回又一回跌进噩梦，就像水从悬崖上跌落。

也许噩梦太久了。有一天，吴丽忽地发现自己已好几十天没来例假了。她意识到自己怀孕了，慌慌张张地去找指导员："指导员，怎么办？"

"没问题。"他再次奸污了她，然后告诉她，"自己找医院打掉吧。"

什么？流产？丢人现眼！我才17岁呀！吴丽的心崩溃了，她哭了，苦苦央求他和她一起去做手术。

"我怎能与你一起去？我是干部。"

"那我怎么办？"

她固执起来，撕扯他，可他却来了个一百八十度的大转弯，以空前绝后的陌生与冰冷说：

"我与你有什么关系？！"

"你这个流氓！"她不知哪来的勇气，扑上去使劲扇了他一个响亮的耳光，然后跑出了办公室。

她走回宿舍，朝一群女知青们抬起深深的忧郁的目光，有时眼里闪射出令人意想不到的怒火，好像她注定要创造惊天动地的事情似的。

她把东西简单拾掇了一下，照了照镜子，便出去了。

她在田野上胡乱地跑着，直到跑累了，瘫坐在胡杨树下。

天呐，天呐，上天呐，你怎么这样惩罚我！

她的心里布满了耻辱，痛苦像毒蛇噬咬着周身。

我活着，还有什么意思？死亡的念头突然攫住了她的神经：

她把腰带解了下来，做成了一个圆圆的环。

仍是没有月亮和星星的夜晚，一切是多么沉寂啊，该去了。

绳环在风中晃荡，像一个巨大的句号。

她一咬牙，把头伸了进去……

寂静的原野，黑沉沉的夜呵！

不知何处飘来一阵凄楚的歌声——

> 再见吧，
> 可爱的故乡；
> 再见吧，
> 亲爱的爹娘。
> 明天我就要走了，
> 去建设祖国的边疆。
> 妈妈的笑眼里迸出了泪花，
> 妹妹也倚在怀里直嚷嚷：
> 哥哥，长大我也要去，
> 做一个青海姑娘！……

歌声在回旋，绳环在晃荡。
黑寂寂死沉沉的夜呵，你看见了吗？
一朵鲜花凋谢了。

一切都不像是真的，可是吴丽真的死了。

在那个冰冷的早晨，在太阳未出的曙色里，两个女知青把这个小姑娘僵硬的身子揽在怀里，却不敢哭出声来——她已经很不幸了，再不应让活人的泪落在她身上。

她的眼睛鼓突着，嘴大张着，似在蔑视这个世界，又似在发着无声的抗议。

翻遍了她的口袋，竟没有只字片纸，没有一丝语言。

唯一能证明她的冤屈的，是那隆起的腹部，那个如今停止了跳动的心脏，那个致她死亡的毒瘤。

姐妹们面面相觑，半天才用手绢把她的脸盖住。

连长脸色铁青，一句话说不出来。

指导员的步子走得踉踉跄跄。在众人的目光里，他翻开小红书，念了一段语录，然后歇斯底里嚷道："小小年纪，同她父母一样，自绝于人民，开她的现场批判会……"

没有人响应。

连长沉默片刻，忽地雷暴般地吼道："咋呼个啥？人都死了，还开批判会？开你娘个屁！还是准备后事吧！不管怎么说，她是我们的姐妹，是个 17 岁的女孩啊！"

"你……"指导员丢了面子，浑身树叶般颤抖。

连长不管他，径自说下去："这事儿出在我们连，说不上光荣、伟大、正确！耻辱啊，耻辱！我是一连之长，我感到对不起大家！吴丽已这样了，还说什么呢？给她安排后事！天塌下来我顶着！"

众人一齐点头，赞同的目光朝向他。

连长吩咐道："靳明哲，你买具棺材，下午我们安葬她！隋福寿、贾思奇、朱佑民、于化虎，你们几个去选个地方，挖个坑，别管怎么的，把坑挖个方方正正，头朝东方，怎么的也要让小吴丽的魂回家去！"

指导员不知什么时候溜号了。

毕竟是姐妹们，感情是深厚的。几个女知青为吴丽擦了身子换了衣裳。几个男知青力气大，把吴丽入殓到棺材里。当棺盖快合上的时候，一个女知青拿来吴丽父母的照片轻轻放在她的怀里："妹妹，你回到你父母身边去吧！"

这话一说，姐妹们顿时大哭了："吴丽一家好惨哩，三口人全没了！"

吴丽没有什么遗产，除了一个小圆镜，一把胶木梳子，一盒护肤霜，便是一个红硬皮的日记本了。

日记是少女的心声，是她的心灵秘密啊！

一想到这儿，大家又手忙脚乱地寻找起来，想替她保存。可是，翻遍了抽屉，又哪里有影儿呢？

日记本失踪了。

姐妹们又哭了，她们一边抹泪一边咬牙切齿地骂："该死的，千刀万剐的！"

阳光惨烈地照在旷野上，到处晃动着白茫茫的影子。

没有风。没有鸟叫。大自然也似乎肃穆了。

该着送吴丽入土了。靳明哲已把大车赶了过来，但四个汉子却怎么也抬不动棺材了。

那棺材生了根似的，有千斤重，四个汉子全跌坐在地上。

女知青们见状，又一齐哭了。

陈玲率先哭出声来："妹妹，你冤，冤啊！"

这一哭，许多男知青也落下泪来，不由转过脸去，哽咽失声。

现场真是惨不忍睹。

黑黑的棺材呵，你盛载的是一个 17 岁的少女，还是一代人的苦难？是一个人的躯体，还是一群人的灵魂？

灵魂的重量难以负载啊，千年的冤屈万年的恨啊！

事情远没有个说法。恶人没有受到惩罚。小吴丽，不甘心啊！

男人们再次去抬棺材，并且在连长的指挥下，喊起了号子"一、二……"

然而，他们又一次失败了，跌倒了。

棺材纹丝不动。

隋福寿喊道："指导员来帮帮忙！"

指导员脸色煞白，连连后退，把王小龙朝前推："你上，你上，上。"

连长似乎无计可施，使劲吧嗒着烟卷儿。

贾思奇泪眼婆娑，喃喃自语，似朝死者，似朝众人说："小妹妹，我们的小妹妹，我们不会忘记你的……善有善报，恶有恶报，不是不报，时辰未到，时辰一到，一切全报……小妹妹，大家在为你送行，我们知你死得冤，可冤也得走啊！"

现场一片嘘声："吴丽，小吴丽……"

在众人的齐声呼唤声中，棺材竟然抬动了，放到了马车上。

有人想起什么，忽然叫道："日记本，谁拿了吴丽的，送来！"

"有这等事？人死了，却要拿她的东西！"归锉子愤怒了，站在马车上大叫。众人也一齐嚷嚷，大有闹事之态："谁拿的，交出来！"

不一会，卫黑皮从后面挤上前来，把那只红硬皮的日记本举得高高的："来了，来了，找来了！"

"谁拿的？"

"谁偷的？"

"什么意思？"

众人一片怒问。

卫黑皮直翻白眼："又不是我拿的，是领导让我送来的！"

肖红忽然说："会不会日记里少了什么东西？书签，照片，或是缺了页码？"

贾思奇和陈玲等人翻看了一下日记本，发现其中被人撕去了一页。

靳明哲叫道："做贼心虚！"

归锉子数落道："要想人不知，除非己莫为，撕去日记，能撕去事实吗？"

连长也火了:"做得太绝了!"

贾思奇上前道:"吴丽小妹妹,那撕去的页码是不可能要回了,但这事儿大家伙儿全明白,你放心地走吧,我们会为你做主的!"

众人一齐说:"好走啊,吴丽!"

马轻轻迈开了步子,载着吴丽的灵柩朝田野上走去。

黑黑的队伍在原野上蠕动。

炫目的阳光和雾气,把一切都淹没了。

远处,传来一声声狼的悲嗥,凄厉而悠长。

哦哦哦⋯⋯

裸 冬

草原上狼繁衍得太多了。它们开始成群结队,开始四面活动,开始划分地盘,开始为一头猎物或一个情侣展开殊死决斗,追逐,恐吓,撕咬,扑击,争夺,诅咒,讹诈,告密,出卖,敲诈⋯⋯时聚时散,时战时和,使那每一个日子都充满了爱与恨的回忆,罪与罚的记录⋯⋯

或许所有的生存者都一样,它们的空间就那么大,生活就那么单调与乏味,倘若没有一些滑稽与痛苦穿插其间,这生活便是永远的无意义,如同五色无味的白开水。

所以,青海生产建设兵团内部如火如荼的"斗私批修"也就开展起来——这对于整日面对戈壁与风沙的年轻人来说,至少可以暂时忘却外部环境而转入内心深处,而内心,这又是一个多么广漠的世界啊!

人的内心总是充满秘密的。每个人都希望了解别个心灵的隐秘并加以揭示或引导。然而,人呢,对自身之迹却时而大惑不解,尤其在旋风中,失去了把握。于是,在一些红色诱惑下,一个个毫不迟疑地亮出了刀子，剖切自己的内心生活，掘向那口深不见底的老井。

指导员就是空虚世界的发现者和引导者，他不止一次地在连里的点名会上进行动员：

斗私批修就要向党交心，亮开三线思想。

什么是三线思想呢？一线思想是大家都看得清的；二线思想是你所亲近的接近的人所了解的；三线思想是天不知地不知的，是内心世界的东西，灵魂深处的东西。

向党交心，就是要敢亮，打破一个"羞"字，去掉一个"怕"字，揭去一个"隐"字，树立一个"敢"字，使斗私批修上水平上台阶上境界。

指导员的动员真是深刻而又具体，八连知青们的理解力丰富而又生动。秋天过去了，冬天到来了。冬天是土拨鼠的日子，龟缩在洞穴里等待春天的到来。可是冬天太漫长了。干硬的砂砾，飞扬的尘土，无有安歇的刀子风啊，大雪，酷寒……对于蓬勃的年轻的生命啊，这一切怎么安然度过？

现在他们总算找到了一条排除灵魂冬季通向自我心灵的道路——把自己放在祭台上，血淋淋地解剖一下，洗涤一下，然后欢欢乐乐地迈入春天，重新做一个梦，一个如花似玉的梦……

以班为单位的"亮私"，便这样开始了。

第一个示范的是赵芳草。

她连本子也不拿，不紧不慢地亮思想：

我这人表面上风风火火、泼泼辣辣，实际上我胆小如鼠，怕遇风险，树叶掉下来怕打破头。这年月反革命这么多，咱们连揪出也不少，同坏人斗真像战争年代脑袋拴在裤腰上。我一个女同志，居然当专政组长，与坏人面对面斗争，熬夜不说，万一遇到亡命徒怎么办？我思想里有时怕，这个怕是个隐秘的敌人。怕什么呢，脑袋掉了不过碗大的疤，何况这是跟毛主席干革命哩！

我思想深处另一个私心杂念是进取心不强。虽说入了团，当了团支部书记，可我思想没入党。不想入是假的想入是真的，可总觉得标准不够，咱离一个真正党员差老鼻子呢！

全连就我一个女干部，我多么孤立，出头椽子先烂，枪打出头鸟，风言风语，我一个姑娘家真不容易……

亮着亮着，人们不明白了，她这是亮私呢还是表功，是主动揭丑呢还是洗刷自己？

不过，指导员充分肯定了赵芳草的"敢亮"、"善亮"、"会亮"，要求大家像她这样敢于攻"三线"，刨"深层"，放"隐私原子弹"。

靳明哲亮了一段不为人所知的经历：

"我和几个人曾偷吃了一头死猪。"

连队生活里，几乎见不到油腥子，每日不是大头菜汤便是烩土豆。靳明哲怎么开了荤呢？大家十分感兴趣。

靳明哲说：

连里那头百十斤重的黑种猪病死了，连长说病猪有毒，吃不得的，让炊事班埋到了地里。我听说后夜里睡不着，觉得太可惜了。唉，那是一头猪，百十斤，少说有四五十斤肉。我馋了，一馋就不顾一切了。我同几个知青把死猪挖了出来，剥了皮，剁成块，借一口大锅，在树林里炖了。我们吃了个快活，吃不了又叫来一些人去吃。吃完了我们还订了攻守同盟：这号事对谁也不要说。经过指导员动员，我思量这事不能瞒，该亮出来。

靳明哲这憨人亮了个吃猪肉的故事，馋得听众直流口水，放牧班的胥文学骂道：

"入娘，这好事儿咋不摊上咱？"

连长训道：

"胥文学，你当什么了？这是斗私批修！"

一说到"偷"字，陈玲想起吃蘑菇的事，也亮了出来：

连里一连吃了八天"忆苦饭"，我和几个女同志有点撑不住劲儿了。说白了：馋。馋是什么？资产阶级思想。

那天雨后，我和班长肖红到草原上玩，无意中看到一丛丛蘑菇，小伞似的，又嫩又白。我们就采了不少，回到菜园子，用脸盆放盐煮了两大盆，味道真不错。我们吃了个饱。我们违背了连里的规定，因为蘑菇是国家的，一草一木动不得的。现在想来，为什么偷吃蘑菇？还不是灵魂深处的坏东西作怪？事儿虽小，但针尖大的洞，会透进斗大的风，发展下去不可想象。

班长肖红站起来承担责任：

采蘑菇的事，责任在我，我是主谋，陈玲是协从者。而且，当天我一个人吃了大半盆子，午饭也没吃。我是一班之长，带了坏头。

于化虎亮了偷羊的事儿：

我喜欢吃羊肉，我同陈一丁、李云飞几个人密谋偷羊。我们不偷本单位的，专偷哈萨克的。

哈萨克的羊群在野外过夜，有狗看护，不好下手。白天我们侦察一番，发现牧民哈孜·牙里奇养的是只公狗。我们就到格尔木买回一只小母狗。那狗老实，听话。养了些日子，便在黄昏时带它去闯羊圈。

公狗见了，叫起来，汪汪汪！我们连忙放出小母狗。那公狗见了母狗上去就亲，又扑又舔，不一会儿就交上了。狗一绞上半小时不下来。我们进了羊圈，拿刀捅死两只羊，背起就跑。

等到我们开始煮羊肉时，母狗也回来了。我们奖励它吃羊腿，羊肠。它同我们配合不错，几乎回回得手。

这回动员教育，我们觉悟了，决定洗手不干了。我们把母狗杀了，吃了。我们对过去的事很后悔，我们请求批评，请求处分。

青岛知青黄兴亮了"做人情"的事。

陈炳坤与于华因为反对领导，被关进笼子，放在野外。那夜特别冷，我估摸有零下 20℃。我怕陈炳坤冻坏，便拿了自己的大衣送去，还用自己的津贴给他买了一瓶烧酒，一条饼干。我之所以这么对他好，是因为我俩是把兄弟，我们一块儿偷过鸡号一只鸡。

那是去年秋天的时候，一只公鸡跑到我屋里，我同陈炳坤便逮住拔尾毛，想做掸子。拔呀拔呀拔光了。后来他一用力，把公鸡掐死了。我们俩在野外煮着吃了……

这个冬季确实紧张，火爆而又充满焦虑与恐怖，但也意义非凡。斗私批修成果卓著，连队亮出了不少问题。

事后有关人员分别受到了处分：

靳明哲，严重警告一次；

陈玲、肖红，各警告一次；

于化虎、陈一丁、李云飞，各记大过一次；

黄兴，开除团籍，留连察看……

"亮私"者给未"亮私"者造成一种无形的压力，他们惶惶不安。

李芹思想斗争非常激烈。她曾做过一回梦，梦到和肯尼迪结了婚，这有多荒唐！

这事儿亮不亮呢？她拿不定主意。亮，不是让人笑话？可是不亮，岂不是不向党交心？何况同肯尼迪结婚是什么性质的问题？你想当杰奎琳第二，那还了得！

李芹是个十分单纯的姑娘，为人直率，胸无城府。她有点崇拜指导员，听他动员亮"三线"，觉得也该表现一下对党的忠诚了。

于是，在一次亮私会上，她把那个梦说了出来：

也真是该死！我怎么竟同肯尼迪结了婚，而且还坐的轿车，披的婚纱，在教堂里举行的完婚仪式……

工作组长刘成辉吓了一跳：一个女孩儿做梦都想和美国佬肯尼迪结婚，这说明她灵魂深处反动透顶了！

他用陌生的眼光仔细打量这个面目姣好，性格爽朗的姑娘：唉，真是人不可面相，水不可斗量，李芹啊，真是灵魂不见天！

从此，几乎所有的人都同她疏远了。

有时，她想与别人说个话，对方马上摆手："别放毒。"

她要是对谁笑一下，对方马上说："给肯尼迪献殷勤去吧！"

干活时没人同她搭伴。锄地，别人有说有笑，她呢，被冷落在一边。

唯一的知己她认为是指导员，因为她同他毕竟有那种关系。

可是，自那回"亮私"后，指导员对她也爱理不理的了。

李芹的性子突然变了。她变得木木愣愣，沉默寡言。

一种犯罪感像梦魇压在她心上。夜里，女伴们常常听到她在梦呓中自语：

唉！我怎么会爱肯尼迪呢？人民公敌头号坏蛋呀！

一个星期六的下午，指导员与刘成辉找她谈话了。

指导员说："李芹，我们把你的材料上报了师部，上级念你出身不错又是坦白交代，只给予团内严重警告、行政记大过处分。照顾你的面子，处分决定只装袋子，不向全连宣读了。"

刘成辉问："你有意见吗？不服可以申诉。"

李芹哭了，同时求救似地望着指导员："我只是糊里糊涂做了个梦，梦又不是我自己要做的，而且梦也不是真的，怎么就给我这么重的处分？不是亮三线、表忠心么？怎么倒成了自掘坟墓，自取灭亡？"

她越说越激动，两行委屈的泪水小溪样往下淌。

刘成辉黑乎着脸站起来训她："怎么，不服？梦不是真的但是灵魂的大暴露呀，真成了肯尼迪老婆不给中国人丢原子弹呀！"

指导员说："别哭了，别哭了，不是处分不公布，给你保密嘛，你哭闹什么！"

李芹的情绪慢慢平静下来，捏着衣角走了出去。

胥文学的亮私使工作组在整材料时为难极了。

三十七八岁的胥文学是个老光棍，但又成日想老婆，他因为想女人想得都快疯了。

放羊时，他久久注视那头发情的母羊，忽然丢下鞭竿扑了上去……

在亮私会上，胥文学骂自己很下流很卑鄙。大家也对他的不耻行为进行了严肃的帮助。

连里决定给胥文学记大过处分。可是在起草文件时，指导员和工作组组长头疼极了。

指导员搓搓两掌，又掰掰指关节："文书，你拿笔记，'关于胥文学生活作风问题的处理意见'。这话妥不妥？"

刘组长始终站着，目光炯炯，每句话的结尾都伴随着手势。他的手腕像女人一样柔软，他摆动起手指来姿式细巧，上下起伏，令人想起印度的耍蛇人："不，不通。生活作风一般指男女关系，他与羊不属此类。应该写'关于对胥文学腐化错误的处分决定'。"

指导员转过身踱起步子："刘组长，这也不通啊。腐化？不也是对人的概念吗？可以改为'关于对胥文学错误的处分决定'。"

刘组长皱起眉峰，若有所思地说："这也不成。标题上没有错误的内容和性质，既不一目了然，也不符合拟定文件的要求……他妈的，该用什么词呢？错误好犯，措辞难择，决定难写，处分难下，真是真是，这什么事儿啊？"

指导员的两手指由下巴滑到两腮，不时地抓过报纸的夹子，夹下一根又一根胡子："这灵魂深处的革命太复杂，中央也没红头文件，真不好下手……"

琥 珀 泪

菜园班的许秀凤是个矮矮黑黑粗粗拉拉还满脸雀斑称之为"丑女"的姑娘。

许秀凤不喜欢穿戴，几乎一年四季穿那身黄军装，梳两只硬硬的直直的"刷锅把子"。她有点儿内八字腿，所以从后面看，她走路的姿势就像一只企鹅。可是，当这个"企鹅"在会上放出一颗"隐私原子弹"后，所有人都目瞪口呆了。

她说："14 岁时，我就同一个男人发生过'关系'。"

对于"关系"一词，可以有多种解释：交朋友，拉近乎，谈恋爱，过分亲昵，色情，鬼混，走后门……

班长说："秀凤，你既亮私，倒要亮彻底亮清楚呀，是谈恋爱还是别的什么？"

许秀凤说："我同他有过两性关系。"

班长说："两性关系，可不可以讲明白些，比如……"

许秀凤说："我同他发生过肉体关系，我已经不是处女了。"

大家用诧异的目光望着她，如同审视一名天外来客。

在众人惊愕的目光中，许秀凤说出了一段事实：

上中学二年级时，我也就 14 岁左右。有一天下午放学回家路过军管会办公室门前，那个武装部的小伙子把我叫住了。我说，叔叔，什么事？他二十七八岁左右，我认得他。他说，坐会儿，我问你一个事。我进了门，他便把门关上，拿出糖给我吃，问道，秀凤，你们校开展学雷锋做好事活动吗？我说，是啊，老师讲了。他说，那好，有件好事你愿不愿做？咱俩好好配合，一块儿学雷锋，一块儿做好事，一块儿乐呵呵的。我听了很激动地说，我学，我做。他亲切地搂紧我又吻又摸，说我们的友爱要像春天般的温暖，夏天般的火热。我有些懵懵懂懂，觉得世界上还没有这么好的人待过我。我家姐妹多，生活条件差，妈妈脾气暴躁，爸爸也常打我。所以，当他说很喜欢很爱我时我晕乎了。后来，他便把我衣服脱光，要干那事，我试图反对，反抗，但我太小，没主意，也没力气，像个小麻雀被他捉住，做了那事。之后，他给了我钱让我去买点心吃。以后，他叫了我几回。我同他发生了不正当关系。这是 8 年前的事了。

许秀凤亮出私后，班长叫大家保密，又单独向指导员作了汇报。

指导员很兴奋。在晚点名时，他表扬了许秀凤敢于亮私向党交心的精神，并当场批准她为"五好战士"，发了红皮证书。

一个不惹人注意的老实疙瘩，突然成了新闻人物，全连震动了。私下里，大家都在作种种猜度，因为指导员并未公开许秀凤的"亮私"内容。

有人便到菜园班去打听，但一个个守口如瓶。

这一来，许秀凤更神秘了。

但世上没有不透风的墙，大家还是搞到了新闻。

秘密是指导员在连干部会上说出去的。

当时有个值日的知青碰巧在门口听到了，便传播开去。

消息越传越广，并且添油加醋，传到后来许秀凤成了"流氓"。

于是，谁见了她的面便不再叫名字，而称"五好战士"。

事情整个儿地乱了套。许秀凤怎么也想不明白，本来她是作为"揭丑"、"斗私"而在冲动之下说出自己的隐私的，她想这事儿早已是过去的事，讲出来也无非是表一表"忠心"，哪里想过会评功得奖呢？

当接到"五好战士"的大红本子时，开始她是激动的。她为自己拥有了一份荣誉或者说一份鼓励而高兴。谁不追求思想的进步啊，谁不希望扫除精神上的灰尘啊！在最初的一周里，她甚至想写信告诉家里人，想为这事儿开心地唱支歌，想手持那"五好战士"证书照张相纪念纪念。然而，没有多久，她便发现自己拥有的不是荣誉而是一份耻辱。

她是从一个个叫她"五好战士"的绰号意识到的。一个人怎么会失去名字呢？在那些捧场、恭维、戴高帽背后，是轻蔑、鄙视、嘲笑和不屑一顾，是拿她穷开心！

她忽然醒了。天呐，我做了什么事？我出卖了自己，我侮辱了自己，我被人看得不值一分钱了，我连姓名也丧失了，何况人格？

人一旦梦醒了是很痛苦的。说出的话落过的雨，要收回是不可能的了。唯一的选择便是"既已如此就如此"吧，既然亮了"私"那就追求进步，就作个心地透明的好人——退一万步说，那时我14岁，懂什么呢？我连月经都没来，我懂什么呢？

令她成日尴尬和压抑的是那"五好战士"的荣誉，政治好，思想好，品德好，工作好，作风好，"五好"是五个方面，五只指头伸出有长短，"五好"却是要齐头并进的，我不配呀！我够哪一条呢！

于是，她怕听到"五好战士"的称呼，也怕触到那审视"五好战士"的目光，当然更怕人们议论她的"14岁"。她觉得人整个儿地失去了平衡，面临着"荣誉"与"传闻"的双重压力，心里头终日十五个吊桶打水——七上八下，恍恍惚惚，渐渐地有些自卑，有些恐惧，也有些磨磨叨叨的了。

"唉，我算什么五好战士呢，我哪里够格呢。"下工路上，许秀凤对陈玲说。

"没事儿啊，当总比不当强啊。"陈玲说完，趋前两步，走了。

李玉琴从后面走了过来。许秀凤见状，又走去对她说："唉，小李，我算什么五好战士呢，我出过丑事呢。"

李玉琴安慰道："别老想这些，好好干，对得起党就行啊。"说完，她也快步走了。

"唉，我算什么五好战士呢，"许秀凤满肚子话要说，逮住了康兴全，"老康，你说怎么才能够格？"

康兴全脾气耿直，加上对她那档子事不感兴趣，干瘦的腮帮子抽动几下，迸出一句："说你够格就够格，老叨叨什么呀？"

许秀凤见没人理她，不好意思地落在了后头，心里头那个懊恼，颓丧啊！

连里人见她有了这么个毛病，一见她便躲，实在躲不及便用言语把她支使开，有的甚至"臭"她几句："好啦好啦，没空听你那破船烂咸鱼的事！"

许秀凤于是变得孤独起来。

没事的时候，大家常常见她拿了一张小板凳，坐在白杨树下，头枕在膝盖上，手却在地上乱写乱画。

她的心里有那么多解不开的疙瘩驱不散的雾障。

她多么希望有个听她倾诉的对象，倒倒心中的苦水啊！

那天傍晚，许秀凤到鸡号去了。

"什么风把你这五好战士刮来了！"班长周文英与她是同乡，平时也挺谈得来，见到她照例开玩笑。

"看看看，你说到哪儿去了。"许秀凤脸红了，有点语无伦次。

周文英问："秀凤，你怎么有空来玩？"

许秀凤说："我来还你一根针，缝被子时借的。"

"嗨，什么大事？"周文英责怪道，"瞧你，这个屁大的事儿也放在心上。为一根针跑这么远的路，划得来吗？"

"一根针是小事，思想出错是大事。"

"这倒是。"

"人呢，就要严格要求自己。"

"难怪你是五好战士。标准高着呢?！"

一提"五好战士"，许秀凤感慨万千："嗨，什么五好不五好的，我差远了，不够格，惭愧！"

周文英安慰她："你能狠斗私字不简单嘛，连里不是给你家里都发喜报了？"

许秀凤含混的目光掠过一丝转瞬即逝的笑意："唉，我给二老争了荣誉也给二老抹黑了。我不知自己什么时候够格。"

周文英见她忧郁伤心，连连安慰她，"秀凤，你够了，够够的了。"她见鸡号的马灯没油了，便说："小许你坐会儿，我去一会儿就回来。"

许秀凤生气了："我想同你谈谈心，你倒不理我，你这好朋友也瞧不起我了。"

"哪儿的事？我真的要去领油，没油没灯，又在野外，这夜里怎么过？"她径自走出门去，碰到男知青陈一丁，便央求他给打油，说："我有客人，秀凤在这儿。"

陈一丁说："好吧，我去，你回吧。"

周文英回转身来，却见屋里没人了，许秀凤不见了，便大声喊起来："秀凤！秀凤！"

她想到许秀凤今晚情绪异常，便赶忙找她，碰到刚从厕所出来的赵狄，便问："秀凤在里面吧？"

赵狄说："没有。"

"怪哩，一眨眼人没了。"周文英很着急，从屋里拿出手电筒。

正巧，陈一丁提油回来了，她连忙拉了他往鸡号西边高台上的战备井去找。

他们爬了上去。小屋里空空如也。天全黑了，荒原上笼罩着一片恐怖的气氛。

空气特别干冷。正是腊月时分，滴水成冰的季节。

陈一丁冲屋里喊："秀凤，秀凤。"

没有回答。周文英用了电筒去照。

就在这时候，他们听到"咚"的一声，一个沉重的东西掉进井里了。

不好！两个人立时跑到井边，只听到井里翻腾着一种异样的响动。

不用说，是许秀凤跳井了。

周文英急得在井口大哭起来："秀凤，秀凤，你什么事想不开，要这样做啊！"

陈一丁急了："别哭了，快想法救人啊，我来淘水，你去叫人！"

赵狄赶来了，听说了情形撒腿就去叫人。

周文英和陈一丁操起大铁桶，摇动辘轳把，使劲往外淘水。

井太深，桶太沉，再加上腊月天绳子上结满了冰，淘出四桶水，他们已气喘吁吁，疲惫不堪了。

　　他们绝望地压住轱辘把，生怕井桶落下砸了秀凤。

　　鸡号马号的人都来了。

　　众人压住轱辘把，陈一丁飞快地脱掉衣服，坐着井桶下到井底，上面的电筒光柱照下去，只见许秀凤在水里沉浮。

　　陈一丁用力把许秀凤抱起来，装进了大水桶。

　　上面的人一齐用力，许秀凤捞上来了。她的脸儿煞白，棉衣湿透，大头靴像个小葫芦，而结了冰的小辫直直的，像两根木棒。

　　"秀凤醒醒，醒醒。"周文英嚎哭着叫她。

　　许秀凤已不能说话了。

　　人们七手八脚给她脱了衣服，捂上被子，用马上车送往医院。

挽曲一支谁人知

张 卫

●老子今天崩了你 ●假手榴弹吓退真强盗
●爱上他的阳刚气 ●神婆施术，打胎致死 ●墓碑
杳无踪影 ●世事如此苍凉

> 塌陷的墓穴里长出一蓬翠绿的新竹，
> 婆娑摇曳在阳光中，飒飒轻吟，如一曲
> 没有休止符的挽歌。
>
> ——作者

"和尚"大名王建国，在学校时就是小有名气的"歪人"。那时，他常剃个光头，架副墨镜在校园里耀武扬威地转悠，不少人都悚他。当时我们男生中流传一名谑语："大刀提劲，白沙（光头）忘命。"意思是只有那些剃了光头的毛头小伙才是敢冲敢打的角色，而那些惯于舞刀弄棍的家伙不过是吹吹牛皮、提提虚劲。和尚听后愈发得意，头皮刮得更亮，教师们见了他没有不喊头痛的。

下兵团后，不信邪的现役连长就狠狠地刮了和尚的"胡子"："兵团战士怎么像土匪一样剃个光头?!"并命令和尚蓄发。和尚不敢犟，就蓄起了寸头。头皮虽说不再光亮了，但他那种天生的野性却始终没法收

敛，常外出打架，今天这个连，明天那个营，十处敲锣九处有他，直到被营长亲手抓住，才革掉了他的锐气。

那天在戛洒赶街，和尚为争鸭子和一个上海人吵起来。知青们赶街的目的就是想买点傣人的东西改善伙食。傣人的东西有限，家禽更抢手，先来后到者的争执便是常事。活该那日要出事，两人都是血性汉子，宁肯输脑袋也不愿输耳朵，吵了几句就动起手来。上海人打架较文雅，只动拳头，和尚却顺手抄起地上的扁担乱砍，打得上海人头上冒了烟（出血）。这一切，全被也在赶街的营长看见了。和尚取胜后，倒提着鸭子得意洋洋往回走，岂知那上海人也不是好惹的货，他在营部武装排当班长，受此大辱，哪肯消受？一怒之下，回去抄了杆步枪就去撵和尚。营长情知不妙，骑上单车跟着追。上海人撵上和尚后，枪栓拉得哗哗响："小赤佬，老子今天崩了你！"和尚哪吃这套，拍着胸脯喊："龟儿子有种的朝这里打！"双方剑拔弩张，一触即发。营长抢上前去，一耳光把上海人掀翻在地，然后把两人押回营部，关了禁闭。

这一关就是半月。白天他们在烈日下打土坯，晚上写检查，两人都被弄得半死。营长也懒得料理，临了，才问一句："今后还打架不？"两人都抽风似的直摇头，连声说再也不敢了。

和尚回连队后，果然再也没出去打架，干活也很卖力，天天早出晚归，浑身汗水淋淋，大伙都说他变了个人似的，连长也常常表扬他。然而，谁也没料到更大的祸事在等着他。

或许，这也怪他自己对男女之事醒得太早，终究在劫难逃。当时，和尚看上了一个姓李的女生，那女生人蛮漂亮，性格也泼辣，大家都称她李姐姐。心高气傲的李姐姐当然没把刚刚才"改邪归正"的和尚放在眼里。和尚就发扬愚公精神，每日"挖山"不止，但仍未感动"上帝"。

　　不久，知青们就邀约着回重庆探家了。和尚一路对李姐姐关心备至，两人关系仍没大的起色。直到由重庆返回云南路经思茅，一件偶然的怪事，才促成了他们的好事。思茅是昆洛公路的重要枢纽，南来北往的知青都要在此歇宿，当地知青就纠集成伙，去车站旅社沽吃霸赊，因过往者大多住一宿就走，强人们便屡屡得手。那一天，和尚同李姐姐歇边城旅社。天擦黑不久，和尚正与李姐姐闲侃，门外忽然撞进四条汉子，用火药枪把他们逼住。李姐姐吓呆了，和尚倒还沉得住气。为首的汉子开口道："兄弟，我们还没宵夜，想借两个钱使使。"和尚一笑："都是四川人嘛，好说。"就递过去 20 块钱。强人们嫌少。其实那年头这笔钱差不多是我们一个月工资了。看着这帮得寸进尺的家伙，和尚也动了气，就说还有点钱在提包里，说罢从床底拖出个旅行袋，摸索半晌，猛地扯出颗手榴弹，霹雳般发一声喊："缴枪不杀！"四条汉子顿时傻眼了，怔怔盯着那只拉牢弹弦的手，不知所措。"要么缴枪还钱给老子滚出去，要么同归于尽！"和尚继续怒目金刚。强人们看看无奈，说一声"你兄弟有种！"扔下钱退了回去。

　　这一切，全被吓得屁滚尿流的李姐姐看在眼里。回连队后，两人关系就超乎寻常地热火起来。其实，促成他们好事的手榴弹是个哑子，那是和尚的哥哥当红卫兵搞武斗时留下的，和尚把它背回云南，扔到鱼塘里炸鱼，结果没响。然而李姐姐既然已感受到男性阳刚之气的震撼，就身不由己地向对方敞开心扉。饮食男女，正值青春期，终于做下那桩事。后来，李姐姐怀孕了，两人都慌了神，又不敢去团医院做手术，因为被发现后要受通报处分，他们就暗地托人，与五营的一个神婆搭上关系。据说那神婆打胎很有经验，为不少知青解决过燃眉之急，只是收费颇高，先要缴 50 元，事完后再缴 50 元。和尚和李姐姐就提了礼品送去，千恩万谢后，神婆将李姐姐带进屋里下了药。事毕，神婆告诉和尚："胎儿有些大，我药下得足，回去后妹子可能想睡想吐，但问题不大。"那天正好端午节，神婆还送了串粽子给他俩。回连队当夜，李姐姐呕吐不停，虚汗不止。和尚开始没怎么在意，后来见李姐姐昏死过去，嘴唇乌紫，才慌了，赶紧设法把她送到团医院。一上手术台，医生一边抢救，一边让护士催和尚讲病因，和尚竟木讷无语。待医生检查后明白过来，已无回天之力。李姐姐终因用药过重，死在手术台上。听说，那药里含有很大分量的水银。

李姐姐拉回连队后，我去看了，其状惨不忍睹，全身浮肿，肌肤发黑，赤着一双脚，穿一套蓝色的劳保服，停放在文化室的乒乓桌上，我们大伙连夜赶制花圈，又连夜通知全营所有本校的同学。第二天出殡，男同学抬棺材，女同学拿花圈。我们把李姐姐埋在一座叫六班岗的山坡上。连长致悼词时还颇费了一番斟酌——"李某某同志不幸因病去世，时年21岁。"听得大伙心里酸酸的。整个过程中，和尚没说一句话，也没流一滴泪。下葬时，大伙都没经验，放进棺木后，只是将浮土刨进墓穴，没将土夯实，结果雨季一到，墓穴就给雨淋塌了。

埋过李姐姐后，和尚大病一场，人变得苍老憔悴。不久，公安局将他逮捕，判了7年刑。

过了许久，我上山劳动经过六班岗，才发现李姐姐的墓早已荡然无存，墓前那块专门朝北而竖的墓碑也杳无踪影。塌陷的墓穴里长出一蓬翠绿的新竹，婆娑摇曳在阳光中，飒飒轻吟，如一曲没有休止符的挽歌。

许多年过去了，在重庆熙熙攘攘的闹市街头，我突然看见和尚。他与一个漂亮的女人牵着个小女孩，正说说笑笑穿过马路。这个情景，蓦地使我感受到一种透彻肺腑的伤感和苍凉，生活是多么严酷而又充满了温馨啊！望着和尚那幸福的背影，我终于打消了前去打招呼的念头。

归途已断

王川娅

●憧憬西双版纳 ●全家五知青 ●好哭姑娘
●视爱情为罪恶 ●少女的莫名恐惧 ●恸哭失知音
●荒唐岁月中的历史现象

> 那是一个视爱情为罪恶的年代，是
> 男女绝对授受不亲的年代……
>
> ——作者

一份简短的启事，由一位云南知青之手交给我的母亲，再由我母亲交至我手中。那天是我在重庆度假的最后一日。

启事是《云南农垦》发出的，要那些曾在云南的支边青年写一点过去生活的回忆。

我默默地面对这份启事，灵魂中电闪雷鸣，撕拆开的竟是心灵里一份轻易不启的珍藏——关于一段青春岁月，一代人的生活的永恒的记忆。

然而，我迟迟下不了笔。因为我曾先于许许多多人离开那片诱惑过我又让我恨过、被我爱过又哭过的丛林和土地。因为我比同行的知青幸运。

是的，我是幸运的。我的履历表上永远记载着这些经历：1971年3月作为重庆知青赴云南生产建设兵团一师六团十营，在连队和营部卫生所担任战士、卫生员。1973 年 10 月被推荐读书，自考，当过护士，大学生、研究员、助教、讲师……

面对那些交付出灵魂和肉体而长眠于那块土地的知青，我幸运；面对那些如我一样渴望知识却因种种原因而失学的知青，我幸运；面对那一待就是 8 年甚至更长时间而把人生最美好的岁月交给那片热土的千千万万云南知青，我幸运。

或许机遇过于垂青于我。但是，如果良知并不因这垂青而颤抖，我又有什么理由不与我的同行者们一道来审视这段历史？我又有什么理由要回避自己的过去？于是我让灵魂翻腾，搜寻如水的以往，于是我在这以往中发现了我与千万知青一样的天真，一样的纯洁，一样的豪情，一样有过的可泣的年华和岁月。

于是，我提起了笔。

一

西双版纳是我少年时代的梦幻和憧憬。大约小学四年级，我因病在家休学一月。妈妈有张借书卡，于是我隔天就跑图书馆，吃完药就看小说。当时看的全是国内小说，像《过年》、《迎春花》、《风雷》之类。看了很多书，不很懂，却模模糊糊记下了不少东西，老想长大了离开家，去过书上人的那种生活。而当时最想去的竟是海南岛和西双版纳。海南不知是从哪本书来的印象，又知道它是蛇岛，因生性怕蛇，怕动物，那地方是不敢去的。西双版纳的印象从一本描写一群支边青年的小说《边疆晓歌》里得来的。记不住他们是怎样生活的，记下的全是西双版纳有条澜沧江，江边有沙滩，滩上常可以拾到孔雀毛（这可能就是我对孔雀坝的理解）。隔江便是国外，我们和外国相对遥望，神秘而友好。

我不知道这印象来自书还是来自我的想象，反正西双版纳成了我心中勾勒的极美丽的一幅图画。

小学五年级"文革"爆发，学校关门，叫做"停课闹革命"。尽管父亲"文革"之初便被斗被抓，我依然少不更事，跟着人游行，疯跑。书自然不会再看了。直到1969年，因积压了一大群不能读书的小学生，而一次性地送进中学。

1971年春天开学不久，传来消息是云南要在重庆招一批知青，是去当兵，地方又是西双版纳。简直是在一念之中作出的决定：去那里！回家告诉母亲，她也同意。因为她身边连我有五个知青，三个哥哥第一批去了川中农村，姐姐因高度近视暂缓在家。如果不去云南，我也很快要下乡，女的到乡下，妈妈放不了心，倒是兵团正规，去那里也好。这是妈妈的话。

自己决定了，家里同意了，下面的担心便是出身不好和年龄未到。父母早年革命，1958年父亲却成了极"右派"。尽管1961年摘帽，但还是"摘帽右派"。中学时，我最害怕的就是填表，一填到出身栏就心慌。好在还有一个同样早年革命的妈妈，所以只好闭着眼睛填"革干"。但心虚得很，怕人家查到爸爸，说我隐瞒成分。其实到西双版纳我私自的另一想法是躲开这类填表。另外当时报名要求16岁，我还差两个月，这也成了我的担心。央求再央求妈妈，求她去找班主任，妈妈去了。不知她说了什么，我十分顺利地得到了通知。

当时说是兵团，就是部队，就是当兵。接到通知没有军装，很让我失望一阵，听说要到部队才发，心里又有了希望。

我一直都以为，这次到云南只是一次出远门，所以告诉妈妈不要买箱子，就带一个旅行袋好啦，母亲自是不理会我，说不知哪天才能回来，当时的我既听不出这话的伤感也没有自己的伤感。当妈妈与姐姐拿着"知青购物券"张罗着为我买日用品时,我却焦急地盼着那一天的到来——我将展翅飞向天地之间。

1971 年 3 月 6 日,在敲锣打鼓、披红挂绿的光荣之后,火车开动了。就在这汽笛长鸣的一瞬,我仿佛才意识到生离死别、浪迹天涯的惊心,而放声嚎啕。车窗外,妈妈姐姐哥哥跟着车跑了好一阵。

二

其实西双版纳只是我心中一个极抽象的概念,我们并不知道我们的目的地在哪儿,甚至都不清楚我们去那里干什么。种橡胶?怎样种?不知道。就这样糊里糊涂地经过两日火车,四天半汽车的折腾,终于到了西双版纳一个叫勐捧的地方,那里刚刚组建了几个营。我被分到十营一连。一路风尘,睡地下,睡单铺,到了连队,我最满意的是有了一张连腿到板都是竹做的床以及流经我们连队的一条小溪。对茅草盖顶、竹笆作墙的草房也觉得新鲜别致。

连里安排学习三日,学到第三天,大家耐不住了,要求参加劳动。一人领了一把山羊牌的扁锄,由连长带我们去锄花生地。刚锄不到一小时,我的腰就痛得直不起来,想着以后就这样痛下去,眼泪就直落。以后接信也哭,写信也哭,劳动也哭,那一两个月,倚着自己年龄最小,我成了连里闻名的"好哭者"。

记不清是到连队的第几天,连里安排我们与老战士站岗,两人一班,一岗两小时。我是同我所在排的排长值一个班,他是退伍军人。我相信排长是第一次与一位城市姑娘同站在月夜里,他显得很高兴。先是鼓励我安心边疆,以后又谈及我的家人,他也谈到他的老家,再后来,我模模糊糊地听到他说什么找朋友、介绍朋友之类的话。我弄不清他的意图,或者说也根本不去弄清他的意图,而是听到这类话就害怕。那是一个视爱情为罪恶的年代,是男女绝对授受不亲的年代，是谁提到男人和女人便会视为流氓、资产阶级腐朽思想的年代。何况我还不到 16 岁，第一次听到一个男人对我说这些。我不仅恐惧而且还要防备，当时唯一的想法就是赶快下岗，我连连问排长，到时间没有，排长谈兴正浓，说晚一点没关系。在我不断的催促下，排长才去叫下一岗的人，我们多站了半个小时，我惊恐万分回到宿舍。这些话是不能讲给别人听的，又怕排长对我有什么企图，又想到以后便在他的手上，我肯定要吃苦头，越想越怕，以后在很长一段时间，我不敢见排长，大概排长也对他那天晚上的失言而不安，他对我也回避和冷淡，却没有加害于我。

然而今天，当我经历了许多人生沧桑，再回想 20 年前的那一幕，我觉得一切都真实而自然。一位曾长期生活在军营和丛林，整日与单身汉厮混的男人，终于有一天同一位城市少女站在同一个冰清玉洁的月夜里，这月夜、这少女一定给了他很多生命的感动，使他敢于把最深的人性渴望诉说给这位少女听。但在那个年代，他的渴望不仅得不到理解，反给这位少女带来迈出人生的第一个恐惧，排长是肯定不知道这后果的。不过，现在我要告诉他，我不仅完完全全理解了他，而且我说那一夜、那一班岗其实也很美。

从此，我开始带着恐惧生活在排里，总怕排长会陷害我。因我当时是全连最小的知青，又好哭，娇娇弱弱，连里决定让我去煮饭，我才松了口气。也正是这娇弱文静给我带来运气，指导员的爱人是营部卫生所医生，在厨房见到我，便问我愿不愿当卫生员，我当然愿意，更远地逃离排长，我觉得轻松。

三

卫生所生活是我新生活的开始。

那段生活最让我感兴趣的是制中药针剂。我觉得那是在极其恶劣的生存环境中自己热情和智力的难得发挥。不知是经费还是政治原因，当时十分提倡用中草药。卫生所所长是医学院毕业的大学生，他带领我们全所采集中草药，然后再制成药片、药丸与汤药。以后他看到有提取中草药制成针剂的报道，他便把这个任务交给我。

在一间竹笆房里，所长与几个男卫生员用塑料薄膜在房里围了一层，这便是我制针剂的隔离房，于是我开始像巫婆一样整天围着一堆草药转。先熬成汤药，然后用酒精提纯，再蒸馏，将蒸馏出来的精华用极细的漏斗过滤，再装入小玻璃瓶里，用酒精喷灯封口。

当我写下上述过程时，我惊异时隔多年，我对针剂的制作过程有着如此完整的记忆。大概是因为那是我创造性的劳动。我是在无人指导的情况下，仅凭几本资料一道道工序模仿，再总结，再试制，那是无数个没有白天黑夜，没有上班下班、休息睡眠的日夜；我整日整日地关在这不透气的房里，炼制"精丹"。当一堆堆乱糟糟脏兮兮的草药在我手上变成黄澄透明的液体而注入人的身体，我觉得自己变成了魔术师。

其实我并不知道这类药水究竟有多大疗效，因为没有任何检测手段。我只能从我自己的身体反应了解到它有无不良反应，关键是注射后局部有无红肿和化脓。每副针剂制成后，我总是第一个被注射者。只要在我身上通过了，医生便可以开出处方给别人注射。当年省慰问团来我营慰问，我的针剂被作为重庆知青成果的献礼。

那时刚去不久，知青还属于适应阶段，对前途的考虑并不是很多。我觉得做这类事，既有不负领导信任，为边疆建设作贡献的热望，又有一种犹如智力游戏般的娱悦。这不是每个人都可以做出的事，因此，我觉得自己在创造、在发挥自己的才智。这使我忘记了我生活在极偏僻极落后的角落，忘记了所有的艰难。其实人生是什么？人生不就是一次次的选择。人的最大自由不就在于人能够选择到适合自己的生存环境以及适合他工作、说话、娱乐、恋爱的生活空间。在西双版纳，在千千万万知青被迫从事他们不喜欢的劳动时，而我却意外地被指定到一个相对适合自己天性的位置，这是我的一份幸运。也许所制出的针剂毫无意义，但却是我的一项创造。

四

卫生所是个开放单位，凡是到营部有事的人，一般都会到卫生所拿点药。在所有人中，我最注意的是三位北京知青。

他们是北京 55 人中的成员。还在连队就听说北京 55 人的故事。说是红卫兵串连时，有 55 名北京知青来到西双版纳，可能是兵团初创的艰苦以及当地的贫困吸引他们，回到北京向周总理写了血书，据说总理曾接见他们，然后他们在总理面前表达决心，扎根边疆，建设边疆，又到人民英雄纪念碑下宣誓，就这样壮志凌云来到边疆，而且他们中多数是高干高知的儿女，在边疆个个表现突出。就是这些片片断断的传言，已使我对他们好感强烈。我们营的这三名北京知青两女一男，一位年龄大的在营部小学当校长，另一男一女在不同的连队当副连长，那时风传他们正在谈恋爱。

而我们重庆知青到兵团不久，又来了一批上海知青，其中不少是老三届的回乡知青，文化素质很高，营部的一位宣传干事就来自这群人中。

他姓蔡，我至今都认为在男人中他应属于英俊之列。一米八的高个，眼睛大大的，常常穿一件蓝色的运动上衣，袖子挽得高高，让人觉得他斯文也自在，加上一手漂亮的文章、漂亮的字以及美术才能，他成为我们营的秀才。

就在我要离开兵团去武汉上学的前几日，蔡竟然染上重病，高烧不退，陷入昏迷，在送往团部医院的途中逝世。诊断为"脑型疾病"。

听说蔡的遗体运回，我赶去营部，校长早已哭成泪人，不住地说是她克了蔡，旁边许多人劝她。后来我听完了这个故事：

原来蔡狂热追求校长，但她因种种原因而没有马上答应。我相信她肯定也是爱他的。因她并没有拒绝，只说要征求北京父母的意见。那是一个星期六的晚上，小学一间竹笆教室，一盏风灯闪烁，他与她面对面地坐着。当她告诉他，她的父母不同意她在这样的时间地点以这样的方式安排自己前途时，蔡长时间无语。最后，他拉起她的手，在她的手心轻轻写下：亲爱的同志（那时没有接吻拥抱，我想这肯定是他表现自己深爱的唯一方式）。然后走出了教室。第二天一早，他背上画夹外出写生，就是在森林里，感染了痢疾。也在森林里，他画完一幅他生平最满意的画，却被边防军没收了。

第二天，我接到通知，等候团部送读书知青的卡车，我向校长告别，她依然是泪水如倾，要我好好学，学一点治这种病的本领。

我却没有学好医，甚至都没有学医到底。我放弃了可以救助别人的真本领而干起这舞文弄墨的行当。写到此，心中一片伤感。

那一日，与我同行的还有那名男的北京知青，他到北京一所大学读书。

那是 1973 年 10 月的一天。我为这离开而痛哭。

五

我真的是幸运者吗？当我这样自称时，我又开始否定自己。事实上，一位 16 岁少女眼里的幸运和一个 36 岁女人眼里的幸运是不同的。在少女眼里，顺利就是幸运，生活总是与快乐幸福甜蜜连在一起的。但对于一个成熟的女人来说，生活是幸福与痛苦、希望与绝望、热爱与失恋、喜悦与忧伤等相互排斥和否定体验的掺杂与综合。对丰富的人生来说，痛苦不幸也是一笔生命财富。

　　我曾为自己遗憾过，我过早地离开了兵团，使我过早地放松了与知青的情感和精神上的联系；我过早地以幸运者的身份展开自己的人生，而失去了对那段生活——我魂魄永系的云南知青生活更为深刻的痛苦的体验和思考。知青是一个荒唐岁月中的历史现象，而知青生活是我们这代人永将面对的过去。

　　我想过，如果我还是知青，我对生活的理解是比现在浅薄还是深刻呢？

　　但，归途已断。剩下的只是一片回忆，我在这回忆中重新感受到人生所有的甜蜜和苦涩，苍凉与炽热。

一桩未解的谜案

阴良云

●一名上海女知青失踪●活要见人，死要见尸●庞大专案组●破案风暴●以情杀案为主线●出动一万多人次寻尸●人人自危●40多人单相思●"少女的白马王子"——嫌疑对象●酷刑●提审数百次●依然是谜

至今朱美华是死？是活？谁也没有解开这个谜。

——作者

我像从梦中醒来一般，揉揉眼已近不惑之年，青少年时代那些许生活画面，差不多都让岁月的流水从心底洗去，唯有17年前二团七营三连那桩上海女知青失踪案，却像铆钉一样牢牢地钉在我的心扉上。

发　案

那是1974年4月2日晚上9点多钟，天空一团漆黑，下着蒙蒙小雨。上海女知青朱美华身着睡衣，刚上床睡觉。"朱美华，朱美华出来一下……"一个沙哑的男人声音，轻轻地喊了几声。朱美华对这声音并不陌生，她从床上溜下来，套上人字形的拖鞋，向女厕

所方向走去，9 时 20 分左右，重庆知青姜红杰从女厕所出来碰上朱美华，互相打了下招呼，以后再也没有谁见过朱美华。半夜下了一场瓢泼大雨。

第二天上班集合点名，朱美华未到。在通往八营的三岔路口冲积沙土里，发现朱美华的一只半截埋在土里的拖鞋。朱美华失踪了。

成立专案组

朱美华，女，20 岁，上海闸北区知识青年，1970 年元月支边来二团七营三连。身高 1.75 米，肌肤白嫩，身材苗条，丰满的胸脯显示出女性成熟的魅力。农场枯燥的文娱生活，使男女过早恋爱，并且接触不了几天便纷纷越轨。朱美华招蜂惹蝶之事为全营所知，七营的人送给她一个雅号——"一只鸡（母）"。上海知青称她"纳"，重庆人叫她"王大姐"。据说她交的男朋友达四五十人之多。朱美华失踪初始并未引起重视，营部叫三连派几个人找找就行了，谁知随着上海知青回沪探视，朱美华家里人很快就知晓了此事。朱美华家里与张春桥有点亲戚关系，不久张春桥也知道了朱美华失踪一案。那还了得，自己的族人遭到不幸，说什么自己都得出面管一管。张春桥跑到国务院，向知识青年上山下乡办公室施加压力，"活要见人，死要见尸，不惜任何代价。一定要搞清事情，惩办凶手，保障知识青年的安全"。案件一下通了天。4 月 20 日，团保卫科进驻七营，成立"朱美华失踪案专案组"。工作一段时间后，未获半点蛛丝马迹，云南省革委、昆明军区决定加强专案组力量。5 月 10 日，组成了以西双版纳公安局王克忠局长为组长，由昆明军区军事法庭周✕✕副庭长，云南省公安厅徐思仁副处长，云南建设兵团司令部保卫处李处长等参加的省革委专案组赶赴二团。上下结合，组成了一支有七八十名工作人员的庞大的专案组，重新对朱美华案件进行调查。

拉 开 战 幕

"我们团七营发生一个大案，阶级敌人妄图破坏伟大领袖毛主席提出的知识青年上山下乡运动，是阶级斗争的新动向。我们一定要誓死捍卫党中央、捍卫毛主席，我们一定……"李秀奇副团长首先在七营部分干部群众动员大会上讲话。接着王克忠局长向群众摊牌："此案没有现场，没有尸体，人是活，是死，是个谜。我们是来解谜的，你们也是解谜者，群众是真正的英雄嘛。我们要在七营打一场群众破案的人民战争……希望大家积极提供情况和线索，协助专案组破案。"动员会到下午 5 点多钟才结束。我们预感到了一场破案风暴的来临，内心笼罩了一层阴影，增添了几丝不安。

天刚刚拉上夜幕，七营宣传队唯一的一盏气化灯挂在了营党委办公室，竹笆墙四周透出了耀眼的光芒，引来不少好奇的小孩，转着竹笆墙缝往里看。破案情报是泄露不得的。保卫干事雷从顺不时地将围观者赶开。我作为营教导员程再德的"秘书"（记录员）也坐进了党委办公室。

王局长首先对案情作了初步分析：

1. 失踪的可能性小，他杀的可能性大。从发案一个多月时间上看团保卫科做了不少工作，没有发现朱的丁点踪影，雁过留影，人过留声嘛。

2. 朱美华不可能自杀。在她箱子里装有 300 多元钱，并且交了探亲报告，本人也没有不顺心的事，没有理由去自杀。

3. 从发案当天晚上下着小雨，朱美华听见有人喊，身着内衣，急匆匆外出和第二天发现的一只拖鞋等情况看，是被人叫出连队后杀害的可能性大。

4. 群众没有听见叫声，不可能是连队内作案，是由熟人并且是比较熟的人叫出连队后，单独作案或内外勾结伙作案。行凶后匿尸。

5. 朱美华是一般的上海知青，杀她造成的政治影响不大，不可能是政治谋杀案，应该是一典型的刑事案件。以刑事案入手，以政治案的态度来抓。

6. 此案是一起有预谋，有计划，有目的的作案，案发时间长，消息走漏严重，错综复杂！一起难案哟。王局长分析后，问大家对此案还有什么看法。徐洪仁副处长补充道："朱美华男女关系复杂，死不见尸，是不是三角恋爱，是不是肚子有小孩，杀人灭口等，工作的重点应该从男女问题上打开突破口……"徐副处长是南下干部，也是侦察员，他似乎还有什么高见没有发表完，军事法庭周副庭长却开了腔："我再补充一点，从内参情况看，目前潜伏在版纳一带的蒋特工作站，苏俄特务也在作策反工作，策动知青外逃，投敌叛国，特务头子也物色'女秘书'或回潜特务。勐连不是跑过去了几个吗？这一方面也应该考虑。"你一言，我一语，把案件分析了个透彻。最后大家统一了认识：以情杀案为主线，兼顾其他。接着王局长主持确定了侦察方向和划定侦查范围。

那时破案全凭感觉经验、情报信息和逻辑推理，也没有什么法律约束，这就苦了广大兵团干部战士。主要采取了以下原始的破案方法：

1. 搜寻尸体、遗物来发现线索。专案组分片到各点开展：A. 搜山寻尸，七营全营及八营邻近几个连队停产一个星期，出动一万多人次寻找朱美华的尸体。搜山大军翻遍了红堡、曼坝湾，凤凰山等山头，原本是原始森林的郁葱之林，也踏出了条条林间小道，掀翻了座座白蚁堆，一切值得怀疑的地方都搞了个底朝天。连死于难产的当地僾尼族妇女的尸体，也从葬穴里挖了出来，险些引起民族纠纷。原始森林中的几根火柴棍、几片废纸，也拾回专案组进行"研究研究"。B. 搜屋找遗物，那时没有刑法，没任何证据，也不开搜查证就可以搜家，并且搜谁，怎么搜都行，只要领导说了就算数。教导员一声令下，全营的每个职工，不论男女老少，干部群众均遭到翻箱倒柜地搜查。知青及职工对此侵权行为强烈不满，却敢怒不敢言，谁都不敢往枪口上撞，去担破坏上山下乡运动的风险。C. 外查找人，专案组分别组成四个找人小组，分别奔赴上海、山西、江西、广东、黑龙江等地与朱美华有来往关系的亲朋所在地找人。D. 布置境外耳目，注意发现朱美华在国外的线索。

2. 从作案时间上来发现线索。对七营全部八营部分和其他营有关人员搞人人过关，背靠背进行时间定位，行动定位。书面写清发案前后 2 小时在什么地方？干什么？谁人证明？谁说不清谁受审；谁无证明谁受查。搞得人人自危，谨小慎微，生怕疏漏，心灵创伤很大。有共计 2300 多人写了定位材料，营干部也不例外。

3. 从来往关系人员中发现线索。专案组重点对与朱美华有来往关系、恋爱瓜葛的人员，逐一进行排队，先后审查有关人员 60 多人，弄得这些男女知青人心惶惶，心惊胆战。

4. 密布"线眼"，从案犯内部发现线索。破案也同爬山一样，天晴路好，爬来省力，登上峰顶也快，遇到刮风下雨就费力，受阻，还要滚一身泥巴。此案知晓面广，误了战机，罪犯作案有充足的时间毁尸灭迹；发案时间长，群众记忆不清，排查作案时间也容易蒙混过关，漏掉罪犯。经过两个多月的工作没有取得任何破案的证据。"01"、"02"、"03"号几个"线眼"也没有反映出有价值的情况。只弄清了当天晚上喊朱美华出来的人是车队上海知青朱维民。还证实了朱美华的恋爱关系问题，有 40 多人都是单相思，单方追求朱美华，只有五人与朱美华恋爱过，并有搂抱、接吻等行为，真正与朱美华有过性生活的只有张××和朱维民。而张××确实在上海。朱维民被列为重大嫌疑对象受到审查。

审查重点嫌疑对象

"朱维民栽了，十有八九是他老兄作的案。"不少知青也认为是朱维民干的。

朱维民，男，20岁，朱美华的同乡，1.81米的个子，白净的面孔，少女的白马王子。可他却不务正业，仗着一张讨女人喜欢的脸，整天寻花问柳，先后与重庆女知青杜××、上海女知青陈××、张××发生过关系，受到连队大会批判。跟朱美华恋爱后仍恶习不改。而朱美华却一心一意待他，断绝了与其他人的一切关系，对朱维民佩服得五体投地，唯命是从。朱维民曾炫耀地说："朱美华是阿拉的一只鸡，我要怎么就怎么，我说一，她不二。"

"朱维民，你当天晚上喊朱美华出来干啥？"

"我是叫她来阿拉房间白相，同她发生关系，但她没来。"

"你喊了人后，又去啥地方了？有人见你在朱美华茅屋的对面？当晚的时间为啥说不清？"

"阿拉喊美华后回到自己房间，等一阵不见她来，又到她房子对面看她，等了一阵她也不来，我就回自己房间睡觉了。"

"那时几点钟？"

"我记得是9时20多分。"

"以后谁能证实你在什么地方？"

"我睡觉了，没有人证实，自己证实。"

"那不行，没有谁证实你睡觉，你去什么地方了？要把问题说清楚。"

"你把人杀了埋在什么地方？"

"我没有杀人。"

"不老实，来人！不触及灵魂，他是不会老实交代的。"执勤排的上海知青吴伯鸣听见专案组叫人，第一个冲上去抓住朱维民的头发"啪、啪"就是两下，白脸上留下了两道红印。将朱维民临时关押在新建的礼堂审查了半个月，用尽了软硬兼施、车轮战术，使朱维民掉了几斤肉，实在逼得无法，承认了杀人，但不交代具体作案经过，骗着七营专案组跑空山，挖空地。当然，接下来的便是"吊飞机"、"站高凳"，朱受不了皮肉之苦，一天傍晚趁执勤人员吃饭之机，用裤带挂在门头上上吊自杀，幸被及时发现未遂。这事被省革委专案组知道了，制止了这种法西斯审查方式。最后决定将朱维民送西双版纳州公安局关押，继续以拘代侦朱美华一案。7月20日，我和上海女知青王亚军押解朱维民去景洪城公安局看审所拘留审查。关押近一年，提审数百次，朱维民真真假假，反反复复，始终不承认作案。朱的身体也每况愈下，又无证据。1975年5月，只好将朱维民教育释放。1979年朱回城返上海，曾多次向国务院、云南省委信访要求平反。公安局分别复函，汇报朱被关押的根据及未给定性的事实，这是后话。

我和王亚军在西双版纳州公安局虽名为专案审查朱维民案件，其实多数是在办其他案件，由于业务水平的提高，出色的工作，1975年元月，我和王亚军正式调西双版纳公安局工作，至此完全脱离兵团关系。

朱美华失踪案在朱维民作为重要嫌疑犯获释后，再也没有发现新的线索，西双版纳州公安局作为重大悬案注册待查。但时间一长，再也没有谁去提问过此案，至今朱美华是死？是活？谁也没有解开这个谜。

梦里青纱帐

蒋　巍

●父子泣相逢，如辨陌路人●苦孩子被骗的苦滋味●大荒深处少年心●时任校长20岁●柔女恋硬汉，相怜更相知●悲壮的结婚登记●温柔梦境，一劈两半●我爱你爱你爱你……●因为信念，他把美好的爱情献给了祭坛●又一次全身心的爱毁了 ●一枚苦涩果，两颗创痛心●大返城——农场空了，他的心也空了 ● 一声叱咤："我不走!" ●爱情毁了，光荣毁了，家毁了，身体也毁了●探视人流淹没了整座医院●别无选择，归宿何在●两个老知青重铸幸福

因为命运，她把纯情的初恋葬进了心底。因为信念，他把美好的爱情献给了祭坛。

——作者

苍凉的脸像土地般粗糙。望着他黯淡的眼睛，紧闭的嘴唇，我忽然意识到一个纪实作家原来这般残酷。

他拒绝回到岁月深处，拒绝追忆，因此拒绝我。连续许多天，一个个电话打过去，都像风追赶着空气没有反响。

　　终于有一天，他的声音从话筒那边传来，低沉而凝重。"咱们都是北大荒，随便聊聊。"我故作轻松。

　　此刻，我们相对而坐。我执意要他走回历史的瓦砾和灰烬之中，扒出那颗久经灼烧的心，要他敲碎硬结的外壳，给我也给读者看里面有怎样的血和苦痛的沉思。

　　这真是一种残酷。

　　他黝黑，瘦削，黑白相间的苍发缺少光泽。一双眼睛凝聚着全部的人生经验，孩子气的天真，青春的激情，汉子的刚毅，过来人的悲凉，不死的求索，这一切倏忽变幻，坦露了一个峭拔坚韧而又不安分的灵魂。

　　长夜孤灯，万籁俱寂。

　　大荒岁月悲壮地朝我们走来。

第一章　醒来已是尾声

　　一个陌生的影子，像纸片剪成的单薄的影子，跌跌撞撞颤颤巍巍出现在老父亲面前，出现在兄弟姐妹面前。

　　1985 年 7 月，哈尔滨火车站吐出喧闹的人流，也吐出了他。他的脚步踉跄着，拖沓着，两腿软绵得像风中的枯草，没有家人的搀扶就几乎不能行走。

　　王玉臣张大失神的眼睛，望着这阔别已久的大都市。盛夏的哈尔滨充满了活力，如同嬉戏在绿野中的白马王子，披着金色的阳光，呼吸着花草树木的清香。条条街道华彩缤纷，琴弦般流泻着现代生活的交响，紧张，潇洒，娇丽，蛮野，爱情，金钱，狂欢，悠闲，所有这些音符奇异地组合在一起，在他的瞳中流转波动。

　　他神晕目眩。

　　家人问这儿问那儿，他木木地只是含混不清地应着。当终于不得不认真回话的时候，家人惊呆了：玉臣怎么像刚牙牙学语的孩童，不会讲话了。

这就是几近 20 年前满怀豪情奔赴北大荒的儿子么？父亲老泪纵横。

这就是当年像小鹿一样永远不知疲倦的玉臣么？兄弟姐妹们唏嘘流涕。

呵，像做梦一样，又回到这充满温馨也充满苦辛的 12 平方米的家，瞧瞧这摸摸那，恍若隔世。接下来的日子里，家人各忙各的，只有王玉臣病着，闲着，孤独着，沉默着。有时，用手撑住窗口，软软地立在那里，凝望清澄辽远的天空，他就会想到远天下那如海的青纱帐。有时挣脱出家门，艰难地步出小巷，呆望街上汹涌的人流和车流，一种梦游症似的茫然和强烈的失落感便漫上心头。

过去、现在、未来，都令他战栗。

过去的一切都过去了，干净得仿佛从来没发生过什么。而现在的一切还没开始，甚至不知是否还有开始。他痛楚地感觉到，眼前这个喧嚣绚丽繁忙的世界根本不属于他。他也不属于这个世界。太隔膜太陌生了。像外星人误入地球，像茫茫尘世飘来的一星微尘。

劳累了 20 年，苦斗了 20 年，雄心勃勃了 20 年，蓦然间一切戛然而止凝固不动了，好似一梦醒来，历史突然定格了。不，是他的历史定格了，接下来就是寂寥得令人黯然神伤的尾声……

血水汗水泪水里泡过七七四十九回，这条汉子受不了这个。颓然垂下瘦狮般的头颅，他朝回路、朝小巷深处、朝惨淡的夕阳颤颤地走去，脸上有泪水横流。

1. 在崇拜英雄的时代，他开始了

1966 年 7 月，知青上山下乡大潮的序幕拉开。

城市的夜是狂热的，荒原的夜也是喧闹的。恣肆狂荡的野风，簌簌震颤的门窗，潮涌般的青纱帐，响彻四野的蛙鼓，轰然作响的蚊阵，叫王玉臣心里发怵。

北大荒黑漆漆的夜色里，龟缩着一群都市之子。

刚刚 17 岁，还是个雏儿。王玉臣和一个伙伴躺在黑龙江畔的军川农场，躺在四队文化室一张自制的破乒乓球桌上。小家伙眼睁睁瞧着荒野第一夜怎样从门窗缝隙中溜进来又贼一样悄悄溜出去。稚嫩的皮肤仿佛还有奶香呢，勾得蚊虫成群结队向他俯冲。闷热的夏夜蒙上被就汗流如水，掀开被便满头满脸奇痒难熬。

睡不着。只有呜呜地哭。不断地用小拳头抹眼泪。北大荒的初夜把这个天真烂漫的孩子吓傻了。

当初农场的人到学校里作动员，不是说这儿"楼上楼下，电灯电话"么？不是说"成排的拖拉机隆隆地走"么？不是说"备好了敞亮的宿舍，有床有被能洗澡"么？下了车，他和同校 35 个伙伴顿时呆了，旷野一片，土房一片，泥泞的路，脏兮兮的人，油漆剥落的拖拉机，懒洋洋的鸡鸭鹅狗……

那些鼓荡人心的漂亮宣传，在裸体的土地上像烟尘一样消散了。小玉臣第一次品尝到被骗的苦味。如此革命和壮烈的号召竟然也拿谎言做包装和支撑，这不能不使他伤心透顶。后来他才明了那是靠撒大谎行动的疯狂的年代，好人坏人好事坏事都得靠撒点谎才能生存。

泪水流了几夜。泪眼蒙眬中依稀显出那些激动人心的场景……

哈尔滨第 63 中学，到处大字报大标语和决心书，最响亮的口号是"一颗红心，两种准备"，"到农村去，到边疆去，到祖国最需要的地方去！"一场场报告一场场动员一个个表态，几乎所有毕业班的班干部、共青团员都被燃烧起来了。都是好学生。都是虔诚而炽热的心。都有神圣的使命感激荡的青春热血无比远大的理想。

广阔天地是我家，

冰山雪岭要开花。

不做燕雀居檐下，

誓做雄鹰战天涯！

这首诗曾经使这群少年多少次热泪盈眶！至今忆起来王玉臣仍是脱口而出，依旧被深深地激动并充满感慨，眼瞳依然潮湿了。

1966年7月27日，63中学总共36名毕业生，一群最优秀的学生"志愿军"，雄赳赳气昂昂列队出发了。站台上鲜艳的团旗迎风招展，锣鼓喧天，人声喧哗，一双双含着热泪的眼睛一双双紧握的手一句句叮咛一句句誓言……父亲母亲没来送行，他们怕止不住泪水，打湿了这壮怀激烈的出征。

道路引导他们来到这片土地。诱发和自发的浪漫幻想被贫苦的地平线切割成碎屑，冲动的激情一下子凝固了。埋怨么？后悔么？回头么？少年王玉臣虽然在哭，却不能不学着做面对现实的独立思考。

他是个刚强的孩子，也是个苦孩子。

兄弟姐妹8个，母亲操劳家务，父亲只有47元的工资。除开过年吃顿饺子，家里总是把粮证上的细粮和豆油拿去换些粗粮回来，再掺上野菜、豆腐渣、糠菜渣和市场上捡来的菜叶子，可8个孩子仍然像8只饿狼。姐姐加入少先队了，母亲愁惨地说："让别人入吧，咱买不起红领巾……"

玉臣从小就不曾有过新衣服，都是姐姐的，再翻新染黑或染蓝。那个漫长的冬天，冻得打战的小玉臣整整捡回一冬天的煤核，父亲心疼了，咬咬牙给他买回一双白回力球鞋。酷爱足球的小家伙整日都是光脚丫在街巷里踢球的。可藏了整整两年，没舍得穿，这会儿夹在小行李卷里带到了农场。

苦也吃过，罪也遭过，穷人家孩子骨头就是硬的。他不能也不会忘记自己在团旗下的誓言，不会忘记共产党员的父亲的嘱咐："你要去就去吧，闯一闯也好。"不会忘记和含泪的母亲的对话："你去了，可就回不来了。""我去就是扎根的！"

想家时劳累时不免还要悄悄抹眼泪，少年王玉臣却铁定了那颗忠诚的小心灵！他相信和崇拜这条道路的神圣，他决不熄灭已经点燃的火把，他渴望干出一番无愧于誓言的事业，他要追随董加耕、邢燕子的足印至死不渝！

这种火焰般的忠诚和激情，今天似乎已经显得那么遥远和陌生了。可那时候，整整一代风华少年都是这种火焰锻铸出来的。那是崇拜伟人和英雄的时代。作为共和国的同龄人，王玉臣的整个身心都向共和国所昭示的理想和追求热狂地敞开着……

他毕竟还是一只刚刚闯进人生大世界的小鹿。未来还是未知数。但这条路，他执意要走下去了！

2. 20岁的"王校长"

王玉臣把珍藏了两年多的白回力球鞋寄回哈尔滨，给了弟弟。他知道家里的苦辛，同时也以此来象征，他要在远离都市和亲人的大荒深处，独立地大干一场了。走向8月的田野，风从海洋般的一马平川的麦地上掠过，金光灿灿，壮阔而明丽。大豆和小米则充满着无边无际的绿色，阳光喷泻进来也被染成半透明的碧绿的液体。满眼一个阔大的时空，澎湃着神秘和沛然四溅的生命力，原始的，充盈的，永不止息的。与都市里被水泥钢筋切割和封闭起来的零碎小空间相比，这里才是可以飞翔和猛进的领地。

王玉臣伸展开胸廓，深深地吸进阳光、风和蔚蓝色的空气，接着弯下腰，向大地虔诚地朝拜了。

汗水顺着镰刀和锄头流淌，生命在日月星辰之间喘息。爆裂的皮肤，烤煳的脊背，枯草般的乱发，血肉模糊的手掌，咬着牙忍着泪才能再弯下去或直起来的瘦小身躯……这一切究竟意味着什么是无须多说的！

记住这个数字就足够了：17 岁的王玉臣下乡第一个月吃了 107 斤粮！

那顽强和坚忍也无须多说了，只记住这个小统计就足够了：在很快席卷整个中国的"文革"狂潮中，同来军川农场的学生，纷纷跑回都市"串连"和"革命"去了，只有王玉臣一个人没有离开过这片土地！

父老乡亲喜欢这个孩子。能吃苦，不张狂，而且会念"16 条"和"横扫一切牛鬼蛇神"，会写黑板报。队上的文化教员给打倒了，因为出身富农。队长找到王玉臣："你别下地了，就教孩子认字吧。"

那是 1966 年底，共和国历史上最严酷的寒冬，连人们的灵魂都冻结了。第一个早晨，玉臣摸黑起了身，早早生起炉火。四面漏风的土草房漫开缕缕暖意。11 个孩子相继到齐，小的 9 岁，大的跟他同岁，共分小学二、四、六三个年级。17 岁的王玉臣做梦也没想到自己会当教师，心慌得不行，眼睛瞅着自己的鼻子，磕磕巴巴说了一句："从今天起，我就是你们的老师了……"接下去再也不知道说什么，憋得脸通红。

11 个泥头花脸的野孩子哄堂大笑……

一颗真诚的心就是万能的上帝。"文革"把所有的课本都扫荡一空，玉臣不知天高地厚开始自编教材。"政治"要突出，于是"3 个苹果+5 个苹果＝?"被改成"3 本毛主席语录+5 本毛主席语录＝?"

拣些破木头自修门窗自制课桌板凳黑板；自己掏钱自印教科书

作业本考试卷；给二年级讲完便让他们做作业再给四年级讲，然后六年级，一上午"车轮大战"累得声嘶力竭；而且算术、语文、音乐、体育、美术、政治、生物各学科全开，他一个人如同孙悟空七十二变，把孩子们哄得喜笑颜开……

那是最"革命"的时代也是人民最穷困的时代。好些孩子交不起学费就不来念书，只能在窗口门口挤作一堆，拖着鼻涕含着手指头呆呆地看热闹。玉臣心酸极了，他忘不了姐姐买不起红领巾、自己买不起鞋和铅笔的凄惨模样。一家家拜一家家求，"让孩子来上学吧"，"谁不愿意送孩子念书！可哪来的钱啊……"一声声热切的呼唤换来的是痛彻心脾的悲叹。

"学校不要钱，自己挣！"

石破天惊的一声，启动了一番悲壮而又欢愉的事业。曙光初明，苍茫的荒野上，18 岁的王玉臣肩扛铁锹领着一群叽叽喳喳的孩子走向地平线，像老母鸡领着一群不知愁的雏儿。同时上工的爹娘们瞅着这支奇异的队伍，辛酸地笑了，感动地哭了。

露水寒，汗水咸，血水烫。靠大小锹头整整开出 30 多亩地，眨眼间马铃薯白菜萝卜向日葵茄子辣椒绿了一片。卖给食堂，学费全免！

何止是学费。两三年下来，三间齐整的土教室拔地而起，自制的篮球架，自修的足球场，免费提供全套的课本文具。1969 年，学校已有了 100 多活蹦乱跳的学生，选了 3 个知青担任教师，刚刚 20 岁的王玉臣顺理成章成了教师兼校长！

"文革"大动乱，几乎摧毁了整个中国教育。而在这片遥远的绿地，却开创和实行了或许是中国最早的彻底的义务教育。

那时的军川农场已成为黑龙江生产建设兵团 2 师 11 团，4 连聚集了来自京津沪哈各地知青近 300 人。空前的红火空前的生机。盛夏，4连小学举行运动会，各年级学生穿着免费提供的清一色海军运动衫和白色短裤，列着整齐的一组组方阵，踏着乐曲，举着彩旗，雄赳赳步入运动场……

刨了大半辈子垄沟的爹娘们哪见过这等壮观的阵势，叫好的，抹泪的，"阿牛""阿狗"乱喊孩子乳名的，他们成了最没有纪律的队伍和观众。

夜晚，知青大食堂里挤下黑压压的数百号人。幕布徐徐拉开，阿狗阿牛们演出全场次的《智取威虎山》，小常宝、小杨子荣、小座山雕，个个虎头虎脑神气活现，观众席上欢声笑语一片……

谢幕了。好久好久的掌声，好些爷们儿的大呼小叫，才把腼腆的"王校长"兼"王导演"从幕后请出来。

他向老乡们、向这片热土深深地鞠了一躬。

3. 爱情在初恋时离开

殷红的夕阳悄然滑进青纱帐，暮色泛着幽蓝，从枝叶和泥土间袅袅升起。

王玉臣疲惫不堪，汗透的破工装搭在肩头，只穿个背心和打补丁的长裤，拖着脚朝远处的大宿舍走去。农场改成兵团后，他又兼了畜牧排排长、连队团支部书记，别人忙时他带头忙，别人歇时他还忙，真有点喘不过气了。

"王书记……"一声突兀而又怯怯的呼唤。

连队上下都亲切地叫他"玉臣"，还没人这样郑重地称呼他呢。王玉臣诧异地扭头一瞧，哦，是季晓莹。傍着路边的小白杨树，她静静地站在那儿，一碰到玉臣的目光，眸子便迅速垂下，一双手不自觉地卷着衬衫的衣角，像是有什么话又羞于启齿。

"有事儿吗?"

"我等你半天了。想找你谈谈，汇报汇报思想……"

　　玉臣稍稍犹豫了一下。作为团支部书记，他多少知道点她的情况。1968 年来的北京知青，家庭出身不好，社会关系中有被镇压的。劳动中挺能吃苦，也积极要求入团，可因为这样的家庭背景，连武装排的战士都没当上。玉臣能想象得到，她究竟想谈什么，然而谈又有什么用呢，根红苗正的还排班站队哩，能轮上她么。

　　静静的夜晚，整整两个小时，玉臣看到和认识了一颗和自己同样赤诚热烈的心！父母很早就离婚了，季晓莹跟了母亲，8 岁起就寄宿在学校，一住就是 10 年。动员上山下乡时，一直过单身生活的母亲舍不得放女儿走，哭个没完，死活不吐口。可在那样火爆那样热狂的年代，哪个血性青年不想献身伟大动人的"革命理想"，何况季晓莹多想摆脱多年压抑着她的家庭出身的阴影。她毅然咬破手指，当着早生华发的母亲的面，含泪写下血书，宣布"脱离家庭关系"，要求到最艰苦的地方去"锻炼改造自己"。从那一天起，母亲仿佛傻了，不再哭也不再说了，只是用一种陌生而又惊怯的目光追随着心爱的女儿。

　　从 1968 年离家到 1972 年初夏这个夜晚，季晓莹再也没见过母亲。别的知青总是急着探亲回家，而她一次也没有提出过申请。那时要"进步"，总得扭曲一点人性的。

　　"我要以实际行动证明，坚决站在毛主席革命路线一边，彻底和反动家庭划清界限！劳动中，我处处抢在头里，从不叫苦。晚间，我天天坚持学毛选，油灯把头发都燎着了。可是，武装排不要我，团也不吸收我，我还有什么前途啊……"

　　她垂着头边说边哭，肩膀像枯叶般抖动。

　　王玉臣的心震颤了。重重的政治阴云下，一只柔弱而又纯洁的受伤的孤雁。

　　王玉臣毕竟在全连享有崇高的威望。仗义执言，力排众议，患有"政治偏执征"的共青团组织终于向季晓莹开启了一条门缝。

麦收后,好不容易盼来个休息日。疯打了几场篮球,大汗淋漓的王玉臣下了场,"咦,我的衣服呢?谁拿我的衣服了?哪个小子给藏起来了?"喊了半天,无人应。肯定是谁和我开玩笑,不管它,畜牧排还有事儿要干呢,玉臣车转身一头扎进猪号、马号、羊号……

又是傍晚,又是路口,又是那棵婆娑的小白杨树下,季晓莹婷婷地站在那儿等他,怀里抱着一卷衣服。

"给……"

"你拿去了?"

"嗯。"姑娘粲然一笑,娇羞地低下头,"你尽瞎嚷嚷,弄得人家怪不好意思的。"

衣服洗得干干净净,纽扣全了,破处补好了,针脚齐齐的密密的,不知怎么衣服还散发着淡淡的清香。

生平从未有过的一种温馨一种甜暖一种难以名状的微妙感觉一下子充盈了整个身心!下乡 6 年了,洗涮缝补从来都是自己忙里偷闲干,忽然有一双充满柔情的女性的纤手伸向他的生活,这刚强的汉子一时竟不知说啥好。

"谢谢,谢谢!"

"谢啥。你是个好人,帮了那么多人,工作又多。以后这点零碎活……"姑娘两颊飞红了。

真善美是发自心灵的光辉,有着最深刻动人的力量。王玉臣凭着那颗无私的心所做的一切,季晓莹都默默地看在眼里,并悄然生发出一种朦胧而又缠绵的温柔。

在这偏乡僻野,红红火火自强不息的办学活动,把全连的孩子100% 地吸引、动员到校园,而且学校竟然成了全连的文化中心,成了全师闻名的先进单位。

　　他的爱心是那样广大和深沉。一个孩子是孤儿，还有一个孩子父母长年卧床不起，是王玉臣数年如一日照料着他们，每天挑水，冬天打柴，入秋抹房子。房前屋后的菜园子也都是他包了。全校男孩子理发都找"王老师"，后来发展到孩子爹也找他理发。连里老老小小都拿他当恩师，逢年过节，只要王玉臣一进门，爹娘就叫孩子跪下磕头，拦也拦不住。

　　那年4月，北大荒春寒刺骨。一个学生不小心掉进一丈多深的井里，又是王玉臣闻讯赶来，纵身跳下，站在齐胸深的冰水里把孩子举进箩筐。

　　1971年全连职工大会，党支部搞"吐故纳新"。季晓莹清晰地记得，数百人举起森林般的手臂表达着自己的意志。当党支部书记宣布王玉臣得票最多时，全场响起经久不息的掌声。这时，王玉臣流泪了。她第一次看到他流泪……

　　从晓莹为他洗衣这一天起，玉臣那总是忙忙碌碌专注于事业的目光里，第一次飘进女性的笑靥和丽影。他惊异地发现，季晓莹原来这般美丽和美好！也许是共青团火红的旗帜拂去心头的愁云，也许是初恋的春泉催开青春的花蕾，晓莹仿佛一夜之间变了，走路轻盈得像舞蹈，笑声清脆得像云雀，人到哪儿哪儿就有从心底流溢出来的歌儿。当了女康拜因手，从高高的驾驶楼上掉下来还格格地笑……

　　两颗心不知不觉地在吸引，在接近。

　　那时在知青这支响彻革命口号、充满政治色彩的队伍中，在建设兵团这个"解放军序列"里，爱情多少还是不能公开的秘密。说几句心里话，约会个时间地点，他和她就写个纸条，悄悄塞进对方的手心，或者瞅准对方晾洗的衣服鞋子，把纸条塞进衣袋或鞋里。这一切无须互相提示，爱和被爱的心灵都是聪明机灵的，有时只要远远地飞一道眼波就足够了。

月光下的小路，晒场的粮囤旁，夕阳里宁静的白桦林，两行脚印在延伸。谈革命，谈人生，谈儿时的稚趣和苦涩，两个人分担一个痛苦就只有半个痛苦，两个人分享一个欢乐就有两个欢乐。两人都爱文学，柔情的晓莹背普希金、拜伦、李清照，激昂的玉臣背屈原、李白、苏东坡。扛180斤麻袋上四节跳的胆战心惊，割豆时冰水湿透棉裤手被豆荚扎得血肉模糊的疲惫劳苦，刚来边疆时睡觉戴棉帽穿棉鞋早晨起来一头霜的艰辛悲凉，此刻这一切忽然改变了价值和感受，忽然化为一种欢乐和幸福。

因为倘若没有上山下乡，一个北京的，一个哈尔滨的，"咱们两个咋能碰到一块啊！"两人同时感叹。

"感谢毛主席，感谢党！"两人同时呼叫。

1974年初春，风来了，雨来了，黑龙江面的冰层嘎嘎断裂，排山倒海地去了。突然之间，王玉臣和季晓莹脚下的土地像冰块一样游离开来，命运爆开巨大的裂缝。他和她都目瞪口呆。

季晓莹的母亲来了信，说她因工伤瘫倒在床，很可能失去行走的能力，迫切需要女儿回京照料，"家困返城"的手续正在办理，不日寄到，望女儿速办速归，"你就是母亲后半生唯一的依靠了！"

边疆6年严酷而切实的生活，已经变狂热为冷静，化革命壮举为农民式的劳作，一切幻梦似的斑斓色彩都烟消云散，留存在季晓莹心底的只有对母亲的怀念和忏悔，当初为"革命"和"造反"宣布脱离家庭关系曾给孤苦的母亲带来多深的伤害啊！

何况在这荒野深处，在这日复一日年复一年的半原始劳作中，她看不到前途也看不到希望。她终究是个柔弱的女子。

她是不能不回去了。

但是，她真诚地爱着玉臣。他是条汉子，是个好男人，以他的无私品格、好学精神和百折不挠的奋斗意志，走到哪里都是条好汉，在哪里都会崛起。人生路途千里万里，遇上这样一个好人，难啊！

又是那个路口，又是那棵白杨树下。

"也许，我们从此就永别了……"玉臣悲戚地叹息。

"不不不！我是爱你的，我们一定要走到一起！"晓莹泪水满面，"走前我们就登记。如果母亲的伤能治好，我还会回到你身边的，我是属于你的！我决不离开你！……"

这样的真诚，这样的痴情。玉臣感动极了。山不转水转，有这样一颗执著的心，路总是会走到一起的。

登记了，临别前的登记。眼角噙着泪花，别有一种悲壮的意味。全连为之轰动："晓莹这姑娘真心诚！"

接下来就忙着打点行装，忙着办各种手续。那时代的青年纯真得可爱，都以为鸣鞭放炮、披红挂彩地仪式一番才算真正的结婚。玉臣和晓莹只是忙，只是说不完种种爱恋、种种未来，却想也没想让青春跨过爱情的堡垒，去点燃神奇而又神圣的光焰……

静静的边疆小站。他和她相对无言，该嘱咐的、该表示的已经重复过无数遍。此刻，玉臣望着苍茫的田野，望着伸延向天尽头的长长的路轨，心突然痛楚地紧缩了，觉着仿佛有一种什么东西在理念中坍塌了。此后天各一方，人海茫茫，面对都市和乡村的巨大差异和不可知的命运，几天来的海誓山盟是何等脆弱，何等渺茫。

铅块般的预感使他的声音喑哑而悲凉了："或许，我们这就是永别了。"

晓莹兀自垂泪："不。不是永别，是再见！再见！再见！"

列车启动了，渐行渐快。晓莹从窗口探出半截身子，泪流满面，拼命地招手："再见！再见！等着我……"

玉臣跟着车跑着，努力不让眼泪流下来。他一声不吭，只是望住晓莹，跟着车跑，跑，跑……

再美好的语言，再美好的憧憬，命运和现实都可以轻而易举地把它们碎为齑粉！

苍黄的地平线遮去了车影。满眼皆空。王玉臣的心里也空了，只有说不出的凄凉和悲伤。他在小站上的候车室整整呆坐了一夜，像泥雕。

第二章　生活是团乱麻

雪夜的哈尔滨是恬静的、清明的，像童话里的王国闪耀着银色的光辉。舞厅里彩灯缤纷，舞步轻曼。酒吧里烛光摇曳，喁喁私语。街上行人寥落，大都是情侣偎依着悄然漫步，视严寒如同暖春，显示着爱情的坚贞、无畏和热烈。

恍然间，北大荒的风雪夜仿佛还在眼前呼吼肆虐，树木为之摧折，顽石为之崩裂，茅屋为之战栗，偶尔远近扯出一声凄厉的狼嗥，叫人的灵魂和神经悚然冻结！

暴风雪进了都市竟也温顺柔和了，我呢？命运的委屈就在于它太像水，它必须适应遇到的某个环境，犹如进入瓦罐。瓦罐是什么样式，命运装在里面就得是什么样式。

王玉臣思想着，感叹着，走回夜间值班室。

这是哈尔滨的老牌号——闻名遐迩的同记商场。老父亲在这里兢兢业业工作了几十年，儿子从乡下回来了，商场念老父亲的功德，同意接收王玉臣。80年代新思想新观念新价值新派头新潮时装新发式新增白粉蜜新新新……苍发旧衣黝黑粗糙土里土气的王玉臣进了同记商场，犹如刘姥姥进了大观园，整个儿一个"山炮"模特儿。尽管属于干部系列，但待人接物迎来送往搞公共关系这门新科学显然不够风度，何况病态尚未根除，行走逶迤，话语嗫嚅。那就安排夜间值班罢，安全防火巡查保卫，责任很重大。

王玉臣成了专职的干部夜班更夫。

还是应当感谢商场的宽厚博大。中国到处人满为患，70年代末上千万知青潮水般涌回城市的时候，他们痛苦地发现，城市里已经没有了自己的位置，全靠玩命挣扎苦干才渐渐站稳了脚跟，有了一席之地。

何况更加姗姗归迟的他！

只是觉得寂寞和悲凉。怎么也无法排解那种半生奋斗尽付东流的忧伤。王玉臣伫立窗前，用手抹抹玻璃上的水汽，透过霜花依稀可见街上暗夜的光影明明灭灭。什么也看不清，就像他对自己的未来什么也看不清，一片混沌一片朦胧一片凝重。

呵，当年那些汗水苦是苦，可换来的是光荣、爱情、微笑、掌声和崇敬，是边疆父老乡亲的爱戴和称颂。多少个桂冠，"五好战士"，"优秀党员"，"模范教师"，多少回登上团部、师部的"学毛著积极分子大会"的讲坛，迎来的是红花、锦旗、奖状……他当然不是看重和迷恋那些闪光的头衔和镜头，他本来就朴实得像土地像老树像山岩，可对于自己的奋斗、生命的价值、人生的求索来说，那些毕竟是令人欣慰的肯定与满足呵！最坚强的战士也需要慰藉……

可现在，时代的轮子急速转向，他的人生之路也猝然中断不得不半道折回。过去的一切已告结束，未来的一切几乎全部重新开始。人们对历史的光荣不屑一顾，甚至发出刻薄的嘲讽。究竟他的道路是对还是错？是出发错了还是回来错了？

王玉臣感到茫然，失落，仿佛立足的土岸在湍急的潮水冲击下正一块块塌落。为了当初的誓言，为了过去的一切，他付出的代价毕竟太惨重了。

1. 献给祭坛的心

季晓莹走了。一个温馨的梦被一劈两半。

当然，最初的鸿雁传书，依然荡漾着缠绵的恋情、深深的牵挂和许多甜蜜的回忆。小两口儿还对登记后那几天的天真和拘谨，相互写了好些开心而又不无遗憾的自嘲和调侃。但是，随着时光的流逝，眼前的和未来的问题渐渐尖锐起来。季晓莹真诚热切地呼唤他："妈妈需要我留在身边，我也再没有足够的勇气回到北大荒，一想到'两头看不见、地里三顿饭'的劳苦生活我就不寒而栗！……玉臣，你离开那里吧。你已经整整在边疆干了9年，对得起自己也对得起党了。只要你离开农村，天涯海角我都跟着你！……连队里两次推荐你上大学，你都放弃了，让给别人了。现在为了我，你也该走了……我天天在家为你祈祷，只要我们能够走到一起，幸福就是属于我们的！我爱你爱你爱你……"

玉臣的心纷乱起来。

是的，玉臣两次放弃了走的时机。1972年，连队推荐工农兵大学生，是北京师范大学历史系，王玉臣是唯一够格的知青，得到全连的一致赞同。但是，他把登记表退了："我来，就是为在边疆干一辈子的！学生需要我，我不能走！"1974年，又有一个哈尔滨工业大学的名额，又是王玉臣全票当选，他又把表退了。

在他，人生没有任何别的追求，只有那个时代的热血青年和一颗赤子之心！

在他，生命没有任何别的意义，只有那句在日记中写了无数遍的心声："哪里最艰苦，哪里就是共产党员的位置！"

在假大空的语言和蛊惑人心的豪言壮语像泡沫一样堆积和泛滥的年代，王玉臣这条刚烈的汉子却时时都以果决的行动实践着自己的信念和诺言。9年来钢浇铁铸，岿然不动！那么现在和以后呢？

在遥远的地平线那边，在首都北京，尚未共同品尝过爱的甜美的妻子在急切地呼唤，以他这样一个公认的优秀青年，寻找一个光荣离去的机会是轻而易举的。可是，奔赴边疆时那火焰般升腾的信念呢？曾经向党、向边疆人民讲了无数次的誓言呢？这些穷苦的诚心诚意爱戴他的农场职工和渴望着文化知识的孩子呢？

干了9年就半途而废，就扑打着翅膀远走高飞吗？

多少个夜晚，王玉臣辗转反侧难以入眠，爱情和信念撕扯着他争夺着他磨难着他。他痛苦已极。

一封信载着一颗坚忍炽烈的心，沉重地飞去。"我不能走。我得信守我的诺言。"

沉默。北京长时间沉默。

对于一个真诚的全身心爱着的姑娘和妻子来说，这不啻是一次令人心碎的打击！

数月之后，一封沉甸甸的信寄回来了。8页，满纸是泪痕，是模糊和颤抖的笔迹——

"在边疆这几年，我了解你的为人。你是个好人，在我最困难的时候，是你给了我生的勇气，给了我活的希望！我永远感谢你，永远不会忘记你。我理解和尊重你的选择……但是，我一个柔弱的女子再回到边疆，在那里过一辈子穷苦劳累的生活，实在没有这个勇气！让我含泪说一句'对不起'，如果你决心不离开北大荒，那就让咱们面对现实，友好地……"下面是删节号。姑娘不忍心写出那样绝情的话，她毕竟真诚地爱着呵！

旧泪痕上又添新泪痕，王玉臣泪落如雨。

信念悲壮地立在那儿，爱情却粉碎了。

回信10页，同样是满纸泪痕，满纸模糊和颤抖的笔迹——

"你是个好姑娘。我理解和尊重你的选择。你有权利寻求自己的幸福。我一点不埋怨你，感谢你给了我许多美好的记忆……"

离婚手续迅速办妥。

人生之旅难得真诚的爱。可是面对迥然相异的生活抉择，即便是真诚的也难免崩溃了。

王玉臣大病一场，高烧、呓语，水米不进，人再爬起来的时候，形销骨立，衣服里面空荡荡了。

以后数年，有些知青战友去看望季晓莹，一提起王玉臣，她仍然忍不住要落泪。

因为命运，她把纯情的初恋葬进心底。

因为信念，他把美好的爱情献给了祭坛。

就在这种忧伤的时候，王玉臣奉命调往 16 连。那里又脏又乱又破的学校，太需要一个强有力的人了！王玉臣也渴望着离开 4 连，离开这给他许多欢乐又给他更多痛苦的地方。

一步错步步错。他万万没想到，更大的代价还在后面。

2. 祸从天降

苦难也罢，悲哀也罢，寂寞也罢，一切不是为了在这条道路上走到底么？"真的猛士，敢于直面惨淡的人生，敢于正视淋漓的鲜血。"那就义无反顾地走下去罢。何况他还有更广大的爱，还有一片不竭涌流的真情给孩子们。

16 连的学校几近一片废墟。天棚塌了，玻璃全碎了，门窗摇摇欲坠了，桌椅差不多都当劈柴烧了，孩子们像野马一样疯跑在田野，没多少兴致上课了。

新任校长、26 岁的王玉臣的讲话是很悲怆的，有一种复杂的苦痛和牺牲意味饱含在里面："没有什么职业比教育更伟大更崇高了！旧社会穷人家孩子无法上学，新中国的孩子再不能上学，我们还怎样向历史解释？孩子们长大会痛骂我们这一代的。当教师就得吃苦，就得奉献，牺牲！我们不是立志扎根边疆、改变农村面貌吗？那就不能光说不干。光说不干无异于欺骗！……"

他又一次把自己投进如雨的汗水里，为了孩子的未来，也为了忘却。夜以继日带来的是日新月异，16连学校神话般地恢复了光彩和生机，从60%以上的失学率很快转变为100%的就学率。春风又来的季节，王玉臣和高年级的学生又整齐列队，扛着锹镐走向丰沃的田野，载回来的，是金色的希望。

全连的目光，钦佩地、欣喜地、信赖地包围着他。

只要你是涌动的波涛，你就拥有广阔的海岸。王玉臣在新兴的事业面前，心灵复苏而清明了。

在所有那些向他投来的亲切的目光中，他发现了一双美丽的眼睛。一个哈尔滨姑娘，来自重点中学第三中学的姑娘王苏。她读过许多许多书，写一手漂亮的字；同样，王玉臣也读过许多许多书，写一手漂亮的字。在那些孤寂悲伤的夜晚，只有书是他忠诚的伴侣。两人谈起来就海阔天空，云舒浪卷，上下五千年，纵横八万里，各自都在对方的心灵里发现一个多彩的丰富的新世界。在边乡僻野单调贫苦的日子里，这世界犹如充满魅惑的阿里巴巴山洞，犹如沙漠中的绿洲，教人多么欣喜和向往呵！

在人群中，这一双眼睛就常常捕捉另一双眼睛了。每有他在，她的明眸就流盼飞动，笑声就格外清亮，动作就格外轻灵；每有她在，他就极昂扬，极果决，显示出全部的男子气概。有事无事，两人总盼望着"偶然"地撞到一起，说几句这个那个，哪怕是"天气挺好"，"收成不错"，再没内容的话里面也充盈着温柔和亲情。

只差一个小小的契机。只差捅破那张薄薄的窗纸了。

一个闷热的夏夜，玉臣忙完学校的一摊子事儿，回到知青大宿舍，刚钻进蚊帐，隔铺的汪岑探进头来："哎，玉臣，我朋友管相林挺好学的。你把她调过去当老师吧。去了你也正好帮帮她。"

学校正缺一个教师。王玉臣略加思忖，管相林这个上海知青从气质、修养、文化水平看，还真行。

在边疆，一个整日下大地风吹雨淋汗巴流水儿的人能够调进学校当老师，实在是求之不得的大幸事。管相林本来就聪颖，文静，好学，这会儿用功极了。为了尽快走上讲台，每到夜晚，她就请玉臣做些指导。有时汪岑陪着来，有时他下地干活累了，管相林就自己来。在静静的教室里，雪亮的灯光下，王玉臣把自己从教9年的实践心得一倾而出。或者相对侃侃而谈，或者在讲台上认真示范，板书一丝不苟，举止端庄大方，讲话从容不迫……管相林像海绵吸水般贪婪和专注，眼镜后面那双明净清丽的眸子紧盯着王玉臣的一举一动一招一式。

这些日子，没有谁知道他默默地爱着王苏，他也感觉到王苏似乎也默默地爱着他。深夜，躺在大宿舍里，战士们鼾声如雷，此伏彼起，满屋弥漫着汗酸味，臭鞋袜味，劣等肥皂加水气味，王玉臣常常难以入睡，一次次下决心明天一定要给王苏写点什么或说点什么，让她明了自己深深的恋情。他设想过无数个方案，可第二天早晨一睁眼，这条汉子的勇气不知怎么又全消失了……

活得都很苦很累，日子也就平静漫长单纯。可是，一天晚上，王玉臣被找到了党支部。书记的脸色是严峻的："有人反映你想撬人家汪岑的对象，说你俩经常深夜在一起，关系有点不正常……你是个党员，可要注意啊。你调来以后，大家反映不错，千万别搞出过分的事儿，毁了自己的前途……"

王玉臣如雷轰顶，呆若木鸡，嘴唇颤抖着一时不知怎样分辩才好！

"哪哪哪有的事？"他吃着嘴喃喃喃道，突如其来的打击使他几乎丧失了自卫的能力，"人家管相林和汪岑在上海就是同学，就要好。

我怎么可能……"

"正因为人家是朋友了，问题才严重。"

把一颗火热的心交给边疆 9 年了！累死累活扒过多少层皮，把全部热情、真诚、汗水献给了这里的父老乡亲和孩子们，肝胆涂地的行动赢得了那么多光荣的称号，并且始终以这些称号高度自觉地规范着自己，升华着自己，锻铸着自己，甚至为此牺牲了爱情和家庭！和管相林，这怎么可能呢！

他跌跌撞撞走出连部，走进无边的夜色……

直到这时，他才突然意识到，管相林已经好几天没来找他了，连队里好些人不大理睬他了，一些老师常常窃窃私语并对他发出怪异的笑了，只要他一走出宿舍，里面就响起阴阳怪气的讥讽，背后常有人指手画脚了……

显然，这件事已经像野火一样传遍全连！

在这苦辛、单调、日复一日重复着半原始性劳动的地方，精神世界全然是一片沙漠。开玩笑、打闹的热点大都在裤腰带以下，人们也就拿这类偷鸡摸狗的"风流韵事"当做唯一的精神享受，有的没的传起来都充满创造力和想象力。

继而，汪岑把管相林暴打了一顿，无论她怎样哭诉辩解都不信，男人那种强烈的自尊使他发了昏。

继而，经常有人往王玉臣的被子里撒沙土，扔烂草绳，变着法儿整治他。

继而，汪岑寻衅对他破口大骂……

曾经在全连人心目中享有那么崇高的威望，这会儿突然如水泻地，只剩了一个被人嘲弄被人冷落被人践踏的痛苦着的灵魂。

无论怎样解释都没用。他也不可能到处去解释。对这类故事，宁可信其有，一向是中国人的一大特长。

又一次支部找他谈话，希望他"注意"，希望他继续抓好学校工作（学校毕竟离不开他呀），王玉臣觉得自己被逼到了绝路上，被糟蹋得忍无可忍了，他蹭地一下站起来，血泪飞迸，嘶声喊道："你们知道吗？我爱的是王苏！是王苏！你们去问问她，她要愿意，我就跟她结婚！"

真诚的爱该是多么细腻入微、神奇美妙，需要多少回小心翼翼的试探，温情脉脉的轻唤。可是王玉臣的爱却在如此悲惨的境况下带着血挑出来了！

而且不是为了宣布爱情，而是为了自卫。

事情传到王苏那里。这样风风雨雨的传闻，这样令人畏惧的氛围，她也半信半疑而且胆怯了。她毕竟还是个单纯天真的姑娘啊。

"不。"怯怯的轻轻的一个字。

又一次全身心的爱毁了。王玉臣的心碎了。

3. 苦果

原本那样精神抖擞，气宇轩昂。站如松，行如风，声如钟，一双锐眼炯炯有神，严肃时和微笑时都透着男子汉的自信和力量。遭遇了这一番风雨摧折之后，王玉臣一下子像一棵伤痕累累的老树，沉默和愁戚了。

管相林更难以承受如此沉重的打击，病倒了，十几天下来，瘦弱苍白得像一个纸人儿。作为校长，王玉臣理所应当去看看她。但是，冰雹般袭来的谣传和非议刚刚消停了一点儿，再接触不是又得招惹一身是非么。在这封闭的乡野，胳膊腿闲不住，舌头也闲不住啊。

犹豫着，徘徊着，终于走进下工后的知青女宿舍。毕竟没有愧对世人的地方，毕竟是堂堂正正清清白白的为人，怕什么呢！劳累了一整天，好容易有这么点轻闲时间，女宿舍里笑的嚷的说的唱的，喧哗成一片。王玉臣凛凛然一出现，姑娘们都惊呆了，接着眼神里就闪出种种复杂的猜度和感觉。王玉臣走近管相林躺着的炕头，默默坐下。那些姑娘仿佛很知趣似的，赶紧披衣提鞋，一个接一个往外溜。

王玉臣一脸苦笑，心里好悲哀。

管相林见是他，稍稍一愣，接着泪水就成串流下来，嘴角却浮现出惨淡的笑。她苦恋苦盼着的人没有来，她不想见或者说不敢见的人却来了。

"好一些了吗？"王玉臣关切地问。

"好多了，谢谢你……"管相林忍不住啜泣起来，"王校长，不是我对不起你，也不是你对不起我。可是怎么……"她说不下去了，整个哭成个泪人儿。

怎么？……王玉臣也回答不出。走出女宿舍，在暮色幽暗的海潮般涌动的青纱帐边徘徊漫步，他觉着自己好可怜，管相林好可怜。

不久，汪岑返回上海。冷冷的，没有一句话。

不久，王苏也调回哈尔滨。默默的，没有一句话。

这是大悲大喜的 1976 年。天塌地陷，山崩海啸。先有三位领袖在凄风苦雨中辞世，后有"四人帮"被扫进历史垃圾箱。成百上千万的知青蒙眬地预感到某种希望，狂欢不已，大碗喝酒，大块吃肉，大声吼歌，仿佛在准备一场大戏的结束。

王玉臣像一粒卵石，远远地置身于这激动狂荡的大潮之外。他依旧忙学校的事情，东西坏了去修理；有人不安心或闹不团结了，他去做工作；这个老师病了他去代课，那个老师返城了他去代课，于是既是校长又是最忙累、兼课最多的老师。每逢清晨，他依旧带着学生，蹚着露水，肩着农具，去耕耘去收获。16 连学校依然实行着彻底的义务教育。无论连队里怎样动荡不安，学校照样书声琅琅笑语喧哗……

心血汗水加倍地付出着。痛苦和挫折既然被称为代价，就一定能换回点什么，即或不是幸福，也是一些坚忍和成熟。

管相林仍在这里教书，寂寂地怯怯地来去，柔弱得像一茎细草。眼镜后面的眸子失去了以往的明丽清澈，终日遮盖着一层愁惨凄楚的薄云，并且总是惊惶地躲避一切人的目光，尽可能地瑟缩，用缄默把自己隔绝在人生的孤岛。

在中国，封闭的地方就有封建的幽灵在游荡。光是问心无愧并不能赢得绿地和阳光，何况像她这样一个被恋人抛弃的娇弱女子。王玉臣每每和她相遇，嘴上只是淡淡的问候、工作，心里却颤颤地为她、也为自己愁苦。事情的背影渐渐显露出来，后来王玉臣知道了，这场大风雨是学校里一个落魄的大学生挑起来的。学校原先乱成那样子，他以为自己会就此脱颖而出挽狂澜于既倒的，没想到王玉臣——一个破初中生挡住了他的发达之路。于是吹风，散布，写信，轻而易举就搞起一场"倒王运动"……

但是，事情已经发生了，大学生又调走了，还能说些什么做些什么呢。中国就有这样一类人，要他做学问做事情，便有超群拔俗的才能和力量，可要他和人斗权术斗狡猾斗翻手为云覆手为雨，就只能一败涂地，落荒而逃。因为他昧不下良心也狠不下心更没有那许多时间和精力。与天斗与地斗，无论怎样艰难困苦他都愉快，一与人斗，他就沮丧软弱得要命。王玉臣便是这种"东郭先生"。

1976年深秋的一天，办公室无人，只有王玉臣在那儿批改作业。门轻轻开了，是管相林，有一件工作要请示。"你怎么脸色一直不好？像霜打过似的，再检查检查吧。"玉臣关切地问。

管相林兀自站着，低下头不响，似有泪水流下来。

"活着真没意思！……"哽咽中冒出这样一句。

两人相对良久无言。

王玉臣蓦地从心底深处涌出一股深深的强烈的怜悯与同情。这两年知青一个接一个地飞走，没几个人安心在这里长久地待下去。在经历了那一番风波之后，再没有人对管相林表示一点亲近。汪岑走后，她就成了"被遗弃的女人"。一个善良的单纯的柔弱女子是不该受这样的委屈、冷落和歧视的！他知道她是清白的，正如他知道自己是清白的一样。

玉臣激动了，思绪纷纭了，一种男子汉的责任感一种相类似的悲怆感觉一种要同命运同愚昧同压力做拼死抗争的冲动突然强有力地攫住了他……

呵，同是天涯沦落人，相逢何必曾相识！

命运铸成一枚苦果，注定是要他和她吞食了。王苏走了，汪岑也走了，扔下两颗创痛的心，那就共同承受这沉重的现实和未来罢。让别人说去，两个人终究可以相互搀扶相互慰藉去修补破碎的生活……

管相林也这样想了。她需要有人帮助她支撑下去挣扎下去，否则就要被悲观绝望的泥沼吞没了。

"我知道你是个好人，我相信你。反正舆论已经这样了……"她悲泣不已。

闪电式。两个月之后，即 1977 年 1 月凛冽的寒冬里，两个人结婚了。

原来都不曾有这样的憧憬和渴盼，因此也没有花前月下，没有绵绵情语。命运的潮水把两个人冲到一起。他们需要相互依存。

第三章　跌倒在田野的信念

忙碌惯了红火惯了燃烧惯了，回到城市突然之间闲下来，只是晚上管锁大门早晨管开大门夜里巡查几次注意防火防盗，这对王玉臣来说真是难以忍受。

白天无事只是看书，偶尔到街上到松花江畔散散心，怅然望着东逝的江水出神，脑子里纷乱着种种过去，未来也是一片茫然。

那是盛夏的雨后，游人们早就四散了，只有王玉臣静静地坐在江畔湿漉漉的长椅上不动。从北大荒回来的人都喜欢清静，在喧嚣的都市里他们总觉得生存的空间实在过于狭小。

"你是……王玉臣"！一声轻轻的惊叫。

"啊，王苏！"两人紧紧地握手了。

在北大荒漫长苦辛的岁月里，几乎所有的知青都渴盼着早日挣脱"苦海"，离去的时候都发誓不再回来，永世不再踏上这块充满辛酸记忆的土地。但是，回到城里，经过时光的冲刷和沉淀，他们渐渐发现，对北大荒对那里的父老乡亲竟存积着那样深厚的亲情！那里毕竟是踏上人生踏进社会的第一步。他们最可宝贵的青春时代，他们生命中的一部分毕竟永久地留在那里。经历了那许多的艰辛困顿，回到城里才品出那是一笔极其可贵的财富，真是像《红灯记》说的，有那碗酒垫底儿，什么酒都能对付！

老战友相逢，已是中年。青年时代因为单纯因为脆弱而产生的种种误解歧见早已冰释，激动在心里的只有患难时的相知和友谊。聊起回城后的各自经历，生活和工作，聊起当年那种种苦难、悲壮和迷惘，禁不住感慨万千，心潮起伏。

都是过来人了，话可以敞开讲了。

"你呀！"王玉臣长叹一声，神色苍凉地道，"当初救我一把就好了。那时瞎造的舆论那么厉害，我浑身是嘴也说不清。没办法，我只好向党支部宣布我爱的是你。那时，只要你肯定说一句，证明一下，我就从困境中解脱出来了。以后你跟不跟我好，再说呗……"

王苏叹息着："也是。不过当时我真吓坏了，舆论沸沸扬扬，弄得我也半信半疑。"

玉臣深沉地望着江上渐渐变红变暗的夕阳，仿佛在自言自语："我们还是太年轻太幼稚，哪知道生活原来这样严峻。真的，从那以后，命运就把我打垮了……"

毕竟是知友，有过美好的蒙眬的情感。玉臣忧伤地倾诉着后来的一切，王苏不能不潸然泪下了。

1. 死活不回头

历史大转折的 1978 年，中国知青运动开始了大溃退。

倡导青年知识分子同工农群众相结合无疑是正确的，但作为"文革"伴生物的那场知青上山下乡大潮，则显然带有非科学、非理性的悲剧色彩。

返城手续雪片似地飞来。每到早晨，还等在农场里的知青就盼着能接到返城通知，不知哪个家伙忽发奇想，带了个头，大家面朝北京方向，齐刷刷单腿跪下，虔诚地向"邓大人"请安，感谢他让老百姓过上个安稳日子，并祈祷自己能早日回家团圆。

通知到手的，便大笑，或者大哭，闻之令人变色。有的把自己的破衣烂袄脏鞋被褥搬到空场，一把火烧了个干净，有的扔给了老乡、未走的战友。除了留点路费钱，剩下的办一桌酒席，哥们好友的大喝一场。北大荒的烈性酒灌了个一醉方休！醒转来，情感复杂难以名状地最后望一眼北大荒青纱帐，嗓子劈裂般地骂几声"娘"，便几乎是赤条条地走人，比来时还要轻装。

别了！别了别了别了，北大荒！

仿佛是大海的退潮，疾掠的飓风，眨眼间农场便空荡荡了，连队里有如败兵溃逃，灰飞尘扬一片破败狼藉。

军川农场 16 连原有 200 多号知青，像做梦一样，睁眼再看，只剩下王玉臣、管相林两口子和刚刚 1 岁的女儿！

冲击是可以想见的。

管相林无论如何不想再待下去了。大上海走来的姑娘，已经在这里付出了整整 9 年的青春和血汗，生命中鲜润的汁液和光彩已经煎熬殆尽，再继续待下去，待一辈子甚至待几辈子，想到这儿她就不寒而栗。何况，偌大个连队知青只剩下了她和他两人。

"回城里讨饭也比在这儿挨苦受累强。咱们走，一定得走！"她几乎是声嘶力竭地哭叫了。

王玉臣像石头样沉默，刀劈斧凿般棱角分明的脸阴郁着沉重着，内心里却电闪雷鸣风暴雨疾。

走吗？或许是该走了。苦斗了 12 年，为这块土地为这里的乡亲，可以说是呕心沥血肝胆涂地了，走也不愧对自己不愧对世人。而且自从那场风波之后，人们已经明显地冷落他，心情就再没舒展过。况且大家都走了，自个儿还坚持个什么劲儿，何必要牵累妻子甚至要影响女儿的前途。

他凶猛地吸着烟，一支接一支，在空荡荡的沉寂的连队里久久徘徊。知青大食堂空了，再没有袅袅的炊烟和蒸腾的热气升起。知青大宿舍空了，再没有往日的喧闹和活气了。篮球场上那些龙腾虎跃的身影呢？水井边那些姑娘叽叽喳喳的笑语呢？田野上那打打闹闹充满朝气的上百号人的队伍呢？

他觉得好凄凉好孤独。

蓦地，在学校门前，他站住了，心里不禁一阵颤痛。这是他一手干起来的红火事业呵！如今，知青教师哗地全撤了，绝大多数孩子被迫停学，整个学校几乎全部瘫痪！

还有，卫生所没人看病开药了，拖拉机康拜因大部分没人开了，电工没了通信员没了文书没了……农场被闪得好苦啊！这样巨大的空位，这样突如其来的打击，农场人该怎样对付啊！

这一切，走的知青们是想也没想过的。

此刻，王玉臣却目睹了这种悲惨这种破败。

顽强地留存在心底，始终不曾泯灭的信念突地又像烈火般升腾起来！

当初是在全校师生面前表达过自己的决心的，是在鲜红的党旗下宣过誓的，是在全团、全师的先进模范会议上表过态的。那绝不是逢场作戏！他从来不是逢场作戏的人！那追求那信念那意志早已钢浇铁铸般矗立在心底，是条汉子就绝不能退缩绝不能食言！知青上山下乡大潮是对还是错，留待历史去评说吧。只要边疆人欢迎我，我对边疆人有用，那就死活走下去，一条道走到黑走到死不回头！

他又一次庄严而郑重地宣布："我不走！"

妻子愤怒了，而农场人感动了。

每个人都是时代的独特产物，都是历史中的"这一个"。差异是到处存在的，正如世界上找不到两片相同的叶子。多少次平心静气的商讨，多少次火冒三丈的争论，为了家为了孩子，妻子暂时打消了走的念头，但情感上的裂痕却在这只生活小舟上出现了。我们无法苛责谁。不能要求王玉臣在既定的航道上向后转，也不能要求管相林嫁了王玉臣就必须跟着他在乡野里待一辈子。在那样的地方，女人活起来比男人更难，为了丈夫和孩子，她们需要付出加倍的牺牲！

暴风雨过后，生活的表面平静下来了。两个人都沮丧地想，就让这只孤独的小舟在青纱帐的海洋上漂泊罢，漂到哪里算哪里，至于未来，谁都难以预料，谁都不愿深想。听命吧。

这一年，经过考试，农场掏钱，王玉臣进入鹤岗市师范专科学校读中文专业。一去就是 3 年。

2. 别无选择

1981 年夏，玉臣以优异的成绩毕业，径直返回军川农场，被分配到场部第一中学教高中文学课。

响箭只会飞行，蜡烛只能燃烧，旗帜只渴望招展。王玉臣根置于黑土地，只会做忘我的近乎痴狂的奋斗，要他停下脚步，要他徘徊惆怅，要他做和尚撞钟，那就不是王玉臣！

这时候，大张旗鼓地宣传"扎根模范"、"献身边疆"，一朵朵红花一顶顶桂冠纷至沓来的时代已经过去，英雄和先进典型的灵光似乎不再引人注目。当年以行动赢得一系列光荣并被广为宣传的王玉臣，如今已被人们遗忘，成了茫茫星海中一颗黯淡的小星。遗忘就遗忘罢，黯淡就黯淡吧，王玉臣依然像下大地一样舍出命苦干。夜以继日，不是学生围着他，而是他围着学生，灰心的去鼓励，丢课的去补习，困难的去帮助，不断地自出考题自刻考卷以锻炼学生的应变能力和创造性思维。走上讲台挥动着一支粉笔不翻书本不看教案，口若悬河广征博引把学生震得目瞪口呆，成篇的屈原柳宗元成百首的李白杜甫开口成诵。他以炽诚和才学魅惑着吸引着感召着乡村的孩子们……

这当然要付出代价。

旧话不断重提，妻子仍然要回城市去，为的是孩子的前途，且孩子已送回上海姥爷姥姥家，她就更加牵肠挂肚地思念孩子。玉臣又那样忙，几乎全身心地投入，无暇顾及家里，更不愿意为走和留的古老话题分心思，在他这已是不可动摇的意志。

一个幸福家庭所应有的种种条件，或者先前就不具备，或者因去留的尖锐分歧而渐渐瓦解。气氛冷了，情感淡了，因过度操劳，玉臣身体也日见屡弱，实在没气力侍弄家里家外。妻子愁苦，玉臣也郁闷。

以往不时掀些小风暴，接着还有雨过天晴。现在风暴没有了，晴空也没有了，小家庭的顶上整日是阴郁沉重的愁云。这是最可怕的。

到这份儿上，离异已不可避免。夜深人静的时候，王玉臣兀自坐在灯下，忆起许多年来的种种坎坷辛酸，身心衰颓地沉入深深的悲哀。或许这婚姻本身就有着一种先天不足，本没有爱，两颗心各有各的倾慕和眷恋，只是种种误解和命运的错位，叫两个人走到一起，为的是在艰难中相互依存。那时候的艰难过去了，新的艰难又迎来而且还会不断地来，这个家就很难抗争了。同时，他也觉着，自己矢志于留在黑土地青纱帐，走完自己要走的路，却没必要也不应该要妻子陪自己走到底。与城市比，特别与大上海比，乡村的苦外难处何异于天壤之别！常人难于坚持，能走的都想走，更何况是城里人，更何况是女人。

呵，少年时在校园慷慨宣誓的时候，怎么也没想到确立一种信念实践一种信念坚持一种信念，竟要付出如此沉重和悲惨的代价！爱情毁了，光荣毁了，家毁了，身体也毁了。

离就离吧。强留她在身边，自己终生不会平静，也会有难以平抑的歉疚的。

1982 年，两人默默地分手了。眼泪已经干涸，悲苦和凄凉就尤其深长。

这以后，王玉臣就发疯似的全身心在工作中，只要不躺倒就去忙，忙得瘦骨嶙峋，忙得弱不禁风。

熠熠生辉的才智源源不绝的生命力倾注进学生的血脉，一个偏远的小小农场的中学，竟培养出几十名大学生，1984 年 77 个高中毕业生竟出了 44 个大、中专生，在整个农场管理局系统位居第一（这里当然还有许多同事的心血和汗水）！方圆几十里的孩子纷纷"拉关系"、"走后门",想方设法要进入这所中学了……

忙碌之中,王玉臣忘记了自己的身体已是强弩之末。

1985年春,一个有雨的日子。王玉臣照例准时走上讲台,开始讲刘白羽的《长江三日》,那浩大的气势,澎湃的激情冲击着他也冲击着孩子们,朗读时声音高亢,两颊潮红,讲解时手势有力滔滔不绝。突然,那只挥动在空中的手僵凝了,嗓子一点声音也发不出,粉笔从手中掉落下来,接着胳膊滑了一个软软的弧形,整个身体重重地摔倒在讲台上。

他昏死过去。

后来知道,是几十个学生、老师流着泪抱他背他抬他,把他送到场部医院的。整整两天,昏迷不醒。等他再睁开眼,医生沉痛地告诉他,诊断是"癔症性瘫痪,运动性失语"!

也就是说,他不能动也不会说了!废了!

农场震惊了,也仿佛突然醒悟了。人们这时候回顾王玉臣在军川农场所走过的道路,才深刻和痛心地意识到,他的品格、他的追求、他的信念、他的牺牲,是何等崇高、何等无私、何等可贵呵!

人们为之泪下了。

农场的学生和家长们是一直深深地挚爱和敬仰这位师长的。许多天里,从几十里以外,从4队、16队,从四面八方,来探视他的人像潮水一般涌来。十几年了,有的父子两代都是他的学生。大家都念着他的恩情,都记着他怎样白手起家,搞起了红红火火的"义务教育",都忘不了他怎样没黑没白地操劳……

"他是为咱们农场人累垮的!"

家长带学生进来,见他这病残的样子,都禁不住失声恸哭。有的就叫孩子跪下砰砰地磕头。各种慰问品堆成了山。家长、孩子争着抢着轮流在床边守护照料他。

人流几乎淹没了整个医院。

院长慨叹："我们建院 20 年了，看病号的从来没这么多！"

护士长下死令："禁止探视。不然就把病人累死了！"

可人们照样悲痛地涌来。玉臣不能说，就只好在纸上写。护士把纸笔没收，他就用手指甲在被上、墙上画……

目睹着感受着这潮水的暖流，多年来抑郁不欢、几近冰冷的心融化了，复苏了，并且又激动不已了。

管它多少苦多少难，终归是没白干！从那一双双含泪的深情的眼睛里，他看到了自己生命的价值和意义，看到了用真诚换来的真诚！

这就足够了。

他已经暗暗摩拳擦掌，准备继续大十一场了。

多方治疗无效。医生做出最后的判决："这种病以后也许可以痊愈，但无法在这高寒地区长久生活。别无选择，只有回城市去！"

一直顽强、坚忍地挺立着的信念，终于跌倒了……

他被抬着、搀扶着，回到了哈尔滨。不能行走，不能说话。

农场人悲怆地说："王玉臣站着来的，躺着走的。我们忘不了他！"

第四章 尾声还是序曲？

辗转彷徨，苦思苦索。

在繁华热闹的同记商场，王玉臣躲避着一切繁华热闹。每天只是默默地早晨开大门，晚上锁大门……

这就是我的归宿吗？后半辈子就这样寂寥落寞地虚度时光吗？生命在哪里还能找到它的价值和意义？

一个北大荒青纱帐里走来的铮铮汉子。

一个在班级最早入团、在学校最早下乡、在农场知青中最先入党，又是最后被抬回来的热血男儿。

一个不断被命运摔倒、又不断地爬起来重新投入战斗的猛士。

一个从粗犷的黑土地汲取过力量、在狂嚣的暴风雪中锻铸过意志、在穷苦的人民中间陶冶过情操的老知青。

这样的家伙此后到底该怎么个活法儿呢？

一切凄凄惨惨戚戚都不该污浊和软化了这身硬骨！

不狂妄地去设想、追求什么辉煌。看透了，一切辉煌都是过眼烟云，人生永远是未完成式。只有切实地努力，只有坚韧地前行……

血在，总是要奔流的。

王玉臣又拿出了自己的本色。默默地、认真地把大门开了锁，锁了开。间或写写商场的黑板报，就职权范围之内的事情搞搞调查报告。

那一天，商场经理丛锡芳颇有兴趣地反复看着案头的一份调查报告。字体端正，语言简洁，条理清晰。

"这是谁写的？"他问旁边的人。

"那个从乡下回来的……"名字却叫不出。

"你把他找来。"

一次长谈，一次考察。对于这位爱才的经理来说是一个欣喜地发现，对于淹没在700多号职工中的王玉臣来说是一个出乎意料的契机。

他荣升经理室秘书。

不到3个月，是又一次发现又一次契机，他调进哈尔滨市政府商业委员会。

一个敢说敢干、能吃苦的整日奔波在基层的科长。

大时代激浪千叠，浩荡奔流。

停滞封闭的生活腐蚀人糟蹋人蔑视人；呼啸猛进的生活创造人解放人升华人。面对广阔而清新的地平线，王玉臣的心灵前所未有地舒展了宏大了。

他想起了——或者说始终不曾忘记——自己的难友和曾经是妻子的管相林。她早已返回上海。

在辛苦的岁月里，他和她毕竟相互依存过支撑过，那何尝不是最可宝贵、弥足珍念的爱的经历？思来想去，是惨痛的坎坷和重压抑郁了两颗善良、单纯和美好的心，是命运制造了离异的悲剧。今天，实在该重新审视以往的生活，摒弃以往的歧见，珍重以往备受摧残的真诚和美好了。

他婉言谢绝了一些亲友的热心，向上海发出热烈的呼唤！

同样的反思也在黄浦江畔生发着、深沉着、滋润着。

管相林带着女儿翩然归来。

饱经患难之后，两个老知青重铸幸福。

化尾声为序曲，是奋进者才有的幸福。

花朵般的女儿好撒娇，现今的娇儿都是渴望拥有一切的帝王。于是王玉臣给她讲北大荒，讲青纱帐。

女儿总是点着他的脑门儿笑答：

"爸爸，你又讲'长征'了！"

失踪的少女

冯骥才

●被大雨困在泰山上●一个女孩子突然跪在面前●她把命运压在我手上●一人一棵"发烟卷"●她和他走时中间隔着两三尺距离●北京西直门草打厂根本没有这个新疆业务员●一幅无济于事、自我安慰的画

1974 年　20 岁　女

S 省 T 地区插队青年

我先说，我得给你的工作来点"突破"。我要讲的不是自己的故事，是别人的。可这是我亲身经历的。咱别生拉硬扯，非说这就算我的经历。其实在"文革"中，我自己真的受过不少苦不少罪，有一次我差点疯了。倒不是因为我怕说了受不了才不说，我这个人心里呀，往往碰到别人的苦难比我自己记得还清。尤其这一桩。这人——我想你再有本事，中国这么大，十亿人，你未必还能找到她。我认真寻找过，但没找到……我说这事行吗，行，那好，我说。

1974 年吧，那时我在一个工艺美术学校教绘画。那年春天，挺凉着呢，要外出给学生们上写生课。我和另外一位老师负责。那老师教花卉，我教山水。他

带着学生们先去菏泽，牡丹之乡呀，在山东。春天牡丹正开花。他先带学生去那里，画完牡丹再去泰山，由我接着教山水写生。他们走后，我接着就个儿上泰山等他们。我住在中天门一家小旅馆里，风景当然挺棒呀，上边险峻，下边幽深，往西边还可以山前山后转来转去，可不巧赶上了下雨，春雨没有利索的，下起来没完没了。我只好隔着窗子天天画雨景，一边等学生们，可怎么也等不来。我听说菏泽那边雨更大。照理说牡丹遭雨一打，全败了，怎么他们也不来呢？是不是返回去了？山上没电话，写信一个往返不知要多少天，还得托挑山工把信捎下去，有了回信再捎上来，那可就没准儿了。我算给困在山上了。过了几天，雨不但不停，愈下愈大，可是景儿就出来了。满山全是泉水声，瀑布也有了，这在春天是很少见到的，先不说这太美的事情了，因为这个故事本身挺惨。

　　我在山上被困了整整 10 天。第 11 天，云彩开了，见到蓝天，我赶紧下山。如果不赶紧走，再来场大雨就够呛了。我身上没剩多少钱，必须赶紧走。等我到了山下边，天竟全晴了。我就到泰安车站买了票；车是下午三点的。随便吃点东西，在车站外找个太阳地歇歇。连日下雨候车室里又阴又潮，待不住。我找到一面大墙的墙根，搬块石头坐下来，太阳一晒挺舒服。旁边还蹲着几个等车的人，有的拿棉大衣一裹打盹，有的打扑克。不知都是等哪趟车的。还有个卖烟的老头摆个小摊，挺静。春天倒是干净，没有苍蝇跟你捣乱。抬眼瞧，正对着泰山，起起伏伏，挺有气势，好像大地掀起的波浪。闲着也没事，我才要支起板子画一画，只觉得一个人朝我走来。

　　下意识抬起头一看，是个女孩子，穿得挺破，头发很乱，额前的头发把上半张脸盖住根本看不见，何况她又是低着头。她一直走到我面前，看来是直奔我来的，我还没弄清怎么回事，她"扑通"一下就给我跪下。我懵了，你想我能不怔？她干吗给我跪下。我说：

"你，你这是怎么回事呀。"她不说话，也不动地儿，跪在那儿。旁边那个披大棉袄的，看样子像个复员军人，还有那几个打扑克的，卖烟的，全都怔了，围过来。我说："这姑娘，你是不是有难处？是吧。"这话一说，这女孩子头还是没抬，可泪珠子就下来了。像下雨的雨点落在地上，很快"劈里啪啦"全是泪滴，一片。但她没哭声，好像是憋在嗓子下边，发出咕噜咕噜的声音。我可有点受不了这场面，急着说："这姑娘，你到底怎么回事，是不是没钱，我可以给你，我的车票已经买完啦，剩下钱全都可以给你，怎么，你说话呀，你需要什么我可以帮助你。"旁边那复员军人开了口，说："这姑娘人家问你话呢，你别光哭行不行，你有难处我也可以帮你。你的难处未必是我们的难处，你痛痛快快告我们成不成？你不信我们能给你解决问题？"一听这复员军人的口音，一听他说话的口气，就知是山东这边人，一股子义气劲儿，梁山英雄那劲儿，叫人一听心里就发热。另外那几个人也都安慰她，叫她快说。这女孩子把脸一扬，挺清秀的一张脸，挂着全是泪珠，像叫急雨淋上去的。脸上没一点血色，眼圈是黑的，一看就是熬得够劲，一副受难的样子。

她说了，说得很简单，字字句句都像枪子打在我心上。

她说她是济南人。出身不好，可是打小就没了父亲。母亲守寡带着她，但都受了父亲牵连。母亲偏偏太直，为死了的父亲辩护几句话，被弄起来。家里的亲戚朋友没人敢沾她，她就自己过日子。她没收入，靠卖家里的东西过日子。一个家叫她快卖空了。她不懂价钱，受了不少骗。直到上山下乡就报名，被分配到泰安这地方山区里。后来母亲死在牢里，也不准她回去见一面。单位处理了结后给一张通知单就算完了。感情上虽不叫她和家里连着，政治上却把她和家里拴在一起。她说：

"当地那些人和一块儿下乡的都欺侮我。大队拿我当四类分子看。我有慢性肾盂肾炎，犯起病站都站不住，大队偏不派我轻活干。在农村能干活还好一点。我常没得吃。找人借粮借不上，借了也没法还。我实在没法活了，就跑出来。刚跑出来时觉得自己自由。可跑着跑着才知道自己根本没地方去。回济南吧，没人肯收下我。要是返回农村去，大队他们肯定不会饶我，起码打个"革命的逃兵"今后更没好。我在车站上碰到一个人。他是个业务员，新疆来的，他说他是北京人，现在父母还都在北京。这人 30 多岁。他说他是从北京支边到新疆，没娶老婆。他看我可怜，说可以带我去新疆，但必须嫁给他。他今天就返回新疆，我要是同意，他就带我去，要是不同意就算，他就自己走了。我没主意，请你们给我做主，说我该怎么办？"

我完全懵住了。一个女孩子怎么可能把终身大事随随便便交给一个陌生人做主。可是那时候，就这情况。细一想，她无亲无故，没来路也无去路，走投无路。她又没社会经验，找谁去商量？她肯定是看我的外表像个有点头脑、有点文化的人，选中了我替她决断。这就叫我非常为难了。这是关乎她一生是否幸福的选择。我的一句话也许就把她推向一条生路，也许推向一条绝路。我一向以为自己有点主意。我的朋友们遇到难处，都喜欢听我的分析和判断，但我头一次感到自己无能。我扭头看看那复员军人，意思向他求援，可是他的眼睛正看我，也是一对问号。他那股侠义劲看来也使不上了。我又不能不说话。可是她把她的命运压在我手上了。这分量实在太重。

我拿不定主意，半天说不出话来。这女孩子直怔怔瞧着我。好像非我不成。好像无论我怎么说她都会怎么做。再想一想，那个新疆的业务员要是走了，她怎么办。她活一天，就得有地方睡，就得一天三餐。现在要饭都没地方要去，到处搞阶级斗争，不知你底细谁敢把东西给你吃？摆在面前，既是她的前途和命运，又是极现实的问题呀。

我一急，来了灵感。对她说："你把那新疆业务员叫来，我们看看他再说行吗？"

复员军人看我一眼，好像称赞我这办法对。这女孩子一听，脸仿佛都亮了，马上点头答应，去了。我、复员军人，还有那几个打扑克的，都蹲在一块，等那新疆业务员来。我们说好，他来了，咱就好好盘问他，别客气。别叫这姑娘不明不白地毁了。

不一会儿，那女孩子就领一个男人来。这人和那女孩子差不离高，腿挺短，有点罗圈，上边一件蓝布大棉袄，提着个黑人造革的手提包，皮肤给风吹日晒又粗又黑，眼珠很大，很精明，一看就是业务员，没错。他说他30多岁，我看起码四十二三。还没等我们站起身他就蹲在对面，打上衣口袋摸出一盒"墨菊牌"烟卷，飞快抽出一根给我，又拿出几根，一人一根扔过去。这在业务员那行叫"发烟卷"。我们才要谢绝，他龇着牙笑道："烟酒不分家。"凭我的观察力，他是业务员丝毫不用怀疑了。不等我仔细打量他，他眼睛在我们个个身上来回扫过两趟，可每一眼都好像把我们看透。我看这人过分精明，有点不放心，就问："你是新疆什么地方的。"我刚一说，他立即从口袋掏出一张证明信，打开，还用手指"嗒嗒"弹落里边夹着的烟末子，递给我，又掏出一个红塑料皮工作证给我，一看，确实是新疆乌鲁木齐市的，一个叫"红卫印刷厂"的单位工作，证明信上说是来买圆盘印刷机。工作证上还有他的照片，盖过钢印。照片就是他本人，不仅没有任何破绽，还叫人心里踏实了。我们几个把他的工作证和证明信都传着看了，这下不但没有任何疑问，也没话可说，有点犯傻。他却说了：

"咱们素不相识，我的话信不信由你们。可还得说一句，我和这姑娘也素不相识，她的话我都信了。我可不是硬要把她带走。我是在这儿等车，看她坐在旁边哭，哭得挺可怜，我以为她缺钱，要帮她，谁知她一说，是在生产队受气跑出来的。人心都是肉长的，对不？我挺同情她。我家在北京，住在西直门草打厂 117 号。爹娘和一个姐姐现在还住在那儿。我是 10 年前支边到新疆去的。原先干车工，厂里看我能干，能跑能颠，叫我出来干业务采购这行，吃苦受累呗。我一直没结婚。你们不知新疆那鬼地方，内地的女人大都是男人带去的，单身女人也不愿嫁当地人，都想法嫁到内地，好回内地呗。当地的女人跟咱习惯和不来。我在内地找不到媳妇，谁都明白，嫁给我就等于充军了。条件再差的，瘸的、瞎的、有毛病的也不肯。我就一直没结婚。可你们别以为我非有老婆不行，光棍也有光棍的自由，各有各的乐儿，我也习惯单身生活。要不是碰见这姑娘，我根本没打算结婚。当时我看她怪可怜，无亲无故，生一个想法，带她回去。可我总不能不沾亲不带故带一个姑娘回去，算哪门子事？我说是我妹妹行吗？单位人会说："你哪辈子的妹妹呀，怎么以前填表从来没这个人呀，是吧。我又不忍心看她这样，就说你要嫁我，我管你。说实在的，她一没户口，二没粮食，跑到哪儿也没法活。我还好，跑这些年业务，地面上关系都熟，再说那边也没这边严。起个户口，弄个口粮，不成问题。我说这些你放心，我要你就对得起你，我今年三十六七了，她说她才 20，差着不小呢。我这么大人了，也不会欺侮这个小姑娘。我这么好心待她，她将来也不会对不起我。对吧！她说她得找个人问问去，就找到你们了。你们几位看，这事合适不合适，要是合适我们就走。反正再过半个小时火车就来了。要是不合适就算，我走我的。反正我对得起自己良心了。我才刚说过，我不是非结婚不行，就是同情她。说老实话，我也是看这个姑娘是个老实人。娶了她也算是福气吧，我一口气把心里话全掏出来了。成不成你们说，她既然信得过你们几位，我也信得过你们几位。我没话了，你们说吧！"

复员军人和那几个都看我，等我说，大概他们听了这些通情达理的话，也无话可说了，我说什么呢？我反来复去把那工作证和证明信看了又看，愈看愈没话说。当然，从形象上看，他们绝对不是一对，完全不合套。一个文气的、没有任何社会经验的少女，一个是老练甚至有点油滑的业务员。年龄几乎差着一代。可是如果我说不合适，这男人走了，这姑娘又该怎么办？我们几个不多会儿也要各奔东西，她一个人没吃没喝没有住处，留在这里，还不如一只小猫。难道我们中间有谁可以把她带回去？吃喝先不说，谁家都是一间屋子半间炕，住在哪儿，户口又怎么办。没户口不就是窝藏黑人了？我实在没办法了，只好问那女孩："你觉得怎么样？"她一直低着头，不言语。我想，是啊，她找我，不就是叫我拿主意吗？我只好对这业务员说：

"如果她本人真愿意，要是真跟了你，你无论如何也得疼她。你想想，她一个女孩子，没父没母没亲人，那么老远跟你去了，一下子几千里地以外，你要是……要是对不起她，她找谁去？"

这业务员马上伸出一只手拦住我说：

"您可别这么说，您说您同情她，我更同情她。您同情她只是嘴头上同情，我得带回去养着她。要不您带她走，您要能把她带走，我佩服您。怎么样，不成吧。我可不是跟您呛火，是说您甭拿咱好心当别的。您想想，我给她买一张车票回去得花多少钱？到我们那儿也不能马上工作，她这身子骨我看只能料理家务。我得管她吃穿。当然我认头，她是我老婆了，我的人，我不疼谁疼？我把她弄回去，欺侮她，整天惹气，我撑的？我放着光棍一身轻的日子不过，找别扭？咱再把话说远点，我已经快40的人了，还指她生儿育女，还得一块儿过一辈子呢。尤其在那么老远那鬼地方，只有亲的热的才是自己的，您说对吧。"

　　他说得眼珠直冒光，好像犯火气了。我给他说得闷住口。不单没话，一个字儿也没有了。旁边那复员军人把话接过去对业务员说：

　　"哎，我说，这同志劝你，也是为你好。虽然这姑娘跟你，是你的人，可你们俩不是还没说定吗？我们不认识她，也不认识你，为什么管这事，是看这姑娘可怜。你要是明白人，就懂得我们这些话不仅为这姑娘好，也是为你好。对吧！"

　　这业务员不大情愿地点点头，他还有点气哼哼，好像我们冤枉了好人。旁边那几位也连劝带说，那业务员站起身说："那我谢谢你们几位了。你们看这事怎么办？"眼瞅着我。

　　我问那姑娘说："你说这么行吗？"

　　那姑娘一直低着头。听完我的话，轻轻点了一下头。还直怔怔站着，好像不知该怎么做。

　　业务员对她说："要是说定了，咱就得走了，还得补一张车票去，再晚怕没票了。"

　　那姑娘头还是没抬，对我说声："我总记住您。"转身跟着业务员去了。这句话可有点撕我的心。我忽然灵机一动，拿笔在纸上写了几个字，叫住她，跑上去说："这是我的地址姓名，有什么需要我帮助，写信给我。"她接过纸条就哭了，哭着就走了。我一直站着看他们走远。这姑娘一直跟那业务员保持两三尺远的距离，中间空的那块地方，是远处的车站。两个气质经历各个方面完全无关的人，就这么走到一起去了。她和他保持这个距离，不愿和他挨近，大概出于一个少女的自尊，还是出于什么别的心理，就琢磨不透了。我看着，心里不是滋味。

　　事过之后，一直没有收到这女孩子的来信，我想她肯定在遥远的边疆生活或生存了。也许在操持家务，也许已经生儿育女。但愿那个其貌不扬的业务员心地还好，能在这艰难世事中给她一点点温暖。不知为什么，偶然这女孩子的身影在我眼前闪过时，我总带着一点担心，一点不安，好像还有一点点内疚似的。

1975年秋天我去北京出差。忽然想起那姑娘，很想知道她的情况，想到那新疆业务员在北京家的地址，是西直门内草打厂117号。我去了，找到草打厂，非常奇怪，那儿根本没有117号，我以为我记错了。再找17号和77号，都不对。我就找到居委会，问一个街道代表老大娘，她说这儿从来没有这家人，也没人去新疆支边，根本没这个人，我再往深问，她起了疑心，反而问我姓什名谁，找这人干什么，还向我要工作证看。那时到处都搞阶级斗争，好像到处都有阶级敌人。我要是再追下去，她就会把我带到派出所去的。我只好应付一下去了。

走出草打厂我才意识到，我受了那所谓的新疆业务员骗了，那姑娘也受骗了。我竟全傻了。已经事隔一年，那姑娘可能被卖，可能受到更悲惨的命运，甚至可能不在人世。我就深深地后悔起来，如果当初我制止，那姑娘即便被迫无奈回到生产队，也不会落到这处境。都是因为我！在人家把命运压在自己手上时，自己却轻易地处置了，这究竟不是一个人问路问道呀，可是我又想，如果当时不那么办，又该怎么办。跟着我又觉得这是为自己开脱。我这是没有人性，够不上一个男人。每逢此时，我会自己给自己胸脯来上几拳。

我不想往下说了……

我现在只想知道这姑娘如今在哪里？

我画过一张画，从泥泞通向远处的阳光。这画是我为这姑娘画的。但愿有一天能把这画送给她。当然这也是用来安慰自己罢了。

那时，一个人的命运，往往也是千万个人的命运。

冬　女

李建平

●人品像长相一样美●只要他爱我，我可以
退婚●忘情地偷吃禁果●不祥的预感●最后的相
聚●天命终难违，此别恨难穷

> 她变得像另一个人，脸瘦了一圈，
> 苍白憔悴，再也没有了原来的欢乐、活
> 泼与开朗。
>
> ——作者

　　我忘不了一位北京知识青年与一位陕北女子的
恋情。

　　北京知青小 Z 和他哥哥大 Z 一块儿到陕北插队。
我也是和哥哥一起插队的。由于我哥哥与小 Z 是同班
同学，所以自然地就形成了一个大集体中的小集体。
当知青们共同吃的大锅饭解体，分成了若干个自愿结
合的小灶时，我们四个人当然就在同一灶上了。

　　小 Z 和本村名叫冬女的姑娘同在一个小队干活。
知青们刚去时，什么活计也不会干。于是队里给每位
知青派了一个"师傅"，这当师傅的不仅要帮徒弟装修
农具、教干活，连知青的饮食起居都要关心照顾，给
我们知青们解决了许多实际困难。小 Z 并不是冬女家

的徒弟，而大 Z 的师傅却是冬女的哥哥长毛。白天，长毛、冬女和大 Z、小 Z 同在一起干活，长毛家如要吃点好的呀吃些稀罕的陕北风味饭，总忘不了请这个"徒弟"大 Z，可大 Z 还有个弟弟小 Z，于是每次总是把哥俩一起叫去。日久生情，慢慢地这哥俩与冬女一家相处得如同一家人一样。

冬女个子不高，却长着一对水汪汪的大眼睛，能传神，会说话，五官端正且又很受看，在村里女子中算是佼佼者，而且活泼、开朗、心地善良，她的人品就像她的长相一样美。冬女比小 Z 小两三岁，又都是年轻人，白天干活在一起，晚上冬女也常来我们这个小集体灶上串个门。刚开始谁也没有发现他们之间有什么异常。时间一长，从他俩的玩笑与神态中，我好像觉出了一些什么。对于冬女频频到知青处串门，她父母不免担心，既怕村里人的风言风语，又怕引起我们的厌烦。冬女于是搬出我这个女知青来当挡箭牌。这一招果然奏效，她父母不再说什么了。冬女与小 Z 之间的交往也如干柴遇火般地越燃越旺。女孩子有事愿意找女孩子说，冬女与小 Z 两人之间的秘密对我是绝对公开的，自然而然我就成了保护他们的屏障。

白天干活时，小 Z 总是用陕北信天游小调唱一些临时随意加词的情歌。每当小 Z 在冬女身旁唱起来时，冬女总是甜甜地听着，甜甜地笑着。晚上冬女来时，小 Z 总是手把手地教冬女识字，然后小 Z 再把冬女送到家门口。

一天早上，刚刚吃过早饭，冬女就站在我们居住的坡下喊我，我应声走下去。冬女对我说她想去公社，今天不出工了，并让我悄悄地问问小 Z 去不去。我笑了笑对冬女说："你自己去问吧，你又不是不认识他。"冬女脸红了，拉住我的手央求。于是我让冬女等着我，我替她问。当我从坡下上来时，小 Z 已经站在窑洞门外等着我了。一见我，小 Z 就问："冬女叫你有事吗？"我说："她让我问问你，去不去公社，如果去，我就去告诉她一声。"小Z听罢眼里放出了光彩，不但一口应允，还求我一同去。我说："你们去吧，我不想去。"这回轮到小Z求我了："你去吧，和我们一起去，这样别人就不会怀疑我们了。"我故意问了一句："别人说你们什么，有什么可怕的？"小Z说："其实不说你也许能看出来，我喜欢冬女，如果我和她一起去公社，村里人看见了，我怕会给冬女胡说八道。"看着这对初恋的男女那殷切切的样子，我只好答应了与他们同去公社。

冬女欢快极了。我们村离公社有十几里地，路的一边是山，另一边是洪水冲出的大沟，比路面要低十几米，平时不下雨，那路下边的水道是平平展展的黄土地。放着大道不走，他们偏走河川，我只好识趣地一人走在大道上。等我到了公社，过了好久才看见他们俩的身影。回去的路上依然如此。直到下地的人都回来了，天渐暗了下来，他俩才返回村里。吃罢晚饭，小Z一人吹着小调，抽着烟，躺在炕上不知想着什么，我回到我的窑洞里也伸直了腰平躺在炕上。正当我有些迷迷糊糊地要睡着时，冬女像春风似的飘到我面前，借着煤油灯的光，我读出了冬女脸上的快乐和欣喜。我拉住她的手问："冬女，跟我讲实话，你爱他吗？"冬女甜甜地点了点头，她把脸贴在我身上，对我说："小Z真好。"我问："怎么好法儿？"冬女说："他爱我，他亲口对我说的。"我说："你相信？"冬女一副自信的样子点了点头，随后毫无城府地告诉我小Z亲她了，把她紧紧地抱在怀里亲着她。我看出，如果冬女不讲出她心底的秘密，不说出她内心的幸福，她会兴奋得一夜都睡不着觉的。我提醒她："你可是订了婚的女子（未婚女人）了。"冬女说："只要能爱他，只要他爱我，我可以退婚。"听了冬女的话，我只有轻叹的份儿了。倒不是说小Z的人不好，我总觉得一个知青与一个陕北女子是不现实的，他们能冲破世俗的观念吗？

　　那以后，冬女总是把家里好吃的偷偷地塞给小Z，用她仅有的一点零花钱给小Z买烟。小Z也总把一些好的东西留给冬女，还用家里寄来的钱给冬女买了一件花衬衫。不过为了不让冬女父母知晓，他俩说好了，说是我给冬女的。我只好硬着头皮答应为他们遮掩，承担起送衬衫这一成人之美的好事。一次我独自和小Z在窑里做饭，我抽冷子问他："你和冬女准备怎样？"小Z说他要娶冬女，这句话如同他那张平静的脸一样，看不出，也听不出有丝毫犹豫，仿佛这个决心早就下定了似的。我又问小Z："那你家里同意这件事？"小Z依然平静地说："同意或不同意我都要娶她，反正我也回不了城市了，也不会跟家里一辈子。""那你哥哥同意吗？""我的事我自己作主，用不着他为我操心。"他的一番话，使我无言以对。沉默片刻，我又说："冬女可都订婚了。"小Z说："订婚又不是结婚，冬女说她不嫁给那个人。"

　　没多久小Z他们搬到了冬女家旁边，这间窑洞是冬女家的。这倒为冬女、小Z创造了相互接触的好机会。

　　一天晚上，队里开社员大会，我提出由我看家，这时冬女进来了，问我们去不去开会，我说我不去。冬女也就不去了。冬女不去了，小Z自然也不会去了。我哥哥和大Z跟着长毛走了，我坐在炕锅沿儿旁看书，冬女和小Z躺在炕上，盖着被子紧紧地偎在一起。

　　他们俩相互温存着，忘情地偷吃着禁果，沉浸在爱的漩涡里。不知过了多久，一阵陕北民歌传来。是大Z他们开会回来了，冬女和小Z这才依依不舍地分开。冬女从炕上起来，整理好衣服坐在我旁边搂着我，脸红红的，带着一分羞涩，带着一分幸福，带着一分甜蜜，眼睛里放着异彩，流着欢乐的泪。为了不让大Z他们看到，又匆忙地擦去，并回头深情地望着小Z，望着这个她以身相许的人。

　　晚上我和冬女睡在一起，冬女翻来覆去几乎一夜未睡，弄得我也睡不着，每当我翻身时，冬女总轻轻地唤我一声，我装睡着了不应她。天刚亮，村里的雄鸡高声地叫起来，我翻身借着从外面透进来的微弱晨光一看，冬女睁着大眼睛望着窑顶。我碰了碰冬女，她醒过来似的把目光转向我。我问她："怎么醒得这么早？"她说："我一夜没睡。""为什么？""不困。""又想他了？""嗯。""冬女你怕吗？""不怕，我想有一个他的孩子。""为什么？""为了爱，我爱他。""如果他骗了你，你也爱他？"冬女使劲儿地点点头。"你不后悔？""不，决不后悔！"我无言地搂住了冬女。多么好的女孩子，感情这般真挚，心地这般善良。我又问她："冬女，你不怕让你未来的丈夫知道？"冬女说："只要小Z在我身边，我决不嫁人。""你觉得你们之间能组成家庭吗？""也许可能，也许不可能。"说到这儿，冬女轻轻地叹了一口气，眼泪涌出了眼眶。我感到她的身子在轻轻地颤抖，一股同情的波澜猛地涌上我心间。作为冬女与小Z之间感情的知情者，我总有一种不祥的预感，一种说不出的预感。当我们知青迁户离京来到千里之外的黄土高原上插队落户后，谁也无法预料今后命运将把我们抛向何处，抛向何方。也许正是知青们对今后归宿茫茫然时许多人匆忙组成了家庭，有些女知青嫁给当地青年，也有极个别的男知青娶了当地女子为妻。这些无疑地使冬女心中升起了一线希望。但是，这线希望很快就破灭了。

　　第一批招工开始了，主要招的是知青，名额虽有限，但队上考虑我们这个灶上是哥俩加兄妹俩，因此让我们自己协商各走一个。大Z主张让小Z走，小Z却让大Z走，哥俩你推我让，直到大Z急了跟小Z吵了起来："让你先走，你就先走，还有什么可让的。"小Z说："你岁数比我大，你先去当工人吧，少管我走不走。"大Z说："这回非得你走，不走也得走，走也得走。"小Z说："你要是不走就把名额让出去，反正我不走。"话说到这儿，大Z瞪着眼冲小Z吼道："这里有什么可舍不得的，你不就是为了冬女吗？别以为我什么都不知道！"小Z也火了："知道又怎么样，我就是跟冬女好，我就是爱她，喜欢她，你管得着吗？"大Z说："这回我非要管，到时可别怪我不给你们留情面。"小Z说："你管不着，这是我的事，我不但不走，我还要娶她呢。"大Z气得脸发青，小Z气得脸发白，哥俩像两头斗牛谁也不服谁，吵过之后又都沉着脸谁也不理谁。晚上大Z主动找小Z，把小Z拉到了外边，哥俩很晚很晚才回窑洞。几天后小Z去公社报到，接受体格检查、政审等，一关一关都非常顺利。不知大Z怎么说服了小Z，可小Z虽然通过了招工的各道关卡，却始终看不出丝毫的喜悦。

临走前的晚上，小Z与冬女出去了，这是他们之间的最后相聚，却也意味着永远的结束。直到天快亮了，小Z才垂着头像丢了魂似的回来了。早上起来后，仍能看出小Z哭过，两只眼睛红红的。

被招工的知青走时，全村的男女老少都来送行，唯独没有冬女的踪影。十几里地的路好像突然缩短了似的，一会儿就到了公社。来接这批工人的卡车早已停在一边。这天公社人最多、最热闹，人来人往彼此间相互告别着。本以为冬女也许会在公社为小Z送行，可直到人都散尽了，仍没见到冬女露面。回到村里才知道冬女昨晚因与小Z告别，直到天快亮了才回家，遭到了父母的怒斥，虽然冬女搬出我做挡箭牌，但是当父母的心里有数，为了收住冬女的心，他们决定让冬女与外村订过婚的未来女婿尽快结婚。冬女不乐意，与父母吵了一架，再加上小Z的离开使她伤心至极，第二天就病倒了。

没过多久，冬女出嫁了。出嫁那天，没通知亲朋好友，也没办事。冬女离开娘家去婆家前，又走到我住的窑洞坡下叫我，我应声下了坡。冬女哭成了个泪人，虽然当地人认为女子出嫁时必须要流离娘泪方显出女儿的孝顺，但冬女的离娘泪与其他女子不同，只有我知道冬女那苦涩的心和那永远失落美好感情的痛苦。

冬女走了，一个月后，她回娘家来了。她变得像另一个人，脸瘦了一圈，苍白憔悴，再也没有了原来的欢快、活泼与开朗。冬女向我问起小 Z。为了安慰冬女，我告诉她，小 Z 来信了，信中问你好呢。冬女叹了一口气说："有什么可好的，我已经结婚了，让他忘了我吧。"我问冬女："婚后可好?"冬女又叹了口气说："好不好也这样了。"我无言以对。

几天后，我去冬女婆家所在的村里找别的知青玩，又碰见了冬女，冬女硬把我拉到她的新家。这个"家"一点儿也看不出新婚的新劲儿，除了仅有的两床被子是新的外，几乎什么也没有。我不禁奇怪地问冬女："陕北人再穷，娶媳妇时也讲究全新的，最起码像个刚筹资新建的家，怎么你的家这么寒酸?"冬女说："订亲时要了些彩礼钱，给长毛娶了媳妇；婆婆家因送彩礼仍欠着别人的债没还清呢。"晚上我在冬女的央求下住在冬女家里，冬女的丈夫，一个老实巴交不爱说话的庄稼汉被冬女轰回父母处了。

这天晚上我和冬女彻夜未眠，说了许多许多话。冬女依然沉浸在对初恋的回忆和对小 Z 深深怀念中，她悲哀地说："只有认命。"冬女告诉我，自结婚后从未与她男人在一起。

第二天我走时，冬女送了一程又一程。分手时我对冬女说："忘记一切，好好过日子吧，因为命运已经为你做了这样的安排。你别再拒绝你丈夫对你的要求了，你应该庆幸的是你嫁了一个老实憨厚的好人。你大字不识一个，也许能生几个像你一样漂亮的孩子去上学，去念书，也好有个出头之日，否则你和你的后人将世世代代居住在这贫穷落后的深山沟里，过着祖宗们遗传下来的穷日子。这可不一定是命中注定的。"冬女听了我的话点了点头，泪像断了线的珠子从脸上滑落，掉在了这光秃秃的黄土高原的黄土坡上。我疾步离去，走了很远后回头一看，冬女依然站在那里向我这边望着，她那瘦小的身子，在黄土高原的衬托下显得那么小，那么小。

那轻轻流淌的岁月

黄永宪

●情知初恋深 ●始生疼怜意，更有爱怜真
●一别 13 年 ●锦书难托，莫，莫，莫 ●相离终
有相逢日

> 我会永远记住那一段初恋的日子。
>
> ——作者

每当回想起支边的那段岁月，心里的种种感受简直难以形容，最难忘却的便是初恋的她了。

在云南农场，成都知青与成都知青、上海知青与上海知青要朋友的占绝对多数，而四川知青与上海知青要朋友的则极少，语言志趣和生活各个方面都不太一样，要相处并融合在一起就不那么容易了。

而我是成都支边知青，她却是上海知青，是由上海到当地插队落户的。我们的相识是因为被各自所在的单位保送到地区卫校读书而开始的。当时我到农场支边仅半年时间，刚从场部卫生队办的"红医班"结业，即被选送到了地区卫校读书。

在学校，第一次见到她，谈不上吸引，只是感觉很自然很随意。她性格那样的活泼，长得又是那样美丽，总之，你的眼光会很自然地凝视她许久。

在学校的乒乓球桌边，人多又热闹，本身就够乱的了，可她偏在一旁高叫一声："阿拉也来一个！"打得又不行，偏又高声叫道："不准欺负我啊！你们要让一让我呵！"真叫人感到左右为难，这球就那么难打。

我到校不久即被选为排长，出操、学习、作息、通知什么事都得我们学生干部去做。

早上我得比别人都先起床，吹完口哨便集合同学们出早操，然后还要把未出操的人清点一下。进女生宿舍先要壮壮胆，大叫一声："都起来没有？"然后才敢跨门而入。我每次总是看到她，一副没把我瞧得起的样子，拿起她的铜色大洗脸盆和洗漱用具，连看都不看我一眼。我也不示弱，大声问道："你怎么没出操？""我睡着了，该行了吧！""都醒了，你难道还能睡得着？"她动手洗着脸，再不说一句话。可我不知怎么的，最后还是没有把她的名字报上去。

好像有时她对我也特别注意，在锅炉房她碰到我也在用口缸打开水，她总是问："幺排长（一排长），你喝茶呀？"我说："你咋知道？"她说："你的口缸不是有茶印迹吗？"其实这哪是茶迹，分明是我连口缸也顾不上洗而留下的垢印。

两年学习很快要结束了，我们分成五个小组到各县医院实习，我本被留在地区医院小组，任小组长，她被分到云县人民医院那个小组。人们都说缘分、缘分，此乃苍天注定。不知何故她所在的第五小组，迟迟决定不下小组长人选，临近出发前最后一天，突然通知由我担任。

云县人民医院很大，在该地区是设备最齐全的一家县医院。我按院里安排将实习同学分成内、外、儿妇、门诊、中医几个组。我特别把她和我挪开，因为当时我实在是没一点精力考虑这方面的事情，成天都是实习、工作安排，够忙乎的了。

　　繁忙的工作接踵而来，参加手术、值夜班，这时才真正体会到了当医生的辛苦。一天，当我手拿书本靠窗而坐，静静地学习时，突然窗外伸进一只手将我的书本飞快地掠去，我大吃一惊，一看竟是她！只见她连一句话都不说就大步地朝前走去，连头都没回。又有一次，我正在外科查阅病历，突然感到双膝被谁从后边一压，顿时站立不稳，直往下蹲。回头一看，又是她！看着她一脸调皮捣蛋的样子，我当时简直有点忍受不了，不明白她究竟为什么同我过意不去。

　　和她的直接交锋是一件"不打不相识"的事情，那是 1973 年，朝鲜大型宽银幕电影《卖花姑娘》轰动中国。而我们这里当时就只有地区电影院可以放映宽银幕。同学们都十分冲动，想回去看一看，但终因实习任务繁重而都未能如愿。可是有一天早上，女同学急急忙忙跑来告诉我，说她和小姚竟坐汽车到地区看电影去了。好家伙！这一去，来回就是两三天时间。班不上，工作不做，真是一个胆大包天的人！我怒火万丈，当时老师又不在，加上院里又有人说我们一些同志难管，我的心情就更难受了。我即发话，回来后严肃处理。当她三天后返回医院听说问题已十分严重，学校也过问此事，她也着实吓住了。我首先通知她写检查然后听候处理，暂不上班。两天多时间她就整天哭啼，很少吃点东西。关于她的情况不太妙的风声不时从同学们中传出，我怕出问题，只有亲自登门过问了。

　　只见她睡在床上，看我进来连忙翻身将背朝向我。我刚问候了一句，她就十分伤心地哭了起来，我一时真不知是该安慰呢还是该责怪。她一个劲地哭，看着她躺在床上的身影，看着想着心里反倒充满了一种同情感。想想原来的她本是那么活泼而又可爱，而现在却又孤单单地显得这般可怜。渐渐地我的眼圈也红了，我只有一个劲地说："你别哭了嘛！"可是根本没用，她反倒哭得更凶。看着她不断抽泣的身影,我竟克制不住地伸出手轻轻地去抚摸她的手安慰她,第一次,感到她的手是那样的柔软而温暖……

从这以后我们相处得就很融洽了,她以更好的工作和学习回报我对她的关心。很快她就成了我们之中学习和工作最好的一个。那时我和她正在中医门诊实习,早上还没到上班的时间,她就早早地将诊室卫生打扫得干干净净了,连桌上的玻璃瓶也插着不知她从哪里采摘来的鲜花,香气扑鼻。我们在一起听医生给我们讲解分析病史;在一起处方,显得是那么愉快而又美好。

那天,县里召开三级干部会,抽调一个本院医生和她去县委招待所医务室服务10天,不知是本院医生一时抽不出呢,还是嫌大材小用竟阴差阳错地叫我代替去。她吃惊不小,我想她可能还以为是我自己积极要求的呢。我只有反复声明本不愿意去,可是没用最后还是我去了。

在县招待所的医务室里她让我看病处方,自己发药打针,我们配合得十分默契。晚上都是我坚持值班让她回医院宿舍休息。记得那天上午我出诊回来时,竟惊喜地发现她已将我换下的脏衣服从我的床脚处找出来洗得干干净净晒了起来。我心里顿时感到了12分的温暖。又一天中午,她突然出其不意地来医务室,悄悄地走到我的床边,热烈地亲吻熟睡中的我,待我从睡梦中惊醒,惊喜地发现我深深爱着的她时,便不顾一切紧紧地把她抱在了怀里,抱得很紧很久……我从未感到生活是这样的美好,仿佛整个世界到处都是阳光明媚、春意盎然,我生平第一次知道了在父母的爱之外还有这更甜蜜的爱。

但由于大家知道和不知道的原因,我们一直相处了3年多后便分开了,这一别就是13年。

回到成都医院工作后我有了妻子儿子,生活有规律地运转着,但我一直没忘记过她。一次在剧场观看江苏扬州歌舞团在蓉的演出,我惊奇地发现女报幕员的相貌跟她相似得不能再相像了，她唱了一首《我爱你塞北的雪》，直唱得我泪眼模糊，就好像是多年前的她站在我的面前，使我的记忆不断地回到从前。回到家里后我久久地不能入睡，思念之情难以自制。因当时一直听说插队落户的上海知青都已在本地安排了工作而不享受知青回城待遇，第二天我便给她写了一封很长很长的信，直接寄往云南临沧。但此信一去三月，杳无音讯。

1986年6月我作为中国长江漂流探险总指挥部的随队医生，踏上了到青海长江源头沱沱河去的路程，一去数月。当我返回时却惊喜万分地收到了她寄自上海的来信。拆开后看见的第一句话就是："让我们感谢邮局，感谢我原各单位的同事和朋友，这封信走了大半个中国，先到云南，后又转寄到我调去的新单位秦皇岛市，再又转寄到我刚调回上海的新单位，历行四月。"收到她的信我哭了。

在同年金秋的十月，我乘车南下在上海见到了她，并在她家一住就是五天。第二年的春天我又和我的妻子儿子一起再去上海。此后我们便书信往来并互相关怀至今。

前几月收到她的来信说她结婚了，她为了这一切付出了十分沉重的代价。

我会永远记住那一段初恋的日子。

梦 境 无 言

郝一星

●一种没有任何许诺的交流●永远珍藏的记
忆●她四处漂泊，无家可归●都是"黑帮子弟"
●戴罪的父母决定了儿女没有爱与被爱的权利
●听说她名声不太好●为了虚伪的面子，永远地
伤害了一颗柔弱的心●再无道歉机会

在一片蒙蒙飘落的秋雨中，她走
了……走出了我的生活。

——作者

回首当年，红尘远去。

数年之后，听说过一句格言式的陈述——"初恋
时我们不懂爱情"。这话透着假。做作。初恋是一种自
然状态。自然，顺其就是了，没必要在懂与不懂之间
纠缠。而且，初恋怕的就是一方或双方都太懂这类事
情。爱本来就是灵魂的接近和情感的撞击，而不是某
种游戏或太理智的行为，否则便绝无浪漫的美感，倒
有些准风月的嫌疑了。

数年之前，在人世间，走近了阴阳界的另一半世
界，不知道新奇、吸引、惊喜和惶乱，都是生命在寻

求完美时的千般滋味。幸福交替在欢乐和痛苦之中。初恋的幸福就在于收获的是痛苦，这种痛苦在年深月久之后又变成干涩而回味无穷的非文字的诗意。那是一片凝固了的诗意，也许是这样吧。

数年？

那是一个大学生退回到婴儿时期或者更早的一个时间段。

那时，我的初恋早已消失，又一次的精神危机也已经随风飘去。我正在晋南中条山下的一间茅草屋中细细回味以前的日子，消化爱情留下的苦果。那时，除了心中珍藏的一切，我们已无一处家园。真想不到，在茫茫的田野上，回忆过去竟是又一种幸福。

在我的一本破旧发黄的笔记本上还保留着一段当时生活的记录：

"我们坐在收割了的谷地上。谷子捆成一捆捆的。秋草高高地在晚风中抖动着。暮色从四面八方升起来，只有头顶上的云彩还反映着落日的余晖。我们不知不觉又谈到了爱情。他是新近失恋的，我也是苦在衷肠。谈话是轻松的，不再有什么不快的记忆袭上心头。我乐意这样谈天，也乐意听他的倾吐，虽然他有时候羞于谈自己的失恋。'我不了解她，现在也不了解，'他这样认为。然后我们谈到了道德约束力，谈到了自己的标准。爱情不应该是自私的，如果爱情是无私的，那么她就会比友谊更强有力，相反，那就不如友谊能支持更久的时间……"

他，就是我的朋友梅海，现已取得物理学博士学位，住在波士顿。那天谈话中，他的那个她到底是谁，我已经记不起来了，不过这一段原始记录倒让我想起了当时的某种时尚——男孩子们喜欢谈论彼此对爱情的理解，特别是在失恋以后，而且力求对此言之有据，根据便是恩格斯那本《家庭、私有制和国家的起源》中的经典论述，并且是带着问题学，活学活用（其实是为自己的行为找借口，找宽慰），常常谈得振振有词，滔滔不绝，很陶醉，也很激动，但却不再是为了曾经爱过的姑娘。

其实，对女性世界我们太陌生了，陌生到几乎无知。我们对爱情的了解，都是从书本上获得的。读《钢铁是怎样炼成的》时，曾经为保尔和冬妮亚的爱恋所激动，后来又被灌输以阶级差异或曰阶级感情应该鄙视超阶级的卿卿我我式的缠绵之类的说教，很容易把人与人之间的爱情斥之为小资产阶级情调。爱情被搞糊涂了。而少年时代，我心目中的女性是这样一幅图画：一个夏日的清晨，一个穿浅色连衣裙的姑娘走在林荫路上，手里捏着一张浅蓝色的信封。为什么姑娘清晨就出来了？为什么要捏着一张信封，而且还是浅蓝色的？她去给什么人发信呢？不知道，只觉得这意境很美。一种朦胧的向往久久地滞留在心里。然而，认真说，那已不单是对女性的渴求，而更像是某种文学情结的物化或诗意的叠幻，但却是纯真的，不掺杂任何世俗的尘埃和一丝出格的邪念。莫非这就是爱情的召唤吗？

在那个黄昏，在一片收割了的谷地上，我向梅海讲了一个真实的故事：

"60 年代中期，我们院子里搬来一户人家。在那年春天这是一件惊动了大院里的事。这家人是从大连来的，主人郭伯伯原来是大连市的第一书记，身材高大，魁梧，眉宇间透着英武威严，气度绝非一般高级干部可比，而是首长一级干部才具有的。听说，郭伯伯在 20 年代曾经担任过中共第二任湖北省委书记。我在 50 年代印行的《党史资料》上得知郭伯伯和杨成武将军都是八路军的著名将领。郭伯伯搬来不久，杨成武将军乘一辆大红旗车看望过他。这样一位资深的老同志却相当平易近人，待人态度谦和，受到院子里所有人的尊重。人与人之间要相互尊重，首先在于你要意识到是在与人打交道，而不是靠官气或别的什么人以外的东西。在郭伯伯身上，我能感觉到共产党人的人性。

"于是我认识了她。她身材苗条，皮肤不算白皙，却泛着健康的光泽，让人想到海风、海浪和阳光——她告诉我，守着大海，几乎整天都泡在沙滩上。她梳着一对粗粗的发辫，垂在肩上，走起路来晃动出美的韵律。她的眼睛很大，很美，目光直率，没有任何遮拦，以后我再也没有见过这样的目光，那是从心底流出的一汪清泉，面对这一汪清泉，自己也不由得想努力变得高尚起来。

"初夏的一个清晨，我去上学。发现她跟在我身后，不知是她快走了几步，还是我有意放慢了步子——我们并肩而行了。这是我生平第一次和一个年龄相仿的姑娘离得这样近，有更多的惊喜，更多的却是尴尬。我们搭讪着，本来十几分钟的路程，突然显得那么漫长。那天我们都说了些什么，已经毫无印象了。许多年之后，我仍能想起那年初夏——那是一个普通的清晨，杨树散发着苦香苦香的气味，城市一片翠绿；仍能想起那条短暂而漫长的小路。世界上有没有永远走不完的路程？有。那条小路至今还蜿蜒在记忆的深处。

"我们从来没有单独在一起过，总是在朋友们之间相会，即使如此，从她的一个眼神或一句似乎漫不经心的话语中，我仍能体验到什么叫心照不宣或心心相印。只要能看到她，听见她的声音，我就满足了。这是一种没有任何许诺的交流，一切都是无言的。在我的记忆中，那是一个没有声音的世界。

"整整一个夏天，我都沉浸在某种朦胧的意境之中。终于，她第一次单独来找我了。'我妈妈请你去。'我不记得是怎样和她一起经过月色清朗，投满树荫的院子，怎样并肩走上昏暗的楼梯的。房间里只亮着台灯，散发着浅绿色的柔和的光线。灯光映照出温柔而严肃的气氛。郭伯伯很和气地招呼我坐下。她妈妈的话委婉而严肃，大意是以后不要互相影响学习云云。我有时看她一眼，她毫无表情，显得很陌生，好像我们从来没见过面似的。我第一次感到惊愕——为什么女孩子们在需要冷静的时候居然会冷静得如此迅速，如此果断，近于冷酷？

"夏天的夜，伴随着幽幽的昙花儿的清香，那是散发着异国情调的，令人沉醉的芳香……

"秋天，她搬走了，搬到红霞公寓去了。临走的前一天，她在妹妹的陪同下来向我辞别。告别是无言的，她送我两本书作为纪念———一本是《台湾来的渔船》，一本是《刘三姐》，书很旧，想必是她平时最爱读的。"

讲到这里，不觉黯然，梅海却追问："后来呢？"

"后来，我们再也没有任何来往，甚至没有写过信。我最后一次见到她，是在1966年'8·18'的拂晓，成群的红卫兵们排成纵队赶赴天安门广场。在晨光熹微中，我突然发现了她。她比以前胖了，那对粗粗的发辫剪成了齐耳的短发，走在一群英姿焕发的少女队列中。意外的相逢依然是无言的。她也看见了我，我们对视了片刻，在黎明前的清冷中，我感到了一股暖意。后来，听说她到东北军垦农场去了。"

梅海沉思了半晌，突然迸出一句毫不相干的话：

"1941年6月22日①以前的日子是多么值得留恋啊！"

1992年春天，我在北京医院意外地遇见了我尊敬的郭伯伯。他已年近九旬，从中央某权威机构的领导岗位上退下来，颐养天年，虽然行走不便，需要坐轮椅了，但精神尚好。没想到，这是近30年

---

① 1941年6月22日法西斯德国背信弃义突然袭击苏联，和平结束了。

来，我第一次也是最后一次见到郭伯伯。不久以后，他便去世了。报纸讣告上那慈爱的遗容，教我想起了许多往事。那天在医院的走廊上，我问郭伯伯她现在在哪里。郭伯伯告诉我她在工商局工作。

我有过去看看她的念头，但终于没有去。

> 四月的黄昏
> 仿佛一段失而复得的记忆
> 也许有一个约会
> 至今尚未如期
> 也许有一次热恋
> 永不能相许
> ......

也许有些值得珍藏的记忆，比现实更持久；也许凝固在心头的诗意，比生活更美好。

在我的记忆里，她应该永远是一种静态的美，永远是那个肤色黝黑，闪亮着一对目光坦率的眼睛，粗黑的发辫垂在肩上，走起路来晃动出美的韵律的从海边来的小姑娘……

20多年过去了，梅海在波士顿想家的时候未必还会记得我们之间的谈话——那片谷地渐渐退向记忆的远处，只留下一片迷蒙，像是一首朦胧诗。有时候，细细回想起来，那一段日子真是单调乏味，毫无诗意可言。

岁月如流，冲淡了许多记忆，甚至曾经是火热的激情也早已降到了零度以下。然而和岁月一样悠久的，是残留在心底的一丝愧然之情，像是忏悔，又不如忏悔那么沉重，像是内疚，比内疚更为深刻。那是为了一位女性。但却并不是为了爱情。

仍然是晋南中条山下。

时序初冬，田园荒芜，环堵萧然。还要捱些日子才回北京去，正是百无聊赖的时候。这时，她突然到村子里来找我。

她的突然到来，着实让我一惊。她怎么会来呢？她来干什么呢？

她出现在我生活中是半年多以前，在北京。是我的朋友阿毕带她来的。阿毕是大学生，毕业而未分配，已经有工资了，为人热情，仗义疏财，像及时雨宋江，平时口袋里装两种香烟，一种是"北海"，二毛三一包，一种是"牡丹"，五毛一一包，给朋友都递上"牡丹"，自己吸"北海"。阿毕乒乓球打得好，横拍，打法颇似梁戈亮，我们常常在球台上消磨寂寞，打出一身汗，便寻个小馆去喝啤酒——散啤、小肚、花生米，其乐无穷。

一天，阿毕带来一位姑娘。一说我才知道原来是她。以前就听说过这个女孩子。她父亲身居高位，曾经是一位中央首长，"文革"前已失势，风暴卷来，不知去向。她小小年纪遭逢剧变，无家可归，四处漂泊，风传她的行为不甚检点，总之，名声不大好，名声对一个女孩子来说犹如青春之于生命，很珍贵的。这片阴云笼罩了我很久，由于那些未经证实的传言，终于使我铸一桩错事。

她来的时候，正是初夏，没有穿裙子，一条长裤，一件浅粉色的确良衬衫，一双黑色松紧口布鞋，像个村姑。她很腼腆，拘谨，父亲请她坐下，她竟然顺手搬一方小凳，端坐在父亲面前，距离仅一米远，且身板挺得笔直，那样子把我们都逗乐了。

阿毕待她像大哥哥一样，说她萍踪无寄，学校里不好住，可否暂住我家。反正，"同是天涯沦落人"，"穷不帮穷谁帮谁"（《红灯记》中似乎有这么句台词），她便住在我家了。

她住在我家的日子，印象已经模糊了。只记得曾经约了几个朋友（都是"黑帮子弟"）去"老莫"（莫斯科餐厅）吃了一顿西餐，好像是九个人，有她，吃了满满一桌，连饮料、冷点带水果，才19元，安国付的账。大家谈笑风生，只有她很木讷，话不多，不过与大家倒也融洽。

还有一次，陪她去东城翠明庄对面的一座灰色院落去看她的一位女友。那是个素质不高的姑娘。当时，我奇怪她怎么结交了这样的人，劝她交友要慎重。

说实在的，我们朝夕相处的日子里，我发现一切传闻都对不上号，她很乖巧，有分寸，懂礼貌，虽然知识欠缺（不是她的过错），却还保留了天真，没有多少世故。我们的相处既不是友谊，更谈不上爱慕，我待她像妹妹。

天气最热的那几天，表姐从中山大学分配到北京。她陪我冒着酷暑去看表姐。表姐下榻在前门外一家旅馆，那是一家旧式驿馆，四层楼，每层均有环形走廊，当中围出一个天井，格局至少是清末民初的建筑。表姐以为她是我的女友，另眼相待，很殷勤，弄得我和她都有些窘。那天，天真热，汗流浃背，她递给我一方白手帕。瞬间，我的心一下子融化了，那是只有女性的温存，而且是真心的体贴才会使一个男子产生的感觉。

她是陕北人，身材不高，体态丰腴，五官不算娇艳，线条分明，肤色有如春桃，应该说，她并不美丽。

一位苏联作家说过，男女交往如不能产生爱情是很令人遗憾的。我和她没有产生这种伟大的感情。因为我们的气质和兴趣相距太远，还因为在那个时代，我们都是有罪的。戴罪的父母决定了儿女没有爱与被爱的权利，而且我也不愿担上乘人之危的恶名，更有环绕在她头上的那些流言久久挥之不去。再说我们从来没有彼此敞开心扉。我总是对她讲大道理，什么世界观的转变多么重要，什么革命者的道路是需要自我牺牲的，什么自强不息，自力更生，等等。总之，今天看来都是废话，但当时在我们这一代人的思想武库中再找不到别的东西，我则是真诚地希望她能振作起来。现在想想，那时我的样子想必很可憎。但是她是感激我的。

回到乡下以后，再没有和她联系。现在她竟来了，我感到突然，更觉得兴奋，毕竟是他乡遇故人。我像在北京时一样热情招待她。我把她安置在本村插队干部老胡同志家里，嘱咐她不要暴露身份，谨言慎行。

于是我的生活中增添了女性的元素。一天，我从地里回来，看见她正蒙了头巾，系上围裙，把我那间杂乱无章、到处是灰尘的房间打扫得干干净净，连旁边那间堆满柴火，无法立足的厨房，现在也收拾得井然有序。看着她一脸的灰土，我觉得我们之间有了一分亲近。

村里开始传闲话，我当然不在乎，在乡下人的想象中永远只有一个主题，不值一晒。但是当住在隔壁的插队同伴知道她的真实身份后，情况开始发生了微妙的变化。数年之后，我才悟出：说人心险恶并不是单指坏人，朋友也可能有恶意于你。

"你得小心点儿，别惹出麻烦来。听说她以前名声不太好……"住在隔壁的同伴善意地规劝我。会有什么麻烦，我没在意。但是有一天，我有点不安了。

北京来信（梅海用外文写来的）：林副统帅竟然叛逃，机毁人亡。这消息真如晴天霹雳，令人难以置信。我把这件暂时还未公开的秘密告诉了她，一再嘱咐她千万别对任何人讲。可是一两天后，同伴对我说："怎么连老胡的女儿都知道这件事了？准是她露出去的。"

此时，正有一外村的知青住在隔壁，也上来凑趣：

"这种女人迟早要生事。干脆让她走吧！"

我没说话。同伴却挠痒痒似的说："他才不呢！狠不下心来。怜香惜玉嘛！"

那位也添油加醋："量小非君子，无毒不丈夫。连这么点儿决心都没有，还叫什么男子汉大丈夫。"

"哥儿们，这回可对你是个考验。"

一股热血涌了上来，我像中了什么魔法似的：

"对，明天就让她走！"

第二天，一大早就下起了蒙蒙细雨。

她来了，像平常一样。我硬是绷起脸。训斥。我都说了些什么，无论当时还是以后，都记不得了。只记得，最后我很严肃：

"你走吧！"

她似乎懵了，停了片刻：

"雨停了我就走。"

我想说，只要你知道错了，就先别走了。这时，隔壁传来了很响的咳嗽声，脸上又觉得火烫烫的：

"不行，今天就走！"

那声音是我的吗？我从来没跟人用这种腔调说话，她也惊呆了，目光中交织着愕然、困惑、愤恨。最后，她怒怒地瞪了我一眼：

"走就走。"

我至今都记得她最后的那一眼，读解出愤恨和失望之中的含义："这是你吗？太陌生了！你会是这么冷酷的吗？"

在一片蒙蒙飘落的秋雨中，她走了。

她走了，走出了我的生活。如果不是同伴们暗生妒意（后来我确认了他们的动机是这样的），也许我们会亲近起来的。第二年春天，当我从北京回到村里时，老乡们告诉我，我回去不久，她来找过我，听说我不在，她并没有立即离去，而是站在村外的小路上，远远地望着我的屋子，站了很久，望了很久……

我明白自己犯了一个多么大的错误。伤害了一个无助的女孩子——而那女孩子对你是信赖的，把你当作自己的大哥哥。被一个信赖的人所伤害是多么不幸，多么痛苦。伤害上加伤害！为了什么呢？只不过是为了那点可怜的义气和虚伪的面子，怕人家耻笑自己不是条汉子吗？其实，男子汉之所以是男子汉，就在于他有胸怀，能宽容，勇于承担责任，保护弱者。而我为了虚荣，丢掉的恰恰是男子汉应该具有的最可贵的品质。

她走了，走出了我的生活。"文革"后，从报纸上得知，她老爹先是出任广东省委书记，不久又官复原职。但对她的下落却是一片茫然，连当面道歉的机会都没有了。1992年，她到北京时，请阿毕和我妹妹去一家饭店吃饭。她似乎在港粤道上发达了。她没有问起过我，妹妹说。

20多年以来，我一直为此而深深自责，不是埋怨朋友的嫉妒酿成的悲剧，而是责怪自己太不成熟，平白无故地伤害了一颗柔弱的心。不知为什么，我觉得那天她站立在村口远眺那间小屋时，天一定很冷，一定刮过了一阵风，路上一定扬起了迷眼的灰尘……

红尘远去，梦境无言。

1975 年 7 月 15 日于翟微园

条 条

庞 沄

●黄土依旧，往事如烟●难忘当年那份情
●陕北娃子很开放●女人是水做的●我不可能带
着她远走高飞●情挚难相许，心摧两无声●绣了
一对并蒂莲●你不该投胎这个穷地方●没有眼
泪，只有无奈和悲伤●一嫁别离去，情伤断肠人
●重逢已白发，世浊人冰清

> 我知道，我失去了一种这辈子再也
> 不会有的情感……

——作者

1995 年冬，一辆破旧不堪的小面包车，载着我和
北京电视台摄制组的一干人马，颠簸在陕北高原蜿蜒
的盘山公路上。周围的一切是那样熟悉，那样亲切。
湛蓝色的天万里无云，与北京灰白色的天空形成了强
烈对比；那一望无际、连绵起伏的黄土山峁，犹如一
幅"乌蒙磅礴走泥丸"的原始蛮荒的画面；纵横交错
的沟壑上点缀着的羊群和沟底小山村中萦绕着的缕缕
炊烟为这画面注入了生命的气息，使人产生一种返璞
归真的感觉……然而，我却无心欣赏这大西北特有的
"田园风光"，只觉得车子开得太慢、太慢。我已连续

几天睡不好觉了，一闭眼，眼前就浮现出过去的岁月和乡亲们的身影，男的、女的、老的、少的……特别是当年一起玩耍的女子们，早已嫁到外村当了婆姨。我和摄制组回村拍知青片子的事，她们会提前知道，她们会回来吗？条条呢?! 二十多年过去了，她会变成什么样子？不管她会怎样地变，我真想再见见她。凭着直觉，我想她一定会回来的，为了当年的那份情，也为了了却缠绕在她心中二十多年的不安……

不像许多知青文学中所描述的那样：陕北的女子都是手上长满老茧、腰身粗壮、头发蓬乱、一走路还是罗圈腿。恰恰相反，陕北这个地方是越往北越穷，可人却越往北越漂亮，后生粗壮、结实；女子丰盈、水灵，真是"米脂的婆姨，绥德的汉"，据说是水土好的原因。这也是老天爷造物的公道吧！尽管大西北的风沙使他们过早地衰老，但他们在年轻时大都是很标致的小伙子、大姑娘。

条条在我们村的女子中是比较出众的一个，即使用现代城里人的眼光来看，她也是属于身材苗条，容貌俊俏的。从父母那遗传来的白皙皮肤和劳动赋予的红润的健康色，是城里姑娘用任何化妆品都涂抹不出来的。一条拖在胸前又粗又长的辫子，更使她充满了陕北山里女子特有的朴实无华的自然美。

条条一家五口人，父亲非常瘦弱，四十多岁的年纪头发就已经全白了，背也驼了，两眼瞳孔罩上了一层白晕（现在我才知道这可能是白内障），除了能感觉到人影的晃动以外，几乎什么也看不见，不爱言语。母亲长相本不能说难看，遗憾的是小时候出天花，不仅脸上留下了麻斑，而且据说头发也几乎掉光了，所以她总是像厨师似地头上戴一顶白帽子，条条有个妹妹叫改儿，可能由于生了两个女子，总盼着有个续香火的儿子才起这个名字吧。没想到还真灵，中年得子，条条妈生了一个并不好看的胖小子，成天像宝贝疙瘩似的，走到哪里抱到哪里。母亲快人快语，做事麻利，为一家之主。条条言语不多，但柔中有刚，说一句是一句，连妹妹改儿也是个很有主意的小女孩，只有父亲一辈子唯唯诺诺、窝窝囊囊，因而索性什么都不说，只管上山"受苦"就是了。由于眼不好使，从来挣不上个满分，所以条条一家生活过得相当清苦。

　　说起条条一家人，不得不提起李氏三兄弟，这三兄弟是带着瞎眼的老娘从榆林逃荒落户到我们村的，可以说没有一点根基，三个兄弟都是小时候出天花落了一脸的大麻子，奇丑无比，所以一直讨不上婆姨。老大李明海更是长得一脸凶相，在村里属"泼皮"一类，没人敢理，从来都是晚来早走，不好好受苦，还照样拿满2分，后来让我们户的知青捆了一绳子后方知道还有比他更厉害的。现在想来，可能也是外来小户人家一种保护自己的本能。因为"人戾被人欺"嘛。就是这个李明海与条条妈打得火热，经常可以看到条条妈端着吃的喝的往李明海窑里送（合着条条家还得养这么个"二流子"），在我们知青看来，秃子对秃子，叫做"物以类聚，臭味相投"。老乡们说得就更邪乎了，不仅是老大长期霸占，就是两个兄弟也常来打打饥荒，条条妈生的儿子，也说不清是谁的种。对此我将信将疑，因为在陕北，男女间偷情并不算什么大不了的事，也是几乎享受不到任何文化娱乐的乡亲们津津乐道的事情，无中还生有呢！说归说，干归干，村里稍微有些权势的男人有几个女人似乎是很正常的。至于那些戴了绿帽子的男人，不知是受了五千年孔孟中庸之道的影响，还是陕北人特有的懦弱本性，很少听说过为了一个女人大打出手的，顶多"先人"、"老子"地骂上一句，或觉得惹不起索性睁一眼闭一眼算了，年轻男女偷吃禁果的事也是时有听说，使我们这些"正人君子"似的北京娃反而显得孤陋寡闻了。

　　我是在插队两年后分到基建队才开始了解条条的，那时我也就18岁。我们在后村插队时，与条条不是一个小队，很少见面，但条条妈的事却早有耳闻。在全国农业学大寨，大搞农田基本建设的形势下，不仅没有了往年的冬闲，而且各村还成立了长年基建队，冬天修梯田，其他时候拦坎造田，我们知青是首当其冲，因为我们的庄稼活毕竟比不上乡亲们。另外，基建队还从各小队抽调了一些年轻人和个别老弱病残充数，真正的种田把式都去种地了。年轻人凑到一起就是热闹，像许多边远地区的人们一样，越是文化闭塞，人与人的关系越是纯朴、自然。陕北的孩子很早熟，也很开放，没有什么男女界限，没有虚假的扭扭捏捏。干活时，男的女的随着木夯上下飞舞，唱着动人的夯歌，休闲下来，相互戏耍，说着粗野但友好的玩笑话互相挑逗着对方。有时，一个小伙子和几个大姑娘摔跤，把她们一个摞一个地压在身下，趁势做些不太规矩的小动作，而姑娘们被弄得满头是土，也只是佯装恼怒地笑骂一句"坏尿"，接着再一齐把小伙子压在下面，你抓一把，我拧一下的报复个够，直至占够"便宜"。这场面让我们这些尚未开化的知青看得目瞪口呆，然而我们不仅从中看不出一点猥琐，相反，让"男女授受不亲"搞得很狼狈的我们方才懂得什么是活得开心，活得轻松，或用现代语言说——活得潇洒。

　　由于我知道条条妈的事，所以对条条有意无意地比较注意。常言道"龙生龙、凤生凤、老鼠生儿会打洞"，更何况在那个"老子英雄儿好汉，老子反动儿混蛋"的年代里，怎么可能当妈的不正经，女儿反而却是正派女子呢？这一连串的推理是那样地合乎逻辑，可每当我接触到条条的目光，这些推理就显得那么简单，那么蛮不讲理，因为条条的目光是一种深沉而又纯正无瑕的目光，从中看不出任何轻浮和挑逗。在工地上，年轻人嬉耍的时候，条条也常常笑得很开心，但她从不参与，因而显得那么文静，甚至有些孤傲。小伙子们也很知趣，从不和她开过分的玩笑。记得条条唯一的一次骂人，让我看到了她刚烈的一面。一个"二敢子"（愣头青）拿她母亲的事开玩笑，问她："过年你妈又给李明海送白馍吃了吧?"一句话，招来了条条一通臭骂："日你先人哩!""什么坏屄东西哩!""你妈才给人送白馍、卖板子呢!"……气得条条脸色绯红，立眉怒目。我真想不到一向文静的条条能如此口出粗言，骂得如此痛快，好像憋在心中很久了，一股脑地宣泄了出来。那个"二敢子"被骂得呆呆的。不知为什么，这事让我觉得很开心，至今记忆犹新。也许那时我已经开始喜欢她了，也许那只是证实了我的直觉——条条是一个柔中有刚，文静而又很有个性的女子。

随着时间的推移和接触的增多，我对条条越来越了解，也越来越同情她的处境。由于父亲的眼疾，家里的担子几乎由她一人挑着。山里的苦本身就很重，我都不可思议她那纤细的身材如何挑得起百十来斤的担子，回家后还要担水做饭，帮助母亲照顾年幼的弟弟。在我印象中，条条姐妹几乎没穿过什么新衣服，可洗得发白的衣服总是干干净净，补丁上细密的针脚更透着女主人的心灵手巧。

不知是由于条条妈的"丑闻"，还是李明海的霸道，或是什么别的原因，条条一家与村里人走动很少，生活的重负反而成就了条条不甘人后，又从不求人的个性。在此环境中，条条变得十分敏感，并用她的孤傲和强烈的自尊掩饰着内心深处的自卑。记得一次过年前后，知青们像往年一样，被热情的乡亲们拉到各家去吃饭，每天能吃好几顿。那天下午，条条妈早早就来到知青窑畔，一个个地让着去吃饭，大家都推脱说有人家了，实际上是不愿去而婉言谢绝了，这时条条妈说有点事找我，把我拉到一边悄悄对我说："你在别人家少吃上个就来，条条有话跟你说。"我当时也挺别扭，毕竟条条妈的名声不太好，可若条条真有事，我不去就太伤她的自尊心了，犹豫了一下，还是勉强答应了下来。晚饭时，我串着吃了两家后，看到天已擦黑，才磨磨蹭蹭地向条条家走去，不知是怕别人说闲话，还是我自己有些异样的感觉，总之一边走一边四处看看有人没人，像是做一件见不得人的事似的。条条家的窑在前沟里的半山腰上，我老远就看见了条条妈站在窑畔上张望看。她看见了我，显然是故意地大声喊着："庞沄来啦！咋，快上来，咋，屋里坐！"声音大得能让整个沟里的人都听见。我急忙一头钻进窑里。窑里黑洞洞的，当时村里大多数人家都已用上了煤油灯，可条条家还是一个小小的油壶，里面盛的是永坪油矿井口边捞上来稠糊糊的废原油，壶嘴里插了一根捻子，只是捻子梢上有一点小小的火苗，还冒着浓浓的黑烟，若不是条条父亲被烟呛得咳了一声，我都没看见窑掌里还圪蹴（蹲）着一个人。改儿抱着弟弟出门耍去了。条条在灶口生火，火光映照得她的脸庞更加红润，更加动人。条条见我进来了，赶忙迎上来说："你……你真的来了，我还怕你不来呢，咋，快炕上坐。"从条条的眼神里，我看出了她的喜悦和感激，在这一瞬间，我突然意识到我的到来给了条条心理上多大的安慰和自尊心的满足。我开始为刚才那些自私的想法感到深深内疚，我甚至想再为条条做些什么，只要能使她高兴。大概由于我确实是个稀客，条条妈也兴奋得手忙脚乱。不一会儿，在我面前摆满了油糕、油葫兰、两面馍、醉枣等等一大堆。我一边吃一边和条条妈闲扯着，条条父亲只管在窑掌上吸烟，一声也不吭，条条坐在炕边，傍着小油灯，纳着鞋底，不时地劝我："再吃上个！再吃上个。"她甜甜地笑着、聊着，全然不像在山里干活时那样拘谨，我忍不住几次想问条条有什么事找我，后来终于明白了，她就是想请我来吃饭，能实现这么一点点愿望她就满足了。她相信我会来的，可又有顾虑，不好意思自己去叫我。我的到来，是她对我的了解和直觉的最好的证明。

　　我一直深深佩服着陕北女子追求美好生活的勇气，她们从不考虑明天会怎样，只是毫不犹豫地抓住今天的幸福，从而自古以来演绎了那么多人生的悲欢离合，创造出那么多哀婉动听的"酸曲"。正如曹雪芹在《红楼梦》中所言：女人是水做的，男人是泥捏的。男人往往更加龌龊和不负责任，而最终受到伤害的却总是这些纯情女子。

　　在上山下乡的年代里，一些知青有意无意地演出了一幕幕新的悲剧，这也是我每每听了《小芳》这首歌就感到很不舒服的原因。所幸的是我和条条都很理智地把握了自己的感情。我清楚地知道，自己不会在这块贫瘠的土地上修理一辈子地球，又不可能带着条条远走高飞，那么我还能用什么许诺来换取别人的感情呢？而条条的顾虑更多地是来自内心深处的自卑。她所处的环境使她比一般的陕北女子更加深沉，感情也更加细腻，她完全能体会到我的想法，她不会为了自己的幸福去勉强别人的感情，就这样，我们把最纯洁的情感深深埋在了心底，尽管我们相互都能感觉到对方的这份情，但谁也不会把它点破，只要我们经常在一起干活，能常常见面，心里就感到很踏实、很满足了。

　　然而，当这小小的愿望也将要破灭时，我才真正意识到失去这份情感将要付出多大代价！听到条条要出嫁的消息，我脑子里一片空白，心里说不出什么滋味，条条那些日子干活也显得心事重重，没有了往日的欢笑，在她最后一次干活收工时，条条一反常态，当着众人的面就对我说："庞沄，你等一下，我有话对你说！"等别人走远了，条条从怀里掏出了一个用手帕裹着的小包，塞到我怀里说："我要走了，我知道你是个好人，我没有什么好送的，把这送给你作个念想吧。"我打开一看，是一双绣得非常漂亮的鞋垫，蓝底白线，绣出的图案又整齐，又匀称。边上是称作万字不到头的花边，用揉碎的彩色纸加水染成的红线、绿线在两个鞋底中间绣了一对并蒂莲。我当时也不知该说什么了，心头一热，真想说：条条，你千不该投胎在这个穷地方！你万不该嫁给这受苦人。可我又能为她做什么呢！我有能力改变她的命运吗？没有！我觉得在命运的安排下，我显得那么渺小。我像个"傻二"似的愚蠢地问了问她婆家如何如何，她显然不想提这个话题，总是说："好着呢，你放心吧。"我们默默地往回走，想说的话太多，可又似乎什么也不用说了，只想就这样走下去，终于不能不分手了。我鼓起勇气看了一眼条条那双美丽的杏仁眼，它们没有眼泪，却饱含着深深的无奈和忧伤。

条条临出嫁那些天在家准备嫁妆，没有上工，我就像丢了魂似的觉得心里空荡荡的，又找不出更好的理由去看她。一天干活时听婆姨们扯闲话，说条条的父亲吆喝着那头尚未长大的小猪去公社卖，人家根本就不收，又赶回来了，我真恨自己太没脑子了，条条此时是多么需要钱呀！收了工，我跑回窑，把我当时所有的积蓄——45元钱全都拿了出来，急忙往条条家赶去。不出所料，条条坚决不要。45元钱，在我们那一个工值不到两毛钱的穷山沟里，几乎就是一个壮劳力辛辛苦苦干一年的所得呀。在我的一再坚持下，条条最后很认真地说："那好吧，我真的是不能收你的钱，这钱算我借下的，过两个月，我家的猪长大些，我一定卖了钱还你。"我了解条条的个性，知道再说也没用，不管怎样，能帮助条条解一解燃眉之急，我心里也好受些。

条条终于出嫁了，记得那天，她头上顶着红布盖头，穿了一身新条绒衣裳，骑着毛驴走了，牵着驴的是她的男人——一个典型的陕北后生。那迎亲的唢呐声，在我听来是那么凄婉，那么忧伤。我跑上山顶，望着远去的红盖头消失在山洼后面，呆呆地坐在黄土地上久久不动。我知道，我失去了一种这辈子再也不会有的情感，我也永远地失去了条条……

　　没过多久，我就去工作组参加整队了，而且很快就回了北京。我借给老乡的钱都没让他们还，我也只能再为乡亲们做这么一点点了，但我心里明白，条条一定很后悔跟我借了钱，她会久久不安的……

　　汽车拐过了一个山峁，一个美丽的小山村呈现在我们眼前，刚才还埋怨早知道路这么难走就不来了的摄制组的同志们一下子被感动了，只见村口边、窑畔上黑压压地聚集了好几百人。当我们的小车鸣笛示意后，顿时锣鼓声大起，两队身着节日盛装的秧歌队在伞头的带领下，迎着小车扭来。我们下了车，在乡亲们的夹道欢迎中，缓缓向村里走去，我熟悉的和尚不认识的父老乡亲们都来了：轮环、外庄、加女、兰庄……还有当年的女子：宝兰、风亮、明眼、兰儿……我一边回答着乡亲们的问候，一边环顾着四周，在人群中寻找着……条条！她真的回来了！站在我面前的条条——鬓角上已依稀可见一绺白发，长长的辫子挽成了髻，皮肤还是那样白皙，只是岁月的痕迹已深深刻在了她的额头上，她的眼神里已没有了忧伤，而且充满了久别重逢的喜悦。条条在和我寒暄的过程中，小声地说了一句："过会儿闲下来，我找你有话说。"我马上意识到了她要说什么。当我安排好摄制组的同志转身走出窑洞时，条条早已等在外面。她又一次从怀里掏出用手绢裹着的小包说："庞沄，这是你借给我的45元钱，外面这么多人，你快收好，我不晓得你家的地址，一直没法还给你，我真的怕再也见不到你了……"

　　哦，二十多年过去了，就像我的直觉告诉我的那样，她还在为那45元钱而不安！尽管她不会懂得二十多年前的45元钱按利率计算现在该值多少，但她有她为人的尺度，她不能不明不白地把那钱占为己有，这是一个多么善良、朴实而又多么了不起的女性啊！

　　不，她一点儿也没变，她还是我熟悉的条条！

初 恋 祭

那 仪

●天性优秀的陕北后生●情窦初开●他竟是
两个孩子的爸爸●二胡声声，如泣如诉●泪染真
情诗●永远的伤害，永远的歉疚

> 在那块黄土高原上，我曾与一个黄
> 土地的儿子相遇，并给了他一个少女的
> 初恋，也搅扰了他一生的平静。
>
> ——作者

　　24 年前，我和我的同学们到延安插队落户，我在
那里生活，劳动，奋斗了前后整整 10 年，陕北是我人
生之路的第一段旅途。我留恋那块黄土地，我把生命
中最宝贵的年华献给了它，也把我纯洁的少女的初恋
留在了那里。

　　插队生活的第 3 年，同队的知青发生了很大变化，
有的参了军，有的去了父母所在的干校，有的被抽调
去了县里的文艺宣传队，我也被借调到杨家坪中学
教书。

　　杨家坪学校与我们村相隔一座山，10 里路，设在
离关庄公社三十多里的川道上。这是个只有初中部的
简陋的学校，四面依山，一个操场，几间教室，靠山

脊箍着一溜石窑，是教师办公和住宿的地方。学校的教师有公办和民办之分。公办教师吃国库粮，民办教师每月要从自己窑里背粮来入伙。我因为是临时借来帮忙的，属于后者，每隔两三个星期，就要往返20里山路回村里去取粮食。说到需要在学校住宿的教师呢，主要是离家太远，还有像我这样一人吃饱全家不饿的。每天下午放学后，住家近的教师就都回去了，学生则不论离家10里20里，翻山还是走川，一律不在学校住。因为一来学校没有学生宿舍，二来像他们那样的半大孩子窑里还有许多活等着他们放学回去干呢。

喧闹纷乱的校园一下子静下来，太阳斜挂在西边的天空，我们这所学校被山的巨大的阴影笼罩住。坐在窑洞里的书桌前，遥望对面山脊上光与影的分界线，眼见那阴影部分在上升，光亮部分在变小，由淡黄色到橘黄，由橘黄色到橘红到只剩下玫瑰色的一小块山顶。我相信毛主席要知识青年到农村接受再教育的必要，但是一年年过去了，以后怎么办？我们的出路在哪里？随着同学们以不同的方式一个个离开陕北，这种忧虑经常困扰着我。

窑门外响起脚步声，是他来光顾我的小窑找我聊天来了。

我第一次见到他，是在观看一次县级篮球比赛上，人们大声地为一位高个英俊的青年叫好，只见他弹跳惊人，投篮几乎百发百中，在场地上十分活跃。只要他上场，比分便直线上升，这个小伙子篮球打得真棒！原来他就在杨家坪学校任教。他是绥德人，是属于被我们学美术的所赞叹的那类形象好的陕北后生，生得宽肩窄股，修长挺拔，鼻直口方，浓眉亮眼。他比我大4岁，正当二十五六岁的年龄，是原高中66届本地回乡青年。在杨家坪学校，他是骨干教师，担任初三毕业班的数学课教学，还兼任两个年级的体育课，学生们都喜欢他，崇拜他，无论他走到哪里，周围总是簇拥着一群男学生。他是公派的教师，家离学校有好几十里地，所以平时住在学校。那时候的陕北农村既没有电灯，更没有电视，每到晚上他常常拉二胡消磨时光。

看得出来，在这个寂寞的山村学校，对于我的到来，他十分欣喜。"文化革命"大串连时，他曾步行到过北京，还在天安门前留过影。他惊讶北京与陕北的天壤之别，他羡慕，向往，念念不忘那个遥远的群山外面的精彩世界。所以，我和我曾生活过的那个城市的一切都对他有着极大的吸引力。

我们坐在小窑里有说不完的话题，论古今，谈天地，我本生性腼腆，不善言词，但此时在他面前却滔滔不绝，我高兴有人与我一起排遣这些个孤寂、难捱的黄昏，我还有一种讲给对方听他所没有的经历时的小小的优越感。但回想那时的我绝对纯真，善良。当时我第一次接触陕北青年时，最强烈的感觉就是为他们叫屈，他们天性优秀，不乏智慧，只因出生在贫瘠的黄土高原，使他们只能祖祖辈辈黄土里扒食，缺吃少穿，穷困不堪。为什么同是一个时代，一片国土，一个社会，命运会如此不公平地亏待他们？我在他们面前感到理亏，我不应该拥有的比他们多那么多，我愿尽我的所有给予他们，将我的与他们分享。我能做些什么呢，我借给他我的书，我们一起议论"牛虻"的命运，感叹"青年近卫军"的英勇，我给他看我的读书笔记，送给他一腔的热忱和友谊。

不是有意的选择，我们就这样相遇了。不知是好事还是坏事，那段感情经历确实影响甚至改变了我们各自以后的人生道路。

他变得愈发青春和生气勃勃，篮球场上更多地活跃着他矫健的身影，校园里学生们中更多地听到他的高声笑语，他欢快又悠扬的二胡声，驱散了我黄昏时分的愁思。逢到我不用回村取粮食的星期天，他也留下来，我们和其他青年教师相约着去水库游泳。等到下一个星期天，我背着口粮回到学校时，他也正从窑里回来了，并且随着季节和时令，他给我带来各种各样的山里的特产：桃、杏、小瓜、大枣和红薯。

我很年轻也很傻，毫无顾忌地享受着我们的友谊。我很快活，却不知道由于我的出现搅扰了他的平静。他开始向往，憧憬，开始睡不安稳，开始跃跃欲试。就在一次我们相伴夜行十几里去外村看一部老掉牙的电影回来的路上，他说"小心脚下"的同时抓住了我的手，立时一股热流灌进了我的全身。直至今日，我仍能鲜明地记得他那滚烫和颤抖的手，一种真情的烈火由他而起，也点燃了我，那是无法拒绝，身不由己的。我不能说这是我不希望的。总之，我没有抽回自己的手，随之，我的手也在滚烫地颤抖，也许这就是一个情窦初开的少女的对爱的初试？我们就这样手握着手一路走回学校。

好像我知道他已经结婚是在这之后，他不能不告诉我，他显得很痛苦。我不能想象这样年轻活泼的一个人，竟已是两个孩子的爸爸了，吃惊的同时又十分矛盾。先是感到一种失落的揪心，好似一脚踏进无底的枯井，心被悬在半空，无着无落，继而又有一种摆脱绊羁后的轻松。我不否认在我 21 年的生命中，这是第一次与异性产生的友谊与恋情，但我从未想到过结婚，因为我无论在感情上掀起怎样的狂澜，心底总存一丝理念：不能在这里安家。我很清楚，如果不是他已经结婚，我们的感情发展下去也是没有出路的，这样反倒令我释然。现在我知道我很"坏"，我不如我的同学，我就有这样的女同学，她们与当地青年结了婚，几十年同甘共苦，相亲相守，有些至今生活在陕北。她们勇于正视自己内心的真实感受，不只是为了一个爱人，也是为了自己的真情，付出了自己的青春以至整整的一生。从这点上说，他们是富有的，浪漫的，是无愧的，而人生在世，什么是可宝贵的呢？不就是那么一点点真情么！

　　我真的不值得他爱。他向我表示他准备离婚，我说绝对不行，我说绝对不行的同时，拆了自己的毛衣给他织成毛袜，我想补偿什么，可我知道我什么也不能补偿。他变得消沉下来，他望着我时的眼神里有无尽的哀怨。他痛心疾首，他怨恨陕北农村的早婚，他开始一根一根地吸烟，他的眼睛常常布满血丝，他常常失眠，傍晚空寂的校园里长久地回荡着他的二胡声，如泣如诉。

　　后来发生了一件事，使我们相处一年产生了如醉如痴却又无可奈何的感情悲剧式地结束了。

　　一天，他路过学校里另一位男教师的窑门口，听到里面在议论我与他如何如何关系好，他冲进去劈头给了那位教师一顿老拳。那位教师状告到公社，公社书记亲自下来处理，一时间事情闹得沸沸扬扬。事后他对我说，我在他心中之神圣，使他不能允许别人对我有半点微词，他很后悔年轻气盛不顾后果……当然我更明白他这是在借机发泄，他想发泄，又不知道怎样才能发泄啊！

　　也就在这个节骨眼上，县里录用了一批知青当干部，上面来文调我去县文化馆报到。当了县里的干部是否会影响今后的前途，在当时，已顾不得更多考虑，反正杨家坪学校不适宜我再待下去了。我们告别得匆匆忙忙，他还回了我的书，送给了我一个硬皮笔记本，笔记本的开头有他写给我的一首诗。他的诗写得不太高明，当然很朴实，很真挚。我发现诗的字里行间有一些水迹，突然明白这是他的泪痕，我受不了堂堂七尺男儿的眼泪，更受不了这泪痕对我的刺激，神使鬼差我竟将那首诗从笔记本上扯下来撕碎了，我无法解释我的行为，也许是不喜欢他的软弱？也许是想尽快结束这一切？

　　上天安排，我们的缘分并未就此了结。到县文化馆的第二年，我考上了西安美术学院，在美院里还被选为团委副书记，当上了学生里最大的"官"。毕业时党委书记找我谈话，诚心地表示要留我在学校工作，还说学校打算重新分配一名毕业生到延川县文化馆替我。可没过几天，我的班主任悄悄告诉我，他第二天一早就要去延川县搞我的外调，原因是一位同来自延川的同学向学校反映了我曾在杨家坪学校的什么事云云。外调不了了之，我留校的事也没被再提起。

上学 3 年之后，我又回到了延川县文化馆。这时县里的知青已走得差不多了，而正当别人纷纷远走高飞时，我却又往回托运自己的箱子。这时，我开始对他产生了怨气。

他知道我又回到延川后，一个星期天到文化馆来看我。他背着一个鼓鼓囊囊的大书包，脚步有些迟疑。我看到他又像以前那样出现在我的窑门前。两三年不见，他明显老了，瘦了，两颊塌陷了，他的眼神疲惫而空洞，他的衣服不再是干净而平整的了，穿着一身皱巴破旧、灰不溜丢的蓝裤褂，他身上原来那种最吸引我的青春和朝气几乎荡然无存。但此刻他的脸上却兴奋地放着光，我让进他，我们再次相对了，彼此却显得很生疏和客气，这时，我心里什么滋味都有，惊诧、痛惜、酸楚、凄怨，于是我犯下了一个永远不能原谅自己的错误，我不管不顾地讲了我没被留在美院的原因。我永远都要诅咒我自己的狠毒与自私，千不该万不该在他满怀重逢的喜悦来看我的时候，兜头给了他一盆冷水，将自己的不幸全推给他要他承担，他立刻像被霜打了似的，整个人都瘫软下去，脸色霎时变得土黄，蜡人一样呆坐在那里，他爱上了一个北京来的女知青，他追求美好、高尚的精神生活，他有什么错？他虽然贫困、单调但却平静的生活被这短暂的无望的痛苦的爱情所搅扰，从此他吃不香，睡不安，他吞食了这颗苦果。他太善良了，他可以默默地忍受命运给予他的痛苦，他只想给人爱，却从不想害人。他忠厚、纯洁的心地因自责而深深地受了伤，他伤的是元气，将终生难以治愈。在这场悲剧式样的爱情中，我只是暂时受挫，但我当时却只替自己着想，一味强调自己的落难，我们无言地僵坐，眼光相互回避着对方，空气在我们中间凝固了，时间变得非常难熬。他缓缓地站起来，默默的将书包里的水果、罐头和当地产的粗大饼干块堆放到我的书桌上，然后捏着空空的书包走出去了，没有再回过头来。我追出去，但没有想叫住他，从他垂下去的头和紧缩的双肩我看出他正在啜泣，他的心在啜泣，他的心在滴血。这就是他最后留给我的背影。他走了，他的背影一直刻在了我的心上。以后我又在延川县待了3年，再没有见到过他，听说他有了四个孩子，调到一处很偏僻的农村学校教书，不愿与过去的老朋友见面。

许多年过去了，许多事淡忘了，但不知为什么他在我的记忆中总是那样的鲜活，我忘不掉他，也摆脱不掉对他的歉疚。

在那块黄土高原上，我曾与一位黄土地的儿子相遇，并给了他一个少女的初恋，也搅扰了他一生的平静。这就是我要讲的故事。不管朋友们会如何谴责我，说我是个狠心的人，我绝不辩解，谨以此文向他表达我永远的祝福与怀念。

如今我已到不惑之年，经历了人生百味，早已不会提起初恋便耳热心跳了。但第一次毕竟是第一次，犹如那块黄土地与我们人生路上头一遭邂逅。那蔚蓝蔚蓝，在调色板上不用加白，纯钴蓝画上去都不过分的天空；那赤裸贫瘠，但蕴藏巨大生命力的土地；那深山沟里小村庄的春、夏、秋、冬；那些黄土一样纯朴、厚道的人民。当年，我们年轻的生命曾与他们融合，我们曾用汗水和泪水浸润过黄土地赤裸的胸脯。不管世人如何评说，也不管我们对那块土地的感情是如何的复杂，我们的心灵上已深深地打上了他们的烙印，我们的生命里已有了他的基因，我们的血脉中滚涌着他的赤诚。

离开陕北时我已经27岁，那是1978年，先是调到陕西省团委主办的《陕西少年》杂志社任美术编辑，编辑过几百期刊物，画过上千幅体育和儿童插图，1990 年为筹备亚运会体育展览，借调到北京工作一年，直到 1992 年才举家迁回北京，现在中国体育博物馆任美术设计。

　　搞美术和体育可能都不是我的初衷，但在这个领域我已兢兢业业工作了近 20 年。人有时很难改变自己的境遇，尤其是我们这些下过乡的老三届，失去了许多为自己设计前途的机会。如今人到中年但可以自慰的是，我们失去了许多的同时，也得到了别人所不具备的许多，我们丰富的人生阅历，从最艰苦环境中磨炼出来的能力和智力，是我们所独有的财富。我们过去没有输给命运，在这改革开放的年代，更会一如既往地走下去，为自己也为我们这一代人书写好历史。

车老板和他的闺女

何 东

●面对人生的坚韧●玩整整一世的马鞭●乡
间妮子，俊俏羞涩●差点造成我的初恋●你真喜
欢我吗●害怕在农村扎根一辈子

> 我就猜着你不会真心看上我这样的
> 本地姑娘……
>
> ——女主人公

　　不久之前，我接到一个上山下乡时的朋友的电话，
招呼我和另几个当初同在黑龙江生产建设兵团一个连
队的"荒友"，一起到了一家什么"老三届"饭馆，大
家吃了些东北菜，喝了几瓶东北酒，说了些怀旧的话，
发了些现在的牢骚，感慨了一些年过四十的长吁短叹。

　　类似聚会这些年好像一直在断断续续地坚持，但
已经完全流于一种很表面化的交往形式，而其实已经
没有了任何实际意义。尽管坐在一个饭桌上的人，过
去一样有着"吃过苦、下过乡"的共同经历，但是，
以后十几年各自经过人生的升迁起伏，穷的穷富的富，
其实心里早已陌生得形同路人。

　　我心不在焉地听着别人说话，无意中瞥见了贴在
饭馆一侧墙上的一段"最高指示"：知识青年到农村

去，接受贫下中农的再教育，很有必要。于是，几件在兵团时与一个当地富农和他闺女相处的亲身经历，电影闪回般一股脑涌上心头⋯⋯

那是1969年10月的一天，16岁的我下乡后头一次跟着连里本地人赶的马车去火车站拉化肥。到了地方，该干活了，可当时身体弱小的我仅有1米5高，40公斤的化肥袋，几次使出吃奶的力气，也无论如何就是抢不到马车上去，正满头大汗原地打转时，只听身后一个当地人说："那个城里来的知青，可真他妈熊！"谁知那位嘴上斜叼一炮旱烟的赶车老板，他从鼻子里哼一声，然后慢条斯理地说一句："熊？给他弄个娘们儿，照样给你整出孩子来！"事后，我向另一位当地人打听，那位说难听话的车老板是什么出身？人家肯定地告诉我：他是贫农。于是，我就这样深刻地接受了贫下中农的第一次"再教育"。而北大荒，最初正是以这样下流的语言方式，教给我如何面对人生的坚韧。

1849年12月22日，俄国作家陀思妥耶夫斯基被控阴谋叛国，判处死刑。临行刑前的最后一分钟，才被沙皇特赦改判流放囚禁。这生与死之间的一刹那，使陀思妥耶夫斯基的人生观发生了深刻变化。当天，他给自己的哥哥写了一封信，其中有这样一段文字让我终生都难以忘记："到处都是生活，生活在我们内心，不是在外界。我周围总会有人的，在人群中间做个人，永远保持人的本色，无论我遭到什么样的灾难也不灰心，也不倒下去——这便是生活；这便是生活的使命。我已经认识这一点。这种思想已渗入我的血肉之中。"

在马号跟车的那一年之中，所有当地人里，我最敬重的就是丁尚武。他身不魁梧，貌不惊人，当时已是40多岁。他个子比我高一丁点有限，平常走道，他总是倒抄着手半驼着背。据当地人说他那总也没见直起来过的腰板，是因为早年被马尥蹶子踢成的伤。也有一传说是他因为出身不好，所以总不抬头走路。在当地人常聚集在一起，闹哄起来骂起人都不带重样的马号里，他从不掺和其中，总是闷头抽自己的旱烟。可别看他平时少言寡语，但所有的人都对他敬畏有加。关于他使唤牲口、玩鞭杆子，当地人更有许多神乎其神的传说。据说他年轻时火气也很盛，有一次和别的车老板打赌，一个海碗大的实心铁秤砣，被他当众抡圆一马鞭，硬是平地兜起一尺多高。还有人向我神吹说，当年丁老板在克山一带赶大车，逢上匹烈性不驯的大公马，卸套时踢了他后腰一蹄子，被他回手一鞭，竟血淋淋抽下一只耳朵。

赶巧我分到马号的第五个月，连里叫我跟了老丁的车。和他在一起的日子里，他仍然话很少，平时装车、卸车，该干什么时他就和我一起下手干，从不像别的当地车老板动不动就拿大，只闲在一边瞧着跟车的单干。或许是出于他的善良，也或许是因为他年轻时曾有过远足家门之外的经历，在不动声色的沉默之中，丁尚武一直都很细腻地关心我这个北京来的学生。他常会找个什么借口，招呼我帮他收拾收拾家门前那一小块园田地，或是帮他家拉半车土，然后就顺理成章把我领到他家的炕桌上，闹两口烧酒和酸菜粉条，和我有一搭没一搭地唠几句不咸不淡的家常嗑。以致后来，我有事没事也会自动走进前屯他那几间并不很高的土坯草房子里，仿佛在北京之外又找到另一个挺亲的"家"。

跟老丁的马车仅半年。但这六个月却是我在东北8年中活得最舒心的一段时光。尽管我并没有因为在他身边就减免了繁重的体力劳动，相反正是由于和他在一起，我才真正感到了劳动所能带给生命本身的愉悦和快乐。

因为听了关于他的种种传说，所以我平时也十分注意他的一举一动，总想从其中看出点什么与众不同的名堂来，然而两三个月下来，我什么也没看出来。只发现他平常特别在意拉车的牲口，套车、卸车、饮马、切豆饼、拌草料、系缰绳，一码是一码，精细极了。跟他的车，我几乎没见过他在马身上狠抽过鞭子，至多也就是口气重些吆喝两声，或是用鞭梢在马背上掠碰两下。我平常听他唠叨最多的话就是："马这东西不比黄牛。它们灵性着呢！平常就下死手抽它们，真要是在哪儿误了车，鞭子就真成了不管用的摆设。"

一次，我们爷俩一前一后赶着车去团部供应站给连里拉货。车快到供应站的拐弯处，只见前面不宽的道中央堵满了十几辆大车。赶到前面一看，原来是一挂装满粮袋的马车误在了路沟之中，只见那赶车的老板狗皮帽子也扔了，反毛羊皮大衣也脱了，满头大汗连吆喝带用鞭杆子杵，可那四匹拉车的马，却任凭主人暴跳如雷，硬是钉住一般站在那儿稳如泰山。眼看过去了大半天工夫，老丁始终一言不发地蹲在道边儿的沙堆上抽旱烟。忽然间，有几个外连队的车老板看见他正猫在一边，立刻连推带搡把他拉到那挂马车旁边。看看耽误的工夫也不小了，老丁不再推辞，只对那车主小声说了句："你让让，看我来。"

所有的车老板全闪到了一边。

只见他猫腰围着那辆马车转了一圈，紧了紧马的肚带、套绳，又不慌不忙从怀里摸出一根崭新的鞭梢，细心地系在马鞭之上，然后搓一搓黑乎乎的大手，一前一后握紧丈余长的粗鞭杆；忽然——

只见他猛地挺直了平时老是驼着的腰板，双手将那丈余长的大鞭杆抡成了一张弯弓，那鞭绳凭空打了两个嘭哨，只带得四周的空气也"呜呜"直响，突然间他狠狠下手就是一鞭！——就见那里套、外套、正中驾辕的三匹马背之上，同时绽开三道深深的血檩！紧接着只听老丁一声嘶哑暴吼，就眼瞅着刚才还懒洋洋的四匹马，一起铆足劲拽直套绳——误在沟里的满载马车原地蹦了个高，"腾"地一下子颠出丈余多远。

……就在这短短几分钟之间，我吃惊地见到了一个与平时完全两样的老丁！在众人的一阵喝彩中，我一直不错眼珠地盯着老丁，只见他伸手捋了捋鞭梢，又不言不语站到了一边。

跟老丁的马车仅仅半年时间。但那六个月却是我在东北8年中活得最舒心的一段时光。没有互相之间的欺侮、坑害、挤兑，就是那么简单清楚的相伴相处的关系。细想一下，老丁所拥有的，仅仅就是一条东北汉子力所能及的一切生存行为。但这一切行为本身却又无形地表征出极强有力的生命哲学。——他那总倒抄着手驼背慢步向前和近乎固执的沉默寡言，让我明白生活并不轻松，人也不可能达到彻底的"潇洒"。但在这负重和困顿的背后，却又郁积蕴含了生命本真的强烈活力与无限辉煌。这种相互间的矛盾和反差，就像他永远半驼的背和他在一刹那间突然挺直腰板挥动马鞭一样的不协调。刚跟他车那阵，我总以为他终日都是如此默默劳碌，似乎活得也真有些窝囊被动。可今天再一细琢磨，面对当年那众所一致的人与天、人与地、人与人之间无穷相斗的狂热呐喊与行为夸张，老丁整个行为方式中所固执著的被动本身，就是一种鲜明的反衬。能远远避开某种虚幻热情与无谓喧嚣，每天就与那几匹不会说话的牲口为伴，玩整整一世的马鞭，倒也算是落下个舒心坦荡。我至今仍认定这就是人生的真享受。

倘若时光可以逆转，历史再强迫我下一次乡的话，我还要去跟丁尚武的"三套车"。返城后的十几年中，我又历经波折，也终于像狗一样地从城市底层一步一步爬进了想象中层次很高的文化机关，并为此付出了大量精力心机和沉重的人格代价。走进走出一个又一个文化机关，我也曾想寻找到像丁尚武那样一条沉默平实又顽强有力的汉子。但我终于大失所望。

在东北的那段时光中，除了老丁叫我，我自己也更愿意经常到他家去串门。其中不可告人的原因，就是因为老丁有那么一个清纯漂亮的闺女丁梅。虽然我当时心里并不愿意承认这件事。

丁梅那年 15 岁，身段苗条而又丰满。那两条乡间妮子特有的又黑又粗的辫子，衬着一张白净里透红的圆脸，真是俊俏极了。我总感觉，她脸上身上透出的那股子水灵气，和城里的那些漂亮姑娘不一个意思，总好像更鲜亮更合本地水土。

也许是因为年岁还小，丁梅十分害羞怕生。每当老丁把我领进他家低矮的草房里，她便埋下头急急地走出去。她静静地坐在外间屋的柴灶前，或是干脆躲在门外房外房檐下就那么一站大半天。按当地的风俗习惯，男人们上炕喝酒时，女人是不能入席的，必须等男人吃完再说。

平时上下工的路上，偶尔碰巧遇上对面，我会偷偷多瞧她好几眼，并由她的俊俏、苗条，又生出些不应该的非分遐想。我不知道丁梅是否也注意了我对她的悄悄留神，反正脸对脸一碰上，她就会立刻垂下长长的睫毛，低头一擦身而过。我虽多次出进她的家门，却从未和她搭过一句话，即使是随着老丁一声招呼，她手脚麻利地把酒菜端到炕桌上，也是辫子一甩，又马上转身就躲出去。

　　记不清那一次是因为什么急事要套马车去团部，我匆匆跑到前屯去叫老丁，刚要迈他家门槛，迎面就撞上丁梅正要出门，见我风风火火而来，她本想让我先进去，我却想让她先出门，两人就那么一犹豫，一下都明白了对方的谦让，便同时又迈步要进去要出来，结果反而撞了个满怀，连忙尴尬地躲开，左闪右让却总离不开一个方向，互相心里那份局促紧张就甭提了。

　　自从那次撞了满怀之后，我开始对丁梅真有点往心里去了。但更多的喜欢并不是因为我对她到底有多深的了解，而仅仅就是因为她的模样和羞涩实在太吸引我了。

　　　直到今天为止，我仍然本能地对某些城市姑娘怀着一种逆
　　反心理，讨厌她们身上那种浮华、时髦、骄傲、肤浅的劲儿。
　　我至今还在后悔，为什么当初就没有和丁梅有点什么。

　　一天，在麦场上完粮囤和大伙儿一块歇晌，我就和几个知青及当地老乡胡扯起前屯哪个妮子最漂亮来，我由心顺口地就说出丁梅，还特别说到了她那和城里姑娘不一样的俊俏劲儿。也不知当时在场的哪位嘴快的本地姑娘，把我的这一番评头论足，风一样快地就传进了丁梅的耳朵里，还差点就造成了我的初恋。

　　此后没过两天，团部放映队到连里来放电影。散场之后我正走在回宿舍的路上，忽然听到身后有姑娘小声叫我的名字，回头一看，正是丁梅。我们以前从没说过一句话，今天晚上她忽然一反常态变得胆大起来，不由让我有些不知所措。

　　她前边引，我后边跟，一起走到了麦场边上的杨树林里。俩人半天没言语。我终于忍不住轻声问她："丁梅，你找我有事吗？"

　　月光下，她依着一株很高的白杨树，模样更透着俊俏了，高高

耸起的胸脯一动一动的，更看得我心神不宁直喘粗气。

"……你在麦场说我的那些话，是真心的吗？"丁梅小声问我。

我紧张地向她点点头。

"你真喜欢我吗？"丁梅抬起头，忽闪着两只眼睛，很认真地向我问。

"……"

"我愿意跟你这样的北京学生相好，不知你心里咋想？"

面对丁梅的坦然直问，我心里忽然乱起来，脑子里一下转出许多此前从没认真细琢磨过的念头：……她俊……我喜欢……本地人……要是和她好……成家……住前屯……我是知青……将来的前途……

原来飘忽模糊的美妙幻想之中，忽然一下掺进了许多不容回避的现实考虑。

我好不容易让自己冷却下来，走上去轻轻抚着丁梅那漂亮的溜肩膀，小心地向她解释开了："……丁梅，怎么和你说呢？这件事我还真没认真想过……那天在麦场我说了好些……请你原谅我……这么大的事儿……我还得……"

没等听完我结结巴巴的解释，丁梅一下子就拨拉开我扶在她肩膀上的手，带着哭音伤心地说："我就猜着你不会真心看上我这样的本地姑娘，可干吗又要拿人家的模样开玩笑？"不容我再分辩什么，她流着泪头也不回地顺着杨树林一下就消失在往前屯的小路上。

尽管在今天，我可以在这篇回忆文字稿上从丁尚武身上悟出那么多道理、人生哲学，可就是在那棵杨树下，当丁梅大胆地坦示情怀，情愿成为我这个"北京人"的爱人，更险些让老丁就成了我的岳父，还是被我小心胆怯地推辞谢绝了。就在那一刻，我突然清楚地意识到，尽管我也在跟马车，和当地人一样抢着锄把在种地，但我骨子里仍然还是个不折不扣的城里人，我终于经不住丁梅那么一问，我从心里就害怕在农村扎根一辈子，虽说我当时对自己的将来也是一派茫然，但我终于不能让自己真正走上"与工农相结合"的道路。

一篮苹果

肖复兴

●青春没有情书●不许知青谈情说爱●自我
压抑，自我煎熬●再次欲言又止●永远的错过
●闪电般结婚

> 我们这一代人对自己的感情和对理
> 想一样，一直是在盲人摸象般痛苦地寻
> 找，命中注定失去的要比得到的多。
>
> ——作者

我们这一代人充满着阴差阳错，该上学的时候，
大学关门了；该恋爱的时候，连亲爱的都不敢说；该
打扮的时候，只会穿一色的绿军大衣蓝制服，系一根
武装带或草绳，像包起一层层粽叶子的五角粽，束缚
并缠裹着我们的三围……我们没有约会，没有情书，
没有青春的梦和诗，没有青春的舞会和游戏，我们唯
一的游戏是"拉练"。

在这样一个时代背景下成长起来的人，命中注定
失落的东西会很多，其中包括感情，阴差阳错中失鲜、
失真、乃至完全丢失在迷茫的路上，都并不新奇。

24年前，1974年的夏天，田燕从吉林回来，和平
从北大荒回来，一天他们两人在北京的街头突然不期

而遇。他们非常意外，也非常激动，万千心绪涌上心头，却一下子欲言又止。

他们两人都是我的同学，我对他们了如指掌，现在看来真是极其小儿科，欲言又止什么？竹筒倒豆子都说出来就是了嘛！但当时怎么能说出口呢？一个爱字，在书中看到都会耳热心跳，赶快翻过页去。"文化大革命"开始，他们就在一起，一个战斗队，一块大串联，几乎天天在一起，感情的种子埋下了，当时不说，但会在未来的日子里发芽。

1968年，上山下乡运动开始了，他们分别去了北大荒和吉林，遥远的别离使得朦胧的感情更加摇曳，维系这一份感情只有信件的往返。和平从北京走时特意买了许多印着小燕子的信封，他买了那样多，好像他预测到他们的分别会是漫长的一生，要写一辈子的信。鸿雁往返，衔着八千里路云和月和包裹得严严的感情，那信件中是只谈革命不谈感情的，最后写上一句致以无产阶级革命的战斗敬礼！但毕竟是青春的感情，压抑之中总要露出一些喘息的缝隙，他忍不住给她写了一封信中流露出一些爱的信息。她没有给他再回信。他带来的那么多印着小燕子的信封再没有了用处。

6年未见，突然相见，他最想问的就是这件现在看来是多么简单的事情。

1974年，无论给予田燕还是和平，都有极其富裕的时间，来把这简单的事情倒腾清楚，因为他们是到了秋天才分别回吉林和北大荒。这样漫长的一个季节，多少事情也办完了。可是，事情的难易，在不同时代有着不同的标准，自然也就会生出不同的结果，就像同样是花在沙漠只能长成仙人掌，在水里却能开出湿润的睡莲。田燕无法向和平解释，他寄给她的那些信封上印着小燕子的信早被人们注意，那时正在进行扎根农村的教育，知青不许谈情说爱，那是被当作资产阶级的作风要遭到批判的，队上已有先例。田燕有些胆怯，把自己的初恋残酷地掐尖打蔓压了下去。

整整一个夏天过去了，田燕没有对和平讲明这一切。她失去了机会，她太年轻，不知道有些机会命中是一次性的，落叶不会像鸟一样重新飞上枝头。秋天，和平要回北大荒了，田燕到火车站送行，提来一网兜刚上市的红香蕉苹果。火车站从来对年轻恋人都是渲染情感的最好场所，别离将这一份情感浓缩在迷离的月台。但是，他们再次失去机会。什么话也没有说，连手都没有握。就这样分别了，他们再次犯了欲言又止的老毛病，他们的内心翻滚的热浪，和脸上表现出的冷静，永远就这样自我矛盾、自我煎熬、自我压抑着。

火车开动后，再也看不见田燕的影子了，和平才把压抑的感情大胆地放了出来。他做的第一件事是把那一网兜苹果翻个底朝天，他以为会夹有田燕给他的一封信，嘴上不好讲，在信里总还好说些。这是他这几天一直盼望着的。但是，没有信，只是满满一兜的红苹果。

一年后的冬天，田燕有十天的假回北京探亲。她意外地听说和平也回北京来了，兴奋异常，立刻跑到和平家，谁想到迎接她的却是当头一棒：和平在这年的春节就要结婚了！没想到竟会如此闪电一般。她这才尝到原来发生在书中或戏里的悲欢离合，突然间发生在自己的身上，涌出的此情可待成追忆，只是当时的惘然是一种什么样的滋味。眼泪立刻涌了上来，幸亏那天和平没有在家，要不该是多么的尴尬。和平的妈妈一再要她多坐一会儿，说和平很快就会回来了，她实在忍受不了这种意外的刺激，起身告辞，奔走在冷风呼啸的大街上，眼泪再也忍不住流了出来。

她不想参加和平的婚礼，也不想在他婚礼时留在北京。这一年最后一天的晚上，她提前离开北京。和平没有来送她，只是让弟弟到火车站替他送来一网兜国光苹果，那苹果很青，酸涩的味道有种命定般的象征意味。

火车风驰电掣一夜到达通辽，正风雪弥漫。她下了车，没有想到一个高高个子的男人正等候在月台上，雪花落满他的一身。这个意外，让她愣在风雪弥漫的站台上。

同在一个生产队上七年，她当然知道他一直爱着自己，而且比和平大胆地表露过。但因为心中一直有着和平，她从来没有答应过。前几天回北京时，他恰巧招工到木里图地质队报到也到这个通辽火车站坐车，两人在这个小站相遇，他知道她大概回来的时间，说了句到时候我来接你，谁想他真的来了。他不仅来了，而且整整来了四天，天天从木里图坐一个多小时的火车到通辽火车站来接她，终于接到了她。忽然有些委屈，和平你为什么就那样矜持骄傲不能也这样主动一点呢？望着雪人一般的他，她有些感动。不管怎么说，这也是一份难得的感情。

不是出于无奈，或报复，而是应该珍惜，不要让这一份感情再无端流逝，像和平闪电般结婚一样，她和他也闪电般举行了婚礼。

事后好久，她才想起那一网兜青苹果被她遗忘在火车上了。她不是故意的。

岁月如流，人生如流，22 年过去了。今年，田燕 48 岁，和平 51 岁。他们分别有了一个女儿，快到了和当年他们一样的年龄，她的女儿 19，他的女儿 23，而且就要结婚。看着孩子长大，自己就真的老了。一切过去了，便也水落石出了，上一代付出整个青春代价的事情，下一代看来可能有些好笑。沉重和轻巧就这样飞快地转换着，再回首往事判断谁对谁错已没有意义。我们这一代人对自己的感情和对理想一样，一直是在盲人摸象般痛苦地寻找，命中注定失去的要比得到的多。田燕听说和平的女儿要结婚了，只是在心里衷心祝福她能比自己这一代人幸福，她赶上了一个好时代，应该比我们幸福。

婚礼的时候，田燕送给她满满一篮苹果，是田燕精心挑选的红富士苹果，红红的，每一个苹果都张开一张笑靥。

结　婚

刘　墨

●知青时髦女，嫁给农民邋遢鬼●肚里的孩
子是谁的●我也是救人一条命●绝望的嚎叫●婚
礼更像追悼会

> 关于她的结婚，知青们谈论时就像
> 谈论地球大爆炸一样可怕。
>
> ——作者

"杨时髦"要结婚了。这个消息像晴天霹雳一样震得我们一个个目瞪口呆。"杨时髦"何许人？她叫杨秀琴。高岭大队第二小队的插队女知青，年龄 21 岁。因其爱打扮，村里人送了她这个雅号。

关于她的结婚，知青们谈论时就像谈论地球大爆炸一样可怕。谁也没有想到她会在这儿结婚。

晚上我和梅妮在被窝里，她叽叽喳喳告诉我："听黑牛说杨时髦的肚子里已有了孩子，7 个月了。肚子包不住，得先找个主结了婚再说。"我一听浑身一哆嗦："孩子！谁的孩子？她要嫁给谁？"梅妮好像很生气地说："你真是傻得不透气，没听说她要嫁给'拐瘪三'吗？""啊！"这又是一个晴天霹雳。杨时髦要嫁给拐宝生，开什么国际玩笑。

　　拐宝生是我们队喂牲口的饲养员，30多岁。他家祖宗三代是农民，村里曾选他当过"贫协会"的干部，因为什么也不能干，队里派他喂牲口。他嘴边常念叨的两句话就是"自做自吃自涮锅，没儿没女没老婆"，常年邋里邋遢在牲口棚里钻着，老远就闻到他身上一股马粪味。半夜常常听到他嚎叫着小调发泄着胸中的孤独。男知青叫他"道不平"，女知青叫他"拐瘪三"。

　　这么个人怎么和杨时髦般配呢？我不相信地问："你怎么知道的？"梅妮说："是'拐瘪三'找黑牛的五叔做媒人，黑牛的五叔出来告诉人的。""这么说杨时髦也同意了？"我问，梅妮说："好像是的。""这么说她肚子里的孩子是'拐瘪三'的了！"我越说越生气，掀开被子坐了起来穿衣服。梅妮问："你要干什么去？"我说："去问一问'拐瘪三'。"梅妮说："对，问问那个瘪三去！"

　　我们俩人穿上衣服向三队饲养室走去。快到门口时，我们已听到乱糟糟的声音，不由得加快了步子。推开门一看，已有十几个人在这里了。六个男知青全来了，还有二队三个女知青，"拐瘪三"在地上蹲着叹息，小祥站在他旁边守护着。小祥和"拐瘪三"是本家，管"拐瘪三"叫叔叔。我进门往"拐瘪三"跟前一冲正要开口，不料被小祥一把抓住推到一边，差点撞到牲口棚上。梅妮上前用脚踹，也被小祥挡开了。二队的两名女知青说："'拐瘪三'，你快说是谁干的，不然，我们今天决不放过你。"男知青个个怒目睁圆，咬牙切齿地吼着："快说，不说放你的血！"小祥站在中间打圆场："咱们有理慢慢讲行不行？打人是犯法的……"

　　"啪"；他的话没说完，妇女队长一扬手给了他一耳光。并怒吼着说："我看你小子就不像个好东西，是不是你小子干的？妈的，强奸人就不算犯法了！"小祥被打怒了，推开旁边的人，一把揪住妇女队长的衣领把她提了起来，并还了她两个耳光。边打边说："老子强奸了你们的人，你们告老子好了，欺负一个拐子算什么本事。"还不解气，抬起右脚又向妇女队长踢去。说时迟，那时快，我蹿到小祥身旁抱住他的左腿使劲咬了一口。小祥疼得没有踢上妇女队长，却一巴掌打在我脸上……看见我挨了打，梅妮扑上去抱住小祥用头就顶他的胸脯，八九个男女知青一齐向小祥发起了进攻。小祥左挡右挡不敢放开手干，吃了不少亏。

"拐瘪三"见此情景哭叽叽地说："你们不要打了，不干小祥的事，我说还不行吗！"我们一起停了手，瞪大眼睛等着他开口。"拐瘪三"哆哆嗦嗦地说："是看羊的时候不知哪个畜生干的，杨时髦寻死觅活的，她妈来找大队领导，大队长才想起了这个法子。"他说着哭出了声："我也是救人一条命，你们可别冤枉好人哪。"说完30来岁的男子汉呜呜大哭了起来。

霎时空气完全凝固了，掉根针也能听得见。事情太出乎我们的意料之外了。

妇女队长说："你说的情况是真的吗？如有半句假话小心后果。"说着手一挥十几个人就退出了牲口棚，走得老远还听见"拐瘪三"的呜呜声。

又躺在炕上后，我怎么也睡不着。"看羊的时候……"想着"拐瘪三"的话，我心里一阵阵后怕。自己看羊的情景一幕幕展现在眼前。幸亏是和小祥一起，若是换了那个畜生后果不堪设想。我在一阵阵的后怕过后，又一阵阵悔不该咬小祥一口。

梅妮在我身边躺着也没有睡着。她说："怪不得前两个月去一号时碰见杨时髦，她对我说她有好几个月没有来身上的了，不知是怎么回事？"当时我说：'怎么回事，你他妈的变成男的啦，不来不是更好吗？我还不想让它来呢。'""唉，"梅妮叹息一声，又开口道，"谁能知道她是有了孩子。"

我知道杨时髦是请病假走的，好几个月没有人过问，是不是和大队领导有关系，是不是大队长、小队长，或是书记什么人干的……

我胡乱想了一夜。

过了两天，杨时髦回来了。几个月不见，身子圆圆的，走路像个熊猫一样一摆一摆的。她见了我们就哭，说是没脸了，想去钻火车。梅妮问："你知道是谁吗？说出来，我们为你报仇。"杨时髦痛苦地摇摇头说："我没看清脸，那天晚上没有月亮，黑得什么也看不见，我睡得像死猪一样，谁知道就……"她抽泣着说："我的脸被蒙上，后来就昏过去了……"

"那你为什么不报案呢？"我气愤地问。杨时髦可怜巴巴地说："我怕丢人，我想也许不会碰巧就有了孩子，谁知道……"说着又嚎啕大哭了起来。绝望的嚎叫使我们个个不寒而栗。

在大队干部的干涉下，杨时髦终于嫁给了"拐瘪三"。办事那天，我们30多个知青每人凑了一元多钱给她买了点东西，像开追悼会一样参加了她的婚礼。

出"拐瘪三"的大门口时，我和梅妮把门上的一副"家有梧桐树，引得凤凰来"的对联扯了个稀巴烂。

女知青杨雯

谢志华

●以权行奸女知青●大妈，勒死他，勒死他
●婴儿啼哭，引来难堪●胞衣不下来，要死人呐
●组织的逼问●指导员一言未发●将孩子送给了
苗族夫妻●婚嫁残疾人

> 求求你，大妈，娃儿生出来后，你
> 千万不能让他哭。不管是男是女请你把
> 他勒死。
>
> ——女主人公

杨雯是连队最讨人喜欢的女知青之一。她1.62米的个头，白净的皮肤，鹅蛋形的脸上点缀着几颗淡淡的雀斑，一双不大的眼睛宛如一泓清泉。她性格内向，很少说话，但语言幽默，特别风趣，加之又乐于助人，因而知青和当地的老工人都很喜欢她。

那一年春节，连队的知青大部分回家探亲了，只剩下几个留守宿舍。

夜里，梦乡中的杨雯好像又回到家中。妈妈慈祥地看着她，一双温暖的手在她脸上抚摸着……似乎有点异样。杨雯睁开眼睛，灰暗中一个人影立在床前，一只手正抚摸自己的脸庞，一股带有浓烈烟味的气息

喷在脖子上痒酥酥的。她一翻身张口就叫喊，一只手立即堵住了她的嘴。黑暗中一个熟悉的声音在耳边响起："小杨别怕，是我。"呀，是他！杨雯又是一惊，简直不敢相信这是真的。几年来对他所形成的敬畏心理此时产生了巨大的压力。她既不敢喊叫，也不敢挣扎，浑身软绵绵的，完全没有了睡意。黑影抓住时机，低下头来，用口堵住杨雯的嘴，同时又将手慢慢地伸进被子……

　　第二天醒来，头昏沉沉的，像千万颗针扎在头里般的疼痛。回想发生的事，杨雯放声大哭。连续几天她不吃不喝，连床也不下。

　　几十天过去，身体运行规律失去了常态。喜爱读书的杨雯非常清楚，急得吃不下饭，睡不好觉，人也瘦了。万般无奈只好拖着沉重的步子进了他的宿舍兼办公室。经过他的指点，杨雯踏上去屏边医院的路程。辗转几个县的医院都因她没有证明而拒绝手术，她只好懊丧地回到连队。

　　时间一天天过去，肚子也一天天见长。为了早日解脱，杨雯想尽一切能想到的办法。她找来木棍忍着疼痛在肚子上滚压；上班有意跌跤式地从高处跳下，但一切努力均是白费，生命是顽强的。绝望之下，她只好做了几根极宽的布带将肚子紧紧地缠住，让他人看不出异样。当夜深人静之时才解下布带，用手抚摸那一天天隆起的肚子独自伤心落泪。

　　该来的终于来了。这天清晨，杨雯感到肚子一阵阵疼痛，她咬紧牙关找班长请好病假，又把瑶族王大妈悄悄地带进自己的茅草房，解下肚带露出个大肚子艰难地跪下去。

　　平时她俩十分亲近，几个月来王大妈早就发现杨雯的身体、脸色和动作都有些异样，可每次试探都被杨雯搪塞过去。她又不好深问也就没往心里去。今天这事来得突然，王大妈只是一愣，但很快平静下来，转身出去端来一盆木柴灰，放在房当中，顺手将墙上那沾满泥土的塑料雨衣取下来，平平地铺在地上，将杨雯扶到上面躺下。接着又麻利地掀开杨雯的箱盖，找出剪刀在被子上擦了擦，放到顺手处。尔后，她俯下身子安慰杨雯：“别怕，女人生儿是天生的，就像屙泡尿一样，没啥的。”

杨雯大汗淋淋，头发乱七八糟湿漉漉地贴在前额上。她拉拉王大妈的衣袖，有气无力地说：“求求你，大妈，娃儿生出来后，你千万不能让他哭。不管是男是女请你把他勒死。屋后的菜地里我挖了个小坑，请你把他埋在那里。”

“什么？”王大妈惊讶得差点大声叫起来，但她看杨雯痛苦不堪的样子，又把要说的话咽了回去，不由自主地点了点头。

阵痛越来越厉害，但她又不敢叫出声来，只是扯过地上的旧绒衣塞进嘴里，紧紧地咬住，两只手使劲在泥土地上乱抓，结果竟抓出两个小坑坑。

等了好长时间，孩子仍不露头，王大妈忍不住说：“换个法子，像我们那样生生看。”她扶起杨雯让其蹲在木柴灰上，嘴里不断催促：“使劲，再使劲。”

孩子不愿出来，王大妈再有经验也无办法，无奈又只好将杨雯扶回雨衣上躺下。

时间一分一分地消失。突然，王大妈发现胎头露出一点，惊喜地说：“出来了，出来了，再使力，快，再使劲！”

杨雯吸口气拼命一挣，孩子在王大妈的牵引下滑出了产道。她一下子感到肚子空了，那极不舒服的坠胀感也随之消失，浑身一阵轻松。

王大妈一手托住孩子，一手拿过剪刀，随着脐带“嚓”的剪断声，孩子“哇”地哭出声来。杨雯着急地说：“大妈，勒死他，勒呀!"小孩的四肢在空中乱蹬,哭声一声更比一声响亮。

王大妈脸色苍白,双眼发直,面部一阵抽搐,浑身不觉颤抖起来。她突然面朝杨雯跪下哭着说:"不行啊,我不行啊。"

婴儿的哭声惊动了没出工的人们,几个女知青和大嫂、大妈们寻声跑来,推开茅草门,眼前的情景惊得众人目瞪口呆,说不出话来。

看见众人进屋,一种羞愧、难堪、恐惧、绝望的感觉陡然涌上杨雯心头。她想爬起来,但又浑身无力,两行眼泪默默地流过毫无血色的脸庞。她难过地把头偏向墙壁。泪花在众人眼里打滚。

陆二嫂口里念着:"作孽呀,真是作孽呀。"两步跨过木柴灰,取下杨雯口里的旧绒布裹住王大妈手中的婴儿,回头对身后的人说:"快! 快去叫个男生到卫生所请仲医生来。"一女知青开门跑了出去,王大妈说:"胞衣久久不下来,要死人呐,咋个办?"

陆二嫂单腿跪在杨雯两腿之间,捏着脐带略一用力,杨雯一声惨叫昏死过去。

胎盘仍不下来,杨雯脸色苍白,毫无一点动静,就像死去一般躺在地上,生命处于危险之中,众人谁也想不出解救的办法。

仲医生喘着粗气一步跨进了屋,身后紧跟着两位身背药箱的卫生员。仲医生看一眼产妇,叫众人将杨雯抬上床,立即进行检查,打针,同时叫卫生员戴上橡皮手套慢慢将粘连的胎盘人工剥离下来。

"好了,"仲医生重重地喘了口气。众人悬着的心慢慢地落了地。

女人总是同情女人的。连队的女知青纷纷行动起来,拿出自己的衣物,按各自的想象给婴儿缝制了许多小巧的衣裤,有的知青还拿出自己的奶粉,有的老职工杀掉生蛋的鸡送给产妇补养身子。杨雯月子坐得寒碜,毕竟还有点吃的。

几天之后,连队办公室里,杨雯拖着虚弱的身体坐在连长对面。

记不清这是第几次组织谈话了，她脑海里雾雾茫茫，一片空白。尽管指导员一言未发，可他的参加对杨雯已是万万不可原谅的了。

第二天一早，杨雯异常平静地叫来了王大妈，请她将孩子送给那对没有生育能力的苗族夫妻。

孩子走了，杨雯的心也空了、凉了。

谈话继续进行。杨雯的沉默把连长激怒了。"告诉你，杨雯，这是最后一次谈话，如果你继续执迷不悟，死不交代谁是父亲，不深刻认识自己的错误，那就等着瞧！"

杨雯一言不发，慢慢起身向门外走去，那神情就像赴刑场一样的庄严。

一年以后她调离了连队，据说是与家乡一位手不太方便、大她20多岁的残疾人结了婚。

仿佛又开始日出日落，连队恢复了往日的平静。

林惠其人其事

朱小茵

●用汗水洗刷灵魂●积极要求入党●营长格
外关心她●精神失常●为诱奸编织罗网●永远的
创伤

> 那哭声倾泻了多少心灵深处的委屈、
> 孤独与恐惧。
>
> ——作者

1973 年 2 月，林惠住进了我们寝室，她是从连队
调来营部当文书的。

林惠一来，我和柳眉就感到她和我们不一样。光
是她床头那一排码得齐崭崭的《毛泽东选集》、《共产
党宣言》之类的大部头，就与我们四壁花花绿绿的白
毛女、吴清华等剧照不协调。她搬来那天，见她把一
摞摞的书从小木箱往外拿，柳眉说："书都这么多呀！"
林惠笑笑："学还嫌少了，人不学习要落后呢。"我当
时觉得这人有点"那个"。晚上我和柳眉拉琴，林惠就
躺在床上看那些书，用笔在书上勾勾画画。然后就记
日记。刚到边疆时好多知青都记日记，在日记中剖析
灵魂。斗私批修，力图在灵魂深处爆发革命，抒发战
天斗地的革命豪情，接受再教育的体会，多半是些豪

言壮语、誓言警句之类。日子一长，日复一日的劳动，生活少变化没新意，日记内容也是千篇一律大同小异，慢慢地也就不记了，像林惠这样每天坚持往烫金本上写，在知青中已不多见。林惠的性格也与我和柳眉不同。林惠较内向，不苟言笑，一派老成持重，不像我和柳眉一天到晚有说有笑的。

但是，我们很快熟悉起来。

林惠力图在各方面严格要求自己。生活上乐于助人。她一来，寝室的卫生就被她包下了，还把我和柳眉的开水瓶灌满。我和柳眉经常早早就把水用完了，晚上洗用时没了热水用，林惠就让我们倒她的，劝我们："倒嘛，倒光了我洗冷水就是了。我身体好，没那么娇气。"她把脚硬是伸进从井里打来的浸冻的冷水里，见她龇牙咧嘴的模样，我们就大笑，她却一点不笑。林惠为人豁达，从不计较我和柳眉过火的玩笑。家里寄来或赶场买回来好吃的，总是倾囊而出大家分享。那时女知青在一起住长了，相互间难免会生出些闲言碎语来，林惠是百分之百不在背地议论别人。她的原则是：闲话不听，以免生闲气，别传，以免影响团结。林惠只比我们大几个月，在我们看来却是很懂事的，无形中我们都信服她，遇事爱听她的，她也以大姐身份自居常指点我们："你们还小，懂啥!"成了她的口头禅。一个星期天的晚上，我说几个老战士约我去赶场，林惠你去吗? 林惠没回答，却正色地告诫我：不要与这几个人来往。说他们吊儿郎当意识差背地里很坏。我听了十分震惊，这几个老战士都是复员老兵，平时是嘻哈打笑讲点粗话，但对知青无论是生活上劳动中的照顾都是很周到的，实在想不出他们背地里怎么个坏法?! 林惠说，你不懂。的确也是，年轻单纯的我即使在那艰苦的环境里依然爱幻想，这边疆碧绿的溪水满山青翠斑斓的彩霞都会在我心里唤起美好纯真的情感，生活在我心中依然是阳光鲜花，不知道人生道路上还会有荆棘险滩。林惠的话让我毛骨悚然，陡然觉得周围好可怕，不知有多少黑暗的陷阱等着吞噬我这等幼稚无知的女孩子。以后便为不能识别这类陷阱发愁，我为什么就觉察不出人们背地里那险恶的一面呢？原来我是什么都不懂，就越发佩服林惠的深刻。力图像她那样去想事情。

林惠还常常提醒我和柳眉不要只晓得拉琴，要重视自己的政治生命，尤其是不能放松世界观的改造。有一次我们到附近连队帮助点包谷。太阳很大，我和柳眉都戴了草帽去，田野上的风不时将草帽吹跑，我和柳眉嘻嘻哈哈总去拾草帽，林惠叫我们把草帽摘掉算了，无非晒黑点，那才体现无产阶级的健康美呢。当着许多人的面，我和柳眉很不好意思。林惠就是这样，言谈中带有一些书报上宣传的口号式的大道理。她说出来一点不做作，慢慢的，我们听起来也不别扭，倒很理解她了。生活在"三忠于、四无限""永远""紧跟"时代的人，在政治上要求进步的感情是真诚质朴而又十分虔诚的，林惠只是更执著了罢。

林惠的父母是入党多年的党员干部，对林惠要求十分严格，每次来信总要嘱咐林惠好好接受再教育，听党的话积极向党组织靠拢。类似内容要占去来信很大的篇幅。深深体现出父辈期望子女沿着革命道路前进的拳拳之心。林惠没有辜负父母的希望，在广阔天地里一如既往地磨炼自己，注重世界观改造。那时候，体力劳动是衡量知青表现好坏的重要标志，学毛著积极分子往往就是在劳动中能出力，吃得苦，不怕脏和累的知青。林惠参加劳动，都是"出大力流大汗"，总是表现最突出。营部建猪圈，我们到砖瓦窑运砖，我搬四五块砖就累得气喘，林惠要搬九块。干劲很大。看得出她是竭尽全力了的，砖块从腹部一直垒到下巴，脸颊憋红了，汗水直淌，可她来回都小跑！大战红五月，到连队插秧，要先往地里撒肥料。肥料是用牛粪猪粪和灰沤熟了的，臭气熏天且满是蛆虫的世界。尽管插过多次秧，可每次看到那湿漉漉的肥料，浑身还是起满鸡皮疙瘩，不晓得要在心里默念多少个"下定决心不怕牺牲排除万难去争取胜利"才敢去碰。若遇夹夹虫毛毛虫什么的，仍是止不住要大呼大叫。林惠却能毫不犹豫地将她又白又胖的手陷进黑漆漆的肥料里人把大把地抓起往田里甩，一点没有厌恶畏惧之色。林惠的表现被有的人认为是出风头，林惠不予理会，她一心在劳动中改造自己，"用汗水洗刷灵魂"。对工作林惠也是一丝不苟竭尽全力。刚调来时，她没日没夜忙了几天，把那些乱乱糟糟的文件柜清理得整整齐齐。交给她的工作无论多少，她都有条不紊完成，从不拖拉也不抱怨，工作上也有办法，她来了，文书工作有了明显的起色。

　　林惠踏实肯干积极上进，很快获得了个别领导的重视和信任。尤其是营长，特别放心林惠做事，林惠来后，抄抄写写一类的事不再找我和柳眉，统统交给林惠办，有时工作也找林惠商量。营长来找林惠，就站在寝室门口叉着腰用浓重的河北口音喊："喂，小林来一下。"有时他们就站在门口谈话，营长总这样问："你看怎么好？""你看着办回头告诉我就行了。"林惠站在门口硬是有板有眼地讲："这样嘛"、"那样办"，就见营长不住地点头很满意的样子。

　　在我眼中营长很严肃，成天阴沉着长满络腮胡的脸难得一笑，又好发脾气，动辄就训人，很是让人畏惧。有一回，连队有个知青因打架被带来营部，营长一怒之下硬是叫人把那知青捆着关了起来！营长不训我们女知青，见到我们态度都是很和顺的，甚至眯缝着眼睛带点笑意，可我只要站在营长面前就感到紧张，从不敢正视他的眼睛，总觉得那目光很厉害会穿透内心！别看我跟那柳眉平时叽里呱啦话多，对着营长我却是说不出一句完整的话来。哪像林惠和营长面对面还从容不迫比手画脚地讲个不停。在这一点上我尤其佩服林惠，但我们很尊敬营长，因为他很严肃，从来不像有的人那样，喜欢在女知青身上拉一下拽一把什么的。

　　林惠经常被营长喊了去办公室，一去就是半天，不是抄就是写，工作好像特别多。五月的一天下午，林惠从营长办公室回来很高兴，居然左声左调哼起歌来。原来营长正式找她谈话了，告诉她"七·一"要发展一批党员，叫林惠争取一下。我们都为林惠高兴，深知她一直在争取入党，言谈中曾多次流露过入党的渴望。其实我早就把林惠列入党员之列，像她这样各方面都拔尖的人不入党谁还入党，那晚我把家中带来的仅有的一块盐肉拿出来，炒了一大碗饵块，又从小卖部买来干酒，三人在一起，小小地高兴了一番。林惠居然有点酒量，喝了不少，兴奋起来话多，仍是希望我们加紧努力之类。

　　接连几天晚上林惠都被营长找去谈话很晚才回来。我们早已躺下了。林惠回来，一进门就喊："这么早就睡了？"兴致很高。我们正是迷迷糊糊睡意正浓之时，都不搭腔，就听见她砰地关了门，稀里哗啦搞一阵，就发出有滋有味且又极响的咀嚼声。接着她吧嗒吧嗒拖着鞋来到我们床边隔着蚊帐拍拍我们：睡啥子嘛，赶快起来吃甘蔗。被她这一折腾，瞌睡早没了，神经也跟着她的兴奋而活跃得很，一骨碌爬起来，掀开帐子，床头小木箱摆着一根削了皮、白嫩光生的甘蔗好诱人。急忙抓了就咬。三人有说有笑吃开来。我们就知道了营长极关心林惠，与她谈心说一定要尽快发展她。林惠说其实营长对人很好，不像我们认为的那样等等。

　　一连几天晚上都如此。

　　有天晚上，已熟睡的我被很响的咀嚼声惊醒，见林惠坐在小桌旁吃甘蔗，灯也不开。她怎么没叫我们？看看表，原来已是凌晨四点半了。那几天，林惠都是深更半夜回来。她摸黑洗脸洗脚动作很轻，我和柳眉还是会醒；柳眉还不停地翻身把床板摇得叽叽作响。营里规定起床号要在凌晨六点播出，柳眉五点多钟就得起来做准备，这几天却睡过了头，误了好几次广播，柳眉很有意见，要求林惠早些回来还是注意一下影响。林惠却说："我身体好，少睡点没关系"，"怕啥影响我又没做坏事"。我挺纳闷：天天谈话到深夜，好多思想汇报不完，与柳眉讲她也有同感，是呀，以前都是开着门在办公室里谈话，现多半是在营长寝室里，还关了门。近40岁的营长有老婆小孩，家就在不远的团部，可他星期天家也不回，就和林惠关在寝室里。真是越想越不对头，我有点担心但又讲不出担心啥，仅此而已，思维简单的我们就再也想不到什么，更无法分析出个结果来，又始终觉得好奇，他们干什么呢？

有一天晚上，林惠又被营长叫去了，好奇心促使我和柳眉手拉手绕着一排营房，穿过杂草丛生遍布碎砖烂瓦的后阳沟，猫着腰，蹑手蹑脚来到营长房间的后窗下，灯光从房间里透出来，里面没有声音。我们站在那里就听见彼此的心跳声。猛地，柳眉像鼓足了劲双手按在窗台上，迅速踮起双脚，伸长脖子往里望了一下就慌里慌张往回跑。我正紧张得直打退堂鼓，她一跑就急忙跟着她跑，深一脚浅一脚，差点没把脚扭伤。回到寝室，惊魂未定，一问，柳眉啥也没看到，玻璃差不多都被纸糊了。问我，我说我连窗台都没来得及挨一下，就吓得跟你跑了回来。白紧张半天太好笑了，我俩哈哈笑得直不起腰来。第二天早上柳眉起来放广播，发现林惠不在寝室，她的床铺整齐，被盖未曾打开。原来林惠一夜未归。上午上班才在营长的办公室见到她，但没见到营长。营长一早搭车到昆明出差去了。

营长走后，林惠变得很沉默，仿佛沉浸在一种思考的氛围中，几乎不同我们讲话。那天，林惠很早起来梳洗停当就站在寝室门口盯着对面山腰那条山路。那条路通往昆明。她出神地望着，中午饭也不去打，我问她要不要给她带饭回来她也不回答，却不停地喃喃自语：他应该回来了，他应该回来了，他今天要回来。"他"就是营长，营长说好只去三天，已是第四天了都不见回来。我们打饭回来，林惠正趴在桌上写什么，我们进来她慌忙拉开抽屉将桌上的东西一股脑地往里塞。完了，一言不发地拿起口缸去食堂了。从未见过林惠如此失态，一看，抽屉也未关严，隙着一条大缝。柳眉上前拉开抽屉，"嗬！"我们不由得叫出了声：抽屉里赫然躺着几张崭新的"入党志愿书"，最上面的一张表上有几项已被林惠用钢笔填上了！"入党志愿书"都拿到了，林惠这次入党是十拿九稳了。林惠回来了，把饭往桌上一搁，坐在桌旁又想开了。突然她十分神秘地招手叫我们过去。她发现抽屉被动过了要责备我们吗？我们小心走拢去，她呼地拉开抽屉，取出那几张表盯着我们问：晓不晓得这是什么？就笑嘻嘻地往我们手里塞，说一人拿一张去填。见我们推让就把那些表很随便地扔在桌上也不收径直出门去。林惠的神态举动好怪异，令我们惊异极了，又听林惠在外面笑，急忙走出去。林惠靠在走廊的墙上，一有人路过她就嘿嘿地笑，笑声很特别。我和柳眉都吓坏了，柳眉叫我看着林惠，她急忙去找营教导员。下午两点，开团支部大会，还不见柳眉转来。我劝林惠去休息别开会了，她执意要去，结果开会时她一个人在角落里笑个没完，弄得好多人朝她看，甚至教导员来了她指着教导员又笑。

林惠精神失常了！当天晚上就被送到团部卫生院。

林惠的父母很快就赶来了。林惠一见到出现在病房门口、分别了许久的父母就失声痛哭。那哭声倾泻了多少心灵深处的委屈、孤独与恐惧。在亲人面前，一向稳重的林惠哭得十分伤心，在场的人无不动容。自那次哭过之后，林惠就再也不像初病时那样笑了。

营长在林惠住院后第二天回来了。一回来仍习惯地站在门口喊小林。听说了林惠的事显得烦躁不安，成天锁着眉头在办公室里踱来踱去。很快团里派人来找营长谈话。事情就渐渐传了出来。营长见林惠上进心切，就以关心帮助发展为名，让林惠汇报思想与她谈心许诺让她入党，使得单纯绝对信任领导的林惠十分尊敬和感谢他，之后他进一步引诱哄骗稍加威胁将林惠奸污了！出差前，他见林惠心事重重，特地找来几张"入党志愿书"让她填，还保证从昆明回来就批准，想以此稳住林惠的情绪。他没有想到林惠会精神失常，而且这么突然。很快营长被带走了，后来被判了十二年徒刑，罪名是破坏上山下乡运动。营长的老婆孩子在迁回河北老家途中出了车祸，儿子死了。有些人说这是报应。

林惠的父母很快为她办好了病返手续，带她离开了兵团。

林惠从调来营部到离开，时间不到半年。

骇人听闻的事就发生在近在咫尺的隔壁，我却蒙在鼓里。那段时间，林惠心里一定充满许多疑窦和苦楚不能排解，才使自己的精神堕入无助的黑暗之中。她为什么把自己埋得那么深？连她在连队时最好的朋友都不曾透露？是难以启齿或是认为我们无力助她？若她那时听从劝告晚上早些回来情形又会怎样？林惠撤走行李后，变得空荡荡的床铺常常使我想起她对我的帮助和指点，我觉得我刚刚调好的思维之弦一下子又乱了，我又一次感到了迷惘和困惑。全营最大的官儿营长、沉着的林惠，使我无法接受这个龌龊的事实。现实又一次冲击了我的理想世界，却使我实实在在地体会到：社会远比我想的和林惠指点的复杂得多！

大家很为林惠惋惜，却无法理解成熟懂事的林惠为什么会让营长得逞？多少年以后我明白了，那时候我们的成熟只是一种假象，对人生对进步的理解是很肤浅的，甚至是单一狭隘的，实际生活能力还是很差，差到不能辨别善恶的地步，差到十八九岁的女孩子不知男女之事，而不晓得保护自己的地步。实际上林惠一开始就被包围在营长精心编织的罗网中，她已被营长的甜言蜜语所迷惑，时间被营长所占有，使得她没有时间精力对自己所作所为进行反思，甚至出了事还意识不到严重性，认为"没干坏事"。营长出差的间隙，使她突然脱离了营长的控制而变得清醒起来，才面对现实猛然省悟。然而心理精神都不能接受，就导致了精神的崩溃。

　　然而这仅仅是我的推断。真正的答案不得而知。病中的林惠只字未吐。多年后碰到她，她全然记不得以前发生的事了。回来后，她的全家搬迁到熟人们都不知道的地方，她就在附近的一家集体小厂做工，她结婚了，男人比她大好多岁，她时常发病，所以没要孩子。我见到她时，她神志很正常，拎着饭盒小包正要上班去，从她呆滞麻木而迟缓的神态中，我沉重地感到：她已不是从前热情积极向上的林惠了。旧日的创伤已永久地注入在她的心灵中，她不能彻底将它排解！

孽　缘

白　描

●像是一群流放娃●梦幻粉碎，现实无情
●五个知青，五花大绑●哭甚！就是亲一口嘛
●未婚先怀孕，俏女嫁穷汉●从此打入另册●丈
夫刑满觅新欢●家里仍是两孔破窑

> 那时她幼稚，吞下一枚酸果，如今
> 她历经沧桑，早已不再年轻，但那枚酸
> 果仍然埋在腹中，欲吐不能。
>
> ——作者

她静静地坐在我的面前，哭了。

这是一个瘦小的女人，窄窄的脸，尖尖的下巴，额上皱纹很重，头发是一种灰苍苍的颜色。人们都说她过去很漂亮，仔细打量，眉目之间的确能看出年轻时的娟秀，然而，那只是一种淡淡的几乎消失殆尽的印痕。命运和光阴的浓重阴影已把那属于往昔的俏丽无情地湮没了。

这个叫作臧雪芳的女人，是如今留在 A 县 26 位北京知青中的一位。在我与知青的一次座谈会上，别人向我介绍她的经历，她垂着头一声不响。会后，我单独对她进行采访，她开始沉默不语，好像什么也不愿

意讲，然而再往下，我就看到她的眼眶里蓄满了泪水。

她是初中六七届学生，家住北京朝阳区，父亲是市里的劳模。动员插队那阵，母亲哭哭啼啼不愿意放她走，父亲把母亲数落了一通，对她说："去吧，为咱家争口气，为毛主席争口气，到陕北后好好劳动，虚心向贫下中农学习。"这样，她便来到了 A 县。

A 县是陕北最贫困的县份之一，而她所插队的那个生产队，又是 A 县出了名的穷队。村子距县城 200 里远，地理位置偏远，人们的思想也出奇地落后闭塞。轰轰烈烈的知青上山下乡运动，很少有人能理解。知青们一进村，老乡们便狐疑地把他们打量来打量去，有的说："看这些娃娃，不像是犯错误的样子嘛，为甚打发到咱这里来改造哩？"有的说："咳，城里长大的娃娃，人样儿都不错，犯不犯错误还刻在脸上？"——人们把他们当成是犯了错误被流放改造的坏人了。村干部知道知青上山下乡是怎么回事，但他们不去解释，他们有种很奇特的想法——也好，大伙这样看待知青，往后就好管束领导他们了。

一个村子 14 名知青，就在这种背景下开始了他们的插队生活。

臧雪芳来后，情绪一下子跌落了。这里的山，这里的水，还有这里的人，一切都跟原来的预想对不上号。在她的想象里，陕北是一个多么美好的地方呀！原来那不过是梦幻。面对石头一样冰冷无情的现实，恐惧和惊慌压倒了一切，甚至压倒了先头的懊悔。她不知道往后等待他们这伙知青的将会是什么。

来到陕北不久就过春节，春节一过，公社集中劳动力参加修建水库大坝的会战，臧雪芳和她的伙伴们跟社员一块儿上了工地。工地上的活儿很重，抡锤、掌钎、抬石头，男女都得干，吃住都在工地，晚上还要常常加班。一个星期不到，知青们全都累垮了，有的开始装病，想赖在工棚里歇歇。领工的队干部当然不答应。一个女

知青说她拉肚子，队干部硬让她领着去查看她的粪便，这个女知青
又羞又急，只好眼泪汪汪又去干活。臧雪芳头两天抬石头，一天干
到晚，浑身就像被拆开骨架一般，再也支撑不起来了。肩膀肿，腰
似针锥一样疼，两条腿像捆上千斤巨石迈不动。第三天头上。也许
队干部见她过于娇小瘦弱，便让她去给抡锤的掌钎。掌钎的活儿轻
松一些，但那十几镑重的大锤不停点地擦着脑门子抡上砸下，掌钎
的手指一歪斜，大锤便会砸到手腕子上，这使她不能不格外恐惧。
这种折磨来得也不轻松。还有，两只手整日价被大锤震荡，虎口、
指头上全都裂开了口子，那大锤每砸落一下，都有一股钻心的疼痛
传遍全身。干罢活儿，手半天伸不直，碰到什么东西都是木木的感
觉，一次吃饭时竟把碗摔到地上。她不断地回想插队前的日子，回
想那些属于过去的美好时光。有一天当她终于醒悟到这种回想不过
是一种痛苦的空想的时候，她的期盼变得现实了——赶紧修好大坝，
赶紧离开这里回到村里去。

　　可是，大坝距竣工还很遥远。令她想不到的是，随后大坝工地
上发生了一件可怕的事情，竟把她推向一个难堪的境地。

　　那天，她像往常一样在取石工地掌钎。他们生产队的取石工地
在山脚一个背洼处，远处大坝上的人看不见，便有人偷懒。领工的
副队长转到这里，见人们干活懒洋洋的，便发开了脾气。正在训斥
大伙的当儿，一个叫作三广的小伙子扑塌扑塌摇晃着从山背后走来，
副队长一见火冒三丈，喝问他干啥去了，三广笑笑，说去屙屎。副
队长脸红脖子粗，厉声呵斥："你是屙井绳哩？我来两袋烟工夫啦，
你才屙了泡屎，你是有心耍奸溜滑哩！"三广说："我又没背着手四
处转悠，咋是耍奸溜滑？"这话分明是给副队长挑刺儿，副队长哪能
容忍，冲到三广面前当胸就是一拳。三广这小子也不是省油的灯，
长得又粗蛮，扑上去就和副队长扭打到一块。没有人劝架，大伙都

冷冷地在一旁观战。两人摔倒在地上，爬起来，又摔倒在地上。最后从地上爬起来的是三广，副队长直挺挺躺在那儿，腿一蹬一蹬，却再也爬不起来了。三广一边往地上狠狠吐唾沫，一边骂："驴日的跟女人一样，抓人的下身！"也是奇怪，厮打了半天，副队长脸上青一块、肿一块，鼻子咕嘟嘟往外冒血，一只手背上翻开一道血口子，而三广只是掉了一只鞋，棉袄被撕烂一块，浑身上下竟不见伤痕。三广把丢掉的鞋找回来，蹬在脚上，见副队长仍躺在地上不起来，这才呆愣住了。他瞅瞅地上躺着的，又瞅瞅一旁站着围观的，突然从地上捡起一块片石，朝自个脑顶当当就是两下。片石碎了，他的头上顷刻鲜血淋漓。他双手在头上一抹，又往脸上一抹，血便模糊了他的脸，随后一声怪叫，也直挺挺地躺在地上。

一场殴斗的结果便摆在那里——两人都动了手，都受了伤。对于外人来说，这是一场很难断清的官司，可是在场的人都知道是怎么回事。上头处理事件的干部展开调查，却没有一个人愿意出来讲明实情——副队长在村里得罪了不少人，大家都不想替他讲话。调查人转向臧雪芳了解现场情况，她犹犹豫豫，但最终还是如实讲了。她不会撒谎。她的诚实让三广挨了一绳子，被捆押着在工地上批斗了一回，末了又给关在一个小工棚里饿了三天。

臧雪芳做梦也想不到，这个三广，后来竟成了她的丈夫。

三广挨批斗之后，她心里对三广有种说不清道不白的负疚感觉。她往日所受的一切教育都告诉她，她并没有错，然而这种负疚感却从内心驱除不掉。她怕和三广见面，躲不过碰见了，她的心就跳，低下头不敢抬起来，更不敢拿眼睛看他。从工地回到村子好久以后都是这样。

来陕北几个月后，有的知青就再也待不下去，想回北京。一个外号叫老帮子的男知青向队长请假，队长不批，从此他便不再出工。

在他的影响下，男知青们变得越来越不安分，他们给队干部起绰号，编三句半损人家，有时还有意和队干部作对闹别扭。这一来当然没有他们的好果子吃。不久，他们的把儿便被逮住了。

那是为了知青烧柴的事。灶上没柴了，知青们向队干部要，队干部让他们去拔地里的花麻烧。花麻不产籽，和产籽的油麻长在一块，知青们分不清花麻油麻，一块拔了回来。队干部一见，破坏生产，这还了得！立即命令民兵把拔油麻的五个男知青一齐捆起来。

"文革"中，A县的干部对付群众有种特殊武器，即借用"无产阶级专政铁拳"的威力。公社、大队以至小队干部都有权决定捆谁关谁打谁，干部的意志就是法律，甚至"文革"结束以后八年，这种恶劣作风还在延续。1979年底，《人民日报》首次公开载文揭露A县干部残酷迫害群众的事实，一时间震惊全国。这帮知青犯在队干部手里之时，正是"无产阶级专政的铁拳"大显神威之日，自然不会轻饶他们。五个人像罪犯一样被捆绑着，强迫跪在生产队饲养室门口。

臧雪芳和几个女知青去向队长告饶，队长不理睬，说是等公社干部来后处理，从晌午到晚上点灯，不见公社来人，五个男知青便一直被绑着，臧雪芳几个人又央告村里老乡出面向队长说情，老乡心里都怯，不敢去，这时三广站出来，脖子一扭，说："怕尿甚？公社干部早不知钻到啥地方喝酒去了，等他们等到啥时？"说罢，径自到饲养室门口为五个男知青解了绳子。队长获知三广私自放了人，勃然大怒，指着三广鼻子说要把他捆起来。三广嘿嘿一笑，说："捆我做尿甚？我又没破坏生产。"

此事就这样稀里糊涂平息了。知青们很感激三广，特别是臧雪芳，心里早对三广负疚，这一来更感到有负于三广了。三广弟兄三个，他行三，父亲早死，老大老二也已分家出去另过，剩下一个病歪歪的母亲和一个未成年的妹妹和他一块过活。农村人的穷光景，就怕分家，跟老大老二分家折腾了两次，每户人家的两孔破窑洞便一贫如洗了。臧雪芳见三广家光景可怜，那位病病歪歪的老母亲又不会料理家务，便经常去三广家帮着做点事情。那三广也早不在乎臧雪芳在工地上作证那桩事，臧雪芳肯帮他家忙，他在劳动中也就尽力帮臧雪芳，两人的关系慢慢就近起来。

插队第二年，国家不再向知青供应粮食，改由生产队分粮。粮食分下来，知青们毫无计划，换瓜果、换鸡蛋，不长时间便把粮食折腾得差不多了。眼看着粮食不够吃，知青们便互相抱怨，闹开了矛盾。矛盾闹到不可收拾的地步，只有分灶。分灶时，臧雪芳分得15斤谷子、五斤高粱、五斤苞谷，而距队上秋收分粮，还有两个半月。

分灶后，臧雪芳搬到队上原来放农具的一孔小窑洞里去住。

臧雪芳把那总共25斤粮食，看得如同珍珠蛋儿一般珍贵。每顿饭都是稀汤汤，有时尽量搅和着野菜对付。一次她把黄鼠草误当苦苦菜下锅，吃后直吐。这事被三广知道后，当天晚上，他背着一个沉甸甸的口袋，来到她的窑里。

"给你弄了些好吃的。"

臧雪芳疑惑地望着他。他抓起口袋底儿，往上一扯，哗啦一声，一堆嫩苞谷棒儿倒了出来。

臧雪芳先是一惊，随着便惊慌失措。她知道这些苞谷棒儿是三广从生产队的地里偷来的。她像被人抽了一鞭子，跳开来远远躲开那堆苞谷棒儿，嘴里连连说："不，不，我不要，你拿走！"

三广看出她无论如何也不会收下他冒险弄来的东西，满不在乎地笑笑，说："也罢，你不要我弄回家去，能吃几顿哩。"他把苞谷棒儿重新装回口袋，往肩上一抡，走了。

工夫不大，他又来到臧雪芳窑里。这回他端着一个盛满熟玉米的瓦盆。他把瓦盆往炕台上一放，说："这是我家的，甭怕，放心地吃！"

臧雪芳呆呆地看着他，一股热乎乎的东西在心里涌起来。

从这以后，三广不时从家里给臧雪芳弄吃的来。臧雪芳知道三广家粮食也接不上茬口，每次都极力推辞，无奈三广不容她分说，她只好暗暗记了账，打算秋后给人家清还。

一天晚上，三广又端来一碗新磨的杂豆汤。臧雪芳正在洗脚。三广把碗放在炕台上，坐在炕沿痴痴地看着她。她被看得不好意思，匆匆把脚洗完。在她走到炕台前打算腾碗时，她的手被三广抓住了。

她惊慌万分，不敢看他，极力想把手抽回来，可是他却抓得很紧。"叫我亲亲……你真好看……叫我亲亲……"他语气急促，呼吸浊重，一股灼热气息喷到她的脸上。她恐惧得要死，但她不明白她为什么没有叫喊，在她极力推来扭去的当儿，强壮的三广已经把嘴贴到她的脸上了。

她哭了。三广见她眼泪掉下来，松开手，说："哭甚！就是亲一口嘛，我喜欢你哩。"

她抬起泪蓬蓬的眼睛，看着他，许久才哽哽咽咽地说："你肯帮我，关心我，我感谢你……只是以后……不要这样。"

话是这么说，那大胆而又野性的三广既已开头，就收不住尾。臧雪芳的抵御总是以失败告终，也怪她心软，对三广一再迁就。这种迁就使得两人都再也无法轻易解脱。在他的进攻下，她步步退缩，不多久，最后一道防线也终于失守了。

事情不久便被村里人发现。那时正在贯彻中央的一个文件，打击破坏知青上山下乡的犯罪分子。三广有点发憷，这等事情上边一旦追究，非得把他抓起来不可。臧雪芳更是惊恐万状，她知道还有一件更为可怕的事情——自己两个月没有"倒霉"，极有可能是怀孕了。她不敢出门，不敢见村里人，整日价在窑里抹眼泪，到了这步田地，她才明白，因为幼稚，她吞下了一枚苦酸的果子。

下一步怎么办？她不知道。她不敢给家里人写信，不敢向任何人讨教。她变得毫无主意，毫无办法。惊慌的三广提出要和她结婚，她思考了两天，不，不是思考，而是脑子迟钝地转了两天，木木地答应了。

结婚未能拯救三广和她。婚后不到一个月，三广便以破坏知青上山下乡流氓罪被逮捕收监。随后判刑五年。

这一年的臧雪芳才20岁。

等到北京家里知道臧雪芳的事情时，她的孩子已经快要出生了。母亲气得背过气去，那位劳模父亲一声接一声叹息，随后匆忙打发在山西插队的臧雪芳的弟弟去看姐姐。

弟弟见到姐姐，姐姐说："没有别的路，我只能顺着这条道儿走下去了。"弟弟听罢，眼泪止不住扑嗒扑嗒掉下来。

三广被送到铜川附近一个劳改农场服刑，家里的老母和小妹便扔给了臧雪芳。老婆婆倒是很疼臧雪芳，只是常犯心口疼，一犯病就吃不下喝不下，更干不成什么事情。臧雪芳坐月子，生下一个男娃娃。老婆婆高兴得忙前颠后，一次舀水做饭，不小心跌了一跤，脚崴了，病也犯了，产后不满十天的臧雪芳只好下地，既弄孩子，又照顾病中的婆婆。这一个月子坐下来，她落下许多妇科病症。

三广家很穷，穷她不怕，可怕的是她精神上被剥夺的空虚的感觉。命运的铁蹄残酷地践踏着她的心灵，她觉得自己不光从知青的队伍里被甩脱出来，而且从一个普通人、正常人的位置上被打入另册。插队后她曾经有种强烈的被剥夺的感觉，除了心灵上不断暴涨的压力，她好像一无所有。走进三广家门，重新审视过去，她才发现那时她尚拥有许多珍贵的东西：名誉、节操，对爱情的选择权利和对未来虽然模糊但未曾泯灭的向往，还有做人的尊严。而现在，这一切都丧失净尽、不复存在了。现实处处向她揭示，她是个不名誉的女人，是一个罪犯的妻子，即使三广的两个哥哥，有时也不免拿白眼看她。这特别使她痛苦。

一天，轮到她为队上请来的几个外地皮匠管饭。家里没盐了，她去老大家借，老大家推说没有。她又去老二家，老二婆姨把盐盛好，老二在一旁冷冷地说："盐都没有，还给皮匠弄啥好吃的哩。三广不在家，甭跟男人家太热乎。"她又气又恼，想把盐倒下转身就走，但她没有发作。她知道除了忍气吞声之外，再无别的选择。

孩子一天天大了，小姑一天天高了，婆婆一天天老了，队上的知青也都一个个被招出去了。臧雪芳苦熬着，日子慢慢地向前捱。

三广劳改第三年，正月刚过，婆婆便一病不起。家里本来就穷得叮当响，每次给婆婆抓药，就得几块钱。开始她到处借钱，后来不敢再借，便去找老大老二，想让他们拿出点药费。谁知老大老二都推说没钱，硬是一个子儿也不肯拿。她暗暗骂一声"狠心狼"，扭身就走。

谷雨前两天，婆婆死了。她又借钱借粮操办丧事。她学着那些能干的男人的样儿，关于丧事的一切安排都自拿主意，而不想与老大老二商量。丧事中一项最重要的仪程是孝子在灵柩前摔纸盆。这纸盆应由长子来摔，那老大跪在灵柩前，正要点燃纸盆里的火纸，她几步上前把纸盆端走。老母亲在病中他眼睁睁看着不管，现在有什么资格来充当孝子？她把儿子领来，双手把着儿子的手，高高举起纸盆，猛地摔在地上，她代三广，做了他应该做的一切。他回来后，她可以理直气壮地对他作番交代了。

她盼着三广早日获释，他一回来，她就不会再这样苦，再也没有别的什么指望，生活留给她的希望唯有这一点了。

三广在劳改中表现不错，第三年年底便被减刑提前释放。人获释了，但不再回村里。在劳改农场，他学得一手给牲口钉掌的手艺，释放后场里问他愿不愿意留场就业，他没思量，一口便答应下来。在他看来，这真是坏事变成了好事，劳改三年，由一个土包子农民，混成了挣工资的公家人，这令他好不得意。就业手续一办好，回到村里，逢人便讲他所获得的"公家工作"，引逗得村里人对他也刮目相看，好生羡慕。

这个变化令臧雪芳颇感意外。她不知道这是好事还是坏事。她的感觉已被苦难折磨得近乎麻木。三广见他的儿子已能满地乱跑，高兴得不知天高地厚。他告诉臧雪芳，往后他绝不会亏了她和儿子，他又是挣工资的人了。以后如有办法，他要把她和儿子带出去，离开村子，去跟他享福。

臧雪芳还算清醒，没有奢望出去跟他享福，她只盼着过上一个正常人的生活。开头几年，三广不错，时常给家里捎钱回来，一到假期便匆匆赶回家，帮她干这干那，对她和儿子怪疼爱体贴的。儿子五岁的时候，她又生了一个女孩，坐月子时三广请了一个月假回来服侍她。照说有了女儿，三广更应该照顾这个家，但是就在这以后，三广变了。

先是给家捎钱越来越少，再往后人也很少回来。家里有两个娃娃拖累，臧雪芳出工受影响，小姑虽然能在队里挣工分了，但一年下来，两个人的劳动连队里的粮钱都包不住。对于三广的变化，臧雪芳心里疑惑，但无法明白其中原委。捱到过年，三广终于回家来，她追问他不捎钱回家的原因，三广嘴里胡乱支吾，一会说他这半年光闹病，一会又说他在工作中出了事故，场里扣发了他的工资。

三广分明在说谎，臧雪芳悲伤的心里不由得又落上一道浓重的阴影。

年后三广去农场，不久便又回来了。这次回家令臧雪芳和村里人都大吃一惊：只见他头上缠着绷带，胳膊上裹着纱布，走路一瘸一瘸，活像个战场上下来的伤号。对这身伤，他解释说是晚上走路不小心，从土崖上跌了下去，场里特意给了假让他回家养伤。臧雪芳起先半信半疑，后来见他说得那样逼真，便相信了。每天除了侍弄孩子和出工，还精心地照料他养伤。

三广在家待了不到半个月，农场便来信让他返场。他去了，很快又回到家。这次他连铺盖卷儿一块背回来了。原来他身上的伤根本不是摔的。大半年来，他一直跟农场附近一个做裁缝活儿的女人鬼混，事情最终让那女人的丈夫发觉，过年后，当他再次去找那女人时，被那男人和叫来的几个壮汉好生一顿痛打。这使他不光落下满身伤，连那份"公家工作"也丢掉——农场把他除名了。

臧雪芳又经历了一次毁灭性的打击。

我采访臧雪芳时，虽然不无冒昧，但又不可避免地向她提出一个问题：她是否曾经想到重新开辟一种新的生活？

她明白了我的意思，说："你是说离婚？想过。三广被农场除名回来后，一想到他那档子事，我就受不了，离婚的念头一度很强烈。可是三广求我，让我可怜他，可怜孩子。当时他的伤还没有完全好，看见他那苦苦哀求的样子，再一想到孩子，我的心就软了。我这人就吃了心软的亏，别人来硬的，要打要骂，我不怕，但一来软的，我就顶不住。还有，我和三广的事，我不想让北京家里人再伤心，他们已经伤心过一回，事情慢慢过去，他们心里慢慢地淡了，离婚的事儿再一闹开，又要惊动他们……唉，人一辈子，不是想怎么活就能怎么活。"

1982 年，县上处理知青遗留问题，把臧雪芳和两个孩子转为商品粮户口，安排她到一个水库去养鱼。她一离开村子，三广便在家待不住了，一个人东跳西颠地跑起生意来。冬天倒煤炭，夏天贩瓜果，有时赚，有时赔，生意跑了几年，家里仍是两孔破窑。

采访临结束的时候，我问臧雪芳目前最大的心愿是什么。她沉吟了一会儿，说："要说心愿，那就是把我儿子转到县城里上学。他已经念高中了，这孩子很有心劲，常给我说他一定要考上北京的大学，他到了北京，就把我弄回北京去。回不回北京，我心里早就淡了，可是孩子说了这话，我就知道他心里疼我。"

　　听了这话，我的心里酸酸的。

婚　链

白　描

●这是中国的《天方夜谭》●交友始于戏
谑，婚姻源于天真●这鬼地方，不是人待的●她
扇了丈夫一耳光●农民丈夫怕她变心●苦中作乐
●想当老板娘●钱把人心都变黑了●一觉醒来原
是梦

> 她从认识李顺兴到结婚，不到两个
> 月时间。
>
> ——作者

1969 年，5 万余名北京知青，被一场声势浩大
的社会巨潮裹挟到陕西北部荒凉的黄土高原。

Y 县城乡人口总共 8 万，在 25 个当地人中，
就要插进一个操着普通话的北京学生。

这将意味着什么？

他们带来了另一重天地许多为当地人所不熟
悉的东西——从思想观念，到生活方式，从对外
部世界的了解，到对自身生存状态的审视。他们
给这块偏僻闭塞的土地带来了塑料床单、卫生纸、
尼龙袜子和樟脑丸。办学校，建医疗站，让人们
懂得了妇女生孩子不能用做活儿的剪刀乱绞脐带

的道理，懂得了头和脚是要勤洗的，而不是一年半年洗一次。他们让许多土生土长的姑娘在择偶时换上一种新的眼光，让许多老实本分的青年萌生了走出黄土地的炽热愿望。他们或深或浅，在各个不同层次，搅动了一个封闭社会的结构形态和人们的思想，给古朴苍凉的高原带来骚动不安的气息，也带来青春的活力。

1983 年和 1986 年，我两次来到 Y 县，寻找那出时代大戏留下的踪迹。医院、果园、种牛站、养猪场和一座 300 千瓦发电量的水力发电站，一座比当地人居住的土窑洞还讲究的养猪场，三个小小的坟包——因打架斗殴而死的三个知青的葬身之地。还有石霞乡马庄子西沟一排坍塌的土窑的废墟，一个跛腿女知青在一个暴风雨袭击之夜，被覆盖在下边，那片废墟至今无人清理。到处可以看到他们的杰作，到处都有他们留下的痕迹。

唯独难以看到、难以听见的，是他们的身影，他们的声音。

仿佛历史将一切都甩给了昨天。

其实，并不尽然。

我之所以奔向这里，是因为，在这个县，尚有一些滞留下来的北京知青。他们未能像同伴们一样飞走。他们默默地隐匿在古老纵深的黄土的腹地。命运似乎注定他们要永远这么悄悄地待下去。

这是一些嫁给当地农民的北京女知青。

仿佛是一个童话。当我最初听人讲起她们的故事时，我的惊异非同小可。事情几乎令人难以置信——不光在于反常规观念的组合形态，也在于内中藏就的许多令人心颤的东西。1983 年到 1986 年，在我追踪采访她们之后，曾感慨唏嘘地将我的耳闻目睹讲给我周围的人听，大城市里的人们似乎在听《天方夜谭》。这些故事是人们不知晓也是不理解的。不止一个人问我："她们为什么要嫁给农民?"或者:"为啥不活动回城?"

我的妻子也是北京知青,也曾在陕北插队数年,甚至连她也不能理解她们的作为。

见她还费了一番小小的周折。

楼底银行营业所,几个存款取款的农民在等她。营业所那位长着一副哭相的老主任朝一个挂着半截门帘的房间努努嘴,说:"正睡觉哩。"

我犹豫了半晌,觉得不便去敲门叫醒人家,打算转身离去。老主任说:"我替你叫。"接着就喊:"梁海燕,有人找!"

房间里没有声响。

老主任又喊:"不是取款的,是西安来的记者。"

这一声真灵,房子里马上应了声:"叫等等,我就开门。"

老主任表情古怪地朝我作了一个笑脸,走了。

我想象着她是一个什么样的人。当地流传着许多关于她的议论,工作上马大哈,常出差错、随心所欲、生活作风上也有些不太检点。真是那样吗?

房子里有往脸盆里倒水的声音,还有关抽屉、挪凳子的声音。过了足有几分钟,门帘一挑,她才露出身影来。

她和我的想象不太一样。在别人的描述中,我想象她一定敦敦实实,很茁壮,要不怎么去和男人打架?可是出现在我面前的她,一副小巧玲珑的模样。除了脚上那双耀目的红拖鞋,一身装束普普通通。给我们深刻印象的,是她头顶发式的那条大中缝。这是北京姑娘区别于当地乃至其他城市姑娘的一个明显标记。这标记维持了许多年,后来渐渐被时兴的多种多样的发式所取代。

她热情地把我让进房间。

房间不大，盘着炕，墙角支着一个铸铁炉子。有大立柜，有箱子，还有其他一些家什，房间里留下的空间已不多了。她请我在一张老式靠背椅上坐下来。

"早就听说你来了，可我这又脏又乱的小窝儿，不敢请你。"她笑着说，抓起暖瓶，问："喝什么？沏茶？还是冲蜂蜜？"

我说不必麻烦。

"哟嘀，嫌我这儿不卫生？"

我赶紧摇头，说："那就喝点茶吧。"

她给茶杯里放了茶叶，又从一个小柜子里取出一瓶蜂蜜，往茶杯里倒了些，然后沏上水，递到我的手中。

"别嫌弃啊，咱是天涯沦落人，没什么好的招待你这远客。蜂蜜是老乡送的，名的是，"

她在炕沿坐下来。还没坐稳，又腾地弹起，说屋里有股酸菜味。她从一只抽屉里翻出一把卫生香，抽出一根，点着。一边干这件事儿，一边念念不平地抱怨说，一年之中有大半年吃不上青菜，没办法，只好泡酸菜。屋子里都是酸菜味儿，酸哄哄像尿臊味儿一样熏人。"这鬼地方，简直不是人待的。"她厌恶地紧蹙眉头对我说，"当初不知咋鬼迷心窍要在这地方成家，灵醒过来，后悔都来不及了。"

我惊异于她的坦率，她却平平静静，看来这类牢骚她发惯了。

我告诉她，"还有几个存款取款的农民。"

"随他们去。"她把脸一扬，干脆地说，"营业所从来没个礼拜天，我还不能休息一晌半晌？"

我一到楼底，便有人对我讲起这个名叫梁海燕的女知青，说她有一套一套的故事。

她和王村钰是好伙伴，过去在一起，现在仍然在一起，但她们是截然不同的两种类型，甚或可以说，是两种典型。王村钰是古典式的，而梁海燕则是现代式的，她的身上，似乎比王村钰包含着更多更复杂的历史与时代的影子和社会生活的蕴涵。

当初，她见王村钰嫁给农民二万子，为了留在当地给王村钰作伴，她也嫁给了一位比她大7岁的农民。后来慢慢后悔了，可是悔之已晚，她已经给那个农民生了两个孩子。生活不如意，她就破罐破摔，对家里人事不管不顾，三天两头跟丈夫打架。后来从农村出来，在银行工作，跟丈夫的关系就更加恶化了，常常因为跟别的男人来往而招惹丈夫跟她干架。她什么也不在乎，刚和丈夫打完架，又笑嘻嘻地站在楼底集上买油糕吃。"真是一个少见的女人。"

很多人都这样对我说。

这是个含混不清的评价，很难判断出感情倾向。凡是跟我谈到她的人，大多同情她，同时也都程度不同地指责她；佩服作为一个女人她所具备的胆量和勇气，同时对她的一些做法看不惯。她在人们感情的天平上晃来荡去。

从一个出于友情而甘作农民妻子与朋友为伴的天真幼稚的少女，到一个"少见的女人"，这变化怎样产生的呢？

电话铃响了。

一部陈旧的手摇式电话，蹲在大队广播室墙角的泥台子上。她走过去，抓起话筒。

王村钰和二万子结婚后，梁海燕就被大队抽上来管广播，同时兼管接电话。这是一件轻松活儿，可是她并不太高兴，一来因为坐在这儿就得听从大队领导们的使唤，常得干点提水倒茶之类侍候人的事情，二来因为不能和王村钰整日待在一块了。从小学到中学，直到插队，她同王村钰都形影不离，王村钰是她最知心的伙伴。

她把话筒拿起老半天，对方还在另一头不歇气地摇机子，话筒里传出难听的咔达达咔达达的声音。她心想对方一定是个又呆又笨的家伙。待到对方不摇了，话筒里传出"喂喂"的喊话声，她故意半天不搭腔。对方急了，大声喊起来，她才慢吞吞地问："你是谁？"

对方回答说是王家梁大队管电话的。她突然起了一个念头：捉弄一下这个笨家伙。她让他再把要说的话重复一遍，对方果真重复了一遍。她又说声音太小，听不清，再大声些，对方真就可着嗓门在那边喊着讲，她捂着话筒吭吭直笑。

此后，因为两个大队间的事情，在电话上她又和这个人讲过几次话。她得知此人叫李顺兴。

一天，李顺兴又打来电话。不是公事，他告诉她：他们村今晚有人说书，请她去听。她答应了。

王家梁离她所在的里底村只有三里路。

她先到大队部找李顺兴。她还没有走到跟前，便从大队部里走出一个人来，大个子，长条脸，一身黑，近三十岁年纪。她猜想此人一定便是李顺兴。他迎着她，脸上带着讪讪的笑，好像想同她打招呼，又不知怎样搭茬儿。她忍不住想笑，脑子里又冒出个怪念头：再捉弄他一回。

她板平脸走到他面前。没待他搭腔，便问："你们大队书记呢？"

对方愣了一下："你寻……你不是梁……"

她一脸严肃："我是公社的，寻你们大队书记。"

对方显得很吃惊，脸上的讪笑消失了，目光狐疑地从头到脚打量着她，看样子好像还想问什么，可是终于没敢问，狼狈地转身就要去找大队书记。

他刚走出几步，她就大笑起来，笑得好不开心。笑声使他灵醒过来。他走回她面前，也嘿嘿地笑着，说："就说嘛，说话声一模一样，咋又变成公社来的哩。"

"你就这么容易上当受骗？"她止住笑，问。

"心里疑惑，可我敢不信嘛，万一真是公社来的哩？"他嘟嘟囔囔地说。

说书的是个外地来的瞎老汉，坐定后，先郑重其事地背诵了几条毛主席语录，然后再弹响三弦正式开讲。讲的是《说岳》，但跟岳飞打仗的金兀术改变了国籍，成了日本人，岳飞跃马挺枪乃一大抗日英雄，听书的人群里不时发出哄笑。瞎老汉不这样变通是不行的，复辟"四旧"就要被踢了摊子，砸了饭碗。

听了会儿，梁海燕觉得没多大意思，要回去，李顺兴跟着她走出人群，硬要她去他家坐坐。

李顺兴家有个很大的院子，三孔窑洞。看来家境不错。家里没人，都听书去了。梁海燕问他有几个娃娃，他难为情地支吾着说，他没有娃娃，也没有婆姨。梁海燕心里纳闷，但不便再问什么。

随后几乎每一天，有事没事，李顺兴都要在电话上跟梁海燕拉拉话。梁海燕从别人那里知道，李顺兴原来结过婚，婆姨人样儿怪俊的，但没跟他过多长时间，就跟着一个绥德箍窑匠跑了。她随即便觉得李顺兴可怜，后悔自己不该几次拿这个老实人寻开心。

她托人给李顺兴带了个信说，他生活上如有什么困难，需要她帮着做的，请不要客气，她乐意帮忙。

李顺兴收到信，第二天便跑来找她。他觉得她对他有意思。这位老实人，不知为什么在这件事情上竟如此自信而大胆，他开始起劲地追起她来。这是梁海燕始料不及的。她慌得有点不知所措，只会支支吾吾地敷衍。这一来李顺兴更相信自己的感觉和判断，更来劲了。

看来事情逃避不开了。梁海燕不得不认真地思考。

几天后，她来到王村钰家。

"我要结婚了。"她对王村钰说。

王村钰正在喂猪，听她的话吃了一惊："结婚？跟谁？"

"王家梁的李顺兴。我给你说过，就是那个管电话的。"

"怎么，你跟他……"王村钰放下猪食盆，茫然不解地望着她。

"这个人挺厚道。"她说，接着吭地笑了，"干吗这样看着我？我不能嫁人吗？"

王村钰问："你喜欢他？"

梁海燕说："有一点。谈不上特别喜欢。不过谁都要结婚的，王家梁离咱们村才三里路，跟他结婚，咱俩这一辈子都好作伴啦！"她的语调像谈论一件平平常常的事情那样轻松随便，"人家说棒打不散的鸳鸯，咱们是棒打不散的伙伴……"

"这是件大事，你要慎重考虑。"王村钰打断梁海燕的话，犹豫地说，"结了婚就要在农村待一辈子，这地方这么苦……"

"苦？你都不怕，我怕什么？"梁海燕又急匆匆打断王村钰的话，"现在还不苦吗？无着无落的，像片枯叶漂在水上……别说这些了，我已拿定主意。"

"不过，你还得慎重考虑考虑。"王村钰仍然不无忧虑地叮咛。"

"你后悔啦？"梁海燕咄咄逼人地问。

王村钰摇摇头。

"这不就得啦！不就是回不了北京？心甘情愿不就得了呗。"梁海燕执拗地说。

梁海燕结婚了。

从认识李顺兴到结婚，不到两个月时间。

我想见见李顺兴。

"见他干什么？一个蔫萝卜，黑不溜秋的榆木疙瘩。"梁海燕满腹怨气。这人不会掩饰自己，喜怒哀乐全都表现在嘴上脸上。

隔了一天，她到公社来找我。"走吧，去我家。"

"今天你能抽出空？"我问。

"什么时候都能抽出空。"她大大咧咧一笑。

王家梁是个大村子，六七十户人家的窑院错错落落散布在一道背阴朝南的斜坡上。刚进村口，梁海燕突然尖着嗓门厉声对着远处一个崖畔喊起来。

"死熊娃，跑到那里干啥？"她怒气冲冲，声音很大，"回来！再乱跑小心我敲死你俩！"

高高的崖畔上有两个小娃娃。听见她的喊声，撒开脚丫子，一溜烟就蹿得不见踪影。梁海燕转过头，笑笑对我说："是我的两个小死鬼，野荒了。"

梁海燕的家在一个凹陷进去的半崖畔上。大门锁着，她从门框旁的一个墙窟窿里掏出钥匙，打开门。

梁海燕和李顺兴结婚不久就和家里分开了。她指指窑里好久没有清扫的地面和家具上的一层灰尘，没好气地说："你看，那死人懒得跟猪一样，叫人一看就有气。"

"你丈夫不在？"我问。

"谁知他蹿到啥地方去了。"她厌恶地说，随手捡起一块烂布，擦了擦凳子，让我坐下。

她去倒水，拎起暖瓶，是空的，"看看，一口热水也没有。这个家一辈子不进来我都不想。进来就叫人丧气，就叫人想吵架。"

她一边怨气冲天地发牢骚，一边收拾起窑里来：扫地、擦桌子，末了还把李顺兴脱下的一条脏裤子泡在洗衣盆里。

　　不大工夫，一个老太婆从大门里走进来，后边跟着两个孩子。从孩子的衣服颜色上，我认出这就是刚才在崖畔上玩耍、被梁海燕唤作"小死鬼"的那两个小家伙。一个男孩，一个女孩。女孩八九岁，男孩比女孩小一点。看来孩子都有些怯梁海燕，不敢走上前来。梁海燕也没有理睬他们，只是向我介绍说，老太婆是孩子他奶奶。

　　梁海燕似乎不愿意过多理睬婆婆，老太婆又说了几句有关孩子的话，便走了。

　　两个孩子想跟奶奶一块离去，梁海燕一声断喝："站住！"

　　两个孩子乖乖地站住了。

　　"还想跑出去野？"她把孩子拉过来，没好气地说，"看你们脏成这样儿，谁见了谁恶心。"她给脸盆里倒了些水，按住两个孩子的脖子给洗脸和手，又从板柜里翻出衣服替孩子换过。孩子自始至终由她摆布，不敢吭一声。她盯住孩子，问："我是老虎？这样怕我？"问罢，自己竟先咯咯笑起来。来的时候，我明明见她空着手，却不知她在身上啥地方装着一包水果糖。她变戏法似的，把水果糖拿出来给了孩子，又凶声凶气地说："不准一次吃完。"

　　两个孩子得到糖果，欢天喜地，一溜烟跑了。

　　梁海燕告诉我，两个孩子由婆婆管着，婆婆把孩子放了羊，根本就不管，孩子野得没法说。她一边说话，一边开始匆匆搓洗刚扔进洗脸盆里的几件脏衣服。

　　李顺兴不在家，我们没有多待，骑上车又回公社。

　　头天晚上下了场小雨，空气湿润清新，黄土路面清清爽爽，路旁的塄坎上簇簇拥拥地开放着各色各样的野花。像观赏一幅油画似的，这空寂的旷野，远处缓缓走来的毛驴车，以及车上那凝然不动戴顶破草帽的人影，勾起我一种新鲜的感觉。待到我们的自行车与毛驴车对面错过时，突然一声粗野的叫骂让我吃了一惊。

"妈的×！小心把你狗日的栽到沟里摔死！"

是毛驴车上戴草帽的人的骂声。他招手指着梁海燕，一副恶狠狠的表情。我看见这是一个脸孔长长的中年汉子。我还没有反应过来是怎么回事，梁海燕在前边的自行车上接了腔。

"你妈的×！"她也用粗话大声骂道，"栽不死，小心把你狗日的气死！"

我赶紧跳下车，梁海燕在前边向我一摆手，说："甭理，走！"

我愣怔了半天，才醒悟到毛驴车上的长脸汉子，便是梁海燕的丈夫李顺兴。

我感到深深地不安。回头再望远去的毛驴车，那汉子嘴里不知还在骂些什么，擂拳捶打着毛驴。

我追上了梁海燕。

"那就是我那货。"梁海燕对我说。

"怎么好好的你们就骂起来？"

梁海燕嘻嘻一笑，一副毫不在意的样子。"他嫌我把他锁在房门外。"她说，"早饭后，我在供销社碰见他来买化肥，我没理，可能后来他去营业所找我，碰了一把大铁锁。"

"你知道他来了还要回家？"我问。

"就是想避开他。一见他就有气。"她说。和丈夫对骂了一场，好像使她很兴奋。"那死货看见我和别的男人在一块就有气。大醋罐子一个，让他难受去。"说罢，又开心地笑了。

回到公社，我的眼前还不时现出半道上梁海燕与丈夫对骂的情景。还有梁海燕开心的笑，那个坐在毛驴车上、破草帽忽悠忽悠扇动的远去的身影……

梁海燕婚后一段生活还是比较顺心的。丈夫李顺兴仍在大队管电话，她被安排到王家梁小学当民办教师。她没看错，丈夫人很老实厚道，待她不错。地里有公公劳动，家里有婆婆做饭。她用不着像王村钰那样，事事都要自己下苦力、伤脑筋，她挺满意。

但是舒心满意的日子并没有过多久。

她是个不受约束的人，喜欢自由自在，想干什么就干什么，想去哪儿就去哪儿。婆婆却是个脑子里装满老规矩的老太婆。她喜欢交往，常爱往王村钰那里跑，学校里的同事也常来家里，她递烟端茶地招待，婆婆就要拉下脸给她看。

"我们年轻时当媳妇，敢像今个年轻人这么疯张？"婆婆拉出一些陈年老事给她充耳朵，"早晨一起来，先到公公婆婆窑里去倒尿盆。吃饭不能自个先吃，要等一家人吃完，才敢蹲蹴在厨房里刨进肚子。没事干就坐在炕上做针线，敢到处胡跑？不打断你的腿！"

梁海燕我行我素，只把这些唠叨当成耳边风。

李顺兴悄悄对梁海燕说："往后少去外边串门，家里的活儿也得干干。"

梁海燕说："家里的活儿可以干，但是我想去哪儿，谁也管不着。"

梁海燕天天晚上都要洗脚。家里用水要下一条三里多路的井坡去驮，水也就被看得特别金贵。一天婆婆见她又拿脸盆舀水，憋不住便开了腔。

"把脚洗得那么勤，是叫人闻呀？"婆婆的话说得不好听，脸上的颜色也很难看。

她没有理睬，洗脚时，有意把水弄得哗哗地响。

婆婆又对儿子发脾气："你驮过几次水？不都是你爸吆着驴吭哧吭哧爬井坡？水不花钱，不花力气啦？农村过日子又不是在北京城，穷讲究个啥！"李顺兴蔫头耷脑不吭声。

　　洗脚水本来还可以留下给猪拌食，可是今天，梁海燕洗完脚，端出窑门，哗一声泼在院子里。婆婆一蹦从窑门口的石凳上蹦起来。

　　"你这是有意跟我当对头是不是？你泼，你泼，厨房里还有一缸，你都泼净！"

　　梁海燕居然还能笑着说："明个洗了脚再泼。"

　　婆婆气得说不出话。梁海燕转身回到窑里，被子一拉蒙头便睡。

　　婆婆过日子特别细，用梁海燕的话说，是太抠门。家里粮食明明吃不完，可是有揭不开锅的人家来借，一粒也甭想拿走。梁海燕早想接济一下王村钰，结果碰了一鼻子灰。"一不沾亲，二不带故，替人家操个啥心！"

　　一天婆婆冲着刚刚放学走进家门的梁海燕大吵大闹。梁海燕摸不着头脑，不知发生了什么事情，听了半天，才听清，婆婆怀疑她要把家里的一堆烂套子偷出去送给王村钰。

　　这回梁海燕忍不住了，婆媳间大吵了一通。

　　看来和婆婆很难相处下去了，梁海燕提出分家。李顺兴还有些犹豫，但公公婆婆倒痛快，立即请来亲戚邻人以及生产队的干部。摆了一桌酒席，吃喝中没费多少口舌事情就说定了。从此以后，各过各的日子。

　　梁海燕对我说：分家后她感到轻松了许多，没有那么多约束，不用看婆婆的脸，凡事她都能做主。"那时李顺兴事事都听我的，"她露出满意的神情，"我说：'今个把王村钰叫来吃一顿饭吧。'他就跑到里底去叫王村钰。我说：'你给我改一下学生作业，我懒得动了。'他过去也教过小学，就趴在灯下改作业，我在炕上睡觉。唉，不说了，这都是那阵子的事情。如今这家伙变成了倔鬼一个。"说着，她又变得有点感伤。

我说:"你的脾性,好像天生就不宜给人当儿媳妇。"

她高兴得一拍手:"说着啦!我最讨厌小媳妇那低眉顺眼的样子。为什么要那么受气?自由自在、扬眉吐气多好!"

"你就这么豁达洒脱?"

"也就是往豁达洒脱处想想呗。"她换上一种近似苦笑的表情,声音低了一点,"谁不想活得洒脱点?可是要洒脱并不是你一个人的事情,总有人想干预你,叫你干什么,不叫你干什么,真让人难以忍受,"说着她便有点愤愤然。

"是不是首先你丈夫就要干预你?"我笑着问。

"他?"她气咻咻地扬起脸,随即却又泄了气,从嗓子眼里挤出一句:"那当然。"

梁海燕和丈夫的矛盾,是在婚后第二年开始的。

王家梁有十七八个北京插队知青。梁海燕嫁过来后,和这些知青关系都很好。婚后第二年,大批招工开始,知青一个一个都像鸟儿一样飞了。结了婚,招工自然轮不到梁海燕头上,可是她并不后悔。每走一个知青,她都要去送。关系特别要好的,就请到家里来,做几样菜,大家又高兴又伤心地吃一顿离别饭。头一两次请人吃饭李顺兴没说什么,再往后,李顺兴就不高兴了。一次送走客人,李顺兴的脸拉得很长。

"我还看不惯你跟那些男男女女说呀、唱呀、哭呀、笑呀。"

"哭呀笑呀又怎么啦?我愿意!那都是我的朋友,看不惯你躲着点。"

"我躲?叫我躲?这是我的家!"一向顺顺贴贴的李顺兴,竟然发起火来。老实人发火非同一般,喘着粗气,歪瞪着眼,脸孔抽搐,一副凶狠蛮横的样子。梁海燕吃惊地注视着他,没有再和他吵。

这次吵嘴使梁海燕很伤心。她没有想到老实的丈夫性子里还潜藏着凶悍的一面。这个发现使她改变了对于丈夫的看法。一层阴影落在她的心头。

这一年九月她怀了孕。

五个月后，梁海燕去医院检查，医生说胎位不正。她心里害怕了，禁不住胡思乱想起来。

刚来插队时，她听说过早年间这个地方有种风俗：生孩子死去的妇女，下葬时，棺盖不钉。棺材落到墓坑里，由丈夫在坑底掀开棺盖，拿刀子剖开女人肚子，取出死婴，然后才把棺盖钉死掩土深埋。取出的死婴必须断肢，扔到荒沟里让野物吃掉。之所以这样，解释是：女人肚子里的娃娃能害死大人，必是妖物怪物，不取出来断肢荒野，便会在死人肚子里继续生长，随后就要兴妖作怪。

开始听到这传说，梁海燕根本不信。"这么野蛮？准是胡说。"可是后来许多当地人证实了这说法，一个在兴寺坪医院工作的熟人甚至告诉她：即使在当今，个别死在医院里的产妇，家里人还硬要医生做手术把死孩子拿出来。她听得心里直发毛。

这是一种无可名状似乎既实在又似乎很虚幻的恐怖。其实可能什么事情也不会发生，但她禁不住总朝最坏处想。在家里，李顺兴来到她面前，她便以一种古怪的心情和眼光审度他，判断假如她真有个三长两短，他会不会像传说的那样去做。一会儿得出肯定的结论，一会儿又在心里否定了。

"他不是那种人，他不至于那么心硬，他不会。"她暗自安慰自己说。

一天夜里，黄鼠狼钻进院子，把一只老母鸡的脖子咬了一个大窟窿。第二天一早，梁海燕从鸡窝里把浑身被血涂染得花花道道的伤鸡拎出来，心疼地说："快寻点药抹上，说不定还能救过来。"

·

"咬成那样子，还能活？"李顺兴蔫蔫地说。

他进了厨房，出来时手里提着菜刀，梁海燕还没看清楚，他手起刀落，鸡脑袋就滚落到一边。

看着掉了脑袋还在蹬腿的老母鸡，看着地上流的血，再看看脸上堆着满不在乎神情的丈夫，梁海燕两条腿一下子软了。闪电似的，脑子里划过多少天来折磨着她的那个想法，她毫不怀疑地作出判断："他会的！如果搁在过去，他一定会的！"

最终她顺利分娩，但是冥冥中对于丈夫所产生的那个强烈印象，却像刀割一样，在她心里抹不掉了。

不错，截至现在，她相信丈夫还是爱她的。然而不论他怎样爱她，他终归是个农民，一个偏远落后，文化荒芜地区的狭隘自私、思想陈旧的农民。他的身上，承袭了许多祖先遗传下来的可怕东西。这是难以改变的，因为本人没有意识到，因为渗透到了血液中。即使他爱她，也保不准会产生些什么名堂。他和她接受的是完全不同的两种教养、两种文化熏陶，这就注定在两人关系中，必将产生没完没了的摩擦和冲撞。

她突然才觉悟到这一点，但是她知道，一切都晚了。

坐月子期间，大队小学另聘请了一位教师顶替她。不知那位临时教师搞了哪些活动，月子坐完，她想去学校继续代课，大队头头却推说她有了累赘，她的工作由那位请去的民办教师长期接替了。

这对她是个打击。她没吭一声，认了。

可是没过几天，丈夫李顺兴在大队管电话的差事，也被解除了。顶替他的是大队书记刚从初中毕业的侄子。这个打击使李顺兴蔫得几乎抬不起头来。她把大队那些头头大骂了一通，然后气愤地对丈夫说："怕什么？不干那事儿，就不活啦？抬起头来，看你那蔫样子！"

我明白，大师傅所说的闹腾，是指梁海燕与一些留在当地的北京知青串通起来。我曾向梁海燕了解赴京上访的事。梁海燕说："广播报纸天天宣传要彻底否定'文化大革命'，上山下乡是'文革'产物，该不该否定？既否定，就该让所有知青都回北京。"

"结果怎么样？"

"屁！上头官员说知青上山下乡是'文革'前主席提出来的，与否定'文革'挂不上。尽胡说八道！'文革'前总共才有多点知青上山下乡？没有'文革'，能有那么多人被赶下来？"

"孩子丈夫都在这里，就是叫你回北京，你走得脱？"

"咋走不脱？叫我去美国，也走得脱。"她目光灼灼地说。"这是个啥鬼地方，我五叔在西安工作，给我买了双皮鞋托人捎来，穿半天土就扑满了不说，不几天鞋跟就歪掉了。这鬼地方，不是人待的。我箱底压了几件连衣裙，都是回北京买的，就是一次也穿不出去，穿上人们拿白眼珠瞪你，没准屁股后边还会跟一群娃娃看稀罕。"

1982年春，留在县上的几十个北京知青串连起来，几次碰头，研究去北京上访的事。

梁海燕是这中间的积极分子。本来她还动员王村钰参加，王村钰没有同意。她便时而县上、时而公社奔波起来。

从一开始，李顺兴就不同意她参与这件事情。他怕她变心，扔下他和孩子飞走。去年冬，他又被吸收当了民办教师了。其实梁海燕对上访的事也没有多大信心。说真的，不管她嘴上怎样讲，这阵儿真要叫她回北京，她心里不能不打格腾。她知道她跟其他知青情况不一样，别人两口都有工作，说走一齐走，在这里交了粮本，在北京还能领到粮本。她呢？丈夫是个农民，已经有了两个娃娃，想走决没那么容易。退一步说，即便北京接收她一家人，北京有她的生活位置吗？北京早就不是她的北京了。她参与上访，并不打算求得什么实惠，不过想闹出一番热闹来。日子过得太乏味了，她要寻求一番刺激。闹腾起来，就有人要伤脑筋，这就让她觉得开心，这就得啦！

一天，邻近几个公社打算上访的知青到她家碰头，共有七八个人。她管待了一顿吃喝。走时，她交给他们10元钱。这是大家都要交纳的集资款。

送他们回来，她见李顺兴黑着脸，知道他不高兴。

"你说，你整日价疯跑不说，还给他们交钱干啥？"他歪扭脖梗，像斗架的公鸡一样盯住她，话语中火气十足。

"你管得着吗？"她也火了，"我也劳动，钱又不是你一个人挣的，管我爱怎么用不爱怎么用！"

"嘴还能翻，我叫你翻！我叫你翻！"李顺兴一把抓住她的领口。看样子他想揍她，不过抓住领口后往下再没有动作。

但这已经让梁海燕不能容忍了。她动手了。她扇了丈夫一个耳光。

李顺兴松开手，倒退了两步，随即又扑上来。脸上的表情很可怕，鼻子眼睛仿佛挪了位置，嘴里骂着粗话，拳头向梁海燕抡过来。

梁海燕也不示弱，猫身从地上抓起一根硬柴，对着李顺兴乱抡。

最终吃亏的自然是梁海燕，挨了李顺兴不少老拳。李顺兴也没有讨上便宜，小腿肚子被梁海燕用硬柴抡了条血口子。

这一仗干得假戏演成了真戏。

她离开家，去西安五叔家待了二十来天。在西安期间，她曾经去看望过一位从王家梁招工招到省上一家大医院的插队伙伴。这位伙伴叫刘莹，在村里时人挺老实，爱哭，谁也瞧不起。但是几年后，当她见到这位在大医院化验室里工作的刘莹时，几乎不敢认了——

原来头发又黄又干巴，总像梳不展，如今一头黑油油潇洒飘逸的披肩发；轻轻地描着眉，淡淡地抹着唇膏，脸蛋儿白白净净，一双眼睛水灵灵，就连身段儿好像也变苗条变高了。脱去白大褂，一身清爽淡雅的春装，透出一种舒适洒脱的劲头。她惊异于这位昔日毫不起眼的伙伴，怎么竟奇迹般地变得这么漂亮，这么富有韵味。相形之下，从上到下，从里到外，她简直是一个土拉巴儿的乡巴佬。

刘莹热情地邀她去她家玩，刘莹的家是个只有一间 10 平米房子的小单元，地方不大，却收拾得舒适整洁。墙上挂着书法家的墨品和世界名画年历，屋外的阳台上养着花。沙发电视机收录机都有。刘莹的爱人是一个机关的小车司机，长得精精干干，炒得一手好菜。

与刘莹的见面仿佛掀起一江春水，梁海燕的心里更不能平静了。人家的生活才叫真正的生活，人家活得才真正像个人样。她想。她不敢扭回头来再看自己，再看自己所过的生活。在刘莹那里获得的强烈印象与她面对的一切形成强烈反差。以前心里尽管有过懊悔，但从来没有像现在这样严重地失去平衡。她痛切地感到，命运捉弄了她，生活把她欺骗了。

但是这种感受她不能对人讲，只能埋在心里。

一天晌午，她正在锄地，听见远处村里的高音喇叭响起来，隐隐约约像是叫人。公社和大队，利用高音喇叭叫人是常事。有时猛不防大喇叭哇一声响起来，一个嗓门在里边喊："×××，你男人在工地把一只鞋掉到河沟里去了，你男人叫你赶紧给他送一双鞋去！"或者："×××，你家老母猪配种的钱还没给公社配种站交，配种站限你三天内交钱。"大喇叭里常喊这类事情。她只顾低头锄地，没有在意。但是一阵风吹来，她听见大喇叭里像是喊她的名字，侧耳静听，果真是叫她。

"里底的王村钰，王家梁的梁海燕，官庄的郭爱荣，你几个听着。"大喇叭里重新喊道，"你几个今后晌到公社来一趟，有事情要跟你们说，王村钰，梁海燕，郭爱荣，听见了没有？"

她拄着锄头，愣愣地想：有什么事呢？

后晌，梁海燕先到里底找王村钰，两人一块来到公社。

原来是好事。县上要给与当地农民结婚的知青安排工作。不愿工作的，可以得到 1000 块钱。梁海燕兴奋异常。

一回到家，梁海燕便对丈夫讲了县上的安排。她告诉李顺兴：她要出去工作。

李顺兴心里有点慌乱，喘气声都听得见。嘴里吭哧吭哧半天，才嗫嚅道："咱们再想想看出去合适，还是要钱合适。一个合同工……说到底是个合同工：稀罕不稀罕？……"

李顺兴没说完，梁海燕便火冒三丈："合同工怎么样？你不稀罕我稀罕！"

没过几天，她便办了手续。她被安排在农业银行楼底营业所工作。

临离家走那天夜里，李顺兴忧心忡忡翻来覆去睡不着。梁海燕也睡不着，但她不去理他。李顺兴折腾了好久，翻身坐起，说："我有话跟你说。"

她照旧躺着："有话就说。"

"你出去工作，我不拦挡。"李顺兴说，"不过有个条件。"

她在心里说：你拦挡得住吗？嘴里问："什么条件？"

"咱们得定两条规矩。"

"怎么？"

"第一，你拿工资了，可我和娃娃还在农村，咱们得说定，你不能大撒手不管家里，每月要给家里拿出一些钱来。"

"第二条呢?"

"不准跟别的男人来往,不准跟他们吃吃喝喝,嘻嘻哈哈。那些吃国库粮的男人,婆姨都不在身边,骚货多得很!"

梁海燕哼了一声,说:"第一条可以答应。第二条嘛,你管不着!"

她想有意刺激李顺兴。

李顺兴气得脖一梗:"你! ……"

不知是不是逆反心理在作怪,梁海燕到楼底工作后,就喜欢和别的男人们来往,我在采访过程中,不止一次听到人们对她的议论。

后来我在梁海燕的屋子里,见到了她的丈夫李顺兴。小儿子发高烧,李顺兴送孩子来看病。我和他拉了些他家里的事情。

他并没有因为头次在那样一个场合和我见面显得难为情。他只是关切地向我打听,像他这种人国家该不该照顾。"为啥不安排工作?"他向我质问,仿佛面对他的是县安置办主任,或者劳动局长。"知青下乡是响应毛主席的号召,毛主席死了,就没人管啦? 遗留问题没人解决,我们这种人谁也不关心,就好像和知青没关系,合不合乎情理?"

梁海燕插嘴说:"你给人家讲这些干什么?"

李顺兴翻了梁海燕一眼:"叫他给上边反映反映嘛。"

梁海燕说:"谁管你的事!"

李顺兴把头扭向一边,不再吭声。

1982 年冬,参加工作后的第一个春节,梁海燕回了一趟北京。

父母亲对她的婚事本不满意,当初劝阻她,没有挡住,后来见她有了孩子,如今又参加了工作,便又怕她中途横生变故,做出不道义的事情,反过来常常劝导她安心跟丈夫过日子。父母亲在心里也可怜她,她一回到北京,便好吃好喝地待承,吩咐弟弟妹妹陪她看电影、转公园，一心叫她玩得高高兴兴。她也有一副好兴头，怎么开心怎么玩，其他一切全扔在脑后。

这些年，北京一年一个样，变得她几乎不敢认了。街上青年男女个个打扮入时，神清气爽。喇叭裤刚在延安城流行不久，Y 县小城里仅有为数不多几个"新潮人物"试试探探穿上身，而在北京已经过时了，时髦青年们已经穿上紧绷绷窄裤腿的西裤。商店里琳琅满目，要什么有什么。背上顶块 TAXI 标记的小车明显多起来。坐 TAXI 的不一定都是外国人，出差干部或做生意的暴发户，常见一对对青年男女在街边手一招，车一停便双双钻进去。电影院里新片子一个接一个换着放映，大剧院里常常有外国艺术家来演出……所有这一切，都使长久憋在陕北农村的梁海燕，产生一种恍若隔世的感觉。

她随妹妹去了一回舞场，舞会是一个机关办的。她不会跳，起先只是坐在一旁呆呆地看。妹妹请了一位熟人教她。简单地懂得了步子应该怎样走，她就跟妹妹跳，随后鼓起勇气跟相识的或不相识的男伴跳。舞曲悠扬，彩灯明灭，她宛若置身一处仙境，忘掉了一切，只是旋转、旋转……

这一回她玩得太痛快了，一辈子还没有这样痛快过。

春节过后，她回到陕北，一踏进县城，她就觉得那条唯一的街道又窄又短又肮脏，房屋都是灰蒙蒙的，商店里的门都大敞扬开，货架上却没有什么东西，柜台前也没有什么顾客。街上的人跟土拨鼠一样，脸上黄黄的，身上的衣服不说干净不干净，单看那样儿，咋看都不顺眼。

从繁华文明的大都市，回归到她生活的位置上，她仿佛突然间从现代化社会跌落到洪荒时代。以前每次从北京回到陕北，她都有这种感觉，但这一回格外鲜明强烈。这感觉使她的情绪糟透了。

这时发生了一件事情，使她的情绪恶劣到了极点。

与她和王村钰同时招出来的郭爱荣，也是一个嫁给当地农民的北京知青，被安排在楼底供销社工作。郭爱荣的丈夫是个不务正业的游手好闲之徒，郭爱荣工作后，他便不在农村劳动了，天经地义地住在郭爱荣那里静吃静喝，当上了无所事事的"随干家属"。郭爱荣三十几块钱工资，既要养活一个患有先天性心脏病的孩子，又要养活丈夫，本人身体又不好，弄得相当狼狈。即是如此，她的那个丈夫也不让她轻松——嫌待着腻味，就去钻赌场。郭爱荣很老实，只有丈夫呵斥她的份儿，她不敢说丈夫一句。别人都指她丈夫的脊梁，她却甘愿忍气吞声。

正月十五那天，供销社的灶上吃粉蒸肉，三毛钱一份，郭爱荣买了一份。刚端回屋子，丈夫从外边回来了。一进门脸上气色就很难看，她知道他肯定又输了钱。这个时候她更不敢招惹他。她悄无声息地把饭菜摆放好，准备同他一块吃饭。谁知他一见那碗粉蒸肉，顿时怒火中烧，冲着她厉声呵斥起来。

"吃肉，吃肉，钱哩？没有钱还吃肉，退了去！"

丈夫硬逼她把那份粉蒸肉退了去。郭爱荣端起碗，眼泪蓬蓬，硬着头皮把端回来的菜又送回灶上。

正月二十三，郭爱荣莫名其妙地病倒了。这天梁海燕刚从北京回来。她去看郭爱荣时，王村钰也在那儿。

"你男人哩？"梁海燕问。

郭爱荣说不知道。

这天夜里，郭爱荣发起高烧来，半夜，男人回来了。他说郭爱荣是着了凉，不要紧，扛一扛就会过去。天明时，他又不见了影儿。

第二天，郭爱荣高烧不退。卫生院几个医生来看过，诊断不清是什么病症。楼底卫生院不能化验，药物也不全，医生建议送到兴寺坪地段医院去看看。

供销社派人把郭爱荣送去了。

3天后，郭爱荣死在兴寺坪地段医院里。是什么病，一直没有弄清。

梁海燕和王村钰去兴寺坪，和供销社的人一块把郭爱荣的尸体运回楼底。拉运尸体的还有郭爱荣的丈夫，他是在郭爱荣快不行时，才赶到医院的。

郭爱荣的丈夫给北京郭爱荣家拍了电报。

不可能等到北京家里来人才下葬。埋葬郭爱荣那天，梁海燕和王村钰去送葬。一路她们泪水不断。在墓地，她们终于忍不住，搂着郭爱荣留下的那个可怜的患有心脏病的女儿，放声大哭了一场。

将近一个礼拜，郭爱荣的弟弟才从北京赶来。这位弟弟来后什么也没说，去坟上看了看，住了一夜，第二天便把郭爱荣的女儿一领，回北京了。

这件事情对梁海燕和王村钰刺激很大。王村钰遇事常埋在心里，不爱吭声，梁海燕做不到这一点。她扬起脖子大骂起来。她把一切愤恨都集中到郭爱荣的丈夫身上。

"坏东西！牲畜不如，不通一点点人性！郭爱荣倒了什么霉，跟了这么一个王八蛋！郭爱荣的病怎么不让他得上死去！"

骂完郭爱荣的丈夫，又莫名其妙地骂起自己的丈夫来。随后便哭，哭得好不伤心。

梁海燕还给我讲了一个她自己的观点：人心不能太善，马善被人骑，人善被人欺。"郭爱荣心地不善良？落个什么下场？想起郭爱荣我就寒心。瞧瞧如今外头世界的样儿，我们这些人什么也享受不上，牺牲了过去，又牺牲了今天，明天也没什么指望，活的还有什么味儿？"

"所以你要及时行乐？"

"乐？哪来的乐？苦中作乐！"

她神情黯淡，情绪低沉。过了一会儿，又抬起头笑着说："不过我有一种本事，苦中也能乐起来。高兴一天是一天，要不怎么办？愁眉苦脸？何必哩！"

1986 年，我第二次到 Y 县，先奔楼底。当地政府已为北京知青在农村的配偶都安排了工作，但梁海燕身在银行系统，属省地县垂直领导，她丈夫的安置问题县上推给了地区银行解决。而像她这样的问题在银行系统极为个别，地区银行没有得到上边的指示，解决不了，所以她丈夫至今仍然没有从农村拔出腿来。

"提他干什么？他的事我管不着。"她满脸不悦，不愿和我谈论她的丈夫。

看来她与丈夫的关系仍然很僵。

李顺兴够倒霉的。

这位蔫不沓沓的老实人，非但没有像别的北京女知青的丈夫一样，在当地政府领到一份工作，反而在年初县上组织的一次教材过关考试中，被从小学民办教师的位置上刷了下来。

其实他考得不错，得了 81.5 分。但有人给上边反映他不安心教书，把心思用在了营私发财上。上边一查，真有其事，没容他辩解，就把他清退了。

所谓营私发财，指的是他种泡桐的事。1984 年冬，他从别人那里转手包过来五亩责任田，全育上了泡桐苗子。在学校里教书，只用去他大半天时间，他想利用剩余时间搞点其他经营赚些钱。泡桐成材快，木质好，侍弄三五年就会有收益。他的算盘打得不错，谁料竟为此事，丢了教书的饭碗。

这一事件摧毁了他的精神，回到家里，他在炕上躺了一整天。

李顺兴来找梁海燕："你看我眼前这处境，啥事都不顺。你能不能再向上头催催我的工作？"

梁海燕正在营业所的柜台里点票子，头也没抬，说："你没长腿？你自个跑呀！"

李顺兴叹口气，走了。

梁海燕嘴上很硬，心里却也想赶紧给丈夫有个安顿。她往县上跑了几趟，又往地区人事局跑了一趟。地区人事局说安排北京知青配偶工作的文已发到银行。再去找银行，银行说文已报到省上，解决人事指标问题，必须请示省上。这一来，梁海燕急也没办法，只好静心等待省上的答复。

这一等，就一直等了下来。

两个孩子的户口已转成商品粮，家里只有李顺兴一个人的责任田，活儿不经干就光了。眼见得丈夫无所事事，愁眉苦脸，梁海燕保持不住自己的矜持了。一天，她托人捎话把李顺兴从家里叫来。

"给，拿去！"她甩过一瓶江口白酒，一条延安牌香烟，"给乡政府水管员送去。乡政府要挖水管子，我给人家讲好了，你插在工队里干。先去谢谢人家。"

李顺兴倒能下得一身好苦。挖水管子是包工活儿，初春天气只穿件背心，光着膀子猛干。干了二十多天，二百多元挣到手里。

挖完水管子，又无事可干。梁海燕去找卫生院院长。卫生院配制老鼠药诱饵，需雇用人手。梁海燕去迟了一步，人家把人已经雇好了。她软磨硬缠院长，院长只好辞退原先雇的人，把配制老鼠药诱饵的营生交给了李顺兴。

干了4天，挣了25元钱。

而这四天却让梁海燕懊悔痛恨一辈子。

梁海燕是个粗心大意的人，工作上常出纰漏，但从来没有什么大差错。然而有一天，保险柜里的现金和账面相差360元钱。查来查去，问题闹清楚了，有一张支取烤烟款的发票，发票上是40元，她却看成400元。领取卖烟款的农民没吭声，把钱领走了。

问题肯定出在这里。查遍当天取款发票，没有一个400元，而她清楚地记得，她曾经给一个人付出过400元。

她找到了那个农民。

事情也太偏巧了。那个农民不是别人，正是卫生院起先雇用尔后又被李顺兴挤走的那个人。那人一口咬定他只领走40元，不承认多领一分。这种事情，没有见证，他这一说，谁拿他有什么办法？

梁海燕只好自认倒霉。

但是事情并没有完，这回李顺兴跟她算账了。

"你瞎啦，还是七老八十眼花啦？40块钱能看成400！"李顺兴脸气成了紫青色，冲她大声吼叫，"咋给公家补？你想办法，我这里没有一分！"

梁海燕也没好声气："把你的臭钱给我，我也不要！"

夫妻俩吵完嘴第二天，楼底逢集。到营业所来取款存款的人一个接一个。梁海燕看见这些人，难以扭转心里一种憋气的感觉：这些看去老实巴交的人，跟那个多领款的同属一类，面目可憎，都是骗子，都不讲良心。干了一阵，情绪越来越糟，便哗啦把桌上的东西往抽屉里一撸，上了锁，推说头疼去看病，径自走了。

来到街道，见集市上人群熙攘，热热闹闹，转念一想：何必自寻烦恼，跟自个过不去？别人高高兴兴，我就不能痛痛快快？管它哩，该吃就吃，该玩就玩！这么一想，心情顿时开朗了许多。

在一个卖麻花的小摊前，她见那麻花炸得又黄又酥，手一扬，丢过去一张两块钱的票子。"尽两块钱包。"她说。又在一个卖梅李的老汉前，她又称了 2 斤梅李。

提着麻花，捧着梅李，刚转过邮电所旁边的丁字路口，李顺兴不知从哪儿闪出来，横立在她的面前。

"妈的×，丢了那么多钱，×嘴还害馋！"他粗鲁地骂着，声音不大，神情格外阴沉。

"你妈的×，你管得着？"她不想多理他，抬脚就走。

"你给我站住！"在她背后吼。

她没回头，快到营业所门口了，她听见背后响起紧促的脚步声，还有呼哧呼哧喘粗气的声音。就在她刚要扭头看时，一条胳膊抢过来，她手中的麻花和梅李被打落在地。脸孔气得歪歪扭扭的李顺兴又冲到她的面前来了。

她无论如何也不能容忍了。她蹦过去打丈夫，李顺兴就势抓住她的手，一甩，她便扑倒在地。她爬起来，又朝丈夫扑去。

赶集的人蜂拥着上来看热闹。她什么也不顾忌了，与丈夫厮打成一团……

梁海燕只给我讲在楼底集上与丈夫吵嘴，没有说打架。她可能感到耻辱。但是李顺兴给我讲了。

那是一个黄昏，我和他蹲在王家梁一片谷地边上。西边遥远的山头背后，残阳的余晖渐渐敛去。他给我讲了许多事情。他说梁海燕根本无心跟他过日子。还说：他的第一个婆姨跟人跑了，这第二个婆姨，如果外头有人勾引，还会跟人家跑。一个男人说出这话是很伤情的。他叹息自己命苦，40 出头的人，如今高不成低不就。最后他说：早知讨个北京婆姨过日子这么吃力，不如当初……他把后半截话咽了下去。

看来两个人都后悔。

然而我知道，无论这个家庭表面上晃荡得多么厉害，想叫彻底垮架，并不那么容易。无论是梁海燕，还是李顺兴，谁也不可能像现代都市人那样把离婚看得较淡，不可能无所顾忌地各走各的路。他们系在一条命运索链的两头，难以挣脱。

我之所以得出这个结论，是因为我知道梁海燕曾经有过一幕什么样的演出。

1984 年冬，梁海燕来到西安五叔家。

五叔在西郊庆安公司工作，离市中心十多里路，一天晚上，她乘电车来到市中心，逛了会儿夜市，然后钻进一家咖啡馆。

她身旁另一张桌子上，一个看去顶多二十出头歪戴一顶哥萨克人造毛帽的男青年，不时拿目光斜瞟她。她没去理会。

不一会儿，"哥萨克"端着杯子来到她的桌前。

"你单崩一个？""哥萨克"讪笑着用西安土话问。

他想干什么？她想。心里警惕，喝着咖啡，没有回答。

"单崩一个有啥意思？谝一谝好不好？""哥萨克"在桌子旁边坐下来。

"谝？跟你谝？"她放下杯子，盯着对方。

"哟嗬，八频道！""哥萨克"舌头在嘴里咂了一下，把椅子朝她跟前挪了挪。

她揣摸"八频道"的意思，是指她讲普通话。在西安，中央电视台的节目是由八频道播放的。她又盯住对方，不由生出一种好奇心。她要看看这个小青年想干什么。

"再续一杯咋样？""哥萨克"问。

她把杯子一推，说："可以。"

"哥萨克"唤来服务员，替她把杯子续满。她的态度显然对他是一种鼓舞，他说他是一个电器厂供销科的干部，喜欢结交朋友，五湖四海都有熟识的人。

她暗暗感到好笑，嘴上却不讲什么。

"哥萨克"有意显示自己的阔绰大方，又要来些橘子水和冷饮。她毫不推让，一切侍奉全然接受。天阔海空，不着边际地乱扯了通，"哥萨克"邀请她去跳舞。

"跟前就有一家舞厅，挺排场的。"

她随他去了。

这是一家营业性舞会，一块钱一张门票，"哥萨克"买了两张。里边人很多。她只在北京跳过一次舞，时隔两年，步子怎样走，几乎全忘了。她发现"哥萨克"跳得也不怎么样。当然，他的舞步比她熟练得多，还会不时闹出一些花样，但那舞姿带有一股"流动"，实在不敢恭维。一曲没有跳完，她便推说头晕，坐到边上去了。

曲子再响起的时候，她没有跟"哥萨克"跳，而是接受了另一位男子的邀请。这是一支华尔兹，中三步子跳起来，她觉得很舒坦。这男子带人自如轻盈，很快她便沉浸在一种忘我动情的境界里，宛若置身于温柔的波浪间，惬意地随着铜镲和鼓点的节奏起伏旋转。她是何人，今夕何方，她出来干什么，全然被她抛在九霄云外。当然，被抛在九霄云外的还有那位"哥萨克"。

当她全部身心正为一种美妙熨帖的感觉浸润的时候，她的舞伴戛然止步。一只手扳住了对方的肩头。是"哥萨克"。

她想他大概恼火了。然而，"哥萨克"彬彬有礼地对那位男子说："我们是一块的，有个急事，对不起。"

他把她拉到边上，拉长声调说："你还跳得不错呀。"

她说："比起你差一点。"

他不在乎地说，跳舞没啥意思，他愿意陪她去遛遛大街。

情致一旦被破坏，这个嘈嘈杂杂的场所也就没有什么待头了。

她随他走出舞厅。

出了门，她问："去哪儿？"

"哥萨克"不怀好意地笑着，说："好地方多得是，就看你愿不愿意去。"

她也笑了，笑得神气而又诡谲："随你去？你养活得起我吗？知道我还有谁？一个丈夫，两个孩子。"她又换上讥笑夹杂着怜悯的口气："电器厂供销科的干部？见鬼去吧。我看你不过是个可怜兮兮的待业青年。"

说完，转身径自走去。

"哥萨克"被这突如其来的奚落弄得不知所措，见她即将逝去，又不甘心地追了上去。"你叫啥？住在哪里？"

她停住脚步："怎么，打问这么清楚干什么？"

"哥萨克"涎皮厚脸地笑道："往后交个朋友嘛。"

"有这个必要吗？"她笑着反问，接着把手一扬，"谢谢你的殷勤款待。"头也不回地走了。

她蹬上电车时，看见那个可笑的"哥萨克"仍呆鸡似的站在原地。

梁海燕给我讲这件事情时，露出几分得意的神情。

"一个女人，走到哪里也好混，就看你有没有那份胆量。"她说。"别人都说这个世界是男人的世界，男人要这个世界干什么？还不是为了女人！所以男人很容易被女人握在手心。别看男人咋咋呼呼的，女人真要干起事来，男人未必比得上。"随后她便谈起武则天、撒切尔夫人、中国女排，还有邻县一个把丈夫砍了37镢头的二十多岁的年轻媳妇。

我笑道："你倒挺会寻找论据。"

她也笑了："当然这些都是胡扯，不过说真的，我有时真想到外边浪荡几个月，一分钱不带，看看能不能活下去。"

"还想干什么？"

"还想做生意，当老板娘。"她说，看不出她是在说笑话。"如今人认什么？就认钱。我们初来插队那阵，鸡蛋5分钱一个，你心里过不去，想多给老乡几个钱，老乡多一分也不要。什么梨呀枣呀，老乡拿筐子给你送。如今呢？你去集上看看，同样是这些东西，老乡咋都变着法儿要从你手里多抠几个钱。见钱眼开，钱把人心都熏黑了。"

"你当老板娘不是为了赚钱？"

"当然是。不过我赚钱，是为了证实自己的价值，不像有些人光知道撸、撸，钱撸了不少，人还像动物一样活着。"

我说："看来你都有些打算了。"

她接口讲下去："那当然。实话对你讲，有时我真想辞了眼前这工作。有什么意思？不过是人家看你可怜，赏赐给你一个饭碗。你不知道，当初给我们这些人安排工作，就有人心里不顺，说我们待在农村心甘情愿，是自找的，为什么要照顾？后来安排我们这些人的丈夫，有人心里就更不平，说什么的都有，有的话难听死了，说：'不就是讨了个北京知青婆姨，在一个炕上睡了几年觉？说啥国家要把他们包锁起来？''包锁'这话你不懂，是本地土话，小娃娃脖子上套个项圈就叫包锁，说这话的意思是嫌国家包揽得太宽了。不知为什么人心现在变得这么狠。我们这些人牺牲了自己的青春、前途，给当地人做了老婆，早先还有人觉得你好，你可怜，尊敬你，照顾你。现在哩？活该！你愿意！谁强迫你跟农民结婚来？——这就是很多人的看法。一切都变了，跟我们选择生活方向那阵儿不一样了。我们做出的所有牺牲，都变得一钱不值，十多年的酸辣苦甜，一觉醒来原来是个梦。我不知道自己的价值在哪里，我没有价值，真实的生活里并没有我。所以，滚它的蛋去，我讨厌眼前的生活。总有一天，我要在人们面前证实一下自己的真实存在和真正价值。"

她说得很激动。也许这是埋藏在她心中很深很久的一番感触，冲动的情绪像犁铧翻地一样把它翻出来了。

这使我加深了对于梁海燕的认识。

我离开楼底前一天，又见到了梁海燕的丈夫李顺兴。

李顺兴为工作的事情心急如焚，在家里待不住。尽管明知会遭梁海燕的白眼，但他仍然三天两头往她这儿跑。每次来先打听事情有无新的进展，然后便愁眉苦脸地唉声叹气。梁海燕最看不惯他那一副可怜巴巴的样子，一见他摆出那样子，就由不得恼火，专拿些刻薄的话刺他，要么干脆理也不理。

这一次他来找我。不知什么古怪念头支配着他，他提了一瓶酒，邀我去梁海燕那儿喝几杯。

我猜想他一定有某种打算。究竟是什么打算，我猜不透。

我答应随他过去，但说明只拉话，不喝酒。

到了梁海燕那里，我第一次看见他摆出丈夫的架势，吩咐梁海燕弄几个菜。我急忙阻止。梁海燕诧异地看看我，又看看李顺兴，破例地顺从了丈夫的吩咐，点火生起炉子来。

我无可奈何地坐了下来。

有凳子不坐，李顺兴贴着炕沿蹲着，先和我扯一些闲话。我估计他的中心话题，等到喝起酒来后才肯讲。

梁海燕手边没有什么东西，勉为其难地弄了几个菜。李顺兴拿起酒瓶，给我和他各倒了一杯，然后问梁海燕："你喝不喝?"

梁海燕说不喝。

他仰起脖子先自灌了一杯。

还是说一些闲话。酒精改变了他以往蔫沓沓的模样，变得兴奋起来。他先骂乡上的文教专干，又骂县文教局，说把他从学校里撵回家不公平。接着，又抱怨如今当官的光知道给自己捞好处，不管别人的死活。"像我这问题，有啥难办的，说声批就批了。可是你推我，我推你，推到牛年马年去？"他的脸孔显出赤红，话音落点，又仰起脖子灌了一杯。

我仍费力地揣摸他此番举动的中心意图，等待着他讲出最重要的话来。

然而事情并没有按这个方向发展。李顺兴仅仅喝了三四杯，便不胜酒力，舌根发硬，坐也坐不稳了。他由兴奋转为阴郁，不再讲话，低着头，目光直直地盯着桌面。他勉勉强强还要给杯子里倒酒，我劝阻了他。

他朝我摆摆手，示意不要紧。做完这个姿势，身子一软，已歪头从凳子上出溜到地上了。

我和梁海燕把他扶起来，移放到炕上。梁海燕瞥了一眼人事不省的丈夫，哼了一声，眼里露出厌弃的神情。

好像在演一出滑稽戏，我尚不明白什么意思，便如此奇特地收场了。我感到茫然。

"也没掂量自己有多大本事，就想用这一套来买赂人。"梁海燕不屑地说。

"他有什么事情？"我问。

"还看不出？请你为他的工作帮忙呗。"

"我？"

"他可能觉得你认识的人多，能给他帮上忙。"

这是我无能为力的。我固然认识人不少，但没有谁能为他的事

情插上手，我看看躺在炕上已经抽开鼾声的他，心里生出一种歉然
与怜悯混杂的感觉。

第二天，我就要离开楼底了。

临走前，我突然想起一位在延安地区行署工作的熟人，匆匆给
这位熟人写了封信，他或许能为李顺兴的事情帮上忙。

我来到营业所。先天李顺兴酒醒后，就被梁海燕撵回王家梁。
我把信交给梁海燕，告诉她："让李顺兴拿着这封信，去找我的那位
熟人碰碰运气。"

"他去？连话都说不到一块，能办成事情？"

"你去也行。"

"我才懒得管他的事哩。"

话是这么说，我走出营业所，她把我送到门口，却向我追问我
的那位熟人的确切住址。看来她还是要去的。

嫁给农民的女知青

文 值

●全部家当：土炕、土桌、土凳、土灶、破
缸●父亲流放兴凯湖，一去从此不复返●瘦小弱
女，历尽苦难●丈夫目不识丁●大西北：当了农
家媳妇 18 年●相恋历尽艰难●农民丈夫有了第
三者●丈夫续弦，又是北京知青●痴情女子多薄
命●北京人，不是应该我娶的●一群傻姑娘呵
●我们老汉可是受苦人●为人妻为人母，可怜可
敬●从此要付出更大代价

我悲伤，是为这些痴情的北京姑娘；

我悲伤，是为这些痴情的女子……

——作者

在知识青年上山下乡的洪流中，那些当年响应毛
泽东号召，到农村去，并且真正与贫下中农结合，与
当地土生土长的农民结了婚的女知青，人数并不多。
她们就像大河中分出的一支小溪流，悄悄地、曲折艰
辛地在贫瘠荒漠的土地上流淌着，她们与自己的农民
伴侣，在人生的旅途上步履艰难地走着，尝尽了人间
的苦辣酸甜。在我的记忆中，她们的身影永远也难以
抹去。

这是一间农村最简陋的土屋，低矮、破旧，走进去，全部的摆设也都是土的：土炕、土桌、土凳，就连水缸因为裂了一条大缝，用铁丝箍住后外面也用泥抹了厚厚的一层。新砌的锅台竟然连铁锅都没有一口。这就是北京女知青李小容在农村成家时的家。

这个瘦小单薄的北京姑娘，只差一个月就可以从北京电机学校毕业分配了，但革命的激情、自我改造的决心，使她迫不及待地报名到内蒙古插队落户了。她出生在一个知识分子的家庭，父母都是中学教师，1957 年"反右"以后，她的父亲被冠以"极右"的帽子送到兴凯湖改造，从此一去不返。母亲因父亲问题的牵连，也被划为"右派"。为家庭的问题，她苦恼极了，在步行到大寨大队串连的归途中她暗下了决心，一定要改变这一切。于是，下乡后不久就与本村社员魏大罗结合了。

他是个面孔黑黑的河北农民，父母早已去世，他带着弟妹凄惶地度日。她同情他，想用一个姑娘的爱帮助这个农民。她跟着他吃尽了苦头，挣扎在生活的最底层。

当我在 1979 年见到李小容的时候，站在面前的是一个与当地农妇别无二致的人。她脚上穿着用磨平了的旧塑料底重新缔过的布鞋，提着打了补丁的提包。

她向我谈起自己的丈夫。她告诉我他一字不识，而她本人曾是电机学校的高材生，能写一笔好字，作得一手好文章。

她的母亲从北京来到女儿家，想以自己的学问，帮助这个农民女婿摘掉文盲的帽子，约定好每天教三个字。第一天，对付下来了。第二天，大罗说头痛。岳母说，休息一天罢。到了第三天，他说了实话："我一看见字就头疼。"一厢情愿的岳母只得作罢。

尽管是这样，她跟他依然生活得和谐、默契。他们生了 3 个女儿。现在，她调到县重点中学教高中化学，他在农贸市场摆摊卖烟叶。他很本份，也能吃苦，又不乏河北人做生意的精明。他的生意越做越红火。他既不讲吃喝，更不讲穿戴，一心一意挣钱维持这个家庭的生活，供养着上大学和高中的女儿。

她也很体贴丈夫，从生活到情绪。

现在，他们的日子过得殷实富足，她的脸上浮现着满足的微笑。

站在我面前的另一位当年的北京知青王彬，身材修长，戴一副金属架的变色眼镜，谈锋很健，很难使人把她与当地的农民联系在一起。然而就是她，在大西北做了18年农民媳妇。

在那远远近近的几个生产队里，王彬也称得上女知青中拔萃人物。她能说会写，干活又吃苦，颇受贫下中农赏识。

他是回乡的初中毕业生，喜欢看书写字，人生得文静帅气，又爱赶个时髦，在当地青年中，也算是佼佼者。

坎坷的遭遇，艰苦的生活，阻止不了爱的萌生。在共同的劳动中，她与他相爱了。初恋是甜蜜的，美好的。割麦子的时候，他常常替她"捎"上两垄，有点好吃的，什么西红柿、白面馒头等，干活时悄悄塞给她；她把自己的毛衣拆了，又染了，精心地给他织了一件两色的鸡心领毛衣。他们定亲的消息传开的时候，她的亲友和同学纷纷写信劝阻。她的母亲更是坚决反对，甚至以断绝母女关系相威胁。与她在一个村子插队的弟弟认为姐姐真是丢了北京知青的面子，发动全组知青阻止姐姐的行动。

男青年的家族人很多，关系复杂，反对这桩婚事的不乏其人。怕"飞鸽牌"的媳妇长不了，嫌戴眼镜的女学生的视力会遗传给下一代。她对这些全然不顾，带着叛逆者胜利的微笑，走进了这家农民的土屋。

婚后，妻子到公社中学教书，丈夫也下了工厂，虽说是两地分居，却也情深意笃。

假如，就这样一直两地分居下去，这个家庭兴许还能维系；假如这一个农民青年也像魏大罗那样目不识丁，他兴许会永远的"妇唱夫随"；假如，开放的劲风再迟些吹来，这一对夫妻也许会白头到老。偏偏事与愿违。当终于结束了8年的牛郎织女的生活，丈夫调回妻子工作的地方以后，当妻子每天埋头"授业解惑"的崇高事业中的时候，丈夫开始感到生活中自己是个帮不上忙的人，事业又远不如妻子，不过是混日子。在他很不充实又找不到自己适当位置的生活中，一个危险的第三者引起了他的兴趣。当地的风俗对男人的生活道德准则是放得很宽很宽的，但他的妻子却不是个当地人。夫妻间不可避免地旷日持久的"战争"开始了。2年，3年，5年，所有的招数都用尽了，精疲力竭的妻子终于下了决心，像当年顶着那么大的压力与他结合一样，又冒着更大的风险结束了这场战争，解除了这也许本来就不该生效的婚约。她带着一双儿女，回到了北京。

往事如烟。回首十多年来、二十多年前，这种家庭的诞生，往往出于两种考虑：求温饱和找靠山（生活上的和政治上的）。

当时的情况就是这样，一到冬天，知青们住的屋子里温度零下8℃，钻进被窝里就不愿再出来。他们看到老乡家的热炕头，怎能无动于衷？十几个二十来岁的青年人凑到一起，干活累了谁还想做饭？而到了老乡家，尽管是粗茶淡饭，进门就能吃上一口热的。就有了女知青结伴互相"看人家"（相亲）的事情。然后，在一个星期内，这五个姑娘全都嫁了出去。

而这简单的愿望有时竟那么难于实现。一个1968年下乡的女学生，年岁小，体质弱，有个本村的小伙子常常帮她干活，她就嫁给了他，一心想依靠这个膀大腰圆的丈夫过日子。谁知盖房的时候一根大梁砸下来，丈夫成了废人。

女知青王琦嫁给当地农民，不久病逝。但是在王琦死后，她丈夫的续弦竟又是一位北京知青。她叫李楠，插队时与王琦同组。在少女时代，就悄悄爱上了这个貌不惊人语不出众的当地青年。没有人知道她的心思。她怀着这一丝情愫，拖着农村艰苦环境落下的病体，以后病退回了北京，一个人孤单单地打发着光阴。

她跟王琦是好朋友。得知王琦再也不能恢复知觉以后，她向张吐露了真情。她在北京默默地等着他，尽心尽意地关心和帮助自己的朋友和他。

当地人都说张走了桃花运，一个知青走了，竟然还有后补的。

半年以后，他来京与李楠结婚。他和王的女儿也都到了北京，大女儿考上了民族学院，小女儿上了初中。

曾经在一起工作过的几个朋友想约张出来聚聚，嘱我联系。当我拨通李楠单位的电话时，对方告诉我："李楠不在了。"我追问："她明天会不会来上班？"对方只好实说："李楠在前天去世了。"电话未挂断，我就止不住泪水刷刷地流下来。我与李楠并不很熟，只见过两三面。我知道她有心脏病，知道她对丈夫一心一意，对两个女儿的关怀无微不至。我悲伤，是为这些苦命的北京姑娘；我悲伤，是为这些痴情的女子；我悲伤，更是为这两个可怜的孩子，她们手捧生母骨灰盒的情景恍如昨日，她们好不容易遇到这个可以代替母亲位置的善良女人；我悲伤，也为这个交桃花运的男人，他和她只作了一年夫妻，在一起的时间还不到三个月。他怎么能承受这又一次的哀伤。

当我去悼念死者，安慰亲属时，李楠70高龄的父亲拉着我的手泣不成声，他哑声哭喊着："我没法说，我不能说，我的女儿，我的女儿为了什么把身体弄成这个样……她才38岁。"

痴情女子多薄命，这也许当真。王琦的舅舅、叔伯都在海外，几次要接她到国外读书，如果不是为了农村的丈夫、大西北的家，她也许早就漂洋过海了；李楠独身一人平静地生活，寿命也许不会这样短暂；为了同一个农民，两个女子奉献出了自己的全部。当我与张培廉面对面坐在一起的时候，他告诉我，好像是做了一场梦。像是对我，又像是自言自语，他说："北京，不是我该来的地方，北京人，不是应该我娶的。"送走了第二个妻子，他也准备回自己的家乡了。

我的周围，有着太多太多这样的故事、这样的人物。他们争相浮现在我的面前，涌上我的笔端。我对她们，这些当年的傻姑娘，如今的东方女性，是那样的熟悉。

要回北京听课了，刚到 11 月，她没有毛裤，只好穿上羽绒裤去。不是没有条件织一条，而是她很少想到自己。除了女儿，她心中只有丈夫。因为他在自由市场卖烟叶，一蹲就是一天，给他织了纯毛的新毛衣毛裤。知青们要聚会一次，大家都去找她，她在忙不迭地给丈夫包饺子。"就这么一顿饭，让他煮方便面还不行？""我们老汉（当地人的称呼）可是受苦人。"对丈夫由衷的体贴，让人感动。

她与他有没有距离？有没有摩擦？这是显然的。她的又一篇论文被华北五省市化学学会选中；1990 年 20 省市的化学年会她受到邀请。全家人回了北京，要去军事博物馆参观。女儿说："我爸爸去了能看懂什么？"妈妈批评，姥姥教育，他也跟着去了博物馆。

这些可怜可敬的女人们，她们为人妻、为人母，付出了比其他女人更大的代价。

记得有一篇文章写过这样的话：低质量的婚姻使高质量的人痛苦。这样议论我不知道是否合适。我只知道不要去搅动他们心底里那池痛苦的死水，既成的事实就让它维持下去吧！人生岂能事事如意？世界总不那样完美，这是常情。

文章该结束了，我似乎言犹未尽。我没有写那受丈夫折磨虐待冻死在山里的北京姑娘，也没有写那拖着 8 个月的身孕还在大渠上担土的身影，更没有去写她们脸上的皱纹、手上的老茧。过去了的就让它过去吧，她们本人已经习惯了不唏嘘感慨、不触景生情，或许是她们的心也像是包上老茧变硬了，不那么多愁善感。伤感有什么用？然而，当他们决心踏上故乡的土地实现叶落归根的最后凤愿的时候，当她们携儿带女、准备告别第二故乡的时候，她们酸涩的泪水禁不住流了下来。为自己辛酸的 20 年？为青春的消逝再不返回？还是留恋这洒满了自己苦辣辛酸的土地？她们知道，等待自己的，不是微笑和鲜花。她们要付出更大的代价。

　　这一页已翻过去了。还是那位毅然与丈夫分手回到北京的女知青说得好："生活就像海洋。而我们这些人潜到海的底层。我看到了污泥浊浪，也发现了珍奇异宝。与他的结合，我至今不悔，那是历史的必然，我不怨天尤人。我付出了沉重的代价，也得到了幸运儿所无法了解和体验的一切。"

四名女知青典型的今昔

王冬梅

●斩不断的情思●相识相恋，至真至柔●党委副书记被分进托儿所●一夜绝情，心如死灰●多想有一个自己的孩子●车祸毁容●可怜天下痴情女●咽不下的苦果●她是团省委委员●一份滚烫的情书●爱情是禁区●无产阶级的爱情专家●政审断送学业●悲壮的婚礼进行曲●致命的伤害●躲不开的阴影●忍受巨大屈辱●昔日座上宾，今日阶下囚●株连未婚夫●破碎的心灵拥有了破碎的家●忍、忍、忍了10年●何日走出误区●看不见的忠诚●中共十大代表●甘愿修理地球●爱情潜伏危机●锦州事件●漫长的牢狱生活●心力交瘁●要留清白在人间

……她们失去的要比得到的多
——作者

人的一生就像茫茫荒野，有高峰必有低谷。当你从高峰跌入低谷时，茫然失措，恍如隔世；当你从低谷攀向高峰时，历尽艰辛，犹如再生。人生，就是一次穿越高峰和低谷的艰难行军。对于她们，始而位居高峰，继而跌入深谷的知识青年典型来说，生活更是如此。

在变幻莫测的政治漩涡中，她们无法把握自己的

命运，当社会把她们遗忘时，她们苦苦奋争，企图改变自己的命运。在她们的人生道路上，留下了一串串艰难跋涉的脚印。

斩不断的情思

1987 年盛夏，在金州通往大连的公路上，一辆旧吉普车在疾驶。

突然，它朝一棵大树猛撞过去，"嘭"的一声，保险杠弯得几乎把树套上了。坐在前排座位上的她被一下子弹起，挡风玻璃"噼里啪啦"碎在她的脸上，她只觉得眼前一片模糊，一阵钻心的疼痛朝她袭来。

一辆面包车把她送进医院，人们对她的毅力非常吃惊，她怎么疼都不哼一声。

医院立即组织抢救。

单位领导站在手术室外，焦急地等待着。

门开了，一位年轻的医生走出来说："她的左眼被扎破，需要摘除眼球。"

领导大惊失色，叫道："不能啊！医生。她还没结婚呢！她 35 岁了还没结婚呢！想想办法吧！"

医生也有点吃惊，说道："设备、技术都有局限，我们尽力吧！"

五个小时之后，她头上脸上缠满绷带，被推出来。医生说："她配合得很好，始终没叫一声，她太坚强了，不愧是公安局的。"

其实，她是刚刚调到公安局某部门的会计师。她的坚强并不是因为她那身警服，而是因为她的胸膛里，有一颗饱经磨难的心。

1974 年，她在美丽的海滨城市大连有一份令青年们羡慕的工作。那年，辽宁省大连、沈阳、抚顺、鞍山等大城市的应届毕业生，掀起了到边疆去，到昭乌达盟去的热潮，那股强劲狂热的风吹动了她年轻的心。她毅然辞去工作，登上了西去的列车。因而成为知青典型。

在西去的列车上，青年们纵情高歌，她看着他们微笑，默默地打扫车厢；当窗外一站站灯火闪过，似流萤飞走时，她悄悄为熟睡的青年们盖上了衣服。她是他们的大姐姐。

在克什克腾旗一个村子里，他们安营扎寨，她担任了青年点点长。她关心爱护每一个人。她的性格和她的容貌如月亮般娴静、美丽、沉稳。

渐渐地，她与一个青年相爱了。小伙子高大英俊。她脸上挂着幸福和微笑，她多想让大家分享她的幸福，可他却说："我们还是不要公开。"

这个决定让她十分痛苦，但她还是默默地点点头。后来，她被派到另外一个公社挑重担，任公社党委副书记，工作很忙，她还是抽时间回来看他。

一个寒冷的冬天，汽车在冰天雪地里抛锚，茫茫荒野，没有人烟。寒风中，她觉得身上的皮大衣如一层薄纸，抵御不了一点风寒。整整一天，塞外的风雪吹透了她的棉衣，吹透了她的皮肉，吹透了她的筋骨。从那以后，不论是严冬还是酷暑，她都穿长衣长裤，夜里睡觉盖棉被，且必须捂得严严实实，她的关节被吹酥了，再也禁不起一丝风。

粉碎"四人帮"以后，她和一些青年点点长被集中到旗里办学习班。她看着大家疲惫的样子，感到非常心疼。她拿起一只空旅行袋，想买点东西给大家补养补养。在小街上转来转去没什么好东西，最后买了100根麻花。当她拉开拉链时，缺肉少油的青年们像饿狼似的扑上来，饱餐一顿。

随着知识青年上山下乡运动的完结，在昭盟的知识青年被陆续招工回城。办完手续后，她对他说："我们俩不和大家一起回大连，绕道从北京走吧？"

他笑笑说："好。"

在北京的几天，是她一生中最幸福的日子，她心里溢满了幸福。

在天安门广场，他和她合影留念，照相机"咔"一声脆响就定了她的终身，一种美好的情愫在她心头升起。

回到大连后，她兴致勃勃赶到工厂报到。在一间大会议室里，厂方正在给这批知青分配工作。念到她名字时说："托儿所。"

大家"哄"的一声笑了，托儿所？这与她的身份太不协调了，她曾经是党委副书记。她没有笑，她高高兴兴上班了，因为她喜欢孩子。

他们的恋情公开了，他反而渐渐疏远了她。有一次他生病住院，她买了水果去看他，他说："你不要再来了。"

她以为他不愿意受打扰，强压住心头的思念，不到医际去。

他想考学，她到处给他买书，借辅导材料。她对他全心全意，换来的却是毁约。面对突然变故，她一下子心如死灰。

她没有去找他哭泣、乞求，她不是那种姑娘。她默默地忍受一切。

知青朋友们义愤了。纷纷找他问罪，希望他回心转意。他低着头说："我也没有办法，我总觉得她更像我的姐姐。"

众人无言。知道此事已难挽回。

于是，大家纷纷为她找对象。那年她才 25 岁，凭她的条件，不愁找不到好夫婿。可她却一概拒绝。

后来，那小伙子娶妻生子，大家以为她该死心了，可她还是拒绝。

她和父母住在一起，一住 10 年。父母劝她嫁人，她摔门就走，很晚才回来。久而久之，父母也不敢轻易提起，知道她心里苦。

几个要好的朋友时常劝她,她总是凄然一笑,说到痛处,落两串眼泪,说:"再没有人能使我动情,像现在这样一个人生活挺好。"

她一边工作一边读电大会计专业,虽然紧张,虽然累,但却充实。她终于成为会计师,工作十分出色。

她心无杂念,全心全意工作,仍像大姐姐似的关心每一个人。10年来的节假日,她替所有的人值班。

她一个人静静地坐在值班室里,面对万家欢乐,万家团圆,该是何等心酸!

这斩不断的情思呵!

这摆脱不掉的寂寞!

她多想、多想有一间自己的房子,以减去她每天走进家门时沉重的心理负担。

她多想、多想有一个自己的孩子,以慰藉她那颗久已孤独的心。

房子、孩子,她渴望已久,但是她知道,那是海市蜃楼,可望而不可即。因为她没有丈夫,她就没有这一切,这多不公平。

她喜欢孩子,喜欢哥哥、姐姐的孩子,喜欢朋友的孩子。她剩余的钱差不多都花在孩子们身上。

那天,她去看电影,是苏联影片《莫斯科不相信眼泪》。她坐在电影院里哭了,她同情女主人公,但她更羡慕女主人公,人家没有丈夫,却有自己的孩子,而她,什么都没有,一无所有。

她为女主人公哭,更为自己哭。

回到家,她对姐姐说:"把你的孩子给我,你再生一个吧。"

姐姐沉思良久,说:"你还是结婚吧!"

她摇摇头。

同在一座城市里,她和他却再没相见。他们像天上的两颗星,相错而过,越离越远。一切美好的怀恋,深深埋藏在她的心底,她像一只春蚕，把这斩不断的情思吐出来，紧紧缠绕住自己。

她会变作一只美丽的蝴蝶飞出来吗？

她已经35岁了还没有对象，单位领导替她着急。所以，当她提出调动时，领导虽然舍不得放这个业务骨干，还是同意了。就是为了让她换换环境，希望她能碰到一个合适的人。

结果，她碰上了一场车祸。一场让她毁容的车祸。真是不幸偏找不幸人。

她躺在病床上，领导拉起她缠绕绷带的手，簌簌落泪："对不起你呀！刚把你调来。"

她说："车祸也不是预料中的事，天有不测风云，人有旦夕祸福，这不怪你们。"经过多方努力，她那只眼睛终于保住了。虽然视力极其微弱，终究是眼睛。当医生把纱布打开时，她拿起一面镜子，额头、眉角、脸颊上，都留下了伤疤。

那张月亮般美丽娴静的脸在她眼前消失了。

医生说："下一步可以到上海整容。"

领导说："我们全力以赴。"

她慢慢放下镜子。心如大海，翻腾起生活的甜酸苦辣。

大家看着她，万分难过。

她突然说："司机怎么样？他好了吗？"

领导说："司机没事，就是腿撞破了，不好意思来看你。"

她对护理她的姐姐说："你替我去看看他，告诉他不要过意不去，我挺好。"

姐姐叹道："你呀！总是替别人着想，怎么不先替自己想想。"

她说："快去吧！"

姐姐无可奈何，去了。

她对领导说："你们也回去休息吧，整天挺忙的。"

人们都走了，剩下她自己躺在病床上，她不需要安慰，似乎她生来就是安慰别人的。那年，她自己被办学习班，精神压力挺大。可是，当一名青年家中发生不幸，父亲去世时，她怕他承受不起，每天给他写一封信安慰他、开导他。那个青年说："你的心肠就像圣母玛丽亚一样仁慈。"

这个比喻对她是再恰当不过了。

车祸的事开始瞒着她的父母，等实在瞒不下去时，才直言相告。父母大悲，叹道："完了，这孩子再不会找对象了。"

车祸，粉碎了父母对女儿的最后一线希望。

出院后，她生活依旧，唯一不同的是，她买了一架墨镜，出门必戴，还有那顶警帽，她笑笑说："为了遮遮丑。"

爱美之心，人皆有之。她的笑令人心酸。

她依然是孤身一人，她可能永远一个人生活，这似乎是命中注定。

几多寂寞，几多孤独，陪伴她的只有那不老的情思。

人们替她惋惜，没想到这个少言少语的姑娘竟是这般痴情，可怜天下痴情女！

咽不下的苦果

1988 年的雪花飘得很迟，她抖落一身初雪走进新搬的楼房。结婚 10 年了，终于有了一间属于自己的房子，有了一个像模像样的家，可是，陪伴她的只剩下刚刚上学的女儿了。

她看着那纸离婚证书，怎么也不能想象，这桩婚姻竟会是如此结局。

他是在她最困难的时候向她伸出友爱之手的。1977 年初，她因是知青典型被召到农场办学习班，那年她才 21 岁，她吓坏了。在翁牛特旗，她的名声仅次于柴春泽。

她曾是一个幸运儿，上小学时就是学雷锋标兵，她的美丽、聪明、善良为她赢得了荣誉。照相馆的橱窗里，放着她的彩色大照片，年轻漂亮，楚楚动人。

1974 年，她中学毕业，加入了辽宁省首批开发昭盟、建设昭盟的行列，从煤都抚顺来到昭乌达盟翁牛特旗插队，那时她是团省委委员，柴春泽亲自到车站迎接她。她担任了青年点点长，生活一帆风顺，到处是鲜花、掌声。

她没想到，她留在抚顺照相馆的那张相片为她惹了麻烦。一位并没给她留下什么印象的男同学，终于敌不住她的美貌的诱惑，给她寄来了一封滚烫的情书。

在那个爱情是禁区、是荒漠的年代，这封情书并没有敲开姑娘的心扉。这位 19 岁的共产党员还不知道怎样对待爱情，就写了一封义正辞严的回信，批判他的资产阶级思想。当时，青年点的少男少女们，春心欲动，为了教育大家，制止大家谈恋爱，她在青年点公开了自己的回信。她朗读得很好，声音像警钟一样震荡着青年们的心。

恰好，有一位记者到她们青年点采访，发现了这封信，拿回去就在报纸上发表了。一时间，沸沸扬扬，她的名声更大了。人们纷纷来信和她探讨爱情，还有人请她做报告，讲无产阶级爱情观。这个还没经历过爱情的姑娘，一夜之间成了爱情专家。事情就是这么荒谬，又是这么自然。

这个姑娘从此更加高不可攀，虽然她依旧漂亮可爱，小伙子们却不敢爱她了。

她被办学习班后，人们唯恐和她有牵连，见面连招呼都不打。她心里也害怕，每天都有一些新的情况令她胆战心惊。在省里一起开过会的几十名知青典型，全部被审查，还有近 10 名被逮捕。她的所谓学习班，就是每天接待各个专案组来外调的人，替他们写证实材料。她不敢乱说，许多谣传在她这得不到证实，有人失望，有人对她很凶。

在这孤立无援的时候，他向她走来。他是来插队的工农兵大学生，正在一个小队当生产队长。他每天不顾劳累，收工后步行 20 里地到厂部看她、安慰她、鼓励她，帮她渡过难关。这个年轻人疲惫的身影、温存的话语令她感动万分。

几个月后，学习班结束了。她回到青年点，青年们正忙着复习功课，准备迎接第一次高考。那时候，扎根农村的钢铁誓言已不攻自破，提出这个口号的柴春泽已银铛入狱，她作为一个附和者大可不必为自己的食言而不安。于是，她参加了高考，报考外语学院。

笔试、口试、面试全部通过。

笑容终于回到了她的脸上。可是，当别人纷纷接到录取通知书时，她却什么也没接到，一纸政审材料挡住了她光辉灿烂的前程。"政治有问题，不宜录取"。

笑容在她脸上僵死。

这个系着红领巾、戴着共青团徽长大的姑娘，做梦也没想到自己会因政治问题断送学业。

她没有灰心，她不是那种经不起失败的人。第二年，她又走进考场。

成绩优异。

然而决定别人命运的人仍然大笔一挥还是那几个字：政治有问题，不宜录取。

1978 年，昭盟准备划归内蒙古。辽宁各城市的知识青年全部被招工回城。她随着返城大军回到抚顺。

那个大学生被重新分配到铁岭。他每个星期到抚顺去，向她求婚。

她父母对这桩婚姻不满意，两地生活太困难，况且和过去联系得太紧密，他们希望女儿开始新的生活。

她自己也很矛盾，她还想继续参加高考，她的求学心还没死，她的大学梦还没圆，她岂能甘心去结婚生子。可是，她经不住他的一再请求，他年龄大了，想早点结婚。她一咬牙同意了：他在我最困难的时候都不怕受牵连，我还有什么不能牺牲的呢？

婚礼进行曲如此悲壮。她以为自己是一个现代女性，其实她仍然是一个传统女性。中国女性的自我牺牲精神在她身上根深蒂固，这是她的美德，也是她悲剧的根源。

中国女人自古以来就乐于为男人做出牺牲，以为这样会永远得到这个男人，可事实恰恰相反，她们往往在做出巨大牺牲之后永远失去这个男人。那些声泪俱下控诉当代陈世美的女人从来都不肯冷静下来好好想一想，这到底是为什么？

自我牺牲意味着失去自我，失去了他爱的那个我也就失去了爱情；

自我牺牲意味着心理负担，他觉得你给他的是恩情不是爱情，他最终承受不起，宁可忘恩负义也不愿永远生活在感恩戴德之中；

自我牺牲还意味着差距，两人之间越来越大的差距。

笔者并非为男人开脱罪责，实在是女人先葬送了自己。

如果1979年，她一咬牙再进考场，那么，她的生活绝不会是今天这个样子。

她的确是贤妻良母。婚后他们住在沈阳婆婆家，她往抚顺跑通勤。他往铁岭跑通勤，跑得疲惫不堪。

第二年，她生了孩子。后来，她在抚顺借了一间小煤棚住，又想办法把丈夫调到了抚顺。她非常能干，做饭、洗衣、买粮买菜、打煤坯，几乎所有的家务活都她一个人干，她不让他动手。他出差回来，她净给他做好吃的，两个星期的饭不重样。生活有苦也有甜。

1982年，她考入职工大学，学习企业管理。

她把孩子送到婆婆家，不尽的思念搅得她坐卧不宁。开学不久，她跑回家对母亲哭了："妈，这书我念不下去了，我想孩子。"

母亲理解她，说："把孩子接回来，交给我吧。"

就这样，母亲每天上班把孩子带到单位托儿所，下班替她接回来，整整3年。

大学毕业后，赶上整党，她的问题再次被翻出来，谁也说不清楚究竟是什么问题，谁也不敢说没问题。对一个基层单位来说，摊上一个她，也就算是个大问题。

于是，她的工作迟迟得不到落实，直到去年，才给她分配了专业对口的工作，还给她分配了房子。

一切开始好转，柳暗花明。

她以为自己终于穿越了人生的低谷，没想到又突然落入感情的深渊。

那天，他向她坦白了一切，他说："你对我太好了，我不说真话良心不安。你可以惩罚我，但我不能欺骗你。"

她毫无准备，痛不欲生。她整整哭了三天，她觉得自己的命太苦了，怎么所有的不幸都找上了她。

女人常常这么脆弱，她可以经得起风和雨的袭击，血与火的考验，却经不起来自最亲近的人对她的伤害。

她不想因为离婚使自己再度出名，被人议论。但是，裂痕已经产生，几经努力，无法弥补。她才34岁，人生的路还很长，她不能背着感情重负生活下去。

回首往事，她不知道自己到底走错了哪一步，人生难道真是一盘棋，一着走错，满盘皆输？

她有点不信，她想开创自己新的生活。

她和他分手了。

她解除了心灵的重负，却陷入了深深的思考。这也许是报应，在感情问题上，她曾伤害过一个男人，如今，她又遭到另一个男人的伤害。

回城后，她曾遇到那个写情书的青年，她向他诚恳道歉："那时候年轻无知，伤害了你，对不起你。"

那个青年笑笑说："不要放在心上了，过去的事就让它永远过去吧。"

是啊，过去的事就不要再想了。可是，她不能不想。如果，10年前她上了大学，凭她的聪明才智，她会继续考上研究生，再出国留学，她可能会成为翻译、外交官，不会像现在这样普普通通，平平凡凡。如果，1979年她继续参加高考，她起码可以离开那座太熟悉她、让她又恨又爱的城市，她会到一个陌生的地方，得到一份体面的工作，找到一个终年相守的爱人。如果，她当初不是典型，不是名人。如果……唉！遗憾的是，如果是苦果！谁也不能重新活一次。

她摇摇头，把离婚证书放到抽屉的角落里，她不想再看它了。

她起身给女儿做饭，女儿是她的欢乐，是她的安慰，是她的希望。为了女儿，也为了自己，她要好好生活下去。

做一个平凡的人，过着普通的生活，这没什么不好。生活的路已经至此，她就要鼓起勇气走下去。

躲不开的阴影

她不愿意走那条小路，宁可绕远也不走。那条小路上只有一盏昏暗的路灯，像来自另一个世界的鬼火，幽幽暗暗的。路灯下是一座刚刚废弃的监狱，1977 年至 1979 年，她曾在那里忍受了一生最大的屈辱。

那天，她在青年点的土房里收听了张铁生、吴献忠被逮捕的消息，她知道自己也在劫难逃了。在辽宁省，她和他们一样赫赫有名，论扎根农村的决心，她甚至比他们更彻底、更偏激。当吴献忠选择了一名知识青年做自己的终身伴侣时，她则毅然决然地选择了一位农民。她认为这才是真正的扎根农村。

当一辆吉普车开进山沟，请她进县城开会时，她的心有点忐忑不安。青年点一位研究哲学的小伙子对她说："你不能去！"

她说："我们应该相信党。"

她一坐进车，就感觉到不对头，她的左右都坐了人，以往她开会可没如此大动干戈。

汽车一直开进监狱。她一个人站在那儿，紧紧咬住嘴唇。一名看守对她说：

"喊报告！"

她没听见，她心里只有一个声音："你们不该骗我！"

"喊报告！"看守重复道。

她使劲咬住嘴唇，似乎在咬碎一个巨大的耻辱。

"喊报告！"看守终于失去耐心，对她吼道。

两滴硕大的泪从她脸上滚落，她低下了高昂着的头。

昔日座上宾，今日阶下囚。漫长的牢狱生活开始了。一日，院里水井旁出现了一个熟悉的身影。是他吗？她的心跳骤然加快。她奔到铁窗前，仔细看着他，他打完水转身时，一个可怕的现实被证实了：那是他，她的未婚夫。他显然挨了打。她一下子垮了，她不愿意这个老实忠厚的青年受自己牵连，她可以自己承受一切。后来她才知道，他拒绝交出她的日记。她被带走后，他把她的所有日记都烧了。他对她的忠心，更增加了她心中的不安。

为了表示对"四人帮"的痛恨，这座小县城把这位 28 岁的姑娘当作"四人帮"的代表，争相批判。当历史翻过这沉重的一页，当她被宣布无罪释放后，让她继续留在这座县城里，实在是太难为她了。

有人劝她回城，回到生她养她的城里去，母亲在等着她，温暖的家在等着她。

可他怎么办？那个陪她坐牢的青年让她割舍不下。

"算了，既没结婚也没登记，分手算啦。这不是你的错，是历史造成的，当初你们订婚也是为了社会需要。"

是的，如果是为了扎根农村，她不会找他。可是，事到如今，她无论如何不能背信弃义，否则，她一生都会良心不安。

她回到她的城市美丽的大连。一边在家休养，一边四处奔走。为了给自己和他找一个安身之地，哪怕把他安排在郊区也行啊。

然而，她失望了。没有人帮助她。

她只好回到那座县城去。她是母亲唯一的女儿，已经为女儿操碎了心的母亲多么舍不得让女儿再次回去。她对女儿说："我本来想让你自己先回来，可是我知道，我们不能辜负人家啊！"

她带着一颗孤独破碎的心踏上了征途，回去结婚，在县城边上的一间平房里，她终于有了一个自己的家。

她累了，她想睡，如果能永远睡去该有多好。她想忘记过去，在记忆里抹去那可怕的一章。可是，生活在这座小县城里，过去的影子，无所不在，她躲避那条小路如同躲避瘟疫。

人生有高峰必有低谷，别人能把她从高峰摔入低谷，她就能从低谷攀向新的高峰。她要做生活的强者。

虽然已过 30 岁，她还是报考了电视大学，她考上了。她却无法启齿把这个喜讯告诉丈夫，这意味着他们三年不能要孩子。丈夫为她已经付出了很多，他的同龄人，孩子都上学了。那位憨厚的农民儿子对她笑笑说："考上就去念吧！"

学校离家远，她不会骑自行车，一位顺路的男同学每次都带她回家。这本是一件平常小事，那位男士的妻子却为此打上门来，大骂她勾引别人的男人。她气得大哭。她索性买辆自行车，从头学起。

大学是她生活中的又一座高峰，她一步一步向上攀登，无比艰辛。生活清贫、单调、乏味，远离家人，没有朋友，没有业余生活。夜幕降临时，这座被群山包围的小镇也睡着了。一种旷古的孤独感笼罩着她，似乎整个世界只剩下她孤零零一个人。

作为一个女人，她的孤寂化作对孩子的渴望。当她拿到电大中文专科毕业证书时，她急切地想怀个孩子。她已经 35 岁了。

虽然她出狱后，给她补发了工资，可是，她所失去的青春，她心灵所遭受的伤害是金钱所能补偿的吗？她没有时间，也没有能力计较这些，她带着累累创伤匆匆追赶着时代，追赶着生活。

然而，生活对她是太不友好了。当她千辛万苦，终于怀孕时，却流产了。

当她再次怀孕时，她立即到医院保胎。

临产前，丈夫送她回大连娘家坐月子。到沈阳转车时，她开始肚子痛，她不知道这是产前阵痛，只想快些回家，坚持上车。她丈夫有点担心，问女列车员该怎么办？列车员说："你马上出站，叫一辆出租车送她到妇婴医院。"

在沈阳市妇婴医院登记住院时，她的阵痛加剧了，她感到恐惧，说："这可怎么办？我在这举目无亲，怎么办呢？"

一位年轻和善的护士念着她的名字问："你是不是当年的那个知青典型？"

她有力无气地点点头说："是。"

护士又惊又喜，说："你不要说什么举目无亲，我也是知识青年，一切由我来办。"

于是，她得到了最好的照料。这是10年来，她第一次因为过去的身份得到关照，这关照来自一位并不相识的普通的知识青年。

由于年龄大，生产不太顺利。她在产床上挣扎，汗水湿透了衣衫、头发，她用双手死死抓住床栏杆，想拼命忍住嚎叫却无法忍住。

她用完了全部力量，终于换来了一声啼哭，是儿子，是她生命的延续。

丈夫拍电报给她母亲，说孩子生在沈阳。这个多灾多难的女儿啊！老太太找东找西，想到沈阳去，赶巧二儿子回家来，说："还是我去吧，您到沈阳连医院都没法找。"二弟赶到沈阳，照料她几天，买了卧铺票，接她回大连。

那位护士替她包好孩子，一直送到门口。

如果人们都像这位护士那样有一颗仁爱之心，生活将会多么美好！

遗憾的是，人们太缺少爱心。尤其是对她，总是有失公平。她工作出色，该提拔却不予提拔，说她和"四人帮"有牵连；她电大毕业后想调到学校教书，却调不成，人人都不敢说行。她不明白，粉碎"四人帮"都10年了，为什么阴影还紧紧跟着她，她不过是一个知青典型而已，难道要为此背一辈子黑锅？

人的忍耐力是有限的，她一直忍、忍、忍了10年，她再也忍不住了。她给市长写了一封长信。诉说了心中的苦闷和不平。市长亲自给她打来电话，告诉她："过去的事情已经过去了。"在市长的干预下，她的工作调成了。她走上了梦寐以求的讲台，她的课受到学生的欢迎。

然而，那阴影并没有因为市长的一个电话就烟消云散，依然追随着她，让她摆脱不掉。

生活在这座小县城里，她可以躲开那条小路，躲开那盏昏暗的路灯，却无法躲开那无形的阴影。

也许她该换一个环境，可是谈何容易！

毕竟，她已经渡过了难关；

毕竟，她没有停下前行的脚步。

看不见的忠诚

发工资了，她从薄薄的工资袋里拿出一张最新的钞票放到那个盒子里，这是她的党费。自从出狱以后，她这样自己交党费已经8年了。她那颗对党忠诚的心即使被撕碎了，也片片都是忠诚。

15年前，她扎着两根短辫，穿着一双农田鞋，在沈阳机场登上当时中国最高级的三叉戟飞机，到北京去参加党的第十次代表大会。这是她第一次坐飞机。窗外，白云飘过，眼下，江山如画，她意识到自己真的在天上了。

在人民大会堂前10排的一个座位上，她见到了敬仰的毛泽东主席，泪水盈满了她的眼眶，扎根农村的决心更坚定了。

她是1968年首批上山下乡的知识青年。几年来，和她一起来的青年，有的招工回城了，有的当兵走了，有的上了大学，只有她，依然坚持在乡村。她热爱纯朴的乡村和纯朴的乡民，她不愿意离开自己洒过血汗的土地，并渴望用自己的劳动改变这里的落后面貌。

她是一个心诚的姑娘，一旦选定目标就决不回头。中国最高学府清华大学、北京大学招生，大家一致推荐她去，她竟然义无反顾地放弃了。多少人不理解她，多少人说她死心眼，她不在乎，依然抱着那根锄头，心甘情愿地修理她的地球。

她的事迹很快被团省委发现，《辽宁青年》率先发表了她的先进事迹和她的日记摘抄，并在封面刊登了她的彩色照片，照片非常成功。她蹲在地瓜地里，像演员一样富有魅力。虽然她本人又黑又瘦，但照片上的她却光彩照人。

随后，全省掀起了向她学习的热潮，她的名言被谱上曲到处传唱。在辽宁省众多的知识青年先进典型中，她理所当然地成为"一号种子选手"。

当时的团省委书记李素文亲自到青年点关心、询问她的个人问题，这是扎根农村的关键问题。她选择了青年点一位男青年作自己的终身伴侣，那位小伙子没想到大名鼎鼎的她会选中自己，十分感动，欣然同意。这种一开始就不平等的爱情关系为今后的变故埋下了危机。

1976 年是个多事之秋。在锦州市知识青年工作会议上；她和张铁生、柴春泽等一起向市委、市政府领导发难，质问他们自己的孩子为什么不下乡，为什么不扎根农村，其言辞之激烈，上纲上线之严重都达到了吓人的高度，这令领导干部们十分难堪。后来，这次会议被称作著名的"锦州事件"。

这也许是历史的惩罚，谁叫他们年纪轻轻，如此狂妄。然而，青年人犯错误，上帝都原谅……

10 月，粉碎"四人帮"，华国锋当了主席，举国欢呼。对华主席的歌颂与崇拜响彻神州。她却没有高呼拥护华主席的口号。

她痛苦地思索着她不该思索的问题：究竟是无产阶级司令部掌权了呢？还是修正主义上台了？华国锋是毛主席选定的接班人吗？

她傻乎乎地向党组织交了心。

于是，公开跳出来疯狂反对英明领袖华主席的罪名，就使她跳进黄河也洗不清了。

她也不想洗清自己，人们反复教育她要像信任毛主席那样信任华主席。她说："我做不到。我不能像信任毛主席那样信任华国锋。我是党员，我襟怀坦白，我不能说违心的话。等20年以后看吧。"

她可真死心眼，她的倔强加重了她的罪名。最终被戴上一副手铐送进监狱。

连续20天的批斗会，几乎折断了她的头，她的心却宁折不弯。她觉得自己是一个真正的共产党员。她完全进入了角色。

漫长的牢狱生活折磨着她瘦瘦的身躯，而她健全的神经系统却顽强地承受全部苦难，使她的精神没有垮掉。

牢房阴冷潮湿，她身下的草垫子用手一压都能挤出水来。在这样的地方住了3年，她的腿还能好吗？她觉得潮气已经浸透了身上的关节，她很快就要瘫痪了。

后来，所长通知她："你可以全天在外面放风，晒晒太阳，铣脸、洗衣服可以用热水。"

透过铁窗，她看到了一线光明。

太阳照在她身上，暖洋洋的。太阳真好，阳光的气息新鲜迷人，令她沉醉。她抬头仰望天空，蓝天白云让她回想起第一次坐飞机到北京开会的情景，那时候，她在人人羡慕的天上，如今，她在人人恐惧的地狱。高墙、电网、哨兵。真是天上人间，不可思议。

她始终不承认自己反党、反革命。错误，承认；罪，不承认，死不认罪。她坚信，总有一天，党会把事情搞清楚，党会看见她的忠诚的。虽然她身陷囹圄，但对党仍然一往情深。

终于，她出狱了。她又呼吸到自由的空气，可是，她却一无所有了。

那个她想和他终生相守的男朋友，没有向她道别，就和她分手了。这桩因政治而确定的婚姻，又因政治而消亡了。甚至没给她留下一丝安慰。这对于一个历尽坎坷、年已30岁的姑娘来说，是一个多么巨大的打击。但她却不怪他。

她回到家里，母亲、妹妹抱住她大放悲声，哭得死去活来，昏天暗地。在亲人们震天动地的哭声中，这位无比坚强的姑娘终于落泪了。几年的委屈和辛酸一股脑从她干涩的眼眶中滚落下来，浸透了她的脸颊，湿透了她的衣衫。

哭够了，眼泪流干了。母亲说："孩子，你回家来吧。"

她说："不！我还要回到农村去。我不能违背自己的誓言。"

别人的誓言是写在纸上的，她的誓言是刻在心上的。

她总是与众不同。

她又回到农村去了，回到她生死相依的土地上去了。她照旧去种她的花生，喂她的鸡，像过去一样做一个普通劳动者。

出于坐牢，她的党籍没有了，不知道丢失在什么地方，没有人宣布开除她的党籍，也没有人为她恢复党籍。她只好自己做了个盒子，每月往里交党费，一交就是8年。

华国锋被免职后，许多人劝她去找一找有关部门，"你的罪证不存在了，应该给你平反"。

她笑一笑说："不。我不去找，我等着。我相信党。"

直到1985年整党，有关方面才发现这个问题，来人找她了。

她怀着巨大的热望，听到了一句冷冷的建议："你退党吧。"

她立即火了："凭什么劝我退党？我哪点不够共产党员？"

来人走了，那个等了好几年才等来的人，什么也没办就走了。

如今，人们追求文凭、博士帽和出国签证。多少人为了出国，主动放弃了党籍，而她，还在苦苦地等待，如同一个痴情的情人。

出狱以后，有一个农村青年来找她，愿意和她共同生活。这倒出乎她的意料。他的信写得好极了:"我追求你不是为了谋取个人私利,而是为了温暖一颗受伤的心。"她相信了他的话,她突然感到自己累了,累极了。应该靠在树上歇一歇她疲惫不堪的身体,歇一歇她心力交瘁的灵魂了。

不久,他们在一间平房里默默地成亲了。

这间属于一个昔日风流人物的新房毫无喜庆色彩。唯一醒目的,是墙上的一幅字,是她用漂亮的隶书抄录的于谦的《石灰吟》:千锤万凿出深山,烈火焚烧若等闲;粉骨碎身浑不怕,要留清白在人间。她的清白,却做了那个时代的牺牲品。生活异常清贫,别人所有的家用电器及很多生活必需品,她都没有。她不羡慕别人,她安于清贫。工会把困难补助送到她家里,她不要。任别人,怎样劝说也不要,她吃苦吃惯了,觉得这样生活挺好。

婚后第二年,她生了个儿子。儿子带给她的喜悦是任何东西都无法代替的。如今,儿子已经6岁了。儿子是她生活中唯一值得欣慰的。那个当年让她感动得流泪的丈夫,带给她的却是无尽的折磨。他想通过她的关系,把自己的农村户口变成红本。她断然拒绝:"不行,不符合政策的事不能办。"他喊:"要你有什么用?什么事也办不成。"随手就打。

她躲,泪却往肚里流。小时候没挨过父母的打,上学没挨过教师的批评。就是在看守所3年,也没挨过打骂。嫁给他6年多,非打即骂。这苦向谁说呀?她不忍心告诉已经为她哭瞎了一只眼睛的母亲,也不能告诉对她真诚相帮的兄弟姐妹和朋友。她忍,忍受着她不该忍受的痛苦,她的忍耐力真是惊人。她把精力和热情都投入到工作中。

每天早晨,她匆匆忙忙赶到鸡场,喂鸡,除粪,干得十分欢畅。晚上,她带着一身臭汗和鸡粪味回到家中,洗洗涮涮,忙忙碌碌。

公公和他们住在一起，去年，没有生活着落的小叔子一家 4 口人
又投奔她来。她收留了他们，一家老少三辈 8 口人，挤住在一间半房
子里，全靠她那一份微薄的工资生活，每天吃高粱米，大白菜。这
些，她都没有怨言，最受不了的就是丈夫的打骂。孩子哭了打她。
饭没做好打他。孩子手碰破了，一看爸爸冲妈妈瞪眼睛，忙说："没
事，一点都不疼。"看着懂事的孩子，她的心无比酸楚。

"中国妇女都解放了，我为什么还没有解放!"她叹道。有人劝
她出去走走，哪怕不买东西，进城逛逛商店也好。她摇摇头，不去。
除了每年春节带孩子回家看望母亲，她哪儿都不去。她把自己封闭
在那片土地上，几乎与世断绝。朋友给她写信，她从不回信。她似
乎甘于寂寞。许多作家、记者千方百计找到她，要采访她，要写她
的命运，无论怎样的苦口婆心，她一概拒绝。

曾经沧海难为水。

唯一让她牵肠挂肚就是她的党籍，别的事她能放开，唯有这件
事她放不下，松不开。

每月发工资后的第一件事，就是交她的党费，她不知道还要交
多久，也许归期在望，也许遥遥无期。不论怎样，都动摇不了她的
信念和对党的忠心。她坚信党，总有一天会解决她的问题的。

主观上，她在封闭自己，难道她的心真的不需要呼应吗? 不!
当过去的老朋友突然出现在她的面前时，她惊喜万分，泪花点点。
一定拉住你的手不放，问这问那。告诉她，过去的知青典型们已经
和正在摆脱厄运，走向新的生活。她为大家感到欣慰。

可她自己却不想也无力改变自己的生活。她需要帮助，却从不
请求帮助，甚至拒绝帮助。

今天，社会已经变了，人也变了，为什么不走出家门，去看看
那个变得完全陌生的世界，然后去认识它，去拥抱它呢? 只有融汇

在时代的潮流中，才能摆脱过去的阴影，超越时代，超越自我。

可喜的是，1989 年开始的时候，她终于走了出来。她向家人、朋友、单位领导，叙说了家庭的苦恼，并在 1 月 4 日向法院起诉，提出离婚，受到大家的全力支持。走在回家的路上，一种解放的感觉充溢她的心中，家人劝她离婚后调回来，她同意了，但她坚持到农牧业单位工作，或养鸡，或喂猪，她说："那似乎是一个信念，必须坚持。"不论人们怎样劝说，她都不回头。

也许，她受的苦太多，平复心灵的创伤可能需要更长久的时间。但愿在她不惑之年，能够重新扬起她生活的风帆。

但愿，那个装着她 8 年党费，装着她一片忠心的小盒子能够早日找到归宿。

但愿，但愿。

尾 声

许多年以前，她们是普通人家的小女孩，她们喜欢路旁的野花，喜欢天上的白云，喜欢美丽的幻想。等她们长成少女，却被知识青年上山下乡运动所席卷，并且立在潮头，成为一代风流人物。

她们有自己辉煌的瞬间，但她们为此付出了惨重的代价。显赫的名声带给她们的是一连串的不幸。她们出名出怕了。当她们满身创伤，从人生的谷底爬起时，她们不想再度出名了。

我深深理解她们，所以没有写下她们的名字。了解那段历史的人，一眼就能看出她们是谁，那么，请不要打扰她们，她们需要的是帮助。

也许，她们的命运太坎坷，她们失去的要比得到的多得多。这是历史造成的悲剧，社会造成的悲剧，也是她们自身性格造成的悲剧。

然而，这悲剧绝不是她们人生故事的结局。当这个世界充满阳光的时候，我希望，她们周围的人能够向她们伸出友谊之手，帮助她们穿越人生的高峰低谷，完成这次艰难的行军。

　　凤凰涅槃。

　　苦难的灵魂必将获得新生。

张铁生出狱追踪

王冬梅

●41 岁——走出监狱大门 ● 来之不易的姻
缘 ● 她等他 15 年 ● 一颗温柔的女人心 ● 不敢多
看那束花 ● 初为人父 ● 开办饲料公司

> 她对我情重如山，从今后，我们要
> 相亲相爱，相依为命，手拉着手，一直
> 走到生命的尽头。
>
> ——男主人公

张铁生在经历了政治上的大起大落之后，一心想
默默无闻。

1991 年 10 月 16 日清晨，他就是抱着这种逃离尘
世的心境，走出凌源监狱的大门，重返尘世的。

当他重新呼吸到大自然的空气时，他已经 41 岁了。

站在监狱门口，他很想背靠电网高墙拍一张照片，
可惜，由于狱方在家人来接他之前一小时放他出来，
他出狱后的第一个愿望便没法实现。他跨出铁门没有
见到亲人，感到有点清冷，他向招待所走去，路上的
行人忙着赶路、上班，没有人注意他，也没有人认识
他。这一点很让他欣慰。时间过去得太久远了，他真
希望人们把他忘记了，不再知道他是谁。他渴望像山

野之人那样，过普通平常的日子，以让自己的心灵达到宁静致远的境界。他的这个愿望不久就被击得粉碎。无孔不入的记者们不让他安宁，尽管他一概拒绝采访，恳求记者们理解他的伤痛，不要再把他的名字刊登出去，不要唤醒人们痛苦的回忆，因为自己并没有什么光彩的历史。但是既然这些很难做到，他也就明白了，已经重返尘世，他就无法逃避尘世了，面对人间纷纭，唯一正确的选择只能是正视现实，而不是躲避。于是，尽管他不愿意回首往事，他还是开启了记忆的闸门。

来之不易的姻缘

张铁生出狱一小时后，驱车从兴城赶到凌源的家人，在招待所里找到了他。他的身体有些发福，头发还是那样黑，皱纹刻在他的脸上，但没有想象的那么多、多么深。

张铁生一眼就认出了董礼平，虽然 15 年未见，姑娘已不再年轻，但她此刻在张铁生的眼里却美若天仙。过去，董礼平是他的同学，现在，董礼平对他来说重于生命。他站起来，走上前去，紧紧地握住她的手，万语千言尽在不言中。他想起他们第一次见面的情景，1973 年 9 月，根据张铁生想学兽医或学水利的志愿，分配他去铁岭农学院牧医系学习。提前报到的同学听说和大名鼎鼎的张铁生一个班，异常高兴，都希望能接到他。而真正接到他的是董礼平，她热情地接过张铁生手中的提包，带他向站外走去。张铁生还记得，当时她的脸挺黑，牙齿很白，一眼便知也是从大田里走进课堂的知青，他问：“你是哪个班的？”

董礼平爽朗地说：“咱俩一个班，我昨天晚上就到了。”

“你二十几岁？属什么的？”张铁生又问。

“23 岁。属虎。”

“我也属虎，咱俩同岁。”

这以后，他们共同学习了3年，是很要好的朋友。毕业时，全班只有董礼平一人留校工作，所以，1976年12月，张铁生被押送回母校批斗后带走时，也只董礼平一人默默相送。在那个沉重的时刻，她多想上前去和昔日的老同学张铁生打个招呼，说几句宽慰的话，可是，她没有机会，也没有勇气。她只能在心里呼唤他的名字，祈祷他平安归来。

现在，他终于归来了。他向她走来，拉住了她的手，尽管她为此等待了5400多个日日夜夜，她毕竟等到了。

她含着泪笑了。

张铁生说：“如果世上真有缘分的话，我们俩的缘分就在那一接一送中。”

董礼平点点头，用妻子的口吻说：“走吧，咱们回家！”

这句话张铁生听得真真切切，他也有家了！他握住董礼平的手不放，他要永远拉着这双手，一生一世永不松开。对一个心灵受过重创的男人来说，医治的良药，就是一颗女人的心和她那双温柔的手。

张铁生出狱半个月后，迎来了他的41岁生日。11月4日这天，他当年的几位要好的同学（包括董礼平在内），为他举行了一个小型生日晚会，为他定做的生日蛋糕上写着：祝铁生41岁生日快乐！

张铁生被这深深的同学情谊感动了。半个月来，这些同学带他去登彩电塔，去卡拉OK歌舞厅，让他看一切新鲜的东西，体验所有全新的感受，为的是让他尽快适应外面的世界。面对飞速发展的社会，他觉得自己观念落后、反应迟钝，真是外面的世界很精彩，外面的世界很无奈！

这些同学当年因受他牵连而饱经磨难，有的甚至几年没有给分配工作。可是，他们并没有嫉恨他，他们仍是他的挚友。15年来，这些同学没有忘记他，他们多次去兴城看望他的母亲，替他尽一点孝心。

他举起酒杯，向大家敬一杯酒。他的胃病很重，不能喝酒，但是，这杯酒他一定要喝，这酒是和泪一起咽下去了。他说："你们对我的情谊，我没齿难忘！"

张铁生因此懂得了一个真理：比大海宽广的是天空，比天空宽广的是人的胸怀！

张铁生出狱后，董礼平与他步步相随，他很快就觉得离不开她了。他们本想悄悄地结婚，正如他们悄悄地相爱。可是，家里人坚决不同意，礼平等了你这么多年，悄没声地娶进门可不行。没用他俩插手，弟弟让出自己的一套两居室楼诚心诚意给他们做新房，用最快速度装修，花了上万元（这笔钱是父亲留下的遗产）。

12月22日，张铁生的婚礼在他弟弟刘铁山（张铁生本姓刘）承包的天鹅饭店举行。只有家人、亲戚和几位同学参加。沈阳来的一位女同学问："有没有录像？"

张铁生说："没有。"

"那不行，现在结婚都录像。"

于是，摄像师被请来了。

凌源劳改二支队的政委、大队长一行5人，千里迢迢从凌源赶到兴城，还带来一条毛毯做贺礼。他们特意都穿了便衣，政委解释说："我们是作为朋友来祝贺的。"他拍着张铁生的肩膀说："小董是个好姑娘，你千万要珍惜这来之不易的姻缘哪！"

张铁生说："你放心。我永远不会辜负她。"

婚礼开始了，张铁生第一次穿着西服、系着领带，站在身穿红毛衣的新娘子身旁。他郑重地说："我是一个坐过15年牢的人，由于我的原因，很多亲友受到牵连，你们身心遭受的损失，我无力偿还，只能在此向所有受我牵连的人表示我深深的歉意！"说着，他向众人三鞠躬，张铁生接着说："我的老同学董礼平给了我莫大的安慰和珍贵的爱情，她的高尚情操是我无法报答的，她对我情重如山，从今后，我们要相亲相爱，相依为命，手拉着手，一直走到生命的尽头。"

枣 山 乡 情

张铁生出狱后，有一种自卑感，他不愿意让人家知道他是谁。不知道，他就自由自在，知道了，他就不自然。他更不愿意回当年插队的枣山去，似乎无面目见江东父老。而枣山的父老乡亲却没有忘记他，听说他回来了，纷纷带着东西来看他。年岁大的老爷子让儿子用自行车带着走了20多里地，来看这位当年的知青、当年的队长。张铁生实在担当不过这份浓厚的乡情，只好带着董礼平回枣山去看乡亲们。

张铁生　进村，正碰上小程拿一把镰刀从山上下来。15年未见，小程姑娘明显见老，不过模样一点没变。她热情地把张铁生和董礼平拉到自己家里，张铁生见她家房子高大、设备齐全，两个孩子也都长大了，很高兴。

见到小程，张铁生必然想到他当年的未婚妻小侯。她们俩当时是好朋友。小程也必然要对张铁生谈起小侯，性格刚烈的小程含着泪说："她没等你，当初山盟海誓的。"

张铁生慨叹道："我不怪她，是我没让她等。"

小侯是还乡青年，比张铁生小两岁，在人品长相上，村里的姑娘没人能超过她。

张铁生上大学后，名声越来越大，小侯心里没底，便止步不前了。但张铁生并不是在感情上见异思迁的人，他依然一片真心地爱小侯，大学 3 年，他写给小侯的情书不断，并公开了他们的关系，也斩断了一些姑娘对他的情意，董礼平就是通过这件事才看重他的。

张铁生入狱后，小侯家悔婚，小侯坚决不同意，甚至从家里搬了出来。可是，她不知道张铁生在哪儿，也不知道他会怎样，来找她外调的人接连不断，赤脚医生也不让她干了，走到哪里背后都有人指指点点，痛苦时时刻刻撕咬着她的心，张铁生给她写了最后一封信，告诉她不要等了：我是没有指望的人，那块表留给你做个纪念吧。

小侯 26 岁时嫁给了城里的一位工人，丈夫对她很好。张铁生与董礼平结婚时，她曾想前去祝贺，却终究没有鼓足勇气。一个月后，她托人给张铁生送来一束花，写了一封信。张铁生百感交集，一个人握着那封信跑到海边。冬天的海边，静无人影，面向大海，张铁生足足站了 1 个小时，曾经经历过的情感是一辈子也忘不掉的。他不敢多看那束花，把花锁了起来。

张铁生出狱后，几个月没有工作。

当地政府把给他安排工作的事当作难题，一级一级往上交。张铁生生活无着落，妻子又怀孕，他堂堂七尺男儿不能长期靠妻子养活。经一位校友介绍，他来到另一位老校友开办的饲料公司任职，公司为解决他们夫妻两地生活的问题，特地安排他在沈阳建办事处。

目前，他对自己的工作很满意，他学农出身，搞饲料也算是专业对口。他不再迷信"铁饭碗"了，来办事处工作的两个研究生就是扔掉"铁饭碗"的，他们正在努力工作，要把手中的"泥饭碗"变成"金饭碗"。

初 为 人 父

1992年11月12日，42岁的张铁生陪着42岁的妻子到沈阳医大三院妇产科检查，预产期已经到了。非常喜爱孩子的张铁生多么盼望早日见到自己的孩子啊！

由于胎儿过大，董礼平接受剖腹产，当天生下了一个8斤8两的女孩。守候在分娩室外的张铁生听到婴儿的啼哭，异常激动，那一声响亮的啼哭，就是他人生命运交响曲的一个崭新乐章。他做爸爸了，他做梦也没想到，自己今生今世还能当父亲，他太高兴了。

当护士跑出来告诉他生了一个女孩时，他略为感到有些失望。倒不是因为他重男轻女，而是为了安慰盼孙子心切的父亲。张家的下一辈中已有5个女孩就缺一个孙子，老爹对他们寄予厚望，这下让老人失望了。

护士送孩子去婴儿室时，对这位中年得子的父亲格外关照："先抱抱你的女儿吧！"

张铁生伸手抱起自己的女儿，一种从未有过的柔情顿时充溢了他的心胸，他望着女儿的小鼻子小眼儿，看不够亲不够，神圣的父爱从他心头升起。他坐在那足足抱了1个小时，如果不是护士催促，他还不舍得放下。

中国人是最善良、最富于同情心的民族，张铁生赫赫有名时，老百姓可能并不买他的账，可是，当他落难后，人们就给他极大的同情和帮助，而且是完全不要求回报的援助。张铁生在兴城街头买油条时，卖油条的孩子不收他的钱，他问："为什么？"孩子回头看看父亲说："他告诉我不让收你的钱。"

出狱之后，不论办户口还是办结婚登记，所到之处，人们都很热情地给他提供方便。这次在医院里，他又一次感受到了来自普通人的帮助和爱护。这让张铁生感到，生活是多么美好！他无法用语言表达自己对生活、对人民的谢意。

孩子给这个家庭带来了无限生机，张铁生私下与董礼平合计，现在咱们得多挣点钱，为孩子，也为自己。因为我们老的时候，孩子还没有长大，我们必须依靠自己养老，我们也有责任为孩子的将来做一点储备。

正是基于这一点考虑，他才全力工作，不仅承包了办事处，还与同伴合伙开办了自己的饲料公司。

社会生活就像一条永不回头的河流，张铁生曾是河滩上一条搁浅的小船，现在，这条刚刚修复的小船又汇入了大河，向前航行。他不能对那块搁浅地频频回首，也没有时间去数走过的足迹。失去的时间太多了，他必须比同龄人付出更艰辛的努力，才能追赶上时代的脚步。

柴春泽其人其事

申　平

●公布家信，批判父亲●名扬全国，红极一时●天降大任于斯人●人乎？机器人乎●出访日本闹笑话●你是一只带领知识青年走向屠场的"头羊"●"带人上山打游击"事件●心上人批判心上人●爱情的信物●疑神疑鬼，神经兮兮●只有爱情能救他●他恨不得给她跪下来●重返农村●招工回城当电工●妻子鼓励他考上电大●走向新生活

> 没关系，我有工作，我能养活你，就是赶明儿不行，大不了咱俩一块去要饭。
>
> ——女主人公

第一章　"扎根信"出现的前前后后

时光退回到二十多年以前，在中国，1000 万知识青年正面临一个重大抉择：上山下乡。

柴春泽只不过是其中的一分子。

在下乡之前柴春泽在赤峰城里就有点小名气，他是原赤峰市（现红山区）"红代会"副主任兼六中红卫兵团团长，70 年代的红卫兵已属"末代红卫兵"，任务

不是造反而是维持各种秩序。柴春泽每天放学都带着伙伴们出现于各种公共场所，公安人员管不了的事情他们敢管，也能管，红卫兵的余威还真有几分震慑力！

但是却要下乡了，当时的盟委领导找到小将柴春泽，要他带个头，因为许多人说：柴春泽下乡我们就下。"行！"柴春泽说，马上就在校园里贴出大字报，表示要到最艰苦的地方去，按理他本可以到爸爸所在的赤峰郊区去，但他却毅然和同学们一道来到了翁牛特旗的玉田皋公社。

玉田皋人哪里知道，柴春泽这一来给他们带来了福，也带来了祸；柴春泽本人呢，也更不知道他这一来便是他人生悲喜剧的开始！

"英雄"出现需要契机。柴春泽的契机便是那封信。关于信的出现，现在人们大致有下述看法：1. 柴春泽有意识地把握了这一契机，因为在此之前出了一个因一封信走红全国的张铁生；2. 柴春泽天真、单纯，他受当时一些知青典型的影响，满脑子都是"革命理论"，一心要在农村干一番事业。眼中容不得半粒砂子，这一点可以从他在此之前批评父亲让他转点的另一封信上找到证明。在那封信中他教训父亲道："您是一个具有 27 年党龄的中国共产党党员，我建议您考虑一下您的意见是否符合党的利益。"3. 柴春泽迫不得已，他当时是大队团总支书记、青年点点长，并已入党，多次参加旗、盟、省团代会，讲用会，他每天都在向同学们宣传"扎根思想"，本人也向上级领导拍了胸脯。

柴春泽本人说：我接到父亲的来信，作为儿子，何尝不知道这是对我的关怀，我又何尝不想回到那温暖的城市，温暖的家中去呢？但是不行，同学们都在看着我。我下乡那天就曾代表知青在千人大会发言表决心，之后又曾返城 20 天以现身说法动员其他知青下乡，我半路当了逃兵，别说没资格当一名党员，简直没资格做人，我只能豁出去了，在农村扎根就扎根吧！

柴春泽的信最初"发表"在青年点的团员大会上。他所以要主动公布父亲的来信和自己的回信，原因有二：第一，他发觉已经有人偷偷拆看了父亲的来信，父亲的信当时封得很严，封口上还打了戳记，但这种"此地无银三百两"的做法恰恰引起了同学们的注意和猜疑。柴春泽公布信是为给大家一个回答。第二，作为团总支书记，他想借机对大家进行一次扎根教育。

柴春泽也许决不会料到他的这一做法不仅爆了颗原子弹，竟会在全中国引起那么强烈的震动，乃至于使他一下成为知识青年的"领袖"，成为带领千百万知识青年的"头羊"。

至今仍有人怀疑柴春泽的信发表时经过修改加工，实际上确无"捉刀"之人，写信前柴春泽曾去参加一个学习辽宁下乡知识青年吴献忠的座谈会，他在会上作为代表慷慨陈词，信的观点和许多话都是从发言稿上移植过去的。

柴春泽的信首先把青年点的几十名团员"镇"住了。在昏暗的灯光下，柴春泽以激昂的语调读着他的信，大家都惊呆了，屋内鸦雀无声。有个叫刘英的女同学心都跳到了嗓子眼儿，她心里在想：柴春泽肯定是疯了！公布家信，批判父亲，这太不可思议了。柴春泽的好朋友王忠等人却拍手叫好，冲柴春泽直喊："有种！""好样的！"牟景祥过去对柴春泽有意见，这会儿他却一下跳过来抓住柴春泽的手说："我算是服你了！"许多人当场决定也要给家里人写信，"决裂旧观念"。为取信大家，柴春泽特意把自己的回信交给团总支副书记、后来成了他妻子的刘立新，让她把信发走了。

如果事情到此打住，也不会有以后的许多麻烦，但不要忘记那是个需要典型也善于制造典型的年代。许多人的政治嗅觉都似乎格外敏感，能一眼看出一件事情的价值并能迅速推波助澜。自然，头脑清醒者也大有人在。如第一个帮助柴春泽整理事迹材料的翁牛特旗委宣传部干事黄峻云当时就告诉柴春泽："你就谈你是怎样学习毛主席著作，在农村广阔天地里苦干实干的。不要提那封信，这太伤中国人的传统心理。"上报材料时，翁旗领导也赞同这一观点。

在不久召开的昭乌达盟知识青年工作会议上，柴春泽的信还是被人"挖"出来了，参加会议的柴春泽按领导要求在会上宣读了父亲的来信和他给父亲的回信，大会郑重地发了简报。许多人都"英雄所见略同"；"如果能把这信发出去，肯定比张铁生的答卷还有意义！"于是，昭乌达盟革委会便开始考虑开展向柴春泽学习的活动。

首先是翁牛特旗革委会全体成员被连夜调到赤峰，集中学习讨论柴春泽的信，提高他们对信的认识。盟里领导质问他们：是你们先做决定还是我们先做决定？翁旗革委会没办法，立即起草并通过了《关于向知识青年柴春泽学习的决定》。此后没几天，《昭乌达报》便在一版显要位置全文发表了柴春泽的信。与此同时，新华社驻本地的记者也写了内参，把事情反映给了辽宁省领导和新华社，于是一场"大戏"便开始了！

1973年12月20日，《辽宁日报》在头版头条位置以《小将的挑战》为标题，全文发表了柴春泽给他父亲的回信，同时配发了评论员文章。仅仅相隔半个月，《人民日报》也在一版显要位置以《敢于同旧传统观念决裂的好青年》为题发表了柴春泽的信，并加了编者按。紧接着，全国27个省市自治区的党报纷纷转载，中央人民广播电台和各地人民广播电台也全文播发，中央人民广播电台接着还播放了柴春泽的讲话录音，北京电视台则播放了采访他的录像……在极短的时间内，知识青年柴春泽的名字疾风一样传遍了中国的大江南北，成为千百万青年的学习榜样和崇拜偶像。

西方世界很快就注意到这一现象，英国《泰晤士报》发表评论说："目前在北京，围绕着柴春泽正搞起一个小小的崇拜。他是一个公社的下乡青年，拒绝了父亲让他回城的要求……"

外国人的冷嘲热讽丝毫不会影响中国人的狂热。从 1973 年到 1976 年，中国的各种报刊对柴春泽进行了大量的连篇累牍的报道。他的日记、书信以及描写他的各类文章三天两头见诸报端和出版物，他的"彻底决裂旧观念，扎根农村 60 年"的口号被推广运用。他逐渐形成了一块巨石或是一堵高墙，堵住了知识青年们招工、升学、征兵等就业之路，使千百万人在一条道上胡乱拥挤，耗费青春。这一点，是柴春泽本人所始料未及的。

在那些岁月里，柴春泽每天都收到寄自全国各地的成十上百封信件，他自己看不过来，青年点上专门成立了一个处理信件小组替他看。这些信大部分是知识青年和中学生们写的，几乎每封信都以滚烫的语言表示向他学习，希望他能给予指点帮助，短短几年内柴春泽共收到这样的信件近万封。另外，全国各地来人来函请他去作报告的也接连不断，来采访他的记者排起了队。连柴春泽本人也不知道，曾给人作过多少场报告，听众有多少万人，又为多少人签过名，和多少人合过影。柴春泽红极一时，其知名度远远超过现在的电影明星和体育明星，无论他出现在哪里总会有人前呼后拥。

现在，柴春泽家的书柜里仍保留着当年那些信件。直到今天他也没能把这些信全部读完，更不可能知道这些信的作者如今都在何方。但柴春泽却一直感激他们，面对这些"历史文物"他经常反思、忏悔，觉得正是自己的疯狂才使许多人疯狂起来，谁知道他们之中有多少人被耽误了青春呢？

柴春泽最为牵挂的是湖北的张静，1976 年 3 月，这个直到现在也未和柴春泽见面的姑娘给柴春泽写信，向他提出了"共产主义离我们太远"，"怎样在农村扎根"等 6 个问题。柴春泽给她写了 6 封回信。这6封信经《辽宁日报》、《湖北日报》全文发表，又经《广西日报》、《光明日报》等转载，在全国再次掀起一个不大不小的学习热。此时的柴春泽也"疯"得很厉害，满篇都是阶级斗争。后来听说张静因此而受到牵连，曾得"甲状腺亢进"病。柴春泽为此而感到十分内疚，他经常在心中深深地呼唤：张静，你在哪里。

第二章　农村　出国及参加国宴

关于柴春泽的农村情况，过去曾有许多大块文章给予介绍，但那些文章往往带有夸张粉饰色彩，并未能真正反映柴春泽在农村的真实情况。

柴春泽下乡第一顿饭吃的是大米饭。这顿饭是在玉田皋公社吃的。公社书记高一对知青们说："我们这地方不产大米。听说你们来了，贫下中农特意买了大米给你吃。"这话深深地印在柴春泽的脑子里，那顿大米饭他也吃得格外香甜，这也许正是他后来率领玉田皋人种水稻的原始动力所在。

玉田皋大队的社员们确实欢迎知识青年的到来，但他们却也实在找不到像样的房子给青年们住，第五生产队好不容易把过去的大车店腾出一间来，柴春泽等人便在这里安了家。

房子老了，四壁透风。门对着炕，就更加寒冷。炕是烧热了，但头上却寒风飕飕，没办法，他们只好戴上狗皮帽子睡觉。早上醒来，柴春泽看见王忠的眉毛胡子上全挂了霜，忍不住想笑，王忠倒先指着他笑起来："你咋成白胡子老道了！"大家冻得嘁哈哈地穿上衣服，都说这农村的天气怎么格外冷呢？

新的生活就这样开始了！

他们开始自己动手整饭吃。队里给的粮食是玉米面、棒子渣，好歹糊弄一口，便去队里铡草。细嫩嫩的手翻动着冰冷坚硬的谷草，一会就冻得钻心地疼，但柴春泽忍着，一点也不露声色，手指划破了也不吭一声。老乡见了，不由赞道："没想到小青年还挺有钳子（毅力）！"于是柴春泽一开始便给社员们留下了好印象：这小子还真挺能干。

条件是越来越艰苦了。开始早晚还能吃上咸菜——盐泡黄豆，后来干脆只有盐水，实在熬不住了，就剥几棵冻得硬邦邦的大葱蘸酱吃。柴春泽严重的胃病就是这样坐下的。

青年点也有欢乐的时候。柴春泽印象最深的是那年春天他吃上了肉：王忠他们从野外挖来几只"瞎地羊"，在火上烧了，给柴春泽留了一块，嘿，真香啊！

柴春泽的耐力和吃苦精神的确不错，劳动、生活等五关他都顺利地闯过来了。

如果没有那封信，他自然不会名扬全国，但他起码也能声震一方，老百姓最信赖的就是能干肯吃苦的人。

1973年6月，柴春泽入党；9月，即他给父亲的信发出不久，他担任大队党支部副书记；12月，担任玉田皋公社党委副书记，随即兼任玉田皋大队党支部书记。政治上如此迅速的升迁在那个年代并不罕见，而这一切，自然得力于他的那封信和他在玉田皋的群众基础。

天降大任于斯人，21岁的柴春泽每天夜里都在灯下刻苦攻读马列、毛主席著作，伟人们的教导使他懂得应该怎样谦虚谨慎，和群众打成一片。

在知识青年点，柴春泽曾把大伙给他留的一碗饺子倒进粥锅里搅匀，和大家共同分享。

在玉田水利建设工地上，柴春泽几次累得昏倒，别的干部见他身体差，授意厨师给他炒了一碗羊肉，他看见社员们都在吃咸菜，便盛了一碗高粱米饭凑在社员堆中。柴春泽当了公社副书记，但他坚持不挣工资挣工分，并且从来也没跟大队算过账。按规定，他每月有 15 元钱补贴，他也一次没领过，而统统把它批给了各村困难户。

柴春泽确实在用行动塑造自己的形象！

然而，时势在制造英雄的时候也同时在改变英雄，柴春泽也不能超越时代。随着极"左"风日盛，他的思想也日趋僵化。他说话、想问题、写日记满篇都是革命口号和豪言壮语。从写了那封信后，他和家里人的关系似乎一下子变成了政治关系。无论是给爸妈写信，还是给弟妹写信，封封都带有强烈的政治色彩。他回赤峰开会办事，居然多次过家门而不入。妈妈想儿子，听说他回来了，满街追着看他都看不着，柴春泽似乎成了一个没有感情的机器人。

1975 年 3 月，历史赋予柴春泽一个机会，随中国青年代表团东渡日本去访问。

用现在的观点看，这本是一个开阔视野的绝好机会，但柴春泽在访问中除发现了资本主义腐朽性，意识到世界革命的艰巨性，中国青年责任的重大性以外，别的居然一无所获。

临行前，代表团在北京进行了 18 天的集中学习。当时的中央政治局候补委员吴桂贤和中联部部长耿飚接见了全体成员。介绍到柴春泽时，耿飚停了下来，握住他的手问："哦？你就是柴春泽，你父亲同意你留在农村了吗？"

"他同意了。他写信支持了我。"

"好！"耿飚高兴地说，"这就好嘛！现在你是名人喽，日本人也知道你，不要紧张，你看他们是外国人，他们看你也是外国人。"

柴春泽连连点头。

踏上异国的土地，柴春泽的心怦然跳动。他无论怎样也抑制不住好奇心，一双眼睛好像不够使的。但很快他就强迫自己镇定下来：

当心，这可是资本主义世界啊！

日本人民是友好的，他们热情欢迎中国青年代表团的到来。从3月14日到4月4日，代表团先后访问了东京、新奈良、高知、香川、静冈、山梨等地，参加各种座谈会22次，大小宴会11次，参观工厂、农村、学校36处，历时21天。

日本人果然知道柴春泽的大名。在山梨县日本青协本部组织了一次有300人参加的报告会，请柴春泽发表演讲。在翻译的帮助下，柴春泽旧话重提，大讲青年人应怎样扎根农村，又讲他怎样批驳父亲的观点。但日本人反应冷淡，《山梨县报》也只报了一句话："柴先生认为中国应以农业为基础，日本青年也有同感。"原来，在日本，儿子反对父亲的观点极为正常。

但柴春泽仍处处谨言慎行，唯恐自己的言行会给国际共产主义事业造成损失，他的使命感的确太强烈了。同时，他的无知和幼稚也显而易见。

3月18日，柴春泽一行参观日本石油化工厂，他发现厂里的工人穿着相当讲究、整洁，他立刻对翻译白易兰说："这肯定是日本人提前安排的。目的是不让我们了解日本工人的真实情况。"白易兰解释说："这是日本现代化的工厂，这里的一切都是真实可信的。"柴春泽不由暗自震惊：他们竟会这么发达么？外国工人不是生活在水深火热之中么？他惶惑了。表面却故意表现得一切毫不在乎。

3月20日，日方安排中国青年代表团去参观日本的海底工程。柴春泽自然又是一番惊讶。但当记者要他谈感想时，他却说："我们中国地域辽阔，根本不需要什么海底工程。"

在日本一些名胜地区，柴春泽也不止一次为异国的旖旎风光所倾倒。但日本人要他谈体会他却一语双关地说："你们这里风景虽好，但却有雾有烟；我们那里的风景却没烟没雾，如果你们这里没烟没雾就好了。"日本人连连点头："嗨！以后我们一定去中国参观。"

访问结束，柴春泽带着一种解脱感回到祖国，回到赤峰。盟团委、民委的一些同志特地到车站去接他。柴春泽给大家带回来的礼物是一些日本茶叶。他在拿给大家的同时却一本正经地说："这茶叶虽是资本主义生产的，但都是日本农民种的，喝吧，没关系。"此话后来一直被人传为笑谈。

柴春泽给青年点的男女同学也带回了礼物，男同学是一双筷子，女同学是每人一条红纱巾。当他重新站在玉田皋的土地上，把眼前的景象和日本农村的现状进行对比时，感到差距实在不小。干！我就不信比不上你们小日本。这年，柴春泽为玉田皋人做下了一件功德无量的事情：在这里试种水稻。

玉田皋，蒙语意为"水边的高地"。这地方地处红山水库下游，地势低洼，盐碱，种旱田十年九不收，老百姓穷得屁股上挂铃铛——叮当响。柴春泽突发奇想：能不能在这盐碱滩上种水稻。他被自己这念头烧得坐不住了。

可他们只在电影上见过稻子，咱这地方还能长那玩意？他们纷纷摇头摆手，说柴春泽做梦娶媳妇想得美。最后还是已升为大队党支部副书记的刘立新支持了他。她在自己蹲点的五队拨出 100 亩地。

秋天，100 亩漫撒籽居然收成了！玉田皋人欢呼雀跃，连多年没出屋的老太太也跑来看稀罕："哟，咱这地方还真出大米啦！"

柴春泽此举的确给玉田皋人带来巨大福利，直到现在他们也念念不忘知识青年柴春泽给他们带来的这一巨大好处。

是年 9 月，柴春泽应邀参加全国农业学大寨会议。在会上，他结识了邢燕子、朱克家、程有志、薛喜梅等另外 11 名知识青年。12 人相聚，格外亲热。经商量，决定由朱克家和柴春泽一起执笔写一封给党中央、毛主席的信。当时主持中央工作的邓小平同志看了这封信后批示："建议全文或摘要发表，以鼓励下乡知识青年。"毛主席也看了信。他批道："应发表，可惜此次来人太少，下次应多来些。"12 青年的信很快在《人民日报》一版发表并经各地报刊转载，再次在全国产生轰动，柴春泽的名字由此更加响亮。

那次学大寨会议由昔阳开到北京。9 月 30 日，柴春泽和其他知青一块接到了周恩来总理的请柬，请他们出席在人民大会堂宴会厅举行的庆祝中华人民共和国成立 26 周年招待会。

出席国宴，多么巨大的荣誉！柴春泽随着人流步入大会堂宴会厅，找到了自己的位置。此刻他的全身都充满了庄严自豪感，人们忽然都站起来，热烈鼓掌，原来是邓小平与党和国家其他领导人出现了。柴春泽也跟着热烈鼓掌，巴掌都拍红了。

宴会结束，柴春泽回到宾馆，整整一宿都沉浸在激动之中。他回忆着宴会上的每一个细节，回忆着邓小平同志的国庆讲话，感到身上充满了力量。他不时坐起身，摸一摸自己的挎包。因为那里面装着两样"宝贝"：虎头山上的一包土和一个大梨。这梨是陈永贵和郭凤莲同志给他的，他舍不得吃，已随身带了快 20 天，他心里在盘算回去后怎样用这两样东西打开局面，把玉田皋也变成大寨。

柴春泽果然把这两样"法宝"派了用场。在大队干部会议上，柴春泽把那已烂了一块的梨小心翼翼切成了 11 片儿，请大家都尝尝大寨梨的滋味儿。干部们有的吃得很激动，有的吃得很勉强。因为按着农村的习惯，梨子是不能分吃的。现在 11 个人同吃一个梨，那么这些人中究竟是谁要"离"开呢？

那包土柴春泽把它作为礼物送给了一对新人，授土仪式极其庄严、隆重。柴春泽在人家的新房里郑重其事地说："我用虎头山上的土来祝贺你们的婚礼，希望你们像大寨的青年人一样，为玉田皋变大寨出力流汗！"

　　一对新人连连点头："谢谢你，柴书记！"

　　但新人的亲友们却暗暗撇嘴，这个柴书记怎么用包土来糊弄我们哩？难道是在笑话我们太土气么？唉唉！

　　但柴春泽却毫无察觉。

　　1976 年 5 月，已开始发高烧的柴春泽收到一封来自湖北省通城县墨烟公社平山学校的信，该校教师汤明大在信中对柴春泽当头一棒："你每天过闹市，进华堂，一举成名天下知，你是一只带领知识青年走向屠场的'头羊'。请你立刻悬崖勒马。"汤明大的信除对共产主义的怀疑指责以外，应该说不乏理智和清醒。而且一封私人信件也没有什么值得大惊小怪，但此时的柴春泽还有他的周围的人已听不得任何反面意见。他们立刻把此信当成重大"阶级斗争问题"上报，并把汤明大的信打印散发，当成靶子组织批判。这样一来汤明大便倒了霉：他的信经辽宁省委转至湖北省委，很快，连名字也不知改一下的汤明大银铛入狱，成为"反革命分子"。

　　此后不久，柴春泽又收到一封来自哈尔滨的匿名信。信显然出自一个知识青年之手，他（她）在信中说"你知道你们做下了多大罪恶，全国下乡青年处在水深火热之中。照这样下去中国的将来是多么可怕，后代断绝……请你不要总带这个头，19 名知青（指柴春泽、邢燕子、吴献忠等）代表不了全国青年。"

　　这封信写得言真意切。如果柴春泽当时能够冷静下来想想自己是否已进入"绝对化"的泥潭的话，那事情就会好得多，但他们照例把它当成"又一封向我们挑战的黑信"来处理，在打印散发时还加了"编者按"："写信人害怕阳光，不敢署名，兔子的怯懦，狐狸的狡猾，狼的凶狠。是人类的败类，社会的渣滓，前进路上的绊脚石，帝修反的走卒……"幸亏那人没署名，否则必然成为"汤明大第二"。

第三章 铁 窗 生 涯

1976 年，红得发紫的柴春泽开始走下坡路。

前半年，他还在干正经事。他给玉田皋人带来的好处充分显示出来：因为有他这个典型在，上级就来重点扶植。为解决种水稻引水的问题，辽宁省政府一次就拨款 10 万元，又从大洼县请来水稻技术员指导当地农民种水稻。玉田皋的稻田一下扩大到 1700 亩，而且重新规划平整了土地，建立了林网，柴春泽的特殊地位使他一诺千金，一呼百应。

7 月，柴春泽和公社书记黄珍一道送大洼县的技术员回家，他没想到由此一下子卷入到许许多多的是非中去。

他在大洼一下车，立刻便有人来接站。锦州知青办的人早已为他排满了日程，要他到各县去作报告。柴春泽虽仓促上阵，但此时他作起报告来已轻车熟路，不用拿稿也能口若悬河。这时候"四人帮"正在进行灭亡前的猖狂一跳，"批邓、反击右倾翻案风"搞得正凶。肉眼凡胎的柴春泽当然不知道这是阴谋，也人云亦云地"向复辟的罪魁祸首猛烈开火"，全然忘了邓小平同志也曾支持过他们的信。

在锦州市，柴春泽参与了向锦州市委发难的活动。由几个知青典型带头，闹得锦州市委难以工作，直到唐山发生了地震才鸣金收兵。柴春泽当然意识不到此时他正在走向极端，而走向极端恰恰是走向反面的开始。

此后的几个月中，柴春泽把心思全放到阶级斗争上。特别在辽宁省知识青年座谈会上提出知青要和走资派斗争的口号后，柴春泽接二连三发表这方面的言论，"点火放炮"，他不止一次傲慢地质问一些地区领导："走资派还在走，你走没走?"实际上，他此时已自觉不自觉地成了一块打人的"石头"，被"四人帮"在辽宁的亲信挥来舞去。

1976 年 9 月，毛泽东主席与世长辞。

柴春泽痛不欲生，更感"重任在肩"。他密切注意着时局的发展，仿佛只有他和那些典型们才能挽救国家危亡。

过去有消息说："毛泽东主席逝世后，悲痛欲绝的柴春泽做出一项有失理智的决定：命令执枪民兵排赶赴公社，在广播站，邮电所门前站岗，严密监视阶级斗争新动向。"

真实情况并非如此。第一，让执枪民兵排站岗并不是柴春泽的主意，而是另一位不当干部当农民的典型——玉田皋大队副书记周忠民安排的。第二，柴春泽此时根本没有丧失理智。他的目光正注视着更大的方面。他把《告全党、全军和全国人民书》反复读了几遍，立刻从字缝里发现了"方向路线"问题：为什么文中没有谈到"搞清楚资产阶级就在共产党内，走资派还在走的问题? 为什么不号召人民继续和党内走资派作斗争"? 敏锐的政治感觉使他意识到：中央有可能要出事，至少要出"修正主义"。

"历史责任感"使他坐卧不安，于是他又想到了写信。信，这曾使他名扬四海的东西，这次却给他带来了灾难。他给中共辽宁省委并转党中央的信措辞激烈，俨然成了正义力量的代表者。同时他给张铁生等人写信联络："要瞪大眼睛看着，保持清醒的头脑，注意有谁要当党内资产阶级的援助人物，继承历次修正主义路线头子的衣钵。"

然而，导致柴春泽被隔离审查最终被捕入狱的直接原因是他要"带人上山打游击"。

经后来查实，所谓"做旗、发枪、拉队伍上山"完全是一场误会，或者说是内讧制造出的虚幻新闻。

周忠民原来是解放军某部的一名排长，系干部子弟。1976 年初，他说什么也要"决裂旧观念"放弃复员回城而申请到柴春泽所在的玉田皋当农民。部队和地方支持了他，披红戴花把他送了来，使他一夜之间成了新闻人物。来后不久，他就担任了大队支部副书记，并被选到公社来"倒蹲点"。这个年轻人偏执、狂热，一心要弄出点名堂震动全国。他对抓走资派最感兴趣，经观察发现公社书记黄珍正是"唯生产力论"的典型代表，他多次找柴春泽建议揪出黄珍，但柴春泽说什么也不同意。这使周忠民大为恼火，多次向上级反映柴春泽是"口头革命派"，"和走资派打得火热"，但因柴春泽的地位比他高，名气远比他大，使他奈何不了柴春泽。

毛主席一逝世，周忠民认为时机来了，他未经请示便调来玉田皋大队的执枪民兵排到处设岗，并把自己来时戴在胸前的大红绸花拆开连夜做成一面旗帜，上绣"长征创业队"字样，提出要和党内走资派"血战到底"，"重上井冈山，重走长征路"。

黄珍自然也不能束手待毙。他火速赶到盟委，反映说玉田皋有的小青年在做旗，要拉队伍上山。他绝没有想到柴春泽和周忠民本是一根绳上拴的两个蚂蚱，这个被擒，那个也逃不脱。再加上张铁生在辽宁大发议论，要请柴春泽等人去座谈，这样，一粉碎"四人帮"，柴春泽也就在劫难逃。

对柴春泽的审查是 1976 年 12 月开始的，先在翁牛特旗经济林场给他办学习班。起初，大家还都对他客客气气的，其间玉田皋的社员还特地给他送过一次大米，告诉他今年的水稻丰收了。柴春泽让伙房把大米都做了，和经济林场的职工一块吃。大家都说："若不是给你办班我们还吃不上本地大米呢。"后来就有点紧张，人人都不敢往他跟前凑，怕"沾了包"。过年了，林场职工都回了家，剩下个柴春泽无法安排，林场的正副场长便都拉他去自家过年，柴春泽怕连累人家，怎么也不肯去。他先藏在院子里，后来又反锁上门，趴在炕沿底下。两个场长找不见他，急得到处乱喊，柴春泽只好出来。当他从两位场长手中接过两饭盒热乎乎的饺子时，他确信自己不会有多大问题，党是会公正对待他的。

1977 年 3 月，柴春泽到翁牛旗粮食局接受隔离审查，每天写交代材料，有 6 个人轮流看管着他。

1978 年 4 月 29 日，柴春泽被捕入狱。

一切都如在梦中，直到看见眼前的 6 个秃脑袋"狱友"，柴春泽才确信一切都已无可挽回。

最让他痛心的是竟宣布将他开除出党，这简直如十八磅大锤砸在他的心上，抓他铐他他没怕，判他个什么刑他也没想过，但开除他的党籍他却发抖了，他的心在汩汩流血。党啊，难道你真的不要我了么？在监狱的茫茫黑夜之中，柴春泽简直要喊出声来。柴春泽开始了铁窗生涯。

他向监狱提了第一个要求："我要书。"第二个要求："我要看报。"第一个要求很快得到满足。柴春泽手捧马恩列斯毛的著作，借着狱中昏暗的灯光开始第二遍通读。《世界通史》和《中国通史》是第一次阅读，因此学习得格外仔细。刘少奇、邓小平、陈毅等人的著作是第一次读到，使他眼界大开。想写笔记，想往书上划道，却没有纸和笔。监狱里每月每人只发一大张手纸，这成了柴春泽的宝贝。他还用洗衣粉向其他人换纸。乘外出干活的机会，他悄悄捡来一小块铁皮和一个废弃的印台盒，把铁皮剪成笔尖样的片，安在棍上便成了笔。往印台盒里倒上水搅，就成了"墨水"。有时用牙膏皮对付一气。就这样柴春泽利用在监狱的一年多时间里，读书几十卷，写下心得笔记十几万字。同时他还给自己规定：每天要学会一个生字，并用线和纸自制的算盘，向一个犯了贪污罪的会计请教珠算。

监狱里每天吃两顿玉米面糊糊，每一开饭大家的眼都瞪得出血，狱头把粥盛好，让大家背过脸去，自己说要第几碗就给你第几碗，可算够公平了。就这还经常有人打起来。人在监狱里就像一群狼一样。沾在粥盆上的粥巴也是好的，经激烈争斗才确定由大家轮流用手指刮。这日轮到柴春泽，他说："我不刮，下一个刮吧！"以后每轮到他，他都这么做，没想到就这样一个小小的举动，便把那些罪犯感动得五体投地，纷纷跷起大拇指说："你真了不起，不愧是典型！"

被押回玉田皋游斗成了柴春泽监狱生活中难以忘怀的日子。有趣的是押解他的汽车上装满了玉米，那是为了在玉田皋换大米的。早已派人通告过了，人们都聚在村头，想看一看柴春泽成什么样了。但当汽车真的出现在他们的视野里，又不忍心看了。他们有的散了，有的则背过脸去抹眼泪，他们实在找不出痛恨柴春泽的理由来，最后只剩下些小学生看热闹了。

游斗的队伍来到公社，召开了批判大会，发言的人竟是刘立新。已是公社副书记的刘立新故作姿态地念着发言稿，内心却如刀剜火燎。柴春泽可是她的心上人啊！但柴春泽心里却很高兴，因为他知道，既然还能让刘立新发言，就证明她并没受自己的牵连而"进去"。立新，你批吧，多批一会吧，我太想看看大伙，太想听听你的声音了。

游斗结束，大家都去公社食堂吃饭，伙夫给柴春泽满满盛上一碗米饭，又在他眼前放上一碗炖猪肉，轻声说："吃吧！"柴春泽望着碗里自己亲自带人种出的大米，想想当初下乡时也是在公社食堂吃的大米饭，他再也控制不住感情，禁不住哭出声来，大颗大颗的泪珠纷纷洒落在米饭上。看管他的战士立刻吼起来："柴春泽，你哭什么？快吃饭！"他怎么会理解柴春泽这个时候的心情呢？

押送车往回返了，来时装的玉米已变成了大米，而且公社党委特意给柴春泽带上了毡子、被褥、枕头。柴春泽坐在车上，心情无比激动。他再次感受到了一种温暖。

监狱生活是漫长的。闲下来时，柴春泽最惦念的便是父亲。现在他为自己过去的行为而深为忏悔。且不说那封信不该那样写，就是自己后来的许多做法也都伤害了老人的心。居高临下，动辄训人，把亲人间的关系完全政治化，自己似乎不食人间烟火，这难道也叫决裂旧观念么？爸爸，你能原谅儿子么？

有一天，妈妈来监狱看望柴春泽。看守怕他们说什么"反动话"，便在一旁监视着，而且只给5分钟时间。"妈，我爸爸的眼睛怎么样了？治好了吗？"柴春泽迫不及待地问，见妈妈点点头，他紧着又问；"妈，你听说玉田皋的水稻怎么样了？又扩大面积了吗？"身在赤峰城区的妈妈怎么知道这些呢？她望着儿子蜡黄的面庞，泣不成声。春泽呀，到这时候了你怎么还想着这个呀！看守听到柴春泽的问话，也忍不住热泪盈眶。他急忙起身走了出去，从此对柴春泽的态度大变，有时还偷偷拿来馒头给他吃。

1979年12月13日，柴春泽终生难忘。

他正在监狱里看报，忽然铁门打开了。"012号！"在喊他。"到！""搬行李！"柴春泽以为又要换号，便问："往哪儿搬！""搬出去！"但柴春泽却没有听懂这句话，稀里糊涂跟人家来到一间屋子里。只见两位公安干部正在等他。他们开始向他宣读材料，柴春泽一句没听懂。只有最后一句他听明白了："根据党的政策，决定对柴春泽无罪释放！"

柴春泽感到脑子嗡的一声涨大了！盼星星盼月亮地盼着这一天，奇怪的是放他比宣布逮捕他给人的刺激还大，他愣愣的站在那里，直瞪着眼睛说不出一句话。

的确，柴春泽虽在狱中获准看报，但他并不完全清楚外部世界发生的巨大变化。十一届三中全会"解放思想，实事求是，团结一致向前看"的路线使得祖国政通人和，许多问题正在重新认识、处理。年初，胡耀邦同志接见了邢燕子等知识青年。接着，各省也都在寻找当年的知青典型。在内蒙党委召开的一次扩大会议上，有的领导问昭盟的代表："现在柴春泽在哪里？"回答说："在监狱。""为什么在监狱？""因为是新生的反革命分子！""你们认为他够不够？""不够！""那为什么不可以放人呢？""我们不敢放。抓他是当时的辽宁省决定的。""那好！内蒙党委现在决定放！……"

见柴春泽傻傻地站着，两位干部又亲切地说："小柴同志，你以后有事情可以找翁旗纪律检查委员会，他们会帮助你的。"

啊！"同志！"多么遥远而又亲切的称呼。"纪律检查委员会"，这可是党的机关呀！柴春泽心里一阵惊喜，热泪夺眶而出。

中午，两位公安干部陪柴春泽吃饭。柴春泽习惯地靠墙站着，不敢坐。被强拉着坐下又不敢吃东西。白面烙饼多么诱人，已经多久没吃到了？但他只吃了半张，便说吃饱了，汽车载着他驶向赤峰——那个距翁牛特旗仅有 180 华里但对他来说却是无比遥远的地方。

在西大桥，柴春泽下了车，这里离他家不到一华里，但柴春泽歇了四歇。这一切难道是真的吗？

第四章　神　圣　的　爱

19 个月的监狱生活，使柴春泽变得神经兮兮。听说他出狱了，第一个跑来看他的是刘立新。这个身材颀长，眉清目秀的回族姑娘，这几年一直把柴春泽挂在心上，打听着他的消息。

　　第一眼看到柴春泽，刘立新简直不相信自己的眼睛。他面色苍白，浮肿，脚穿没有鞋带的条绒鞋，下身是一条没有裤带的裤子，上身穿了件肮脏的黑棉袄，整个模样像个乞丐。最叫她吃惊的是柴春泽那双眼睛，并不是因为近视而变得无神，而是那里的光飘忽不定，恍恍惚惚。

　　刘立新哭了，伤心地哭了。

　　柴春泽看到刘立新，头脑中出现的第一个概念竟是：她是个党员，一定是组织部派来监视我的。他条件反射似地站起身，客客气气地说："你不要哭，你去对组织部说，我不反对党中央！"

　　刘立新哭得更厉害了。这哪里还是当年的柴春泽呀！

　　说起柴春泽和刘立新的罗曼史，那也是因为柴春泽父亲的一封家书引起的。

　　在柴春泽成为名人之后，父亲表面上不得不写信支持儿子"思想转变"，实际上，他还是想让儿子回到自己的身边来。在自己的矿上，他托人替儿子介绍了一个对象。女方政治条件好，人也漂亮，只要柴春泽同意，一结婚，他就当然可以理直气壮地离开农村了。这也是当父亲的为儿子苦心寻找的"下台阶"办法。

　　柴春泽当然看出了父亲的用意，他想：我必须要找一个和自己志同道合的姑娘，以绝了爸爸这份心思。谁行呢？他选中了刘立新。

　　他所以选中回族姑娘刘立新，除了她外表的端庄秀丽外，主要是因为他觉得这个女子颇有些不凡之处。

　　记得刚下乡不久的时候，队上缺一个放牛的人。壮劳力不让干，其他人不愿干，刘立新对队长说："我来干！"就这样她当了好长时间的女牛倌。

　　那回她做阑尾手术，当地无麻药，刘立新竟然硬挺着做了。老乡管这个叫"有钳子"，一时在当地传为佳话。

她沉稳大方，有修养，能团结人，最重要的是，她也早已向党组织坚决的表示：要扎根农村60年。没错，就是她！可怎么向她说呢？

一天，柴春泽和刘立新一块在公社开会，休息的时候，柴春泽勇敢地把刘立新叫到一间没人的办公室里，掏出爸爸的来信给她看了。

"立新，你对这信有什么看法？"

"这是你的家信，我有啥看法呢？"刘立新躲躲闪闪地回答。凭着姑娘特有的敏感，她意识到有件事情要发生了。

"立新，我想……请你帮个忙，你愿意吗？"

柴春泽使劲地说出这句反复推敲琢磨好的话，期待地望着刘立新。

两片红霞飞上了刘立新的面颊。姑娘家的矜持使她不能马上说行或不行。过去她对柴春泽有的只是钦佩和敬重，她好像还从来没有或说也不敢往别处想。可他却主动提出来了。这么突然，这么仓促，可真难死人啊！

许久，她终于低声说："春泽，这忙……我怕是帮不上啊！"

"为什么呢？"柴春泽心里一凉。

"你想，我是回族，你是汉族。这生活习惯……"

"没关系，"柴春泽爽快地说，"将来我随你，保证尊重你不就行了吗？"

"那……好吧！"

就这么简单，他们的终身就定下来了。

他们心照不宣地保持着秘密，但毕竟没有不透风的墙。柴春泽和刘立新搞对象的消息不胫而走。尤其是有位记者在报上写了一篇捕风捉影的文章后，舆论就更加强烈。这时刘立新已被提拔为公社党委副书记。为避免影响，公社书记黄珍特地让她到另一个大队去蹲点，这样，柴春泽他们平日连面也很少见了。

接着柴春泽便出了事儿。

刘立新不止一次地偷偷哭过。但表面上却装得若无其事。那回批判柴春泽，公社党委决定由她发言。她彻夜失眠，最后还是接受了任务。她相信柴春泽会理解她的。

在柴春泽入狱之后，刘立新作为玉田皋的最后一名老知青招工回城了，她走了，种种原因已使她不可能实践自己的诺言。

刘立新被分配到辽河工程局当了一名普通工人。有一回她和工人们一块到本溪关门山工地去施工。一下车便有人朝她指指点点："快看，那就是柴春泽的战友！"刘立新愤怒了，她猛地把腰一叉，高声向那些人说："我就是柴春泽的战友，怎么样！"

为帮助刘立新摆脱这种尴尬的局面，她的亲朋好友开始为她张罗对象。什么好条件的都有，但刘立新愣是一个没答应，她心里实在放不下柴春泽。

忽然有一个同学告诉他：柴春泽可能死了。不是自杀的就是病死的。刘立新心里咯噔一下，感到如雷轰顶。一连多日她吃不下饭，睡不着觉。她想知道确切消息，但都无人能够提供。这种事情又不好对家里人说，她只能憋在心里，憋出了病来，只好回家病休。病稍好，她终于拿定了一个主意：去探监。

刘立新背着家人来到监狱。她说："我要去探视柴春泽。"她全然没有注意看守们是以怎样惊诧的目光看她，她只管盯着所长的嘴，怕他说出那句要命的话来，谢天谢地，他没说，只是盘问道："你和他什么关系？""我是他的同学，朋友！"刘立新昂然答道："那么把东西拿来吧，我替你送去。"过了一会儿，所长拿出一张表来，刘立新一眼望见那上面歪歪斜斜地签着"柴春泽"三个字。刘立新心中一块石头落地，高兴得险些喊出声来，哦，他没死！

这一回刘立新并没有给柴春泽拿来多少东西。除几本书外，还有毛巾、香皂和一条印有荷花的手帕。在毛巾和手帕上，都有钢笔写着"立新"两个字。这是他们爱情生活中唯一的一个信物，直到今天，柴春泽仍然保留着它，因为他深深地知道它的价值，这分明是颗金子般赤诚的少女心啊！

此刻，看着柴春泽精神不正常，刘立新心急如焚。柴春泽的父母又去外地治病未归，眼前无人照料，刘立新毅然向自己的父母提出：让柴春泽到咱家住一段吧。不然，他就完了。好心的父母立刻同意了女儿的请求。刘立新开始一门心思照顾柴春泽。好的，端给他吃；爸爸和自己的衣料，做给他穿，柴春泽成了刘家的上等贵宾，但柴春泽仍然疑神疑鬼，给他倒碗水，他要端详半天才敢喝。

听人说，像柴春泽这种病，必须想办法分散他的注意力，让他从过去的事情中摆脱出来。刘立新便给他读小说，讲故事，和他谈论当前一些社会情况，变着法地逗他高兴。渐渐地，柴春泽的脸色由黄转红，不再总重复"我相信党、热爱党"那句话了。

这天，刘立新对柴春泽说："咱俩去看电影吧！"柴春泽点点头，他已有几年没看电影了。

电影院人来人往，柴春泽突然感到有点害怕，他身穿羊皮袄，戴着大口罩，生怕有人认出他来。电影开演了，他两眼紧盯着屏幕，脑子里却是一片空白，他总是觉得四面八方有人在对他指指点点。猛然，一个极熟悉的声音从后排飘入他的耳鼓，那人在对电影发表着评论，柴春泽却觉得矛头分明指向他。危险！他捅一捅身旁的刘立新，压低声音问："现在看电影允许中间退场子？"

"可以。"刘立新感到莫名其妙。

"那咱们走吧！"柴春泽用恳求的口气说。

刘立新只好陪着他出去。走在路上，柴春泽确信后面无人盯梢才说："我听见×××在咱们后排说话，他是不是在盯着咱们？"

刘立新苦笑道："那不过是声音像罢了。"

刘立新开始悄悄准备和柴春泽结婚。她意识到，现在只有神圣的爱情能救柴春泽。中国女性的柔肠使她毫不犹豫地决定：应该牺牲自己！当她向家人宣布这一决定时，却遭到一致反对，父母说："你们现在什么都没有，凭什么结婚呢？"刘立新平静地说："只要他不疯，就什么都有了！"

刘立新以报销药费为借口，悄悄到本溪关门山水库工地开了结婚介绍信，让柴春泽和他一块登记。

面对这样一个伟大的女性，柴春泽恨不得能给她跪下来。他说："立新，这不行呀。我一无党籍，二无工作，怎能拖累你呀！"

刘立新挺起身说："没关系，我有工作，我能养活你，就是赶明儿不行，大不了咱俩一块去要饭！"

"立新！"柴春泽把她紧紧地抱在怀里。

柴春泽和刘立新的婚礼却简单得不能再简单。他们在街道办事处开了一张证明，乘车到敖白旗他们的老领导黄珍家里去了一趟，就算是合法夫妻了。

他们的正式新房是借的一间地震棚，锅台连着炕，一对油漆剥落的旧木箱，两套行李，再加上锅碗瓢盆，这就是他们的全部家当了。但刘立新却毫无怨言，就在这个连屁股也转不开的防震棚内，她以火热的情和爱，温暖着柴春泽那颗饱受创伤的心。直到今天，柴春泽还念念不忘那座地震棚，他更不能忘记刘立新给予他的无限情和爱。他深情地对记者说："如果没有刘立新，很难设想有我的今天！"

第五章　旧梦重温

1979 年，全国知识青年大返城，刚出狱不久的柴春泽，却一心想着回玉田皋重温旧梦。

他忘不了自己"扎根农村 60 年"的誓言，在城市里他觉得活着不仗义，不硬气，老是听见周围有骂声。

在正式做出决定之前，他回了一趟玉田皋，柴春泽走进村子，热情的村民向他涌来。无论他走到哪里，都有大人孩子前呼后拥，请他到家里去吃饭的人排起了队，淳朴的乡亲们仍然记着他给大家带来的好处哇。

在走访中，有两件事给柴春泽的印象最深：有个韩氏老太太，70多岁了，眼睛不好，正用鸡蛋清子糊着躺在炕上。听说柴春泽来看她，她顾不得别人劝阻，一把把鸡蛋清抓开，红赤赤的眼睛望着柴春泽哭开了。她忘不了柴春泽照顾她亲戚家的 3 个孤儿，让他们到青年点吃住的事。当年的妇女队长殷桂英真心实意地对柴春泽说："春泽，你还到处跑啥？赶紧回去结婚，享几天清福得了！你在我们玉田皋可是一天福没享着哇！"

柴春泽一直在玉田皋待了 7 天，才恋恋不舍地离开那里。他对乡亲们说："我还会回来的。"

和刘立新结婚两个月后，柴春泽郑重其事地向已经怀孕的妻子提出："我还要下乡去，我不能待在城里吃闲饭！"

刘立新心里当然不同意，可她最清楚柴春泽的心思，为了不使他的精神再受刺激，她含泪点头答应了，并默默开始为丈夫准备行装。

柴春泽的亲朋好友听说他要再回乡下，都说他是疯了，傻了。他们纷纷来劝阻他，甚至给他出主意："你没工作，就去盟委大院去闹，去蹲着，像你这种情况，他们怎么也得安排！"

柴春泽却把头摇得像拨浪鼓："全中国都知道我发过的誓，我凭啥在城里泡工作？"

柴春泽毅然向昭乌达盟知青办提出重新下乡的申请，请他们允许自己重回玉田皋。知青办重新讨论柴春泽的申请，鉴于玉田皋的青年点已不复存在，翁牛特旗知青办把他安排到了广德宫公社青年点。这样1980年6月，柴春泽便作为全国最后一名下乡青年来到了广德宫，公社干部特意包了饺子为他接风，又找来南窑大队书记亲自做了交代。下午，大队书记陪他到了南窑。

正赶上小青年们在出砖，柴春泽二话没说，扔下兜子就干了起来。比柴春泽要小得多的知青们纷纷称赞："还是老大哥能干呀！""你这一来呀，我们的劲又鼓起来了。"大家一鼓作气出完了窑，当晚，专门给柴春泽召开了欢迎会，又特意安排他一个人住在一间宽敞明亮的大屋里。柴春泽注意到，屋子的墙壁上显然贴过批判他的标语，现在已被抹去了。

那是柴春泽重新下乡不久，他和社员们一块到山上打井，这地方打井三起三落，黄土和山石相杂的地质使打井速度极为缓慢。柴春泽坚决要求下井去，光着脚踩在冰凉的泥上，一滑又踩在尖利的石头上，还不时往下陷，那滋味真够人受的。

井的上方安了三脚架和滑轮，绳子的一头系着大筐，用一头骡子往外一筐筐地拉泥石。又一大筐泥石上去了，柴春泽正站在井口的中央，他想挪一挪，但两脚却被泥水噗住动弹不得。也正在这时，上面发生了危险，拉筐的骡子不知怎么受了惊，猛力一挣，将绳子挣断，一大筐泥石就那么劈头盖脸砸下去！

"快闪开！"井上井下喊成了一片，但柴春泽身子一晃陷得更深，他闭了眼睛，心想这下完了，自己这辈子死在农村也值了。然而奇迹却发生了，那筐泥石如天女散花般落下来，纷纷打在或嵌入柴春泽周围的泥里，只有一小块石头贴着他的肩膀擦过，划破了一块皮，有惊无险，大难不死！

日子一天天地过去了。闲下来，柴春泽无比思念孤身住在地震棚里的妻子。他在给妻子的信中写道："立新啊，我的心也是肉长的，咱们刚结婚不到三个月，父亲的身体又不太好，我怎不想和你天天在一起生活，共同努力使咱们的老人在物质和精神上得到一点安慰呢？只是感到一个有志的中国青年应当以自己的平凡劳动为建筑共产主义大厦增砖添瓦（真巧，目前我所做的就是制砖压瓦），以此来弥补自己过去的事。现在我感到无愧的是少遭一些良心的谴责。"

自从出狱以来，还有一个更为强烈的愿望时时在柴春泽心中燃烧，那就是，他的党籍一直没能恢复。下乡之前他曾不止一次向昭盟纪委提出这一强烈愿望；下乡后，他又不断写信向上级党组织和知青办汇报自己的思想情况。每篇结尾几乎都写着："党啊，敬爱的母亲，您的儿子多想早日回到您的怀抱！"

这一年的 7 月 1 日，柴春泽主动找到了党小组长凌宝泉，想和组织交交心。柴春泽刚说了两句，凌宝泉便落下泪来，他拍着柴春泽的肩膀说："孩子，你不要说了。像你这样的青年人，党早晚是会叫你回来的。"

柴春泽的眼睛不由湿润了。

但是知青全部返城已是大势所趋。一批又一批招工指标不断下达。论招工条件，柴春泽最合格，但他却不肯走。应该承认，此时的柴春泽除受自己的誓言左右外，精神上也还不太正常。受过大刺激的人精神也许永远不能百分之百正常。他认准了上山下乡这条路，直管钻在牛角尖里不出来，无论什么力量也不能拉他回头。

也有一个人以一纸书信敲开了柴春泽的心扉，使他从混沌状态中清醒过来。这个人便是现在的辽宁省作家协会主席、党组书记金河。

柴春泽与金河早有交往。在苦闷中，柴春泽也想学点文学，于是他写信向金河请教，金河在回信中劝他道：

"……我们这一代人在那发疯的年代都发过疯。只是你发疯的时间长一些，引人一些，但不要因为过去发了疯，上了当，从此就失去了理想。第一次吃鱼误吃了河豚，中了毒，药个半死，这是很可悲的；但从此就失去了吃鱼的兴趣，那将是更可悲的。我们要做的第一步，是先区别一下，什么是鱼，什么是河豚。第二步，是决心把鱼搞到手。古人尚且主张一个大丈夫应该威武不能屈，贫贱不能移，身居山中也不可改变其志……但是，尽管这么说，也还应立足于现实——这跟理想并不是矛盾的。不从现实出发的理想是虚幻的，靠不住的。家有年迈多病的父亲，室有婚后不久怀孕独居的妻子，自己的身体又不好，要量力而行。不量力而行就仍找苦吃——你的爸爸和妻子为你付出的牺牲太多，在感情上不要太吝啬。欠债太多，还起来难啊！"

这封柴泽春精心裱糊珍藏并能大体背诵的信，以及金河的另一些信件，对柴春泽的后半生影响很大。人生若得一名师指点则幸甚至矣！

就在柴春泽接到金河来信不久，正在砖窑劳动的柴春泽接到通知，要他立即到中共翁牛特旗纪律检查委员会报到，柴春泽一下子预感到：他盼望已久的事情就要发生了，亲爱的党在向他招手了！

柴春泽急如星火赶往旗纪委。

纪委的同志正式向他宣布：经中共昭乌达盟委、纪委研究同意，旗委纪委研究，认为柴春泽所犯错误为政治错误，决定免予处分，恢复党籍，党龄连续计算，公安局同时宣布：当时逮捕柴春泽是错误的，给予平反。

柴春泽泪如泉涌，紧紧握住旗纪委同志的手久久不肯放开。

纪委的同志对柴春泽说："柴春泽同志，请不要太激动，我这还有一个好消息呢。经盟公署商议，决定你招工回城。你回青年点收拾一下，准备办理招工手续！"

听说柴春泽要走，刚刚熟悉起来的南窑乡亲都来送他。队长凌宝泉拉住他的手，没等开口就流下了热泪。柴春泽也哭了，他忘不了这位老党员对他的鼓励帮助哇！凌宝泉说："春泽，我为你高兴啊！赶明有空可回来啊！"他特意让人给柴春泽带来 80 斤小米，一遍又一遍地说："别忘南窑啊！"

9 月末，柴春泽正式接到了招工登记表。柴春泽填着这张表格，感慨万千。早知如此，何必当初！唉，过去的一切真是一场梦啊！

第六章　生活啊生活

柴春泽带着严重的胃病，大山般的负罪感，回到他的故乡赤峰市来了。回到妻子身边来了，回到他的家——地震棚里来了。

脸色苍白的刘立新兴高采烈地迎接丈夫的归来。她的身体虚弱不堪，好像一阵风就能刮倒。但她强打精神，尽量装得如没事人一样。

在柴春泽重新下乡的这一段时间内，刘立新简直吃尽了苦头。她吃不下饭，睡不好觉，有一次生炉子险些被一氧化碳熏死。最使她痛心的是第一个孩子怀孕 4 个多月竟流了产，她最害怕的是从此造成习惯性流产，那将是终生遗憾。面对悲痛欲绝的妻子，柴春泽感到非常愧疚。

久别胜新婚，柴春泽和刘立新重新开始在地震棚内欢度蜜月。

从妻子嘴里知道，此次招工回城，内蒙古自治区知青办的同志也曾亲自前来过问。那天，知青办主任高喜明和杜志义一路打听着找到了柴春泽的"家"——他们简直不相信这地震棚就是柴春泽的家。他们猫腰钻了进去，看见了病歪歪的刘立新，屋里的简陋陈设更使他们心中不安。高主任鼻子不由有点发酸，他紧紧握住刘立新的手说："谢谢你，你替我们做工作了。"他接着告诉刘立新，他们来赤峰其中一项任务，就是看看柴春泽问题的落实情况，尽快让他招工回城，最后他问刘立新：

"辽河工程局为什么不分给你房子呢？"

刘立新说："按规定，分房以男方为主。"

"那好，就让柴春泽招工到辽河局。"

1980年9月30日，柴春泽作为辽河工程局的一名普通工人，到局里报到上班。他不无胆怯地走进局长办公室，毕恭毕敬地站在地当中，力分谦虚地说："我是柴春泽，我来报到。我过去跟着'四人帮'犯了路线错误……"

局长刘贵奇抬起头来，打量着眼前这个曾名噪一时的青年人，说实话，他对他的这副神态和表白很不满意。他不耐烦地打断柴春泽的话，说："什么路线错误！你一个青年人，知道什么叫路线！快去办手续，等待分配！"

怎样使用柴春泽成了辽河工程局的难题。不错，他在农村曾是公社党委副书记，是副科级干部，但他招工却是按工人招工的，起码应让他"以工代干"，但是，能让他做行政工作么？讨论的最后结果是：鉴于柴春泽身体不好及特殊身份，照顾他做电工。

刘立新一听丈夫当电工，吓得一死一活，说啥也要去找局长说说。小柴精神还不正常，电这玩意要是弄差一点……但柴春泽却把她拦下了：

"没关系，我能干得了，我很正常！既然党给咱安排了工作，咱咋能挑肥拣瘦呢？"

也有人给柴春泽和刘立新出主意："你俩在农村都是公社党委副书记，丢了官不说，咋也得给剩个干部吧！应去找一找。"

柴春泽坚决地摇头："不能找，革命工作只是分工不同，党叫干啥我就干啥！"

于是，柴春泽正式当上了辽河工程局工建三队的一名普通电工。

柴春泽参加工作不久，辽河工程局就分给他们夫妻俩两间平房，他们终于离开了那间可怜的地震棚，有个可以称之为家的家了。而且在这之后不久，他们又分到了一套两室的楼房。尽管是一楼，尽管房间极窄，又面临大街，但刘立新高兴得不得了。她开始以灵巧的双手布置打扮新房，栽上几盆花儿，贴上几张画，房间里顿时充满生机。

搬入新楼不久，刘立新生下了一个胖胖的女娃娃。柴春泽做了父亲。

当听到孩子的第一声啼哭时，柴春泽霎时感到了人生的庄严神圣，他简直乐坏了，乃至于他在去给岳母报信的路上遇上王忠，问他是男孩女孩时，他竟回答："不知道！"

做了父亲才知道父亲难做。孩子刚出满月，刘立新便没了奶水。柴春泽每天四五点钟就得爬起来去奶站排队打奶，接着还要去买羊肉做汤给刘立新催奶，夜里还要起来热奶，白天还要上班，他简直忙得成了陀螺。

经济上也拮据起来，一向视金钱如粪土的柴春泽，也开始考虑赚钱，增加收入。

盛夏，柴春泽和工人们一块去东大营往工地上推水泥板。往返五六里，两块水泥板至少七八百斤，头上太阳晒，脚下马路烤，棒小伙推两天也"草鸡"了。但柴春泽咬牙坚持着,每天三趟,一趟不落。

那天一大早,柴春泽又推着水泥板在大街上吃力地走着,忽然耳边响起一个亲切的声音:

"春泽,怎么是你?"

柴春泽抬起头,正迎上一双充满惊讶和深情的目光,他立刻认出来,这是他中学时代的班主任老师。他不由有几分狼狈,叫了一声"老师"便不知说什么好。

"春泽,你这身体……怎么能干这么累的活呀?跟单位领导说说,调一调嘛!"

柴春泽没有做声,他怎么好意思告诉老师,他推水泥板是为了多挣几个钱呀!工地规定:推一块水泥板给七角钱,他推一趟就是一块四,推三趟就是四块二呀,他急忙岔开话题,和老师谈起一些他近年的情况。

老师一直帮他推出很远很远,直到快到工地才停下来,大声地鼓励他道:"春泽,没关系,好好干吧。三百六十行,行行出状元呀!"柴春泽在老师温暖的目光中昂起头来,大踏步继续前行。

1981 年年末,二建职工一致推选柴春泽当先进生产者。在大会主席台上,他从领导手中接过奖状时热泪盈眶,但当发现还有一个红包时,却如临大敌。红包里包着 15 元钱,是给他的奖金,他说什么也不肯要。他郑重其事地写了一封信交给了党支部书记,说这就算自己的党费吧。支书只好把钱交到局里,局里又退了回来。害得支书不得不对柴春泽说:"如果你不要,讲风格,那么别人怎么办?"柴春泽这才战战兢兢地收了。

柴春泽的家现在实在太寒酸了,仍是那对破箱子,一对破椅子,一张破铁床,吃的也凑凑合合。老局长刘贵奇看着这些。特地把柴春泽找到家里说："小柴呀，一个人既要会工作，也要会生活呀！过去的都过去了，思想不要有包袱嘛！"柴春泽木讷地点头，心里在说："我这样生活就不错了，怎么能和别人比哟！"

的确，柴春泽此时的思想仍被负罪感包围着，他总觉自己矮别人半截，像偷过摸过别人的东西一样。出去他见着熟人绕道走，不愿让别人知道自己的家住在哪；在单位什么事都忍让迁就，甚至调资被列为缓调对象，他还向组织上说："完全同意组织上的决定，我过去犯的错误绝不是缓调一级工资所能补偿得了的！"倒是柔顺的刘立新气得用自己补发的工资给柴春泽买了一双皮鞋，然后大病一场。

晚上，柴春泽依然看书学习，所不同的是他不再看政治书籍了。他开始学习数理化，甚至学起了英语，但学这些干什么他却不甚了解。他也仍然坚持写日记，但却只记不感，像流水账。

1982 年初，刘立新听到了一个振奋人心的消息：内蒙古广播电视大学在赤峰成立分校并开始招生。她兴冲冲地跑回来，进屋就说："春泽，咱俩不能都这么学下去，你去考电大吧！"

"考电大？我能行？"

"能行，你肯定行！"刘立新坚决地说。

很快弄到了招生简章，一看又泄了气，乖乖，这可是脱产学习 3 年呀！人家局里会同意吗？在刘立新的怂恿下，柴春泽向队、处、局领导提出了申请。

老局长刘贵奇说："这是好事嘛，过去被耽误了，现在想学习，这有什么不可以呢？我同意！再给 20 天时间复习！"

一字千钧，柴春泽总遇到好人。

这 20 天柴春泽真是拼了！许多知识他都是从零学起。墙上挂满了纸片，案头摆满了材料，他不停地看，不断地写，看得眼疼，写得手疼，刘立新更是心疼。她到处跑，到底为柴春泽借来了一台录音机，她一边给孩子喂奶一边帮助柴春泽背题。于是，录音机里传出的便不只是他们夫妻的诵书声，还有孩子的哭声，真是三人大合唱。

张榜了！柴春泽以高出录取线 15 分的成绩被录取了！

开学那天，柴春泽第一次脱下了他的黄上衣、蓝裤子，换上新装，连邻居都惊讶地说："哎哟，你可把'老八路'的衣服换下来了！"

柴春泽幸福地笑着，步履轻快地走出楼区，阳光灿烂，百花盛开，展现在他面前的的确是全新的充满希望的新生活呀！

第七章　走向新生

内蒙古广播电视大学赤峰分校设在赤峰市教育局办公楼内。这地方和柴春泽曾住过一段时间的"铁窗"在一条街上。真巧，柴春泽将在同一条街上度过三年寒窗生活。

走进教室，早有认识他的学生悄悄向大家报告：快看，他就是柴春泽！"

柴春泽真恨自己过去的"名气"为什么那么大，只要一提他，简直没有不知道的。

一双双惊讶、探询、审视、鄙夷的目光向他射来，他感到阵阵的难堪。而且别的班的学生听说柴春泽也成了他们其中的一员，便都跑过来探头探脑。在开学的最初几天里，柴春泽在大家眼里，几乎成了珍稀动物。

他每天总是提前半小时到校，打水扫地；放学又是最后一个离开；班里出板报，油印材料，跑腿打杂，他事事都往前面跑。

不久，班里选干部，同学们推选柴春泽当副班长，但也有人强烈反对，他这样的人怎么能当学生干部？问题反映到电大领导那里，领导拍板定音："为同学服务有什么关系？又是共产党员，就让他当！"

这一下柴春泽更忙了。电大三年，他当了三年"不管部部长"。

1984 年 12 月的一天晚上，柴春泽正在自家灯下复习功课，忽听楼道里有人喊："着火了！"他急忙打开门一看，只见二楼楼梯口的一堆引火柴正在窜火苗，满楼都是烟雾，柴春泽大喊一声："立新，快救火！"便转身冲进厨房，飞快地抄起一只铝锅，放满了水就冲了出去。刘立新也闻声加入了泼水的行列。突然，柴春泽一失手，铝锅落进了火堆里，他连想也没想便扑上去抢锅，烟雾弥漫，两眼熏得睁不开。头一下没摸着，第二下摸到炭火上，第三下摸着了锅，那锅已烧得滚烫。柴春泽只觉得两手一阵钻心地疼。他顾不上这些，提起锅又冲回屋内，接着又端水泼起来……

火灭了，柴春泽和刘立新都是满脸漆黑，站在那里大口喘气。这时才赶来的一些邻居都说："多亏你俩了，要不咱这单元就得着起来！"

"哎呀，你的手！"刘立新突然大叫起来。柴春泽一低头，这才发现自己的两手红赤赤地脱下来一张皮，立刻，他觉得痛彻骨髓。"哎哟"一声险些昏倒。

大家七手八脚赶快把柴春泽送到医院，确诊为二度烧伤，需要马上住院。

柴春泽在医院一连输了 7 天红霉素。听说他救火受伤住院，邻居来看他了，辽河局领导来看他了。电大校长来看他了！班里的全体同学都来看他了！班里还派出 6 名同学轮流陪护着他，他大小便都是这些同学帮忙。

这时正是期末考试的关键时刻，柴春泽手不能写，同学们便给他送来录音带让他听。出院后刘立新又成了他学习上的帮手，每天替他念题。考试那天，柴春泽戴着手套进了考场。结果他门门成绩优秀！

毕业了！1985 年，柴春泽拿到了大专文凭！

根据柴春泽在电大的一贯表现和他本人的申请，电大领导让他留校工作，校长孙可澄一趟趟地去找有关部门交涉。

最后，孙校长无可奈何地对柴春泽说："我是没辙了，你自己跑跑看吧！"

柴春泽踌躇再三，决定直接去找市长才吉尔乎。

敲开市长办公室的门，出现在他面前的是那位在电视里见过多次的和蔼可亲的蒙古族干部。

"才市长，我叫柴春泽，有事找您。"

他鼓足勇气说，心中却紧张得不行，再加上身上发冷，他的嘴唇都在颤抖。

"噢，柴春泽，知道知道。"才市长更加热情地说，站起身替他拿过一条毛巾，随后为他倒水、拿烟，"请坐吧，有什么事慢慢说。"

"不不，我不会抽，不会抽！"柴春泽受宠若惊，他开始向才市长讲述自己留电大的愿望和困难。他费了很大劲儿才说清楚困难主要有两条：一、有关部门不敢办；二、他还是工人。

"你到现在还不是干部？"才市长有点惊讶地问，他在地上踱着步，最后说：

"好吧，春泽同志，你的情况我都知道了。请你回去耐心地等一等，我们将在党委会上议一下你的问题。"

两个星期以后，柴春泽双喜临门：赤峰市委做出决定：同意柴春泽留电大工作，同时按特殊情况给予转干。

时值 8 月中秋，兴奋万分的柴春泽买了月饼跑到孙校长家去"答谢"。没想到孙校长却把脸一撂："请把月饼拿回去！有本事在工作上见!"柴春泽脸上发烧,却再次体验到了温暖。他给师长、朋友们发出一封封信,向他们报告喜讯。作家金河在回信中说:"所有知道你的人都会为你高兴的!"

对柴春泽来说:留电大工作是他生命史上的一次重大转机。他满怀感激之情,以忘我的精神投入到新的工作之中。

他做教务干事,兼做保管,油印工,并负责办小报,"全天候"工作,仿佛不知苦累:

他当助教、备课讲课最认真,别人写一本教案,他写5本……

1988年,他在《红山晚报》上发表文章,充满激情地讲述:"我在电大获新生!"

同年,《辽宁青年》、《沈阳青年报》先后发表大块文章,介绍"今日柴春泽"和"柴春泽的沉浮"文章,经全国十几家报刊转载,在读者中引起强烈反响,又有许多人给柴春泽写来热情洋溢的信件,为他跌倒能重新爬起来感到欣慰,鼓励他努力为党工作。

柴春泽说:"真想不到全国还有那么多人记着我,关心我,这就叫社会主义大家庭的温暖。"

他说:"我本来是个平凡的人,是一阵风把我吹到天上,接着又掉在地上,我觉得还是生活在地上实在。"

他说:"活在地上才感到知识的宝贵,我得努力学习,更新自我。"

1991年,电大领导"特批"柴春泽到内蒙古民族师范学院助教班进修,一年后他带回了三个"头衔":优秀学员、"活雷锋"、"马列主义宣传员"。此时,柴春泽最大变化是学会了跳舞。

放假归来,柴春泽向刘立新报告的第一件事情就是:"我会跳舞了。"他不由分说便把妻子拉起来,认真地教她跳着,乐得女儿元元在一边直拍手……

　　彩灯明灭，乐曲悠扬，柴春泽和刘立新在舞厅里尽情地旋转着，他们脸上都挂着幸福和自信的笑容！

　　跳吧，柴春泽！你经历的实在太多太多；

　　跳吧，柴春泽！跌倒又爬起来的男子汉；

　　跳吧，在祖国的大厦中，每一个儿女都会找到自己的位置。尽管他们也会犯错误，也会被人利用，但太阳最终还是照亮他们的心头，展现在他们面前的还将是充满希望的艳阳天。

朱克家的沉浮

孙育鼎

●受到姚文元青睐●红得发紫，煊赫一时
●25岁时住进省委书记的小洋房●下放800米煤
矿深处劳动改造●一个学外语的姑娘闯进了他的
生活●非他不嫁●恩爱夫妻，安贫乐静

> 我只希望安安静静过日子，培养孩
> 子，平平安安过完一生。
>
> ——朱克家

朱克家，人们并不生疏的名字。

1969年春末。随着上山下乡的巨大浪潮，朱克家像许多狂热而天真的知识青年一样，从黄浦江畔奔向云南边疆。他人生道路的第一步是不同寻常的。他的表现被新闻记者捅上了某大报的《内参》。

人们，总是各有各的需要，朱克家作为一个目标，被人看中了、选中了。

他出了名，开始填写人生旅程上的新的履历：

1973年，在党的"十大"上朱克家被选为中央候补委员，进入了大会主席团。后来又被选为第四届全国人大常委会委员。朱克家踏上了自己人生旅途的顶峰。这时，他年仅22岁。随后，又参加了云南省委的工作。他还作为中国青年代表团的领队之一，出访日本……与此同时，他也站到悬崖的边缘，他的悲剧性履历也便从这里开始。

1976 年 10 月，随着"四人帮"的垮台，他也就销声匿迹。

一个名人贬沉了。

滇东北。800 米深处，井巷里多了一副高度近视眼镜。命运开了一个玩笑，最后留给他的，只是苦涩哀怨的记忆……

这儿是珠江源头，乌蒙山的余脉，"阿诗玛"的故乡，且为全国乙级开放城市，宽广坝子，风光旖旎。花 2 元 1 角车费，便可抵达一个叫"恩洪"的山区煤矿。

这是 1978 年的冬天。朱克家在结束了将近两年的被审查之后，被宣布清除出党，撤销一切职务，下放矿山劳动。汽车载着他来到这三县交界的地方。

陪送他的专干，履行公事似的对矿山党委交代：让朱克家搞劳动，政治待遇跟工人一样，档案存省。

随着他人生路上的重大转折，这个名人的飘然的梦被全部扯碎了、完结了。

他原以为，他戴着 500 度近视眼镜，会被分到昆明哪家工厂，做梦也没想到会被送到煤矿，而且是下井，戏剧性地在地层深处迈出他人生新旅程的脚步。听说，这里发生过全国最大的瓦斯爆炸事件。他潸然泪下，泪水在酒瓶底似的镜片后汩汩流淌。唉，要是世上有卖后悔药的就好了，当年，跟傣尼山太有感情，放弃了上大学的机会，最后跌得这么惨，追悔莫及，他神情黯然，十分颓丧……

矿山来了一个"名人"，消息不胫而走。工人、干部、家属、附近的农民，甚至连那些城里的卡车司机也放弃到小煤窑拉煤既得鸡蛋、酒肉，又得"辛苦费"的机会，纷纷慕名而来，一睹尊容。一时间，他像一件展品似的供人参观，揣猜，评判，审视。

1.70 米的身高，消瘦得像一根干柴似的、总是踽踽独行的人，就是当年报纸电台长篇累牍报道过的知识青年中的那个佼佼者吗？

有人嘲谑："哼，'四人帮'宠儿！"

有人避而远之："挨不得，他是内控分子。"

早知今日，何必当初呢？

初来时，人们的冷漠使他感到寂寥、苦闷、凄惶；有时，他好像痴呆了；有时，他悲凉的嘴角浮起一缕不易觉察的苦笑。

一种深深的悔罪之情充塞他的心田。他哀切地感到：这是自作自受，活该！他恨透了"文化大革命"，是"四人帮"毁了他，断送了他！

和许多同龄人一样，1971 年前的朱克家，他的履历是纯洁无瑕的。彩色的虹常在他梦境中飞翔。

1950 年 11 月，他出生在共和国的红旗下。他的父亲是上海一家纺织品供应站的业务员，母亲是纱厂的女工、文盲。他们生育了 5 个儿女，朱克家是老三。家境窘迫，父母从不过问孩子的学习，但兄妹几个学习都很努力、刻苦。朱克家从小养成做事用功、认真，为人随和亲善的秉性。阁楼挤，他不管酷暑严冬，昏暗的灯下，总是孜孜不倦地学习。他品学兼优，一直担任学生干部，母亲对他抱着很大希望。

即使家境再困窘，也要供他深造，盼望他有一天叩开大学的大门。

然而，一场动乱破灭了彩色的梦。1967 年，朱克家"毕业"于海南中学。他是 67 届初中生。1969 年 4 月，年满 18 岁的朱克家永远离开了书本，被驱赶到云南南端的勐腊县勐仑公社接受贫下中农的再教育。目不识丁的母亲有种预感：为什么工人阶级的后代，却要去接受半无产阶级农民的训导？她感到凶多吉少，暗自垂泪……

　　两年后，朱克家用辛勤的汗水、坚实的足迹登上了思茅地区（当时西双版纳傣族自治州没有划出来）和云南省先进知识青年代表会议的讲台：他是干出来的。接着又参加了省团代会。被列为常委候选人。

　　出头的椽子引起了人的瞩目。先是常驻云南的上海市知识青年慰问团的热心人发现了他。他们出于一种职责，搜集、整理了好的典型及安置工作中存在的问题的材料寄回上海，向市乡办例行报告。《文汇报》摘抄、打印为"内参"，送市有关领导参阅。机遇突然降临，活该朱克家要出名——这份材料被当时主管文教宣传的徐景贤看到了，立即转呈姚文元。姚立刻批示：要宣传，速派人去云南调查核实。姚选中了这个目标，决定推出朱克家这个典型。

　　指令一下，记者日夜兼程，火速赶到了国境线上。

　　这一来，朱克家就由一个小有名气的人，被捧为神人了。当时，他对记者将他的境界拔得人高提了一些看法，记者说："用不着谦虚，这是革命的需要。搞报道，不一定听你的，我们会掌握分寸的。"

　　文章送回上海，姚文元说："这么好的同志不能入党，那么什么人才能入呢？"

　　为着宣传效果，上海的记者一个电话要通云南。省、地、县、公社，一级转一级，朱克家一夜之间就成了共产党员。

　　这天是 1971 年 4 月 14 日。当时朱克家在省里开会，他一点也不知道自己已经被人送上了一张党票。直到两三个月以后，他才补办了入党手续。

　　《红旗》杂志首先刊登了《我深深爱上了边疆的一草一木》的未署名报道文章。

　　紧跟着，《人民日报》发表了由人民日报通讯员、文汇报记者合写的题为《农村也是大学》的长篇通讯。"编者按"是张春桥撰写的。

文章一出,《云南日报》马上转载,并组织了好几版配合宣传的文章。

典型是《文汇报》发现的,它更不甘示弱,紧锣密鼓,马上抛出一篇有分量,打得响的文章:《贫下中农的好儿子》,以更长篇幅加以渲染。

就是在这一年,不想出大名的朱克家蜚声全国,名扬天下。他一下增加了好几个令人炫目的头衔,命运将他推上了幸运之船。

姚文元之流怎么会看中朱克家,并怎么想方设法要将他拽上贼船?这是朱克家至今所无法理解的。他常常扪心自问:"他为什么不看中别人,偏偏看上了我呢?"

同世间的许多事一样,是永远也难以找到答案的。朱克家的发迹,他也找不到确切答案。他知道,要说表现,比他好的比比皆是,他们为什么不成为马克家、牛克家呢?

还是回溯一下他插队时的情况吧。

他的事迹,报上是5个高度概括的音符:

上山。他被送到美丽神奇、然而又十分贫穷的西双版纳时,是被分到坝子里的傣寨当农民。亚热带的广袤原野,凤尾竹随风摇曳,凤凰花飞霞迷人,缅桂飘溢馨芳,竹楼掩在碧绿的树丛里,卜哨(姑娘)的筒裙使人销魂。据说,朱克家是由于跟同寨的知青不合,才想到上山的。这一点,报纸没有披露。僾尼山,远离平坝,荆棘丛生的羊肠小路,湍急的山溪,还要穿越野兽出没的原始森林,得走好半天哩。他执意要去,人们把他的行李藏起来,婉言相劝,劝这个"看到蛙打架都稀奇的小娃娃"莫自讨苦吃。但他毅然决然上了山。

办学。他来到的英登生产队"文革"前办的一所小学，几个教师因吃不了苦，不到两个月就陆续走了。这里地无三尺平，抬头尽是山，出门爬陡坡，膝盖抵着头，手攀悬崖上的枯藤。有时竟会抓着盘成一堆的蟒蛇！偬尼山，实际是近乎原始部落的山寨。有五六十名孩子等着朱克家去当"娃娃头"。平地、伐木、砍草、建房、修操场，他用已学会的木工手艺打桌子、板凳，制球架、乒乓球桌。开始，他用普通话讲课，偬尼孩子都是"呒西吉那（听不懂）"，他就学偬尼话。

理想。清晨，大山还在梦里，朱克家就听到妇女们用木碓舂米的声音。他想解脱她们。他建议队里买手扶拖拉机，他学会了驾驶，开回了山寨。将拖拉机拆了装，装了拆，摸索改装带动碾米机的门道；他成功了。回沪探亲，他四处找资料，学电工，回寨后寻水源、查地形、设计方案、建电站，和当地群众一道，引来瀑布山泉，带动发电机，寸是山上便有了电。

波折。插队的知青，有的进了工厂，上了大学，他也想走——他被推荐上昆明师范学院。但他读了经典著作，说："阶级敌人为什么要'劝'我走？贫下中农为什么要热情留下我？"他留了下来。

扎根。朱克家学会了理发、裁剪、蹬缝纫机、做木工活；课余，他为人们修收音机、手电筒、打火机、闹钟；节假日还参加队里干活……

这是当年《人民日报》那篇通讯的 5 个小标题，他插队时的履历表。

在后来接受审查时，省"两案"办派人去调查。当地老百姓实事求是，有一说一，说：朱克家是干出来的。当然，报道也不完全是真的，有夸大成分，但不是无中生有。

朱克家现在常常后悔："唉，当初要是去上大学——听'阶级敌人'相劝，我也不至于跌得这么惨。用云南人的话说。爬得高，掼得重。"是啊，他乘着火箭，青云直上，特别感激姚文元。他投靠他们，迷信他们的特殊地位和身份，对姚文元感恩涕零、差不多呼万岁了。他认为姚文元偏爱自己，是他信得过的人。

在中央读书班，姚文元握他的手，对他说："好好干……"他腿发颤、心剧跳，激动得频频点头。他见过江青、王洪文；他和 50 年代的老知青董加耕、邢燕子、侯隽；和孙玉国、庄则栋、张铁生、龙梅合过影。从那时起，他与"四人帮"越靠越紧，差不多沆瀣一气。

几万封书信，从天南地北，长城内外、北国荒原、南海之滨飞到他的手里；许多痴情的姑娘，射出丘比特之箭大胆地向他求婚，他的脑壳发昏了。

1976 年 2 月，中央召开打招呼会议，让老中青干部去。由于朱克家太出名，对他阿谀奉承唯唯诺诺的人太多；他飘飘然起来；会上，他崇拜张春桥，因为张为报道朱的文章写过编者按。他决心报答他们。

噩梦醒来是早晨，他又悲叹了："唉，那次，我要不去就好了，假若急流勇退，也不会落到如今不堪设想的狼狈窘境……"

出名，使朱克家腾云驾雾。他当上了云南省批林批孔办公室副主任；他率领宣讲团到处宣讲儒法斗争。当时，贾房允主持云南工作，朱克家为了保住既得利益，认为贾转弯快，油然而生好感，是可以作为背靠大树好乘凉的靠山，便设法密切关系。终于使贾对朱另眼看待。贾提名让朱参加了省委工作，分管"反击右倾翻案风"运动，以至犯下不可饶恕的严重错误。

23 岁，朱克家当了"十大"候补中央委员，25 岁，他搬进了原云南省委书记阎红彦住过的小洋房。他红得发紫，显赫一时。

好景不长。1976 年底，"四人帮"寿终正寝，他也被送进了二监。这里房多，专门划出一片作审查干部的处所。他被隔离了。这期间，允许通信，写好后得交给看管的人看一看，他没有写信，家里也没来信，只知道他被审查了。看管他们，主要是防止自杀，不扣工资，送饭吃，管饱。朱克家常常让别人帮他去盛饭。除了写材料，他们下棋娱乐，他还练了几个月的书法。

结局还不算太惨。最后，没让他去劳改，也没送劳教，只是下放劳动而已。

一辈子住在上海滩的纺织女工，当听到儿子被分往煤矿时，立即联想到电影《矿灯》中挖煤的镜头，800 米深处，太恐怖了，吓坏了不谙世事的妇道人家，她为此哭了好几天。

朱克家也感到阵阵悲凉。

恩洪，是一个彝族地名。它是贵州六盘水煤海的边缘，却也是乌金滔滔。煤层为肥煤，最厚达 18 米，是云南最大煤田。公路边，田埂下，山坡上，只要随便掏个洞，就能采出煤来；这座矿山规模不大，年产 20 万吨，是省属 8 个大煤矿之一。当然，有其利必有其害，这儿是特级瓦斯区域。尽管如此，劳动局、乡镇企业、个人，争着挖洞，筛子眼似的煤窑成百上千。公路状况不算太差。柏油路延伸到山的尽头；山不是很高，海拔 1700 多米（坝区 1600 米左右）。虽说是高原，却林海莽莽，绿草茵茵。春天，漫山遍野的马樱花像篝火般地鲜艳燃烧；山林中不时传来彝家姑娘甜美的山歌；一对对矿井、一幢幢新楼，高压线，往来奔驰的汽车……深山透着现代化的气息。

知足常乐吧，朱克家。

毕竟是当过知青的汉子，朱克家穿上工作服，套上长筒水靴，戴上安全帽、矿灯、系稳眼镜，跟班下井了。没让他去采煤，他被分去掘进风井巷道。

听天由命吧，他认了。

他有些超脱，变得乐观起来。他开始显示他固有的精明、能干、极易适应环境的秉性，干得不比别人差。而且，他极易使人产生好感，他的性格是很随和的。

尽管记者从此不再光顾他，他的门庭却异常热闹。到他住处的工友络绎不绝。他们聊天，天南地北什么都吹。开始，他们问过他过去出名的事，打听住什么样的房，审查时吃什么，问西双版纳的风情，谈身边的奇闻轶事。他深居简出，下棋、打乒乓球、打羽毛球、打扑克，有时一打就是通宵，尽欢而散。他恪守做人之道，从不炫耀过去。

朱克家好动，手总闲不住。跟在傻尼山一样，人们找他帮忙，他都乐意尽力。裁剪衣服，做木工活，搬家，对工人所求，从不推辞；对农民有求于他的事，他也乐意。这些年，修电视机、收录机、收音机，大约已有 50 台左右。零件他不白垫钱。凭发票照收不误。工钱，分文不取。人们感激他，请他吃饭，送他蔬菜、鸡蛋等等。他说："我不是学雷锋，我没有雷锋思想。"

打牌输了，人们也给这个名人夹耳朵，让钻桌子、罚喝凉水。他和人们相处甚好，假若有人找他，不管问到谁，都会热情地给来人引路。

朱克家这颗坠落的明星灰冷的心中，重新燃起了炽热的希望之火。

随着矿井的封闭，他被调到地面上，先是在洗煤厂出煤泥——这是谁也不愿干的苦差事，比下井苦了几倍。他自告奋勇，穿上渔民捉鱼的橡皮衣服，一下跳入齐腰的泥水里。山里，盛夏 6 月的水也是冰凉的。一天 8 小时，那滋味要有多难忍，得有多大的耐力！体力消耗是惊人的，有时饥肠翻搅，他恨不得将空气抓进嘴里大嚼一番。一个月的任务。他十二三天便完成了，当他像个泥人拖着疲惫不堪的步子归窝时，姑娘们惊叹了："啊，真难以想象，真是不可思议！"而他不以为然。

他不想干得太好，太出格了，显眼。树大招风啊！他只想多闲几天，多拿点钱——迄今为止，他只是个二级工，工资 37.44 元，调整了一下地区类别，也不过多了 1.06 元。

业余的时间，他学外语；这时，一个学外语的姑娘闯进了他的生活。

朱克家不太显眼，白净、清秀、能干，虽然落魄了，人们还是愿意主动帮助介绍对象。解决婚姻问题，对于他来说并不困难，但他最初打算在江浙一带寻偶，以便调离云南（但他也想到他这种人可能走不了），然而，矿工子弟学校的小杜打破了他的初衷。

姑娘是云南出生的河北籍人。她早于他到矿山工作，是煤矿技校毕业生，收入 110 多元，一个老地质队员的女儿。线是她托人牵的。她约他到她那儿。

他穿着印着"上海清凉油"广告的汗衫，裤腿上一边打着蓝补丁，一边补着黑补丁的，前去赴约。

姑娘噗嗤笑了。她说："早闻大名，但我总觉着对不上号，你这样豁达，真想不到。"

朱克家嗫嚅道："我……我……"

"你有人情味，咱们好吧！"

"不……不……"

小杜说："过去的事咱们不去管它，对今后你会怎样我不考虑，当一辈子工人也可以，只要咱们合得来就行。人家能在矿山，我跟你也能一块过一生的！"不能不说是一番感人肺腑的话语。

朱克家劝她好好考虑。他说他影响大，结合可能会给她带来不幸。

姑娘热情似火，披肝沥胆，非他不嫁。他被打动了，感慨不已——他出名时，曾有高他一级的女郎有那意思，沉沦时，她却又拂袖离去，现在爱情失而复得，备觉珍贵。

饱经风霜的父母，毕竟比女儿更懂得人生的苦涩，他们问女儿："他可靠吗？"

"他会成为称职的丈夫！"

和这个县团级煤矿负责人一样级别的地质队长，很不放心，专程到矿山问："朱克家到底是什么性质的问题？"

回答很简单："政治待遇跟工人一样……"

队长要求矿上制止这场婚姻，对方耸了耸肩……

女儿看准了人，矢志不移地追求，她信赖自己的眼力！这个端庄、文静、相貌入眼的姑娘，终于打通了父母的思想。她什么也不苛求，只图他的恬淡、为人随和、能干。她把心拴在黄浦江老知青、一个二级工人的身上。她决意跟他开始过一种新的生活。

他伴着她回到了上海家里。照相馆里，朱克家着西装领带，小杜披纱，拍了结婚像。在朱克家家里，特意炒了点菜，家里的人，主要亲戚，大人一桌，娃娃一桌——悄悄办了婚事。他想着自己的身份，不想张扬。

建立了一个和睦、美满的小家庭，朱克家像是又年轻了几岁。这是1983年，他33岁，妻子小他7岁。

住房不太理想，"矿楼二幢"标明了这幢一楼一底土坯房建造年代久远。走廊，用破木板钉了一个厨房，杂以小块纸板，纤维板，上面用废弃的风筒布胡乱遮着，一条一条的随风飘拂。一根铁管斜刺而出，那是烟囱。当然，主人没忘了在木板垫上嵌两块讨来的玻璃，作为窗户。门是矿区独一无二的——废旧的汽车挡泥板，敲打平整，钉成了门板。4 块不规则的石块，是台阶。

住房面积 23.9 平方米。双人床、衣柜，上海带来，大、小沙发、床头柜、写字台、碗橱则出自朱克家之手。小两口攒钱买了电饭煲、缝纫机、收录机、18 寸彩电。

他们阴阳互补，忍耐相济，从不争吵，堪称模范夫妻——当然，再也不会有人给他发奖的。妻子也不因为朱克家的倒霉而随便向他发号施令。

天理良心，工人、矿山待朱克家是不错的，从没为难过他。但是，厂长要他去当秘书，未予获准。

几个科室要他去搞经营、管理，未予获准。

矿上办了个待业青年的劳动服务公司，他有木工、机械、电机、无线电、缝纫等技艺，被叫去作技术指导，有人出自嫉妒；有人出自对上边指示不折不扣要执行的心态，把这事捅到了省上。矿上听到风吹草动，赶忙婉转地打发他回洗煤厂上班。

谁让他当过名人呢？

如今，钞票的价值为更多人所认识，许多工友为了增收，把眼光投向了出煤泥的差使上，朱克家不愿落个贪得无厌的骂名，适可而止，退避三舍。再则，他有了家，也不愿再在泥淖中浑噩一辈子；那是用自己的身体开玩笑哪。

他们有了一个小女孩。他将她送到上海，让退休的母亲照管。家里不要他负担孩子的生活费。两岁半后，他们想孩子，又接回矿上。

他视女儿为掌上明珠，取名为"星星"，8 小时以外，他们夫妻逗孩子，"星星"的名字喊得愉悦，小星星成了他全部寄托和希望。他不再学外语，考什么研究生，这显然是非分之想。不可能的。以往的事把他教乖了，经过历史的反思，他的观念发生了改变，凡是都要讲点现实。

他开始厌烦太多的来闲聊的串门者。他把一切献给了家庭、伴侣。妻子不爱地位、金钱，只爱人。那么，她是最伟大、最优良的女性！不管她形貌美好或丑陋，出身高贵或卑微，只要真爱，那她就属于某种意义上心灵的知音。她就被他归于这种意义上最优良女性的狭窄范畴里。

他被支去开水泵。

他不喜欢这种工作，太清闲。

早班或中班，他 8 小时都得待在机房里。

从家里用塑料袋装一些米，去河沟里汲来净水（他抽的是洗煤后的循环水，酱色一般），放在电炉上煮熟；一把棕榈编织的躺椅，坐得屁股生茧。工作太闲，他研究无线电书籍，也涉猎科普读物，看点国际上发生的重大事件的资料性文章，长篇小说不感兴趣。

两台 55 千瓦的电动机，100 多分贝的噪音，震耳欲聋，像瀑布嘶鸣，像千军万马奔腾，性格外露、急躁的人，听着简直觉得是一种酷刑，一天也难以忍熬。

天晴，他在机房外观望风景，看公路上的卡车；晚上，他数天上的星星，他寂寥得真想飞到天上去摘云朵！他想大声呼喊，他咒那些拿知青命运开玩笑的人。他恨，永远记着罪恶滔天的"四人帮"勾引他走向悬崖，毁了他天真无邪的信念、理想、青春。

他不想出名，人家要他出名；鲜花开得太艳，凋谢得越快。"花无百日红"——他不知道自己是香花还是好花，但他记牢了，像他这样的人不出大名，或许境遇会好一些：倒运不是他遇上的，是他自找的！

人，就是这样不可思议。世间之事，也太复杂，有人问他："你怎么穿'上海清凉油'字样广告的衬衫?"他笑笑:"便宜,六七角一件,我没像样的衣服,不讲究衣饰。"

他还是当年插队时的老样子。不抽烟,不喝酒,不留长发、胡子。永远是学生头型。

"你对以后有何打算?"

他直言不讳:"没什么打算。"

"你的生活水平?"

"我们每天吃肉。夫妻俩每月用100元吃,这里鸡蛋便宜,一毛一个。肉也便宜。我的生活水平在矿上为中上水平。我恪守一条,不过分追求豪华。"

对人生价值,他有自己的看法:

"我讲实际。人,总是自私的,主要是为己,从整个人类社会、国情、外国来说,不为私的是极少数。这私,符合现阶段大多数人的心理。但为己不能损害国家利益、触犯法律,损害他人利益,否则是犯罪!社会总是存在竞争。作为我,能干什么就干什么。我的理想是各尽所能。我对机械感兴趣,就干机械,办不到的就不去想。各尽其能,社会会好办一些。人都要有个目标,当然也不是一成不变的;我只希望安安静静过日子,培养孩子,平平安安过完一生。"

这就是未来,朱克家今后的大致方向。

这份未来的履历表上,还包括:

"我太想到偓尼山去看看,带上妻子女儿,不知允不允许?"

这是他的愿望!

他既然有享受探亲假的权利,有选举权,去西双版纳旅游一趟,想来也是能成行的吧?

愿他履历的年轮上,不再留下恶作剧式的痕印……

错 错 错

吴苾雯

●满村贺婚喜，谁知新娘苦●当了扎根典型，必须安家农村●相识不相爱●舆论可以杀人●妈不认这门亲，也不认你这个女儿●讲到伤心处，凄然话荒唐

当初，是他们让我当典型，让我扎根，让我找农村对象；今天，他们不能不管啊！

——女主人公

这一天，三角洲村激动得发抖！

"噼噼啪啪……"鞭炮从它发明的那天起，就与中国人的喜庆结下了不解之缘。

"仁茂结婚！快看看去！"

全村的男女老幼脸上带着喜气，拥到贴着大红喜字的李家。

在一片恭喜声中，新郎李仁茂有点晕乎乎的。他偷偷瞄了一眼身边的新娘，她穿着一件紫红色的罩衣，秀丽的圆脸红扑扑的。

在他的眼里，她是陌生的，从谈恋爱到结婚，整整三年他们才见过四五次面！

新房里，家具没有上油漆，穿衣柜上没有镜子，一切都是那么简朴。可是，这种简朴更加深了人们对新娘骆姣枝的敬重。然而，新娘的心里却涌动着一股苦涩味……

一

1973 年，骆姣枝被卷进了上山下乡的洪流。

一个初春的早晨，汽车载着她和同学们向离县城 30 多里地的联心大队奔去。同车的同学，有的在暗暗抹眼泪，有的兴致勃勃地高声谈笑。骆姣枝茫然地望着车外，她刚刚遭受了一场有生以来最大的打击。

高中毕业前夕，部队到县城招女兵，姣枝在几百名应征女青年的竞争中，成了唯一的佼佼者。接兵的首长给她发了新军装。当她穿着新军装站在镜子前时，一种坚实的快乐充溢了她的身心。辛劳了大半辈子的妈妈，高兴得抹泪。在外地工作的大哥赶回家给妹妹送行。骆姣枝成了只有几万人的小县城里的新闻人物。

可是就在新兵启程的前一天，一个突如其来的消息，把她，把她的全家震呆了：县里一位科长的女儿悄悄地挤掉了她！

得知这一切，姣枝悲叫一声，昏倒在地上。

晚上，接兵的张指导员脸上积着铅云，脚步沉重地来到她家。他把一份材料递到姣枝面前："干部的女儿能当兵，难道工人的女儿就不能当兵？"

"你签个字吧，我到上面去帮你告！"这两天他在县里已经为姣枝作了最大的努力。

姣枝一下子扑到妈妈面前，悲愤地哭喊着："妈妈，为什么我不能当兵，为什么啊！"母亲流着泪颤抖着嘴唇吐出几句话："孩子啊，你没有好爸爸，没有当官的亲戚。你，你就别怨爸爸妈妈吧……"

姣枝不吃不喝，她哭啊，哭得嗓子嘶哑，哭得气息奄奄，她在床上躺了三天三夜。

县城里许多认识的，不认识的人纷纷找上门，愤愤不平地叫她去告。

"去告，告得赢吗？"大哥看看虚弱的老母亲，看看躺在床上瘫痪的姐姐和几个年幼的弟妹，他摇了摇头，"姣枝，你就忍了吧。要记住，你没有靠山，只有靠自己。"

是啊，哥哥的话是对的。靠自己，我要靠自己走出一条路！骆姣枝坐在颠簸的车上重重地叹了一口气。

她开始"靠自己"了。百把斤的担子，她挑起来就跑，那件打了不知多少块补丁已看不出本色的衬衣，一天到晚湿淋淋的。插秧薅草她总跑在前面，收工她走在最后。一起来的同学们十天半月回县城一趟，带回些鱼肉，零用钱。骆姣枝不回去，她咬着牙忍住对母亲和弟妹们的渴念，默默地拼命地干着，她要用汗水引起领导和乡亲们对自己的注意，她不为别的干，就为了一个好印象，就为了将来有人推荐她走出这块土地。

人们终于注意上了这个穿得比他们还要差，吃的比他们还要坏，跟他们一样拼命干活的瘦弱的姑娘。她被抽到大队民办小学教书。

她把全部心血都倾注到孩子们身上，每天夜晚，她都在教室昏暗的灯光下给学生补课。孩子们喜欢她，家长们敬重她。

大队领导看她是棵好苗子，又把她从学校调出来，担任了大队团支部副书记。看到当地文盲多，她办起了大队扫盲班。半年后，成绩卓著，团县委在这里召开了扫盲现场会。

骆姣枝的名字终于被大队以外的许多人知道了，被公社领导知道了，他们欣喜地发现，这个女知青是个有培养前途的典型。于是，她被调到公社扫盲学校当了校长。不久，又入了党。

为了让她经受更大的锻炼，公社党委又让骆姣枝回大队担任了党支部副书记。她没日没夜地干，足迹踏遍了全大队的角角落落；她风里雨里，几乎每块田里都洒下了她的汗水，脸上晒得脱了皮，手上磨起了厚厚的老茧……

骆姣枝的名字在一次又一次的宣传中，越传越远，她成了全县知识青年中小有名气的先进典型了！

典型，在那个年代里，意味着什么？对于"靠自己"的她来说，当上了典型，是一种幸运还是一种不幸！对她的个性，究竟是一种完善还是一种压抑？姑娘还太年轻，对于这些，她没有想，也不愿想，只是暗暗感到庆幸。

二

她不知道自己是怎样走出县知青办主任的家的。周围笼罩着深沉与神圣的寂静，暮色无声地降落在天地之间。

"小骆，你是党员，是典型，任何时候都要起带头作用。你想想，这些年没有组织上的培养，你能有今天吗？党号召知识青年扎根农村，你要听话啊……"她的眼前出现了知青办主任那张忧心忡忡的脸。老主任高烧40度，脸烧得通红，说话有气无力，但是，她还是把骆姣枝喊到床边，对她进行了一个多小时的教导。

在今天上午的全县知识青年大会上，不少知识青年跑上台，慷慨激昂地表态，要扎根农村，要一辈子和贫下中农在一起，滚一身泥巴，炼一颗红心……大家的情绪都是那么高涨，口号喊得震天响。

这些人都是有门路有办法的，我能和他们比吗？骆姣枝没有上台表态。

她拘谨不安地低着头坐着。她感到背上有许多双希望的、疑惑的眼睛盯着她。上台吧，一个声音在叫她，你是党员，又是典型，这种场合你应该带头。不，我不愿意扎根，我不说假话，我想离开农村。当初，我并没有想入党，想当典型，我只是想好好干，早点被推荐走……这种话，当然不能说。不能说就不说，总比说假话好。她用一种执拗的天真，保持了缄默。

散会了，她站起来，这寒冬腊月里，她的衬衣竟全湿透了。几个刚才在会上表了态的姑娘，昂着头从她身边走过的时候，向她投过来一撇冷冷的，鄙视的眼光。她到食堂吃饭，一些人端着碗，交头接耳，朝她指指点点。她感到脸上发烧，好像一下子矮了一大截。

下午，学习班临时改变了原来的日程安排，不接着开大会了，党员过组织生活。会的议题是：对骆姣枝同志进行帮助。

各种言辞激烈的指责包围了她，使她感到震惊，感到头晕。她想申辩，但话没出口，就感到那辩白是那样地无力。她潸然泪下。主持会议的人见她哭了，以为她觉醒了，悔悟了，宣布散会。

在这没有月亮、没有星星的寒冬的夜里，骆姣枝踟蹰在县党校的院子里。老主任的话，生活会上同志们的批评，使她自责，她为自己的思想不纯洁感到羞愧。她在内心深深地自省：我愧对党啊，没有党，哪有我骆姣枝。父亲去世后，组织上每个月都给我们送来生活费，使我能上到高中毕业。我愧对组织的培养，这几年，各级领导，一步步扶我成长，我的每一点进步，每一分成绩，都离不开组织的培养，我怎么能忘记这些。……可是，我靠自己的努力，难道就是为了换一个扎根的典型吗？……

只有像她这样真诚的人，才会有这么多的自责和矛盾。

"小骆，今天晚上的大会，你可要发言啊，"她记起了老主任的话，快步向礼堂走去。

在一双双眼睛的注目下，她向台上走去，不知怎么，她感到两条腿是那样地沉重无力。站在台上，她抖索着嘴唇终于说出了：

"我，我坚决扎根农村，在农村干一辈子……"该死的眼泪却在这时夺眶而出，她说不下去了，捂着脸跑下了台。

她哭了，连她自己也说不清当时为什么哭。但是，领导的解释和台下听众的解释是一致的：她是激动得哭了。

骆姣枝成了典型中的典型。连她自己也弄不明白，当时那么多人都表了态，为什么只有她成了典型中的典型。事情过去了若干年后，她苦笑着说，或许是当时的领导认为我没有靠山没有后台，飞不了，抓我这个典型保险，靠得住。而今，她有过瞬间的动摇，这样的典型更有教育意义，更有说服力，更具有典型性。她这个普通的工人女儿的手，被县长握过，被县委书记握过，被一个个含着钦佩眼光的知识青年们握过，她成了全县知识青年中引人注目的一面旗帜。

三

时间一晃，到了1976年下半年，骆姣枝带着农村户口，借调到县知青办工作。当初表态扎根农村连舌头都不弯一下，并且指责批评过她的知青，却有不少已经远走高飞了。

一天，公社书记和妇联主任来找骆姣枝。

"姣枝，你23了，该找对象了。你是扎根典型，要真正扎下根，就要找个农村对象……"

姣枝愣住了。她还真的没有认真想过这个问题，是呀，扎根就意味着在农村定居，就意味着要找个地地道道的农村对象，在这块土地上繁衍子孙。这是顺理成章的事，这才是真扎根。当初，自己不是表了态么，说出去的话，怎么能收回来呢……

看她不吭声，公社书记说："姣枝，我们帮你物色了一个，就看你的态度了。"

"谁?"

"李仁茂!"

"他?!"

李仁茂和姣枝是一个大队的,仁茂住6队,姣枝住7队。姣枝离开大队前不久,仁茂才从部队复员回乡,担任大队民兵连长。没几天,姣枝就到县知青办来了。她对他的印象是模糊的,只觉得这个小伙子话不多,好像很憨厚,虽然长得不算好看,在农村的男青年中,也算是个出众的。

姣枝点了头。

没几天,县里召开三级干部会。大队级以上的农村干部都聚集在县城里。李仁茂红着脸来找姣枝。

"你来了。"

"嗯。"

两个人尴尬地坐着,都想找个话题打破难堪,可是搜肠刮肚怎么也想不出什么话来。坐了一会儿,仁茂起身告辞,他眼睛望着旁边丢下一句话:"有事写信。"

"嗯。"

这一分手,将近半年,他们没有见面。断断续续通了几封信,那信上也无非是谈谈近况,问问寒暖。没有缠绵悱恻的思念,也没有山盟海誓的诺言。他们的恋爱按照农村那种古朴的方式进行着。

骆姣枝自己也没想到,最后她会作出那种让大家惊愕,又让大家无可奈何的决定。

她到知青办后,老主任放心地把知青档案柜的钥匙交给了她。从最底层浮到上面,使她看到和听到了许多使她震惊,使她无论如何也不敢相信的事。县里那些干部的子女竟没有一个在农村扎根的。靠着爸爸妈妈,早就回城了。当年和她一起表态扎根的坚定派,也快走完了。

一天深夜，急切的敲门声把她惊醒了。来的是一位武汉下乡知青。当年，扎根表态会上，她是第一个站出来表态的；在党员生活会上，也是她指着骆姣枝说她不配党员的光荣称号，是典型的机会主义者。

"有事吗？"姣枝问。

"嗯，是这样，我父亲……"她结结巴巴地说着，脸色通红。

骆姣枝终于听明白了。这姑娘父亲的单位来招工，点着要她。她是来取档案的。

骆姣枝掏出钥匙，给她取出了档案。她高兴地拿着档案道了谢。不知怎么，骆姣枝从那眼神里，看到了得意、怜悯和一丝讥讽。她可怜她，可怜她没有一个好爸爸，只能永远在这里扎根。她讥讽她，典型有什么用，充其量也不过当个农村干部。她肯定听说了自己在农村找对象的事。

突然，一种幻灭感产生了。她感到躯体内有一种什么东西正在悄悄离去。她摇摇晃晃地向宿舍走去。

什么扎根，什么干一辈子，都是骗人，都是为了捞一张到城里去的通行证。她感到自己被欺骗，被愚弄了。

她又想起了那次当兵所受到的屈辱，一个科长，就可以把她踢得远远的。她又想起了妈妈的话："你没有一个好爸爸，没有当官的亲戚……"她又一次实实在在地认识到权势的力量。

"我不当这个典型，我要让你们失望，我要走……"瞬间她下了决心。

凡是真诚的人都是固执的。真诚而固执的骆姣枝产生了一种强烈的报复欲望，她要报复那些愚弄、欺骗了自己的人！

没多久，武汉市一家建筑公司到县里招工。那时，知识青年已经走得差不多了，况且这个单位流动性大，工作艰苦，没多少人愿去。骆姣枝找上了门。招工的已耳闻了她的表现，当然满口答应。

她去找公社书记，提出要走。书记愣了半天，问："小骆，你怎么突然想走了，你不是决心扎根么？还有仁茂，这怎么行呢！"

骆姣枝这次是破釜沉舟了。她咬咬牙："书记，这次放我走，我和仁茂的婚事就成；不放，这婚事就不成！"

那么多的扎根典型不是都走了么？骆姣枝完全可以据理反驳，可是，她还把连同扎根一起施加给她的婚姻，作为恪守的"信物"。"软弱，你的名字叫女人！"连处在固执的反抗之中的骆姣枝，也仍然被这位西方哲人不幸言中了！

从填表到办完户口只用了三天。当听说姣枝要走时，仁茂没说什么，他只是默默地东跑西跑，帮她办好了一切手续。

汽车开动了，看着渐渐远逝的村庄，她的眼睛潮湿了。能说她对这里没有依恋么，这里毕竟是她生活了4年多的地方啊！她在这里流过泪，洒过汗！在这里，她苦恼过，但她也欢笑过，她在这里做过圣洁的梦，虽然这梦破灭后，留给她那么多的苦涩。

远处，那片村庄像团灰色的云，低垂着。她感到自己身上还被一根扯不断的线拴在那里。是啊，那里还有她的对象李仁茂。

四

"小骆，你的信！"有人喊她。

谁来的呢？是仁茂吗？这段时间，她心烦意乱，已经有一个多月没给他去信了。

信封上的字是陌生的。她拆开信一看，是公社书记写来的。

"……小骆，听说你好长时间没给仁茂写信了。你是党员，要注意影响，不要做不讲良心道德的事。你是我们看着成长起来的，我不能看你犯错误……"

　　进城两年来，和仁茂的关系一直这么不冷不热地维持着。学徒期间不能恋爱，她向一切人隐瞒着这个秘密。但是，这桩婚事却一直像个包袱压在她的心上。她犹豫徘徊，她感到痛苦，但这种痛苦又无处诉说。如果他们曾经深深地相爱过，也许甜蜜的回忆会加固爱情的基石。可是他们相识，并不相知、相爱。进城两年多来只见过一次面，断断续续地通着干巴巴的信。她千百次地嘲笑自己当初太荒唐，太幼稚，但是，却不敢在生活的道路上，重新迈出哪怕半步。甚至想一想都不寒而栗。舆论，舆论是可以杀人的呀！

　　学徒期满后，不少热心的老大姐给她介绍对象，她都婉言谢绝了。

　　一天，一位老大姐笑着问她："小骆，别人给你提对象，你总推，是不是有了哇？"

　　她脸一红，只好点点头。

　　"在哪儿？"

　　"乡下。"

　　"干么事的？"

　　"农民。"

　　"咦……"老大姐惊奇地张着嘴。

　　姣枝从她的眼神里看到了关心，但更多的是同情和怜悯。是啊，如果这桩婚事成了，她会得到人们的尊敬，别人会施舍给她多得盛不下的同情和怜悯。她也会遭人议论，议论她傻，嫁了个农民。可是，如果她抛弃了农村的对象，那些准备送给她同情和怜悯的人们，那些议论她傻的人们，马上会聚到一起谴责她，指着她的脊梁骨骂。喜新厌旧，历来是千夫所指、十恶不赦的啊！

　　人们可不管你这桩婚姻形成的背景、原因。他们只知道，抛弃别人的人是不道德的，被抛弃的是可怜的，人们向来只同情弱者。他们宁愿看着你背着痛苦的十字架，在人生的路上蹒跚，陪着你洒一掬同情的泪，也不愿你扔掉十字架，重新开始生活。

善良、率真、愚昧、糊涂的人啊！

何去何从?! 她提起笔给李仁茂写了一封信，信中告诉他，她准备回三角洲。

五

一列慢车喘着粗气在一个小站停下了。骆姣枝走下火车。绵绵不断的雨丝，在大地上空扯起了一张密密的网，远处的一切都是那么模糊不清。她在雨中，朝五六里外的三角洲村走去。

还是泥泞的小路，还是灰蒙蒙的村庄。这几年，外面的世界在剧烈地变化，而这里似乎还是那样安静，那样古朴，它安静古朴得像一只古老的石磨，严肃地、单调地唱着一只沉重的歌！

当她的身影出现在村口时，三角洲村人惊呆了，他们窃窃低语：她回来干什么？退婚？……

然而，他们马上又脸堆着笑围上来。

"姣枝，回来啦，我说你不是那种不讲良心道德的人，这不，到底回来了。"

"姣枝，仁茂等了你几年，没白等啊！"

……

她笑着和大家寒暄着，心里却在暗暗地哭泣。

她和仁茂默默地沿着村外的河沟走着。他们自相识以来，还是第一次在一起散步。他们都感到心情沉重，沉重得喘不过气来。

他们在沟边的草地上坐了下来。

仁茂双手抱着头坐着，一动不动。姣枝侧过脸，蓦然，她看见一张满是泪水的脸。这张脸在痛苦地抽搐，厚厚的嘴唇抑制不住地哆嗦着，却没有哭声，甚至没有一声叹息。他要用多么大的毅力才能压抑住那从胸腔内冲出来的哭声啊!

她突然觉得自己太自私,自己千百次地抱怨命运对自己不公平,可是命运对他公平吗?在部队,他也是个积极要求上进的青年,入了党,正准备提干时,部队改编,让他脱下军装回乡了,这几年,没有一句怨言地苦苦等了自己几年,他今年30岁了啊!

过了好一会,仁茂从胸腔里迸出一声重重的叹息。这几年,他承受了多么大的舆论压力啊,村里人说他攀高枝,总有一天,要摔个嘴啃泥,连弟弟都骂他"癞蛤蟆想吃天鹅肉"。也许,他早该自知之明,趁早撒手,但是自尊心,还有那么一点虚荣心,使他不愿让别人看笑话。他知道,如果他一个跟头栽下来,在三角洲村人的眼里,他就会成了一个永远被嘲弄、被耻笑的可怜虫。他又常常在内心自责,鄙视自己的自私。这种难言的痛苦,无时无刻不在折磨着他。

"姣枝,我们的事,你自己拿主意,我不会怨你⋯⋯只希望你早点告诉我。"

第二天,她离开了三角洲,沿着泥泞的路,赶回了县城老家。

"妈,我要结婚了。"

"对象是谁?"母亲紧张地问。女儿那年离开农村进城时告诉她,在农村找了对象。她又急又气,把女儿狠狠地骂了一顿,告诉她,要是那小子敢进门,非打断他的腿!这几年,从没见那小子来,女儿每次回家来,又总是心事重重的,她也不敢多问。

"李仁茂。"

"他!"母亲气得差点昏了过去。

"你在哪找不到个对象,偏找他,背上这个包袱,以后怎么办⋯⋯"母亲哭着说。她从心里可怜女儿,从小吃了那么多苦,参加工作后,为了补贴家里,每个月只留10元生活费。20几岁的大姑娘了，从没穿过一件像样的衣服。她常常想起来就落泪，她不能看着女儿过一辈子苦日子。

"妈，你就答应了吧。"姣枝凄苦地哀求。

"妈不认这门亲，也不认你这个女儿。"母亲狠狠心说出这两句话，又老泪纵横。

女儿哭着离开了家。

结婚前夕，她将同事们凑的200多块钱寄给仁茂的弟弟，让他帮在县城里买几床被子，买两口皮箱，工作几年了，她身上竟无一分钱积蓄。

1979年11月24日，她拎着一个旅行包来到三角洲与仁茂结合了。

六

婚后的生活是平淡清苦的，也是平静和谐的。仁茂仍然在三角洲种田。一年后，他们有了儿子俊俊。

孩子给这个平静的家带来了欢乐，也带来了苦恼。姣枝的产假满了，要回武汉上班，可是孩子怎么办！这时，她已经是公司团委书记了。她常常要跟着施工队东南西北地奔波，怎么带孩子呢！

"俊俊放在家里吧，我带。"仁茂说。

她流着泪亲亲儿子，狠狠心走了。

从此，仁茂当爹又当妈。孩子突然断奶，嗓子都哭哑了。他整夜整夜不能睡，抱着孩子在屋子里不停地走着、哄着。俊俊的衣服破了，他笨拙地拿起针，一针一针地给孩子补。小俊俊终于会在地上走了，他常常喊着妈妈，可是妈妈呢？妈妈在他的记忆里是模糊的。虽然妈妈也回来过两次，每次回来都不离手地抱着俊俊，但他却记不起妈妈的模样。

有 200 多里外，姣枝虽然日日夜夜牵挂着儿子，思念着儿子，但是她却很少回家，连一年一次的探亲假也放弃了。公司团委就她一个人，工作千头万绪，争强好胜的性格，使她遏制住对儿子的渴念，把全部的热情都倾注到工作上。

1984 年 5 月的一天，仁茂牵着儿子风尘仆仆地突然出现在办公室门口。姣枝扑上去抱住儿子，她发现儿子瘦多了，小脸黄黄的，大大的眼睛里没有了以前的灵气。

"俊俊怎么啦?"她抬头问丈夫，这时，她才发现仁茂的脸蜡黄憔悴，一下子苍老了许多。

原来，仁茂两个多月前就感到头晕乏力，食欲不振，但他不敢去医院看，看病要花钱，他舍不得。后来他发现儿子也有了和自己相似的病症，这才慌了……

虽然，姣枝每个月将工资的大部分都寄回去，但父子俩的日子还是过得紧紧巴巴的。为了让俊俊上幼儿园，父子俩两年前就搬到县城姣枝的家了。善良的母亲看女儿的婚事已生米煮成熟饭，也就默认了。她只有用默默的操劳帮女儿分担一点困苦。仁茂在县里做临时工，但是在频繁地清退临时工的情况下，他在这里干一天，那里干两天，有时，一连两个月找不到事干，就靠妻子寄回来的二三十元钱生活。为了让儿子吃得好一些，他总吃着看不见几颗油花的萝卜白菜。粗壮的汉子日渐衰弱。

检查结果出来了，父子俩患的是一样的病：肝炎! 医生开了药，嘱咐回家要多休息，要加强营养。

去拿药，仁茂倒抽了口凉气，药费花了几十元。

吃完药，妻子又要领她去医院，他怎么也不肯去，他说："不用看，养养就会好的。"妻子又气又怜，硬把他拖到医院。

这时，他们的生活已到了捉襟见肘的困境。姣枝每个月四五十元基本工资，加上粮贴等零头碎脑，也不过五十块钱挂点零。要看病、要吃饭，每个月要买几十斤议价米。孩子有病，不能让他苦着，但是也只能三两天给他煮个鸡蛋。他们将一分钱掰成两半花，到了月尾，也常常还是浑身找不出个钢镚儿。

仁茂死活再不肯去医院看病了，姣枝看着丈夫虚弱的身体暗暗伤心。无可奈何，她只好红着脸去找患过相同病的同事，问有没有吃剩的药。同事同情她的境遇，将没吃完的药全给了她。她感激不尽地把药拿回家，让仁茂服下去。

日子越来越艰难了。仁茂的病不见好，俊俊的病情虽有好转，但还是很虚弱。肝炎病要营养，可他们没有钱。每顿饭，端上桌的不是白菜就是榨菜。有时，姣枝抠出块把钱买点荤的，让丈夫和儿子吃，仁茂又常趁她不注意，把盛在他碗里的肉扒拉到她碗里。最难的时候，他们连几分钱一斤的白菜也买不回来了，仁茂就到野外去挖野马齿苋，这种红秆绿叶的野菜，虽然有点涩口，但总比开水泡饭强。

七

生活的困窘压得姣枝喘不过气来，她面黄肌瘦，心力交瘁，自尊心又使她不愿向任何人吐露出自己的困窘。她仍然是那样拼命地工作，在人前，她尽量做出轻松愉快的笑。

只在夜深人静，丈夫和孩子都睡着的时候，她才敢偷偷地饮泣。她不知道这苦日子何时有个尽头。

把丈夫的户口转到城里来，是遥遥无期的希冀，是没有任何希望影子的等待。这人生痛苦的十字架，难道一直要背进坟墓？有时，骆姣枝真想一死了之，那样就可以得到永久的解脱，不会像现在这样时时刻刻受着痛苦的折磨。可是看到儿子那双只有大人才会有的忧郁的眼神，她下不了这个决心。儿子不能没有妈妈。可怜的孩子，只有几岁，就已经跟着大人饱尝了生活的艰辛。有谁相信，他连巧克力都没吃过。那天，一位阿姨给了他两颗巧克力，他拿在手上半天不敢吃。他不知道那是糖！他从没有像一般孩子那样天真地撒娇，从不开口要爸爸妈妈买这买那。他太懂事了，懂事得让人心酸！

像我们这个年龄的人，谁的家里像我们这样寒酸，竟然连台收音机都没有！她想起那次去总公司开会丢的丑。

每次外出开会，她总穿着一件已很少有人穿的春秋衫，那是70年代初流行的式样。一起开会的同伴说："小骆，你也该换换样子，买件时髦的衣服穿穿。"她脸一红，没吭声。

她也是年轻的女人，她也爱美。但是，她能拿出几十元钱去买衣服吗！那次总公司又要开会，她不好意思再穿那件衣服去了。恰巧，公司给每人发了一件雨衣，浅黄色的，还带腰带。她穿在身上照照镜子，很像风衣。她穿着这件衣服去了。恰逢那天气温高，雨衣裹在身上热烘烘的，不一会儿，里面的衣服全湿透了。她坐在那里开会，又不好意思把衣服脱下来。不料，坐在后面的一位同志发现了，叫起来："你怎么穿雨衣来了！"当时，她羞得满脸通红，真恨不得找个地缝钻进去。

这些心酸，这些苦楚，找谁说去……

就在她偷偷饮泣的时候，仁茂并没睡着，他的心也在哭泣。

结婚这几年来，他默默地把全部家务都扛在肩上，他心甘情愿，毫无怨言地这样做。他觉得自己欠了姣枝一笔债，一笔也许永远也还不清的债！他看妻子的脸渐渐失去了往日的丰润和光泽，额上过早地爬上了密密的皱纹，他心疼得暗暗落泪，他深深地悔恨和谴责自己当初的自私。

一天深夜，这两颗都在掩饰着的痛苦的心终于相撞了。

"姣枝，这日子真没法过了，当初我真没想到路会这样难走啊……你跟着我，只会受罪吃苦，我们还是分手吧……让俊俊跟着我……"仁茂哽咽着。

"别说了，别说了，已经到这一步了，再苦也苦在一起……"妻子靠着丈夫的肩哭了。静寂的夜，没有一点声音，只有这哀哀的哭声听了让人心伤，使人落泪。

不知哭了多久，姣枝突然停住了哭声：我们到县里去！找他们去！当初，是他们让我当典型，让我扎根，让我找农村对象；今天，他们不能不管啊！

八

"奶奶，关心关心我们吧……"俊俊脸上挂着泪珠站在妈妈身后，低低地哀哀地说。

这个才5岁的孩子过早地懂事了。从小跟着父亲，他得到的是不完整的爱。他也和一般孩子一样渴望母亲的抚爱。可是他不明白，为什么爸爸妈妈不能在一起。这几天，他跟着爸爸妈妈东奔西跑，从妈妈流着泪的诉说和凄苦的神情中，他已蒙眬地知道这个家庭的不幸。

县长的老伴抚摸着孩子的头掉了泪。县长不在家，她答应，等县长回来后，一定跟他说。

走出县长的家，姣枝感到全身无力。这几天，她把所有当年的领导找遍了，除了同情的泪水和叹息，除了对她始终没抛弃农民丈夫的赞叹，好像大家都无能为力。

在原知青办主任的家里，老主任已退休在家。听了姣枝的诉说，她眼圈一红，深深地叹了一口气说："这都是当年极'左'路线害的。当时，从上到下都要抓扎根的典型，我们也是听上面的……谁想到今天会这样呢……"听说这位老太太后来还去找了有关部门，帮姣枝申述，请示解决他们的问题。

原公社书记听了姣枝的诉说，跺跺脚说："这都是我办的糊涂事。可是也不全怪我啊，当时层层抓扎根典型，公社典型抓得少了，上面怪罪下来，我也吃不消啊！……这样吧，我帮你写个证明，证明在当时'左'的路线下，是我们做工作让你扎根，让你找农村对象的，看县里能不能给你落实政策。"

姣枝拿着证明去找县有关部门。他们听了她的申述，看了原公社书记的证明后，为难地说："你这件事不好办啊，给地富摘帽，给'右派'平反，给知识分子落实政策，中央都有文件，可是没有哪份文件说要给当时上山下乡插队的知青落实政策啊！

……

失望和痛苦折磨着她，她想不通：当年，我不是听党的话，按党的指示，一步一个脚印地走么？"左"的路线种下的苦果，难道要我独吞？她心里暗暗有股怨恨。可是，怨恨谁呢？恨那位知青办主任和公社书记么？不能。恨那些在知青扎根表态会上指责她的人么？也不能。这到底是谁的错啊！这到底是谁的错！！她脚步踉跄地走着，口在问，心在问。

也许由于良心上的不安，和对不幸者的同情，那位公社书记又主动来找姣枝，带她去找县长。

听了公社书记的叙述和请求，县长摇着头苦笑："同志，你真是办了一件糊涂事啊！"

一听这话，公社书记急了：你们县里不也抓了这个典型吗？那时候怕她跑了，让她在农村找对象，千方百计保住这个典型，你们不也是这个想法吗？……

县长默然。真的，这到底是谁的错呢？这是历史铸成的错！

'左'的路线铸成的错!

后来，在一次会上，县长提出了骆姣枝的问题。不料，具体办事的人顶住了：她那问题是"左"的路线造成的，值得同情，但是，她人已经走了，让我们解决她爱人的户口问题……可是我们自己还有那么多干部工人的家属在农村，这个指标不如解决我们自己的人。大家听了也觉得有道理，肥水不落他人田，何况她已经走了。

县长只好又一次默然了。

九

她的这一切鲜为人知。

人们只注意从她的婚姻事实中，去挖掘和追寻传统的美德，而不知道，一颗苦涩的心是怎样在痛苦中挣扎、哭泣。

人们只凭着一颗善良的心，去理解它、赞美它、歌颂它，却不知道，这一切更加深了她的痛苦。

所以，她拒绝一切采访，她不愿当那种身上镀着一层金光的典型，她当典型已经当怕了!

但是有一天，团市委几位干部来公司检查工作，发现了她。他们惊奇地发现，这个只有她一个人的团委，竟连续两年夺得总公司流动工作奖杯；公司 500 多名青年的家，几乎家家都留有她的足迹，20 多名后进青年在她的耐心规劝下，走进了先进行列……他们还听说，这位女团委书记的丈夫是个地道的农民。

记者这个职业的敏感，使我决意去采访她。

在公司团委的办公室里，我见到了她。她比我想象的要美，秀气的眼睛微笑着，眼神显得有点疲乏，有点黯淡。

"你打电话说要来，昨晚我想了整整一夜……我没法按你的要求谈。"她固执地说。

停顿了一会，她抬起眼睛看着我说："我不愿你那样去写我，我心里本来就够苦的……你愿意听听真话吗……"

也许，这是她第一次向外人倾诉痛苦，讲到伤心处，黯然落泪；讲到荒唐处，凄然苦笑。她的命运中不为周围人知的荒唐痛苦的一面，在我面前赤裸裸地揭开了，令我震惊，使我窒息。

夕阳从敞开的窗户射进来，照在她的脸上，那上面有两颗清冷的泪。

……

"你爱人的户口有进展没有？"我重重地吐出一口气问。

"公司领导倒是很关心，可是，听说上面认为我工龄不够，卡住了，等我熬到工龄够了，我都40岁了……"说完，她叹了一口气。

离开骆姣枝走上街头，江城已是万家灯火，白天弥漫在上空的嘈杂的气浪，已渐渐隐去。一股恬静温馨的气息，从一扇扇敞开的门里漫出来，渐渐充实了整个空间。

一切都归于平静。然而那个过去了整整20年的荒唐的年代留给人们的创伤，虽然有的已经愈合，有的已经深藏在记忆的深处，可是有的却仍在流血……